A Novel

MYSTIC RIVER

神祕河流

獻給我的妻子，席拉

〔他〕不懂女人。不是像酒保或喜劇演員不懂女人那種不懂，而是像窮人不懂經濟那種不懂。你儘管去站在吉拉德銀行大樓外頭，就算站到老死也搞不懂裡頭究竟是怎麼回事。因此，要想幹一票，他們寧可選擇便利超商。

——彼得·戴克斯特，《上帝的口袋》

街石不曾無語
屋子回聲如縷。

——龔果拉

第一部

狼口逃生的男孩（1975年）

1 尖頂區與平頂區

西恩．狄文與吉米．馬可斯還小的時候，兩人的父親同在柯曼糖果廠工作，下工時也總沒忘了把那股甜膩濃郁的巧克力香氣一併給帶回家。這味道於是陰魂不散地跟隨著他們，從他們身上穿的衣服、夜裡睡的床、到他們車上的合成皮椅套。西恩家的廚房聞起來像巧克力牛奶冰棒，浴室聞起來像柯曼嚼嚼棒。西恩與吉米還不到十一歲就已經恨透了所有帶甜味的東西，兩人終其一生非但不曾在咖啡裡摻糖摻奶，甚至也再沒吃過一口餐後甜點。

每逢週六，吉米的父親總要往西恩家跑，同西恩的父親喝上一杯啤酒。這一杯最後總要演變成半打，另外再加上幾杯帝王牌威士忌。大人喝酒，小孩於是在後院玩了起來；除了吉米與西恩之外，有時大衛．波以爾也會跑來湊一腳。這大衛．波以爾是個瘦弱的孩子，眼神閃爍飄忽，拳頭像娘兒們似地總握不緊，嘴裡還老是重複著從他那些叔叔伯伯那裡聽來的笑話。三人在後院裡玩，廚房紗窗的另一頭則陸陸續續傳來大人的動靜——啤酒泡沫從易開罐瓶口竄出來的嘶嘶聲、冷不防爆開來的低沉大笑聲、狄文先生與馬可斯先生點燃幸運牌香菸的打火機喀噠聲。

西恩的父親職位高一些，是廠裡的領班。他的體型高大結實，微笑起來總是一派淡然而不經心的模樣；西恩不知看過多少次了，這抹微笑硬生生澆熄了他母親陡然升起的怒火，像是她心中什麼開關讓人給關上了似的。吉米的父親是搬運工，專管給卡車上貨的。他體型矮小，一頭深棕色的亂髮糾糾纏纏覆蓋在額前，眼神中總帶著某種不安定的成分。他的動作快得出奇，幾乎叫人捉摸不著；你才一眨眼，他就不著痕跡地移動到房間另一頭去了。大衛．波以爾只有一堆叔叔伯伯，沒有父親。他彷彿具有某種奇異的天賦，總是能像團棉絮似地緊黏著吉米不放，因此也才能在週六湊上這一腳。他總是能偵測到吉米要同父親出門了，瞬間就氣喘吁吁地出現在他們的車窗前，眼巴巴地問上一句：「你要去哪啊，吉米？」

他們全都住在東白金漢。東白金漢緊鄰市中心區西側，街角是一間間堆滿日用品的小雜貨店，其中摻雜幾塊供小孩玩耍奔跑的空地，再來就是櫥窗中大剌剌地垂掛著帶血肉塊的肉店。那裡的酒吧全都有著愛爾蘭味的店名，店前則停放著一輛輛道奇達特汽車。那裡的女人全都綁著三角形頭巾，不離身的人造皮小提包裡則放著她們的香菸。一直到幾年前，原本在街上遊蕩的大男孩們一個個被送往戰場，一個個像是搭上太空船似地自街上憑空消失了。他們有的會在一年後左右被放回來，行尸走肉似的，一個個全都走了樣；有的則乾脆一去不回。那裡的主婦白天全都忙著收集報上的特價券，那裡的男人一入夜就往酒吧報到。在那裡，你認識所有人，所有人也都認識你；所有人生老病死都在那裡，除了那些大男孩外，從未有人離開。

白金漢大道將東白金漢攔腰截成南北兩區。吉米與大衛來自南邊的平頂區，兩人的家就位於州監大溝旁。西恩家雖然不過在十二條街外，但一過了白金漢大道就要算尖頂區了，而尖頂區的人和平頂區的人可是攪和不來的。

這並不是說尖頂區的人就有多高貴多富有。尖頂區不過就是尖頂區：一戶戶藍領階級家庭，一排排式樣簡單的尖頂平房、偶有幾幢稍微講究一點的維多利亞風格小屋，外頭則一律停放著雪芙蘭或福特或道奇汽車。但尖頂區的人擁有自己的房子，平頂區的人的家都是租來的。尖頂區的人上教堂做禮拜、敦親睦鄰、每逢選舉月還會在街角豎起鼓吹投票的立牌。天知道平頂區的人以啥為生，有的甚至過得像條狗似的；總之他們大多住在租來的公寓裡，然後拚命把垃圾往街上丟——西恩和他在聖麥可小學的同學，都管那幾條街叫救濟村，說那裡的人全靠失業救濟金過日子，說那裡的大人都在忙著離婚、小孩則全被丟到公立學校自生自滅。所以當西恩穿著筆挺的藍襯衫、黑領帶與黑長褲上私立聖麥可天主教學校時，吉米與大衛便往布萊斯敦街上的路易杜威學校去。路易杜威的學生可以穿便服上學，這點倒是滿酷的，但他們五天裡總有三天穿著同一件衣服，這可就酷不起來了。他們身上常年飄散著一股揮之不去的油臭味——油膩膩的頭髮、皮膚，油膩膩的領口與袖口。那裡很多男孩臉上滿是坑坑洞洞的青春痘疤，早早就輟學離校。那裡還有些女孩會挺著大肚子出席畢業典禮。

所以說，要不是他們的父親，這三人大概也不會有機會成為朋友。他們從不會在週末以外的日子碰頭，但那些一起度過的週六倒還挺像樣的：他們要不就待在後院裡玩，要不就跑去哈維街底的廢土傾倒場閒晃，再不然就隨意跳上往市中心開去的地鐵列車——倒不是市中心有啥好玩的，他們不過是想乘車穿過幽暗的隧道，聽聽列車過彎時發出的刺耳煞車聲，感受那陣晃動、那忽明忽滅的燈光——西恩總感覺這就像是什麼大事快要發生前的屏息時刻。跟吉米在一起的時候什麼事都可能發生。地鐵裡有地鐵的規矩、街上有街上的規矩、電影院裡有電影院的規矩——這是大部分人都能明白的道理。除了吉米。

一回，他們拿了顆橘色曲棍球在南站的月台上丟著玩，吉米漏接了西恩丟來的一球，小橘球落地一彈，竟彈落在軌道上。西恩還來不及反應呢，吉米就縱身往月台下方的軌道跳去，低頭站在那裡，同那些老鼠地鼠一起、同三號地鐵軌道一起。

月台上的人們一下全像瘋了似的。一夥人拚命朝吉米尖叫。一個女人脹紅了臉，屈膝大吼：快上來，你他媽的現在快給我上來！西恩聽到一陣隆隆的低吼，可能是有列車從華盛頓街轉進隧道了，也可能是地面有卡車經過。月台上的其他人也聽到了。他們用力揮手，驚慌失措地來回轉頭尋找地鐵駐警。一個男人用前臂矇住了女兒的眼睛。

吉米始終低著頭，在月台下那片伸手不見五指的空間搜尋著那顆失落的小橘球。他找到了。他扯著衣袖，來回擦拭沾滿油汙的小球，任憑月台上的人跪在黃線前，他卻彷彿對一隻隻死命朝他伸去的手臂視而不見。

大衛用肘子推推西恩，稍嫌大聲地說了句：「好險哪，嗯？」

吉米沿著軌道，往月台盡頭的階梯走去。隧道就從那裡收了口，再過去就是一片漆黑。隆隆聲再度響起，且愈發低沉清晰，連月台都不住地跟著晃動了起來。人們這下真要急瘋了，又氣又急，頻頻握拳搥打自己的大腿。吉米倒是不疾不徐，好整以暇地跨著步，突然又一個回頭，迎上西恩的目光。他露齒一笑。

大衛再度開口：「他在笑耶。他真的是瘋了。你說對不？」

吉米才一腳跨上那水泥台階，幾雙手就急急忙忙把他整個人扯上月台來。西恩看著吉米雙腳一個騰空，再往左一甩，他的頭則朝右歪去，半埋在胸前。被攫在幾雙成年男人巨掌底下的吉米看來毫無分量，彷彿他身體裡淨裝了稻草；但他始終把小橘球緊摟在胸前，儘管他的兩臂讓人緊緊地揪住、往上拉抬，儘管他的小腿骨讓人扯著撞上了月台邊緣。西恩感覺到身旁的大衛抖得像片風中落葉，早已嚇得魂飛魄散。西恩望著那幾個忙著把吉米揪上月台的人。他們的臉上不再寫著擔憂與恐懼，甚至連幾分鐘前的那種驚慌失措都已然消散無蹤。他只看到憤怒，一張張五官糾結、猙獰無比的臉孔，彷彿隨時都要湊上去，咬下吉米身上一大塊肉，然後把他活活毆打至死。

那幾個人聯手把吉米扯上月台後，手指卻仍深深地掐進他的肩頭，一派還不肯罷休、只是等著什麼人來告訴他們接下來要怎麼辦的模樣。這時，列車轟然入站，有人放聲尖叫，接著卻又有人大笑出聲——尖銳刺耳的咯咯笑聲，西恩一下想到了圍在滾滾生煙的大鍋前的巫婆——因為那竟是從另一邊月台疾駛而過的北行列車，而吉米抬頭直直往拎著他手臂的那幾個人眼底看去，彷彿在說著：就跟你說過了吧？

大衛愣愣地站在西恩身邊，釋放出一陣神經質的尖聲癡笑，然後便掩嘴吐了自己滿手。

西恩轉過頭去，一時不知道自己該用什麼態度來面對這一切。

當晚，西恩的父親把西恩找到地下室的工具房談話。工具房不大，老虎鉗與裝在咖啡罐裡的釘子與螺絲四處散放；將空間一分為二的是一張傷痕累累的工作桌，桌底下則整齊疊放了許多木板；榔頭就掛在木匠腰帶上，一如手槍躺在槍套裡，而帶鋸鋸刀則用掛鉤靠牆掛放。西恩的父親頗有些木工底子，常利用假日幫鄰居敲敲打打的；這地下室就是他的工作間，沒事就下來釘鳥屋、做檯架好釘在窗邊供他太太養盆景。西恩五歲那年的夏天，天氣酷熱異常，他父親就是在這裡揮汗鋸出無數木板，同朋友在自家後院趕造了一座陽台。他想要圖些清靜時就會往這裡來，或者，西恩知道，他生氣時——氣西恩、氣西恩的母親，或是氣自己在糖果廠裡的差事——也會一頭鑽進這地底的小房間。他親手造的那些鳥屋——迷你版的都鐸式、殖民時代風格、維多利亞風格，或瑞士農舍模樣的小屋——全都堆在工具房一角，數量之多，他們可能得搬到亞馬遜河流域，才能找到那麼多鳥來使用這些鳥屋。

西恩坐在一張老舊的紅色高腳椅上，不住用手指探索著一具厚重的黑色虎鉗內側，感覺著堆積在那裡的陳年機油與鋸屑，一直到他父親開口制止：「西恩，你到底要我跟你說多少遍？」

西恩抽回手指，將上頭的油汙搓揉在另一手的掌心上。

他父親拾起散落在工作桌上的幾根鐵釘，將它們丟入一個黃色的咖啡罐裡。「我知道你喜歡吉米．馬可斯，但從今天起，你要跟他玩就得待在屋子附近玩。我說的是我們家，不是他家。」

西恩點點頭。他知道這時候再去跟他父親爭辯也沒有用。在他把話一個字一個字說得那麼慢、那麼清楚，彷彿每個字上頭都綁了一顆小石子的時候。

「我這麼說你都懂了吧？」他父親把咖啡罐推到右邊，低頭看著西恩。

西恩點點頭。他望著他父親緩緩搓揉掉沾在指尖的木屑。

「這樣要多久？」

他父親伸手，抹去嵌在天花板上的一個掛鉤上頭的灰塵。他再度搓揉指尖，然後把那一小團棉絮似的灰塵往桌底的垃圾桶一扔。「這麼說吧，要很久很久。還有，西恩？」

「嗯？」

「你也不必找你媽去說這件事了。看你們今天捅了那堆漏子，她根本就不希望你再和吉米玩在一起了。」

「他其實本性不壞啊。他只是……」

「我也沒說他壞。他只是野了點。你媽這輩子也真是受夠了。」

西恩注意到他父親說出「野」這個字的時候，臉上似乎閃過了一道光。他知道在那一刻，他父親似乎又變回當年的那個比利·狄文；西恩早就陸陸續續從叔叔阿姨的對話中拼湊出當年那個比利·狄文的模樣。「老比利」，他們是這麼說他的，寇恩叔叔有一次還曾帶著滿臉微笑稱他是「狠小子」；但當年那個老比利早在西恩出生前幾年就消失了，由眼前這個沉默謹慎、還有著一雙蓋過無數間鳥屋的靈巧大手的男人取而代之。

「今天說過的話你可別忘了。」他父親說道，然後拍拍西恩的肩膀，示意談話到此結束。

西恩從椅子上跳下來，緩緩走過陰涼的地下室，腦袋裡卻不住想著，讓他喜歡和吉米玩在一起的原因，是否也就是讓他父親喜歡和馬可斯先生混在一起、從週六喝到週日、笑得太用力太突兀的理由；還有，是否這也就是他母親一直害怕的東西。

幾個星期後的一個週六早晨，吉米與大衛·波以爾突然出現在西恩家門口。吉米的父親並沒有同行。西恩還正在吃早餐，卻突然聽到有人在敲後門；他母親前去應了門，然後用一種禮貌而疏遠、通常是在她不確定自己到底想不想見到來人時才會出現的口氣，說道：「早安，吉米。早安，大衛。」

吉米今天顯得有些沉默。平日那種瘋狂的精力暫時不見蹤影，彷彿讓人硬生生塞回他的胸膛、蟄伏在那裡。西恩幾乎可以感覺到那股精力在吉米的身體裡蠢蠢欲動，也感覺得到吉米正在極力按捺。吉米看來更小更黑了，彷彿就等人拿針戳他一下，他立刻就要爆裂開來。西恩不是第一次看到他這副模樣。吉米向來就是這樣陰晴不定。但西恩始終不明白、始終納悶不已，吉米到底有沒有辦法控制自己的情緒，或者，他的脾氣就像感冒或是他母親那些不請自來的親戚，要來的時候你可是趕也趕不走。

每當吉米這副模樣的時候，卻也正是大衛．波以爾最惹人厭的時候。大衛．波以爾似乎把取悅身邊的每一個人當成自己的責任，結果卻適得其反，他愈努力眾人就愈不耐煩。

一會兒後，三人並肩站在西恩家門外的人行道上，試著要想出一些打發時間的方法。吉米心事重重，而西恩才睡醒沒多久、腦袋還是一團渾沌。眼前是漫長的一天，但西恩家這條街的盡頭卻是跨越不得的界線。大衛說道：「嘿，你們知不知道狗為什麼舔睪丸？」

西恩與吉米都沒開口。老掉牙的笑話了。

「因為牠舔得到呀！」大衛．波以爾一陣尖聲怪笑，還捧著肚子，一副笑到肚子痛的模樣。

吉米自顧自往拒馬那邊走去。市府工人先前重鋪了人行道上的水泥磚；他們在未乾的水泥周圍用黃色的膠帶在四架拒馬間圍出一個長方形。但吉米卻直直往裡頭走，硬是把膠帶扯了下來。他蹲在未乾的水泥地前，兩隻帆布鞋穩穩地踩在邊緣，然後找來一根樹枝，在濕水泥上隨意勾了幾條曲線。那線條讓西恩聯想到老人乾枯的手指。

「我爸已經沒和你爸一起工作了。」

「為什麼？」西恩在吉米身旁蹲了下來。他手上沒有東西，不過他倒是挺想也找來一根樹枝什麼的。吉米做什麼他就想跟著做什麼，雖然他自己也說不上來是怎麼回事，雖然這可能會招來父親的一頓鞭打。

吉米聳聳肩。「他比其他人靈光多了。他們都怕他，因為他懂太多了。」

「懂太多靈光的東西！」大衛．波以爾插嘴道。「對不對，吉米？對不對，吉米？對不對，吉米？」大衛有時真像隻鸚鵡。

西恩不明白一個人能知道多少有關糖果的事情，而這些事情又能有多重要。「懂太多什麼？」

「比如說工廠要怎麼運作比較好之類的。」吉米聽來連他自己也不太確定。他再度聳聳肩。「反正就是這些嘛。一些重要的事情。」

「哦。」

「就是工廠要怎麼運作的問題嘛。對不對，吉米？」

吉米又用力畫了幾筆。大衛．波以爾這時也找來一根樹枝，跟著蹲在濕水泥前畫了一個圓圈。吉米皺了皺眉頭，扔掉手上的樹枝。大衛見狀立刻停筆，轉頭望著吉米，彷彿在問著，我做錯什麼了嗎？

「你知道什麼才叫酷嗎？」吉米微微揚高了聲調，西恩身上的血液跟著一陣騷動。也許是因為吉米定義的「酷」通常迥異於一般人所想的吧。

「什麼？」

「開車。」

「嗯。」西恩許久才吭了一聲。

「也沒什麼大不了的嘛，」吉米伸出雙手，樹枝與濕水泥這時早讓他拋到九霄雲外去了。「不過就在這附近繞上幾圈。」

「在附近繞幾圈。」西恩說道。

「這夠酷吧，嗯？」吉米咧嘴一笑。

西恩感覺自己臉上也不住泛開一個大大的微笑。「是夠酷。」

「何止酷，簡直是酷斃了。」吉米起身一躍，單腳跳得老高。他對著西恩挑眉，又是一跳。

「是夠酷。」西恩已經能想像那種方向盤在握的快感。

「是啊是啊是啊。」吉米對準西恩的肩頭送上一拳。

「是啊是啊是啊。」西恩回敬吉米一拳。一陣漣漪從他心底迅速地泛開來，一圈緊追著一圈。突然間，世界變快變亮了。

「是啊是啊是啊。」大衛說道，一拳送出卻沒擊中吉米的肩膀。

有那麼一瞬間，西恩幾乎要忘了大衛的存在。大衛就是那麼容易讓人拋到腦後。西恩也說不上來是什麼原因。

「他媽的大條他媽的酷。」吉米笑道，然後又是縱身一跳。

西恩的腦海裡開始形成畫面：他與吉米坐在前座（大衛如果在的話也應該是在後座），兩個十一歲的小子，開車自東白金漢的大小街道呼嘯而過，對路過的朋友猛按喇叭，和那些大孩子在鄧巴街飆車競速；車胎摩擦地面，揚起一陣白煙。白煙自搖下的車窗灌進車內，他幾乎可以聞到那個味道、幾乎可以感覺到風掠過他的髮間。

吉米抬頭順著眼前的街道望過去。「你知道這條街上有誰會把鑰匙留在車裡嗎？」

西恩當然知道。葛里芬先生的車鑰匙就放在駕駛座下頭，朵蒂．費歐蕊通常把鑰匙留在前座的置物箱裡，而一天到晚喝得醉醺醺、還把法蘭克．辛納屈的唱片放得震天價響的老頭子莫考斯基，則根本就懶得把鑰匙從鎖孔裡拔出來。

但當他順著吉米的目光望過去、在心中默默挑出那幾輛鑰匙就留在裡頭的汽車時，西恩卻突然感到自己的眼底悶悶地脹痛了起來；沿街車輛的車頂與引擎蓋將陽光反射得格外刺眼，他卻突然感到整條街、上頭的每一幢屋子，甚至是整個尖頂區與所有人對他的期望的重量沉沉地壓在他身上。他不是那種會偷車的小孩。他是將來要上大學、要出落得比工頭或是上貨工人還要有出息多了的那種小孩。這是他的出路，而西恩也願意相信只要他夠小心、夠有耐性，這出路絕對是行得通的。這就像耐著性子看完一部不管有多無聊、多叫人看不懂的電影。因為電影總會有結局，真相總會大白；就算真相沒有大白，說不定那結局夠酷，酷到能讓你覺得前面的忍耐都是值得的。

他幾乎要對吉米脫口說出自己的這些想法，但吉米早已往前走去，打探著沿街停放的車子裡頭的動靜。大衛小跑步跟在他身後。

「這輛如何？」吉米手放在卡爾頓先生那輛貝爾耶大車上頭。他的聲音在乾燥的空氣中聽來分外響亮。

「嘿，吉米，」西恩朝吉米走去。「開車的事就改天吧，嗯？」

吉米一下子拉長了臉。「你這話是什麼意思？說今天就今天啊。保證好玩的啦。酷斃了，記得嗎？」

「酷斃了喲。」大衛說道。

「我們不夠高，根本看不到路。」

「不夠高就墊電話簿啊。」吉米迎著陽光微笑。「你家總有電話簿吧？」

「電話簿，」大衛說道，「沒錯！」

西恩抓住吉米的雙臂。「別這樣啦。」

吉米臉上的微笑一下僵住了。他鐵著臉，盯著西恩的手臂，彷彿想把它們從中截成兩段。「你就不能做點好玩的事嗎？」他扯扯貝爾耶的車門把手，但大車鎖得牢牢的。有一秒鐘的時間，吉米兩頰的肌肉與下唇都各自抽動了一下。接著，他卻只是定定地看著西恩的臉，眼神中透露著某種含帶野性的寂寞。西恩心頭微微地抽痛。

大衛看看吉米，再看看西恩。他突然以一種古怪的姿勢揮動拳頭，擊中西恩的肩膀。「對啊，這麼好玩的事你怎麼不想做呢？」

西恩不敢相信大衛竟然打了他一拳。竟然是大衛。

他揮拳擊中大衛的胸口。大衛不敵，一下跌坐在地上。

吉米推了西恩一下。「你他媽的是什麼意思？」

「他打我。」西恩說道。

「那哪叫打。」吉米說道。

西恩不敢置信地睜大了眼睛，吉米立刻如法炮製。

「他打我。」

「他打我，」吉米捏著嗓子模仿道，然後又推了西恩一下。「幹，他好歹也是我的朋友。」

「我難道就不是嗎？」西恩說道。

「我難道就不是嗎，」吉米說道。「我難道就不是嗎我難道就不是嗎。」

大衛．波以爾站起身，笑得很開心。

西恩說道：「你笑個屁啊。」

「笑個屁啊笑個屁啊笑個屁啊。」吉米又推了推西恩，這次用力多了，他整個掌根就陷在西恩的肋骨間。「來啊，要打架就上來啊！」

「要打架就上去啊。」這會兒連大衛都加入了戰局。

西恩根本搞不清楚一切是怎麼開始的。他已經忘了是什麼事情惹得吉米這樣生氣，也不記得那個蠢大衛當初怎麼會蠢得敢對他動手。他只知道，上一秒他們都還站在車子旁，下一秒卻都已經跑到馬路上拉拉扯扯了。吉米使勁地推他，臉上五官糾結成一團，黑色的眼珠深陷在眼眶中；大衛跟著也出手了。

「來啊，要打架就上來啊。」

「我沒有……」

西恩胸口又吃了一記。「來啊，你這死娘娘腔。」

「吉米，有話好好……」

「不，我不想和你好好說。你說，你是不是一個該死的娘娘腔啊？你說啊？」

吉米往前站一步，原本正要再度出手，卻突然停住了。他看到西恩身後有一輛車緩緩駛近，眼神中那股野性（還有疲倦，西恩突然看清楚了）的寂寞，再三擠壓著他臉上的五官。

那是一輛棕色的大車，又方又長，就像警察常開的那種，普里茅斯還是什麼的。車子在他們腳邊停了下來，裡頭兩個條子隔著擋風玻璃瞅著他們三人瞧。行道樹的影子映在玻璃上，迎風招搖，叫人看不清玻璃後頭那兩張臉。

西恩突然感到一陣頭暈。

坐在駕駛座的那個條子下了車。他看起來就像個條子——金髮修剪成短短的平頭、紅臉、白襯衫、黑金相間的尼龍領帶，啤酒肚像成疊的鬆餅似地垂掛在腰帶外頭。留在車上的那個傢伙看來病懨懨的。他骨瘦如柴、一臉疲倦，滿頭油膩的黑髮，一手還不住地搔弄著頭皮。三個男孩往駕駛座門靠過來的時候，他卻猛盯著後視鏡瞧。

金髮胖子對三人勾勾手指，要他們站到他面前。「讓我來問問你們幾個問題。」他擠著那團啤酒肚彎下腰來，碩大的一顆頭完全遮住了西恩的視線。「你們這幾個小鬼，是誰告訴你們可以在馬路中間打架的啊？」

西恩注意到胖子右側腰間掛著一個金色的徽章。

「你們說呢？」胖子把一隻肥厚的手掌擱在耳後。

「報告警官，沒有人。」

「報告警官，沒有人。」

「報告警官，沒有人。」

「一群無法無天的小鬼，是吧？」他伸出大拇指，往留在車上的傢伙一比。「我和另一位警官，我們受夠你們這些東白金漢的小鬼了，遊手好閒，光是會騷擾附近的善良居民！」

西恩與吉米沒有接腔。

「我知道我們錯了。」似乎隨時就要哭出來的大衛．波以爾說道。

「你們就住在這條街上嗎？」胖條子問道。他的眼光掃過街道左側的一排房子，一副地頭很熟、由不得三人扯謊的樣子。

「沒錯。」吉米說道，一邊作勢回頭望望西恩家的房子。

「報告警官，是的。」西恩說道。

大衛這會兒倒住口了。

條子低頭瞅著他。「你倒是說話啊，小鬼？」

「啊？」大衛望著吉米。

「你不必看他。是我在問你話！」胖條子鼻息濃濁。「你也住在這裡嗎，小鬼？」

「啊？不是。」

「不是？」條子彎腰朝著大衛。「那你住哪？」

「瑞斯特街。」大衛依然看著吉米。

「哼，原來是平頂區的小鬼跑到尖頂區來撒野啊？」胖條子嘴唇一陣蠕動，彷彿在吸棒棒糖似的。「你這就不對啦。」

「嗯？」

「你母親在家嗎？」

「報告警官，在。」大衛再也忍不住了，斗大的淚珠霎時奪眶而出。西恩與吉米轉頭看向他處。

「嗯，我們得找她好好談談，告訴她，她的寶貝兒子幹了什麼好事。」

「我……我沒有……」大衛抽抽噎噎的。

「上車。」條子打開後座車門。西恩突然聞到一陣濃烈的蘋果香，像十月特有的香氣。

大衛再次看看吉米。

「上車啊，」條子催促道。「難道你非要我上手銬不成？」

「我……」

「啥？」條子聽來是被惹毛了。他用力拍打車門頂。「你他媽的快給我滾進去！」

大衛放聲大哭，乖乖依言爬進後座。

條子伸出一隻肥短的手指，指著西恩與吉米。「你們兩個回去好好反省，跟你們母親說清楚，說你們幹了什麼好事！還有，別再讓我逮到你們又跑到街上來撒野，聽到了沒？」

吉米與西恩各自往後退了一步，胖條子上車，甩上車門，隨即駕車揚長而去。西恩與吉米看著車子往街角駛去，閃燈準備右轉——大衛的頭因距離與樹影而變成模糊的黑影，目光卻始終緊盯著他們。然後街道就又恢復原來的寧靜，空無一車，彷彿剛才那記關門聲讓一切都靜止了。吉米與西恩站在原地，低頭看著自己的腳，再抬頭望望街道兩頭，就是不肯看著對方。

西恩再次感到一陣頭暈，嘴裡甚至湧上一陣淡淡的苦味。他感覺自己的胃腸像是給人用湯匙掏空了。

然後吉米開口了。

「都是你。是你先開始的。」

「才怪。是你先開始的。」

「是你。現在可好了。那傢伙慘了。他媽腦袋不太正常，天知道她看到兒子被兩個條子帶回家會有什麼反應。」

「又不是我開始的。」

吉米推了西恩一把，西恩這回也回手了。下一秒，兩人便雙雙倒在地上，扭打成一團。

「嘿！」

西恩從吉米身上滾下來，兩人一躍而起，站定了就等著看那兩個條子又回來了，結果是狄文先生站在前廊階梯上，正朝他們走來。

「你們兩個搞什麼鬼？」

「沒有啊。」

「沒有？」西恩的父親皺皺眉頭，在人行道上停下步伐。「通通給我過來。不要站在馬路中間。」

兩人於是回到人行道上，與西恩的父親並肩而立。

「你們不是有三個人嗎？」狄文先生望望街角。「大衛呢？」

「啊？」

「我說大衛跑到哪裡去了？」西恩的父親瞅著兩人瞧。「大衛不是和你們一起嗎？」

「我們在街上吵架。」

「什麼？」

「我們在街上吵架，然後警察就來了。」

「這是什麼時候的事？」

「就五分鐘前吧。」

「繼續說下去。警察來了，然後呢？」

「然後他們就把大衛抓走了。」

西恩的父親再次望望街道兩頭。「他們什麼？他們把大衛抓走了？」

「好送他回家啊。我說謊，我跟他們說我住在這裡。大衛跟他們說他住在平頂區，結果他們就……」

「等等，你在說些什麼啊？西恩，那兩個條子長什麼樣子？」

「啊？」

「他們穿制服嗎？」

「沒有。他們……」

「沒穿制服。那你們怎麼知道他們是條子？」

「我不知道。他們……」

「他們怎樣？」

「他身上有佩帶徽章，」吉米說道，「就掛在腰帶上。」

「什麼樣的徽章？」

「金色的……」

「好。那徽章上面寫什麼？」

「寫什麼？」

「字啊。你有看到上面寫了什麼字嗎？」

「沒有。我不知道。」

「比利？」

三人應聲轉頭，齊望著西恩的母親站在前廊上，緊繃的臉上寫著疑問。

「啊，親愛的，妳趕快撥個電話到警察局問問看，看他們有沒有人逮了一個在街上吵架的男孩。」

「男孩？」

「大衛．波以爾。」

「天哪，他母親！」

「先別緊張。我們先打電話去警察局問清楚再說，好嗎？」

西恩的母親轉身入屋。西恩轉頭看看他的父親。他感到有些手足無措，不知道該把手放在哪裡。

他先是把手插進口袋裡，一會又拔出來，在褲子上磨蹭。他輕聲說道：「這下糟了。」然後又不禁朝街角望去，彷彿大衛的身影還在那裡盤旋不去；一個在他視線盡頭明滅晃動的幻影。

「棕色的。」吉米忽然說道。

「什麼？」

「他們開的那輛車是棕色的。深棕色。普里茅斯吧，我猜。」

「還有呢？」

西恩試著回想剛剛發生的一切，但腦袋卻一片空白。他眼前只有一團阻擋住他全部視線的影像，一團巨大而模糊的影像。那影像幾乎遮去了雷恩太太前院樹籬的下半部和她那輛橘色的福特小車。他什麼也看不清了。

「蘋果味。那車裡飄散著一股蘋果味。」他脫口而出。

「什麼？」

「蘋果。那車子聞起來就像蘋果。」

「聞起來像蘋果。」他父親說道。

一小時後，兩名警員出現在西恩家的廚房，仔細盤問西恩與吉米。不久，又一個警方的人帶著素描簿來到，然後根據兩人的描述，畫下棕色大車裡頭那兩個人的畫像。素描簿裡的金髮大漢看來比現實還要凶惡、臉也更大了，但除此之外確實就是他。另一個留在車上、眼睛死盯著後視鏡瞧的男人五官則有些模糊，唯一還讓人認得出來的就是那頭黑髮。吉米與西恩根本從沒看清過那人的長相。

吉米的父親也到了。他帶著一臉怒氣站在廚房一角，眼神卻有些渙散，身子還不住地微微搖晃，彷彿晃個不停的是他身後的牆壁似的。他到場後就沒跟西恩的父親說過一句話，在場也沒人向他開過口。他平日那種迅速移動的能力暫時不見蹤影，在西恩眼裡，他整個人也因此看來縮小了些，又顯得有些不真實，彷彿只要西恩一移開視線，再回過頭來時就會發現他已經融入背景的壁紙裡去了。

反覆推敲事發經過四五遍後，所有人——警員、畫素描的人、吉米與他的父親——便離開了。西恩的母親轉身回到臥房，砰一聲甩上了門；幾分鐘後，西恩聽到裡頭傳來悶悶的哭聲。

西恩走出門外，坐在前廊的一張椅子上。他父親跟了出來，告訴他，他沒有做錯任何事，他和吉米沒跟著上車是對的。他拍拍西恩的大腿，向他保證一切都會好轉。大衛今天晚上就會回來了。你等著看吧。

然後他父親就沒再說過一句話了。他靜靜地坐在西恩身旁，一口一口地啜飲著他的啤酒。西恩可以感覺到他父親的思緒飄遠了，彷彿他的人根本就不在他身邊：或許在臥房裡同他母親一起，或許又回到他的地下室蓋他的鳥屋。

西恩抬頭，順著停放在路旁的車子看下去，看著那被引擎蓋反射出來的陽光。他試著告訴自己，這一切終會真相大白的。事情既然會發生，就總是有它的道理，只是他一時還看不出來罷了。他總有一天會明白的。自從大衛上了車、他和吉米在地上扭打成一團以來便流竄他全身的腎上腺素，這時終於消退了，像汗水般自他全身的毛孔向外蒸散無蹤。

他望著自己剛剛和吉米與大衛．波以爾站在貝爾耶大車旁邊吵架的地方。他靜靜地等待著，等待什麼東西來填滿腎上腺素退去後在他體內留下的空洞。他等待眼前的一切重新聚合成形，讓他能看個清楚。他望著屋前的街道，感覺那股若有似無的嗡嗡聲，等待著。他等了又等，直到他父親起身，他於是也跟著回到屋內。

吉米跟在他父親身後，往平頂區走去。他父親的步伐有些蹣跚，邊走邊把一根根香菸抽到要燒到手了才肯放手，嘴裡還一邊呢呢喃喃地自言自語。到家後免不了要挨一頓鞭子了，吉米在心裡忖度著，又也許不會吧，這實在很難講。他父親丟了糖果廠的差事後，就明令他不准再往西恩家跑；光是衝著這點，他就遲早得付出代價。但也許不是今天。他父親眼神中飄散著那種昏昏欲睡的醉意，照經驗判斷，他到家後八成只會坐在廚房桌前重拾酒杯，一直喝到趴在那裡昏睡過去為止。

吉米刻意和父親保持幾步的距離，以策安全。他邊走邊把一顆棒球丟得半天高，再用從西恩家偷來的手套接住。那手套與球是他剛剛從西恩的房裡摸出來的。那時西恩一家人全都忙著送那幾名警員出門；他和他父親默默地從廚房穿過走道往前門走，根本沒人搭理他們。西恩臥房的門沒關，吉米一眼就瞄到躺在房內地板上的手套，裡頭還包著一顆球；他一個閃身，拾起手套，然後就跟在他父親身後走出了西恩家的前門。他不知道自己為什麼要偷走那個手套。他父親見到他的舉動時曾對他一眨眼，眼神中甚至透露著某種驚喜與驕傲。但他為的不是這個。他媽的絕對不是。管那老頭去死。

他這麼做是因為西恩打了大衛．波以爾，是因為他說要一起偷車卻又臨陣退縮，是因為過去一年來的很多事，是因為吉米心裡始終有一種感覺，不管西恩送他什麼——棒球卡也好、半截巧克力棒也好——他始終感覺那是一種出於憐憫的施捨。

吉米剛把手套撿起來、摸出西恩家大門那一刻，他只覺得無比興奮。他覺得棒透了。但一會兒之後，正當他們要穿過白金漢大道時，一股熟悉的、每次偷了什麼東西後總會有的那種困窘與羞恥感，突然襲上心頭，還有那股憤怒——他不知道是什麼人、還是什麼東西讓他做出這些事情，但總之他痛恨它們，痛恨它們害他出手做出這些事情。又過了一會兒，當他們沿著彎月街走近平頂區時，他望望前方那堆破爛不堪的三層樓公寓建築，再望望手中的球套，卻突然感到一股油然而生的優越感。

吉米偷走手套；他感覺糟透了。西恩會想念他的手套。吉米偷走手套；他感覺棒透了。西恩會想念他的手套。

吉米看著父親跌跌撞撞地走在前頭。那老不死的渾帳看來隨時就要倒在地上，化成一堆爛泥。他恨西恩。

沒錯，他恨西恩。他之前真是個傻子，竟以為他們可以當朋友。他知道自己將會終身保有這只手套，小心翼翼地呵護它、照顧它，絕不讓任何人看到它，而且也永遠永遠不會帶它上球場、使用它。他寧死也不願這麼做。

吉米隨父親走在高架鐵路下方，在幽暗中朝彎月街的盡頭前進。平頂區豁然出現在他眼前，一覽無遺。貨運火車隆隆駛過老舊破爛的露天電影院，再往前方的州監大溝駛去。他知道——在他心裡最深最深的一個角落——他們再也見不到大衛．波以爾了。在吉米住的那條街，瑞斯特街，成天都有人東西被偷。吉米四歲的時候丟了三輪車，八歲的時候則換成腳踏車被人牽走。他老頭也丟過一輛車。

連他母親曬在後院的衣服都有人要偷，搞得他媽最後不得不把衣服晾在家裡。東西被偷和一時健忘找不到東西是不同的，那是兩種迥然不同的感覺。東西一旦被偷就永遠回不來了，你心底總是會有那種一去不回的感覺。他現在就對大衛有這種感覺。也許，西恩現在也正對他的手套有這種感覺；站在他臥房地板上那一小塊空盪盪的空間前，無論如何都知道手套一去就永遠永遠不會再回來了。

是很糟，因為吉米確實喜歡過大衛，雖然他自己也說不上來大衛到底有什麼值得喜歡的。那小子確實有些什麼，也許是因為他總是在那裡，即使多半時候你根本不會注意到他的存在。

2 四天

結果證實，吉米錯了。

大衛．波以爾失蹤四天後便乘著警車回來了。他坐在警車前座，護送他回來的兩名警員隨他開關警笛，還讓他摸了摸鎖在置物箱底下的霰彈槍槍托。他們頒給他一個榮譽警徽，而且在他們要送他回家那天，瑞斯特街上還擠滿了來自報社與電視台的記者，全都等著捕捉波以爾母子團圓的一幕。臨下車時，其中一名警官尤金．庫比亞基，還特地繞到另一邊，把大衛從車裡抱出來，先把他舉得高高的，然後才讓他降落在他那又哭又笑、渾身顫抖不已的母親面前。

除了記者，瑞斯特街上還擠了一堆旁觀的人——有父母、小孩、郵差；在瑞斯特街與雪梨街轉角開了一家潛艇堡快餐店，長得圓滾滾，綽號豬排的兩兄弟；甚至連大衛與吉米在路易杜威的五年級導師，鮑爾小姐都趕來了。吉米站在他母親身邊。他母親緊擁著他，讓他的後腦杓緊貼在她胸前，一隻汗濕了的手掌則貼在他額頭上，彷彿想藉此確定吉米沒有染上任何大衛染上了的東西。庫比亞基警官把大衛高高舉起的時候，兩人相視而笑像對認識多年的老朋友似的，而美麗的鮑爾小姐則忘情地為兩人鼓掌——吉米突然感到一股強烈的妒意。

我差點也上了那輛車，吉米很想告訴旁邊的人。他尤其想告訴鮑爾小姐。鮑爾小姐是個美女，白皙漂亮；她上排牙齒有一顆牙長得有些歪，一笑就會露出來；但在吉米眼裡，這個小缺陷卻只會讓她看來更美更動人。吉米很想告訴她自己差點也上了賊車的事，看看能不能讓她用那種表情看著自己，就像她現在看著大衛的一樣。他還想告訴她，自己無時無刻都在想她。他想像的是年紀大一些的自己，就是大得足以開車的那種年紀，好開車載著她四處兜風，讓她不住對著自己微笑；他們還要一起去野餐，而不論他說什麼都能逗得她開懷大笑，露出那顆可愛的牙齒，然後還伸手碰碰他的臉。

不過，置身這群人之中的鮑爾小姐似乎顯得有些不自在。吉米看得出來。她對大衛說了幾句話，並親了他的臉頰——她一共親了他兩下——之後，其他人便圍了上去，而鮑爾小姐則退到一旁，站在坑坑疤疤的人行道上，抬頭看著四周那堆歪斜的三層樓公寓建築，以及上頭那些斑駁捲曲的瀝青紙和底下暴露出來的木板。在吉米眼中，此時的她看來似乎更年輕、卻又更難以接近了；彷彿她突然間變成修女之類的人物，摸摸頭髮、檢查自己儀容是否整齊合宜，皺皺小鼻子，馬上就要吹毛求疵起來。

吉米想要再靠近她一點，但他母親卻對他的掙扎視若無睹，依然把他緊緊摟在胸前。他眼睜睜看著鮑爾小姐往瑞斯特街與雪梨街的轉角走去，對著什麼人死命地招手。一個嬉皮模樣的年輕人開著一輛嬉皮模樣的黃色敞篷車往街角駛來，被陽光曬得有些褪色的車門上頭還漆著一些紫色的小花瓣；鮑爾小姐上了那輛車，揚長而去。喔，不，吉米心想。

他終於掙脫了母親的懷抱。他站在路中間，看著圍繞在大衛身邊的那群人。他希望自己當初也上了那輛車，現在就也能感受到大衛此刻正感受到的那種關愛的目光、那種與眾不同的感覺了。

瑞斯特街上彷彿正在進行某種節慶宴會，眾人忙著四處搶鏡頭，一心希望能在電視上或明天的報紙上看到自己的身影——是呀，我認識大衛，他是我最好的朋友呢，一起在這長大的嘛，欸，真是個不錯的孩子，感謝老天讓他平安歸來。

有人打開消防栓，水柱像一股終於得以釋放的嘆息，往瑞斯特街猛烈噴灑。孩子們甩掉鞋子，捲起褲管，在四濺水花中跳躍奔跑。冰淇淋小販也趕到了，要大衛想吃什麼儘管自己拿，老闆請客；連那個死了老婆的怪老頭巴基諾——這脾氣火爆的老傢伙，成天只會開窗大吼，要人家你他媽的安靜一點，還會拿ＢＢ槍打松鼠（要是沒大人在場，他連小孩都照射不誤）——都打開窗戶，把音響喇叭搬到窗邊，下一秒，狄恩．馬丁渾厚的歌聲便傳遍了整條瑞斯特街，〈留下回憶〉、〈振翅高飛〉，還有一堆吉米平日聽了就想吐的懷舊老歌。但今天則否，今天就適合聽這些歌。今天，這些歌就像繽紛的彩帶一樣，在瑞斯特街上迎風翻飛，與嘩嘩水聲相互應和。在豬排兄弟店後的小房間開設賭場的那些人，搬出幾張摺疊桌與小烤肉架，不久更有人拖來幾個裝滿施里茲牌與納拉岡塞特牌啤酒的小冰桶，不消多時，肥滋滋的烤熱狗與烤義大利香腸味便飄散開來了。空氣中那種繚繞的煙霧、嗆鼻的炭燒味，還有砰砰不絕於耳的啤酒開罐聲，不禁讓吉米想起了芬威球場、夏日週末，以及那種當身邊的大人放鬆心情、變得像個小孩子似地的時候，那種充塞胸懷的喜悅，那種所有人都在笑、所有人看來都變年輕了、所有人都彼此搭肩談笑的美妙時刻。

就是像這樣的時刻。對吉米而言，就是像這樣的時刻讓一切都值得了——即使是在挨了他老頭一頓毒打，或是剛發現他什麼心愛的東西被偷走了的那種最黑暗的忿恨深淵裡，這樣的時刻都能讓吉米重振精神，重新愛上在平頂區度過的日子。管他是多久的積鬱、怨恨與不滿，管他工作操勞，管他親不敦鄰不睦，這裡的人們似乎總能在瞬間就突然把一切拋到九霄雲外，喝吧笑吧，彷彿他們的生命中從來就沒發生過任何不美好的事。在聖派崔克節或是白金漢日，有時在國慶日，或者是紅襪隊在九月的球賽裡表現神勇、屢戰屢勝，或者在像今天這種失而復得的難得時刻裡，這裡的人們總要拋開一切，封街狂歡，陷入某種瘋狂的節慶氛圍裡。

尖頂區就不是這麼回事了。他們當然也有街坊宴會，但那裡的人總會先在事前精密計劃過，確定該申請的許可都申請到了，到時卻還提心吊膽的，要小孩小心來往車輛、小心別踩壞鄰居的草坪——唉呀，當心點，我才剛油漆過那排籬笆哪。

至於在平頂區，反正大半的人屋前根本沒有草坪，籬笆也多半失修多年搖搖欲墜，所以說，媽的，就隨它去吧。要開心就盡情開心吧，因為，去他的，就當作是老天欠你的吧。這樣的日子裡沒有老闆上司、沒有社福調查員、沒有高利貸派來的討債打手。至於條子——現場就有兩個條子，玩得可開心了，庫比亞基警官手裡拿著一根剛下烤架的辣香腸，他的夥伴則才往褲袋裡塞了罐啤酒，等著待會兒解渴用。記者早走光了，而太陽也漸漸偏西，整條瑞斯特街就沉浸在那種晚餐時間特有的溫暖光輝裡。但今天這條街上的女人不煮飯，所有人都不必回家。

除了大衛。大衛回屋裡去了。吉米從消防水柱底下衝出來，扭乾褲管再穿回剛剛脫下的T恤，然後跑到烤架前排隊等著領熱狗——就是在那時候，他才猛然發現大衛不見了。慶祝大衛歸來的狂歡會還正熱鬧著，大衛卻悄悄進屋去了。他母親顯然也一樣。吉米抬頭看看位在二樓的大衛家：小窗的窗簾都拉下了。

那幾扇緊閉的百葉窗不知怎麼地，竟讓吉米想起了鮑爾小姐。他想起她爬上那輛嬉皮車的模樣，想起自己曾看著她右腳的小腿與腳踝，看著它們彎起、縮進車裡，然後關上車門。他突然感到有些自慚形穢，有些落寞悲哀。她要去哪裡？她現在是否正在公路上，讓風掠過她的髮梢，就像樂聲流洩過瑞斯特街那般？夜幕是否正要掩上嬉皮車裡的兩人，隨他們往……往哪裡去？吉米想知道，卻又不想知道。他明天還會在學校見到她——除非學校也打算為慶祝大衛的歸來而放假一天——他想趁機問她，但他終究不會開口。

吉米領了熱狗，坐在大衛家對面的街邊吃了起來。吃到一半的時候，他突然看到對面二樓其中一扇百葉窗讓人拉起了，而大衛就站在窗邊，緊盯著他瞧。吉米舉起吃了一半的熱狗，朝大衛揮揮手，但大衛毫無反應；吉米再試了一次，大衛卻依然只是默默地看著他。吉米看不清大衛臉上的表情，但他卻依然可以感覺到他的眼神，那種空洞與責怪。

吉米的母親朝他走過來，在他身旁坐了下來。大衛一個閃身，消失在窗後。吉米的母親是個瘦小的女人，有著一頭顏色淡得不能再淡的淡金色頭髮。她雖然瘦，肩頭卻又時時彷彿擔著千斤重的磚頭，總是弓著身子、拖著腳步走路。她還常常嘆氣。她嘆氣的方式往往讓吉米無法確定，她究竟知不知道那嘆息聲是從自己身體發出來的。吉米看過他母親懷他之前照的相片；相片裡的她豐潤也年輕多了，像個未滿二十歲的少女（吉米後來算過，她當時確實就差不多是那個年紀）。那時的她有著一張圓潤的臉，眼角與額頭也還沒有那堆細紋；面對著相機鏡頭，她笑得燦爛而動人，眼神中卻隱約藏著一抹恐懼，或者是好奇，叫吉米說也說不準。他父親跟他說過千百次了，說他母親為了生他差點就丟了命，說她血流不止，連醫生都沒把握止不止得住那來勢洶洶的鮮血。他母親從此就像丟了半條命似的，身體再沒好過一天，他父親這麼說。當然，生小孩的事也就到此為止。那種事經歷過一次就夠了。

她一隻手擱在吉米膝上，說道：「一切還好吧，我的美國大兵？」他母親常常要用不同的暱稱叫他，通常還是隨興當場叫出口的，吉米通常都搞不清楚那名字又是從哪裡冒出來的。

他聳聳肩。「還不就那個樣。」

「你今天還沒跟大衛說過話哪。」

「妳把我摟得那麼緊，我哪有機會。」

他母親縮回放在他膝上的手，緊緊環住自己，以抵禦隨夜幕掩至而漸深的寒意。「我是說後來。他還沒進屋之前。」

「我明天就會在學校碰到他了。」

他母親在牛仔褲口袋裡一陣摸索，掏出她的肯特牌香菸，點了一根，然後急急地吐了一大口白煙。「我想他明天應該不會去上學吧。」

吉米吃掉最後一口熱狗。「嗯，過幾天吧？」

他母親點點頭，又吐了幾口煙。她一手托肘，邊抽菸邊凝望著對面二樓的窗戶。「今天在學校還好吧？」她說，雖然她看來並不真期待吉米的回答。

吉米聳聳肩。「還好。」

「我剛剛有看到你們老師。很漂亮。」

吉米沒有接腔。

「真是漂亮。」他母親對著一團冉冉升空的煙霧輕聲說道。

吉米還是沒說話。他常常不知道要跟他的父母說些什麼。他母親無時無刻看來都這麼疲倦。她的目光茫茫地飄向某個未知的地方，只是一個勁地抽她的菸，吉米一句話常常要反覆說上好幾次才能叫她聽見。他父親則通常是一副怒氣衝天的模樣，即使不是，吉米也知道眼前這個幾乎稱得上是好父親的傢伙隨時都可能翻臉，轉眼又要變回那個滿心苦澀的醉鬼，而吉米便成了他發洩怒氣的對象——半小時前還能惹得他哈哈大笑的一句話，半小時後卻成了他痛打吉米一頓的理由。吉米還知道，無論他怎麼逃避、怎麼偽裝，他體內確實流著這兩人的血液：他兼有他母親的沉默與他父親那種不預警的暴怒。

除了想像自己是鮑爾小姐的男朋友之外，吉米有時也會想像自己如果是鮑爾小姐的兒子，一切又會是何等光景。

他母親這時卻突然瞅著他瞧，夾在指間的香菸高舉在耳邊，瞇著雙眼，目光在他臉上來回搜尋。

「怎麼了？」他說，有些發窘地對他母親一笑。

「你笑起來真的很好看哪，少年拳王阿里。」她回報他一笑。

「是喔。」

「嗯，沒錯。將來不知道要迷倒多少女孩子哪。」

「嗄，那也好。」吉米說道。母子兩人相視笑開了。

「你可以多開口說點話。」他母親說道。

妳也是，吉米很想這麼告訴她。

「不過也沒關係啦。酷一點也好，女人就吃這套。」

吉米從母親的肩頭看過去。他的父親步履蹣跚地從屋裡走出來，身上的衣服縐巴巴的，一張臉則因剛睡醒還是酒喝多了——更可能是兩者兼是——而顯得有些浮腫。他父親睜著惺忪的雙眼，看著眼前熱鬧的一幕，一臉無法理解的表情。

他母親順著他的目光看過去，而當她終於回過頭來時，她臉上再度出現了平日那種倦容，剛才那抹微笑則消散得無影無蹤，幾乎叫人懷疑她從來就不知道該如何微笑。「嘿，吉姆。」

他最喜歡她這麼叫他了。「吉姆」。這讓他覺得跟母親更親近了。

「什麼事？」

「我真的很高興你沒進了那輛車，寶貝。」她在他的額頭上輕輕一吻。吉米看得到她眼中閃爍的光芒。接著她便站起來，朝其他幾個圍著聊天的母親們走過去，卻始終背對著她的丈夫。

吉米抬頭看去。他再度看到大衛靜靜地站在窗邊，凝望著他。他房裡的燈開了，昏黃的燈光從他背後幽幽地向外映射。這一次，吉米甚至不想再試著朝他揮手了。警察和記者都走光了，而沒了他們的提醒，街上這群酒酣耳熱、玩得正盡興的人們大概早忘了這宴會原來是為何而起。吉米可以感覺到大衛孤伶伶地待在那間狹小的公寓裡，除了他那個半瘋的母親外，就只有一屋子老舊的棕色壁紙與昏黃微弱的燈陪伴著他。

他再度感到慶幸，慶幸自己沒上那輛車。

吉米的父親昨晚是這麼跟他母親說的：「就算那孩子活著被找回來了，八成也已經成了瑕疵貨。

個瑕疵貨。早不是原來那個樣了。」

大衛突然舉起一隻手。他把手掌舉高在齊肩處，卻半天都不動，而當吉米朝著他揮手時，他突然感到一股刺骨的悲傷竄進他體內，在深處緩緩地蔓延開來。他不知道這股深沉的悲傷究竟因何而起，是因為他的父親、他的母親、鮑爾小姐，還是這整個地方，或者是因為那個站在窗邊動也不動、只是癡癡舉著手的大衛；但無論是何者──其中之一或是全部加在一起──他都能確定，這悲傷一旦竄進他體內就再也不會出來了。十一歲的吉米坐在街邊，卻再也不能覺得自己只有十一歲了。他感覺自己老了。像他父母一樣老，像這條街一樣老。

瑕疵貨，吉米想著，一邊緩緩垂下了揮動的手。他看著大衛朝他輕輕點頭，然後便拉下百葉窗，轉身回到那間貼著棕色壁紙的小公寓裡。那間只有時鐘滴答聲劃破一片死寂的小公寓。吉米感到那股悲傷彷彿在他體內找到了溫暖的歸宿似地，在他心底紮了根。但他甚至不期望它能離開他心底，因為他隱約明白，任何努力都只是徒然。

他站起身，霎時卻不知道自己要往哪裡去。他感到一股熟悉的需要，像針刺般搔弄著他不安的心。他多麼想一拳打到什麼東西上頭，或是去做些真正刺激的事。但他的胃又叫了，他這才想起來肚子還沒填飽呢，希望熱狗還有剩；吉米舉步朝人群走去。

大衛．波以爾足足出了好幾天風頭，不止在平頂區，幾乎全州的人都認識他了。第二天的《美國紀事報》頭版就寫著斗大的標題：「小男孩去而復返」，底下還附了一張照片，大衛坐在他家門前的階梯上，他母親的雙臂從後方擁住他、在他胸前交叉，兩人身旁則擠了一堆搶鏡頭的小鬼，一個個全咧著嘴，笑得很開心。除了大衛的母親。她臉上的表情看來像是剛在冷天裡錯過了一班公車似的。

大衛回到學校不出一星期，那些當初還在頭版上同他笑得很開心的孩子就開始叫他「死怪胎」。

大衛在他們的臉上看到一股惡意，但他並不確定他們是否真的明白那惡意到底是怎麼回事。他自己其實也不懂。大衛的母親說，他們八成是從父母那裡聽來這些不乾不淨的話；你根本不必理會他們哪，大衛，等他們叫膩了自然就會忘了這一切，明年大家就又是朋友啦。

大衛點點頭，卻依然不明白，是不是因為他有什麼特點，還是他臉上有著什麼他自己看不到的記號，才會讓人總是想欺負他。比如說那輛車上的那兩個傢伙。他們為什麼獨獨挑上他？他們為什麼知道他會肯跟他們上車，而吉米與西恩就不會？大衛事後回想起來，事情似乎就是這麼回事。那兩個傢伙（大衛其實知道他們的名字，至少是他倆用來稱呼彼此的名字，但他根本不想再讓那幾個字進入他的腦海）事前就知道西恩與吉米不會輕易上他們的車。西恩一定會轉身跑回家，搞不好還會一邊大吼大叫，而吉米，他們恐怕得先把吉米敲昏了才能把他弄上車。上車連趕了幾小時的路，大肥狼曾開口這麼說過：「你有沒有看到那個穿白T恤的小鬼？你有沒有看到他是怎麼死盯著我看的？惡狠狠的，一副天不怕地不怕的死樣子。將來誰遇上他誰倒楣，殺人不眨眼的狠角色！」

另一個傢伙油頭狼，微笑著應道：「我就喜歡這種帶勁的貨色。」

大肥狼搖搖頭。「想把他弄上車？看他不咬掉你一根大拇指才怪。這小王八蛋就容易多了。」

大肥狼與油頭狼：大衛在心裡是這麼稱呼他們的。大衛寧可不把他們當人看待。他們只是兩頭披著人皮的惡狼，而大衛自己則是故事裡的另一個角色：「被狼帶走的男孩」、「自狼口逃生後穿過陰暗樹林安全抵達埃索加油站的男孩」、「始終保持冷靜機警等待逃生機會的男孩」。

但在學校同學的眼中，他卻只是那個「被人幹走的男孩」。他們還隨心所欲地想像那四天裡到底發生了什麼事。一天早上在學校廁所裡，一個叫小麥卡菲的七年級男孩逮到大衛站在尿斗前解手，於是湊過身子問道：「他們有沒有叫你吸啊？」他那群同是七年級的朋友跟著在一旁訕訕怪笑，還頻頻弄出親吻的吱吱聲。

大衛脹紅了臉，用顫抖不已的手指勉強拉上拉鍊，轉頭看著小麥卡菲。他試著想裝出凶狠的表情，但小麥卡菲只是皺了皺眉，然後啪一聲甩了他一巴掌。

這一掌打得清脆響亮，其中一個七年級生像個女孩似地倒抽了一口氣。

小麥卡菲說道：「死怪胎，你有話想說是吧？嗯？想要我再扁你一拳是吧？你這死同性戀！」

「他哭了。」有人說。

「哎喲，還真的咧。」小麥卡菲尖聲說道。更多斗大的淚珠沿著大衛的兩頰滑落下來。他感覺臉上的那陣麻漸漸轉變成刺痛，但他哭不是為了這個。他從來就不是那麼怕痛，也從來不曾因為痛而哭出來。即使是上回他從腳踏車上跌下來，腳踝讓車踏板狠狠地劃破了，事後在醫院還縫了足足七針。是廁所裡這群男孩朝著他發出來的那種赤裸裸的惡意，讓他一時怎麼也招架不住。那種仇恨、厭惡、憤怒與鄙視，全都朝著他湧來。他不明白。他一生中從不曾刻意去招惹過任何人。但他們就是恨他。這種仇恨讓他覺得孤立無援，讓他覺得自己做錯了什麼事、覺得自己骯髒而渺小。他哭是因為他不想覺得自己就是這樣的人。

一夥人全笑開了，嘲笑他的眼淚。小麥卡菲在廁所裡張牙舞爪地跳來跳去，揪著一張臉，模仿著這時已哭得不能自已的大衛。當大衛終於稍微平靜下來，收起眼淚，只是還不住地抽著鼻子時，小麥卡菲卻再度甩了他一巴掌。這一掌不偏不倚就甩在原來的位置，力道也同樣強勁。

「看著我。」小麥卡菲說道。大衛的眼淚再度奪眶而出。「看著我。」

大衛抬頭，淚眼矇矓地看著小麥卡菲，一心期望自己能在他臉上看到一絲同情，甚至憐憫——連憐憫都好。但他臉上卻只掛著一抹訕笑，以及猙獰的忿恨。

「果然沒錯，」小麥卡菲說道，「你果然吸過老二。」

他揚手作勢要再甩下一掌，大衛轉頭，縮著頸子，但小麥卡菲卻領著他那群黨羽，大笑著揚長而去。

大衛想起了彼德斯先生，他母親一個偶爾會來家裡過夜的朋友，曾經跟他這麼說過：「男子漢絕不可忍讓的侮辱有兩種：有人朝你吐口水，還有就是甩你耳光。直接扁你一拳就算了，要是有人那樣對你，你逮到機會一定要把他宰了。」

大衛坐在廁所地板上，希望自己能有那種勇氣——那種殺人的勇氣。他會先宰了小麥卡菲，他想，然後是大肥狼與油頭狼，如果他們真讓他遇上了的話。但事實是，他根本不覺得自己辦得到。他根本不明白為什麼有的人就是要對別人那麼壞。他不懂。他真的不懂。

這事後來便像潮水般在校園裡傳了開來；全校自三年級以上的學生全都聽說了小麥卡菲在廁所裡對大衛做了什麼事。最後，招致公評的竟是大衛當時的反應。大衛不久便發現，即使是那些在他剛返回學校時對他還算得上友善的同學，竟也開始對他表現得避之唯恐不及。

不是所有人都會趁在走廊與他擦身而過時低聲喊上一句「同性戀」，或是故意把舌頭頂在兩頰底下動來動去。事實上，大部分的同學對大衛只是視而不見。但從某個角度說來，這種沉默的對待卻比什麼都糟。他感覺像是被流放到孤島的罪犯：孤立無援，卻又求助無門。

如果兩人碰巧同時走出家門的話，吉米．馬可斯有時會靜靜地走在他身邊，一路一語不發地陪他走到學校，因為他要是不這麼做的話反而會顯得怪。此外，兩人如果在學校的走廊上碰到了，或是剛好一起排隊準備進教室時，吉米也會輕輕地對他說聲「嗨」。幾次兩人目光偶然交會時，大衛都可以在吉米臉上看到某種混雜著尷尬與憐憫的情緒，彷彿確實有話要跟他說，卻怎麼也說不出口——吉米本來就是個不多話的人，最多就只有在他心裡又有什麼諸如跳下地鐵軌道或是偷車之類的瘋狂點子在蠢蠢欲動時，他才會多說上兩句。但無論如何，大衛都覺得兩人的友誼（老實說，大衛並不怎麼確定他倆確實曾經是朋友；他感到有些羞愧，卻又不得不對自己承認，自己多半時候不過是個強要跟在吉米後頭的跟屁蟲）在大衛爬上那輛車、而吉米卻定定地站在街邊的那一刻起，便已經成為過去式了。

結果吉米在路易杜威也沒能再待多久，那段沉默的旅程不久也一併免了。吉米在學校有個形影不離的哥兒們，威爾．薩維奇。威爾．薩維奇個頭不高，卻是號學校裡人人——包括學生與老師——聞風喪膽的人物；他的腦容量約莫和猩猩不相上下，已經連續留級兩年，脾氣卻火爆得很，動不動就抓狂。校園裡流傳著一則笑話（不過沒人膽敢在威爾面前提起倒是），他們說別人的父母忙著幫子女存大學學費，而威爾的父母光忙著幫他存保釋金就夠了。即使在大衛上了那輛車之前，吉米在學校裡就已經老是和威爾混在一起了。吉米有時會默許大衛跟在他倆後頭，去學校餐廳搜刮零食或是攀爬校舍屋頂，但自從上車事件發生後，大衛就連這項特權都被取消了。大衛有時會恨吉米對他這麼無情，有時卻又不禁注意到，之前有時會籠罩在吉米身邊的那團烏雲，現在卻無時無刻跟著他，像是某種黑暗版的光環。吉米看來老了好幾歲，眼底也總有揮之不去的憂傷。

他後來還果真偷了車。那幾乎是他們上回計劃在西恩家那條街偷車一年後的事了。這件事讓他被路易杜威退了學，從此得搭校車、穿越半座城市，往卡佛學校去體會看看，一個來自東白金漢的白人小孩置身在一所學生幾乎全是黑人的學校裡又是什麼滋味。當然，他還有威爾為伴；而大衛不久後就聽說這兩人成了卡佛學校裡人見人怕的瘟神。兩個瘋到不知恐懼為何物的白種小鬼。

他們偷的是輛敞篷跑車。大衛聽說那輛車的車主是某個老師的朋友，不過謠言倒沒說清楚到底是哪個老師就是了。吉米與威爾趁著放學後，全校老師和他們的親友在教員交誼廳參加年終晚會的當兒，從學校停車場裡把車偷開走。吉米開車載著威爾，在白金漢區繞了好一圈，一路囂張地亂按喇叭，對路邊的女孩大揮其手，還拚命催油門加速前進，直到招來過路警車的注意，最後才終於在羅馬盆地附近直直撞上了停放在柴爾斯平價購物廣場後頭的一輛垃圾收集子車。威爾下車的時候扭傷了腳踝，而原本只要再翻過一面鐵網牆就能往一片無人空地逃去的吉米卻回過頭來，企圖把威爾一起救走——大衛總愛把這段情節想像成戰爭電影裡的一幕：在一片槍林彈雨中（大衛當然不太相信警察會為了這種小事開槍，但這麼想像確實比較酷），英勇的士兵回頭援救受傷的夥伴。警察當場逮捕了這兩個偷車小賊，吉米與威爾也因此在少年觀護所裡待了一夜。因為離學年結束也只剩幾天了，學校於是讓兩人回來把六年級讀完，只是通知兩人父母要他們盡速幫兒子辦理轉學。

在那之後大衛就很少看到吉米了，一年最多遇上個一兩次吧。除上下學之外，大衛的母親根本不讓他出門。她堅信那兩個壞人還在外頭，開著那輛飄散著蘋果味的棕色大車，虎視眈眈地等待著，像熱追蹤導彈一般瞄準了大衛不放。

大衛知道事情並非如此。他們畢竟只是兩匹猥瑣的餓狼，只會在最黑的夜裡尋找最接近、最軟弱無力的獵物。但他們最近確實更常出現在他腦海裡了，大肥狼與油頭狼的模樣，以及他們在那四天裡對他做的事。這些影像很少侵擾大衛的夢境，而是常會趁著他待在他母親這幢死寂的公寓中，試著以看漫畫看電視，或是開窗凝望外頭的瑞斯特街打發掉這段漫長的沉默時，悄悄溜竄進他的腦裡、心裡。他們一朝他襲來，大衛便閉上眼睛，試著將這些影像逐出心頭，試著不要憶起大肥狼的名字叫做亨利，而油頭狼的名字叫做喬治。

亨利與喬治，某個聲音總會伴隨著那些排山倒海而來的影像在他腦裡尖叫著這兩個名字。亨利與喬治、亨利與喬治、亨利與喬治；你這個小王八蛋。

然後大衛便會告訴他腦裡那個聲音，告訴它他不是小王八蛋。他是那個狼口逃生的男孩。有時，為了趕走那些影像，大衛會在腦中重複播放自己逃生的經過，鉅細靡遺地從頭播放過一遍又一遍——他注意到地窖門上靠近鉸軸處有一道裂縫；他聽到大肥狼與油頭狼出門買醉的汽車引擎啟動聲；他用一把缺了頭的螺絲起子死命地去鑽那個裂縫，裂縫愈裂愈大，直到那個鏽痕斑斑的鉸軸終於整個被他撬開來了，而門板上也隨之裂開一個刀鋒形的大洞。他就從那個大洞鑽出地窖，這個智取惡狼的男孩，然後他便頭也不回地往樹林裡跑去，靠著傍晚殘餘的日光指路，終於找到一哩外的一間埃索加油站。當那個不等天黑便早早亮起的藍白相間的圓形招牌映入大衛眼簾時，他幾乎不敢相信自己的眼睛。白色的霓虹燈光直直刺入大衛的眼底，觸動了某些東西。就是這感覺讓大衛兩腿一軟，跪坐在林間沙地與老舊的柏油地面交界的邊緣。加油站的主人，朗恩．皮亞洛發現的就是一個這樣動也不動的大衛──雙膝落地，雙眼緊盯著那塊霓虹招牌。朗恩．皮亞洛是個精瘦有力、還有著一雙看似可以徒手將鉛製水管一截兩段的大掌的男人；大衛後來常不禁陷入想像，如果狼口逃生的男孩真是電影裡的一個角色，那麼事情又該會怎麼發展。當然囉，他和朗恩會因此發展出一段情誼，而朗恩也將教會他一切該由父親教給兒子的事情，然後他倆就會騎著馬、揹著兩管來福槍，出發展開一段無盡的冒險之旅。他倆將分享一段永難忘懷的回憶，朗恩與男孩。他們將會成為一對傳奇英雄，獵殺過無數在荒野中徘徊的惡狼。

在西恩的夢裡，整條街都會動。飄散著蘋果味的大車在他眼前打開車門，而腳底的街道卻緊緊擒住他的雙腳，把他往車內推送。大衛就在車裡，蜷著身子，瑟縮在後座離車門最遠的一角。街道死命把西恩往車內推送，而車內的大衛只是張著嘴，無聲地哀嚎著。夢裡的他什麼也看不到，只看得到那扇敞開的車門與車子後座的景象。他看不到那個條子模樣的男人。他看不到他那個坐在前方乘客座的同夥。他也看不到吉米，雖然他知道吉米自始至終都在。他只看得到那扇車門、大衛，還有散落在後座地上的垃圾。而這個，他終於瞭解了，正是他甚至不曾意會到自己已經聽到的警鈴聲──那輛車的後座竟堆滿了垃圾。速食店的包裝紙、揉成一團的洋芋片空袋、啤酒與可樂空罐、裝咖啡的隔熱紙杯，還有一件骯髒的綠T恤。西恩只有在醒來後細細回想夢境時，才赫然了解到，夢裡的後座地板一景確實就是他當時親眼所見，而他竟始終不曾想起，直到現在。即使在警察來到他家，要求他回想——仔細回想——是否曾遺漏任何細節未曾告知警方時，他都不曾想起後座地板的那一團髒亂，因為他當時確實不記得這一切。但這一幕畢竟藉著夢境再度回到他腦中了，而這竟是何等關鍵的一幕——就是這一幕讓他在當下便以某種自己甚至不曾察覺的方式警覺到了，這車、這所謂的條子和他所謂的夥伴，確實不太對勁。現實中的西恩不曾親眼見過警車後座，但他就是知道，警車後座怎麼也不該是這樣。也許就是在這堆垃圾底下還藏了一顆吃剩的蘋果核，車裡才會瀰漫著一股蘋果香氣。

綁架事件一年後的某天，西恩的父親走進西恩房裡，向他宣布了兩件事。

第一件事情就是，拉丁學校接受西恩的入學申請了，他九月升上七年級時便將轉學到那裡去。西恩的父親說他和西恩的母親都以他為榮。這輩子還想有點出息的孩子都該往那裡去。

第二件事，則是西恩的父親正要往房門口走去時，才突然止步，以順便提起的口氣告訴他的。

「他們逮到其中一個傢伙了。」

「什麼？」

「就是那兩個綁架大衛的嫌犯的其中一個。他們逮到他了。那傢伙死了。在獄中自殺死的。」

「是喔？」

他父親這才回頭看著他。「沒錯。你總算可以不用再做惡夢了。」

但西恩問道：「那他的同夥呢？」

「被逮到的那個傢伙，」他父親說，「他跟警方說另外那傢伙早在一年前就出車禍死了。這樣你安心了吧？」西恩從父親的眼神中清楚地得知，這將是他們父子間最後一次提到這件事了。「好啦，洗手準備吃飯了。」

父親離開後，西恩又在床上坐了一會兒。床墊上還擱著一只讓厚實的紅色橡皮圈緊緊纏繞住的全新棒球手套，手套裡頭則躺著一顆全新的棒球。

另一個傢伙也死了。車禍死的。西恩希望他當時開的就是那輛飄散著蘋果味的大車，他希望他開著那輛車衝下懸崖，帶著那輛車直往地獄而去。

第二部

愁眼辛納屈（2000年）

3 她髮間的淚水

布蘭登．哈里斯瘋狂地愛著凱蒂．馬可斯，像電影裡的那種愛情，他的胸膛中彷彿有一組交響樂團，樂聲隨著汩汩的血液奔流過他全身每個角落，在他耳中撲撲作響。他愛剛起床的她、將入睡的她，他愛她從日出到日落、從早晨到黃昏。即使凱蒂．馬可斯又肥又醜，布蘭登．哈里斯也還是愛她。他無論如何都愛她。即使她臉上長滿痘子、胸部扁平，即使她嘴上有濃密的汗毛、即使她口中無牙、即使她禿光了頭，他也還是愛她。

凱蒂。光是在腦中輕輕喚過這個名字，就足以讓布蘭登感覺自己四肢一陣酥麻，彷彿剛深深吸進了一大口麻醉用的笑氣。他感覺自己可以行走水面上，可以仰臥推舉一輛十八輪大卡車，舉膩了還可以輕輕鬆鬆地把它往旁邊一扔。

布蘭登．哈里斯打心底覺得這世界無處不可愛，因為他愛凱蒂而凱蒂也愛他。連塞車、滿街車輛排出的廢氣，連工人鑽地的聲響他都無一不愛。連他那個在他六歲時就拋妻棄子離家出走、從此音訊全無的廢物父親他都愛。他愛星期一早晨，愛那些連白痴都逗不笑的電視影集，愛在監理所窗口前排那永遠也排不完的隊。他甚至愛他的工作，雖然他從明天起就再也不必去上工了。

布蘭登明早將走出家門，離開他的母親，走出那扇破舊的大門，走下那些裂痕斑斑的階梯，朝那條到處都有車輛隨意並排停、到處都有人閒坐在門前階梯上的寬闊大街邁步前進。他將大步大步跨得像布魯斯．史賓斯汀〈內布拉斯加〉或〈湯姆．約德的鬼魂〉式的史賓斯汀，而是〈生為自由魂〉、

〈兩心勝一心〉、〈蘿莎麗塔今晚約個會吧〉的那種史賓斯汀，那種屌斃了的史賓斯汀。沒錯，就是那種屌勁。他就將以這種屌勁，昂首闊步地走在柏油大馬路上，管他後頭有車輛逼近有駕駛狂按喇叭。他將朝白金漢區跨步前進，迎上他心愛女孩等待的目光，執起她的手，然後他倆便將攜手遠走天涯，頭也不回地將這裡的一切拋在腦後。他倆將跳上飛往拉斯維加斯的飛機，十指交纏地站在聖壇前，讓手持聖經的貓王問他你是否願意娶凱蒂．馬可斯為妻，而凱蒂也將說出他等待已久的那三個字——我願意——然後，然後——誰還管然後呢！他倆將永遠地離開這裡，就只有他與凱蒂，結了婚，開始全新的生活，將過去永遠永遠地拋在腦後，重新洗牌，重新開始。

他環顧自己的房間。衣服都已打包。美國運通旅行支票安然地躺在小旅行袋中。高筒球鞋也帶了。他與凱蒂的合照也帶了。CD隨身聽、幾片CD，還有簡單的盥洗用具也都帶齊了。

他再看了幾眼那些留下來的東西。鳥人柏德與派瑞許的海報，七五年費斯克擊出那支著名的再見全壘打時的照片海報，反捲起來的莎朗．史東海報（他第一次帶凱蒂偷溜進房間時就已經把海報捲起來收在床底下，不過……）。還有他半數的CD。媽的！算了，反正其中大部分他買來後根本只聽過兩次。媽的，還MC漢默咧。比利．雷．塞洛斯。老天。此外就是那對他專為他那套堅森牌音響系統買來的新力牌喇叭。足足兩百瓦，酷爆了卻也貴死了；他去年在巴比．奧唐諾手下打工，鋪了一整個夏天的屋頂，換來的就是這對超炫的喇叭。

不過他卻也因此才有機會認識凱蒂。老天。那竟然不過是一年前的事。有時他覺得這一年感覺像是十年，有時卻又覺得像是一分鐘。凱蒂．馬可斯。他之前就聽過她的名字，這是當然；這附近誰沒聽說過這樣一號美人。沒錯，凱蒂就有那麼美。但沒什麼人真正認識她。美貌就是這麼一回事；它會嚇阻人，要人只敢遠觀不敢褻玩。真實生活中的美麗完全不是電影中描述的那樣；電影鏡頭把美麗塑造成某種誘人、動人、吸引人接近的東西。而在真實生活中，美貌倒像一堵圍牆，把旁人擋在外頭。

但是凱蒂，老天，從他真正有機會接近她的第一天起，她就一直是如此地親切，如此地平易近人。那天，巴比．奧唐諾把她帶來工地，不久後卻領著手下那班嘍囉離開了，顯然是要去處理什麼所謂的「要事」；他像完全忘了凱蒂的存在似地，把她留在原地，同他們這班工人一起。布蘭登一邊在屋頂上安裝防水板，凱蒂就一邊在下頭像個哥兒們似地陪他閒聊。她知道他的名字，而且她說：「像你這麼好的人，布蘭登，怎麼會跑來巴比．奧唐諾手下做事呢？」布蘭登。這名字如此自然地從她口中說出來，彷彿她每天都要說上好幾回似的；布蘭登跪在屋頂邊緣，幾乎要因滿心的喜悅而癱軟成一團、跌落在地。癱軟。沒錯。她對他就是有這等魔力。

而明天，只等她打電話來，他倆就要出發，遠走高飛。一起離開。永遠離開。

布蘭登躺在床上，想像凱蒂的臉龐浮現在眼前的天花板上。他知道他今晚睡不著了。他太興奮、太緊張了。少睡點不礙事的。他躺在那裡，而凱蒂則一臉微笑地俯視著他，晶亮的雙眼在他眼後那片黑暗空間裡閃爍著微光。

那晚下班後，吉米同他的小舅子凱文．薩維奇，在瓦倫酒吧小酌一番；他倆坐在靠窗的位子，看著外頭街上幾個小夥子打曲棍球。他們總共有六個人，在漸暗的天色中勉強追逐著小球，沐浴在昏暗中的幾張小臉卻已經模糊成一片了。瓦倫酒吧位於昔日的屠宰場區，巧妙地隱身在小巷一角；小巷人車罕至，白天便成了理想的曲棍球場，夜裡倒不成，這邊的街燈早從十年前起就沒再亮過了。

凱文是個理想的酒伴，因為他和吉米一樣，都是話不多的人。他倆靜靜地坐著，啜飲著啤酒，一邊聆聽著外頭斷斷續續傳來的球鞋膠底刮地聲、木質球棍相互碰撞的清脆聲響，以及硬膠小球偶爾碰撞汽車金屬輪框的鏗鏘聲。

三十六歲的吉米．馬可斯已然學會享受這般平靜的週六夜晚。那些擁擠吵雜的酒吧、酒醉的告白早已引不起他的興趣了。離他出獄已有十三年的時間了。現在的他，有妻有女——三個女兒——還有一爿位於街角的小雜貨店；他相信自己已經從當年那個熱血小子，蛻變成今天這個懂得享受平穩生活步調的男人：享受一口一口慢慢啜飲的啤酒、晨間的漫步，以及從收音機裡傳來的球賽轉播聲。

他轉頭看著窗外。玩球的小夥子這會已經走了四個，就剩兩人還不肯離去，依然緊握著球棍，在黑暗中摸索著尋找那顆滑溜的小球。吉米看不清那兩個幾乎叫黑暗吞噬掉了的身影，但他可以從一陣陣急切的腳步聲與揮棍聲中聽出來，蘊藏在兩人心中那種狂亂騷動的年輕精力。

總要找個發洩的管道吧，那種怎麼也壓抑不住的年輕精力。吉米自己還小的時候——媽的，老實說是一直到他二十三歲之前——這股狂躁的精力幾乎主導了他一切行動作為。然後……然後他就終於學會了收斂吧，他猜想。你遲早要把它放到一邊去，找個地方藏放起來。

他的大女兒凱蒂，現在就正處於這個階段。十九歲的黃金年華，又是如此如此地美麗，她體內的賀爾蒙想必如驚濤駭浪般洶湧翻攪吧。但近來他卻似乎在她身上嗅到某種從容優雅的氣息。他不知道這到底是打哪竄出來的——有的女孩就是能從容不迫地蛻變成女人，有的則一輩子都是小女孩——但他的凱蒂卻似乎在一夕之間就脫胎換骨，散發著一股沉著自若，甚至是澄澈祥和的氣息。

今天下午在店裡，她在吉米頰上輕輕一啄，說了聲：「待會見啦，爹地。」然後便下工離開了；一直到五分鐘後，吉米才突然了解到，她的聲音竟還在他腦中幽幽迴盪個不停。那是她母親的聲音，他突然驚覺到，比她原本的嗓音微微低沉了些，也更有自信了些。吉米一下子出了神，回想著，曾幾何時，她母親的聲音竟在她的聲帶上落了戶、生了根，還有就是他之前為何從未曾注意到。

她母親的聲音。她那十四年前就過世了的親生母親，如今卻透過他倆的女兒重回吉米身邊，輕聲說道：她是個女人了，吉米。小女孩終於長大了。

女人。老天，這是什麼時候發生的事？

大衛・波以爾那晚壓根沒打算要出門。

沒錯，那是週六夜，是經過漫長而辛苦的一週後才終於姍姍來遲的週六夜；但大衛已經到達那種週六和週二感覺起來也沒差多少的年紀，去酒吧喝酒感覺起來也不會比一人在家獨飲好玩到哪裡去。待在家裡或許還好些哩，至少電視遙控器還掌握在你手裡。

所以後來——一切都已發生過了的後來——他是這麼告訴自己的：命運，一切都是命運在作祟。這甚至已經不是命運第一次插手大衛・波以爾的生命了——即使不是命運，至少也是運氣，絕大多數都是厄運倒是；但在那個週六夜之前，這隻插進來的手與其說是幫手，還不如說是某種陰晴不定、又有點暴躁易怒的怪手。命運百般無聊地坐在雲端某處，某個聲音就跟他說啦，今兒個沒事幹喔，命運老兄？命運就說啦，嗯，是有點無聊沒錯。有點想說既然沒事就乾脆來整整大衛・波以爾吧，尋點開心也好，就看能不能讓自己心情好一點囉。

所以說，命運到底曾不曾插手，大衛總是一眼就能認出來。

也許，在那個週六夜，命運正在開生日宴會還是什麼的，心情大好之餘於是決定放可憐的老大衛一馬，讓他好好地發洩一下而不必承擔後果；命運就說啦，去吧去吧，大衛，看你愛怎麼做就怎麼做吧，我保證你無後顧之憂。又好比史努比漫畫裡面的露西，哪一次終於大發慈悲，終於肯好好地捧穩手中的球，讓查理・布朗好好地踢一次球。因為發生的一切都只是因緣巧合，都不是事前曾計劃過的。事發過後的好幾個深夜，大衛曾獨坐在桌前，攤開雙手，彷彿面對著一群陪審團似地對著空無一人的廚房喃喃說道：真的，你們必須了解，沒有人曾計劃過這一切。

那晚，他送兒子麥可上床睡覺後便獨自下樓來，打算去冰箱拿罐啤酒，卻讓他老婆瑟萊絲遇上了，告訴他今晚是她的週六聚會夜。

「這麼快又輪到了？」大衛打開冰箱門。

「已經四個禮拜啦。」瑟萊絲以那種輕快的、半像哼唱的嗓音說道。她這種聲音有時會讓大衛感覺像是什麼東西在啃噬著他的脊椎似地渾身不舒服。

「是喔。」大衛靠在洗碗機上，一把扯開了啤酒拉環。「妳們今晚打算看哪一部電影？」

「就《親親小媽》囉，」瑟萊絲兩眼閃閃發亮，合掌說道。

每月一次，瑟萊絲會和她在歐姿瑪美髮沙龍的三個同事，固定在她和大衛的公寓裡舉行聚會。四個女人通常就是幫彼此算算塔羅牌，喝一大堆紅酒，再擠到廚房裡試些新收集到的食譜，最後還要看上一部傻兮兮的文藝愛情片；劇情不外乎就是一個芳心寂寞的女強人，終於在哪個大屌浪子身上找到真愛，再不然就是兩個小馬子在經歷過一堆所謂人生風浪後，終於了悟女性友情的真諦——這通常還是發生在其中一人染上了什麼致命惡疾後，而且電影最後一幕還八成就是女主角躺在一張面積大如祕魯的豪華大床上、漂漂亮亮地嚥下最後一口氣。

在這樣的週六夜裡，大衛通常有三種選擇：他可以待在麥可房裡，瞪眼看著兒子睡覺；或者是躲到他與瑟萊絲的臥房裡，瞪著電視螢幕邊猛按選台器渡過一夜；或者，他也可以乾脆閃人，出門找家酒吧好圖個耳根清靜，省得萬一大屌浪子終於覺悟愛情誠可貴但自由價更高，因而決定轉身絕塵而去時，那群娘兒們免不了又要一陣抽抽噎噎，吵得他連選台器都按不下去。

大衛多半選擇三號門。

今晚也不例外。他喝光手中的啤酒，在瑟萊絲臉上輕輕一啄——她用力回吻他、還伸手在他屁股上捏了一把時，他胃裡還暖暖地起了一陣小小的漣漪——然後他便出門下樓，經過麥卡利先生的門前，朝平頂區的週六夜走去。他可以走到巴克酒館，或者是再多走幾步路往瓦倫酒吧去；他站在公寓大門口，猶豫了好一會兒，終於還是決定開車。說不定就上尖頂區去，瞄幾眼那邊的大學小妞，還有那堆近來成群進駐尖頂區的死雅痞們——尖頂區眼看就要淪陷在那群死雅痞的手裡了，平頂區幾乎也快要不保了。

那群多金的雅痞已經在平頂區剷平了好幾棟老舊的三層樓公寓，取而代之的是一幢幢安妮女王時代風格的雅緻建築。他們在舊公寓四周搭起鷹架，毫不留情地把舊屋連根剷起；然後，在建築工人日夜進出三個月後，某個穿著名牌休閒服飾的雅痞便會開著他的富豪汽車，停在安妮女王門前，從車裡搬出一個又一個上頭寫著「陶倉家飾精品」的紙箱，往屋內走去。輕柔的爵士樂將源源不絕地透過他們的紗窗往外流洩，他們還會在鷹記酒類專賣店買些甜葡萄酒之類狗屁不通的玩意，然後再牽著他們那些比老鼠大不了多少的寵物狗在附近溜。他們恐怕還會請專人來修剪門前那塊小不溜丟的草坪吧。到目前為止，他們還只搞掉了蓋文街與度湄街交叉口附近的幾幢舊公寓，但如果以尖頂區為借鏡，再不久恐怕連平頂區最南邊的州監大溝附近，都會出現一堆紳寶汽車和美食精品店的購物紙袋。

不過就在上星期，大衛的房東麥卡利先生，才剛剛故作不經意狀地跟大衛說道：「這附近房價漲得凶哪。凶得嚇人哪。」

「您老就等著嘛，」大衛說道，一邊回頭望了望這幢他住了將近十年的公寓，「等哪天高興了，再把它給……。」

「等哪天高興了？」麥卡利先生瞅著大衛瞧。「我說大衛啊，光是財產稅就快要把我拖垮了。我可是吃死薪水的人哪，你幫我算算看。我要不趕緊把房子脫手，不出兩三年，這房子恐怕就要讓天殺的國稅局查封去了。」

「賣了房子你要往哪去？」大衛心裡想的卻是：那我又要往哪去？

麥卡利聳聳肩。「哪知道。說不定就威茅斯吧。里歐明斯特那邊還住了幾個老朋友。」

他說得好像已經打過幾通電話、還上那邊看過幾棟房子了似的。

大衛開著他的雅哥汽車，邊往尖頂區開去邊在心裡仔細回想著，他認識的同年紀或再小一點的人裡頭，有什麼人還住在這邊的。他在紅燈前停下來，卻瞥見兩個身穿紫紅色圓領衫和卡其短褲的雅痞，坐在路邊的人行道上，開開心心地捧著一杯冰淇淋還是優格，一匙一匙地往嘴裡送。那裡原來是普里摩比薩店的，現在卻給改成了痞味十足的什麼「咖啡共和國」。那兩個身強體壯卻叫人分不出性別的痞子，伸長了曬成古銅色的長腿，勾著腳踝坐在人行道上，兩輛閃閃發光的越野腳踏車則倚著咖啡館的櫥窗，停放在那抹白色的霓虹燈光下頭。

大衛不住納悶起來，萬一平頂區真的給雅痞大軍攻陷了，他們這一家三口又能往哪裡去？要是這些酒吧和比薩快餐店真的都給變成咖啡館了，光憑他和瑟萊絲的收入，要是能申請到一戶派克丘國宅的兩房公寓就該偷笑了。苦苦排上十八個月的隊，為的就是要搬進一戶鳥得不能再鳥的爛公寓裡——樓梯間終年飄散著濃濃的尿騷味、長黴的牆壁裡頭還會傳來死老鼠的屍臭味，而鄰居那些毒蟲和彈簧刀不離身的彪形大漢則虎視眈眈地等待著，等你他媽這個臭白種垃圾什麼時候才要睡著。

自從上回他和麥可差點連車帶人讓一個來自派克丘的黑鬼搶了之後，大衛就買了一把點二二手槍放在駕駛座底下。雖然他從來沒用過槍，甚至也不曾上靶場練習，但他卻常把槍拿出來把玩，試著瞄準。他放縱自己想像，那兩個穿著情侶裝的雅痞從槍管這一頭看過去會是什麼模樣。他不禁微笑了。

但不久綠燈就亮了，他卻遲遲不動，催促的喇叭聲於是轟然響起。那兩個雅痞一臉無辜地抬頭，盯著這輛車頭給撞凹了一大塊的雅哥小車，想搞清楚他們的新社區到底是發生了什麼事。

大衛加速駛過路口，卻讓兩個雅痞的目光，那毫無理由又突如其來的注視目光，壓迫得幾乎要喘不過氣來。

那晚，凱蒂．馬可斯和她兩個最好的朋友，黛安．塞斯卓與伊芙．皮金，決意要好好地慶祝一番，慶祝凱蒂在平頂區，或該說是整個白金漢區的最後一晚。慶祝得像是剛剛有個吉普賽占卜師在她們身上灑了金粉，告訴她們一切夢想都將成真，像是三人剛剛刮中了刮刮樂彩券，或是剛剛才用驗孕棒驗出自己並沒有懷孕似地。

她們將皮包裡的薄荷菸掏出來，啪一聲甩在史派爾酒吧靠裡頭的一張圓桌上，各自灌下一杯自殺飛機和幾杯麥格淡啤酒，然後在每次有什麼帥哥往她們這邊望過來時，放聲尖笑一番。一小時前，她們才在東岸燒烤店大快朵頤過一頓，開車回到白金漢區後，還曾先在停車場裡點了根大麻菸，輪流猛抽了幾口才跨進史派爾酒吧。一切——三人間已經說過聽過幾百次的老故事、黛安描述她最近挨的一頓揍（施暴者當然還是她那個王八蛋男友）、伊芙無故失蹤個幾分鐘後臉上突然出現的口紅印、那兩個晃著一身肥肉在撞球桌旁徘徊不去的死胖子——都能引發三人一陣上氣不接下氣的尖聲狂笑。

等吧檯前漸漸擠滿了週末夜的買醉人潮、光點杯酒就得耗上二十分鐘後，女孩們便決定往下一站尖頂區的可里傅酒吧前進。她們一上車便又點燃了今夜的第二根大麻菸。大麻菸引發的妄想突然朝凱蒂的腦神經一陣猛烈的攻擊。

「那輛車在跟蹤我們。」

伊芙瞄了眼後視鏡。「沒的事。」

「我們離開史派爾後它就一直跟在我們後面了。」

「媽的妳發神經啊，凱蒂，我們離開史派爾是多久以前的事？嗯，三十秒？」

「哦。」

「哦。」黛安模仿道，又一陣亂笑，然後把大麻菸傳回凱蒂手上。

伊芙突然沉著嗓子，說道：「外頭好安靜喔。」

凱蒂識破伊芙眼底的笑意。「少來。」

「太安靜了點吧。」黛安追加了一句，卻忍不住爆出一陣狂笑。

「媽的，兩個瘋女人。」凱蒂說道，試著想板起臉，卻一下就破了功，顧自咯咯傻笑個不停。她不支倒在後座椅子上，後腦杓就頂在椅墊與扶手間，臉頰突然感到一陣微微的刺痛，就像她偶爾抽過那幾次大麻菸後都會感覺到的一樣。咯咯傻笑的狂潮漸漸褪去，凱蒂目不轉睛地盯著映射在車內頂篷的慘白燈光，心頭湧起了某種如夢似幻的幸福感；她不住地想著，啊，就是這個了，活著就是為了這個了，像個傻子似地和妳最要好的傻子朋友，在妳要嫁給妳心愛的男人的前一晚一同傻笑，傻笑個不停。沒錯，妳只是要私奔去拉斯維加斯。沒錯，妳還將頂著一顆因宿醉而脹痛不已的腦袋站在聖壇前。但沒錯，這就是妳活著的目的。這就是妳的夢想。

四間酒吧、三杯烈酒和幾個匆匆寫在紙巾上的電話號碼後，醉得無以自持的凱蒂與黛安，終於跳上了麥基酒吧的吧檯，也不管點唱機沒有聲響，單單和著伊芙忘情的歌聲〈棕眼女孩〉大跳熱舞──「滑吧，溜吧！」伊芙唱道，凱蒂與黛安於是奮力扭腰甩臀，甩得一頭長髮遮住了兩人的臉龐。麥基酒吧裡的男客看得目瞪口呆，但二十分鐘後在布朗酒吧門口，三個女孩卻連門都進不去。

黛安與凱蒂將醉得站不穩的伊芙架在中間，而伊芙卻還開心地放聲高唱（曲目這會已經換成葛蘿莉亞．蓋納的〈我會活下去〉）──但這還只是其一，其二是這三個女孩根本搖晃得像三只節拍器。於是她們還來不及踏進布朗酒吧的大門，便讓人給攆了出來。這下她們就只剩下一個選擇了：位在平頂區最晦暗的一角的雷斯酒吧。那附近就是惡名昭彰、足足綿延三條街口的罪惡淵藪──一身毒癮的妓女與她們的恩客就地進行交易，沒有安裝防盜系統的車子保證不出兩分鐘定要不翼而飛。

就是在雷斯酒吧裡，凱蒂終於讓羅曼．法洛給遇上了。羅曼．法洛帶著他最新一任女友──羅曼向來就是喜歡這類身材嬌小、金髮大眼的辣妹──跨進雷斯酒吧大門。他的出現對酒保來說是個好消息，因為他出手闊綽，小費少說也有酒錢的一半；但這對凱蒂來說可是個天大的壞消息，因為羅曼．

法洛是巴比·奧唐諾的好朋友。

羅曼說道：「妳是不是喝多了點啊，凱蒂？」

凱蒂送上一臉恐懼的微笑。幾乎沒有人不怕羅曼·法洛。他是個相貌堂堂的傢伙，頭腦好反應快，高興的時候甚至稱得上風趣迷人——但他身體裡卻彷彿只有一個巨大的空洞，沒有心沒有肝，空洞的眼神裡頭沒有一絲勉強稱得上是感覺的東西。

「嗯，頭是有點暈，」凱蒂承認道。

羅曼似乎覺得這個回答很有趣。他簡短一笑，露出兩排潔白無瑕的牙齒，然後啜飲一口他的坦奎利琴酒。「頭有點暈是嗎？我說凱蒂啊，我倒有些問題想問問妳，」他語氣溫和地說道。「妳想，妳今晚在麥基酒吧發浪發騷出了那場他媽的洋相的消息要是傳到巴比耳裡，他會怎麼想呢？他會高興聽到這個消息嗎？妳覺得呢？」

「大概不會吧。」

「我想也是。連我聽到都不高興呢，凱蒂。妳聽懂我的意思沒？」

「我聽懂了。」

羅曼舉起一手，掌心拱成杯狀擱在耳後。「啊？妳說什麼我聽不到！」

「我說我聽懂了。」

羅曼手還是沒放下來，只是愈發欺身靠近凱蒂。「不好意思，我還是沒聽到哪。」

「我現在就回家。」凱蒂終於說道。

羅曼露出滿意的微笑。「妳確定嗎？我真的不想逼妳做任何妳不想做的事喲。」

「不會不會。我真的喝夠了。」

「那就好。嘿，賞個臉，讓我幫妳們買個單吧。」

「不用麻煩了，真的。我們剛剛付過現金了。」

羅曼往後一躺，伸長手臂摟住身旁的金髮肉彈。「那幫妳叫輛計程車吧？」

凱蒂差點說溜嘴，告訴他自己是開車來的。還好她及時住了嘴。「不用啦，真的。這時候外頭計程車還多著呢，我們上街隨便招就有了。」

「也對啦。好吧，就這樣吧。那就改天見囉。」

伊芙與黛安等在門口——事實上，打從看到羅曼那一刻起，她倆就已經閃到門邊去了。

三人走在人行道上時，黛安率先開口問道：「老天。妳覺得他真的會打電話通知巴比嗎？」

凱蒂搖搖頭，雖然她也不是很確定。「不會吧。羅曼那種人，遇事他就直接處理，不會去多嘴。」她伸手碰碰兩頰。在黑暗中，她感覺自己血液中的酒精漸漸變成一團沉甸甸的泥漿，變成沉甸甸的孤單。自從她母親過世以後，這種孤單的感覺就始終沉甸甸地壓在她的心頭，而她母親過世卻已經是很久很久以前的事了。

在停車場裡，伊芙終於吐了。穢物甚至濺上凱蒂那輛藍色豐田小車其中一只後輪。凱蒂在皮包裡一陣摸索，摸出一小罐漱口藥水，遞給吐得差不多了的伊芙。伊芙問道：「妳開車沒問題吧？」

凱蒂點點頭。「不過就十四條街口嘛，這麼短的距離，沒問題的啦。」

車子正要緩緩駛出停車場時，凱蒂開口說道：「也好，又多一個離開的理由。又一個理由要我不得不離開這個天殺的大屎坑。」

黛安勉強抬頭應和了一聲。「沒錯。」

凱蒂小心翼翼地扶著方向盤，始終維持著二十五哩的時速，眼睛也始終死盯著前方的街道。車子沿著鄧巴街走了十二個路口，然後轉進更暗、更靜的彎月街。她們在平頂區的最南端再度轉彎，朝雪梨街上的伊芙家前進。在車上，黛安決定今晚就先在伊芙家的沙發上擠一晚，省得要為醉醺醺地敲上男友麥特家的門而招來一頓罵。黛安於是同伊芙一起在雪梨街一盞壞掉的路燈前下了車。天空不久前突然開始飄雨，點點雨滴輕輕地敲在凱蒂的擋風玻璃上，但黛安與伊芙卻似乎不曾留意。

她倆彎著腰，從搖下的前座車窗探進頭去，怔怔地看著凱蒂。累積了一小時苦澀雨水的夜空終於欺上了兩個女孩的臉，要她倆面頰凹陷、要她倆雙肩頹然下垂，而凝望著噴濺在擋風玻璃上的雨點的凱蒂，甚至可以感覺到她倆泉湧而出的悲傷。她感覺得到兩人未來不快樂的一生就等在她倆眼前，如烏雲般籠罩在兩人頭頂。她打幼稚園時代起就認識的好友。她最好的朋友。而她可能再也見不到她們了。

「妳沒問題吧？」黛安揚著聲音，強打起精神問道。

凱蒂轉頭看著她倆，鼓足全身剩餘的氣力在臉上撐起一抹微笑。雖然這最後的努力幾乎要讓她的下巴從中裂成兩段。「嗯。當然。我會從拉斯維加斯打電話給妳們。妳們有空也可以來看我。」

「機票便宜得很哪，」伊芙說道。

「沒錯，有夠便宜的。」

「有夠便宜。」黛安同意道，話聲尾音卻隨著她轉頭望向破爛的人行地磚而拖曳得無影無蹤。

「好吧，那就這樣吧。」凱蒂勉強從喉嚨底擠出這幾個字。「我要趁大家眼淚還沒流下來前先走了。」

伊芙與黛安伸長了手，往車窗內探去。凱蒂重重地握了握好友的手。車外的兩人各自往後退了一步。她倆揮揮手。凱蒂也揮揮手，再按了按喇叭，然後便踩下油門加速離去。

留在人行道上的兩個女孩癡癡地望著凱蒂車尾的燈光，望著紅色煞車燈亮起，望著車子沿著雪梨街中段的那個大彎駛去，然後消失了形影。她們感覺心裡其實還有話要說。她們終於聞到雨水的味道，以及公園另一邊的州監大溝傳來的冷冷淡淡的腥味。

終其一生，黛安無時無刻都希望自己當初曾留在車上。她將在一年內生下一個兒子，她還會趁他還小的時候（趁他還沒變成他父親那種男人、趁他還沒變得冷酷無情、趁他還沒酒醉駕車在尖頂區撞死一個等著過街的女人前）告訴他，她原本該要留在那輛車上的，但她還是下了車，而她感覺這個決定改變了一切，在一瞬間扭轉了命運前進的方向。她終其一生都背負著這種感覺，她感覺自己一生都只能在遠處被動地觀看著別人的悲劇，看著別人像她當初一樣，無力扭轉、無力迴避。她還會趁探監的時候向她兒子重複過這段話，而她的兒子卻只會不安地扭扭身子、換個坐姿，然後說道：「我上次叫妳帶來的菸，妳帶來了嗎？」

伊芙將會嫁給一個電工，然後搬到布萊恩崔的一幢平房裡。有時，在深夜裡，她會將手掌平貼在丈夫溫暖寬闊的胸前，告訴他一些有關凱蒂的回憶，告訴他那晚的種種；而他則會輕輕拍撫她的頭髮，靜靜地聆聽，卻無言以對。有時伊芙只是需要說出好友的名字，想聽到那兩個字從自己嘴裡說出來，想用自己的舌尖去感覺那兩個字的重量。伊芙也會有孩子。她會去看他們踢足球，她會在球場邊，偶爾便要張嘴，無聲地對著四月青翠的草坪、對著自己說出凱蒂的名字。

但那晚她們卻只是兩個喝得醉醺醺的東白金漢女孩。而凱蒂則開著車，在沿著雪梨街的彎道、朝家的方向駛去時，望著後視鏡中的兩人漸漸模糊了身影。

靠近州監公園這段的雪梨街到夜裡便恍若死城；四年前一場大火幾乎燒光了這附近所有住家，只剩下零星幾間房屋和一些燻得焦黑的斷垣殘壁。凱蒂一心只想趕快回到家，爬上床睡個幾小時，明早在巴比或是她父親想到要找她之前，她就已經走了，走得遠遠的。她想要像脫掉讓大雨淋濕了的衣服般，徹底脫離這裡的一切。脫掉它，在掌中揉成一團，丟到遠遠的一旁去，再也不回頭看它一眼。

然後她突然想起了很久不曾想起的一段回憶。她想起她五歲的時候，她母親曾帶著她走路去動物園的事。這段回憶出現得毫無理由，也許是她腦裡殘存的大麻與酒精偶然碰觸到了那些儲存這段回憶的細胞吧。她母親握著她的手，沿著哥倫比亞街往動物園走去。凱蒂感覺得到母親那隻骨瘦如柴的手，還有她腕間皮膚底下傳來的微弱顫動。她抬頭看著母親凹陷的臉頰與憔悴的雙眼，她瘦成鷹勾狀的鼻子，還有那尖削的下巴。五歲的凱蒂，好奇而悲傷的凱蒂，開口對母親說道：「妳為什麼總是那麼累呢？」

她母親堅硬而緊繃的臉突然像乾海綿般地裂開來了。她蹲下身子，將凱蒂的小臉捧在兩掌間，用布滿血絲的雙眼定定地瞅著她看。凱蒂以為媽媽生氣了，但她只是淺淺地對她一笑，微笑卻又隨即自她臉上褪去，只剩下巴一陣止不住的抽搐。她喃喃說道：「喔，寶貝。」然後便把凱蒂擁進懷中。她把下巴頂在凱蒂的肩膀上，又說了一遍：「喔，寶貝。」然後凱蒂便感覺到自己的髮間滲入了熱熱的淚水。

她此刻彷彿能感覺到那點點滴滴的淚水滾落在她髮間，一如那絲絲雨點飄落在她眼前的擋風玻璃上。她試著回想母親眼珠子的顏色，但就在這一瞬間，她突然瞥見前方的街道上躺著一個人。那具身軀像一袋馬鈴薯似地橫躺在她的車胎前，她奮力把方向盤打向右方，卻感覺左後方的輪胎像碾過什麼東西似地彈跳了一下——喔不，喔老天，求求你，求求你告訴我我沒有，求求你，喔老天，喔不。

豐田小車的前輪卡上了右側人行道的邊緣，凱蒂的左腳從離合器踏板上滑下來，車子於是又往前衝了一下，接著便在一陣激烈的顫動後完全地熄了火。

什麼人對她喊話。「嘿，妳還好吧？」

凱蒂看到那人朝她走來，那張熟悉而無辜的臉終於讓她鬆了口氣，直到她看清了他手中的槍。

凌晨三點，布蘭登．哈里斯終於沉沉入睡。他帶著微笑入睡，彷彿還能看到凱蒂漂浮在他眼前，告訴他她愛他，喃喃呼喚著他的名字，她溫熱的氣息像溫柔的親吻般輕輕地吹拂過他的耳邊。

4 不再到處混

大衛·波以爾那晚最後選擇了麥基酒吧；他和巨人史丹利並肩坐在吧檯一角，觀賞電視轉播一場紅襪隊的客場球賽。佩卓·馬丁尼茲今晚表現神勇，紅襪隊於是勢如破竹，打得天使隊毫無招架之力；佩卓球速之快、尾勁之強，等球飛過本壘板上空時，看來約莫就只剩一顆天殺的普拿疼大小。第三局的時候，天使隊的打者一個個面有懼色；到了第六局，他們看來倒像豁出去了似的，全都一副只想趕快回家、好趁早盤算一下晚餐要上哪吃的模樣。最後，當蓋瑞·安德森幸運敲出一支在右外野手前方落地的德州安打、勉強衝破了佩卓投出一場無安打比賽的野心時，觀看這場以八比〇收場的球賽僅剩的些許興奮之情也就隨之煙消雲散。大衛發現自己的目光停駐在現場燈光、球迷，還有安納漢球場上頭的時候，竟比關心球賽本身的時候還要多。

他尤其留意的是觀眾席上那一張張混雜了失望、憤怒與疲倦的臉孔——那些球迷們對比賽的得失似乎看得比休息室裡那些球員還要重。或許真是如此。那些球迷有的一年大概就只看這麼一場現場球賽吧，大衛猜想。他們帶著老婆小孩，提著裝滿停車場野餐要用的啤酒飲料與食物的冰桶，步出家門，走進加州向晚的艷陽下；他們買了五張三十元的便宜球票，替他們的孩子買來一頂二十五元的棒球帽，吃的是一個六元的漢堡、一份四塊半的熱狗，還有摻了太多半融冰塊的百事可樂，以及滴得他們兩手黏答答的冰棒。他們是來這裡讓自己振奮一下的，大衛知道，讓現實生活中難得一見的勝利狂歡為他們洗去一切挫折累積的塵埃。這就是為什麼球場總能給人類似教堂的印象——耀眼的強光、喃喃的祈禱聲，還有四千顆同步加速跳動、懷抱相同希望的心臟。

就為我贏這一次吧。為我的小孩贏這一次吧。為我的家庭、我的婚姻贏這一次吧。贏吧，好讓我在散場後還能繼續沉醉在勝利的榮光裡，坐上車子，帶著一家老小，駛向我們那個注定贏不了的無奈人生。

為我而贏吧。贏吧、贏吧、贏吧。

然而球隊一旦輸了球，那共同的希望霎時化成碎片，四千人畢力同心的那種團結感也將隨之灰飛煙滅。你的球隊讓你失望了，它的失敗也等於再次提醒你，世情不外乎此。你不試則已，試了定要失敗。你不希望則已，希望了就注定要破滅。你呆坐在那裡，在那堆漢堡熱狗包裝紙、落了一地的爆米花和溼透變形的紙杯中間，不得不重新面對自己原先那麻木而破碎的人生，不得不面對那段黑暗漫長的旅程——和數千個帶著醉意與怒意的陌生人一起拖著腳步，走過陰暗漫長的通道，走向同樣陰暗漫長的停車場，同行的還有你那喋喋不休數落著你最新一次敗績的老婆和三個爭鬧不止的小孩。這漫長旅程的終點竟是你的家，也就是這場球賽原先允諾要將你拯救出來的地方。

大衛．波以爾，登巴斯科高級職業學校棒球校隊有史以來戰績最為顯赫的幾年間——七八年到八二年——的前任明星游擊手，再明白不過了，這世上沒有什麼比球迷的心還要難以捉摸的東西。他知道箇中一切滋味：你怎麼去愛球迷、怎麼去恨球迷，怎麼去苦苦哀求他們再給你一次機會、再為你歡呼一次，還有，在你終於還是傷了他們的心時，你又是怎麼覺得羞愧得無地自容的。

「你瞧瞧那幾個小妞，真是有夠瘋了。」巨人史坦利說道。大衛抬頭看著那兩個突然跳上吧檯的女孩，隨著下頭另一個同伴荒腔走板的〈棕眼女孩〉忘情地扭腰擺臀，大跳艷舞。右邊那個女孩肉滋滋的，水汪汪的媚眼裡分分明明地寫著「來上我吧」；大衛一眼就看出來，她是那種典型早開早謝型的女人，眼前是很誘人沒錯，可惜再誘人恐怕也挺不過六個月。他敢打賭，不出兩年，這女孩定要走樣得叫人無法想像不久前的她竟還頗能叫人想同她在床上滾上幾圈呢。肥胖臃腫，隨時都穿著同一件寬寬鬆鬆的碎花洋裝——這你從她已然有些鬆軟的下巴就不難想像得到了。

另一個女孩就不是這麼回事了。

大衛幾乎可以算是看著她長大的——凱蒂·馬可斯，吉米和可憐短命的瑪麗塔的女兒，現在則是他老婆的表姐安娜貝絲的繼女。但曾幾何時，小女孩竟然已經長大了；眼前的凱蒂渾身皮膚細緻緊繃，每一吋曲線都老老實實地抵抗著地心引力。他看著她跳舞，看著她搖擺、轉圈、開懷暢笑，看著她一頭金髮像面紗似地掃過她的臉龐，然後再猛一甩頭，露出一截潔白無瑕的美麗頸項：大衛突然感到某種深沉的渴望如燎原之火般在他心底熊熊竄起。這渴望其來有自。它來自凱蒂。它來自凱蒂的體內，由她的指尖直接傳送進他的心底——凱蒂認出了台下的大衛，那張汗涔涔的小臉粲然一笑，五指遠遠地刷過大衛胸前，輕輕地搔弄著他的心。

他環顧周遭，酒吧裡的男客似乎全看傻了眼，恍恍惚惚地，彷彿眼前這兩個忘情熱舞的女孩是來自天外的幻影。大衛在他們臉上看到那種渴望，那種他剛剛在天使隊球迷臉上看到的渴望。那是一種悲哀的渴望，裡頭混雜了無奈的接受，接受自己今晚定要空手而歸的事實。他們知道自己今晚只能趁著老婆小孩在樓上睡覺的時候，半夜三點一個人溜進浴室，撫慰一下自己那根無處發洩的陰莖。

大衛看著台上的凱蒂，一邊想起了茉拉·基佛尼裸身躺在他身下的模樣。額上覆滿點點汗珠、氣喘吁吁、雙眼因酒精與慾望而顯得迷濛的茉拉·基佛尼。因他——大衛·波以爾，棒壇的明日之星——而起的慾望。大衛·波以爾，平頂區的驕傲，在那短短三年間。再沒有人稱呼他是那個十歲時曾遭人綁架的男孩。不，他是平頂區的英雄。他有茉拉躺在他床上，有命運之神站在他這邊。

大衛·波以爾。那時的大衛·波以爾完全不曾料到未來竟是如此短暫，近在眼前，卻又突然消失得無影無蹤，只留下深陷在泥沼般的現在的你——沒有驚喜，沒有希望的理由，日子只是無聲無息地過去了，日復一日，一成不變；又一年來了，你廚房牆上的月曆卻仍停留在前一年的三月那頁。

我不再懷抱任何夢想了，你於是告訴自己。我不會再讓自己去經歷那種失望、那種痛苦了。然後你的球隊就打進季後賽了，然後你就看到某部電影、看到廣告看板上那輪阿魯巴群島的金色夕陽、看到某個長得很像你高中初戀情人——某個你曾愛過卻又失去了的情人——的女孩，在你眼前眨著動人的雙眼、忘情地舞動，然後你就告訴自己，去他媽的，就再夢這麼一次吧。

一次，當蘿絲瑪麗．薩維奇．沙馬柯躺在床上等著自己斷氣時——那是她總共等了十次中的第五次——她告訴她的女兒，瑟萊絲．波以爾：「老天為證，我這一生唯一的樂趣就是彈妳爸的睪丸，讓它們抖得像起風天裡的濕床單一樣。」

瑟萊絲勉強擠出一抹微笑，試著轉過頭去，但她母親卻伸出那隻患了關節炎卻仍像鷹爪般有力的手，緊緊扣住了她的手腕。

「妳給我聽好，瑟萊絲。我是個馬上就要斷氣的人了，我他媽的不是在跟妳開玩笑。人這一輩子能夠得到就是這麼少得可憐——運氣差一點的還要落到兩手空空的下場。我明天就要死了，死之前我一定要確定我的女兒了解這個道理：妳一定要找到一樣東西。妳聽清楚了沒？這輩子妳一定要找到一樣能給妳帶來樂趣的東西。我的樂趣就是捏妳爸的老二，找到機會就捏，我他媽的一次機會也不會放過！」她眼睛一亮，點點唾沫沾了滿嘴。「相信我。習慣了之後，哼，他愛得很哪！」

瑟萊絲用毛巾為她母親擦了擦額頭。她低頭對著母親淺淺一笑，用一種溫柔的語調說道：「媽。」她為母親拭去嘴角的唾液，輕輕地捏捏她的掌心，自始至終卻不停地在心裡對自己說道，我必須離開這裡。離開這幢房子，離開這裡的一切，離開這堆讓貧窮與怨恨蛀爛腦袋的人，這堆他媽的什麼也不做、只能眼睜睜坐以待斃的人。

但她母親畢竟活下來了。她活過結腸炎與糖尿病，活過腎衰竭與兩次心肌梗塞，甚至活過了乳癌與結腸癌。她的胰臟曾一度壞死，突然就是不運作了，卻在一週後奇蹟般復原，好端端活跳跳地；那之後醫生便曾數度要求瑟萊絲，要求她日後將她母親的遺體捐出來給他們做研究。

被要求過幾次後，瑟萊絲曾反問他們：「你們想研究哪一部分？」

「全部。」

蘿絲瑪麗．薩維奇．沙馬柯有一個反目多年的弟弟還住在平頂區，另外有兩個拒絕跟她有任何往來的妹妹住在佛羅里達；至於她的老公，則早因受不住她再三侮弄自己的老二，而早早進了墳墓。瑟萊絲是她流產八次後唯一存活下來的子女。還小的時候，瑟萊絲常常會想像她那些無緣的手足化成了孤魂野鬼，在地獄邊緣來回遊蕩；她在心裡默默地想著：你們倒快活，哼。

瑟萊絲十幾歲的時候，她很確定總有一天會有什麼人來把她從這一切之中救走。她自認長得不差，個性也不錯，總還知道要怎麼笑。把一切條件加在一起，她私下盤算著，這應該只是遲早的事。問題是，幾年下來她雖然遇到過幾個條件還不差的男孩子，但他們總不是那種能讓她為之神魂顛倒的類型。他們大多來自白金漢，其中絕大多數還就是出身尖頂區或平頂區的本地人，另外還有幾個來自羅馬盆地，甚至還有一個出身不錯的傢伙——他是她在布萊恩髮型美容學校的同學；不過他是個同性戀，雖然當時連他自己都還搞不清楚。

她母親的健康保險根本有保等於沒保，瑟萊絲不久便發現，自己再怎麼辛苦加班，都只能勉強應付那筆金額高得嚇人的醫療帳單的每月最低應付額。帳單金額高得嚇人、她母親纏身宿疾種類多得嚇人，但再怎麼嚇人卻也嚇不死她的母親。事實上，她倒挺享受這種局面的。她將每一次從鬼門關前掉頭走回來的經驗，都當成是某種勝利王牌，某種用來參加「看誰的命比我爛比我硬有獎大競賽」的王牌，大衛是這麼形容的。每次電視新聞裡要是出現哭倒在火警現場前的母親，哀嚎著大火是怎麼奪去她的房子和她幾個小孩的性命時，蘿絲瑪麗便會嗤之以鼻地丟下一句話：「哼，小孩再生就有了。妳倒試試看啊，看妳要是同時得了結腸炎和肺衰竭要怎麼活下去。」

大衛通常會乾笑兩聲，然後起身再去拿一罐啤酒。

聽到廚房傳來冰箱門打開的聲音，蘿絲瑪麗轉頭跟瑟萊絲說道：「我看妳不過是他的情婦罷了。他老婆的名字叫做百威啤酒。」

瑟萊絲答道：「媽，夠了。」

她母親則會頂回去：「什麼？」

瑟萊絲最後是（勉強？）和大衛定下來了。他長得不錯，也夠風趣，而且脾氣好得不得了。剛結婚時，大衛在雷神軍火公司的收發室當差，算是份很不錯的工作；後來雖然因為不景氣被裁了員，他卻也很快就在市區的一家飯店找到另一份卸貨的差事（薪水只有原來的一半倒是），而且從不開口抱怨。事實上，大衛從來就沒開口抱怨過任何事情，也幾乎從不曾提起他高中時代以前的童年往事。瑟萊絲一直要到她母親終於過世那年，才開始覺得這事似乎不太對勁。

最後是中風帶走了蘿絲瑪麗。瑟萊絲從超市買完東西回家，卻發現她躺在浴缸裡，早嚥了氣。她仰著頭，歪著嘴，彷彿剛咬了一口什麼太酸的東西似的。

葬禮過後的那幾個月，瑟萊絲不斷安慰自己，沒了她母親在一旁批評責難或冷言冷語，日子應該就會好過多了。但事實卻非如此。大衛的薪水和她的差不多，時薪約莫都只比麥當勞多個一塊錢左右；而雖然她母親生前累積的那堆驚人的醫療帳單最終並沒有轉嫁到女兒身上，葬禮的費用卻是她躲也躲不掉的。瑟萊絲看著自己眼前的這場財務災難——未清的前債，少得可憐的收入，怎麼也省不下來的日常開銷，已屆學齡的麥可即將帶來的一堆如山高的新帳單，已經沒了信用的信用卡——然後感覺自己接下來這一輩子恐怕都得過著連大氣都不敢喘一口的日子了。雖然電視上每天都有政府官員在那邊沾沾自喜地宣稱什麼失業率下降、什麼全國工作穩定率節節攀高種種，卻從來沒有人提起過，這些數據主要代表的只是那些專業技術勞工，或是願意接受那些沒有前途、沒有醫療保險的臨時工作的人們。

有時，瑟萊絲會坐在她發現她母親屍體的那座浴缸旁的馬桶上，燈也不開地一個人坐在黑暗中。她坐在那裡，試著忍住眼淚，試著回想一切，回想自己究竟怎麼會把日子過到這步田地。而那天，那個大雨傾盆的週日凌晨三點，瑟萊絲就是坐在那裡，而浴室門卻突然讓渾身浴血的大衛推開了。

他看到她坐在那裡，嚇了一大跳。她一站起身，他便不住往後退了一步。

她說道：「親愛的，發生什麼事了？」然後便試著伸手碰他。

他又往後退了一步，腳跟不小心撞到了門檻。「我被人劃了一刀。」

「什麼？」

「我被人劃了一刀。」

「大衛，老天。到底出了什麼事？」

他掀起襯衫，胸膛上一道長長的、鮮血淋漓的傷口霎時映入瑟萊絲的眼簾。

「我的老天，親愛的，你得趕緊上醫院才行！」

「不，不用了，」他說。「這傷口其實不深，只是血流多了點。」

他說得沒錯。仔細再看了一眼後，她發現那道傷口應該還不到十分之一吋深。只是長了點，而且血淋淋的。不過光這道傷口恐怕還不足以解釋他襯衫和頸子上那一大片血漬。

「是什麼人幹的？」

「哪個吸毒吸壞腦袋的黑鬼癟三，」他說道，一邊脫掉襯衫，隨手扔在水槽裡。「親愛的，我想我這次漏子真的捅大了。」

「你什麼？什麼漏子？」

他看著她，眼神卻有些閃爍不定。「那癟三想要搶我，結果……結果我當然要反抗啊。然後我就被他劃了一刀。」

「你反抗？怎麼反抗？用刀子嗎？」

他扭開水龍頭，彎下腰，湊上嘴巴，囫圇吞了幾口水。「我也不知道自己是怎麼回事。我大概是一下子抓狂了吧，我想。我當時真的是抓狂了，親愛的。那癟三被我整慘了。」

「你……？」

「我海扁了他一頓，瑟萊絲。我被他劃了一刀後，整個人就抓狂了。妳能了解那種情況吧？我把他扳倒在地上，然後我整個人就撲上去了，然後……然後我就失去控制了。」

「所以你這算是正當防衛囉？」

他比了一個「大概是吧」的手勢。「老實說，事情如果真的鬧上法庭，我想陪審團恐怕不會這麼認為。」

「這到底是怎麼回事啊？」她伸出雙手握住他的手腕。「你把事情從頭跟我說一遍。」

她直視著他的臉。在短短一瞬間，她以為自己曾感覺到他眼底有什麼東西在那裡虎視眈眈，無比猙獰又有些洋洋得意。她突然感到一陣噁心欲吐。

一定是燈光作祟，她這麼告訴自己，一定是他頭頂那盞便宜的日光燈在作祟。因為，當他低下頭去，輕輕地拍撫她的手背時，那陣噁心感一下便褪去了，而他的臉也恢復了正常的表情——恐懼，但正常。

「我當時正要往車子那邊走去，」他說道。瑟萊絲坐回馬桶蓋上，而大衛則順勢蹲在她膝前。「那癟三不知從哪裡突然竄出來，說要跟我借個火。我說我不抽菸，他就說他也是。」

「他說他也是。」

大衛點點頭。「我當場心跳就加速到兩百。因為那附近根本連條鬼影都沒有，就我和他兩個人。就在那個時候，他突然亮出刀子，跟我說：『要錢要命你自己選，我他媽的隨便你。』」

「他是這麼說的？」

大衛身子向後一傾，仰著頭。「有什麼不對嗎？」

「沒事。」瑟萊絲只是覺得這話聽起來有點怪怪的，也許是太像電影裡的台詞了。不過話又說回來，誰沒看過電影啊，尤其在這種家家戶戶都接了第四台的時代。所以說，那個歹徒說不定就是從電影裡頭學來了這段台詞，趁深夜站在鏡子前反覆練習過，直到自己聽起來果然頗有衛斯里・史奈普還是丹佐・華盛頓的架勢為止。

「反正……反正後來呢，」大衛接著說道。「後來我就跟他說：『省省吧，老兄，我只想趕快上車趕快回家。』不過我這樣說實在有夠蠢，因為這下他連我的車鑰匙都想要了。然後，然後我就真的不知道了，親愛的，我應該要害怕才對啊，可是我就是不怕，而且還生氣了。八成是酒喝多了，借酒壯膽吧，我真的不知道。總之，我就是不想理他，結果他就往我身上劃了一刀。」

「你剛才不是說他先朝你出了一拳嗎？」

「瑟萊絲，妳他媽的讓我把事情一次講完可以嗎？」

她碰碰他的臉頰，說道：「抱歉，親愛的。」

他在她掌心輕輕一吻。「反正，他就先把我推倒在車子上，朝我揮了幾拳，那幾拳我全閃過了，這癟三於是才亮出傢伙往我身上劃了一刀。我當時只感覺刀子劃破我的皮膚，然後我整個人就抓狂了。我朝他太陽穴猛捶了一拳，那癟三根本沒料到我會來這一招，一下像是愣住了，我趁機趕緊又出了一拳，這次換成擊中他的脖子；癟三手一鬆，刀子便掉落在地上，彈遠了。於是我整個人便朝他撲上去，然後，然後……」

大衛轉頭望向浴缸，嘴巴還開著，雙唇卻微微縮攏了。

「然後怎樣？」瑟萊絲追問道，腦子裡依然在試著想像那一幕，那癟三一手握拳一手拿刀，刀尖對準了大衛的胸膛。「然後你就怎樣？」

大衛回過頭來，垂著眼，緊盯著她的膝蓋。「然後我就完全抓狂了，寶貝。那傢伙說不定已經被我打死了。我真的不知道。我抓著他的頭去撞停車場的水泥地，一遍又一遍，我還捶他的臉，一拳接一拳，那癟三的鼻子都被我打爛了。我真的不知道自己是怎麼回事。我不是不害怕，可是我更生氣，寶貝；我當時滿腦子只有妳和麥可，我只想著自己很可能沒法活著走進車子裡，我他媽的只因為這條毒蟲癟三懶得靠自己賺錢，我就他媽的得在這個鳥不拉屎的停車場裡白白送掉一條命。」他直視著她的眼睛，又說了一遍：「我說不定真的殺了人了，寶貝。」

他看起來是如此地年輕。眼睛因惶恐而睜得老大，汗涔涔的臉上沒有一絲血色，頭髮則因方才一場激鬥而覆滿了汗水和——那是血嗎？——沒錯，是血。

愛滋病，她突然想到。萬一那歹徒有愛滋病怎麼辦？

她隨即又告訴自己：不，先不要去管那些。先處理好眼前的事再說。

大衛需要她。這是從來沒有過的事。一直到這一刻，她才赫然明白，為什麼大衛從來不抱怨這件事會開始困擾她。抱怨其實是一種求助的訊號，你是在要求別人來為你解決那些困擾你的問題。但大衛從不曾需要她的幫助，所以他也從不曾向她抱怨過任何事情，不管是在他丟了工作之後，還是在蘿絲瑪麗還活著的時候。但此刻，他就跪在自己面前，喃喃地告訴她，他可能殺了人了，他需要她來向他保證，一切都不會有問題的。

一切都不會有問題的。不是嗎？是你他媽惡向膽邊生，竟想搶劫一個善良無辜的老百姓，如今你不過是自食惡果。好，就算你因此丟了命，那也是你應得的報應。瑟萊絲飛快地把事情理過一遍：好吧，很抱歉，但沒辦法，事情就是如此。你願賭就要服輸。

她在丈夫額上輕輕一吻。「寶貝，」她低聲說道，「你先沖個澡，那些沾了血的衣服我來處理就可以了。」

「這樣可以嗎？」

「嗯，沒問題的。」

「妳打算怎麼處理？」

她其實也不知道。燒了嗎？是可以，不過要在哪裡燒？公寓裡哪有地方。那就後院吧。但半夜三點跑到後院燒東西一定會招來鄰居的注意。事實上，管你什麼時候跑到後院燒東西，都很難不引人側目。

「我先把它們洗過一遍，」她脫口而出。「我先把它們洗乾淨了，裝到垃圾袋裡，然後再拿出去埋了。」

「埋了？」

「嗯，是不太妥當。那就拿去垃圾堆丟了吧……不，等等，」她腦袋轉得比嘴巴還快了。「我們先把它藏起來，等到星期二早上再拿出去丟。那天是收垃圾的日子，記得嗎？」

「嗯……。」他扭開淋浴間的水龍頭，目光卻仍停駐在她臉上，等待著。他胸前那道血痕顏色變深了。她不禁再度擔心起愛滋病——愛滋病或是肝炎，那些所有經由血液傳染的致命惡疾。

「我知道垃圾車幾點來。七點十五分，分秒不差，每個星期都一樣。除了六月的第一個星期二；那些回家過暑假的學生們總是會清出一大堆垃圾，所以他們那天總是會稍微晚一點，但是……

「瑟萊絲，親愛的，重點是？」

「喔，我的意思是說，嗯，我就等垃圾車快要離開的時候再匆匆跑下樓去，假裝我漏丟了一包垃圾，然後趁車子已經啟動了的時候，再直接丟進車後頭那個大型的壓縮器裡頭。你覺得這樣好不好？」她強迫自己擠出一抹微笑。

他伸手試了試水溫，背朝著她。「就這麼辦吧。嗯，寶貝……」

「怎麼了？」

「妳還好吧？」

「沒問題的。」

A型、B型還有C型肝炎，她想。伊波拉病毒。隔離禁區。

他再度睜大了眼睛。「真的沒問題嗎？老天，親愛的，我可能殺了人了。」

她想再靠近他一點，想碰碰他。她想離開這個狹小的浴室。她想揉揉他的頸背，告訴他一切都不會有問題的。她想逃開這裡，找一個地方把事情想清楚。

但她只是站在原處。「我現在就去洗衣服。」

「好吧，」他說。「妳去吧。」

她在水槽底下找到一副橡膠手套，那是她平常刷馬桶的時候戴的。她戴上手套，仔細地檢查上頭是否有任何裂痕或破洞。等確定手套沒有問題後，她方才撿起水槽裡的襯衫和地上的牛仔褲。牛仔褲上也有不少暗紅色的血跡，因而在白色的磁磚地板上留下了一道血痕。

「怎麼會連牛仔褲都沾到了呢？」

「沾到什麼？」

「血。」

他看著她手上的褲子。他看看地板。「我跪在他身上。」他聳聳肩。「我不知道。大概是血濺上來吧，跟襯衫一樣。」

「哦。」

他迎向她的目光。「嗯，應該就是這樣。」

「好吧。」她說。

「好吧。」

「好吧，那我去廚房洗衣服了。」

「嗯。」

「嗯，就這樣，」她說道，然後便轉身離開浴室，留他一個人站在原處，一手放在水龍頭底下，等著水變熱。

她站在廚房裡，將衣服扔進水槽，扭開水龍頭，然後怔怔地望著鮮紅的血塊、一點點半透明的肉屑還有，還有——老天，還有幾塊像是腦漿的東西——被嘩嘩流下的自來水沖進了排水管裡。她始終覺得很不可思議，一個人的身體竟可以流出那麼多血。他們說一個人體內大約有六品脫的血，但瑟萊絲始終覺得應該不止如此。她四年級的時候曾有一次和朋友在公園裡追著玩，一不小心卻被絆倒在草地上；就在她掙扎著想捉住什麼東西穩住身子時，她的手掌卻讓隱沒在草叢間的一只破玻璃瓶劃破了一個大洞。那次意外截斷了她手掌上每一條主要血管，幸好她當時年紀還小，復原力強；但她四指的指尖卻也一直要到她二十歲那年，才真正恢復了全部的知覺。無論如何，關於那次意外，她記得最清楚的便是血。從她身體裡頭流出來的血。當她從草叢間把手舉起來時，她只感覺手肘一陣酥麻，然後便眼睜睜地看著鮮紅的血液自她手掌上的那個大洞裡汩汩噴濺出來。她其中兩個玩伴當場失聲尖叫。回到家裡，就在她母親打電話叫救護車的幾分鐘內，她的血液便填滿了整個水槽。到了救護車上，他們用彈性繃帶一圈一圈把她受傷的手綑紮得有如她大腿那般粗，但不出兩分鐘，層層繃帶便讓她的血浸透了。在市立醫院裡，她躺在白色的急診室輪床上，默默地看著鮮血迅速填滿了床單上的溝槽，然後再往下滴落，在地板上形成一灘又一灘鮮紅色的小水窪；就這樣，血不停地流，一直到她母親終於發現了，放聲尖叫得其中一名輪班的住院醫師不得不讓瑟萊絲插隊、安排她優先看診為止。不過是一隻手哪，竟流得出那麼多的血。

而眼前，不過是一個人的頭，竟也流出了這麼多的血。因為大衛抓著他的頭去撞水泥地，因為大衛反覆毆打他的臉。歇斯底里吧，她想一定是的，恐懼引發的歇斯底里。她將戴著手套的雙手伸到水柱底下，再次檢查上頭是否有破洞。沒有。她在襯衫上頭倒了洗碗精，拿來鋼刷使勁地搓揉刷洗，然後擰乾了，再從頭重複一次相同的過程，直到擰出的水從粉紅色漸漸變成了無色的清水。就在她打算朝牛仔褲進攻的時候，大衛沖好澡，簡單圍著一條浴巾走進了廚房，坐在桌邊，一邊啜飲著啤酒、一邊抽著蘿絲瑪麗之前藏在櫃子裡的菸。

「我他媽真的是搞砸了。」他柔聲說道。

她點點頭。

「妳知道我說什麼嗎？」他低聲繼續說道。「不過就是一個尋常的週六夜，你像往常一樣出門，要的也很簡單，不過就想輕鬆一下，結果呢……」他站起身，走到她身邊，身子半倚在爐子上，看著她奮力扭乾了牛仔褲左邊的褲管。「妳為什麼不用洗衣機洗呢？」

她抬頭看著他，注意到他胸前那道傷痕在他沖過澡後已經微微有些泛白了。她突然有一陣想放聲咯咯傻笑的衝動。她忍住了，只是淡淡地開口說道：「以免留下證據啊，親愛的。」

「證據？」

「嗯，其實我也不知道啦。我只是覺得這些血跡還有……還有那些什麼的，可能會比較容易在洗衣機內部留下痕跡。水槽可能會比較好處理。」

他輕輕地吹了聲口哨。「證據。」

「證據。」她說道，不住露齒一笑，突然感覺自己被扯進了什麼危險的陰謀裡。危險而刺激的大陰謀。

「媽的，寶貝，」他說道，「妳真是個他媽的天才。」

她擰乾了褲腳，關掉水龍頭，轉身淺淺一鞠躬。

凌晨四點，卻是她幾年來最清醒的一刻。像八歲小孩在聖誕節早上等著拆禮物的那種清醒。彷彿她血管裡流的是咖啡因的那種清醒。

終其一生，你都在等待這樣的事情。不管你承不承認，事實就是如此。你等待著這樣的機會，這種被扯入某種充滿戲劇性的大事裡頭的機會。不是賬單未付或是夫妻爭吵那種芝麻綠豆大的日常戲碼。不。這不是戲。這是真實生活中真真實實已經發生了的事。比真實還要真實。她的丈夫可能殺了人。如果那個壞人真的死了，警方一定會想查清楚是誰幹的，而如果他們真的查到大衛頭上來了，他們就會需要證據。

她幾乎可以想像他們坐在廚房桌邊，攤開記事本，身上還依然飄散著早上的咖啡味和前夜酒吧的菸臭與酒味，然後對著她與大衛發出一個又一個的問題。他們的口氣不至於無禮，但仍會暗藏威脅。她與大衛將會以禮相待，但依然不為所動。

因為追根究柢，辦案講的不外乎證據兩字。而她剛剛已經把證據沖下水槽，沿著排水管流到陰暗的下水道裡去了。明早，她將把水槽下方的水管也拆開來，用漂白水老老實實地刷洗過一遍。她將把那件襯衫和牛仔褲裝進塑膠垃圾袋裡，藏起來，星期二一早再丟進垃圾車後頭那個巨大無比的機器裡，讓它們和那些腐爛的雞蛋、發臭的肉屑菜屑和乾掉的麵包混在一起，攪拌、壓縮到叫誰也認不出來。沒錯，她就將這麼做。她將會覺得自己變得更強、更大、也更好了。

「這會讓你覺得很孤單。」大衛說道。

「你是說什麼？」

「傷害人。」他輕輕地說道。

「但你不得不這麼做呀。」

他點點頭。在深夜陰暗的廚房裡，他全身都泛著一層淡淡的灰色。他看起來更年輕了，彷彿剛剛才從娘胎裡鑽出來，還正在喘氣。「我知道。我真的知道。但是……但是它就是會讓你覺得孤單。它就是會讓你覺得……」

她伸手碰觸他的臉。他吞嚥了一下，喉結也隨之上下滑動。

「覺得自己和所有人都不一樣。」他終於說道。

5 橘窗簾

週日清晨六點，離女兒娜汀初領聖體儀式足足還有四個半小時，吉米．馬可斯卻接到彼德．基爾包的電話，告訴他店裡忙不過來了。

「忙不過來？」吉米從床上坐起來，瞄了一眼鬧鐘。「媽的，彼德，現在才六點耶，你和凱蒂連六點都應付不過來，等到八點那群剛從教堂做完禮拜的客人湧進來，你們又打算怎麼辦？」

「問題就出在這裡，吉米。凱蒂晃點了。」

「她什麼？」吉米掀開棉被，下了床。

「她五點半就該到了，我沒記錯吧？到現在還不見人影。送甜甜圈的貨車在後門猛按喇叭，前面櫃檯咖啡壺空了我一直都還沒時間補……」

「嗯。」吉米說道，一邊往凱蒂的房間走去。五月清晨的空氣中還殘留著三月傍晚的寒氣，一陣陣從他的腳底往上竄。

「……一群建築工人——媽的，看那幾張吸飽了安非他命的臉我就知道，昨晚酒吧關門後八成又閃到公園裡喝了一整晚——總之他們在五點四十分的時候像陣旋風似地衝進來，櫃檯上兩壺哥倫比亞和法式烘焙咖啡全讓他們清光了。熟食櫃檯就更別提了，一團糟。星期六晚班那幾個渾小子你一小時付他們多少錢啊，吉米？」

「嗯。」吉米又哼了一聲，輕敲一下後隨即推開凱蒂的房門。房裡空無一人，更糟的是，枕頭床單鋪得整整齊齊的。凱蒂昨晚根本沒回家。

「你要不最好給他們加點薪，要不乾脆叫那幾個沒用的懶骨頭捲鋪蓋回家吃自己，」彼德說道。「我接了班還得花上整整一小時幫他們擦屁股，然後才能——喔，早安，卡墨迪太太。咖啡正在煮，馬上就好了。」

「我待會就到。」吉米說道。

「還有，報紙還整疊堆在那裡，我根本沒空整理，媽的，我一個人有幾隻手啊……」

「我說我馬上到。」

「真的？太好了。謝啦，吉米。」

「彼德？你撥通電話給薩爾。他今天是十點的班對吧，你問看看他能不能提前到八點半到。」

「是喔？」

吉米聽到電話裡傳來一陣急促的喇叭聲。「你就他媽的行行好，趕快去幫後門那小夥子開個門吧，他還有一車的甜甜圈要送呢。」

吉米掛了電話，踱回臥房。安娜貝絲這會兒也醒了，坐在床上，哈欠連連。

「店裡打來的？」她又打了記哈欠，一邊從喉嚨底擠出幾個字。

他點點頭。「凱蒂不知道跑到哪裡去了。」

「今天耶，」安娜貝絲說道。「今天是娜汀的初領聖體儀式耶，她偏偏跑掉了。萬一她待會兒也沒出現在教堂裡怎麼辦？」

「她不會連她妹妹的大日子也錯過的。這點我還能確定。」

「我可沒像你這麼有把握，吉米。她昨晚要是醉得連班都不上了，說不定……」

吉米聳聳肩。一說到凱蒂，安娜貝絲就沒啥好商量的了。安娜貝絲對她這個繼女態度兩極，要不就百般挑剔冷若冰霜，要不就親暱得彷彿兩人是最好的手帕交似的，中間根本沒有灰色地帶。吉米很清楚，他不無罪惡感地想起，這一切都是因為安娜貝絲出現的時候，七歲的凱蒂不但才剛剛開始認識她的父親，而且甚至還沒自失去母親的傷慟中恢復過來。凱蒂對於這麼一個女性角色能出現在她與父親同住的這幢冷冰冰的公寓始終心懷感激，也從不吝開口表達這份由衷的感念。但喪母之慟傷她甚深——吉米明白，這種傷慟幾乎沒有復原的可能——於是這十多年來，每當凱蒂心頭這道傷口偶然又裂開來了，安娜貝絲便首當其衝，成了她發洩的對象。血肉之軀的繼母畢竟敵不過生母的幽魂。

「天哪，吉米，」安娜貝絲說道。她看著丈夫在充當睡衣的T恤外頭套了件運動衫，然後四下尋找他的牛仔褲。「你不會是要去店裡吧？不會吧？」

「去個一小時就回來了，」吉米瞥見掛在床柱上的牛仔褲。「最多兩小時。反正薩爾本來就該接凱蒂十點的班。我已經讓彼德打電話叫他早點進來了。」

「薩爾少說也有七十幾歲了吧？」

「沒錯。所以說，要他早點到也沒差啦。老人那種膀胱，我看他八成四點就尿急醒了，睡不著還不是只能守著電視。」

「媽的。」安娜貝絲一把推開床單，下了床。「媽的，該死的凱蒂。連今天這種日子也打算搞飛機是吧？」

吉米感覺頸子一陣熱。「她最近還搞過什麼飛機嗎？」

安娜貝絲跨進浴室，一邊舉手示意叫吉米別再說了。「你知道她人可能在哪裡嗎？」

「不是在黛安家就是在伊芙家吧。」吉米說道，依然對安娜貝絲那隻舉起的手感到有些反感。安娜貝絲，他摯愛的妻子，有時似乎真的不知道自己竟能這麼冷酷無情——這顯然是薩維奇家族所有成員的特色——她似乎渾然不知自己隨意一個嫌惡的動作表情，竟能對旁人造成如此大的影響。「再不然就是在男朋友家。」

「是嗎？她最近又交了什麼新男朋友嗎？」安娜貝絲扭開淋浴間的水龍頭，然後退到洗臉台前，等水變熱。

「我還以為這妳比我清楚咧。」

安娜貝絲伸手抓下牙膏，搖搖頭。「我只知道她去年十一月和小凱撒分手了。我就想知道這個。」

吉米穿上鞋子，不住露出微笑。安娜貝絲老喜歡這麼稱呼巴比．奧唐諾，「小凱撒」，再不然就是一些更為不堪入耳的渾名。這不只是因為巴比．奧唐諾是個裝屌耍酷、自以為是什麼道上兄弟的小渾球，最主要還是因為他那肉呼呼的五短身材確實頗有幾分愛德華．羅賓遜的影子。凱蒂去年夏天開始和他交往後，家裡的氣氛確實緊張了好一陣子；他那幾個小舅子信誓旦旦地跟他保證，要他有必要時隨時說一聲，他們很樂意做了那個小兔崽——吉米不是很確定，薩維奇兄弟這番宣言究竟是因為看不慣自己疼愛的繼外甥女竟和這種人渣搞上了，還是因為巴比．奧唐諾漸漸成了氣候、漸漸威脅到他們的地盤。

最後是凱蒂自己決定要和他分手的。除了一堆半夜三點打來的電話，以及去年聖誕節當巴比和羅曼．法洛出現在馬可斯家門前、差點掀起的一場軒然大波外，這手分得還算平和。

安娜貝絲對巴比．奧唐諾的這種憎恨，看在吉米眼裡倒頗為有趣。他常不住私下臆想，安娜貝絲之所以會對巴比這樣深惡痛絕，或許不只是因為他長得像愛德華．羅賓遜並且睡了她的繼女；或許，這還是因為相較於她的哥哥們——尤其，還有瑪麗塔過世前那幾年的吉米——這種她眼中真正的「專業」罪犯來說，巴比不過是個什麼也稱不上的半調子罷了。

瑪麗塔過世已經是十四年前的事了；當時，吉米正在溫斯洛的州立鹿島監獄服那兩年有期徒刑。在一次週六的探監時間中，瑪麗塔抱著掙扎不休的五歲凱蒂，告訴吉米，她手臂上的一顆痣不知怎麼顏色變深了，她決定星期一要去社區診所讓醫生看看。圖個安心罷了，她是這麼說的。四週後，瑪麗塔開始接受化學治療。在她第一次告訴吉米那顆痣的六個月後，瑪麗塔便過世了。在那之前的許多個星期六，吉米被迫只能坐在那張到處是菸疤的深色大木桌後頭，隔著那張累積了超過一世紀的汗液精液與無數罪犯的喊冤或是懊悔之詞的深色大木桌，看著自己的妻子一週比一週憔悴蒼老。到過世前的最後一個月，瑪麗塔已經病到無法前去探監，甚至無法提筆寫信，吉米也只好滿足於偶爾的幾通電話——但電話中的瑪麗塔不是疲倦虛弱到氣如游絲，就是因為藥物作用而思緒紊亂到接不上話。通常還是兩者兼有。

「你知道我最近一直夢到什麼嗎？」一次在電話中，她喃喃說道。「每天都夢到哪。」

「妳夢到什麼，寶貝？」

「橘色的窗簾。大大的、厚厚的橘色窗簾……」她咂咂嘴，吉米聽到電話那頭傳來瑪麗塔勉力吞水的聲音。「……好多橘紅色的窗簾，掛在曬衣繩上，讓風吹得啪噠啪噠響，吉米。飄啊飄的。就這樣，風一直吹，窗簾一直飄，飄啊飄啊飄的。數不清的橘窗簾，在一片完全看不到邊際的田野裡，不停地飄啊飄的……」

吉米等了一會，但瑪麗塔卻不再作聲了。他怕她這麼說著說著就昏睡過去了，像她之前很多次那樣，於是趕緊開口說道：「凱蒂最近乖不乖？」

「啊？」

「我問妳凱蒂最近乖不乖，親愛的。」

「你媽把我們照顧得很好。不過她有些傷心。」

「誰傷心？我媽還是凱蒂？」

「都是。欸，吉米，我要掛電話了。頭好暈。好累。」

「好吧，妳好好休息吧，寶貝。」

「我愛你。」

「我也愛妳。」

「吉米？我們從沒有過橘色的窗簾，對不對？」

「對。」

「真怪。」她說道，然後便掛上了電話。

這是她對他說的最後一句話：真怪。

是啊，是很怪。搖籃時代就已經在那裡的一顆痣有一天竟會突然變黑，而短短二十四個星期後，也就是妳幾乎已經兩年不曾和妳的丈夫並躺在床上、讓你倆的腳交纏在一起後，妳就被放到一個四四方方的長盒子裡，而妳那上了手鐐腳銬的丈夫卻只能站在五十碼外，讓兩名武裝警衛架著，怔怔地看著妳入土。

葬禮後兩個月，吉米終於假釋出獄。他穿著和被捕離家當天相同的衣服，站在廚房裡，對著已經成了陌生人的女兒微笑。他或許還記得她生命中的前四年，但她卻不然。她只記得後頭那兩年，或許再加上一些片段的記憶。她只記得自己每個週六都會被帶到那個陰冷潮濕、始終飄散著一股陰魂不散的惡臭的大房間，隔著一張疲態畢露的長桌，看著這個以前或許曾在家裡看過的男人；那幢建在印地安人舊墳場上，外頭有狂風呼嘯，裡頭天花板低垂、四壁滲水發霉的古老建築。吉米站在廚房裡，與女兒遠遠地打量著彼此，有生以來從不曾覺得自己這麼沒用過。他蹲下來，滿心的無依與恐懼；他輕輕握住女兒的一雙小手，卻突然感覺一部分的自己彷彿浮在半空中，俯視著底下這兩個人。浮在半空中的那個他心裡想著：老天，多麼可憐的這一大一小。兩個陌生人，站在破爛不堪的廚房裡，打量著對方，在心裡努力嘗試著不要去恨她，恨她就這樣拋下他們，要他們不得不守著彼此，茫茫然不知道要怎麼把日子過下去。

他的女兒——這個活生生、會呼吸、甚至還沒完全成形的小東西——現在就只能靠他了，也不管他或她願不願意。

「她在天堂看著我們喔，」吉米告訴凱蒂。「她很為我們感到驕傲。真的喔。」

凱蒂問道：「你還要回去那個地方嗎？」

「不，我永遠不回去了。」

「那你會去別的地方嗎？」

在那一瞬間，吉米真心覺得自己寧願回到鹿島那個大屎坑，甚至比那裡還糟的地方都沒關係；他寧願再蹲上五六年的苦牢也不願意待在這裡，被迫二十四小時面對這張陌生的小臉，面對一個不知何去何從的未來，面對他這段殘餘的年輕歲月。

「沒的事。」他終於說道。「我跟定妳了，哪裡也不去。」

「我餓了。」

三個字像道閃電擊中吉米——喔，老天，今後這小東西餓了都只能找我。我得餵她養她，一輩子不得脫身。老天。

「嗯，沒問題。」他說道，臉上那抹硬撐的微笑似乎隨時都會解體。「我們現在就去找東西吃。」

吉米在六點半之前便趕到了木屋超商。他接管了收銀檯與樂透機，好讓彼德能騰出手腳把基墨街的葛斯瓦米甜甜圈店送來的甜甜圈，還有東尼．布卡的麵包店送來的一些麵包餡餅排上架。一有空檔，吉米便趕緊從店後端來一壺壺煮好的咖啡、倒進櫃檯上的大型保溫壺裡，然後拿來刀片，割斷捆在那幾大落週日版《波士頓環球報》、《前鋒報》以及《紐約時報》上頭的麻繩。他把該夾入報中的廣告和週日漫畫特刊一一弄妥後，便將它們整整齊齊地疊放在結帳櫃檯下頭的糖果架前方。

「薩爾說他幾點到？」

彼德說：「他說他最快也要九點半才到得了。他車子壞了，所以得改搭地鐵。他住得可遠咧，少說要換兩線地鐵再加上一段公車，而且他說他還得換一下衣服。」

「媽的。」

七點十五分左右，店裡湧入了一小批人潮。這批顧客多半是剛下了大夜班的警察（大部分來自九區）、聖雷吉娜醫院的護士，以及平頂區和羅馬盆地附近幾家逾時違規營業的夜總會的女侍。他們拖著疲憊的腳步走進店裡，疲憊的神情中卻又透露著幾許一時還鬆懈不下來的機警，甚至是某種終於獲得解放的興奮之情，彷彿他們是剛剛步下戰場的倖存者，渾身浴血卻僥倖全身而退。

趁著做完早場禮拜的人群蜂湧而至的五分鐘前，吉米撥了通電話給德魯・皮金，問問他是否有看到凱蒂。

「嗯，我猜她是在我家沒錯。」德魯說道。

「是喔？」吉米發現自己的口氣中透露著一股希望，突然才了解自己原先的壓抑。

「我猜啦，」德魯說道。「我再去確定一下。」

「謝啦，德魯。」

他聽著電話裡傳來德魯沉重的腳步聲，啪嗒啪嗒敲打在木質地板上，一邊遞給哈蒙太太兩張刮刮樂彩券，收了錢，勉強忍下幾乎要讓老太太濃濃的薄荷精油味薰出來的眼淚。他聽到德魯由遠而近的腳步聲，感覺自己心跳微微地加速了。他找了十五塊的零錢給哈蒙太太，微笑揮手送她走出店門。

「吉米？」

「我在。」

「欸，不好意思，我搞錯了。睡在伊芙房裡地板上的是黛安．塞斯卓，不是凱蒂。」

吉米的心臟一下漏跳了一拍，彷彿是突然讓鑷子掐住了。

「嘿，沒關係啦。」

「伊芙說凱蒂昨晚一點左右送她們回來，然後就沒交代說要去哪了。」

「謝啦，德魯。」吉米強迫自己打起精神來。「我再打幾通電話找找看。」

「她有男朋友嗎？」

「欸，十九歲的女孩子……男朋友隨時都有，只是不知道又換到哪一個去了。」

「這倒是真的，」德魯邊說邊打了個哈欠。「我們家那個伊芙還不是，一天到晚有不同的男孩子打電話來家裡，媽的，我就說她恐怕得在電話旁邊放一本花名冊才搞得清楚誰是誰。」

吉米勉強擠出幾聲乾笑。「總之謝啦，德魯。」

「沒的事，吉米。你保重囉。」

吉米掛上電話，目光卻不覺死盯著收銀機的鍵盤，彷彿它隨時都要開口跟他說話似的。這不是凱蒂第一次徹夜不歸；老實說，這甚至不是第十次。而且這也不是她第一次無故沒來上班。不過她通常會先打電話報備倒是。話又說回來，說不定她是遇上了哪個有著電影明星般的外貌和都市男孩翩翩風度的臭小子……吉米自己還不至老到完全忘了年輕是怎麼回事。雖然他怎麼也不會在凱蒂面前漏了口風，但他也還不至於假道學到真的去厲聲責罵她。

繫在店門上的鈴鐺晃噹噹響了起來，吉米這才回過神來，看著第一群剛做完禮拜的老先生老太太們潮水般地湧進店裡，嘴裡還念念有詞地埋怨著一早陰冷的天氣、神父讓他們不盡滿意的講道，還有堆了滿街的垃圾。

站在熟食櫃檯前的彼德應聲抬起頭來，用抹布迅速地擦過手。他把一整盒橡膠手套扔在熟食櫃檯上，然後便在二號收銀機後就了定位。他轉頭低聲對吉米說道：「歡迎來到地獄。」接著，第二群趕早班的虔誠信徒便不惶多讓地也搶進了店門。

吉米已經有兩年多不曾值過週日一早的班了，他幾乎已經忘了這場面會有多混亂。彼德說得沒錯。這群在大多人還沉醉在夢鄉裡的時候便起早整裝、不到七點便塞滿了聖西西莉亞教堂的虔誠老人們，拿出他們這種異於常人的宗教熱情，橫掃過吉米這爿小店，清光了架子上所有的甜甜圈與麵包，倒光了幾大壺的熱咖啡，拿光了冰箱裡的牛奶，連櫃檯下方的報紙都讓他們抽掉了至少一半。他們滿不在乎地踩過不幸掉落在地上的洋芋片與成串裝在塑膠小袋裡的花生，他們也不顧自己前頭還排了先到的人，一逕對著吉米與彼德大聲嚷嚷著自己採購單上的內容——三明治啦、樂透彩券啦、刮刮樂啦、巴爾摩還是切斯特菲茲牌香菸。然後，在終於輪到自己的時候，他們更不管身後還有多少頂著白髮或禿光了的人頭在竄動，只是好整以暇地詢問著吉米或彼德的家人最近好不好呀，一邊不急不徐地在皮包裡搜尋，非得掏出裡頭每一個還黏著棉屑的一分錢銅板不可；最後，他們還要花上好些功夫，才能把一個個裝滿東西的塑膠袋從櫃檯上拽下來，讓路給下一個早已氣得開罵的顧客。

吉米自從上回參加過一個酒類飲料無限供應的愛爾蘭婚禮後，就再也沒看過這樣混亂的場面了。當最後一個白髮蒼蒼的顧客終於跨出店門的時候，他抬頭瞄了眼指著八點四十五分的時鐘，方才發現自己穿在運動衫底下的那件T恤已經讓汗水浸透了，緊緊地貼在身上。他看著眼前的爆炸案現場，再轉頭望望彼德，心頭突然湧出一股惺惺相惜的情感；他不覺想起了七點十五分那群條子、護士與妓女，他感覺自己與彼德之間的情感已經因為兩人攜手打過週日清晨八點這場混仗，而瞬間提昇到一個全新的層次。那群來勢洶洶的銀髮大軍。

彼德面露疲色地對他露齒一笑。「接下來還有半小時可以喘口氣。不介意我去後門抽根菸吧？」

吉米開心地笑了，突然對自己親手建造的這爿街角小店感到無比的驕傲。「媽的，彼德，你愛抽一整包都行！」

他整理了走道貨架上的商品，再補滿奶製品架。而當他正要端出更多餡餅與甜甜圈時，店門上的鈴鐺卻再度響起，然後他便看著布蘭登．哈里斯領著他那個綽號「沉默的雷伊」的啞巴弟弟晃過櫃檯，往一排排堆放著麵包、洗衣粉、餅乾以及茶包的走道那邊走去。吉米假意低頭忙著整理放甜甜圈的包裝袋，一邊希望彼德不會當真給自己放了一段迷你假期。他希望他能立刻滾回店裡。

他偷偷往走道那邊望了一眼。他注意到布蘭登的視線不住一直往收銀櫃檯那邊飄，一副打算搶劫還是要找人的模樣。有那麼幾秒鐘的時間，吉米還以為彼德真的不顧他的嚇阻在店裡賣起大麻來了。但他隨即恢復理智，想起當時彼德曾直視著他的眼睛，發誓他永遠不會做任何會傷害到這家店的事。吉米知道他說的是實話；因為，除非是什麼騙王之王，否則誰也沒辦法看著吉米的眼睛說謊。他捕捉得到你所有的眼神，哪怕是多麼細微的牽動，他都能看得穿、識得破。吉米從小看著他的酒鬼父親許下過一個又一個永遠不會兌現的酒醉的承諾——看多了自然也學會辨認了。吉米想起彼德曾直視他的眼底，發誓他絕對不會在店裡搞起大麻交易；他知道他說的是實話。

那麼，這布蘭登到底想幹什麼？他不會蠢到想在他店裡偷東西吧？吉米認識布蘭登的父親雷伊．哈里斯，他知道這家子人血液中確實帶著不少愚蠢的因子；但是，有什麼蠢蛋會蠢到拖著一個十三歲的啞巴弟弟，跑到東白金漢的平頂區與尖頂區的交會點來搶超商啊？此外，如果說哈里斯一家還有什麼頭腦清醒的人的話，吉米也不得不承認那八成就會是布蘭登這小子。他是個話不多的小夥子，長得倒是一表人才，而吉米也早就學會辨認一個人到底是因為蠢到開口也不知道要說些什麼，還是只是生性沉默，只是喜歡靜靜地聽、靜靜地看、靜靜地觀察周遭的一切。布蘭登絕對是後者；你感覺得到，他或許知道得太多了些。吉米不住感到有些不安。

他轉身朝著吉米，兩人的目光終於交會了。布蘭登朝吉米緊張而友善地一笑：那笑容是誇張了些，彷彿他心裡還有什麼別的打算似地。

吉米先開口了：「找什麼東西嗎，布蘭登？」

「嗯，馬可斯先生，也沒有啦。只是想幫我媽買些她愛喝的那種愛爾蘭茶。」

「巴利牌是吧？」

「嗯，嗯，沒錯。」

「那在隔壁走道的架子上。」

「哦，謝了。」

吉米往收銀機櫃檯後頭走去時，彼德恰巧也帶著滿身菸味回來了。

「你剛說薩爾幾點會到？」

「就現在啊，應該隨時會到了吧。」彼德往後一靠，倚在刮刮樂彩券下方的香菸櫃玻璃拉門上，輕輕地嘆了一口氣。「他動作真是慢哪，吉米。」

「誰？薩爾嗎？」吉米看著布蘭登腋下夾了包巴利紅茶，與沉默的雷伊站在中間走道中央，迅速地比劃著手語。「也難怪啊，他都快八十歲了。」

「我當然知道他動作慢的原因，」彼德說道。「我要說的是，吉米，剛才八點那場混仗要是就我和他在的話，老天，我簡直不敢想像。」

「所以我才向來把他排在人少的時段啊。總之，剛才不該是你和我、也不該是你和薩爾在。應該是你和凱蒂在才對。」

布蘭登和沉默的雷伊站定在櫃檯前，吉米發現他剛提到女兒的名字時，布蘭登臉上閃過了一抹不太尋常的神情。

彼德的身子往收銀機一靠，問道：「就這些嗎，布蘭登？」

「我……我……我……」布蘭登一時竟結巴了起來，他轉頭看看弟弟。「嗯，應該是吧。我再問問雷伊。」

兩人於是又一陣飛快的比手畫腳。速度之快，吉米以為就算他倆是用一般的言語在溝通，他恐怕也來不及聽懂。沉默的雷伊兩手像通了電似地飛快地比劃著，臉上倒是毫無表情。他向來就是個陰陽怪氣的孩子，同他媽一個模子，木然的神情底下還隱約透露著某種桀驁不馴。他曾經跟安娜貝絲提過一次，她卻指控他歧視殘障人士；但他知道事情並不是這樣——雷伊那張死寂的臉和無聲的嘴底下確實隱藏著某種東西，讓人不覺想拿榔頭狠狠地把它捶出來。

他倆的比手畫腳終於告一段落。布蘭登彎下腰去，從糖果架上拿了一根柯曼嚼嚼棒。吉米立刻聯想到他的父親，他在柯曼糖果廠工作那一年裡身上總揮之不去的那股甜膩的氣味。

「還有一份《環球報》。」布蘭登說道。

「沒問題。」彼德又敲了幾下鍵盤。

「嗯……我還以為星期天是凱蒂的班呢。」布蘭登遞給彼德一張十元紙鈔。

彼德揚著眉，咚一聲敲開收銀機，彈開的現金抽屜直直抵著他的下腹。「你想把我老闆的女兒喔，布蘭登？」

布蘭登不敢看吉米。「沒有啦，沒的事。」他乾笑了幾聲。「只是覺得有些奇怪啦，她星期天不是通常都在嗎？」

「今天是她妹妹的初領聖體儀式。」吉米說道。

「哦，你說娜汀是吧？」布蘭登終於看向吉米，眼睛睜得大了些，笑容也誇張了些。

「娜汀沒錯，」吉米說道，心裡卻不住有些納悶，這小子名字記得未免太清楚了點吧。「沒錯。」

「嗯，代我和雷伊向她說聲恭喜。」

「當然，布蘭登。」

彼德將茶包與糖果棒裝進塑膠袋的時候，布蘭登只是低頭盯著櫃檯，頭還不住輕點了幾下。

「嗯，好吧，就這樣囉，謝啦。我們走吧，雷伊。」

布蘭登說話的時候臉並沒有朝著雷伊，但雷伊還是挪動了身子。吉米這才突然想起來，這雷伊只是啞，並不聾。人們常常會忘了這檔事。畢竟這樣的例子並不常見。

兩兄弟走出店門後，彼德突然開口：「嘿，吉米，我能問你一個問題嗎？」

「說吧。」

「你為什麼這麼討厭那小子？」

吉米聳聳肩。「我不知道這算不算得上討厭，說真的。只是……只是你難道不覺得那小兔崽真的有些說不出的怪嗎？」

「喔，他喔？」彼德說道。「也沒錯啦，那小子真是有些怪裡怪氣的，不說話，光是盯著人看，盯得人渾身不舒服。這我沒說錯吧？不過我不是說他，我是說布蘭登。我的意思是，那小子看起來人不錯，話不多，但是很有禮貌，你知道我在說什麼吧？你注意到了嗎，他其實不必跟他那個啞巴弟弟比手語的，他又不是聽不到；不過我想他就是不想讓他覺得孤單之類的。這點倒是不錯。但是，吉米，你每次盯著他看的模樣還真是有些嚇人，好像你隨時都要撲上去，把他的眼珠子挖出來似的。」

「我沒有吧。」

「你有。」

「真的嗎？」

「他媽的假不了。」

吉米的目光越過樂透機，隔著微微蒙塵的櫥窗玻璃望向外頭那靜躺在灰撲撲的天空底下的白金漢大道。他感覺布蘭登那抹該死的微笑還殘留在他的血液裡，不住地搔弄著他。

「嘿，吉米，我隨便說說的啦，你可別當真……」

「薩爾來了，」吉米說道，目光依然朝向外頭。他凝望著老人步履蹣跚地過了街，朝店裡走來。

「媽的，也差不多是時候了。」

6 因為折斷了

西恩·狄文的星期天——他停職一週後復工的第一天——是由鬧鐘鈴聲掀開序幕的。鈴聲惡狠狠地把他從沉沉的夢境中揪出來，像是胎兒被人從子宮裡推擠出來，朦朧中倒也隨即明白，自己再也回不去了。他不太記得自己究竟夢到了什麼，只是一些斷斷續續的畫面；他還隱約記得這場夢本來就沒有什麼邏輯劇情可言，但那種鮮明的感覺卻像把剃刀似地抵在他後腦杓上，搞得他一整個早上都心神不寧。

他的妻子蘿倫曾出現在夢裡，他甚至還能聞到她皮膚的味道。夢裡的她穿著一件打濕了的白色泳裝，頂著一頭紊亂的長髮，比現實中的還長、顏色還深，像潮濕的海砂；她一身皮膚讓陽光曬得銅棕帶金，腳踝與腳背上還沾了點點砂土。她渾身散發著陽光與海洋的味道，坐在西恩腿上，輕吻他的鼻尖，用纖長的手指搔弄他的喉頭頸項。他倆坐在一幢海濱小屋的前廊上，西恩聽得到潮浪聲卻看不到海洋；原來該是海洋的地方，卻只有一個寬如足球場的巨型空白電視螢幕。西恩記得自己曾轉頭望向螢幕中央——他只看到自己，卻不見蘿倫的蹤影；只有他，坐在那裡，擁抱著一團空氣。

但他掌心傳來的是溫暖的膚觸。貨真價實的溫度。

接下來，他只記得自己站在小屋屋頂上，懷裡的蘿倫換成了冰冷的金屬風向標。他緊握著它，而他腳下的房屋卻裂開了一個大洞，最底部還停著一艘擱淺的帆船。然後他突然又全身赤裸躺在床上，懷裡還躺著一名陌生的女子；夢裡的他意識到蘿倫就在隔壁房裡，從螢幕上觀看著他與女人的一舉一動；一隻海鷗衝撞窗子，冰塊似的玻璃碎片散落在床上，而西恩——穿著整齊的西恩——則站在床邊，凝望著眼前的一切。

海鷗痛苦地喘息，說道：「我脖子好痛！」然後西恩便醒來了；他甚至還來不及告訴牠：「那是因為你的脖子折斷了。」

他醒來了，這場夢的滋味卻仍在他頭蓋骨底下盤桓，像棉絮像絨毛，牢牢地黏附在他眼皮下與舌頭上。鬧鐘鈴聲大作，他卻遲遲不肯睜開眼睛，一心希望這鈴聲只是另一場夢、希望自己不曾醒來、希望這鈴聲只是他的幻覺。

終於，他還是睜開了眼睛，陌生女人胴體的堅實觸感與蘿倫皮膚的海的味道，卻依然瀰漫在他的腦細胞間；然後他便明白了，這不是一場夢，不是一場電影，甚至不是一首悲歌。

是這些被單，是這間臥房，是這張床。是被遺留在窗檯上的啤酒空罐，是直射他雙眼的陽光，是床頭櫃上那個嗶嗶嗶響個不停的鬧鐘。是那個水滴個不停、而他卻始終忘了修理的水龍頭。是他的生活，這一切。

他關掉鬧鐘，卻還不肯下床。他甚至不願移動他的頭，因為他不想知道自己是否得為昨晚灌下的那些酒精付出代價。宿醉會讓他回去上班的第一天有如兩天那般漫長，而受到停職處分後回去上班的第一天本來就夠難捱了——那堆不得不吃的屎，那些開在他身上、不好笑卻又不得不笑的玩笑。

他動也不動地躺在那裡，聆聽街上傳來的嗶嗶聲，聆聽隔壁那個電視從半夜開到清晨的毒蟲家裡傳來的嗶嗶聲，聆聽天花板風扇、微波爐、煙霧偵測器，還有電冰箱傳來的嗶嗶聲嗡嗡聲。使用中的電腦嚶嚶做響。行動電話、ＰＤＡ。從廚房到客廳、從外頭的大街到總局辦公室、從范尼爾丘的廉價公寓到東白金漢的平頂區，無時無刻都有東西在嗶嗶嗶嗡嗡嗡響個不停。

這年頭所有東西都會叫都會響。所有東西都求迅速靈活求動求變。所有人都加快腳步跟著時代脈動變化前進。

這他媽的是什麼時候開始的事？

他就想知道這個。這世界到底從什麼時候開始加快腳步往前衝，獨留他在後頭遙望著眾人漸行漸遠的背影？這到底他媽的是什麼時候開始的事？

他閉上眼睛。

蘿倫離開的時候。

就是從那個時候開始的。

布蘭登．哈里斯瞪著電話，彷彿想用意志力命令它響起。他瞄了一眼手錶。遲了兩個小時了。這其實也不算是什麼意料外的事；凱蒂向來不守時，他其實也早習慣了，但搞什麼連今天也不例外。布蘭登等不及要走了。不在店裡，那她到底在哪裡呢？說好的計劃是，凱蒂早上還是去木屋超商上班，從那裡打通電話給他，然後去參加她異母妹妹的初領聖體禮，之後才來和他碰頭。但她沒去上班，也沒打電話。

他不能打電話給她。打從他倆正式交往以來，這大概是最讓他掃興的一點了。凱蒂通常就會在三個地方出沒——剛開始交往時她還常得往巴比．奧唐諾的住處跑，或者是在她和她父親、繼母和兩個異母妹妹共住的那間位於白金漢大道上的公寓裡，再不然就是在樓上她那群腦袋嚴重異於常人的舅舅家裡。她那群惡名昭彰的舅舅裡頭就屬尼克和威爾最瘋，瘋得沒人管得了壓得住；還有就是她父親吉米．馬可斯。他和凱蒂怎麼也猜不出來到底是什麼原因，但他總之就是恨布蘭登入骨。凱蒂稍微懂事以來他就一直把話說得很清楚：「離哈里斯一家人遠一點；妳要是敢帶其中任何一個回家，我就和妳斷絕父女關係。」

據凱蒂的說法，她父親通常是個講理的人；但有一晚，她曾倚在布蘭登胸前，豆大的淚珠滾滾滴下，喃喃控訴道：「他一說到你就抓狂，像個瘋子似的。我記得有一次，他喝醉了回家，醉得都口齒不清了，卻還一直在那邊跟我唸，說我媽的事、說她有多愛我什麼什麼的；然後他就說了：『該死的哈里斯那一家子，全是些人渣。』」

人渣。這兩個字像口濃痰似地哽在布蘭登胸口。

「『妳離他們愈遠愈好，聽到了沒有，凱蒂，我就要求妳這一件事。求求妳。』」

「所以呢？現在又是怎麼回事？」布蘭登問道。「妳怎麼會跟我在一起呢？」

她翻下身子，枕著布蘭登的手臂，慘慘地對他一笑。「你真的不知道？」

這是實話。布蘭登確實不知道。凱蒂是一切。是至高無上的女神。而布蘭登卻只是，嗯，布蘭登。

「我真的不知道。」

「因為你很善良。」

「我是嗎？」

她點點頭。「我看過你對待雷伊和你媽媽的樣子，甚至還有街上隨便什麼人都一樣，你對他們就是這麼地好，布蘭登。」

「很多人都對人很好。」

她搖搖頭。「對人好和善良是兩回事。」

聽凱蒂這麼說，布蘭登也不得不承認，他這一輩子確實還沒遇過不喜歡他的人——不是人緣超好超受歡迎那種喜歡，而是「布蘭登那小子還算不錯」那種喜歡。他從不曾樹敵，小學畢業後就不曾再打過架，甚至沒聽過人家跟他說過一句重話。也許這真是因為他很善良；也許，正如凱蒂所說，這並不常見。或者，這也許只是因為他天生就不是那種會把人惹毛的人。

除了凱蒂的父親。那是一個謎；但那情緒卻貨真價實不容否認：恨。

半小時前，布蘭登才剛在木屋超商中清清楚楚地感受到一股濃濃的仇恨——那股從吉米．馬可斯身上散發出來的、壓抑而沉默的仇恨，像是某種具有強烈感染力的病毒。他幾乎無以招架，連一句話都沒法好好說出口。回家的路上他甚至不敢直視雷伊的眼睛；那仇恨叫他不覺地自慚形穢起來，彷彿他頭上爬滿蝨子、牙齒上全是齒垢似的。雖然，就他的理解，這仇恨來得毫無理由——布蘭登從來也沒做過什麼對不起凱蒂父親的事，事實上，他根本不算真的認識他——但這層理解並不會減低那股恨意的殺傷力。布蘭登明白，如果他身上著了火，吉米．馬可斯恐怕連撒泡尿幫他滅火都不肯。

布蘭登不能打電話給凱蒂；他擔心對方有來電顯示或動手查詢來電者身分。數不清多少次他幾乎就要按下撥號鍵了，但他只要一想到接電話的人可能是馬可斯先生或巴比．奧唐諾，或是其中哪個神經兮兮的薩維奇兄弟，話筒自然就會從他汗濕了的手中滑落回話機座上。

布蘭登不知道到底誰比較可怕。馬可斯先生乍看之下並沒有任何出奇之處，不過是布蘭登從小光顧到大的雜貨店的老闆，但他身上卻飄散著某種東西——不只是對布蘭登的痛恨——某種會叫人坐立難安的東西，某種足以做出某些事情的能力；雖然布蘭登也說不出個所以然來，但那東西就是在那裡，叫人一遇上他就不覺要降低音量、叫人東閃西躲就是不敢直接迎上他的目光。巴比．奧唐諾則是那種沒人知道他到底靠什麼維生的人，但你要是在街上遠遠地看見他走過來了，也會不覺想要過街閃躲他。至於那群薩維奇兄弟，平日行徑之乖戾火爆，直叫人以為他們是來自另一個星球的人。薩維奇兄弟是平頂區有史以來最瘋狂、最暴戾、最莽撞的一群神經病，一個個不但脾氣暴躁，而且一觸即發；要是把能惹毛他們的事情一一記錄成書，少說也有舊約聖經的厚度。他們那個又蠢又變態的父親和他們那體弱多病、早早便過世了的母親，生小孩像是某種專門製造不定時炸彈的生產線，每隔十一個月便蹦出一個成品。這群兄弟從小就擠在一個小得約莫只有日本製收音機大小的房間裡一起長大；那房間不但小，而且陰暗，陽光都叫當年橫越平頂區的高架鐵路遮去了大半（鐵路後來在布蘭登小時候被拆掉了）。小公寓的地板向東嚴重傾斜，而且一天二十四小時中，總有二十一小時有火車不斷轟隆隆地駛過，震得整幢原本就破爛不堪的三層樓木造公寓愈發搖搖欲墜；攪得這群兄弟十天中總有八九天是一早就被硬生生震醒的，一個個被震落在地板上疊成人肉小山，像群窮凶惡極的港口老鼠似地以拳頭代替晨間咖啡、揮拳互毆好醒醒腦兼清掉一肚子隔夜臭屎。

早幾年，外人根本分不出來這群兄弟誰是誰——無從分辨也無意分辨；薩維奇兄弟反正就是薩維奇兄弟，同一窩孵出來的壞蛋、同一棵樹發出來的爛芽，還像塔斯馬尼亞袋獾般總是集體行動，挾帶滾滾煙塵由街道這頭晃到那頭。你要是不幸在街上看到這團煙塵朝你這邊滾來，你總要往旁一讓，暗自祈禱他們快快找上別人，或是乾脆像陣瘋狂而盲目的旋風呼嘯而過，壓根不曾注意到你的存在。

事實上，雖然布蘭登打從出娘胎以來就一直待在平頂區，但他卻也是要到了和凱蒂暗中交往以後、才終於搞清楚他們總共有幾個人：身為老大的尼克被判了十年以上有期徒刑，給丟進沃爾波監獄六年後才終於假釋出獄；威爾則是老二，根據凱蒂的說法，也是個性最好、最寵愛她們幾個外甥女的；再來是查克、卡文、艾爾（外人常常把他和威爾搞混了）、吉拉德（他也是剛剛才從沃爾波被放出來的），最後才是史考特。史考特是他們母親生前最為寵愛的么子；他不但是唯一去上了大學（而且還畢業了）的薩維奇兄弟，也是唯一沒有和其他兄弟一起住在這幢三層樓公寓裡的一個——原來住在一樓與三樓的房客被嚇得漏夜遷往他州後，薩維奇兄弟便成功地霸佔了這整幢樓房。

「我知道他們在外頭的名聲，」凱蒂這麼告訴布蘭登，「但他們私底下其實都是好人。嗯，除了史考特。他實在有些難搞。」

史考特。唯一還算正常的那個。

布蘭登又瞄了一眼手錶，然後再望望床畔的鬧鐘。他看著毫無動靜的電話。他看著他的床。那不過是前幾夜的事——他撐著愈發沉重的眼皮，癡癡地盯著凱蒂的頸後、數著覆蓋在上頭的那層細細淡淡的金髮；他一隻手臂橫掛在凱蒂腰間，掌心正好貼在她暖熱的小腹上，而凱蒂的髮香體香則混雜著一絲若有似無的汗味，充塞他的鼻翼，直到他終於沉沉睡去。

他的目光再度落在電話機上。

響啊，他媽的。快響啊。

幾個小孩發現了她的車子。他們打電話通知九一一，負責講電話的那個男孩喘嘘嘘地，顯然受了不小的驚嚇，囁囁嚅嚅地吐出一串話：

「有一輛車，嗯，裡頭都是血，門還開開的，還有，嗯——」

九一一的接線生打斷他的話，問道：「車子現在停在哪裡？」

「在平頂區，」男孩說道。「就在州監公園附近。我和我朋友一起看到的。」

「有沒有詳細地址？」

「雪梨街，」男孩脫口而出。「裡頭都是血，門還開開的。」

「小朋友，你叫什麼名字？」

「他想知道她的名字，」男孩告訴身旁的朋友。「還叫我『小朋友』。」

「小朋友？」接線生說道。「我是在問你的名字。你叫什麼名字？」

「媽的嚇死人了，我們要走了，」男孩說道。「你們趕快派人來就對了。」

男孩掛上了電話，而接線生從電腦螢幕上看到這通電話的發話地點是東白金漢平頂區、基墨街與諾沙街轉角的一個公共電話亭，離州監公園的雪梨街入口約莫只有半哩遠。他將消息轉給警方的勤務中心，由他們派遣一組巡邏警員前往雪梨街查看。

不久，其中一名警員便回報勤務中心，要求更多員警以及犯罪現場蒐證技術人員到場支援，嗯，還有，你們最好也順便通知一下凶殺組之類的單位。只是一個預感。

「你們找到屍體了嗎，三三？完畢。」

「嗯，還沒有。」

「三三，沒有屍體為什麼要求凶殺組到場呢？完畢。」

「就現場的感覺吧，我也說不上來。我有預感，屍體只是暫時還沒讓我們找到罷了。」

西恩將車子停在彎月街，然後沿著放置在彎月街與雪梨街交叉口附近的藍色拒馬往現場走去，正式開始了停職後復工的第一天。藍色拒馬上頭印著波士頓市警局的字樣，因為他們是最先到達現場的單位；但根據西恩一路上從警方頻道上截聽來的消息，這案子最後應該還是會由州警隊凶殺組——他隸屬的單位——接手。

據他所知，車子雖然是被棄置在雪梨街、屬於市警局的轄區，但血跡卻一路往州監公園延伸而去，而州監公園是保留地的一部分，因此被歸在州警隊的管轄範圍內。西恩沿著彎月街的公園邊牆往前走，第一個注意到的東西便是停放在路邊的蒐證小組箱型車。

走近了後，他才看到州警隊凶殺組的警官，懷迪．包爾斯站在一輛駕駛座車門大開的車子旁邊幾呎之遙處；而上星期才剛剛升上凶殺組的掃薩與康納利則手握咖啡，低頭搜查著公園入口處附近的草叢。兩輛巡邏警車與蒐證小組的箱型車停放在路肩的碎石道上，蒐證技術人員一邊忙著在車子裡外採集證據，一邊還頻頻以嫌惡的眼神望向掃薩與康納利——那兩隻菜鳥竟大剌剌地踩踏草叢，破壞現場不說，手上的外帶咖啡竟連蓋子也沒蓋上，隨時都可能潑灑出來。

「嘿，壞孩子。」懷迪．包爾斯挑著眉毛，一臉意外。「這麼快就收到通知啦？」

「沒錯，」西恩說道。「不過就我一個人。暫時還沒有夥伴，亞道夫請假未歸。」

懷迪．包爾斯點點頭。「你做錯事一被罰，那個沒用的德國廢物就連聲說要請病假。」他將手臂搭在西恩肩上。「上頭指示過了，小子，你就暫時跟著我吧。就這段觀察期。」

所以說，他們算盤是這麼打的；就讓懷迪看著西恩，直到隊上的大頭們決定西恩的表現，是否已達到他們的黃金標準。

「還以為這週末就這麼安安靜靜地過了咧，」懷迪領著西恩看向駕駛門大開的車子，一邊說道。「昨晚整個郡都安靜得像條死貓似的。帕克丘有人被捅，布里奚斯相安無事，奧斯敦區有個大學生被哪裡來的醉鬼海扁了一頓；不過全都沒鬧出人命，而且還都歸市警局管，沒咱們的事。媽的，聽說帕克丘那個傢伙可神了，鎖骨上方插了一把天殺的牛排刀，竟然還自己走進麻省綜合醫院的急診室，劈頭就問護士自動販賣機在哪裡，他渴都渴死了，就想喝罐可樂。」

「她跟他說了嗎？」西恩問道。

懷迪微笑不語。他從以前就一直是州警隊兇殺組的金童，多的是理由微笑。他穿著運動褲、兒子的曲棍球衣、藍色塑膠夾腳拖鞋，頭上反戴著棒球帽，金色的警徽則用尼龍繩串著垂掛在胸前——照這身居家裝扮看來，他八成是還正準備要上班時就被電話急召到現場的。

「球衣很炫喔。」西恩調侃道，而懷迪則慵懶地報以他的招牌露齒微笑。一隻不知名的鳥兒從公園上空朝他們頭頂撲來，淒厲的嘎叫聲牢牢地咬進了西恩的脊椎骨裡。

「媽的，半小時前我還躺在沙發上逍遙呢。」

「看卡通？」

「摔跤秀啦。」懷迪指指草叢與公園。「我猜我們會在那裡頭找到她。不過現在還言之過早，傅列爾也指示過了，找到屍體前就暫時先當失蹤案辦。」

方才的鳥兒又回來了，低飛掠過兩人頭頂上空，粗嘎刺耳的尖叫聲直直鑽進西恩的後腦杓，一口一口地拉扯啃啄。

「總之歸我們管，是吧？」

懷迪點點頭。「除非被害人後來又轉頭逃出公園，在哪條街上被追上了，才終於送了命。」

西恩抬頭匆匆一瞥。那怪鳥的頭奇大無比，兩隻短腳則縮在白底帶淺灰條紋的胸前。西恩認不出是什麼鳥；不過話說回來，他從來也不是什麼大自然的愛好者。「那是什麼鳥？」

「束帶翠鳥。」懷迪說道。

「聽你在放屁。」

懷迪舉起一隻手。「我發誓。」

「小時候看了不少《動物王國》之類的節目是吧？」

鳥兒再次放聲尖叫，西恩真想一槍封了牠的嘴。

懷迪言歸正傳：「要不要過來看看車子？」

「你剛剛說『她』，」西恩說道，一邊彎腰穿過封鎖現場專用的黃色塑膠帶，往車子那邊走去。

「蒐證小組的人在車子的置物箱找到行照。上頭登記的車主是個叫做凱瑟琳·馬可斯的女孩。」

「幹。」西恩脫口而出。

「你認識她？」

「說不定是以前一個朋友的女兒。」

「很熟的朋友嗎？」

西恩搖搖頭。「不熟。點頭之交罷了。」

「確定？」懷迪言下之意是，要是西恩想退出這個案子就趁早。

「確定，」西恩說道。「他媽的確定。」

懷迪指指敞開的駕駛座車門，原本彎腰探頭在車內採證的蒐證人員這時也剛好退了出來，反弓著背、十指交纏指向天空地伸著懶腰。「老兄，幫幫忙，眼睛看手不要碰。這案子決定歸誰了沒？」

懷迪答道：「就我啦。公園是州警隊的轄區。」

「但車子是停在市政府的土地上。」

懷迪指指公園入口的草叢。「血跡可是出現在州的轄區裡。」

「我也不知道啦。」蒐證人員嘆了口氣，說道。

「助理檢察官已經在路上了，」懷迪說道。「就由他去傷腦筋吧。在那之前，這案子暫時還是歸州警隊管。」

西恩看了眼那堆往公園深處蔓延而去的雜草，心知肚明，如果真有屍體，十之八九會是在公園裡。「說明一下目前的狀況吧。」

蒐證人員打了個哈欠。「我們到的時候駕駛座車門是開的，鑰匙還插在鎖孔裡，車燈也還亮著。說來還真巧，我們到場大約十秒後電池就掛了。」

西恩注意到駕駛座車門音箱上方有一片血漬，部分滴落在音箱上的血滴則已經變黑結痂了。他蹲下身子，目光在車內來回搜尋，終於在方向盤上找到另一處也已變黑的血漬。第三道血跡則比前兩處寬多了也長多了，沾染在駕駛座的人造皮椅套上頭的彈孔周圍，位置約莫是人的肩頸附近。西恩再度轉動身子，順著敞開的車門往車子左側的草叢望去；接著，他身子往後一傾，探頭檢查駕駛座車門外側：車門上有一處嶄新的凹痕。

他抬頭看看懷迪，懷迪點點頭。「歹徒應該是站在車外。馬可斯女孩——如果開車的是她沒錯的話——曾經用車門狠狠撞了那傢伙一下。那龜孫子開了一槍，擊中她的，嗯，我也不確定，應該是肩膀或是上臂附近吧？女孩於是負傷逃跑。」他指了指草叢上幾處被人踩扁的地方。「他們穿過草叢，往公園裡頭跑去。草叢附近我們只發現少許血跡，照這樣判斷，她的傷勢應該不重。」

西恩說道：「我們派人進公園搜了嗎？」

「目前已經有兩組人馬在裡頭。」

蒐證人員發出一陣不屑的鼻息聲。「那兩組人馬有比這兩個白痴聰明嗎？」

西恩與懷迪順著她的目光看過去，只看到剛剛不小心把整杯咖啡潑倒在草叢上的康納利站在那裡，一邊踢弄著杯子、一邊還念念有詞咒罵個不停。

「嘿，這兩個傢伙是菜鳥，妳就饒了他們吧。」

「你們好了沒？我指紋還沒採完。」

西恩退出車外，讓路給女人。「除了行照以外，你們還有找到別的證件嗎？」

「有。我們在座椅底下找到一只皮夾，裡頭有一張凱瑟琳·馬可斯的駕照。後座地上還有一個背包，比利正在檢查裡頭的東西。」

西恩順著她下巴挪動的方向移動目光。越過車頂，他看到一個男人跪在車前，他前方的地上則躺著一只深藍色的背包。

懷迪問道：「妳有看到她駕照上的出生年月嗎？」

「有。那女孩今年剛滿十九。」

「十九歲，」懷迪對著西恩說道。「你說你認識女孩的父親？媽的，我他媽的都不敢想了。可憐的傢伙，就要讓雷劈到了恐怕還渾然不知咧。」

西恩轉過頭去，看著那隻孤鳥一路嘎嘎啞叫著往州監大溝那頭飛去。一道刺眼的陽光霎時穿破雲層。西恩感覺那嘎嘎的叫聲刺透他的耳膜，往他的腦袋底層竄去——十一歲的吉米·馬可斯的臉龐突然浮現在他的腦海，那種含帶野性的寂寞，就是他們差點偷了車的那天。西恩終於能體會到那種寂寞了——站在往州監公園延伸而去的這一大片野草前，二十五年的光陰彷彿短暫如電視廣告——他感覺得到那種憤怒、挫折而無望的寂寞，靜靜地散布在吉米・馬可斯的體內，像給蛀空了的腐木裡頭的殘渣。為了擺脫這種感覺，西恩強迫自己想起蘿倫，今早夢裡那個披著一頭色如海砂的長髮、肌膚飄散著海的味道的蘿倫。他想著那個蘿倫，只希望自己此刻就能穿過夢的甬道，回到夢中，消失在夢中。

7 在血中

娜汀·馬可斯——吉米與安娜貝絲的小女兒——星期天早晨在東白金漢平頂區的聖西西莉亞教堂初次領受聖體。她雙手合十，頭戴白紗，身穿純白洋裝，像個小新娘或雪白天使似的，和四十個孩子一起魚貫由中央走道向前方聖壇走去——其他孩子的腳步都跨得結結巴巴、猶猶豫豫的，就只有娜汀的腳步如常輕盈流暢。

至少看在吉米眼裡是如此；他或許是史上少數願意公開承認的，但，沒錯，他就是偏愛自己的孩子，而且偏愛得理直氣壯。這一代的孩子普遍奉「只要我喜歡、有什麼不可以」為真理，目無尊長，連在父母面前都口沒遮攔、髒話照罵，而且眼神往往空洞迷濛，底下似乎又蘊藏著某種因為看太多電視、還是打電動玩電腦上癮而造成的盲目狂熱。他們常讓吉米想起彈珠台上的小銀珠——這秒還一副遲緩的模樣，下一秒卻瘋狂加速、彈彈跳跳，一路鏗鏗鏘鏘，東衝西撞。他們只要開口要什麼東西，通常都能得逞。要是遭到拒絕，他們就更大聲再要求一次；如果答案還是吞吞吐吐的一個「不」字，他們就放聲尖叫。而他們的父母——吉米以為他們錯就錯在一步讓就步步讓了——通常也就此屈服。

吉米與安娜貝絲對三個女兒當然也是百般寵愛。他們總希望女孩兒們能快快樂樂無憂無慮的、能清清楚楚地感受到父母的愛。但疼愛子女和放任子女為所欲為總還有一線之隔，而吉米也總是很清楚地讓女孩兒們知道那條界線在哪裡。

就拿此刻正好經過吉米座位的這兩個小混帳來說吧——兩個小男孩，一路拉拉扯扯、推來推去的，任修女再怎麼噓他們，他們依然我行我素、大聲笑鬧，甚至開始對著人群擠眉弄眼地耍寶；更叫人難以置信的是，有的大人竟然還對著他們微笑。要換成以前那個時代，男孩的父母早就站出來，揪著他倆的耳朵要他們離地三吋，先賞個幾巴掌，再小聲威脅回家還有得瞧後，才暫時鬆手讓兩人落地站好。

吉米當年恨他老子都恨入骨了，當然明白以前那套也好不到哪裡去，這是毫無疑問的；但，媽的，這之間總該有個中庸之道可循吧？偏偏現代大部分的父母總是忙不迭往另一個極端走。小孩子要疼也要管，總要讓他們明白老子疼你愛你並不代表你就可以肆無忌憚、爬到太歲爺頭上動土。老子畢竟還是老子，規定就是規定，大人說不行的時候就是不行；你惹人憐愛並不表示你就可以霸道橫行。

當然，你可以恩威並施，用你的中庸之道好好地把子女教養成人，但這卻一點也不保證他們就不會讓你傷心失望。比如說今天，比如說凱蒂。沒去店裡上班就算了，眼看竟然連她小妹的領聖體禮都要錯過了。他怎麼也想不通，她腦袋裡到底是怎麼想的？大概什麼也沒在想吧，問題就出在這裡。

吉米轉頭看著娜汀一步步往聖壇這頭走來，滿心的驕傲倒讓他對凱蒂的氣（他是氣，但憤怒底下卻始終隱約藏有一絲憂慮）消了不少，雖然他知道這口氣遲早又會湧回他的胸口。對出身天主教家庭的孩子來說，初領聖體是件大事──你讓大人幫你打扮得漂漂亮亮的，到教堂接受眾人的誇獎讚嘆，典禮結束後再被帶到帕克起司餐廳大吃一頓──吉米堅持這樣的日子就是要讓孩子當主角，要他們盡情開心，也算是為他們製造一些難忘的童年回憶。所以他才會對凱蒂的缺席感到這麼不爽。好，她是只有十九歲沒錯，她小妹的事情或許比不上男孩子或是新衣服或是半夜偷溜進一些證照檢查不嚴的小酒吧等等來得有趣刺激。這吉米當然了解，所以他向來留給凱蒂不小的空間；但想想當年吉米是怎麼費心為她經營這樣的日子的，她今天竟然還搞這種飛機，實在是他媽的有夠不上道。

他愈想愈氣，心裡明白待會一見到凱蒂，父女倆免不了又要好好「溝通」──安娜貝絲是這麼稱呼的——一下了；過去這幾年來，他倆倒是愈來愈常這麼「溝通」了。

管他是溝通還是吵架。媽的。

娜汀隨行列緩緩前進，眼看已經接近吉米這排座位了。安娜貝絲事前就警告過娜汀，要她不准對著她父親擠眉弄眼、有損儀式莊嚴，但娜汀還是冒著讓母親臭罵一頓的危險，硬是趁機瞄了吉米一眼，硬要讓父親知道她有多愛他。除此之外她倒是挺安分的，低著頭，不敢多瞧外公希奧和佔滿吉米後面一整排座位的六個舅舅一眼。吉米對小女兒的懂事感到很欣慰：她母親把界線劃得很清楚；她最多敢在界線前方晃上一遭，越界倒是不至於。小娜汀低著頭，左眼隔著面紗偷偷地往一邊飄，吉米迎上她的目光，用垂放在腰間右手若有似無地對著她動動三根手指，再無聲地對她做出一個誇張的「嗨」的嘴形。

娜汀的微笑誠摯而燦爛，比她那一身白衣白紗與白鞋都要來得潔白純淨，吉米的心底眼底霎時竄過一股暖呼呼的感覺。他生命中的這幾個女人——安娜貝絲、凱蒂、娜汀、還有莎拉——就是有此等神奇魔力，隨便一個眼神一抹微笑，就足以讓他雙腳像兩團融化的冰淇淋似的，站都站不穩了。

娜汀收回目光，繃著一張小臉，企圖掩飾方才那抹微笑，但這一幕卻早就讓安娜貝絲看在眼裡了。她用手肘頂頂吉米腰間。他轉頭向她，脹紅了臉，勉強應了聲：「怎麼了？」

安娜貝絲丟給他一記「這筆帳回家再好好算」式的表情，然後便回過頭去，抿著嘴直視著前方，嘴角卻不住地微微抽動了幾下。吉米知道自己只消故作無辜狀地問聲：「有問題嗎？」安娜貝絲的臉就扳不住了——教堂就這點怪，總叫人忍不住想抖肩傻笑；何況吉米向來就會逗女孩兒笑，無論何時何地、也無論發生了什麼事。

但他之後卻好一會兒不曾轉頭看著安娜貝絲，只是靜靜地看著眼前的儀式，看著孩子們依序自神父手中領來那片薄薄的聖餅，用兩手捧在掌心中。他將被手汗微微汗濕了的典禮程序手冊捲成筒狀，不斷輕輕拍打自己的大腿；他目不轉睛地看著娜汀將掌心裡的聖餅移到舌頭上，然後迅速地在胸前劃過十字，低下頭去。安娜貝絲傾過身來，在他耳畔喃喃耳語道：「我們的小寶貝。天啊，吉米，我們的小寶貝！」

吉米展臂擁她入懷，滿心希望時間能就此暫停，像照片，讓快門就停在這一刻，無止盡地暫停，管他幾小時還是幾天，直到他們準備好要走出這一刻為止。他轉頭在安娜貝絲頰上輕輕一吻，安娜貝絲愈往他懷裡縮，兩人的目光始終緊緊鎖定在小女兒身上，他們的小天使。

那個手握武士劍的男人背對州監大溝單腳站立著，用懸空那腳的力道緩緩扭腰轉身，長長的刀子以某種詭異的角度高舉在頭頂。西恩、懷迪、掃薩與康納利悄悄朝他逼近，面面相覷彷彿在問著：「這他媽的是怎麼回事啊？」男人繼續著扭腰轉身的動作，對從草坪另一邊朝他圍過來的四名大漢渾然不察。他將長劍高舉過頭，然後再緩緩降至胸前。西恩等四人離他已經只剩不到二十呎的距離了，男人卻恰恰轉了一百八十度，正好背對著他們；西恩看見康納利的右手悄悄往腰間探去，解開槍套的皮釦，然後把手擱在他的葛拉克手槍上頭。

在場面失去控制、什麼人動了槍還是那傢伙搞起切腹那套之前，西恩搶先清了清喉嚨，開口問道：「嗯，先生？先生？對不起請問一下？」

男人的下巴微微地抬了一下，彷彿是聽見了，身子卻依然故我、好整以暇地轉他的圈。

「先生，我們要麻煩你將你的武器放在草地上。」

男人懸空的一腳終於著了地，緩緩轉頭望向朝他節節逼近的四名大漢；他眼睛一下子睜大了——一、二、三、四，四把槍，槍口全朝著他——他手一扭，長劍唰地一聲，刀尖對準前方的四人，不知是打算刺過來還是要依言棄械。西恩一時也糊塗了。

康納利喝道：「媽的——你是聾了還是怎樣？叫你放在地上沒聽到嗎？」

西恩噓了他一聲，同時在男人前方十呎處停下腳步，腦子裡卻滿是後方六十碼處、滴落在慢跑小徑上點點血滴的影像。方才他們四人都看到了那些血跡，也明白它們代表的意思，一抬頭卻赫然看到李小龍在這邊舞弄著一把有一架輕型飛機那麼長的長劍。白種李小龍倒是——這傢伙看來年紀頗輕，約莫二十五歲上下，頂著一頭深棕色鬈髮，鬍子刮得乾乾淨淨的，穿著一件白T恤與灰色運動褲。

他呆立在原地，西恩這會已經相當確定他是嚇呆了，刀口會朝向他們只是出於本能，至於身體其他部分則早已被嚇得不聽大腦使喚了。

「先生，」西恩說道，音量之大也終於喚醒這隻可憐的木雞，讓他定睛瞅著西恩。「幫個忙，行嗎？把劍放在地上。聽我說，你就鬆開手指，讓它掉在地上就可以了。」

「你們他媽的又是什麼人？」

「我們是警察。」懷迪亮出警徽。「這下你相信了吧？聽我說，先生，把劍放在地上。」

「啊，好，」男人說完手一鬆，大刀就這樣直直掉落在他腳邊的草地上，發出一記悶悶的巨響。

西恩感覺站在自己左側的康納利再度開始往前逼近，眼看就要撲上去了，於是趕忙出手制止他。他鎖定男人的目光，開口問道：「你叫什麼名字？」

「嗄？喔，肯特。」

「你好，肯特，我是州警隊的狄文幹員。我可能要麻煩你再往後退幾步，離武器遠一點。」

「什麼武器？」

「就地上那把劍。麻煩你往後退幾步。你姓什麼，肯特？」

「布爾，」他說道，然後往後退了幾步，兩臂平舉在胸前、十指全張，彷彿已經確定他們隨時都會朝他開槍似的。

西恩嘴角泛開一抹笑意，朝懷迪點點頭。「嘿，肯特，你剛剛是怎麼回事啊？那動作在我看來還挺像芭蕾的。」他聳聳肩，繼續說道：「帶把劍是有些不配啦，不過……」

肯特怔怔看著懷迪彎下腰去，用條手帕墊在劍柄上，小心翼翼地撿起了地上的武士劍。

「劍道。」

「那是什麼，肯特？」

「劍道，」肯特說道。「武術的一種。我星期二、四上武館跟著師父學，每天早上就自己練習。我剛剛就是在練劍。就這樣，沒什麼。」

康納利嘆了一口氣。

掃薩看著康納利。「媽的，你是在唬爛我吧？」

懷迪將長劍遞到西恩面前，要他自己看。長長的劍身讓人悉心上過油，白花花亮晶晶的，乾淨得像是剛剛才打出來的似的。

「你看。」懷迪用刀鋒抵住自己掌心，用力一抽。「媽的，我家的湯匙都比這利！」

「這劍本來就沒磨利過啊！」肯特說道。

西恩感覺自己腦裡又響起了那尖銳的鳥鳴。「嗯，肯特，你在這邊多久了？」

肯特望了望四人身後百碼外的停車場。「十五分鐘吧，最多。這到底是怎麼回事？」他的聲音愈來愈有自信了，甚至還帶點憤憤不平。「在公園練習劍道不犯法吧，警察先生？」

「暫時是這樣沒錯，」懷迪說道。「還有，是『警官』，不是警察。」

「你能交代一下你昨天深夜和今天一早的行蹤嗎？」西恩問道。

肯特被這麼一問，一下又緊張起來；他深深地吸了一口氣，閉眼片刻，然後才緩緩地把那口氣吐出來。「當然當然，呃，我昨晚到朋友家參加一個聚會，然後就和女朋友一起回我家。上床的時候差不多是三點。今天早上我和她喝過咖啡後就出門來這裡了。」

西恩抓了抓鼻尖，點點頭。「我們得暫時扣留你的劍，肯特，待會還得麻煩你和我們一名隊員回局裡坐坐，回答幾個簡單的問題。」

「什麼局裡？」

「警察局，」西恩說道。「我們說快了就這樣。」

「為什麼？」

「嗯，肯特，我們還有事要辦，可不可以麻煩你跟我們隊員走就對了？」

「呃，當然。」

西恩看了懷迪一眼，懷迪扮了個鬼臉。他倆清楚得很，這個叫肯特的傢伙看也知道，被嚇成這樣，諒他沒那能耐扯謊；他們也知道，那武士劍送去鑑識組鐵定是白送，不可能有問題。但規矩就是規矩，他們還是得一步一步照著做，該送去化驗的證物就要送、該寫的報告一份都不能省。難怪他們桌上永遠有堆積如山的待處理檔案。

「我快要拿到黑帶了。」肯特突然說道。

西恩與懷迪同時回頭看了他一眼。「啥？」

「就這星期六，」肯特說道，汗涔涔的臉一下亮了起來。「花了我足足三年的時間，呃，不過，嗯，所以我今天才會一大早就跑來這裡練習。練功可是每天的事。」

「嗯哼。」西恩說道。

「嘿，我說肯特啊，」懷迪說道，肯特衝著他露出一臉微笑。「還真辛苦你了是吧！不過，你以為他媽的誰在乎啊？」

到了娜汀隨其他孩子一起從教堂後門走出去的時候，吉米心裡對凱蒂的氣已經消了大半，取而代之的是憂慮與擔心。不管凱蒂之前曾經怎麼瞞著他、半夜偷溜出去和男孩子鬼混，她卻從不曾讓她兩個同父異母的妹妹失望過。她們打心底崇拜她，而她則對她倆萬般寵愛——帶她們去看電影、溜直排輪、吃冰淇淋。最近這一個星期，凱蒂煞有介事地把下星期日的遊行吹捧上天，彷彿白金漢日是什麼與聖派崔克日還有聖誕節同等級的重要節慶似的。她星期三晚上還特地提早回家，領著兩個妹妹上樓，說是要幫她們挑選星期天看遊行時要穿的衣服。她坐在床上，任妹妹們忙進忙出、衣服換過一套又一套，七嘴八舌地詢問她關於她們衣服、眼神、還有走路姿態的意見。當然，這場小型發表會一晚上開下來，兩個女孩共住的那個小房間早已亂得像颶風過境似的，但吉米卻一點也不在意——凱蒂正在幫兩個小妹妹製造回憶，一如他當年為她所做的那般，費心經營，要即使最平凡的日子也能變得重要而難忘。

所以說，她怎麼可能會錯過娜汀的初領聖體禮呢？

也許她喝醉了，醉得不醒人事；也許她真的遇到某個有著電影明星般的俊臉又風度翩翩的臭小子。也許她只是忘了。

吉米起身離座，與安娜貝絲和莎拉一起沿中央走道往教堂外走。安娜貝絲捏捏他的手，從他緊繃的下巴與迷濛的眼神中看出了他的心思。

「放心，她不會有事的啦。大不了喝醉鬧頭疼，就這樣，沒事的。」

吉米微笑，點點頭，回捏了她的手一下。無庸置疑地，安娜貝絲和她那一眼看穿他心思的超能力、她那堅定溫柔而務實的性格與永遠適時出現的掌心一捏，絕對是他生命的基石。她是他的妻子、他的母親、他最好的朋友、他的姊妹、他的情人與他的告解神父。沒了她，吉米知道，清清楚楚地知道，他恐怕早就被扔回鹿島，甚至是更加惡名昭彰如諾福克或西杉關之類的高度設防監獄，帶著一口爛牙蹲著那暗無天日的苦牢。

他是在出獄一年後、假釋期還有兩年才滿的時候認識安娜貝絲的。那時候，他和凱蒂之間的關係才剛開始加溫起飛——她的戒心還在，卻似乎愈來愈習慣有他隨時在她身邊；而吉米也開始慢慢習慣了那永無止盡的疲倦感——隨著一天工作十小時、還得滿市奔波接送凱蒂上下學、來回他母親家和托兒所而來的疲倦。他又倦又怕；那是當時與他形影不離的兩種感覺，日子久了他甚至以為它們就將這樣跟著他過完一輩子了。他常常會在恐懼中驚醒——害怕凱蒂在睡夢中翻身會一個不小心讓床單枕頭悶死了，害怕經濟持續不景氣、自己遲早要丟了工作，害怕凱蒂下課時在操場玩會從單槓上摔下來，害怕她會需要什麼他負擔不起的東西，害怕自己就要在這種愛與責任與恐懼與疲倦的交互煎熬中過完這一生。

那天，吉米就是拖著這一身疲倦走進教堂，參加安娜貝絲的哥哥威爾·薩維奇與泰芮絲·西基的婚禮：好一對其貌不揚的新人，同樣的五短身材、同樣火爆的爛脾氣。「早生貴子」是婚禮上老掉牙的賀詞了，吉米卻只能想像這兩個人製造出一窩扁鼻子壞脾氣的小雜碎，任誰也分不清哪個是哪個的一窩小渾球，沿著白金漢大道呼嘯來去、煽風點火惹事生非。吉米當年還帶人的時候，威爾也是他那一夥的成員；他對於吉米咬牙挺身代眾人去蹲了兩年苦牢、出來還有三年的假釋期要捱自然是感激涕零。事實上，要不是吉米當年硬要娶個外人，一款波多黎各裔的馬子，否則身材五短、腦容量也大不到哪裡去的威爾，大概會把吉米當作偶像來崇拜。

瑪麗塔過世後，平頂區的街坊鄰居紛紛交頭接耳：看吧，早說過了，偏偏要娶個外人，逆道而行注定要落得這樣的下場。那個凱蒂，嘖嘖，倒是個美人胚；混血種十之八九都長得不錯。

吉米即將假釋出獄的消息一傳出來，一堆人早早便排隊等著邀攬他入夥。說到闖空門這行，歷來多少道上高手都是出身自平頂區，而吉米入獄前更是年輕一輩中的佼佼者，高手中的高手。面對這些熱情的邀約，吉米只能再三拒絕：不了，真的承蒙大家看得起，不過我不打算走這回頭路，為了孩子嘛，這你們應該能了解吧；但眾人卻只是一逕微笑點頭，根本不相信他能撐多久。就等你一嚐到苦頭，非得在繳交汽車貸款和給凱蒂買份像樣的耶誕禮物之間做選擇時，回頭路還不是照樣搶著走。

吉米後來的表現卻讓眾人跌破了眼鏡。吉米．馬可斯，道上傳說中的闖空門天才，年紀還沒大到可以合法走進酒吧前就已經出道帶人的吉米．馬可斯，轟動一時的凱達科技失竊案，以及一堆數也數不清的大小竊案背後的主謀人物，竟然真的金盆洗手，從此退出江湖了；他的意志之堅定，與道上關係斷得之乾淨，直叫人以為他這是在嘲笑他們。媽的，真正嚇人的還在後頭呢！謠傳吉米有意頂下艾爾．第馬柯的雜貨店，讓老人退休養老去，而頂店所需的資金則據說來自他當年在凱達科技那一票中暗槓下來、沒讓警方查封走的那筆錢。吉米．馬可斯要穿上圍裙改行當雜貨店老闆？媽的，是誰頭殼壞去啦？

在威爾與泰芮絲的婚宴上，吉米邀請安娜貝絲共舞，在場的明眼人一看就知道了——兩人互擁隨音樂款擺的身影，傾頭凝視彼此的角度，真是再明顯不過了；他摟著她，大手掌輕撫過她的腰背，而她則順著他的動作往他掌心倚去。他倆從小就認識啦，現場有人這麼輕聲說道，雖然他是比她大上幾歲沒錯。因緣天注定哪，說不定那個波多黎各女人就是注定要早死。

那是一首瑞琪．李．瓊絲的曲子，吉米自己也說不出個所以然來，但裡頭的一段歌詞總是能深深地打動他——「喏，再會吧，男孩們／我親愛的男孩們／我的愁眼辛納屈……」吉米擁著安娜貝絲隨歌聲起舞，一邊看著她的眼睛，對嘴唱出這一段歌詞；這麼多年來，他第一次感到全然的放鬆平和，而當瑞琪．李．瓊絲悠悠的吟唱聲再度隨合音響起時，他也再度跟著對嘴輕唱：「再會吧，寂寞大街……」他微笑著望進安娜貝絲那雙澄澈晶亮的綠眼，而安娜貝絲則回報以柔柔淺淺的一笑，柔柔淺淺卻足以撼動他心肺的一笑。就這樣，兩人相擁而舞，雖是首度共舞，那默契、那熟稔契合的身形，卻像是之前已經共舞過無數次了。

他倆一直待到最後——他們並肩坐在寬敞的前廊上，抽菸聊天、啜飲淡啤酒，微笑點頭送走一批批酒足飯飽的客人，直到夏夜晚風挾帶寒意，徐徐吹來。吉米脫下外套，披在安娜貝絲肩上，然後繼續告訴她關於監獄與凱蒂、關於瑪麗塔那個橘窗簾的夢的種種；而她則對著他娓娓訴說，說自己夾在一群瘋狂野蠻的兄弟之間成長的經驗，說那年冬天她憑著一身舞技獨闖紐約，最終還是黯然而歸的故事，說她在護士學校裡的種種。

終於讓準備打烊的餐廳經理轟出前廊後，兩人便漫步前往薩維奇家參加會後會，卻及時趕上親眼目睹威爾與泰芮絲以夫妻身分吵的第一場架。他們於是從威爾的冰箱裡提走一手啤酒，一前一後溜出大門，往黑濛濛的赫禮汽車電影院走去，在州監大溝旁找了個位子坐下來，在黑暗中靜靜地聆聽溝水緩緩拍岸的聲音。赫禮汽車電影院早在四年前就倒閉關門了，但近來每天早晨，這附近總有來自公園管理處與交通運輸部的挖土機與卡車川流不息地進進出出，把沿著州監大溝延伸開來的這一大片空地翻得體無完膚，到處都是廢土與撬開的水泥塊。據說州政府打算把這裡改建成公園，但眼前卻連個公園的雛形都看不出來，汽車電影院的影子倒還在，廢土汙泥與柏油堆出來的棕黑色小山後頭，巨大的白色銀幕依然隱約可見。

「他們說你的血液裡就是有那些因子。」安娜貝絲說道。

「什麼因子？」

「偷竊。犯罪。」她聳聳肩。「你知道我在說什麼。」

吉米從啤酒罐後頭對她露出一抹微笑，舉罐又啜飲了一小口。

「是這樣嗎？」她問道。

「也許吧。」這回換他聳肩了。「我血液裡的東西可多了。有那些因子並不表示就一定要做那些事。」

「我不是在對你下評斷。相信我。」她的表情模糊難辨，甚至連聲音語調也是。吉米無從猜測她到底想聽到什麼樣的回答——他還會去走回頭路？還是他已經浪子回頭了？他遲早會靠那些旁門左道發筆橫財？還是他永遠不會再去碰那些東西了？

遠遠看去，安娜貝絲似乎有著一張平靜沉著、幾乎叫人過目即忘的平凡臉龐；但湊近再看，你會發現那層平靜的表相下頭隱藏著許多複雜難解的東西，彷彿隨時都有些什麼東西正在積極地醞釀著。

「我的意思是，比如說妳好了，對舞蹈的熱情一直都在妳的血液裡，我沒說錯吧？」

「我也不知道。應該可以這麼說吧。」

「但現實並不允許妳再跳下去，於是妳也只好放棄了，對不對？這並不容易，但妳還是得面對現實。」

「嗯……」

「嗯，」他說道，然後從擺在兩人之間的石凳上的菸盒裡抽出一根菸來。「所以說，沒錯，我當年是闖得不錯。但我被抓去坐了兩年牢，老婆掛了，女兒一團糟。」他點了菸，深深地抽了一口，一邊思索著要如何把接下來這一段他已經在腦海裡想過很多遍的話好好地說出來。「我女兒已經夠可憐的了，安娜貝絲，我這樣說妳聽得懂嗎？我絕對不會再讓她受一樣的苦，絕對不會再讓她兩年見不到爹了。我媽身體不好，再撐也沒多少年了；我要是又去坐牢，她挺不住掛點了，那我女兒呢？讓社會局的人帶走，然後送去哪裡？鹿島兒童監獄之類的孤兒院教養院？我他媽的才不呢。這就是現實，我眼前的現實。所以說，管他血液裡血液外，我他媽的是絕對不會再去走回頭路了。」

吉米牢牢地鎖住安娜貝絲的目光，任她探進他的眼底，搜尋一切蛛絲馬跡。他知道她正企圖找出他這段話的破綻，想知道他究竟是不是在唬爛。他衷心希望自己這番話能說服她。這段話已經讓他在腦海裡反覆修改過很多次了，等待的就是這樣的時機。而事實上，這段話也幾乎全是實話。除了一件事。一個他立誓無論如何要帶進墳墓裡的祕密。他直視著安娜貝絲的眼睛，等待她做出最後的判決，一邊試著抹去那些硬要闖進他腦裡的影像——神祕河畔的深夜，男人雙膝落地，下巴沾滿橫流的唾液，一遍遍尖聲求饒——這影像有如電鑽鑽頭，死命要往他腦裡鑽。

安娜貝絲抽出一根香菸，吉米幫她點著了。她說道：「我以前曾經迷戀你迷戀得要命，你知道嗎？」

吉米不動聲色，雖然那股如釋重負的感覺在瞬間沖刷過他全身的血管——他那番九成真的話成功地說服她了。如果和安娜貝絲之間一切順利的話，他就再也不必去說服別人了。

「不會吧？妳對我？」

她點點頭。「你以前常常會來家裡找威爾，有沒有？天啊，我那時才幾歲，十四還是十五？光是聽到你的聲音從廚房那邊傳過來，我渾身就忍不住要起雞皮疙瘩。」

「媽的。」他碰碰她的手臂。「妳現在可沒事了。」

「誰說的，吉米。誰說的。」

吉米再度感覺到神祕河在遠方汩汩奔流，消失在州監大溝混濁漆黑的深處，遠離他，朝遠方的歸處奔流而去。

西恩回到慢跑小徑上時，那個來自蒐證小組的女人就已經在那裡了。懷迪．包爾斯用無線電通知現場所有州警隊員，要他們扣留公園內外一切可疑人物，然後往西恩與女人這邊靠過來，也蹲下了。

「血跡是往那邊去。」蒐證小組的女人說道，伸手指向公園深處。慢跑小徑越過一座小木橋，消失在對岸茂密的樹林深處，愈往兀自矗立在公園彼端的廢棄汽車電影院的巨型白幕蜿蜒而去。「這邊還有更多血跡。」女人拿著筆順手一指，西恩與懷迪沿著她手指的方向轉頭看去，慢跑徑另一邊、小木橋頭附近的草叢上果然沾著點點噴濺的血跡；橋頭那棵枝繁葉盛的楓樹恰巧形成一把天然的保護傘，那血跡才沒讓昨晚的大雨沖刷殆盡。「我猜她應該曾經試圖往橋下跑。」

懷迪的對講機一陣怪響，他將它湊到唇邊。「包爾斯。」

「警官，花園需要你的支援。」

「馬上到。」

西恩看著懷迪俐落地起身，往小徑前方不遠一個彎處旁的市民花園跑去，他兒子的曲棍球衣的下襬迎風翻拍著他的腰側。

西恩跟著也站起身，放眼四望，無言地感受著公園的巨大，那些高高低低的樹叢、那些起起伏伏的土丘、那些大大小小的渠道。他回頭望了一眼小木橋：木橋底下是一彎小溝，溝水甚至比州監大溝的水還要黝黑、還要混濁汙穢，上頭常年漂浮著一層晶亮的油汙，每逢夏天更是蚊蠅孳生的絕佳溫床。西恩注意到橋下岸邊幾株還正在冒芽的小樹間隱約有一個紅點；他立刻朝那邊走去，蒐證小組的女人隨即也跟上了腳步。

「妳叫什麼名字？」

「凱倫，」她說道。「凱倫．休斯。」

西恩同她握過手，然後兩人便全神貫注地繼續往紅點接近，甚至不曾注意到懷迪接近的腳步聲，直到他終於喘吁吁地站在橋上，俯視著兩人。

「我們找到一隻鞋子。」懷迪說道。

「在哪裡？」

懷迪指指身後的小徑，市民花園就依偎在小徑彎處後方。「在花園裡。一隻六號女鞋。」

「叫他們先不要碰。」凱倫・休斯說道。

「還要妳說，」懷迪說道，卻狠狠吃了一記衛生眼——凱倫・休斯一旦扳起臉來，那冰冷的目光還真足以凍結人心。「啊，不好意思。我是說，還要您說啊。」

西恩轉頭定睛一看，那紅點已不再是個紅點了：那是一小塊三角形的破布，顫危危地垂掛在一根約莫與人肩膀同高的樹枝上。他們三個人怔征地站在原地，直到凱倫・休斯率先打破沉默，往後退一步，舉起相機從四個不同的角度各拍了幾張相片，然後伸手在隨身背包裡頭一陣摸索。

尼龍布，西恩相當確定，也許是從某件外套上被扯下來的，上頭沾滿血漬。

凱倫找出一把鑷子，把布塊從樹枝上小心翼翼地夾下來，湊在眼前端詳了一會，然後才放進一只小塑膠袋裡。

西恩彎下腰去，低頭看著黝黑的溝水。接著，他目光往前方一掃，瞥見對面岸邊濕軟的泥土地上頭有著一個看似腳跟印的小凹痕。

他用手肘推推懷迪，引著他往那邊看去。凱倫・休斯看到後立即再度舉起她那台局裡發的尼康相機，連按了幾下快門，然後便挺起腰來，過橋走下對面的河岸，就近又拍了幾張相片。

懷迪突然蹲下來，歪著頭，凝視著橋下。「我猜她在橋底下躲了一陣。後來兇手追上來了，她才往對岸跑，繼續逃命。」

西恩說道：「不過她為什麼偏偏要往公園裡頭逃呢？我的意思是，公園到底就是州監大溝了呀。她為什麼不乾脆回頭往入口那邊跑呢？」

「也許她根本搞不清楚方向了。這裡頭這麼暗，何況她還吃了一顆子彈。」

懷迪聳聳肩，然後舉起他的無線電對講機聯絡勤務中心。

「我是包爾斯警官。照現場情況判斷，應該是兇殺案無誤。我們需要線上所有警力支援全面搜索州監公園。如果能連絡上潛水夫更好。」

「潛水夫？」

「正確。我們還需要傳列爾副隊長以及地檢署的執勤檢察官即刻到場支援。」

「副隊長已經上路。地檢署也已經通知過了。就這樣嗎？」

「正確。完畢。」

西恩再次望向對岸泥地上的腳印，這才注意到腳印左上方似乎還有一些抓痕，應該是被害人掙扎著要爬上河岸時留下的。「怎麼樣？有靈感嗎？要不要猜猜看昨晚這裡到底他媽的發生了什麼事？」

「算了吧，我他媽的連想都不敢想。」懷迪說道。

吉米站在教堂前方最高的台階上，遠方的州監大溝隱約可見。一條暗紫色的帶子，橫亙在高架快速道的另一邊，大溝北側這頭就只有緊鄰的州監公園還有一絲綠意可言。吉米瞇著眼，辨出矗立在公園正中央的巨型銀幕，白亮亮的，恰巧從快速道後方勉強露出了頂端一角。汽車電影院申請破產保護後，州政府就以低價收購了這一大片土地，交由公園管理處接管；這麼多年了，那古老的銀幕卻僥倖地被保留了下來。公園管理處後來花了足足十年的時間整理這片土地，清除一根根原來用來支撐音箱的水泥柱，重新鋪上草皮，沿著州監大溝修建腳踏車專用道以及慢跑徑，用籬笆圍了個市民花園，甚至蓋了幢船屋，還為方便獨木舟下水而在岸邊鋪了斜坡道；問題是，這州監大溝不過這麼長，獨木舟下水划沒幾下就不得不掉頭了。物換星移，就是那片銀幕始終屹立不搖，讓公園管理處遠從北加州運來的兩排成年巨樹圍了起來，矗立在死巷的底端。每年夏天，當地的莎士比亞劇團都會在那裡舉行公演；他們在白色銀幕上畫上中世紀街景，手拿道具長劍，在舞台上跳來跳去，出口盡是些諸如「且聽我道來」或是「果不其然」之類文謅謅、狗屁不通的台詞。兩年前的夏天，吉米曾經帶著全家人去觀賞他們的演出；第一幕都還沒結束呢，安娜貝絲、娜汀還有莎拉就全都昏睡過去了。只有凱蒂還醒著，坐在毯子上睜大了眼睛，手肘撐在膝蓋上、掌根頂著下巴，看得津津有味的，於是吉米也只得陪著她看下去。

那晚上演的是《馴悍記》，吉米根本有看沒有懂——劇情約莫是說一個傢伙怎麼馴服她凶悍的未婚妻的故事；吉米搞不懂這樣的劇情還能有什麼搞頭，但他猜想應該是自己聽不懂古英文才會參不透其中的奧妙之處。就凱蒂看得入神，看得一會大笑、一會陷入沉思的，看完後還跟吉米說這實在是「棒透了」。

吉米實在搞不懂她這話是什麼意思，而凱蒂自己也解釋不清楚。她宣稱這次經驗讓她有很深的「感觸」與「領悟」，之後的半年還常常提到說高中畢業後要搬去義大利長住。

吉米站在高高的台階上眺望東白金漢平頂區的邊緣，心想著：義大利。是喔。

「爹地，爹地！」娜汀從一群朋友中突破重圍，往剛剛走下最後一個台階的吉米這邊狂奔而來，直直撞進他懷裡，嘴裡還不停地嚷嚷著：「爹地、爹地！」

吉米順著力道把她抱了起來，手臂還讓她漿得筆挺銳利的洋裝裙襬掃到。他用力親吻她的臉頰。「寶貝、寶貝！」

娜汀用兩隻手指的指背將面紗往旁邊一推，與她母親常常為她撥去掉落在眼前的頭髮的動作如出一轍。「這件衣服好刺喔。」

「沒錯，我也被刺到了，」吉米說道，「這衣服甚至還不是穿在我身上呢。」

「你穿洋裝一定會很好笑，爹地。」

「合身一點應該就不會。」

娜汀翻了個白眼，然後抓著面紗一角搔刮吉米的下巴。「癢不癢？」

吉米越過娜汀的頭頂，看著站在一旁的安娜貝絲與莎拉，感覺自己的心被某種暖洋洋的東西塞得滿滿的，滿得他說不出話來，彷彿全身的骨頭都化成灰了。霎時間，他感覺一切都無所謂了，此刻就算有人拿槍掃射過他的背後，他也都無所謂了。他很快樂。快樂得無以復加。

呃，幾乎無以復加。他懷抱最後一絲希望在人群中搜尋凱蒂的身影，希望她能在最後一刻趕到。然而，他卻只看到一輛州警隊的巡邏車疾駛過白金漢大道，在街口轉了一個九十度的大彎，逆向闖入羅斯克萊街的左側車道，尖銳刺耳的警笛聲狠狠地劃破了週日早晨的空氣。吉米聽到引擎低沉的怒吼聲，看著警車駕駛繼續加速，往羅斯克萊街底的州監公園全速前進。幾秒後，一輛沒有懸掛車牌的黑色轎車尾隨而至，雖然沒有警笛聲相隨，卻不容人誤認它的身分；它的駕駛同樣以時速四十哩的高速，在羅斯克萊街口轉了一個九十度的大彎，引擎隆隆低吼。

吉米把娜汀放下來，一個感覺卻突然竄過他全身的血管。某種冰冷無情的確定感，某種一切赫然都說得通了的悲涼感受。他看著兩輛警車一前一後，高速蛇行，從高架道底下呼嘯而過，向右轉入州監公園。他感覺得到凱蒂在他的血液裡，和那些隆隆的引擎聲和尖銳的輪胎磨地聲一起，和那些毛細管那些細胞一起。

凱蒂，他幾乎脫口而出。我的老天。凱蒂。

8 老麥當勞

瑟萊絲星期天早上一醒來的時候，腦子裡滿是各種管線的影像——錯綜複雜的大小水管，從一般住家、從餐廳、從電影城、從購物中心，一路迤迤邐邐，從四十層樓高的辦公大樓倏地往下降，每經過一層都有更多管線與之會合，再往下，直達城市地底，匯入那無比巨大龐雜的地下網路。它們比任何語言都要密切而親暱地結合所有的人，唯一的目的竟是要帶走那些自我們體內、自我們的生活、自我們的盤底與冰箱底層的保鮮盒裡被排除出來的廢物殘渣。

它們最終去了哪裡呢？

她相信自己以前就曾想過這個問題，就像很多人都曾懷疑過為什麼飛機無須振翼就能浮在半空中那樣，不過是種模模糊糊的臆想。但此刻她真的很想知道答案。她起身，坐在空蕩的床上，大衛與麥可在三層樓底下的前院裡玩威浮球的聲音一陣陣傳上來。她既焦慮又好奇。究竟去了哪裡？

總該有個地方。那些肥皂洗衣粉洗碗精的泡沫汙水，那些用過的衛生紙那些酒吧馬桶裡的嘔吐物，那些咖啡漬血漬汗漬，那些從長褲摺角清出來的積塵、從領口搓下來的汙垢，那些從盤底刮下來再沖進處理機絞碎了的冰冷剩菜，那些菸灰菸蒂，那些屎尿，那些從腿上頰上下巴胯間刮下來的毛髮鬍碴——它們全都會和成千上萬類似甚或相同的東西夜復一夜地會合了，她想，然後經過那些陰濕汙穢的地下甬道，往另一個更巨大的地下通道與更多同伴會合了，再往……往哪裡去？

以前或許是去了海裡，但現在應該不能這麼做了吧？是這樣嗎？這樣太不環保了吧。她記得自己曾在哪裡讀過什麼有關汙水處理壓縮還是淨化之類的文章，還是在電影裡看到的？如果是電影就算了。電影裡頭淨是些不必負責任的胡說八道。總之，如果不是去了海裡又會是哪裡？如果真是去了海裡，那他們為什麼還可以這麼做？難道沒有更好的方法了嗎？想到這裡，她腦海裡再度浮起了那些錯綜複雜的管線和那些垃圾穢物的影像。她依然沒有答案。

她突然聽到威浮球的塑膠空心球棒敲到球的清脆聲響。她聽到大衛大叫了一聲「哇」，然後是麥可的歡呼伴隨一記同剛剛的擊球聲一樣清晰宏亮的狗吠。

瑟萊絲又躺下了，這才想起自己不但赤裸著身子，而且還一覺睡過了十點。自從麥可學會走路後，這兩件事就很少——如果曾經——發生過了。她感到一陣罪惡感湧上心頭，然後沉澱在她的胃裡。她想起自己凌晨四點的時候跪在廚房地板上，親吻著大衛胸前那道傷口周圍的肌膚，品嚐著自他毛細孔裡湧出來的恐懼與腎上腺素的味道；原先那些關於愛滋病與肝炎的憂慮全讓另一個突如其來的強烈慾望掩蓋住了，她只想品嚐他肌膚的味道，只想盡可能地接近他擁抱他。她任由浴袍滑下肩頭，任由自己的舌頭在他胸前滑行搜尋，任由自門外沿長廊竄進來的寒意襲上她只穿著一件剪短的T恤與黑色底褲的單薄身子、任由它襲上她赤裸的腳踝與膝蓋。恐懼讓大衛的皮膚沾上了某種苦中帶甜的味道，而她只是讓自己的舌頭自他胸前的傷口往上滑行，直抵他的咽喉；她用雙手捧著他昂然勃起的胯間，聆聽著他愈發急促的呼吸聲。她想盡可能地延長這一刻，他肌膚的味道，她體內突然湧出的力量；她緩緩起身，朝他包圍上去。她用舌頭急急地朝著他的舌頭探去，雙手自他後腦緊緊地揪住他的髮根，想像自己正在把他體內因為這次事件而造成的苦痛吸吮出來，吞進自己體內。她捧住他的頭，身體極力貼住他的身體，直到他褪去她身上僅剩的T恤，整顆頭埋在她雙乳間，而她則用下半身在他的鼠蹊間磨蹭擠壓，要他不住從喉底釋放出陣陣呻吟。她要大衛知道，這就是他們，這兩具相互擠壓交纏的肉體，這氣味這需要這愛，是的，愛，一旦知道自己曾經差點就失去他了，她就愛他更甚於以往，以前所未有的熱情深愛著他。

他齧咬她的乳房，弄痛了她，死命地吸吮扯拉，而她卻愈發挺身將自己往他口腔深處推送，迎向更多的疼痛。她甚至不介意他從她身上吸出血來，因為他吸吮著她，他需要她，十指深深地掐進她背後的皮膚，將一切恐懼釋放進她的體內。她願意承受這一切，接收他的苦痛，再為他吐出來，然後他倆便將變得更堅強，前所未有的堅強。她對此深信無疑。

她剛剛開始和大衛交往的時候，他倆之間的性愛曾是如此地狂野蠻橫；她常常帶著一身青紫的嚙痕與抓傷回到她與蘿絲瑪麗同住的公寓裡，一身的傷與澈骨的疲倦——在她的想像中，應該只有吸毒成癮的人在兩次用藥間才感受得到這種銘心鏤骨的倦怠。但自從麥可出生後——嗯，應該說是自從蘿絲瑪麗第一次被診斷出癌症於是搬進來與他們同住後——瑟萊絲與大衛之間的性生活便漸漸地陷入了那種讓無數喜劇影集不厭其煩、再三以之為題的已婚夫妻索然無味的固定模式裡；通常不是累得提不起勁來，就是得提心吊膽小孩會突然闖進來，於是只好草草了事：敷衍式的前戲，或許來段口交，然後便直接切入正題——到後來，這正題甚至也愈來愈不像正題了，最多就是一小段用來打發氣象報告與傑．雷諾的深夜脫口秀之間的廣告時間的插曲。

但昨夜——昨夜那種迸發的熱情卻猶勝當年，讓她到現在還躺在床上，被那種久違的倦怠感徹底擊垮了。

她就這樣靜靜地躺著，直到外頭再度傳來大衛的聲音，要麥可專心一點，媽的，你給我專心一點，然後她才終於想起那件從剛才——在她想起那些排水管線、想起昨夜廚房地板上的瘋狂性愛之前，甚至可能早自她今晨終於爬上床之前——便一直在她心底輕輕嚙咬著她的事情：大衛說謊了。

從一開始在浴室裡的時候她就已經知道了，但她決定暫時不去想它。後來，當她躺在廚房的塑膠地板上、抬高臀部以迎向大衛的衝刺時，她又知道了一次。她看著他那微微蒙著一層霧氣的眼睛，任他將她的大腿抬高、要她夾住他的腰臀；就在她迎向他的進入的那一剎那，她的心中也突然有了清澈無比的了悟：他的故事根本說不通。完全不通。

首先，誰說得出「要錢要命你自己選，我他媽的隨便你」這種可笑的話啊？這分明是電影裡才會出現的台詞嘛，她在浴室裡剛聽到時就這麼覺得了。就算歹徒事前真的有先練習過好了，臨場也不可能說得出來。絕對不可能。瑟萊絲十八、九歲的時候曾經在波士頓公園被搶過一次——一個膚色很淺的混血黑人，手腕乾瘦、棕色的眼睛飄飄忽忽的，在那個陰冷昏暗的傍晚突然從杳無人跡的小徑旁跳出來，用一把彈簧刀抵住她的大腿；她還只來得及匆匆瞥了那雙空洞冷酷的棕眼一眼，便聽到他在她耳畔低聲說道：「錢拿出來。」

在那個薄暮時分，公園裡頭空蕩蕩的，除了週遭那些讓十二月的寒風剝光了的群樹外，就只有二十碼外的鑄鐵柵牆另一邊的碧肯街上，一個行色匆匆、正急著返家的生意人。瑟萊絲感覺抵在自己牛仔褲上的那把小刀又往下陷了一點，但年輕的歹徒似乎還無意傷害她，只是加大了手勁；她聞得到從他口鼻呼出來的腐臭味與一股淡淡的巧克力味。她順從地掏出皮夾、遞了過去，卻始終避開那雙游移的棕眼，一邊奮力嚥下那股毫不合理的感覺、感覺歹徒似乎不只有兩隻手臂。黑人接過皮夾，順手往外套口袋一塞，說道：「算妳運氣好，老子今天趕時間。」然後便大搖大擺地往公園街那頭晃過去，一點也不慌，一點也不忙。

她曾經從許多女性友人那邊聽過類似的故事。男人，至少是這個城市的男人，很少聽說被搶，除非是自找的；但這對女人來說卻是家常便飯。被搶被強暴的陰影隨時都在，可無論如何，她卻從沒聽說過有哪個歹徒說得出這麼完整漂亮的句子來。他們哪有這閒功夫。下手講求的就是不拖泥帶水；迅雷不及掩耳地出手得手，然後在任何人來得及放聲尖叫之前揚長而去。

再來就是歹徒一手拿刀一手出拳的問題。這麼說吧，不管那歹徒是右撇子還是左撇子，既然要拿刀當然是拿在常用的那隻手裡；好，那問題是，誰會拿不常用的那隻手出拳打人啊？

是的，她相信大衛昨夜不幸遇上了那種不是你死就是我活的局面。是的，她也相信他不是那種會故意去尋釁惹事的人。但……但他的故事也確實有漏洞，有一些怎麼也說不過去的地方。這就有點像是要解釋你的襯衫裡側為什麼會出現口紅印一樣——就算你真的不曾背叛你老婆好了，但你最好還是能湊出一個說得過去一點的解釋，否則還真是叫人有心相信你都難。

她想像兩個條子站在他們家的廚房裡，問他們一堆問題；在無情的目光和反覆的詢問下，她很確定大衛一定會崩潰，再也沒法自圓其說。就像她當年詢問他有關他童年的事一樣。她老早就聽過那些傳聞了；平頂區基本上就像是個被包圍在大城市裡頭的小鎮，大事小事都要在街坊間口耳相傳個老久。她那次之所以開口，主要也是想讓大衛知道，不論他小時候發生過什麼不堪的事情，他總是可以告訴她——他的妻子，他尚未出生的兒子的母親——讓她來為他分擔一切。

然而他卻露出一副完全被搞糊塗了的模樣。「喔，妳是說那件事嗎？」

「什麼事？」

「就是那一天，我和吉米還有另一個玩伴，呃，西恩．狄文，正玩在一起。嗯，妳應該知道他嘛。妳幫他剪過幾次頭髮，有沒有？」

瑟萊絲是有這個印象。他好像是個條子還是警探之類的，不過不是在市警局裡頭就是了。他很高，滿頭鬈髮，說話的聲音又低又沉，很有威嚴。他和吉米．馬可斯都有著那種天生的自信——那種通常只能在長得很好看、或是甚少為旁人的質疑所動的人身上才看得到的自信。

她無法想像大衛和這兩個人在一起，即使是小時候。

「嗯哼。」她說道。

「然後我上了一輛車，幾天後就逃出來了。」

「逃出來。」

他點點頭。「就這樣，沒什麼大不了的，親愛的。」

「但是，大衛——」

他伸出一根手指，捂在她唇上。「就是這樣而已，可以嗎？」

他露出一抹微笑，但瑟萊絲卻在他眼底看到某種，呃，某種微微近似歇斯底里的神情。

「我的意思是，童年嘛，還有什麼好說的——好吧，我記得我以前會玩皮球踢罐子，」大衛說道，「還有每天去路易杜威上學，掙扎著不要在課堂上睡著。我還記得曾經去參加過一些同學的生日派對之類有的沒的聚會。欸，反正就是這些事情嘛，大部分時間都無聊得要命。真要說，不如就來說說高中那段……。」

她沒再追問下去，就像後來大衛丟了在美利堅快遞服務的差事後，扯謊搪塞丟差的原因時，她也是就那樣讓他混過去了（大衛宣稱公司因為預算縮編所以大幅裁員，但瑟萊絲後來發現他們根本還缺人缺得很，她就聽說很多阿狗阿貓隨便走進去就被錄用了），或者是像他當初跟她說他媽是心臟病突發死的——而事實上，平頂區人盡皆知大衛母親自殺的事。他們說大衛高三那年有天放學回家，發現家裡的廚房門緊緊關上了，門縫還讓人用毛巾堵在門後；他撞門進去，才發現裡頭全是瓦斯味，而他媽則坐在爐子旁，早斷了氣。她後來才慢慢了解到，或許大衛就是需要這些謊言；他就是得這樣重寫自己的過去，將它們改編成自己可以接受的版本，然後再安安心心地把它們拋到腦後，專心地把眼前的日子過下去。所以說，如果這樣能讓他成為一個更好的人——一個好丈夫（儘管偶爾稍嫌冷淡），一個好爸爸——那又有誰能說這樣是不對的呢？

瑟萊絲隨手套上牛仔褲和一件大衛的襯衫，一邊想著：但這個謊卻大得足以毀了他。不，還不只。她昨夜幫他洗了血衣血褲，已經算是湮滅證據的同謀了。如果大衛繼續堅持下去，不肯跟她說實話，她根本幫不了他。而要是警察找上門（這是遲早的事；這不是電視劇；說到犯罪，再怎麼笨、再怎麼酗酒成性的警探都要比他倆聰明多了），大衛的謊言恐怕就會像吹飽的汽球一樣，一戳就破。

大衛的右手痛得要命。指關節腫得足足有原來的兩倍大，而最靠近腕部的那幾根骨頭，更像是隨時都要戳穿皮膚刺出來似的。他大可以此為理由，盡給麥可投些軟綿綿的甜球，但他拒絕這麼做。如果這孩子連用威浮球投出來的曲球與彈指球都打不到的話，那他將來又怎麼可能用十倍重的棒球棍，去擊中速度少說有兩倍快的硬球呢？

他七歲的兒子體型比同齡的小孩要小，而且極度容易信任人。你可以輕易地從他那張天真無邪的小臉，和一雙晶亮剔透的藍眼看穿這點。大衛深愛兒子這個特點，同時卻又對此深惡痛絕。他不知道自己有沒有那個狠勁去為他戳破世上皆好人的假象，但再不久他恐怕就不得不這麼做了，不然他就得靠自己從被背叛的痛苦中學習成長。他兒子體內那個柔軟脆弱的東西是波以爾家家傳的詛咒；同樣也是這個東西，讓大衛都已經三十五歲了卻還常常被誤認為大學生，出了平頂區想買瓶酒，都得先讓人檢查過身分證件。他的髮線從他還是麥可的年紀時就沒再往後退過一吋了；他臉上連一條皺紋都沒有；他自己那雙藍眼，也是同樣的澄澈而無邪。

大衛看著麥可像他教他的那樣就了定位，空出一隻手來稍微調整過球帽，然後將球棒穩穩地高舉過肩。他微微地扭了扭膝蓋，鬆鬆筋骨——這是個壞習慣，大衛已經跟他說過很多次了，但麥可總是學不會。大衛迅速地出手，想以快速球讓麥可一下招架不住；他在手臂還沒伸直前就讓球出了手，不讓麥可有機會發現這是一記彈指蝴蝶球，但這一彈卻也讓他右手掌心痛得幾乎要暈了過去。

但麥可反應得出奇的快。大衛一有了動靜，他立刻停止扭膝的動作，然後在球果如其綽號像蝴蝶般飄舞著往本壘飛來、再突然地往下墜落時，將球棒擺平，奮力一揮，彷彿他手中握的是一根高爾夫三號木杆似地。大衛看著麥可臉上綻放出一抹微笑，滿懷希望地盯著應聲飛出去的小球，又彷彿對自己的表現感到有些不可思議似的——在那一瞬間，大衛幾乎決定要讓球就這麼飛過去了，但他終究沒有。他縱身一跳，將球攔了下來，然後看著兒子臉上的微笑由僵硬而瓦解；他感覺自己胸口彷彿有什麼東西也跟著一起碎掉了。

「嘿，嘿，」大衛說道，決定要讓兒子對自己的表現感到好過些，「這球打得不錯喔，小子。」

麥可依然愁眉深鎖。「那你為什麼還接得住？」

大衛彎腰將球從草地上撿了起來。「我也不知道耶。會不會是因為我比小聯盟裡面的任何一個小毛頭都要高了幾吋？」

麥可臉上露出了試探性的微笑，彷彿隨時都準備再收回來。「是喔？」

「我問你——你認識什麼長到五呎十吋高的二年級學生嗎？」

「不認識。」

「而且我還要跳起來才接得到。」

「是喔。」

「沒錯。要不是我有五呎十吋高，跑不掉一定是支安打。」

麥可終於笑顏逐開。那是瑟萊絲的招牌笑容。「好吧……」

「不過你剛才又扭膝了喔。」

「我知道啦。」

「就了定位後就不應該再亂動了，知道嗎？」

「但是諾馬——」

「我知道諾馬有這習慣。還有戴瑞克．基特也是。我知道他們都是你的偶像。等你打進大聯盟、年薪千萬時，你再愛怎麼扭就怎麼扭也不遲。在那之前……」

麥可聳聳肩，低頭踢弄著草皮。

「麥可。在那之前……？」

麥可嘆了一口氣。「在那之前，我只管專心練基本功就是了。」

大衛滿意地微笑了，將球高高地扔起，然後看也不看地接住。「剛剛那球打得真是好。」

「真的嗎？」

「小子，那球要不是讓我接殺住了，眼看著就要飛到尖頂區去了。要往上城去了喲。」

「往上城去了，」麥可學舌道，臉上再度泛開一抹和他母親一模一樣的微笑。

「誰要去上城？」

父子倆同時轉頭，看見瑟萊絲站在後陽台上，頭髮隨意紮成馬尾，赤著腳，大衛的舊襯衫底下是一件褪了色的牛仔褲。

「嘿，媽。」

「嘿，小可愛。你要和你爸爸出去呀？」

麥可望望大衛。這突然變成他們父子間的祕密笑話了；他聳肩竊笑。「沒有啦，媽。」

「大衛？」

「是他剛剛打出去的一球啦，親愛的。那球差點就要往上城飛去了。」

「啊。原來是在說球啊。」

「打得很高很遠喔。爸說要不是他長那麼高，不然他也攔不下來。」

即使瑟萊絲的目光正落在麥可身上，大衛還是可以感覺到她時時都在觀察著他。觀察著、等待著，積了一肚子的問題要問他。他記得她昨夜在他耳畔的嘶啞呢喃；他記得她躺在廚房地板上，微微抬高上半身，用雙臂攀住他的頸子，然後將嘴巴湊到他耳邊，說道：「現在，我是你你是我了。」

大衛根本不知道她這話是什麼意思，但他喜歡她說這些話的聲音。嘶啞性感，從喉嚨底部緩緩被擠壓出來，幾乎讓他招架不住，瞬時要往頂峰衝去。

但此刻他卻可以察覺到瑟萊絲的企圖。她又想往他腦裡鑽，到他腦裡東翻翻西看看。他胸口驟然湧起一股怒氣。這他再清楚不過了：他們硬要往你腦裡鑽，等到發現他們實在不喜歡自己看到的東西時，他們便擺出一副避之唯恐不及的模樣，前仆後繼離你而去。

「有事嗎，親愛的？」

「喔，沒事啦。」雖然早晨的氣溫往上竄升得很快，她卻環臂緊緊地擁住了自己。「嘿，麥可，早餐吃過了沒？」

「還沒。」

瑟萊絲對著大衛皺了皺眉頭，彷彿沒讓麥可先扒上幾口那甜滋滋的早餐穀片就出來打幾顆球，是什麼罪大惡極的事似的。

「我幫你倒了一碗穀片。牛奶在桌上自己倒。」

「太好了。我餓扁了。」麥可球棒一丟，轉頭就往樓梯跑；大衛突然有遭到背叛的感覺。你餓扁了？那，怎麼，我剛剛是用膠帶把你的嘴封起來了還是怎樣？餓不會跟我說啊？媽的。

麥可像陣旋風似地經過他母親身邊，往三樓狂奔而去，彷彿跑慢了階梯就會消失不見似地。

「不吃早餐哦，大衛？」

「睡到中午哦，瑟萊絲？」

「才十點十五分耶。」瑟萊絲說道，而大衛可以感到昨晚廚房地板上瘋狂的一幕為他倆婚姻帶來的那一絲善意，此刻已經又煙消雲散了。

他強迫自己微笑。只要你微笑得夠真，那就任誰也抵擋不住了。「喏，有什麼事嗎，親愛的？」

瑟萊絲赤腳往草地這邊走來。「那把刀子呢？」

「什麼刀子？」

「就那把刀子啊，」她壓低了聲音，還頻頻回頭望向麥卡利先生的臥房窗戶。「就搶匪的刀啊。那刀子哪裡去了，大衛？」

大衛把手裡的棒球往頭頂一扔，然後從背後接住。「刀扔了。」

「扔了？」她抿抿唇，低頭看著草地。「媽的，大衛。」

「媽什麼，親愛的？」

「扔了，扔去哪裡？」

「就扔了啊。」

「你確定？」

大衛確定得很。他微笑著看著她的眼睛。「確定。」

「上頭有你的血跡。有你的ＤＮＡ，大衛。你說刀扔了，有扔得遠得永遠不會被找到嗎？」

大衛無言以對，於是只能默默地盯著妻子，直到她終於受不了改變了話題。

「早報你看過了嗎？」

「看過啦，」他說道。

「有看到什麼嗎？」

「什麼什麼？」

瑟萊絲低聲叱喝道：「你還問我？」

「喔……。哦。妳是說那個哦。」大衛搖搖頭。「沒有，什麼也沒看到。早報上什麼也沒提到。別忘了，親愛的，那都是過了半夜的事了。」

「過了半夜又怎樣？少來了，社會版那些記者總要等到最後一秒，確定警察那邊沒有更新的消息進來了，才肯把稿子交出去。」

「妳在報社上過班喔？」

「你少在那邊跟我打哈哈，大衛。」

「沒啦，親愛的。我只是說，早報上什麼也沒有。就這樣。為什麼？我也不知道。待會看一下午間新聞好了，看會不會報出來。」

瑟萊絲再度低下頭去，盯著草地看，自顧自點了幾下頭。「會報出來嗎，大衛？」

大衛往後退了一步。

「什麼黑小子在酒吧停車場被人打得只剩半條命的報導……對了，是哪家酒吧？」

「呃，就，嗯，就雷斯酒吧啊。」

「雷斯酒吧？」

「沒錯，瑟萊絲。」

「嗯，好吧，大衛，」她說道。「沒錯。」

然後她就轉身離開了。她背對著他，逕自往樓梯間走去；大衛聽到她赤腳踩在樓梯上的聲音悠悠地傳來，愈往樓上去。

他就知道。事情總是這樣。他們總是會離你而去。有時即使人在心也不在了。你最需要他們的時候他們永遠不在。連他母親也不例外。那天早上，警察送他回家後，他母親只是忙著站在爐前為他張羅早餐、只是不斷哼唱著〈老麥當勞〉，卻始終背對著他，偶爾才匆匆回頭對他緊張地一笑，彷彿他不過是個她不太熟的房客。

她為他端來幾顆半熟的荷包蛋、一條煎得焦黑的培根、還有幾片潮濕的吐司，然後問他要不要喝柳橙汁。

「媽，」他說道，「那些人是誰？他們為什麼要……？」

「大衛啊，」她說，「你到底要不要柳橙汁呢？」

「好啊。嗯，媽，我不知道他們為什麼要對我——」

「喏。」她為他倒了一杯柳橙汁，然後將杯子推到他面前。「你先把早餐吃了，我還得去……」她伸手往廚房那邊隨意一揮，根本不知道自己他媽的還有什麼事是非現在做不可的。「我還得去……嗯，對了，我還得去洗一下你的衣服。這樣可以嗎？喔，對了，大衛啊，我們待會去看場電影，你覺得如何？」

大衛看著他的母親，想在她臉上找到一絲等待的神情，等待他開口告訴她，告訴她那輛車、那幢樹林裡的小屋，告訴她大肥狼身上飄散著的刮鬍膏的味道。結果他卻只看到那抹燦爛的微笑，那種興高采烈，那種只有在她有時星期五晚上挑衣服準備要出門時才會出現的興高采烈，那種滿懷的渴望與希望。

大衛頹然低下頭去，乖乖地吃掉了盤中的雞蛋。他聽到他母親一路哼著〈老麥當勞〉，往走道另一頭翩然而去。

此刻，站在前院草地上、右手關節傳來陣陣噬人疼痛的他，卻似乎可以聽到那遙遠而清晰的歌聲。老麥當勞有個農場，咿呀咿呀喲。咿呀咿呀喲，世界多美好。春耕夏作秋收，世界果然他媽的美好。人人和樂融融，連雞鴨牛羊都一樣；談什麼？沒什麼好談的呀，什麼也沒發生有什麼好談的。祕密？什麼祕密？這裡都是好人怎麼會有祕密？欸，壞人才會有祕密，祕密屬於那些不乖乖把早餐吃完的人，祕密屬於那些傻傻地跟陌生人爬進一輛飄散著蘋果味的汽車，一失蹤就是四天的人——過了四天回來後卻發現所有他認識的人都不見了，取而代之的是一些只會微笑點頭的冒牌貨；這些長得跟原來一模一樣的冒牌貨，什麼都願意做，就是不願意聽你說話。就是不願意聽你說話。

9 大溝裡的蛙人

吉米走近羅斯克萊街上的州監公園入口時第一個看到的東西，是一輛停放在雪梨街上、警方專門用來運送警犬的箱型車；他看到車子後門打開了，兩個條子掙扎著想控制住那六隻拴在長長皮繩上的狼犬。他抑制住小跑步的衝動，從教堂門口朝羅斯克萊街這頭走過來，在往雪梨街上空延伸而去高架道旁遇上了這一小群圍觀民眾。他們就站在斜坡起點；再往前，羅斯克萊街沿著一段向上的斜坡穿過高架橋下方，然後便被州監大溝橫向截斷，大溝彼端已出了白金漢區而進入休穆區，羅斯克萊街也順此更名為瓦倫茲大道。

在群眾聚集的地點附近，你可以登上那道十五呎高，同時也是雪梨街終點的水泥擋土牆，讓鏽痕斑斑的護欄頂住你的膝蓋，俯視東白金漢平頂區最後一條南北向的道路。護欄往東幾碼便是一座灰紫色的石灰石樓梯；早年他們偶爾會成群攜伴到那裡約會，坐在陰影中，四十盎司瓶裝的美樂啤酒一手傳過一手，一邊眺望著遠方赫禮汽車電影院的白色銀幕上那明滅晃動的影像。大衛．波以爾有時也會跟著一起去；這倒不是因為有什麼人特別挺他罩他，而是因為那小子幾乎看遍了所有電影，有時他們大麻吸多了便會要他配合無聲的銀幕將台詞背誦出來。大衛自己似乎也還挺享受這種配音員的工作，常常還會隨角色不同改變聲調語氣。但不久後，大衛的棒球天分便突然被發掘出來，隨而轉學到登巴斯科當他的明星游擊手去了，於是他們便再也不能把他帶在身邊充作笑柄了。

吉米不知道自己怎麼會突然想起這段回憶，就像他也不知道自己怎麼會愣在這生鏽的圍欄邊，目不轉睛地盯著下方的雪梨街——或許是因為那幾條警犬的模樣吧：牠們一從箱型車上被放出來後，便神經兮兮地蹦蹦跳跳、到處東聞西嗅的。其中一個條子握著對講機，正打算開口的時候，市區上空卻突然出現一架直昇機，像隻肥嘟嘟的大黃蜂似地直往公園這邊撲來，吉米每眨一次眼，那肥蜜蜂的影像便愈發具體而清晰。

一個菜鳥警員堵在石灰石樓梯出口，兩輛巡邏車和幾個藍衣條子則擋在羅斯克萊街要轉進公園的路口。

那些狗像啞了似的，悶不作聲。吉米一轉頭，突然明白就是這點，讓他從剛才就一直覺得這場面有說不出的詭異。那二十四隻狗爪在柏油路面上又刨又抓，機警而專注地前進、刨抓、再前進，像一群訓練有素的士兵。吉米看著牠們黝黑潮濕的鼻子與精瘦矯健的腰窩，那迅速而有效率的動作；他想像牠們鈕釦般的眼睛，其實是一團團燒得黑裡透紅的煤球。

整條雪梨街瀰漫著暴動前夕那種一觸即發的緊張感。一街的條子，沿著往公園蔓延而去的草叢緩緩踏步、搜尋、前進。站在這個制高點，吉米可以看見一部分的公園；他看到公園裡頭同樣到處都是條子，綠色的草坪上處處可見藍制服與土黃色的運動夾克在竄動、在州監大溝岸邊翻翻弄弄、在呼叫著彼此。

再回到雪梨街上：載運警犬的箱型車霸據雪梨街的一頭，而另一頭則有另一群條子圍繞在什麼東西旁；幾名便衣警探倚在停放在對街的幾輛車子上，安安靜靜地啜飲著咖啡，完全不像平日的模樣——閒打屁鬼扯淡，口沫橫飛地說些值班時發生的鳥事以饗眾人。吉米可以感覺到那種緊繃的氣氛：那幾條警犬、那些靜靜地倚在自己的配車旁的條子、還有那架直昇機——肥蜜蜂轉眼已經變成一個隆隆作響的龐然大物，低掃過雪梨街上空，旋即又消失在州監公園深處那排加州進口的大樹與白色的廢棄銀幕後頭。

「嘿，吉米。」艾德．帝瓦一邊用牙齒扯開一包M&M巧克力、一邊用手肘推推吉米。

「什麼事嗎，艾德？」

帝瓦聳聳肩。「這是今早第二架直昇機啦。第一架直昇機半小時前老在我家上空打轉，我就跟我老婆說啦，咱們什麼時候搬到華茲了怎麼都沒人通知我？」他倒了滿嘴的M&M，再度聳聳肩。「所以啦，我就跑出來看個究竟，到底是什麼大事要吵成這樣。」

「你有打聽到什麼嗎？」

帝瓦兩手一攤。「什麼也沒聽說。那些條子的口風鎖得比我老娘的錢包還緊。看來他們這回是玩真的了，吉米。媽的，你看他們把整條雪梨街封得滴水不漏，所有路口都有人守著——從彎月街、港景街、蘇丹街、朗西街，一路到鄧巴街都架了拒馬，還有條子守著，我是這麼聽說的。這幾條街的居民根本出不了門，他媽的火大咧。我還聽說整條州監大溝上頭全是條子的汽艇……對了，那老熊德爾金還打電話來說他從他家的窗戶看到蛙人……媽的，他們甚至連蛙人都搞來了。」帝瓦指了指前方。「你看你看，我就說他們這回是玩真的吧！」

吉米順著帝瓦手指的方向，看到三個條子拉扯著一個髒兮兮的酒鬼，想把他從雪梨街另一頭那些被大火燒得只剩焦黑的骨架的廢棄公寓裡頭趕出來；酒鬼自然不依，掙扎得很凶，終於讓其中一個條子一掌推得頭下腳上栽下階梯去。吉米眼睛看著這一幕，整顆心卻還懸在艾德剛剛說的那兩個字上頭：蛙人。送蛙人入水通常沒有好事。不可能是好事。

「來真的咧。」帝瓦吹了聲口哨，然後轉頭看著吉米這一身西裝。「你去相親啊？」

「娜汀今天初領聖體。」吉米看著條子把酒鬼從地上拎起來，再粗魯地把他往一輛駕駛座那邊的車頂上斜頂著一個警笛的草綠色房車裡頭一推。

「嘿，恭喜啦。」帝瓦說道。

吉米以微笑表示過謝意。

「話說回來，那你跑來這裡湊什麼熱鬧啊？」

帝瓦的目光順著羅斯克萊街往聖西西莉亞教堂那邊看過去，吉米突然覺得自己的舉動確實可笑。穿著這一身價值六百塊的西裝和絲質領帶，踩著皮鞋走過從護欄底下冒出來的雜草叢——我他媽的是在想什麼啊？

凱蒂。他想起來了。

但這依然是個莫名其妙的舉動。凱蒂要不就是宿醉睡過了頭、要不就是和哪個臭小子廝混得難分難捨，因此錯過了她妹妹的初領聖體禮。媽的。老實說誰喜歡上教堂啊？吉米自己當初為了凱蒂的受洗儀式不得不走進教堂時，還是那十年來的頭一遭呢。即使在那之後也一樣，直到和安娜貝絲交往後，他才開始會固定去報到。或許是因為他剛剛一走出教堂，就看到兩輛警車飛也似地往羅斯克萊街衝，心頭突然——突然怎樣？有了不祥的預感？突然擔心起來？這一定是因為他心裡一直隱隱地擔心著凱蒂——擔心，而且還生氣——所以當他一看到那兩輛警車時，就自然而然地把兩者聯想在一起了。

而現在呢？現在他只覺得蠢。又蠢又穿得像個傻蛋。媽的，剛才他還神經兮兮地叫安娜貝絲帶著女孩兒們先走，他一會就去帕克起司餐廳和她們會合咧。安娜貝絲邊聽他吩咐邊盯著他的臉看，自己則是一臉的不解不快與勉強壓抑的憤怒。

吉米轉頭向著帝瓦。「好奇吧，跟大家一樣。」他拍拍帝瓦的肩膀。「要走了倒是。」他說道，而下方的雪梨街上，一個條子把一大串鑰匙扔給另一個條子，第二個條子接過鑰匙，跳上載運警犬的箱型車駕駛座。

「好吧，吉米。保重啦。」

「你也是。」吉米緩緩說道，目光卻依然留連在街上。他看著箱型車倒車，停下來換檔，然後車輪向右一偏。那種冰冷無情的確定感再度竄上他的心頭。

你感覺得到的，在你的靈魂底層。就在那裡，別無他處。你的靈魂感覺得到事實真相——超出一切邏輯理解——而且那通常就是你最不願意面對、最無法確定自己是否能夠承擔的那種事實真相。所以你試著不去理會它、所以你去找心理醫生、所以你在酒吧徘徊留連、所以你花去那麼多時間在電視前面麻痺自己——你無論如何就是想逃避，逃避你的靈魂早早便體認到了的、無情而醜陋的事實真相。

吉米感覺那股冰冷的確定感像一根根鐵釘，穿透他的鞋底，將他固定在那裡——哪怕他有多想多想轉頭拔腿狂奔而去，怎麼也不願站在這裡，看著那輛箱型車緩緩駛離原地。冰冷的鐵釘找上了他的胸膛，一根根一排排，彷彿射出的砲彈；他想閉上眼睛，但他的眼皮也被釘住了，要他睜大了眼睛，看著箱型車駛向街心。吉米看著那輛車。那輛原本被箱型車遮擋住了的車。那輛讓所有人包圍住，用小刷子掃刷、裡裡外外拍照，然後從裡頭拿出一袋又一袋裝在小塑膠袋裡的東西、傳給街上與行人道上的條子的車。

凱蒂的車。

不只是同款同型。不只是顏色模樣相似。那是她的車。前方保險桿右側有一個小凹痕，右前方車燈少了一塊玻璃燈罩。她的車。

「老天，吉米。吉米？吉米！看著我。你還好嗎？」

吉米抬頭癡癡地望著艾德．帝瓦，渾然不知自己怎麼會在這裡，雙手雙膝落地，讓一張張渾圓的愛爾蘭臉孔包圍著他，低頭瞅著他。

「吉米？」帝瓦向他伸出援手。「你還好吧？」

吉米只是望著那隻手，不知道該怎麼回答。蛙人，他想。在州監大溝裡。

懷迪在木橋前方百碼處的樹林裡找到了西恩。昨夜那場大雨早已把公園裡頭所有沒被樹叢遮擋的地面上的血跡與足印沖刷殆盡。

「我們派了警犬在汽車電影院的舊銀幕附近搜索。你要不要一起過去看看？」

西恩點點頭，但他的對講機卻突然響了。

「狄文。」

「我們這邊有個傢伙——」

「哪邊？」

「雪梨街入口這邊。」

「繼續。」

「他宣稱他是失蹤女孩的父親。」

「媽的，他怎麼會出現在現場？」西恩感覺一股熱血衝上腦門，臉上又紅又熱。

「就剛好吧，我怎麼知道。」

「嗯，你先擋擋，不要讓他進來。局裡的心理學家到場了沒？」

「還在路上。」

西恩閉上眼睛。所有人都還在路上。媽的，好像他們全都被困在同一場天殺的世紀大塞車裡。

「聽到沒有？你們先擋一下，等心理醫生到場再說。處理程序你應該知道。」

「嗯，不過他指名要找你。」

「我。」

「他說他認識你。說是有人跟他說你人在現場。」

「不，不，不。聽好——」

「他還帶了一些人。」

「一些人？」

「一群惡煞。一半矮得像侏儒，模樣倒全像是一個模子印出的。」

薩維奇兄弟。媽的。

「我馬上到。」西恩說道。

威爾．薩維奇隨時都有可能被逮捕。查克可能也差不多了。薩維奇血液原本就很少冷卻下來，這會更簡直要沸騰了——兩兄弟同仇敵愾指著條子的鼻尖破口大罵，而幾個站在封鎖線後的條子看來隨時想舉起警棍搥個他媽的痛快。

吉米與卡文．薩維奇——其中勉強算是比較理性的一個——並肩站在封鎖線外幾碼處，看著威爾與查克在前方大吼大叫，你他媽的給我搞清楚，裡頭那是我們的外甥女耶，幹他媽這些天殺的豬腦王八蛋！

吉米感覺到一陣勉強控制住的歇斯底里。此時此刻，他只想不顧一切地爆炸，把腦子炸僵炸糊了，然後他就不能也不必再想了。沒錯，停在十呎外路邊的確實是她的車。沒錯，她從昨晚到現在都還不見人影。沒錯，他剛剛瞄到駕駛座椅背上的那些汙點是血跡沒錯。所以說，沒錯，一切看來確實很不妙。但，公園裡外有那麼多條子在那邊搜了老半天了，也沒看到他們抬出什麼屍袋來。所以說，一切還有希望。

吉米看著一個老油條模樣的條子點了根菸，而他只想一手把菸搶過來，倒著插回他嘴裡，讓滾燙的菸頭燒爛他的一張爛嘴，告訴他，幹你媽的給我滾回公園去找我女兒去。

他在心中默默地從十倒數回去，這是他在鹿島學會的把戲——慢慢地、一個字一個字地數，想像那些數字像一個個灰灰白的魅影，漂浮在他黑漫漫的腦海裡。尖叫只會讓他被條子請離現場。任何表現在外的悲慟或焦慮，或如電流般竄過他全身血管的恐懼，也只會導致同樣的結果。然後薩維奇兄弟就會抓狂，然後他們一群人就會被丟進拘留所的牢房，然後他們就不能再留在凱蒂最後被看到的這條街上了。

「威爾！」他微微提高了音量。

威爾收回直逼那個面無表情的條子鼻尖的手指，回頭看向吉米。

吉米搖搖頭。「先不必這麼激動。」

威爾乾脆猛一轉身面對著吉米。「他們他媽的跟我們來這套耶，吉米。他媽的什麼都不讓我們家屬知道！」

「上頭怎麼說他們還能怎麼做？」吉米說道。

「媽的，什麼叫還能怎麼做？幹他媽的，吉米，死條子除了吃甜甜圈還會做什麼？」

「你到底想不想幫忙？」吉米說道。查克側身挨近他的兄弟；查克幾乎有威爾的兩倍高，凶惡的程度倒只有他的一半——只有一半卻還是遠高於大部分的人。

「這是當然的事，」查克接口道。「你只管吩咐。」

「威爾？」吉米說道。

「怎樣？」威爾目露凶光，氣憤填膺，怒不可遏。

「你想不想幫忙？」

「你這是什麼話，吉米？我他媽的當然想幫忙！」

「這我知道，」吉米說道，突然感覺一股情緒湧上喉頭。「我幹他媽的當然知道。威爾。裡頭那是我的女兒。你聽到了沒，那是我的女兒！」

卡文一手搭上吉米的肩膀，威爾則往後退了一步，低頭看了一會自己的腳。

「抱歉啦，吉米。行嗎？媽的，我一下真的是慌了手腳。幹他媽的。」

吉米終於嚥下那股情緒，強迫腦子繼續運轉。「你和卡文，聽好，威爾，你們一起跑一趟德魯．皮金家。你就跟他說出了什麼事。」

「德魯．皮金？找他幹嘛？」

「你聽我說完。你去找她女兒伊芙，還有黛安．塞斯卓，如果她也在的話。你問她們昨晚最後一次看到凱蒂是什麼時候。問清楚到底是幾點幾分。你問清楚她們昨晚有沒有喝酒，凱蒂有沒有說之後還要去找誰，還有就是，她最近有沒有新交什麼男朋友。這你辦得到嗎，威爾？」吉米問道，一邊卻轉頭看向卡文。他或許還有可能控制得住自己和威爾的脾氣。

卡文點點頭。「沒問題，吉米。」

「威爾？」

威爾轉頭望了一眼那叢往公園裡頭延伸而去的雜草，然後再看看吉米，頭如搗蒜地說道：「那有什麼問題。」

「這幾個女孩子是朋友。你不必對她們來硬的，把事情問清楚就對了。懂嗎？」

「懂，」卡文說道，清楚地讓吉米知道他會控制住場面。他拍拍哥哥的肩膀。「走吧，威爾。辦事去吧。」

吉米看著兩人往雪梨街走去，感覺查克站到自己身邊，摩拳擦掌地，隨時都準備好要殺人了。

「你還好吧？」

「媽的，」查克說道，「我還好。我擔心的是你。」

「不必為我擔心。我現在還好。不好也不行吧？」

查克沒有回答，而吉米眼睛則望向雪梨街另一頭，越過他女兒的車子，他看到西恩．狄文走出公園，往這邊走來，目光始終緊緊鎖定在吉米身上。西恩很高，動作也很快，但吉米卻依然在他臉上看到了那種他痛恨的東西，那種自信，那種屌樣——西恩就把它掛在臉上，像是某種比他掛在皮帶上的警徽還要大、還要招搖的標誌；他自己或許不曾察覺，但這確實讓許多人恨得牙癢癢的。

「吉米，」西恩說道，然後握了握他的手。「嘿，好久不見。」

「嘿，西恩。我聽說你在裡頭。」

「嗯。一早就到了。」西恩回頭望了一眼，再回過頭來看著吉米。「我現在真的沒辦法跟你說什麼，吉米。」

「她在裡面嗎？」吉米聽得到自己聲音在顫抖。

「還不知道，吉米。我們還沒有找到她。我只能告訴你這麼多。」

「那就讓我們進去啊，」查克說道。「我們可以幫忙找。電視上不是一天到晚有這種事嗎？要民眾協尋失蹤兒童還是什麼鳥的。」

西恩目光依然定在吉米身上，根本不理會查克。「事情沒有這麼簡單，吉米。我們還不能讓任何非警方人員進入現場，要也要等我們先徹底搜過一遍才行。」

「現場，哪裡算現場？」吉米問道。

「目前就是整個公園範圍內。聽好」——西恩拍拍吉米的肩膀——「我出來主要是要告訴你們，你們現在暫時什麼也不能做。我很抱歉，真的很抱歉。但事情暫時就是這樣。一有什麼消息——我他媽的跟你人格保證，吉米——我們會馬上通知你。」

吉米點點頭，碰了碰西恩的手肘。「借一步說話，可以嗎？」

「當然。」

他們讓查克留在原地，往前走了幾碼。西恩整理好心緒，稍微武裝過自己：不管吉米打算說什麼，他反正公事公辦；他用一雙條子的眼睛盯著吉米，不曾動搖，也沒有一絲同情。

「那是我女兒的車子，」吉米說道。

「我知道。我——」

吉米舉手阻止他再說下去。「西恩，你聽清楚。那是我女兒的車子。車子裡頭還有血跡。她今天早上沒來店裡上班，也沒來參加她妹妹的初領聖體禮。昨晚到現在都沒人再看到她。你聽清楚了嗎？我們說的是我的女兒，西恩。你沒有小孩，我不指望你能完全了解，不過，你總能想像一下吧——那是我的女兒！」

西恩的眼睛依然是條子的眼睛，吉米的話並沒有造成任何改變。

「你想要我怎麼說，吉米？如果你要告訴我她昨晚是和什麼人出去了，我馬上派人去問話。如果你要告訴我她和什麼人有冤有仇，我馬上去把人逮回來。你想要——」

「他們連他媽的警犬都弄進公園去了，媽的，西恩。弄警犬進去找我女兒。警犬，還有蛙人。」

「是沒錯。我們還調來了他媽的一半以上的警力，吉米，州警隊和波士頓警局都出動了。還有兩架直昇機和兩艘快艇，吉米，他們全部都在找你女兒。我們會找到她的。媽的。但你，現在根本沒有什麼你能做的事情。沒有，暫時沒有，你聽懂了嗎？」

吉米回頭看了查克一眼。他眼睛死盯著公園入口的草叢，目露凶光，身子微微地往前傾，看似隨時都準備要撲過去了。

「找我女兒為什麼要用到蛙人，西恩？」

「這是標準程序，西恩。搜查範圍內有湖有河，我們就得出動蛙人。我們只是照規矩行事。」

「她在水裡嗎？」

「她目前就只是失蹤。就這樣。」

吉米轉過頭去。他根本無法好好思考，腦袋裡一片黑暗渾沌。他就是想進到公園裡去。他想走在那條慢跑徑上，看著凱蒂迎面走向他。他再也無法思考了。他就是想進去。

「你不會想讓場面變得很難看吧？」吉米問道。「你不會打算搞到不得不逮捕我，然後讓薩維奇兄弟全部抓狂、硬衝進公園去找他們心愛的外甥女吧？」

吉米一說完就明白自己這番話說得心虛，根本只是出於絕望的威脅，起不了任何作用的。他更恨的是這點西恩也心知肚明。

西恩點點頭。「我當然不想讓事情發展到那個地步。相信我。但如果我不得不這麼做，媽的，吉米，我真的會這麼做的。」西恩翻開一本記事簿。「聽好，你只管告訴我她昨晚和誰出去，又去了哪裡，我馬上——」

西恩的對講機突然響起時，吉米已經舉步打算離開了。他停住腳步，轉過身來。西恩將對講機舉到唇邊。「我在。」

「我們這邊有動靜了，狄文州警。」

「麻煩重複一遍。」

吉米快步走近西恩，清楚地聽到對講機那頭傳來的男聲裡，有著幾乎抑制不住的激動情緒。

「我說我們這邊有動靜了。包爾斯警官說你最好趕快過來。呃，是馬上過來。」

「你們在哪邊？」

「就在舊銀幕這邊。呃，老天，這是他媽的什麼場面啊！」

10 證據

瑟萊絲盯著廚房流理檯上的電視正在播的十二點新聞。她邊看邊燙衣服，心想著自己大概可以輕易地被誤認為五〇年代的家庭主婦，趁先生拎著鐵製便當盒去上班的時候，在家裡摸東摸西地打理家務照顧小孩，待會還得做好晚餐，等先生下班在他手裡塞杯酒，然後菜就可以上桌了。但事情不是這樣的，真的。大衛缺點或許不少，但是講到分攤家務他倒是從不推託。撢灰塵吸地和洗碗的工作向來由他負責，而瑟萊絲則喜歡洗衣服；她喜歡疊衣服燙衣服，喜歡衣物洗好燙平後那種暖暖的香氣。

她用的是她母親的熨斗，一個來自六〇年代早期的遺物。老熨斗重得像塊磚頭，不時嘶嘶低吼，還會毫無預警地猛然噴出蒸氣。但是它絕對比瑟萊絲這幾年來買過的任何一把熨斗——任何一把售貨員口中所謂最新科技產物的新型熨斗——都好用上許多倍。她母親的熨斗熨出來的摺線鋒利得足以切開法國麵包，再深的縐摺也只要熨過一次就能搞定；不像那些塑膠外殼的新型熨斗，總得要她來回熨上六、七遍才行。

這年頭似乎所有的東西——像錄影機、汽車、電腦、無線電話——都是要你買來趕快用壞然後買新的。瑟萊絲想到這就一肚子火。拜託，在她父母的時代，東西買來可是要用一輩子的。她和大衛還在用她母親的熨斗和攪拌器，蘿絲瑪麗那具矮矮胖胖的黑色轉盤式電話也還擺在他們床邊。打從她和大衛結婚以來，他們已經不知道扔掉多少怎麼說也不該這麼短命的家電用品了——映像管炸掉了的電視、會冒藍煙的吸塵器、煮出來的咖啡只比洗澡水熱一點的咖啡機等等。好，東西壞了可以修沒錯，但修理費卻往往貴得嚇人，幾乎不會比買新的要便宜上多少。幾乎。所以你自然會選擇再多花一些錢，買來更新一代的產品，這正中廠商的下懷。有時瑟萊絲得刻意去忽略腦中那個隱約成形的想法：不只是她生活裡的那些事物與用品，事實上就連她生命本身，都是注定不會具有任何份量、任何久遠的影響；她的生命自始就注定好了，一有機會就要崩解壞去，好讓少數那些還堪用的零件可以由別人拿去回收利用，而剩下的她則消失殆盡。

她就這樣一邊燙衣服，一邊想著自己這般可以拿來資源回收的人生。新聞播了十分鐘之後，主播突然神色凝重地盯著鏡頭，宣佈警方正在追查發生在城裡一家酒吧外的暴力事件的嫌犯。瑟萊絲湊近電視，轉大了音量，主播卻正好宣佈「廣告後回來我們將繼續為您報導這則消息，哈維也將在下節新聞中為您帶來最新氣象預報。」接著，螢幕便跳接到一雙指甲修剪得漂漂亮亮的女人的手，輕鬆地刷洗著一只看來像是在熱麥芽糖漿裡浸過的烤盤，背景則有一個聲音在那邊吹噓推銷著全新改良配方的洗碗精。瑟萊絲只想放聲尖叫。新聞報導，某個程度上而言，就像那些用了就丟的家電用品一樣，只會一逕地挑逗你蠱惑你，然後轉過身去咯咯輕笑，笑你的愚蠢好騙、笑你怎麼還願意相信它真會說到做到。

她再次調整過音量，抗拒著那股想要把那個爛轉扭從那台爛電視上頭扯下來的衝動，然後回到熨衣板前。大衛半個小時前帶麥可出門去買護膝和捕手面罩，他說他會用車上的收音機收聽新聞，瑟萊絲甚至懶得轉過頭去看看他是不是在撒謊。麥可雖然又瘦又小，卻是個頗有天分的捕手——「天才」，他的教練艾文斯先生是這麼形容他的；他還說，以這個年紀的小孩來說，麥可的臂力堪稱強如「彈道飛彈」。瑟萊絲想起了以前唸書時，棒球校隊裡那些打捕手位置的孩子——一個個全是塌鼻子缺門牙的大塊頭。她向大衛提出了她的顧慮。

「親愛的，現在的捕手面罩堅固得像個他媽的鯊魚籠。拿它去砸卡車，我跟妳保證報銷的不會是面罩。」

她考慮了一天，然後向大衛提出她的條件。只要麥可配備了最好的球具，她願意讓他去當捕手或是打任何一個位置；但大前提是，他只准打棒球，絕對不准加入美式足球隊。

大衛自己從來就不打美式足球，於是只是聊備一格地和她草草辯了十分鐘後就答應了。所以現在呢，他們父子倆開開心心地出門買球具去了，好讓麥可能做他老爸的翻版。瑟萊絲一個人留在家裡，目不轉睛地守著電視——終於，在一則狗食廣告結束後，螢幕上再度出現了主播的臉孔；她手裡的動作一下全停了，熨斗穩穩地停在一件棉衫上方幾吋處。

「昨晚在奧斯敦區，」主播說道，瑟萊絲的心也跟著往下沉，「一名波士頓學院二年級學生在這間頗受歡迎的酒吧外遭到兩名男子襲擊。消息來源指出受害者凱瑞．威塔克遭人以啤酒瓶毆打，傷勢嚴重，有生命危險，現在正在……」

她那時就知道了。她感覺自己胸中彷彿有一團團爛泥滴滴答答地散落。她那時就已經知道，她大概不會看到有關任何男子在雷斯酒吧外頭遭到攻擊或是謀殺的報導了。等到他們開始報氣象並預告下節的體育新聞時，她更是完完全全地確定了。

此刻他們早該發現那個受傷的搶匪了。如果他已經死了（「我說不定真的殺了人了，寶貝」），記者們也應該會從警局裡的消息來源、警方的出勤紀錄，甚或是從監聽警方無線電中得知這個消息。

或許大衛在激憤之餘高估了自己加諸在那個搶匪身上的傷害了。或許搶匪——或者是別的——在大衛離開後便自己爬到他處舔傷去了。或許她昨晚看到那團流入排水管的東西不是腦漿。可是那些血又該怎麼解釋？一個人頭流了那麼多血怎麼可能還活得下來，甚至還能自己走離開現場？

她把最後一件褲子燙好，把衣服分別放回各人的衣櫃裡。她回到廚房，怔怔地站在那裡，不知道接下來要做什麼。電視正在轉播高爾夫球賽，清脆的擊球聲與消過音的悶悶的掌聲，暫時安撫了她一整個上午心中那股騷動的感覺。大衛和他那漏洞百出的故事並不是引起她心中這陣騷亂的唯一原因。還有昨晚與昨晚那一幕。他渾身浴血地走進浴室，那一大堆血，浸濕他長褲的、滴落在地板瓷磚上的、從他胸前的傷口冒出來的，還有被稀釋成粉紅色沖下排水管的那一大堆鮮血。

對了，排水管。她差點忘記了。昨晚她跟大衛說她會用漂白水清洗水槽下的排水管內部，以徹底湮滅一切殘留的證據。她立刻行動。她跪在廚房地板上，打開水槽下的櫃子門，用目光在那堆清潔用品和抹布間搜尋，終於看到被收放在櫃子深處的扳手。她伸長手臂，往裡面探去，試著不去想她的恐懼症，害怕把手伸進水槽下方櫥櫃的恐懼症——那是一種毫不理性的恐懼，但她就是無法不去覺得，那堆抹布底下正躲著一隻老鼠，嗅著聞著，在空氣中捕捉她的氣息，從破布堆抬起牠那醜陋的鼻子，鬍鬚上下抽……

她趕緊抽出扳手，故意把它在破布堆和清潔劑的瓶瓶罐罐間敲得鏗鏗鏘鏘的，好把老鼠嚇跑——她知道這樣實在有些可笑，但是她就是身不由己，因為，嘿，所以這才叫做恐懼症啊。她痛恨把手伸進又低又暗的地方；蘿絲瑪麗以前怕電梯怕得要死；她父親有懼高症；大衛每次走進地窖就會冒出一身冷汗。

她在水管接頭下方放了一個水桶，準備用來接沒有流光的水。她躺在地上，手往上伸，先用扳手鬆開栓塞，然後才用手去轉；一轉開，水便嘩啦啦地流進塑膠水桶裡。她突然有點擔心水桶會不會太小，還好才一會，嘩嘩水流便只剩下水滴了；她看著一團糾結的頭髮和幾顆玉米粒跟著最後的一點水流進了水桶。下一步是要拆掉最靠櫃子裡面的一顆螺帽。弄了半天，卻怎麼也拆不下來，瑟萊絲最後只得用腳頂著櫃子底部，奮力將扳手往後拉；她使盡全身的力氣，幾乎開始懷疑最後一折兩段的不是扳手就是她自己的手腕。終於，螺帽鬆動了，不過卻還轉動不到一吋便隨著一陣刺耳的金屬摩擦聲再度卡住了。瑟萊絲調整過扳手角度，繼續與螺帽纏鬥下去：這回挪了將近兩吋，螺帽頑強依舊。

幾分鐘後，整條排水管終於都讓她拆下來了，一個個零件整齊地躺在廚房地板上，在她的面前。她的頭髮和襯衫都汗濕了，但她有一種近乎征服的喜悅般的成就感，彷彿她和某種無疑地純屬男性的頑強力量打了一場肉搏戰，並且光榮地獲勝了。接著，她在破布堆裡找到一件麥可已經穿不下的舊襯衫，用手扭捲成一條可以通過水管的布棒；她就用這布棒來回穿梭擦拭水管內部，一直到她滿意地認定水管裡除了老鏽以外再沒別的東西了，然後才找來一個小塑膠袋，將麥可的舊襯衫包進去。她帶著水管和一瓶漂白水到後陽台去消毒水管內部，讓漂白水從水管的另一頭流出來，流到一盆盆栽乾巴巴的土壤裏。那盆植物去年夏天就死了，在後陽台放了一整個冬天，等著被他們拿去丟掉。

一切處理妥當後，她才把水管組裝回去，重新裝上栓塞；她發現組裝遠比拆卸容易多了。她找出昨晚拿來裝大衛衣服的塑膠垃圾袋，把裝著麥可那件破爛襯衫的袋子也丟進去，然後將塑膠水桶裡的東西用濾網濾過後再倒進馬桶；最後，她拿了張紙巾把濾網擦乾淨，再將紙巾也包進了那口垃圾袋裡。

好了，所有的證據都在這裡頭了。

至少是所有她能處理的證據都在這裡了。如果大衛對她說謊──關於那把刀、關於他是否曾在任何地方留下指紋、關於他的──罪行還是自衛？──是否曾有目擊證人──那就是她無能為力的部分了。但在她家裡的這一部份，她都已經昂然面對並解決了。他從昨晚回來後丟給她的每個問題她都一一解決掉了。她征服了每一項挑戰。她再度感到一陣飄飄然的暈眩。她感到強壯，感到前所未有的活力充沛；她突然清清楚楚地確定了，自己依然年輕依然強壯，絕對不是也不像個可以讓人隨意丟棄的烤麵包機或是壞掉的吸塵器。她曾經熬過父母的亡故、熬過多年的經濟困境、熬過麥可六個月大那場肺炎陰影的驚嚇與煎熬；顯然，這些苦難並沒有如她原本以為地削弱了她的力量，最多只是讓她有些累了倦了──但她現在終於認清自己是什麼樣的人了，那些疲累倦怠甚至也將一掃而空。她清楚地體認到，自己是那種能夠挺身面對挑戰的女人；她無畏無懼，挺身迎向挑戰，來吧，儘管放馬過來吧。

我可是有備而來的。來吧，我隨時奉陪。我不會坐以待斃。所以你給我小心了。

她從地上撿起那只綠色的垃圾袋，反覆扭轉袋口，直到它看起來像是個瘦骨如柴的老頭的頸子，然後抓緊了在袋口打了一個死結。她停頓了一下，突然有些詫異，垃圾袋怎麼會讓她想到老人的頸子：這念頭究竟是打哪兒來的？然後她注意到電視的畫面消失了。前一分鐘老虎．伍茲還正大步跨過果嶺，下一分鐘螢幕就突然陷入一片漆黑。

接著，螢幕上突然跳出一道白線。瑟萊絲暗自立誓，要是這台電視也跟她耍起映像管破裂這套，她現在就要把它從前廊扔出去。就是現在。管他去死，她就是不想再看到它了。

但不久，白線消失，出現新聞攝影棚的畫面，一臉匆促與困惑的女主播對著鏡頭說道：「現在為您插播一則最新消息。本台記者法樂芮．柯拉琵目前人在東白金漢的州監公園外的現場，警方自今晨起已針對一名失蹤女子在此地展開大規模搜索行動。法樂芮？」

瑟萊絲看著螢幕從攝影棚切換成直昇機拍到的畫面——晃動中的雪梨街與州監公園的鳥瞰畫面。看起來像是一支入侵軍隊的警方在公園外圍成群流竄。她看到很多螞蟻般的人影黑點在公園裡頭來回穿梭，河道上還有幾艘警方的船。她還看到一整隊螞蟻似的長龍，持續地朝圍繞著露天電影院巨型銀幕的樹叢前進。

直昇機與強風搏鬥，攝影機的鏡頭不停地搖晃。有幾分鐘瑟萊絲還看到河對岸的休穆大道以及夾道延伸而去的工業區。

「目前您看到的畫面是東白金漢區。警方自今天清晨起就已在現場針對一名失蹤女子展開大規模的搜索，搜索行動截至目前為止仍持續進行中。根據未經證實的消息來源，該名女子遭遺棄的汽車內有跡象顯示本案疑似謀殺案。現在，薇吉尼亞，這是——不知道妳看到……」

直昇機鏡頭突然來了個令人頭暈目眩的一百八十度大轉彎，將畫面調離休穆大道的工業區，轉向停在雪梨街上一輛車門大開、顯然遭到遺棄的深藍色小轎車，旁邊還有一輛警方的拖吊車正緩緩倒車接近中。

「是的，」記者說道，「您現在所看到的是該名失蹤女子的轎車。警方今晨據報後隨即便展開了本次搜索行動。薇吉尼亞，目前警方尚未透露該名失蹤女子的姓名，以及警方之所以出動這麼龐大的警力——相信您也可以從畫面中看到了——的原因。但本台消息來源已經證實，本次搜索行動似乎將集中在舊汽車電影院的巨型銀幕，也就是市民熟悉的夏日劇團戶外公演的舞台附近。但我們可以確定這並不是一場捏造的戲碼，這是貨真價實的事件。薇吉尼亞？」

瑟萊絲企圖自剛聽到的消息中理出一點頭緒。除了警方擺出了彷彿要接管整個東白金漢區的龐大陣勢外，她並不確定自己究竟聽到了什麼。

螢幕上的女主播看來也是一臉困惑，彷彿某人用她聽不懂的語言給了她該做結語的提示似的。她匆匆說道：「本……本案一有最新發展，我們將隨時為您做插播報導。現在請繼續收看本台原時段節目。」

瑟萊絲搜尋過一個又一個頻道，但其他電視台似乎都還沒注意到這則新聞。她於是轉回高爾夫球賽，並順手把音量調大了。

平頂區有人失蹤了。一個女人的車被遺棄在雪梨街。但是警方不會發動這樣大規模的行動——這規模十足龐大；她注意到雪梨街上市警局以及州警隊的警車都到齊了——除非他們已經掌握了更多的證據，證實這不只是一樁單純的失蹤案。那輛車子一定還有某些跡象，某些顯示車內曾經發生過暴力事件的跡象。那個記者是怎麼說的？

有跡象顯示本案疑似謀殺案。這就是了。

血，她很確定。一定是血。證據。她低頭看著仍讓她緊緊揪在手裡的塑膠袋，心裡想著：大衛。

11 紅雨

吉米站在黃色的警方封鎖線外，面對著一整排條子，而西恩則逕自穿過草叢往公園裡頭走，甚至不曾回看一眼。

「馬可斯先生，」一個叫做傑佛茲的條子說道，「要不要來杯咖啡還是什麼的？」條子的目光始終落在吉米的額頭上，一邊還用拇指指背搔抓著肚腹。吉米可以從他的目光與姿態中，嗅到一絲混雜著輕蔑的同情。西恩剛剛幫兩人介紹過；他告訴吉米這位是傑佛茲州警，人很不錯，然後告訴傑佛茲，吉米是，嗯，是那輛遭遺棄的車子車主的父親。好好照顧他，還有就是待會托芭特一到場就趕緊給他們介紹一下。吉米猜想這托芭特要不就是警方的心理醫生，要不就是哪個蓬頭垢面、欠了一屁股學生貸款、車子裡頭聞起來像漢堡王的社工人員。

他沒有理會傑佛茲，反而往站在對街的查克．薩維奇走去。

「現在到底是什麼情況，吉米？」

吉米搖搖頭。他確信他要是試著把心裡的感覺轉換成言語的話，他一定會吐得自己和查克一身。

「你有帶行動電話嗎？」

「有啊。」查克的手在防風夾克底下一陣摸索。吉米接過電話，直接撥了查號台的號碼，聽到電話裡傳來錄音人聲，詢問他欲查詢電話的所在州與城市名。開口前他突然猶疑了一秒，腦海裡浮現一個畫面——他的聲音隨著銅線行過一哩又一哩的路程，然後倏然被捲入一個無底洞般的漩渦中，再傳入一部怪獸般，有著閃紅眼的超巨型電腦內部深處。

「查哪裡？」電腦說道。

「哈克起司餐廳。」吉米突然感到一陣難堪與厭惡，厭惡自己竟然必須站在大街上、在他女兒空蕩蕩的車子附近，對著話筒說出這樣一個可笑至極的名字。他幾乎想把這支該死的電話塞進嘴裡，狠狠地咬下去，想聽到它被擠壓得支離破碎的聲響。

他照著電腦給的號碼撥通了電話。接電話的傢伙顯然沒有把聽筒掛好，只是隨意擱在櫃台上；吉米聽得到他們呼叫他妻子的名字：「安娜貝絲．馬可斯？安娜貝絲．馬可斯？麻煩請與櫃檯聯絡！」吉米聽到陣陣尋人的鈴聲，還聽到七、八十個小孩子在那邊追逐打鬧、互相拉扯頭髮、尖叫，而幾個大人則試著想蓋過他們的聲音、鎮住場面，然後他聽到他們又呼叫過一遍安娜貝絲的名字。吉米想像她應聲抬頭的模樣，有些不解、有些疲倦，而剛剛才在聖西西莉亞初領過聖體的那群小孩子則在她四周，推擠爭食著披薩餅。

然後他聽到她的聲音，隱隱約約的：「你們找我嗎？」

有那麼一瞬間，吉米幾乎想掛掉電話。他要跟她說什麼？在這種什麼也不確定的情況下，他能跟她說什麼？說他的恐懼？說他那些瘋狂的念頭與想像？讓她和女孩們再多享有一些無知的平靜不是很好嗎？

但他知道今天這一早上下來已經夠了；他要是不在第一時間內通知她，只是自己站在雪梨街上、在凱蒂的車子旁邊心急如焚，安娜貝絲一定會感到很受傷。她日後一旦想起自己和女孩兒們被蒙在鼓裡，在哈克起司餐廳裡開開心心地吃喝，一定會覺得很不適當、很不堪，甚至會覺得一切開心都是假的。她會因此而恨他。

他再度聽到聽筒裡傳來她隱約的話聲：「這支嗎？」然後便是一陣窸窸窣窣的移動聲。「喂？」

「寶貝。」吉米設法在他不得不清喉嚨之前擠出了兩個字。

「吉米？」她的聲音底下隱藏著一絲慍怒。「你在哪裡？」

「我……呃……我在雪梨街。」

「發生什麼事了？」

「他們找到她的車了，安娜貝絲。」

「誰的車？」

「凱蒂的車。」

「等等，『他們』？他們是誰？警察嗎？」

「嗯。凱蒂她……她失蹤了。在州監公園裡頭。」

「喔，老天。喔，不，不會吧？不，喔不，吉米。」

吉米可以感覺到那些原本讓他壓抑在心底的東西一下全都湧上來了——那種恐慌、那種可怕的確定感、那些恐怖的念頭。

「現在什麼也還不確定。只知道她的車停在這裡一夜了，條子——」

「我的老天，吉米。」

「——正在公園裡搜索。一大票條子。所以……」

「你在哪裡？」

「我在雪梨街上。聽好——」

「你他媽的在街上做什麼？你為什麼沒進去？」

「他們不讓我進去。」

「他們？去他媽的他們。他們是誰？那是他們的女兒嗎？」

「聽好，我——」

「你才給我聽好——你給我進公園去。老天。她說不定受傷了，孤伶伶躺在裡頭什麼地方，等著你去救她。」

「這我當然知道，可是他們——」

「我馬上到。」

「好。」

「進公園去，吉米。老天。你到底是怎麼回事？」

她掛上了電話。

吉米將電話還給查克。他明白安娜貝絲說得沒錯。她說得一點都沒錯；他一下子全醒了過來——他一輩子都會為自己過去這四十五分鐘的無能後悔不已，永遠也無法正視這般無能畏縮的自己。曾幾何時他竟然變成這種廢物，這個在心愛的女兒失蹤的關頭竟然還只會縮頭縮腦地對著他媽的死條子一逕喔是的，嗯，好，嗯，沒問題，嗯您怎麼說我怎麼做的廢物。這是什麼時候的事？他什麼時候閹了自己的老二，交出來好換取——媽的，換取什麼？換取別人的讚許說你是個他媽的優良好公民？

他轉向查克。「你車子後車箱備胎底下那把大鐵剪還在吧？」

查克露出一臉被人逮個正著的表情。「欸，總要混口飯吃嘛，吉米。」

「你車子停在哪裡？」

「在前頭，道斯街轉角那邊。」

吉米轉身大步前進，查克趕緊跟了上去。「我們是要闖進去，是吧？」

吉米點點頭，加快了腳步。

西恩往繞著市民花園圍牆迂迴而行的那段慢跑小徑走去，沿路對著蹲在花叢草叢間採集證據的條子們打過招呼；從其中許多人緊繃的臉上，西恩知道他們也已經知道了。事實上，此刻整個公園都籠罩在某種無比凝重的氣氛底下——西恩曾幾次在凶案現場感受過這種氣氛，那是某種對宿命認命、某種對他人命定的不幸的默然接受。

進公園的時候他們就已經知道她該是凶多吉少了，但所有人心中的某個角落裡，西恩知道，總還懷著那麼一絲絲的希望。這就是他們的工作：你來到現場，一切其實早已了然於胸，但你就是想花上盡可能長的時間去努力，努力證實自己是錯的。西恩去年辦過一樁嬰兒失蹤案：一對年輕體面的白人夫妻報警宣稱他們的小寶寶失蹤了，當時還曾引來了不少媒體的注意，但西恩和承辦這個案子的每個條子都心知肚明，這對夫妻根本是在唬爛他們，小寶寶根本早就死了。但他們還是得照規矩來，安慰這一對冷血混帳，輕聲跟他們保證寶寶不會有事的，循線追查那一條條一下就斷了頭的線索；結果，當天黃昏，他們就在那對夫妻屋裡的地下室樓梯下方找到了嬰兒的屍體，讓人裝在一個吸塵器的紙袋裡，塞進樓梯下方一個不起眼的角落裡。西恩看到一個菜鳥條子倚在巡邏車旁抖肩抽泣，但其他條子看來雖然憤怒，卻似乎一點也不意外，彷彿他們全都已經花了一整晚的時間做著相同的狗屎夢。

所以你就帶著這種體認回家，帶著它去了酒吧或是局裡的更衣室——某種無奈的接受與體認，體認人類就是這樣他媽的遜，既他媽的蠢又他媽的壞，還常常壞進了骨子裡；他們一開口八成就是在說謊，而當他們沒由來地同所有人失去了聯絡的時候，八成就是掛了，給人幹掉了甚或更糟。

而最糟的通常不是直接的被害人——怎麼說他們就是死了掛了，不再有任何感覺了。受苦最深的是那些愛過他們卻活了下來的人們。他們通常就此變成一具具行屍走肉，拖著腳步過完這一生，身子裡除了血肉與器官外，空無一物；他們將變得刀槍不入，對苦對痛都不再有感覺，因為他們已經學到了一件事：最糟糕最恐怖的惡夢有時確實會成真。

比如說吉米．馬可斯。西恩不知道自己要怎麼看著他的眼睛，告訴他，欸，沒錯，她死了。你女兒死了，吉米。什麼人把她帶走，永遠永遠不會回來了。吉米，已經經歷過一次喪妻之慟的吉米。媽的，幹。嘿，你猜怎樣，吉米——上帝說你還欠他一筆；他這回是來收帳的。希望這次之後你們就算扯平了，老兄。好吧，改天見。

西恩快步通過那座木板橋，沿著小徑走向像一群觀眾似地圍繞著舊銀幕的大樹。銀幕側邊有一道往上通向後台的樓梯，一夥人就聚集在樓梯附近。西恩看到凱倫．休斯拿著相機猛按快門，懷迪．包爾斯則靠在樓梯頂端的門邊，不時往裡頭看、再低頭做筆記，而助理法醫則跪在凱倫．休斯旁邊。另外，還有一大票穿著制服的州警隊員和波士頓市警局的警員在大樹間來回穿梭，康納利與掃薩則低頭研究著樓梯上的什麼東西，而雙方人馬的大頭們——市警局的法蘭克．柯勞塞與州警隊的馬汀．傅列爾（西恩的頂頭上司）——則稍微離遠了點，站在銀幕下方的長形舞台前，低著頭在那邊交頭接耳。

如果助理法醫判定死者是在公園裡斷的氣，那麼這案子就歸州警隊辦，然後這就會變成西恩與懷迪的工作。然後西恩就必須去通知吉米。然後西恩就必須去深入死者的生活，必須著了迷似地拿著放大鏡去感受去想像去看。然後西恩就必須設法把案子破了，好給每個人一個假象，一個事情終於了結的假象。

當然，波士頓警局還是可能會要求接手。因為公園四周畢竟全屬市警局的轄區，因為案子的第一現場是在屬市警局管轄的雪梨街上；傅列爾有權決定要不要將這案子交出來。這將會是一個引來媒體高度關切的大案子，西恩很確定。發生在公園裡的兇殺案，死者陳屍地點甚至就在那個正迅速竄升為當地流行文化地標的舊銀幕附近。目前他們還嗅不出任何明顯的動機。當然也沒有兇手，除非他現在正躺在凱蒂．馬可斯身邊——這可能性很低，否則西恩早就該聽說了。毫無疑問地，這案子一定會鬧得很大；畢竟過去這幾年來整個波士頓地區都不曾出現過這樣聳動的案子。媽的，這下可好，公園裡恐怕就要擠滿一堆流著口水的媒體了。

西恩一點也不想接下這個案子；但按照多年來的經驗，他一旦有了這樣的想法，簡直就是事情一定會落到他頭上的保證書。他緩緩沿著斜坡往下，朝銀幕下方走去，一路緊盯著柯勞塞與傅列爾不放，企圖從他倆的身體語言裡讀出最後的判決。如果裡頭真是凱蒂．馬可斯的話——西恩以為這應該錯不了了——平頂區一定會爆炸。吉米就算了——他恐怕得過上好一段行屍走肉般的日子了。但薩維奇兄弟呢？他想都不敢想了。光是在重案組裡頭，他們每個人的前科資料就已經很他媽的可觀了，而這卻還只是州警隊這邊的資料。西恩聽說市警局那邊流傳著一個說法，他們說星期六晚上局裡沒至少關上一個薩維奇兄弟的機率簡直就像日蝕一樣稀少——有的條子甚至還堅持要親自去牢籠那邊探探頭才肯真的相信。

銀幕下方的舞台前，柯勞塞輕點了一下頭，而傅列爾則來回張望，直到終於和西恩的目光接上了線——西恩明白這意味著這案子確定要由他和懷迪接下了。西恩看到銀幕下方的樹叢葉片上沾到了少許噴濺的血跡，而通往後台門的階梯上也沾到了不少。

始終低頭研究著樓梯上的血跡的康納利與掃薩抬起頭來，神色凝重地對西恩點了點下巴，然後便繼續回去打量階梯間的縫隙。凱倫．休斯終於挺直腰桿，拇指往相機圓軸一扳，西恩便聽到了底片沙沙捲動的聲音。她從袋子裡摸出一捲新底片，然後翻開相機的背殼；西恩發現她一頭沙金色的頭髮在兩鬢與瀏海部分顏色尤其顯得深。她面無表情地瞄了西恩一眼，然後便低頭取出拍完的底片，再重新裝入一捲。

懷迪跪坐在助理法醫身邊，西恩聽到他微微提高嗓音，輕呼了聲：「什麼？」

「就我說的那樣。」

「你現在就能確定，是這樣嗎？」

「還不敢說百分之百，不過我有把握。」

「媽的。」懷迪轉過頭，看到西恩往這邊走來；他對著他搖搖頭，然後伸出一隻拇指往助理法醫那邊比劃了幾下。

西恩跟在兩人身後走上階梯，隨著前方兩人的肩膀往下一降，他的視野也陡然加寬了。他的目光沿著門廊緩緩前進，終於落在那具蜷曲的屍體上——狹長的門廊寬不過三呎，成坐姿的屍體背靠在西恩左手邊的牆上，膝蓋曲起，兩腳緊緊抵住他右手邊那道牆；這姿態讓西恩一眼就想起了超音波螢幕上的胚胎。她赤裸的左腳沾滿了泥巴，腳踝上掛著幾片勉強還看得出來曾經是隻襪子的破布。她右腳穿著一隻式樣簡單的黑色平底鞋，上頭同樣沾滿了乾掉的泥巴。雖然她在市民花園附近就掉了一隻鞋，卻設法又逃了這麼一段路，甚至沒讓另一隻鞋也掉了。兇手顯然一路緊追在後，但她卻摸進這裡來，試圖躲避。這意味著她曾一度擺脫兇手；這也就是說，兇手曾一度因為某些原因而減慢了速度。

「掃薩，」他叫喚道。

「什麼事？」

「找幾個條子再仔細搜一遍通往銀幕的這段慢跑徑。要他們尤其注意樹叢草叢這些小地方，看有沒有什麼衣服碎片還是被刮下來的皮膚組織之類的東西。」

「我們已經找人來採腳印模了。」

「很好。不過我們需要更多人手。你可以嗎？」

「可以。」

西恩再度看向屍體。她穿了件質料柔軟的深色長褲，一件海軍藍的寬領上衣，紅色外套則被扯破刮破了；這應該是她的週末外出服，西恩判斷，平頂區出身的年輕女孩平日不這麼精心打扮的。她應該是去了什麼不錯的地方，也許是去約會。

但她最後卻縮在這個狹窄陰暗的走道裡，斷送了性命。這堵發霉的牆壁或許是她看到的最後一幕，這濕冷的霉味或許是她吸進肺裡的最後一口空氣。

她看來彷彿是進來這裡躲雨的，躲避某一場腥紅的血雨；她的頭髮、臉頰，還有衣服，全讓那紅色的雨水潑濕、浸透了。她曲起的膝蓋幾乎抵在她的胸前，她的右手握拳、手肘頂在右膝上，緊握的拳頭依然掩在耳畔。這姿態再度讓西恩想起一個孩子，而不是女人，掩耳蜷縮在角落裡，想要趕走那些惱人的噪音。求求你停下來，求求你，這姿勢彷彿正在說道。求求你停下來。

懷迪閃開了身子，於是西恩便在門廊前蹲下了。在她身上與身下的殷紅鮮血與牆壁傳來的強烈霉味底下，西恩依稀聞到了一絲香水味，淡淡的，有點甜、有點挑逗；這若有似無的甜香讓西恩想起了高中時代那些多半在漆黑的車子裡進行的約會——那幾乎已經緊張到不聽使喚、笨拙地想解開撥開層層衣物的手指，那帶電般的膚觸。在殘留的紅色雨水底下，西恩看到她手腕、前臂與腳踝附近有多處深紫色的瘀傷。

「他打她？」西恩說道。

「看起來應該是。看到她臉上這一堆血了沒？那是從她頭頂的一道裂傷流出來的。傷口很深，王八蛋不知道拿什麼打的，不過照這程度看來，那凶器八成也讓他打斷了。」

屍體再過去的那段走道裡塞滿了雜物：木板木條，以及一堆看似舞台道具的東西——木帆船、教堂尖頂、一個看來像是威尼斯鳳尾船船首的東西。她根本無路可逃。她一進到這裡就完全動彈不得了。一路追殺她的人一旦追進了這裡，她就只能坐以待斃。而他確實追進來了。

兇手推門進來，而她卻只能縮著身子，用單薄的四肢緊緊抱住自己，作為唯一的保護。西恩抬起頭，端詳著那張半掩在緊握的拳頭底下的臉龐。也是一片殷紅。她的眼睛像她的拳頭一樣，緊緊地閉上了，試著想像一切只是一場惡夢；當初或許是因為恐懼而緊閉的眼簾，此刻卻僵硬地永遠閉上了。

「是她嗎？」懷迪・包爾斯問道。

「呃？」

「凱瑟琳・馬可斯，」懷迪說道。「那是她嗎？」

「嗯。」西恩說道。她下巴右側有一道彎彎的疤痕，疤痕隨時間漸漸褪色變淡，不注意看根本看不出來；但當你在附近街上遇到凱蒂・馬可斯的時候，卻又很難不去留意那道舊疤，這或許是因為其他部分的她是如此地完美無瑕。她的臉龐是她那黝黑骨感的母親的完美翻版，間或摻雜了她父親那種不羈的英氣，他那淡色的眼珠與頭髮。

「百分之百確定嗎？」助理法醫問道。

「百分之九十九吧。」西恩說道。「還是要請她父親到停屍間認過屍才算。不過，嗯，那是她沒錯。」

「你看到她後腦了嗎？」懷迪湊過身子，用一枝筆撩起披散在她肩上的長髮。

西恩探過頭去，看到她後側頭蓋骨給掀去了一小塊，整個後頸全是暗紅色的鮮血。

「你是要告訴我她最後是死於槍傷嗎？」他轉頭看著助理法醫。

法醫點點頭。「在我看來應該是槍傷沒錯。」

西恩往後一靠，遠離那陣混雜了香水、血腥、發霉的牆壁以及潮濕的木頭的氣味。他突然有一股衝動，想要挪開凱蒂・馬可斯捂在耳畔那隻緊握著拳頭的手，彷彿這樣一來她身上那些看得見的與看不見的烏紫與淤青就會消失無蹤，而那些腥紅暗紅的鮮血就會蒸散得無影無形，而她將會邊揉著眼睛，睡意惺忪地站起來，走出這個陰暗潮濕的墓穴。

他聽到他的右方傳來一陣騷動；好幾個人同時大叫，然後是窸窸窣窣的跑步聲，而幾隻警犬則憤怒地咆哮狂吠。他轉過頭去，看到吉米・馬可斯與查克・薩維奇突破重圍穿過樹叢，自修剪整齊的青綠色草坪斜坡——那是夏日前來觀賞劇團戶外公演的人們鋪毯子席地而坐的地方——俯衝直下。

至少有八個制服警員和兩個便衣條子正企圖圍捕他們，查克果然一下就被攔下來了。但吉米動作不但快，而且無比機靈滑溜；他左一閃右一躲，輕易地便衝過了封鎖線，把一大群喘吁吁的條子甩在後頭。如果不是斜坡上那一個踉蹌，他恐怕就會這麼一路直闖到銀幕前，只有原本就站在那裡的柯勞塞與傅列爾還有機會阻擋住他了。

但他確實踩空了那麼一步。他整個身子往前撲倒在濕滑的草地上，下巴頂著地，繼續向下滑行，目光卻始終緊咬住西恩不放。一名年輕力壯、體型如高中足球隊邊鋒的州警，一個箭步跟著撲倒在吉米身上，兩人就這樣又往坡底滑行了幾呎。年輕條子把吉米的右手往後一扳一扭，然後伸手往自己腰際的手銬探去。

西恩趕緊衝到舞台上，出聲制止：「嘿！嘿！他是被害人的父親。把他帶到封鎖線外就可以了。」

條子微微抬頭，一臉的不爽與汙泥。

「把他帶出去就行了，」西恩說道。「兩個都一樣。」

他轉過頭去，面向銀幕。他聽到吉米厲聲呼喊他的名字，那聲音沙啞而破碎，彷彿他腦中那記壓抑已久的尖叫終於找到了他的聲帶，死命地擠壓它。「西恩！」

西恩愣在原地，眼角餘光正好瞥見傅列爾也正盯著他看。

「看著我，西恩！」

西恩轉身，看到被條子壓在身下的吉米奮力抬高了上身，下巴沾了一大塊汙泥，上頭還夾著點點草屑。

「你們找到她了對不對？那是她是不是？」吉米大吼。「那是她嗎？」

西恩動也不動，只是試著想鎖住吉米的目光，但吉米狂亂搜尋的目光終於還是落定了。他終於看到一切都結束了，他最深的恐懼還是成真了。

吉米扯著嘴，放聲長嚎。又一個條子走下斜坡，而西恩終於轉過頭去。吉米的嚎叫低沉而粗嘎，不尖不銳，只是一波波傳送入凝止的空氣中，像動物乍然領會悲慟的本能反應。這些年來，西恩聽過無數被害人父母的哀嚎。他們的嚎叫聲中總帶著一份沉重的哀怨，某種切切的哀求，哀求上帝哀求天地，哀求什麼人來告訴他們，這一切只是一個遲早會醒來的惡夢。但吉米的嚎叫聲中無哀無怨，有的只是愛與憤怒，同樣多的愛與憤怒，沉沉地驚動了樹上的鳥兒，沉沉地迴蕩在州監大溝黝黑的溝水之中。

西恩踱回長廊入口，怔怔地看著凱蒂．馬可斯蜷曲的屍體。康納利，州警隊凶殺組的最新成員，不聲不響地站到他身邊；兩人就這樣並肩站著，一語不發地看著眼前這凍結的一幕。吉米．馬可斯的長嚎愈發沙啞破碎了，彷彿他吸入的每一口空氣中都夾帶著無數傷人的玻璃碎片。

西恩俯視著讓紅雨浸透了身子、一手緊緊握拳掩在耳畔的凱蒂，然後再越過她，看著那堆阻擋了她的逃生之路的木製道具。

他耳畔傳來一群條子連拉帶扯把吉米拖上坡去的腳步聲，襯著那依然不絕的長嚎悲鳴。一架直昇機夾帶隆隆引擎聲飛掠過樹林上空，在前方壓低一邊機身，掉過頭再往這邊飛來。西恩判斷那該是電視台的直昇機。警用直昇機的引擎聲要再低一些重一些。

康納利壓低嗓門，愣愣地問道：「你看過這樣的場面嗎？」

西恩聳聳肩。看過沒看過早已無關緊要了。當你看得夠多的時候，你自然便停止比較了。

「我的意思是，像這樣……」康納利遲疑了一下，試著想找出恰當的字眼。「像這樣……」他的目光自屍體上移開了，悠悠地移向遠方的樹叢；他的眼底還殘留著一絲掙扎，掙扎著想再度開口。然後他的嘴便倏然閉上了。一會之後，他終於完全地放棄了。

12 妳的顏色

西恩倚在銀幕下的舞台邊，與他的頂頭上司，州警隊副隊長馬汀・傅列爾並肩站著，看著懷迪・包爾斯指揮著那輛驗屍官的箱型車，引導它緩緩地倒車、沿斜坡而下，往凱蒂・馬可斯陳屍的長廊入口接近。懷迪自己也一路倒著走，舉高了雙臂，忽而往左忽而往右打地，不時還會冒出一兩記尖銳清脆、從下排牙齒齒縫間擠出來的哨音。他的目光不停地在幾個定點間來回穿梭：兩側的黃色封鎖膠帶、箱型車的四只輪胎，以及車駕駛映在後視鏡裡頭的那雙緊張不已的眼睛；他態度之認真、要求之嚴格，簡直像是正在應徵一份搬家公司的差事似的。

「再往後退一點。方向盤打正。再來，再來。停……就這樣。」終於滿意了之後，他大步向前，拍拍箱型車的後門。「技術不賴嘛。」

懷迪打開車後門，盡可能地把車門往兩側推，要它們形成一座臨時的屏風，阻擋掉所有閒雜人等的視線，不讓他們看到銀幕後方那一幕。西恩有些訝異，他根本沒想到要在凱蒂・馬可斯的陳屍處前弄出這樣一道護翼來；但話說回來，懷迪處理凶案現場的經驗比他多多了。這匹經驗豐富的老戰馬，西恩還在忙著參加高中舞會、忍著不在舞伴面前擠青春痘的時候，他恐怕就已經出道了吧。

箱型車前座兩名驗屍官助理各自開了門，正要下車的時候，懷迪趕忙出聲制止。「嘿，老兄，這不行吧。你們還是得從後門爬出來。」

兩人於是依言甩上已經開了一半的車門，從後門爬出來，然後消失在通往長廊的樓梯盡頭，準備將屍體運回去。隨著他們倆消失了身影，西恩突然感到某種塵埃落定的確定感：從現在開始，這就是他的案子了。其他條子、蒐證小組的技師、坐在直昇機裡或是擠在公園四周封鎖線外的那堆記者，很快就會找到其他事情去忙、去追逐了，而凱蒂．馬可斯的死則會變成他和懷迪的責任——將報告歸檔、準備證人口供；然後，在眼前的眾人早已在菸灰缸堆滿菸蒂、空氣不流通的臭轟轟的辦公室裡忙著處理那些交通事故、竊案搶案與自殺案件的時候，他倆卻依然得繼續面對她的死亡。

馬汀．傅列爾兩手一撐，兩腳晃呀晃地坐上了舞台邊緣。他剛剛從喬治萊特高爾夫球場趕過來，一身藍色POLO衫與卡其褲底下，還隱約聞得到防曬油的味道。他兩隻腳不停地敲打著舞台側邊，西恩感覺到了一絲隱忍的惱怒。

「你以前跟包爾斯警官合作過，對吧？」

「是的。」西恩說道。

「有任何問題嗎？」

「沒有。」西恩看著懷迪把一個穿著制服的州警隊員拉到一旁，手指著銀幕後方的樹叢對他交代了些事情。「我去年跟他合作過伊麗莎白．皮特克兇殺案。」

「那個去申請了保護令結果還是讓前夫幹掉了的女人，是吧？」傅列爾說道。「聽說她前夫還講了一句有關保護令的名言？」

「他說：『保護令保她的，不關我的事。』」

「他最後被判了二十年是吧？」

「二十年，沒錯。」西恩只希望當初他們給了她一張更有力的保護令。她的孩子最後只能被送到寄養家庭，糊糊塗塗地長大，根本搞不清楚發生了什麼事；娘死了爹坐牢，他媽的他到底要跟誰？

懷迪終於交代完了。那個州警隊員往樹叢走去，一路還又招了些夥伴同行。

「聽說他愛喝了點。」傅列爾說著將一條腿抬了上來，曲著膝蓋頂在胸前。

「上班的時候沒看他喝過就是了。」西恩說道，不住納悶起來，在傅列爾眼中，需要被看管的人究竟是誰，是他還是懷迪。他看著懷迪彎下腰去，低頭研究著箱型車後輪附近的草叢，蹲下去之前還先悉心將運動褲的褲腳拉高了，彷彿他正穿著一套布魯克兄弟牌的高檔西裝似的。

「你那夥伴請那什麼唬爛病假，傷了什麼鳥脊椎不能動，非得請長假去趟佛羅里達，玩玩水上摩托車和拖曳傘當復健是吧，我是這麼聽說的。」傅列爾聳聳肩。「包爾斯聽說你要回來了，早早就要求和你同組。好啦，現在你回來啦。你上回搞那什麼飛機，不會再犯了吧？」

復職第一天免不了要吃些屎，這西恩早有體認，尤其是來自傅列爾的屎。他以充滿悔恨之情的聲音說道：「報告副隊長，那是一時衝動犯的錯，不會再犯了。」

「不只一時吧。」傅列爾說道。

「呃，也對。」

「你的私生活一團糟，狄文，這是你自己要處理的問題。那我管不著，不要影響到工作就對了。」西恩望向傅列爾，果然在他眼底看到一絲充飽了電的電極棒似的火光。這不是他第一次看到他這樣了，也明白這意味著自己此刻只管聽講，連討論都免了。

媽的隨他吧。西恩吸了口氣，再度點點頭。

傅列爾丟給他一個冷冷的微笑，然後應聲抬頭，看著一架來自電視台的直昇機掠過銀幕上空，飛行高度卻顯然比事前協定好的要低了許多。怒氣蔓延過傅列爾的臉，看來今天日落之前州警隊上就有人得捲鋪蓋走路了。

「你認識死者家屬是吧？」傅列爾說道，目光依然追著直昇機不放。「你是這邊長大的。」

「呃，我是在尖頂區長大的。」

「就這裡沒錯。」

「這裡是平頂區。不太一樣，報告副隊長。」

傅列爾不耐地揮揮手。「你反正是這裡人。你也是第一批趕到現場的員警之一。你還認識這邊的人。」他兩手一攤。「我有說錯嗎？」

「說錯什麼？」

「你偵辦本案的能力。」他給了西恩一個夏令營壘球教練式的微笑。「你是我隊上的好手之一，是吧？犯了錯也坐過板凳了，已經準備好要回來大展身手了，是這樣沒錯吧？」

「是的，報告教頭。」西恩說道。報告教頭，您說的沒錯。我一定會好好將功贖罪為隊上效力的，報告教頭。

他倆同時將目光移向箱型車。車裡頭讓人砰一聲扔進了什麼重物，車子底盤應聲往下一沉，又微微彈回來一些。傅列爾開口評論道：「你有注意過嗎，他們總是用扔的？」

確實。凱蒂．馬可斯終於讓人裝進那只黑色的塑膠屍袋裡，拉上拉鍊，扔進了驗屍官的箱型車裡。她的長髮在塑膠套裡糾結成一團，體內的器官也因高溫而漸漸開始軟化了。

「狄文，」傅列爾說道，「你知道，除了什麼倒楣的十歲黑人小男孩讓他媽的幫派火拼流彈擊中，莫名其妙地送了命以外，還有什麼能讓我更不爽的事嗎？」

西恩當然知道答案，但他什麼也沒說。

「十九歲的白種女孩在我的公園裡被幹掉了。遇到這種事，人們就不再說『喔，人世本無常啊』之類的屁話了。他們甚至來不及感到悲傷哀悼。他們只會感到憤怒，只想趕快在晚間新聞中看到那個王八蛋渾帳被五花大綁押進警車裡。」傅列爾推推西恩。「你懂我的意思吧？」

「懂。」

「這才是他們要的。因為他們就是我們，而我們要的就是這個。」傅列爾一把揪住西恩的肩膀，要他面對著他。

「沒錯。」西恩規規矩矩地說道，因為此刻傅列爾的眼中閃爍著某種奇異的光芒，某種只有那些上帝或是那斯達克指數或是網路地球村的虔誠信徒眼中才會有的光芒。傅列爾是那種所謂因信得救的人——西恩並不確定他究竟是信了什麼，但總之傅列爾似乎在他的工作中重新找到了某些西恩甚至說不出個所以然來的東西，某些能為他帶來慰藉的東西，甚或是某種信仰，某種能讓他心安理得地走下去的東西。雖然有時西恩不得不承認，他打心底覺得他老闆根本是個蠢蛋，在那邊滔滔不絕地扯些狗屁不通的陳腔濫調，什麼生啊死的，什麼該這樣做該那樣做的，撥亂反正萬眾一心，道理很明顯嘛，大家為什麼就是說不聽呢。

但有時傅列爾卻讓西恩想起了自己的父親，他那個關在地下室裡蓋了一座又一座沒有鳥的鳥屋的父親。西恩喜歡他這種感覺。

馬汀·傅列爾在州警隊第六分隊的凶殺組幹副隊長已經十幾年了，但西恩卻從沒聽過有人用「老馬」「老傅」還是「老小子」之類的暱稱稱呼過他。要不知情的路人從外表去猜他的職業，答案恐怕不外乎會計師或是保險公司的理賠核算員之類無趣的工作。他說話的嗓音甚至和他的外表一樣平凡無奇，同樣平凡無奇的一頭棕髮也早已不出所料地禿成了地中海。他的身型並不高大，以一號能在州警隊一路竄升到這般職位的人物來說尤其如此，再加上他走路的姿態也毫無出奇之處，混在人群中轉眼便消失了蹤影。傅列爾就是這樣一個毫不起眼的中年人：愛太太疼小孩，連帽運動夾克上還別著去年冬天的滑雪纜車搭乘日票，定期出席各種教堂活動，對社會經濟的看法永遠據守保守派觀點。

但隱藏在這樣平凡無奇的外表底下的，卻是一顆無比剛毅執著的心——黑白善惡涇渭分明，行事果決而講求實際。你吃了熊心豹子膽在馬汀·傅列爾的轄區內犯下滔天死罪——聽清楚了，是他的轄區，聽不懂是你自己要倒大楣了——他一律當做你是衝著他本人來的。

「我要你敢衝敢撞，」西恩到凶殺組報到的第一天，他就開門見山地跟西恩說了。「我要你義憤填膺但義憤填膺在心裡，因為憤怒是一種情緒，既是情緒就不該掛在臉上。但我要你隨時隨地都他媽的不爽；不爽辦公室椅子太硬、不爽你大學同學都他媽的換了進口車。我要你不爽那些渾帳王八蛋竟蠢得以為他們可以在我們的轄區裡頭胡搞瞎搞。儘管用力地不爽，狄文，不爽到你會他媽的留意每一個細節，以免辛苦破的案子一送到檢察官手裡，就讓對方律師用一些他媽的技術性理由——說你沒有合理的搜查動機、說你搜索票怎樣又怎樣不行——他媽的翻了案。不爽到你能破了每個交到你手裡的案子，把那些王八蛋混帳全關進他媽的牢籠裡，永世不得翻身。」

隊上管這叫「傅列爾演說」，每個剛進到凶殺組的菜鳥都得在報到的第一天聽過一遍。就像傅列爾其他說過的話一樣，你永遠也猜不透其中有多少是他深信不疑的，有多少又只是那些哇啦哇啦的執法人員場面話。但你反正就是聽，不但聽還得用力地聽進去，否則你就得另謀高就了。

西恩已經在州警隊凶殺組待了兩年了；在這期間，他是懷迪·包爾斯帶領的小組底下破案率最高的幹員，但傅列爾卻總是一副不怎麼信任他的模樣。此刻他就正以這種目光上下打量著西恩，似乎正在決定他到底行不行，夠不夠份量擔起這個案子：有個女孩在他的公園裡被謀殺了。

懷迪·包爾斯緩緩地朝這邊踱了過來，邊走邊翻讀著手中的紀錄本，然後抬起頭來對傅列爾頷首示意。「副隊長。」

「包爾斯警官，」傅列爾說道。「進行得如何了？」

「根據法醫的初步判斷，死亡時間大約是在今天凌晨兩點十五分到兩點半之間。沒有性侵害的跡象。致命傷應該是後腦的一處槍傷，但我們尚未排除死者是遭鈍器毆打致死的可能。槍手應該是右撇子。我們在屍體左側一塊木板上找到一枚彈殼。凶槍看來應該是點三八史密斯手槍，但還是要讓化驗室的人看過才能確定。我已經要潛水夫下水尋找凶器了。歹徒行兇後或許順手把槍或者是他拿來毆打她的鈍器——看來應該是某種球棒，或者是木棍之類的東西——丟進了州監大溝裡。」

「木棍。」傅列爾說道。

「市警局先前派人在雪梨街沿街詢問當地居民，兩名警員回報說一名婦女向他們宣稱昨天深夜曾經聽到汽車衝撞到東西、然後引擎就熄火了的聲音。時間約莫是一點四十五分，也就是死亡時間的半小時前左右。」

「現場還有採集到什麼證據？」傅列爾問道。

「嗯，昨晚那場大雨把我們整慘了。我們採到幾個疑似歹徒留下的腳印，不過模糊得要命，恐怕派不上用場；另外幾個屬於被害人的腳印倒還好些。我們在銀幕後方的門上採到二十五枚指紋——可能是被害人的，可能是歹徒的，也可能是那些半夜跑來這邊喝酒聊天，或是慢跑經過停下來喘口氣的人的。我們在門附近採到一些血跡樣本，不過也一樣，還說不定是誰的血。大部分應該都是被害人的血吧。另外，我們也在被害人的車門上採到好幾枚指紋。目前為止大致就這樣。」

傅列爾點點頭。「十分鐘二十分鐘後檢察官打電話來的時候，有什麼事是我該先跟他提的嗎？」

包爾斯聳聳肩。「就說那場雨他媽的毀了我的現場吧。還有就是，我們會盡全力偵辦本案。」

傅列爾打了個哈欠。「還有什麼事嗎？」

懷迪轉頭看著那條通往銀幕後方長廊的小徑。凱蒂．馬可斯生前最後踏過的土地。

「沒有腳印這件事把我惹得很毛。」

「你剛說是雨……」

懷迪點點頭。「但她確實留下了幾個還算清楚的腳印——我敢打賭，那些腳印絕對是她的；因為那些腳印都很新，有的地方腳跟部分比較深，有的重心又往前移過，看就知道是她逃跑的時候留下的。我們找到了三四個這樣的腳印。而歹徒呢？什麼也沒有。」

「就你說的啊，」西恩說道。「因為昨晚那場雨。」

「再怎麼樣我們也找到了三枚她的腳印啊。為什麼就是找不到歹徒的？」懷迪的目光在西恩與傅列爾的臉上巡過一遭，然後聳聳肩。「管他的。總之我就是很不爽。」

傅列爾從舞台上跳下來，拍拍手抹去掌心的砂石草屑。「聽好，我會指派六名幹員供你們差遣。化驗室那邊我也已經交待過了，有關這個案子的化驗工作一律優先處理。州警隊隊員看你們需要多少人力，儘管交代，他們會全力支援。所以說，包爾斯警官，告訴我你打算怎麼利用這些人力資源。」

「我們會先跟死者父親談過，問問看他知道多少死者昨晚的行蹤，她跟誰在一起，有沒有跟什麼人結過樑子之類的。然後我們會把這些相關人證都找來談，還會再訊問那個宣稱昨晚曾聽到雪梨街上有動靜的女人。市警局不是把公園裡外的流浪漢都帶回去了嗎？我們會全部問過話。再來就是指望化驗室那邊能找到指紋還是頭髮之類的直接證據了。說不定能在死者指甲縫裡找到歹徒的皮膚組織。或者在門上找到歹徒的指紋。說不定就是死者男朋友幹的，情侶吵架鬧大了也有可能。」懷迪再度聳聳肩——這怕已成了他的招牌動作了吧——然後踢了踢腳下的雜草。「就這樣。」

傅列爾望向西恩。

「我們會逮到兇手的。」

傅列爾露出不滿意但也只能接受的表情。他點點頭，拍了拍西恩的手肘，然後逕自往舞台下走去。法蘭克．柯勞塞正和他在波士頓市警局的頭頭、第六分局局長基里斯站在舞台下的座位前方，所有人都試著以那種「你他媽的最好不要給我搞砸了」式的目光看向西恩與懷迪。

「『我們會逮到兇手的』？」懷迪說道。「唸了四年大學，你就只能想得出這樣的台詞嗎？」

西恩的視線再次短暫地與傅列爾交會了。他對著他的副隊長堅定地點點頭，希望能讓他感受到自己的能力與自信。「我是照新進人員手冊上寫的說的啊，」他對著懷迪說道。「就在『我們會將歹徒繩之以法』那句下頭，它的下一句則是『讚美主』；你沒讀到嗎？」

懷迪搖搖頭。「那天八成請病假。」

驗屍官助理砰一聲關上了箱型車的後門，然後往駕駛座走去。西恩與懷迪應聲回過頭去。

「你心裡有底了嗎？」西恩說道。

「換做是十年前，」懷迪說道，「我一定直接朝幫派恩怨的方向去辦。但現在？媽的。幫派散的散，剩下的也不敢做得這麼囂張了；幫派一散，事情就沒那麼容易預料了。你呢？」

「就男朋友幹的吧。不過這也只是照統計數字說的話。」

「用球棒把她活活打死？不會吧？除非那傢伙有很嚴重的暴力傾向。」

「會幹掉自己女朋友的，哪個不是有嚴重暴力傾向？」

驗屍官助理打開駕駛座車門，又探過頭來看著西恩與懷迪。「聽說有人要幫我們開路是吧？」

「就我們，」懷迪說道。「出了公園就換你們走前面倒是……嘿，還有，死者親屬也搭我們的車走，所以你們待會可別把屍袋就留在走廊上。你懂我的意思吧？」

那傢伙點點頭，上了車。

懷迪與西恩也跟著爬進一輛巡邏警車，懷迪一下把車開到箱型車前方。他們沿著一條條黃色的封鎖膠帶往斜坡下方前進，西恩從枝葉縫隙間看到太陽已經開始緩緩西沉了，夕陽餘暉染紅了樹梢，也在黝黑的溝水上添了些許橙褐色的金光。西恩在心裡想著，這該是他死後還會想念的幾樣東西之一吧——這些顏色，這些不知來自何處，卻總是能這樣突然出現在他眼前、要他驚艷不已的炫目色彩。這些總是讓他不覺感到有些哀傷，還有些渺小，彷彿他根本不屬於這裡的炫目色彩。

吉米在鹿島監獄的第一晚，他整夜不曾闔眼，從九點到六點，只是坐著、等著睡在他上鋪的那個傢伙什麼時候要對他動手。

那傢伙名叫伍卓・丹尼爾，原本是個來自新罕布夏州的飛車黨，一夜為了椿安非他命買賣越過州界，來到麻州，途中進了家酒吧喝點睡前威士忌，結果卻用撞球杆戳瞎了某個倒楣鬼。伍卓・丹尼爾是個超級大塊頭，渾身上下每一吋皮膚不是刺了青就是爬滿刀疤；他看著吉米，從喉嚨底擠出一記冷冷的乾笑，那笑聲卻像根長長的水管，直直捅穿了吉米的心臟。

「我們待會見，」熄燈前伍卓對他說，「我們待會見。」他重複道，並補上一聲沙啞的乾笑。

吉米於是徹夜未眠，繃緊神經，聆聽上鋪傳來的每一個細微的聲響。他知道攻擊他的咽喉是他唯一的機會，但他甚至不確定自己到底有沒有辦法閃得過伍卓那粗壯無比的臂膀，直取要害。往他喉嚨去，他告訴自己。往他喉嚨去、往他喉嚨去、往他喉嚨去，喔老天，他來了……

結果伍卓只是在睡夢中翻過身，沉重的身軀擠壓得彈簧一陣吱嘎慘叫，陷落的床墊從躺在下鋪的吉米看來分明像是大象的肚腹。

那晚，在吉米的耳中聽來，整座監獄就像是某種有生命、會呼吸的怪獸。他聽到老鼠以某種瘋狂而絕望的刺耳聲響不停歇地囓咬、啃噬、咆哮、尖叫。他聽到耳語、呻吟，聽到床架與床墊裡的彈簧嘎吱哀鳴。他聽到水滴聲，聽到喃喃的夢囈聲，聽到遠方警衛的腳步聲在長廊四壁間迴響。四點整，他聽到一記短促而無比刺耳的尖叫——短促而幽怨，倏然出現又戛然而止，徒留裊裊餘音在吉米的腦殼底下徘徊不去。就在這一刻，吉米開始考慮抽出枕在腦後的枕頭，攀到上鋪，用枕頭悶死伍卓・丹尼爾。但此刻他一雙手掌又濕又滑，可能會失了準頭；再說，天知道那伍卓・丹尼爾究竟是假睡還是真睡。而或許，吉米根本就對付不來這樣一個體型相差懸殊的對手——當那雙肌肉糾結的巨臂朝他腦門揮來，扯拉扭抓他的臉，從他腕間刨刮下大塊血肉、擠壓碾碎他的耳殼時，他又要如何壓制得住那只單薄的枕頭？

最難熬的是最後那一小時。一抹灰濛濛的光線透過厚厚的玻璃，從高處那扇小窗滲進窄小的牢房裡，映得一室慘灰淒冷。吉米聽到其他牢房開始有人醒來了，在自己的小室裡來回踱步。他聽到幾記粗嘎刺耳的乾咳聲。他感覺這部龐大猙獰的機器慢慢地醒來了，冰冷而飢餓，它需要暴力、需要鮮血作為食物來維持它的運轉。

伍卓突然一躍而下，站定在吉米床畔的地板上，速度之快，叫他完全措手不及。吉米動也不動，只是瞇著眼睛，調整呼吸，數著等著，等著伍卓走近了，他即刻要出手朝他咽喉襲去。

但伍卓．丹尼爾甚至沒往他這邊瞧上一眼。他從洗臉台上方的架子上取下一本書，翻開了用兩手捧著，然後便雙膝落地，喃喃地開始禱告。

他禱告了一陣，輕聲朗讀幾段《保羅書信》中的經文，接著又繼續禱告。他唸唸有詞，卻不時從喉底溢出一記沙啞的乾笑——最後，吉米終於明白了，這些他聽來深感威脅的乾笑根本是一種自發的習慣動作，就像小時候他母親那些深長的嘆息一樣。伍卓自己恐怕都不曾意識到吧。

當伍卓結束晨禱，轉頭詢問吉米是否願意考慮接受基督作為他的救主時，吉米知道，他一生中最漫長的一夜終於結束了。他在伍卓臉上看到某種光，某種正在尋找救贖之道的帶罪靈魂臉上特有的光。這光是如此地顯而易見；吉米不明白自己為什麼不曾在初見伍卓時就發現了。

吉米幾乎不敢相信自己的狗屎好運——他讓人扔進了獅籠裡，結果那獅子竟改信了耶穌。他才不在乎這個陷入瘋狂宗教狂熱的室友信誰咧，耶穌也好，鮑伯．霍伯還是桃樂絲．黛都好，只要這個肌肉賁張的傻大個晚上乖乖躺在自己床上、放飯的時候乖乖坐在他身邊，媽的，要他跟著信誰都行。

「我曾是一隻迷途羔羊，」伍卓．丹尼爾對著吉米說道。「但如今，讚美主，我已找到正途。」

吉米幾乎忍不住要大聲讚和：你他媽的說得對極了，好傢伙！

直到今天，吉米都會以在鹿島監獄度過的第一夜，來衡量他不得不面對的各種耐心的考驗。他總是會這麼告訴自己，在那具活生生會呼吸的龐大機器裡頭，在各種惱人的吱嘎聲嘆息聲老鼠囓咬聲和那倏然生滅的尖叫聲中熬過那漫長的一夜後，世上再沒什麼熬不過去的難關了；為了達成目的，他可以不動如山，熬過一夜兩夜都行，都沒有問題。

直到今天。

吉米與安娜貝絲站在羅斯克萊街上的公園入口外，等著。他倆站在州警隊拉起的第一道與第二道封鎖線之間，幾名州警為他們端來咖啡，又張羅來兩張摺疊椅。州警隊員態度和善，但他們還是只能在這裡空等著；而每當他們忍不住開口詢問是否有最新消息傳來時，那幾名州警卻又只能扳起面孔，語調輕緩地解釋道，真的很抱歉，但他們知道的消息真的不會比他們多。

卡文．薩維奇帶著娜汀與莎拉先回家去了，而安娜貝絲則留了下來。她依然穿著那件為參加娜汀的初領聖體禮而特地穿上的淡紫色洋裝——娜汀的初領聖體禮，感覺上好像是好幾個星期以前發生的事情了——她坐在吉米身邊，一語不發，只是緊緊揪住內心殘存的一絲希望。希望吉米解讀錯西恩．狄文臉上的表情了。希望凱蒂遭到遺棄的車子、她的徹夜未歸，與穿梭在公園裡的那些條子之間其實沒有任何關聯，一切都只是巧合中的巧合。希望她心底已經了悟到的事實其實只是一個謊言。

吉米說道：「要不要我再去端杯咖啡來？」

她丟給他一抹生硬而遙遠的微笑。「不用了。我還可以。」

「妳確定？」

「嗯。」

只要不見屍，吉米知道，她就還沒有真正死去。從他和查克．薩維奇讓一夥條子把他倆從舞台斜坡那邊硬推出來後，在這漫長的幾個小時間，他一直這樣告訴自己，一直以此為由餵養心中那抹希望的火苗。或許只是一個長得跟她很像的女孩罷了。或許她只是陷入昏迷。或許她只是被卡在銀幕後方的小室裡，一時動彈不得。或許她受傷了，傷得很重，但尚存一息。這就是他僅存的希望——那微渺如嬰兒髮絲般的希望，那因為最終判決尚未下達而得以苟且偷生的希望。

他知道這樣緊咬希望不放只是徒然，但他就是無法放手。

「我的意思是，還沒有人跟你確定過任何事，」這場在公園外的漫長等待剛剛開始時，安娜貝絲曾這麼說道，「是這樣沒錯吧？」

「還沒有任何人跟我確定過任何事。是這樣沒錯。」吉米拍拍她的手，心裡明白，條子肯讓他倆進封鎖線、在封鎖線內等待，這件事情本身就已經是一種確認了。

但在他們抬出一具屍體，在他親眼看過、親口說出「是的，那是她沒錯。那是凱蒂。那是我的女兒」這幾句話之前，那抹明滅的希望就是不肯熄去。

吉米看著那幾個站在公園入口處的鍛鐵拱門下的條子。那道拱門是早年——早在公園成立前、早在汽車電影院前，甚至早在今日在場的每一個人出生之前——曾矗立在這片土地上的州立監獄所留下的唯一遺跡。白金漢原是波士頓市郊的一個小鎮，隨著州立監獄的興建運作而誕生的小鎮。獄卒帶著家人在今日的尖頂區安頓了下來，而平頂區則聚居著等待獄中親人刑滿歸來的家屬。等到那些獄卒年紀夠大人脈也夠廣了，因而開始參與地方選舉時，小鎮也隨之被納入了市區。

站得離拱門最近的一個州警，身上的無線電對講機突然響了起來，他立即將對講機高舉在唇邊。

安娜貝絲捏緊了吉米的手，緊得骨頭與骨頭間幾乎不留任何空隙。

「我是包爾斯警官。我們要出來了。」

「收到。」

「馬可斯先生與太太還在那邊嗎？」

州警瞄了吉米一眼，隨即垂下眼簾。「在。」

「好。我們馬上到。」

安娜貝絲說道：「喔，老天，吉米。喔，老天。」

吉米聽到一陣輪胎擦地聲，接著便看到好幾輛轎車與箱型車急急沿著羅斯克萊街往公園入口外的封鎖線衝來。那些箱型車頂上全都架著各種天線與衛星通訊儀，車才紛紛停妥，一群又一群的記者與攝影師便慌慌張張地跳下車，爭先恐後地往前擠，邊跑邊調整鏡頭與麥克風線。

「把他們趕出去！」站在拱門邊的那名州警扯開嗓門大吼。「快！通通趕出去！」

站在第一道封鎖線外的條子們，立刻往記者群那邊包圍過去，嘶吼叫罵聲不絕於耳。

拱門前的州警對著對講機吼道：「這裡是杜給。包爾斯警官嗎？」

「我是。」

「這邊的路被媒體堵死了。」

「把路清出來。」

「報告警官，已經在清了。」

吉米看到公園入口道路離拱門約三十碼外的轉彎處出現了一輛警車，出了彎後便突然停了下來。他看到車內的駕駛將對講機舉在唇邊，而西恩．狄文就坐在他旁邊的座位上。他瞥見警車後頭還跟著另一輛車。他突然感到一陣口乾舌燥。

「把他們趕走，杜給。媽的，我不管你怎麼趕，他媽的開槍轟爛那些吸血鬼的屁股也行！」

「收到。」

杜給和另外三名州警經過吉米與安娜貝絲身邊，繼續往公園外跑去。杜給一邊跑一邊大吼，他伸長手臂指著外頭吼道：「你們已經侵入封鎖區了。立刻回到你們的車子裡。你們無權進入本區。立刻回到車內！」

安娜貝絲輕聲哀叫道：「喔，天哪。」而吉米突然感到一陣強風襲來，繼之以震耳欲聾的聲響——一架直昇機倏地低飛掠過他們頭頂。他轉頭望向停在路底的警車。他看到警車駕駛對著對講機大吼，接著，隨著一陣陣尖銳刺耳的警笛聲猛然爆開，數輛藍白相間的警車突然從四面八方同時殺入羅斯克萊街，那些記者與攝影師們方才一哄而散，抱著機器竄逃回車內，而盤旋不去的直昇機也終於掉過頭，往公園上空飛去。

「吉米，」安娜貝絲以一種吉米從她嘴裡聽過的、最最悲涼的聲音哀叫道。「喔，吉米。求求你。求求你。」

「求什麼，親愛的，」吉米緊緊擁住她。「求什麼？」

「喔，求求你，吉米。喔，不要。不要。」

這些聲音——這些警笛聲緊急煞車聲、叫罵聲，與直昇機螺旋槳的轟耳噪音——就是這些聲音。這些聲音代表著凱蒂，代表著凱蒂的死訊，毫不留情地湧向他們，在他們耳畔一遍又一遍地尖叫著。安娜貝絲癱軟在吉米懷中。

杜給掉頭往拱門那邊跑去，迅速地移開下方的拒馬。在吉米意會過來之前，原本停在路底的警車便衝了過來，唰一聲停在他身邊，而後頭那輛箱型車車頭卻猛然往右一偏，超了車，直直往羅斯克萊街駛去，然後在街口一個急左轉，消失了蹤影——但在那之前，吉米已經瞥見了清清楚楚地寫在白色車身上頭的幾個大字：蘇福克郡驗屍處。他感覺他全身的關節——從他的肩膀、到他的膝蓋、他的腳踝——瞬間全都崩裂了，化成了汩汩的液體。

「吉米。」

吉米低頭望向西恩．狄文的臉。西恩透過搖下的車窗，抬頭看著他。

「吉米，來吧。求求你，上車吧。」

西恩下了車，打開後座車門。直昇機又回來了，這次飛高了些，但吉米依然感覺得到螺旋槳搧來的一陣陣冷風。

「馬可斯太太，」西恩說道。「吉米。求求你們，上車吧。」

「她死了嗎？」安娜貝絲哀叫道。幾個字穿透吉米的耳膜，化成噬人的酸液，在他體內流竄。

「求求妳，馬可斯太太，我們先上車再說吧。」

數輛警車在羅斯克萊街上排成兩排，形成前導車隊，警笛依然瘋狂地轉著、閃著、叫囂著。

安娜貝絲厲聲叫道：「我的女兒——？」

吉米手臂一收，將安娜貝絲推入車內。他不能再聽到那個字了。他跟在她後頭，爬進後座，而西恩將門一甩，隨而回到前座。在最後一扇車門關上的那一剎那，車駕駛油門一踩，同時啟動了警笛。警車朝公園外疾駛而去，加入了前導車隊——浩浩蕩蕩一整隊軍隊似的警車就這樣沿羅斯克萊街奔馳了一小段，然後轉上高架道路，一路任由引擎與警笛狂吼，劃破了長空，狂吼再狂吼著。

她躺在一張金屬桌上。

她的眼睛緊閉著，腳上少了一隻鞋。她的皮膚泛著某種深紫近黑的顏色，某種吉米不曾看過的顏色。他聞得到她的香水味。隱隱約約的，在瀰漫了整個冰冷的房間的福馬林惡臭底下，他依然聞得到她的香水味。

西恩一手扶在吉米腰後，而吉米開口了，不知不覺地開口了。他知道此刻的自己就跟躺在他眼前的這具死屍一樣。

「是的，那是她沒錯，」他說。

「那是凱蒂。」他說。

「那是我的女兒。」

13 光

「樓上有家自助餐廳，」西恩對著吉米說道，「去喝杯咖啡吧。」

吉米不為所動地站在原地，在他女兒重新被蓋上了一條白床單的屍體旁。他動手掀開床單一角，俯視著她的臉，彷彿那是一張浮現在井底的面孔，而他站在水井旁，一心只想縱身一跳，追隨她而去。「停屍間同一棟樓裡竟然也有餐廳？」

「嗯。這棟大樓裡還有很多別的單位。」

「感覺怪怪的。」吉米說道，語調冷淡，不帶絲毫情緒。「搞病理解剖的傢伙一進了餐廳，那所有人不都趕緊換座位，離他愈遠愈好嗎？」

西恩懷疑這是不是剛剛受到嚴重刺激的人都會有的過渡反應。「這我就不知道了，吉米。」

「呃，馬可斯先生，」懷迪說道，「我知道這時機或許不很恰當，但我們還是有些問題不得不請您回答……」

吉米緩緩將床單蓋了回去。他的嘴唇微微地蠕動了一陣，卻不曾發出任何聲音。他轉頭看著一手握筆、一手捧著小記事本的懷迪，彷彿很訝異原來房裡還有這麼一個人。他轉回頭去，定睛瞅著西恩。

「你有沒有想過，」吉米說道，「一些微不足道的決定往往竟能扭轉你整個生命前進的方向？」

西恩迎上他的目光。「怎麼說？」

吉米蒼白的臉上一片空洞。他眼珠微微往上一翻，彷彿試著要想起自己究竟將車鑰匙丟到哪裡去了似的。

「我以前聽說過，希特勒的母親懷他的時候，原本是打算去墮胎的，結果卻在最後一刻改變了主意。我還聽說，他當初之所以離開維也納，就是因為他一幅畫也賣不出去。你想想，如果他那時賣出了一幅畫，就一幅畫，還是他媽真的去打了胎——你知道我在說什麼嗎，西恩？或者，比方說吧，有天早上你錯過了公車，於是你趁著等下班車的時間跑去買了第二杯咖啡，再順手買了張刮刮樂彩券，結果卻中獎了。這下可好，你再也不必等公車了；你買了輛林肯黑頭車，每天開著上下班。但最後你卻因此死在某場車禍裡。想想，這一切都只是因為你錯過了一班公車。」

西恩望向懷迪。懷迪聳聳肩。

「不，」吉米說道，「不要用那種眼神看我。我沒瘋。我頭腦清醒得很。」

「我知道，吉米。」

「我只是說，我們的生命裡有很多線，很多相互交叉牽連的線。你牽一髮便要動全身。比方說吧，如果那天達拉斯下了雨，甘迺迪因而取消了乘敞篷車遊行的計劃。或者史達林當初就留在神學院裡了。再或者，就說你和我吧，西恩，就說你和我當初都跟大衛．波以爾一起上了那輛車。」

「車？」懷迪說道。「什麼車？」

西恩對他舉起一隻手，暫時堵住了他的問題，然後對著吉米說道：「我聽得有點糊塗了。」

「是嗎？我的意思是說，如果當初我們也進了那輛車，現在恐怕就不是這個模樣了。你知道我的前妻瑪麗塔，也就是凱蒂的生母吧？她是個美人，艷驚四座的大美人。你知道有些拉丁女人就是可以美到那種程度吧？就是美，美得幾乎叫人不敢接近。而她自己也清楚得很。所以說，要想接近她，最好先回家秤秤自己幾兩重再說。我十六歲的時候可屌了，天不怕地不怕的屌——媽的，約個馬子出來有什麼不敢的。我不但敢，也還真的把她約出來了。一年後——媽的，一年後我也不過十七歲，根本還是個天殺的小孩子——我們就結婚了，結婚的時候她肚子裡就已經有了凱蒂。」

吉米緩緩地繞著女兒的屍體走，一圈繞過一圈地踏著步走。

「我要說的是，西恩——如果當初我們也上了那輛車，讓那兩個肏他媽的變態載到哪個肏他媽的地方去做了什麼肏他媽的事，整整四天——而那時我們才幾歲？頂多十一歲是吧——我就不相信我十六歲的時候還會囂張到那種地步。我敢說我十之八九就是給廢得差不多了，你懂我的意思吧，媽的，就是把興奮劑立得寧拿來照三餐嗑的那種廢物。我敢說我根本不可能有那種膽子，膽敢去約像瑪麗塔這樣的女神出去。那樣我們就不可能會有了凱蒂。然後今天凱蒂就不會讓人殺死了躺在這裡。這一切都是因為當初我們沒進了那輛車，西恩。這樣說你聽懂了吧？」

吉米瞠眼望著西恩，像是在等待某種證實或是確定似地；但他究竟想要他證實還是確定什麼，西恩卻毫無頭緒。他看來彷彿正在等待什麼人來赦免他，赦免他小時候不曾進了那輛車的罪過、赦免他生了一個後來要被人殺死的女兒的罪過。

曾經有幾次，西恩慢跑經過加農街時，他會停下來，站在路中央，在當初他和吉米還有大衛．波以爾扭打成一團的地方，然後抬頭就要看到那輛車，停在那裡，虎視眈眈地等著他們。有幾次，西恩感覺自己依然聞得到那股濃濃的蘋果味；他還知道，如果自己猛地轉頭，猛地轉得夠快的話，他將會看到那輛車駛向街角，他將會隔著後窗玻璃看到大衛．波以爾的臉，怔怔地望著他們，直到距離終於模糊了一切。

曾經有那麼一次，在十年前的一次狂飲聚會上，血管裡流竄著濃烈波旁威士忌的西恩，曾經在恍惚中突然想到，或許他們其實全都上了那輛車。而過去幾年與眼前的一切不過是場夢。他——還有吉米和大衛．波以爾——其實都還是讓人關在地窖裡的十一歲男孩，在黑暗中想像著自己活著逃出來後可能可以擁有的人生。

恍惚中，西恩曾經以為這個想法將會隨著酒精褪盡而散去，成為一夜狂飲醒來後一個遙遠模糊的記憶，但它沒有。它像是卡在鞋墊裡的小石子，在西恩腦裡的某個角落找到了一個永久的棲身之所。所以，西恩有時便會發現自己不覺又來到加農街，站在老家前面，任由大衛的臉孔閃過他的眼角，再慢慢消失，任由那股強烈的蘋果味瀰漫在他的鼻腔裡。心裡想著，不，快回來。別跟他們走。

他迎向吉米渴望的目光。他有話想說出來。他想告訴他，是的，他也曾想過當初如果他們也上了那輛車，事情又會變成什麼樣子。他想告訴他，他確實曾經想像過那個與他擦肩而過的人生，而那想像的人生卻從此陰魂不散，在每個轉角留連徘徊、像某個迴蕩在空氣中的名字隨微風吹送入窗。他想告訴吉米，他有時還是會從同一場惡夢中驚醒，那場腳底街道死命要把他往打開的車門裡頭推送的惡夢。他還想告訴他，從那天起他就再也不清楚自己這一生到底要做什麼、要怎麼過了。他想告訴他，他常常感覺不到自己的重量、自己的存在。

但此刻他倆畢竟置身停屍間，吉米女兒冰冷的屍體畢竟就躺在他倆之間那張冰冷的金屬桌上。畢竟懷迪還拿著紙筆，站在他倆身邊。於是，面對吉米寫滿整張臉的渴望與要求，他只是淡淡地說道：「走吧，吉米。我們上樓去喝杯咖啡吧。」

安娜貝絲．馬可斯，在西恩眼裡，是個天殺的強悍的女人。坐在這個週日夜晚、瀰漫著熱過再熱過的食物味道的冷冰冰的自助餐廳裡，和兩個冷冰冰的男人談論著她那躺在七層樓底下停屍間裡的繼女，西恩看得出來她內心的煎熬，看得出來這一切正在一點一滴啃噬著她的心肺。但她就是強撐著，怎麼也拒絕讓步倒下。她始終紅著眼眶，但西恩一會兒便明白了，她並不打算讓眼淚流出來。她拒絕在他倆面前崩潰悲泣。他媽的絕不。

談話間，她幾次不得不停下來，深深地喘口氣。她幾次說著說著喉嚨便哽住了，彷彿她胸口裡藏了隻怪臂，攀爬著竄上她的喉頭，擠壓著她的器官。她舉起一隻手，狠狠地抵住胸口，嘴巴微微地再撐開了點，等著，等著，等著她終於搶到足夠的氧氣，好繼續把話說完。

「她星期六下午四點半左右下班回到家裡。」

「下班？馬可斯太太？她在哪裡上班？」

她指指吉米。「在我先生開的木屋超商。」

「就是東卡提基和白金漢大道轉角那家嗎？」懷迪說道。「全市最他媽好喝的咖啡就在那裡。」

安娜貝絲繼續說道：「她一回到家就去沖了澡。洗完澡出來，我們就一起吃了晚餐——等等，不，她沒和我們一起吃。她上了桌，光和兩個妹妹聊天，沒動刀叉。她說她和伊芙和黛安約好了要一起出去吃。」

「她後來就是和這兩個女孩一起出去的，是嗎？」懷迪對著吉米說道。

吉米點點頭。

「所以說，她沒和妳們一起吃晚餐……」懷迪說道。

安娜貝絲說道：「但她還是陪著一起上了桌，和兩個妹妹聊得很起勁。她們聊下星期的遊行還有娜汀的初領聖體禮。然後她回房去，在房裡講了一會兒電話。然後應該是八點左右吧，她就出門去了。」

「妳知道她在和什麼人講電話嗎？」

安娜貝絲搖搖頭。

「她房裡的電話，」懷迪說道，「是她的個人專線嗎？」

「是的。」

「你們介意我們向電話公司調閱那支電話的通話紀錄嗎？」

安娜貝絲望向吉米，而吉米說道：「不。不介意。」

「嗯，所以說，她是八點離開家裡的。就你們所知，她是和她那兩個朋友，伊芙和黛安有約是吧？」

「是的。」

「而你當時人還在店裡是嗎，馬可斯先生？」

「嗯。我星期六值午班。從十二點到八點都在店裡。」

懷迪翻過一頁記事本，對兩人露出一抹淺淺的微笑。「很感謝你們的合作。我知道這並不容易。」

安娜貝絲點點頭，然後轉向吉米。「我打過電話給卡文了。」

「是嗎？妳和女孩們說過話了嗎？」

「只有和莎拉。我跟她說我們馬上就回家了。就這樣，我沒跟她多說什麼。」

「她有問到凱蒂嗎？」

安娜貝絲點點頭。

「那妳是怎麼說的？」

「我就跟她說我們馬上就回家了，」安娜貝絲說道。西恩聽到她說到最後的「回家」兩個字時，聲音明顯地顫抖了起來。

她與吉米同時轉頭再度看向懷迪。懷迪再度露出一抹淺淺的、帶著安撫意味的微笑。

「我在此向兩位保證——這決定還是一路從市府大頭那邊傳達下來的——這個案子我們絕對最優先處理。我們絕不會犯下任何錯誤。隊上特別指派狄文州警承辦本案，因為他是家屬的朋友，而隊上長官認為這層關係會讓他更加全力以赴。他和我將全力合作偵辦本案，我們一定會將傷害您愛女的歹徒繩之以法的。」

安娜貝絲一臉疑惑地看著西恩。「家屬的朋友？我並不認識你啊。」

懷迪皺著眉，一段精心演說就這樣被戳了個大洞。

西恩說道：「妳先生和我是朋友，馬可斯太太。」

「很久以前認識的朋友。」吉米說道。

「我們的父親曾經同事過。」

安娜貝絲點點頭，依然有些半信半疑。

懷迪說道：「馬可斯先生，你星期六和你女兒共處了大半天，是這樣沒錯吧？」

「算是也算不是，」吉米說道。「我大部分時間都在後頭忙。凱蒂則負責站櫃檯。」

「嗯，總之，你有沒有注意到任何不尋常的跡象？比如說她舉止有些怪異、緊張，還是害怕？還是說她曾經和客人起衝突什麼的？」

「至少我在的時候沒有。我可以給你當天和她一起值早班的店員的電話。也許他會記得一些我到之前發生的事。」

「那就謝啦。你再想想看，你在的時候有沒有發生過任何值得一提的事？」

「她看起來沒有什麼不一樣的地方。就開開心心的。嗯，也許是有點……」

「有點什麼？」

「沒，也沒什麼。」

「馬可斯先生，這時候任何一點蛛絲馬跡都可能會對案情進展有所幫助。」

安娜貝絲身子往前一傾。「吉米？」

吉米一臉的困窘與無奈。「其實也沒什麼啦。就是……呃，我坐在後頭那張小辦公桌前面的時候，曾經偶然抬頭，剛好看到凱蒂站在門廊那邊。她就站在那裡，用吸管啜飲著一罐可樂，靜靜地湊著我瞧。」

「湊著你瞧。」

「嗯。然後，有那麼一瞬間，她臉上的表情像極了她五歲的時候——有一次，我把她留在車子裡，自己跑下車去買個東西——她當時的表情。嗯，沒錯，那次她後來還哭了出來——我想，那是因為那時她母親剛過世，我又才出獄不久，所以每次我只要稍微離開她一陣，哪怕只是一兩分鐘，她都會以為我這一走就不會再回來了。所以說，她那時臉上常常會出現這種表情……呃，不管她最後有沒有哭出來，她臉上就是會出現這種表情，好像她正在做好永遠都不會再看到你了的心理準備似的。」

吉米清了清喉嚨，深深地嘆了口氣，隨而睜大了眼睛。「總之，我好多年沒看過那個表情了，七八年總有了吧？但星期六有那麼一瞬間，我確實在她臉上看到那種神情了。」

「好像她正在做好永遠不會再見到你的心理準備似的。」

「嗯。」吉米看著懷迪低頭在筆記本上記上這一筆。「嘿，這真的沒什麼大不了的。不過是一個表情罷了。」

「你放心，馬可斯先生。我也沒打算要小題大作。這是我職責所在——我蒐集一切大小線索，直到其中兩三條終於能湊在一起，拼出個樣子來為止。你說你坐過牢？」

安娜貝絲輕嘆一聲：「老天，」然後默默地搔搔頭。

吉米整個身子往後一靠。「又來了。」

「我只是問問，沒別的意思。」懷迪說道。

「是啊，如果我說我十五年前在席爾斯百貨上班，你也會有一樣的反應是吧？」吉米不屑地冷笑了一聲。「我是因為一樁搶劫案坐的牢。兩年，在鹿島。你寫好了沒？這個線索會有助於你逮到殺害我女兒的兇手對吧，警官大人？呃，我也只是問問，沒別的意思。」

懷迪冷不防瞅了西恩一眼。

西恩說道：「吉米，別這樣。大家都沒有惡意。這話題到此為止，我們回到正題吧。」

「正題。」吉米說道。

「除了凱蒂看你的表情外，」西恩說道，「你還有注意到什麼不太尋常的跡象嗎？」

吉米終於挪開定在懷迪臉上挑釁的目光，低頭啜飲了一口咖啡。「就這樣，沒別的了。等等——那小子，布蘭登．哈里斯——呃，不，不對，那已經是今天早上的事了。」

「他又是什麼人？」

「他就住在附近，有時會來店裡買東西，就這樣。他今天早上來過店裡，還特別問了凱蒂怎麼不在，一副跟她有約還是什麼的模樣。不過他倆根本不認識，頂多打過幾次照面罷了。他會這樣問是有點奇怪，但其實也沒什麼。」

懷迪還是記下了這個名字。

「他會不會是凱蒂的男朋友之類的？」西恩問道。

「不可能。」

安娜貝絲插嘴道：「話不要說得這麼滿，吉米……」

「我反正就是知道，」吉米說道，「他不可能是她的男朋友。」

「絕對不可能？」西恩說道。

「絕對不可能。」

「你為什麼這麼確定？」

「嘿，西恩，你這他媽的是在做什麼？在拷問我嗎？」

「我沒有這個意思，吉米。我只是想問你，你為什麼這麼確定這個叫布蘭登．哈里斯的小夥子，不可能是凱蒂的男朋友，就這樣而已。」

吉米仰頭深深地吐了一口氣。「這種事，做父親的總是會知道。這答案你滿意了嗎？」

西恩決定暫時不再追問下去。他對著懷迪點點頭，將發問的工作交還給他。

懷迪說道：「嗯，那我換個角度問吧——凱蒂目前有男朋友嗎？」

「應該是沒有吧，」安娜貝絲說道。「就我們所知。」

「那前任男友呢？有沒有分手分得不愉快，還是什麼人被她甩得很不甘心之類的事情？」

安娜貝絲與吉米互望了一眼，而西恩感覺得出來兩人間無言的交流：嫌疑犯。

「巴比．奧唐諾。」安娜貝絲終於開口道。

懷迪放下筆，隔桌瞠眼望著兩人。「你們說的不會就是那個巴比．奧唐諾嗎？」

吉米說道：「我也不知道你說的是哪個。我們說的就是那個二十七歲上下、專營古柯鹼買賣兼拉皮條的巴比．奧唐諾。」

「就是他沒錯，」懷迪說道。「這名字我們隊上可熟了。過去兩年東白金漢一堆他媽的漏子全都是他捅出來的。」

「是啊，那他怎麼到今天都還在外頭逍遙呢？」

「關於這點，呃，馬可斯先生，你得先了解到，我們是州警隊。您女兒這個案子要不是發生在州監公園裡，我們也不會在這裡。東白金漢大部分屬於市警局轄區，我可沒那份量替市警局的人說話。」

安娜貝絲說道：「好，這我會轉告我朋友康妮。巴比．奧唐諾上回帶人砸了她的花店。」

「他幹什麼砸了她的花店？」西恩問道。

「因為她拒絕付錢給他。」安娜貝絲說道。

「付錢給他做什麼？」

「付錢給他要他不要砸她的店啊。」安娜貝絲說完又喝了一口咖啡。西恩心裡暗忖——這女人確實悍。誰惹她誰就要倒大楣。

「所以說，妳女兒和他交往過一陣。」懷迪說道。

安娜貝絲點點頭。「交往沒多久倒是。就幾個月吧，嗯，吉米？他們去年十一月就分手了。」

「巴比．奧唐諾就這樣放她走了嗎？」懷迪問道。

馬可斯夫婦再度交換過眼神。「是有那麼一晚，」吉米說道，「他帶了他那隻看門狗羅曼．法洛來家裡鬧過。」

「然後呢？」

「然後我們把話說得很清楚，把他請走了。」

「我們？我們是誰？」

安娜貝絲說道：「我幾個哥哥就住在我們樓上和樓下的公寓裡。他們很疼凱蒂。」

「薩維奇兄弟。」西恩告訴懷迪。

懷迪再度放下筆，用拇指與食指緊摁住眼角。「薩維奇兄弟。」

「沒錯。有什麼問題嗎？」

「我無意冒犯，但是，馬可斯太太，我確實有些擔心這事情要是沒處理好，可能會鬧得很大。」

懷迪低著頭，一邊按摩自己頸後的肌肉一邊說道。「我絕對無意冒犯，但——」

「無意冒犯就是你正打算要冒犯我的意思。」

懷迪猛地抬頭，帶著一抹詫異的微笑盯著她看。「妳這幾位哥哥，馬可斯太太，無須我明說，妳也應該知道他們在外頭的名聲吧。」

安娜貝絲還之以同樣堅定強硬的微笑。「我知道他們是什麼樣的人，包爾斯警官。你大可不必兜著圈子說話。」

「幾個月前，一個重案組的同事跟我提過，巴比·奧唐諾蠢蠢欲動，動起了經營高利貸和海洛英交易的腦筋——而這兩塊大餅，據我所知，一直是掌控在薩維奇兄弟手裡的。」

「除了在平頂區。」

「這話怎說？」

「除了在平頂區，」吉米說道，一手搭上了她太太的手。「這話的意思是說，他們拒絕在自己家門口搞這些生意。」

「這也算敦親睦鄰之道是吧，」懷迪說道，接著便識趣地閉嘴片刻，給眾人一些空間消化掉這句話。「不管怎樣，平頂區既沒人出頭頂下這些生意，活脫脫就是塊等著人去咬一口的大餅。這我沒說錯吧？而這，如果我掌握的消息正確無誤的話，正是巴比·奧唐諾垂涎已久的一塊肥肉。」

「然後呢？」吉米似乎有些坐不住了。

「然後怎樣？」

「然後這又跟我女兒的死有什麼關係？」

「大有關係，」懷迪說道，然後兩手一揮。「這關係可大了，馬可斯先生，因為他們雙方人馬就缺一個理由好正式開戰。現在理由總算讓他們等到了。」

吉米搖搖頭，嘴角不住泛開一抹苦澀乾硬的冷笑。

「哦，你不這麼認為是吧，馬可斯先生？」

吉米下巴一揚。「我認為，包爾斯警官，我們這所謂的平頂區——還是尖頂區也好——很快就要消失了。然後一切犯罪活動也會跟著一起去了。而這不會是因為薩維奇兄弟或是巴比·奧唐諾或是你們終於決定大舉掃蕩犯罪的緣故。這將會是因為銀行利率降低，而房屋稅、財產稅不斷調漲，郊區那些雅痞於是紛紛回心轉意、決定搬回市區來住，因為郊區的餐廳真是他媽的難吃。而這些新來的居民，相信我，對海洛英還是路邊十塊錢一次的口交還是滿街的酒吧根本沒有興趣。他們有的是大好的前程、穩當的退休基金帳戶，還有拉風的德國車。所以說，當他們終於搬進來後——而這絕對是已經迫在眼前的事了——一切犯罪活動勢必將隨著原先的居民一塊連根拔起，另謀出路。所以說，我根本不會去擔心巴比．奧唐諾要向我那些小舅子宣戰的事，包爾斯警官。宣戰？為什麼而戰？」

「為眼前而戰。」懷迪仍不死心。

吉米說道：「你真心認為奧唐諾是殺死我女兒的兇手？」

「我真心認為薩維奇兄弟絕對會把他視為頭號嫌疑犯。我還認為有人勢必得去跟他們談談，打消他們這個念頭，好讓我們警方有時間做好我們的工作。」

吉米與安娜貝絲並肩坐在桌子彼端，西恩試圖解讀他倆臉上的表情，卻始終一無所獲。

「吉米，」西恩說道，「沒有這些橫生的枝節，我們應該可以很快把這案子破了。」

「是嗎？」吉米說道。「你保證嗎，西恩？」

「我保證。不但破案，而且破得乾淨俐落，絕對可以順利將兇手定罪。」

「要多久？」

「什麼？」

「還要多久的時間你們才能逮到兇手？」

懷迪突然揚起一隻手。「等等——你這是在和我們討價還價嗎，馬可斯先生？」

「討價還價？」吉米臉上再度出現那種獄中囚犯特有的沉沉死氣。

「正是，」懷迪說道，「因為我感受到——」

「你感受到？」

「——某種威脅的成分。在你剛才與狄文州警的那番對話裡頭。」

「是這樣的嗎？」吉米的語氣一派無辜，眼底的死氣卻仍未褪去。

「你似乎打算給我們定一個期限。」懷迪說道。

「狄文州警向我保證你們一定會找到殺死我女兒的兇手。我只是問他這大約會發生在什麼樣的時間範圍內罷了。」

「狄文州警，」懷迪說道，「並不主導偵辦本案。是我，我才是本案的負責人。我們會徹頭徹尾將本案調查個水落石出，馬可斯先生夫人。此刻我最不需要的，就是有人把我們對於薩維奇家族與奧唐諾集團間正面衝突的顧慮，拿來當作某種談判的籌碼。要是讓我嗅到這樣的企圖，我馬上派人把那兩夥人以妨礙公務的罪名通通逮起來丟進牢裡，直到事情告一段落再說。」

幾名工友端著餐盤經過他們附近，盤中那些濕軟黏糊的食物不斷冒出騰騰的白色蒸氣。西恩感覺瀰漫在餐廳裡的那股反覆加熱的食物氣味似乎更濃了，空氣中的夜色似乎也愈發聚攏了過來。

「好，我懂了。就這樣。」吉米說道，臉上泛開一抹刻意明朗的微笑。

「就怎樣？」

「你們只管逮到兇手。我不會擋你們的路的。」吉米起身離坐，向妻子伸出一隻手。「親愛的？」

懷迪說道：「馬可斯先生。」

吉米引著妻子起身，一邊低頭看向懷迪。

「樓下有一名州警會開車送你們回家。」懷迪說道，一隻手邊往皮夾探去。「如果你又想到任何事情，隨時打電話給我。」

吉米接過懷迪的名片，隨手塞進褲袋裡。

站起來後，安娜貝絲看來就沒那麼穩了；她搖搖欲墜地倚著吉米站著，彷彿她兩腳都已化為液體。她將自己與吉米的手都捏得發白了。

「謝謝你們。」她輕聲對著西恩與懷迪說道。

西恩看得出來，這一天下來的起伏煎熬終於攀上了她的臉、她的身體，終於開始沉沉地把她往下扯拉擠壓。明晃晃的燈光無情地映在她臉上，西恩以為自己已經看得到她幾十年後的模樣——一個讓人世風浪在她身上同時留下智慧與傷疤，卻依舊傲然挺直背脊、叫人難以忽視的女人。

西恩不知道這些話是從哪冒出來的。在他聽到自己的聲音劃破冰冷的空氣之前，他甚至不知道自己已經開了口：

「我們會抓到殺死凱蒂的兇手的，馬可斯太太。我們一定會的。」

安娜貝絲的臉瞬間皺成一團，隨即又恢復平靜。她深深吸了一口氣，默默地點點頭，倚著丈夫的身子微微地晃動了一下。

「嗯，狄文先生，那就麻煩你們了。」

再度開車穿越市區時，手握方向盤的懷迪問道：「那什麼上車沒上車的到底怎麼回事？」

西恩說道：「什麼怎麼回事？」

「馬可斯說你們小時候差點上了什麼車的事。」

「我們……。」西恩右手往前探去，調整過後視鏡的角度，直到他可以看到後頭成排閃爍爍的車燈，一個個霧濛濛的黃色光點，在迷茫夜色中明滅跳動。「我們，媽的，呃，那是好久以前的事了。我、吉米，還有那個叫做大衛．波以爾的男孩，在我老家前面的路邊玩。我們那時差不多幾歲——十一歲左右吧。總之，後來就來了一輛車，然後大衛．波以爾就被帶走了。」

「綁架案嗎？」

西恩點點頭，目光依然留連在蜿蜒晃動的黃色燈河上頭。「兩個傢伙假裝是條子。大衛被騙上了車，吉米和我沒有。大衛失蹤了四天，後來自己設法逃了出來。現在聽說也還住在平頂區。」

「他們後來有逮到那兩個王八蛋嗎？」

「一個車禍掛了，另一個一年後也被逮了，後來沒多久就在獄中上吊死了。」

「媽的，」懷迪說道，「我真他媽的希望有這麼一座島，就像那部史提夫．麥昆的老片一樣——有沒有？就是那部裡頭所有演員說話都帶個法國腔，就他頂了個法國名字卻還是照演他的史提夫．麥昆。片尾他用椰子殼綁了個浮筏，從懸崖跳下去逃了出來那部啊？看過嗎？」

「沒看過。」

「真是部好片。總之，我要說的是，他們應該弄座島，專門就關那些雞姦犯和戀童症的王八蛋。完全與世隔絕，人犯只進不出，至於食物飲水就一星期空投個幾次就行了。第一次犯行是吧？뗑你媽，照樣判個無期徒刑扔到那島上去。很抱歉，我們就是不能負擔把你們放出來再去毒害世人的危險。因為這種病是會傳染的，你知道嗎？你會這麼做通常就是因為當年有人對你這麼做。就像痲瘋病一樣，一個傳一個，沒完沒了。所以我認為唯一的解決方法就是把他們都扔到哪個與世隔絕的小島上，以絕後患。這樣一來，社會上這種人就會愈來愈少；幾百年後，等那些變態全都死光了，再把整座島賣了改建成地中海俱樂部之類的渡假村就行了。以後的小孩就只會在傳說中聽到這些人——呃，這些進化前的人類——的故事，就像現在的小孩聽鬼故事一樣。」

西恩說道：「媽的，您老大是吃錯藥還是怎樣，怎麼突然變得這麼有深度起來？」

懷迪扮了個鬼臉，將車子轉上了高架快速道。

「你那個老朋友馬可斯，」他說道。「我一看到他就知道他一定蹲過牢。你知道嗎，蹲過牢的人身上總還會有什麼部位就是放鬆不下來。通常就是肩膀。不用久，就說兩年吧——整整兩年裡面的每一天，每一天裡面的每一秒，你都戰戰兢兢提防著有人會從背後偷襲你，防成了習慣之後，你這輩子就再也沒法真的放鬆下來了。」

「他剛剛才失去一個女兒，你可別忘了。壓在他肩膀上的或許是這件事。」

懷迪搖搖頭。「不對。這件事現在還在他的胃裡。你看他一直會突然皺眉頭沒有？那是喪女之慟沉澱在他胃裡，在那裡發酸翻攪。這我看過不知多少次了。可說到肩膀呢，那就一定是蹲過牢沒錯。」

西恩將目光自後視鏡上移開，茫茫地望向高架道上對向車道的漫漫車河。一對對子彈似的眼睛，朝他們射過來，倏地又與他們擦身而過，再沒入了夜色之中。他感覺這整座城市緊緊地朝他們圍上來了：那些摩天巨廈、那些廉價公寓、那些辦公大樓、那些停車塔、那些運動場酒吧夜總會和教堂。他知道沒人會在乎這片燈海中偶然有哪一盞燈突然熄掉了。新點上的燈亦然，沒人會注意到的。但它們就是兀自亮著、閃著，明明滅滅地擺動著搖晃著，直直地瞪視著你，就像此刻——他與懷迪兩人棲身於這輛小車內，成了車河中的一組紅與黃的小光點，一路與無數同樣的黃紅光點交會了再錯開了，閃閃爍爍搖搖曳曳的光束，一遍遍劃過又一片庸庸碌碌的週日夜空。

劃過夜空然後往哪裡去？

往燈火闌珊處去呀，傻子。往燈火闌珊處去呀。

午夜過後，在安娜貝絲與女孩兒們終於沉沉睡去，而早些時候一聽到消息就趕過來的瑟萊絲——安娜貝絲的表妹——也終於在沙發上躺平了後，吉米便踱下樓去，坐在他們與住在同一棟樓裡的薩維奇兄弟共用的前廊階梯上。

他帶著西恩的棒球手套，雖然他的拇指早已塞不進去，勉強套上了也只塞得下他半隻手掌，他還是戴著它，坐在那裡，凝望著四線道寬的白金漢大道，靜靜地把玩著一顆棒球。皮革唰唰摩擦的聲響似乎總能安撫他體內的某些東西。

吉米一直都喜歡在夜裡獨坐於此。對街的一排商家早已熄了燈，暗濛濛的一片。白天熙攘吵雜的商店街到了夜裡總會籠罩在一片奇異的靜默中，某種獨特詭異的靜默。瀰漫在日光下的那些聲響從不曾走遠，只是暫時被收放起來，彷彿被吸入了某副巨大的肺葉中，而巨人屏息等待，等著天光一開便要再將這些聲響釋放出來。他信任這片靜默，也願意擁抱這片靜默，因為他知道，靜默只是暫時俘虜了聲響，遲早總會將那些熟悉而溫暖的聲響還諸大街。所以吉米怎麼也無法想像鄉間的生活：在那裡，靜默本身即是一種聲響，而寂靜竟成了如此脆弱、一碰即碎的東西。

但他確實喜歡這片靜默，喜歡這種蠢蠢欲動的平靜。這一夜到剛才為止始終充滿種種聲響，種種激烈的聲響，他老婆他女兒的嚶嚶啜泣、悲嘆與哀嚎。西恩·狄文派了兩名警探，布萊克與羅森索，來家裡搜查凱蒂的房間。他倆目光低垂，不斷低聲道歉，一邊仔細地翻查過房裡的大小抽屜與床底，而吉米只希望他倆能閉嘴，他媽的該做什麼就做什麼，愈快結束愈好。最後，除了凱蒂內衣抽屜裡的七百元現鈔之外，他們並沒有找到任何不尋常的東西。他們讓吉米看過那疊嶄新的鈔票，以及她那本印有「已註銷」鋼印的銀行存款簿——最後一筆存款是在星期五下午被領走的。

吉米沒有答案。他也很意外。但這一天下來，再多的意外也很難再動搖到他了。

「我們隨時可以宰了他。」

威爾踱進前廊，順手遞給吉米一罐啤酒。他赤著腳，在吉米身旁坐定了。

「你是說奧唐諾嗎？」

威爾點點頭。「我他媽的樂意極了。」

「你認為是他殺了凱蒂。」

威爾點點頭。「不然就是他派人下的手。你以為呢？凱蒂那兩個朋友就一點也不懷疑。她們說她們昨晚在一家酒吧裡讓羅曼．法洛遇上了，那王八蛋還威脅凱蒂。」

「威脅她？」

「嗯，反正就是給她吃了頓排頭，好像她還是奧唐諾的馬子似的。欸，不然你說嘛，吉米，不是他還會是誰？」

吉米說道：「這我還不能確定。」

「確定之後呢？你打算怎麼做？」

吉米放下手套，扯開啤酒拉環。他緩緩地喝了一大口。「這我也還不知道。」

14 再也不會有那種感覺了

他們熬夜工作到早上——西恩、懷迪．包爾斯、掃薩與康納利、州警隊凶殺組另外兩名幹員布萊克和羅森索、多如一整個軍團的州警隊員，以及蒐證小組的技術人員，再加上攝影師與法醫——所有人都卯足全力偵辦本案。他們合力翻遍了公園裡的每一吋土地，決意不放過任何蛛絲馬跡。每個人的筆記本裡都是密密麻麻的圖表和筆記；州警隊員挨家挨戶訪談了公園四周步行範圍內的所有住戶。至於讓他們從公園及雪梨街上那排燒得焦黑的空屋裡揪出來的那堆酒鬼流浪漢，則全扔進了箱型車裡，準備載回隊上問話。他們把從凱蒂．馬可斯車上發現的背包仔細地翻了一遍，裡頭不過就是些女孩子會隨身攜帶的尋常玩意——除了一本拉斯維加斯的旅遊簡介手冊，和一張抄在筆記紙上的拉斯維加斯旅館名單。

懷迪把小冊子拿給西恩看，同時吹了聲口哨。「這個呢，」他說道，「幹我們這行的都知道，就叫做線索。走吧，該是去找她那兩個朋友談談的時候了。」

伊芙．皮金與黛安．塞斯卓，根據凱蒂．馬可斯父親的說法，應該就是凱蒂遇難前最後在一起的人。她倆坐在那裡，後腦杓像是剛剛才狠狠挨過幾記悶棍似的，垮著臉扭著唇、淚眼朦朧的；西恩與懷迪只能在一陣陣淚雨間耐心而堅定地引導兩人，讓她們把凱蒂．馬可斯生前最後一晚的行蹤照時間先後交代了一遍：她們去過的每一間酒吧的名字、幾點到達幾點離開等等。但，只要一問到有關凱蒂私人的事，兩個女孩便顯得有所保留，回答問題前不時地交換眼神，再不就是支吾其詞，模稜兩可一番後才肯吐出稍微肯定些的答案：

「她有男朋友嗎？」

「沒有，呃，她沒有什麼固定的男朋友。」

「那不固定的呢？」

「嗯……。」

「怎樣？」

「這種事她不會每次都跟我們講的啦。」

「黛安，伊芙，少來了。妳們是打從幼稚園時代就在一起的手帕交耶，她跟誰交往怎麼可能不跟妳們講？」

「她就是這麼低調的人。」

「是啊，低調。凱蒂就是這樣，警官。」

懷迪決定換個角度切入：「所以說，昨晚不是什麼特別的日子，也沒什麼值得一提的囉？妳們是這個意思嗎？」

「沒錯。」

「凱蒂不是打算離開這裡嗎？」

「什麼？沒有啊。」

「沒有？黛安，她車子後座有個背包，裡頭裝了本拉斯維加斯的旅遊手冊。她幹嘛啊，沒事幫別人拎著到處跑啊？」

「可能吧。我不知道。」

伊芙的父親不住插嘴道：「親愛的，知道什麼就要說啊。都什麼時候了，老天，凱蒂死了啊。」

這句話又引來兩個女孩一陣淚如雨下，一時像天崩地裂，嚎啕悲泣、展臂擁抱，淚水枯竭的片刻，嘴巴卻依然無聲地張著，啞然地顫抖著——這一幕，西恩不知看過多少遍了，這被馬汀．傅列爾稱之為決堤一刻的一幕。就是在這一刻，人們終於明瞭到，他們心愛的人確實永遠永遠不會再回來了。在這一刻，身為條子的他們也只得選擇耐心等待或離開，此外別無其他選擇。

他們選擇等待。

伊芙．皮金看來確實有點像鳥，西恩暗忖。她的臉窄而尖，鼻子削長，整體組合起來卻又毫不突兀；某種與生俱來的優雅甚至讓她的纖細看來幾乎帶著一絲貴氣。西恩猜想她應該是那種穿正式衣服會比較好看的女人。她渾身散發著一種端莊而聰慧的氣息，西恩以為應該只有正人君子才會受到這種氣質的吸引，至於那些地痞混混或花花公子則會全部剔除。

黛安，相對地，看來多少像朵注定早謝的花。西恩瞄到她右眼下方有個褪色的瘀青；她的塊頭比伊芙大了點，屬於那種多愁善感愛笑愛哭型的。她兩眼眼底泛著一種無助而渴望的微光，一種只會引來那些予取予求的無賴渾帳的目光。西恩知道，不出幾年，黛安將會變成幾通九一一家庭暴力求救電話的主角，然而在條子真正找上門來之前，她眼底那抹渴望恐怕早就要讓幾年來的遭遇消磨殆盡，由渴望轉向絕望了吧。

「伊芙，」懷迪在她倆終於停止哭泣後輕聲問道，「妳得告訴我有關羅曼．法洛的事。」

伊芙點點頭，彷彿對這問題的到來早有準備，但她並沒有馬上回答。她默默地啃咬著拇指，一逕低頭凝視著桌上的麵包屑。

「就是整天跟在巴比．奧唐諾屁股後面的那個龜孫啊。」德魯．皮金急急補上一句。

懷迪舉手示意他別講話，然後轉頭瞥了西恩一眼。

「伊芙。」西恩說道，他心裡明白，他們得將火力集中在伊芙身上。她的口風比黛安緊，一旦開口卻往往能提供更多更詳盡的細節。

伊芙看著西恩。

「如果妳擔心遭到報復的話，伊芙，這妳大可放心。妳跟我們講的所有有關羅曼．法洛或巴比的事，就止於在場妳我。他們永遠不會知道話是妳傳出去的。」

黛安說道：「那事情鬧上法庭後呢？哼？到時怎麼辦？」

懷迪丟給西恩一個「你自己看著辦吧，我可不管」式的表情。

西恩不為所動，依然將注意力集中在伊芙身上。「除非妳看到羅曼或巴比把凱蒂拖下車——」

「這倒沒有。」

「那麼妳就可以放心了，伊芙。檢察官不會強迫妳倆出庭做證的。他或許會問一大堆問題，但他不會強迫妳們。」

「你不知道他們是什麼樣的人。」伊芙說。

「巴比和羅曼？我當然知道他們是什麼樣的人。巴比當年蹲了九個月的苦牢，就是我在毒品組時的戰績。」西恩伸出一隻手放在桌上，距離伊芙的手不到一吋。「妳說咧，他當然對我放了一堆狠話。沒錯，他和羅曼就是會放狠話，除此就沒別的了。」

伊芙咬著嘴唇，對著西恩的手露出半抹冷笑。「放……屁。」她從齒縫間緩緩擠出了兩個字。

她父親說話了：「在這間屋子裡不准妳用這種口氣講話。」

「皮金先生。」懷迪開口道。

「不，」德魯打斷他的話，「家有家規。我不准我的女兒用這種方式講話，一副那種——」

「是巴比。」伊芙突然說道。黛安猛地倒抽了一口氣，瞠目結舌地瞪著她的朋友，覺得她瘋了。

西恩看到懷迪揚高了眉毛。

「巴比怎樣？」西恩問。

「他是凱蒂的男朋友。是巴比，不是羅曼。」

「這事吉米知道嗎？」德魯問他女兒。

伊芙愛理不理地聳聳肩——西恩發現像伊芙這般年紀的青少年，動不動就會像這樣緩緩地抽一下肩膀，一派老子就是懶得理你，連個肩都懶得聳清楚的模樣。

「伊芙，」德魯追問，「吉米到底知不知道？」

「他本來知道，但後來又不知道了。」伊芙說。她嘆了口氣，頭往後一仰，一對深色的眼珠無奈地瞪著天花板。「她爸媽以為他們分手了，因為有一陣子她自己以為他們算是分手了。就只有巴比，只有巴比還不覺得他們已經分了。他就是不肯接受事實，不停地回頭來騷擾凱蒂。有天晚上，他還威脅要把凱蒂從三樓扔下去。」

懷迪問道：「這妳親眼看到的嗎？」

她搖搖頭。「這是凱蒂告訴我的。應該是六個禮拜還是一個月前吧，巴比在一個聚會上意外遇到凱蒂。他說服凱蒂，要她跟他到外頭談談。可是那間公寓在三樓哪，你知道嗎？」伊芙舉手作勢要抹去頰上的淚水，但此刻的她淚水看似已暫時枯竭了。「凱蒂告訴我，她試圖跟巴比解釋清楚，他們早已經分手了，可是巴比就是不聽；最後，他乾脆抓狂了，一把抓住凱蒂的肩膀，把她舉高了頂在陽台欄杆上，讓她半個身子都掛在半空中。三層樓高耶，那個神經病。他還說如果凱蒂要跟他分手，他就要讓她斷成兩半。他說她是他的馬子她就是他的馬子，而如果她還是不爽的話，他當場就要他媽的放手讓她摔下樓去。」

「天啊。」德魯．皮金在一陣靜默後轉頭問他女兒。「妳認識這幫人？」

懷迪問道：「所以說，伊芙，星期六晚上在酒吧裡，羅曼到底是跟凱蒂怎麼說的？」

伊芙沉默了一會兒。

懷迪說：「還是換妳來跟我們說吧，黛安？」

黛安看來一副很需要來上一杯的模樣。「該說的我們都已經跟威爾說過了。」

「威爾？」懷迪問「威爾・薩維奇嗎？」

黛安說道：「他今天下午來過。」

「妳肯告訴他羅曼是怎麼說的，卻不肯告訴我們？」

「他可是凱蒂的舅舅。」黛安頂回去，兩手環抱胸前，試圖把「去你媽的死條子」幾個字清楚地寫在臉上。

「我來講吧，」伊芙說道，「老天。羅曼說，他聽說我們喝多了，在酒吧裡鬧笑話給人看，他說他聽到覺得很不爽，又說消息如果傳到巴比耳裡他一定也會很不爽，所以他建議我們最好趕快回家。」

「所以妳們就離開了。」

「你跟羅曼講過話嗎？」她問。「他就是有辦法把問題說得聽起來像是威脅。」

「所以妳們就離開了。」懷迪說道。「出了酒吧之後，妳們還有再看到他嗎？比如說跟蹤妳們之類的？」

伊芙搖搖頭。

他們再看看黛安。

黛安聳聳肩。「我們喝得滿醉的。」

「那天晚上妳們之中沒有誰再跟他講過話了吧？」

「凱蒂開車送我們回來，」伊芙說道，「我們下車後就再沒見過她了。」最後一個字從她齒間迸出來後，她隨即咬緊牙關、扭著一張臉，再度仰頭瞪著天花板，然後深深地吸了一口氣。

西恩問道：「她打算和誰一起去拉斯維加斯？和巴比嗎？」

伊芙動也不動地仰著頭，呼吸卻愈發急促起來。「不是巴比。」她終於說道。

「不是巴比是誰，伊芙？」西恩追問道。「她要跟誰去拉斯維加斯？」

「布蘭登。」

「布蘭登．哈里斯？」懷迪說道。

「布蘭登．哈里斯，」她說道，「就是他。」

懷迪和西恩互看了一眼。

「雷伊的大兒子？」德魯．皮金問道。「那個到哪都帶著他那啞巴弟弟的小夥子？」

伊芙點點頭，而德魯轉過身，正對著西恩和懷迪。

「那小子不錯。不像是會做壞事那型。」

西恩點點頭。不會做壞事。哼。

懷迪問道：「你有他的地址嗎？」

布蘭登．哈里斯家沒人應門，西恩於是打電話調來兩名州警監視這裡，一有人回來就立刻通知他們。

再下一站是派爾太太家。老太太端出熱茶和已經走味的咖啡蛋糕招待兩人，還把電視開得震天價響，搞得一小時後西恩的腦子裡還迴盪著《天使有約》裡頭的黛拉．芮斯高喊「阿門」和談論救贖的聲音。

派爾太太宣稱自己昨晚凌晨約莫一點半的時候，曾經探頭往窗外看，她說她看到兩個小孩子，都幾點了還在街上玩，拿著曲棍球棒在那邊追著空罐子跑，嘴裡淨嚷嚷些不乾不淨的話。她本來想訓訓他們的，可是像她這種小老太太還是小心點為妙。欸，這年頭的小孩子瘋得很，要不就開槍掃射學校，要不就穿著那種鬆垮垮的衣服、開口閉口全是髒話。再說，那兩個小鬼在那裡追來追去，最後也跑遠了，就讓別人去煩惱他們吧。喏，你們倒說說看，這年頭的小孩子哪，像話嗎？

「麥德羅司警官告訴我們，您說您昨晚大約一點四十五分的時候曾經聽到一輛車子的聲音？」懷迪問。

派爾太太看著黛拉向蘿瑪．道寧解釋上帝的旨意，蘿瑪神情莊嚴，一下便感動得熱淚盈眶，心中充滿聖恩。派爾太太對著電視頻頻點頭稱好，一會兒才終於將目光挪回西恩與懷迪身上。

「我聽到車子撞到東西的聲音。」

「撞到什麼？」

「欸，這年頭，大家開那什麼車哪，感謝老天我已經沒有駕照了。我可不敢在這種路上開車。你們看看路上那些瘋子，我哪敢啊。」

「嗯，派爾太太，」西恩說道。「您剛剛說車子撞到什麼，是撞到另一輛車嗎？」

「噢，不是。」

「還是撞到人？」懷迪問道。

「老天，車子撞到人會是什麼聲音哪？欸，我可一點也不想知道。」

「所以說，那個聲音不是真的很大聲囉？」懷迪說。

「對不起，親愛的，你說——？」

懷迪湊近老太太，把他的問題又重複了一遍。

「嗯，」派爾太太說道，「我在想，那應該比較像是車子撞到石頭還是人行道邊緣的聲音。撞到後不久車子就熄火了，然後就有人說了聲『嗨』。」

「有人說『嗨』？」

「是嗨沒錯。」派爾太太望向西恩，點點頭。「然後車子的什麼部份就啪的一聲，像爆開了那樣。」

西恩與懷迪互望了一眼。

懷迪說：「啪的一聲？」

派爾太太頂著一頭銀髮，頭如搗蒜。「我的里歐還活著的時候，有一次我們那輛普利茅斯爆胎了就是這個聲音！啪啦！」她的眼睛亮了起來。「啪啦！」她說。「啪啦！」

「那是在您聽到有人說『嗨』以後的事了。」

她點點頭。「嗨，然後『啪啦』！」

「然後您往窗外一看，看到了什麼？」

「噢，不，不是這樣的，」派爾太太說道。「我沒有往窗外看。那時我已經換了睡衣上床了。換了睡衣怎好還站在窗邊呢，別人會看到哪。」

「可是十五分鐘前，您才——」

「欸，年輕人，十五分鐘前我還沒換上睡衣啊。我那時才剛看完電視，葛倫·福特演的一齣很棒的電影。噢，真希望我能記得片名。」

「所以說，您把電視關掉了，然後……」

「然後我就看到那幾個沒媽的野孩子在街上，然後我就上樓換上我的睡衣，然後，年輕的警官，我就拉上了窗簾。」

「那個說『嗨』的聲音，」懷迪問，「是男的還是女的？」

「女的，我猜，」派爾太太說。「那聲音比較高。不像你們兩個的聲音，」她朗聲說道。「你倆的聲音都很好聽，男人就該是這種聲音。你們的母親一定非常以你們為榮。」

懷迪說，「噢，是的，派爾太太。您絕對無法想像。」

他們前腳才跨出派爾太太的屋子，西恩就不覺脫口而出：「啪啦！」

懷迪臉上泛開一抹懶懶的微笑。「她可真愛說『啪啦』啊，是不？咱們這位老姑娘可真是精力充沛啊！」

「爆胎，還是槍聲？你覺得呢？」

「槍聲。」懷迪回答。「讓我百思不解的是那個『嗨』。」

「這可能意味著她認識開槍的人。她跟他打了招呼。」

「可能，但不是絕對。」

下一個察訪的對象是女孩們昨晚去過的酒吧。西恩與懷迪忙了半天，卻盡得到一些醉茫茫的模糊記憶——可能有也可能沒有看到那些女孩來過——另外就是幾張亂七八糟、不盡周全的客人名單。最後，當他們終於來到麥基酒吧的時候，懷迪已經蠢蠢欲動，準備好要發飆了。

「兩款小馬子——注意喔，是年輕得不得了的小馬子喔，等等，她們根本就還不到合法飲酒的年齡喔——跳上吧台在這裡大跳豔舞，而你現在卻要跟我說你不記得這件事了？」

懷迪話還沒說完，那酒保就已經在那邊猛點頭了。「噢，你說的是那幾個女孩子喔。有啦有啦，我記得她們。當然記得。呃，她們一定是弄來了幾張幾可亂真的假證件哪，警察先生，放人進來前我們絕對有先檢查過年齡證件。」

「首先，聽好，是『警官』，不是什麼『警察先生』。」懷迪緩緩說道。「你一開始說你不太記得她們有來過，現在卻連檢查過她們的證件都想起來了。照這樣看來，你應該也還想得起來她們是幾點走的吧？還是你的大腦又出現選擇性的健忘症了？」

這酒保年紀很輕，二頭肌大到足以阻斷血液循環進他的大腦。他愣愣地問道：「走？」

「是啊。走，離開，閃人；隨你怎麼說。」

「我不——」

「她們是在寇思比打破鐘之前沒多久走的。」一個坐在吧台高腳椅上的男人接口道。

西恩瞥了那傢伙一眼——典型酒吧常客，一份《前鋒報》攤開在吧台上，兩邊各是一瓶百威啤酒和一杯威士忌，面前的菸灰缸上還架了支抽了一半的菸。

「你當時在場？」西恩問他。

「我當時確實在場。白癡寇思比想開車回家，他幾個兄弟於是要沒收他的車鑰匙。那個蠢蛋，鑰匙拿著往他朋友一丟，人沒傷到，鐘倒是砸壞了。」

西恩抬頭看了一眼放在通往廚房的長廊上方的時鐘。鐘面的玻璃裂了，指針停留在十二點五十二分的位置。

「你說她們是在那之前離開的？」懷迪問道。

「大概早個五分鐘吧，」高腳椅上的傢伙回答。「鑰匙打到時鐘的時候我就在想，『還好那幾個女孩子已經走了，這種鳥事沒看到也好。』」

在車上，懷迪問西恩，「你整理出時間順序了沒？」

西恩點點頭，翻了翻他的筆記。「她們九點半離開可里傅酒吧，接著連趕三攤——班喜、狄克杜爾、史派爾，十一點半左右來到麥基酒吧，一點十分人就已經在雷斯酒吧裡了。」

「之後再半小時她就撞車了。」

西恩點點頭。

「客人名單上你有看到任何熟悉的名字嗎？」

西恩低頭看著麥基酒吧的酒保草草寫下的週六晚上的客人名單。

「大衛．波以爾，」他大聲唸出這個名字。

「就你小時候那個朋友嗎？」

「可能吧。」西恩說。

「這人應該可以找來談談。」懷迪說道。「他要是還把你當朋友，就不會拿出一般人對付條子那套來對付我們，口風沒由來的緊。」

「當然。」

「就把他放到明天的任務清單上吧。」

他們在尖頂區的咖啡共和國裡找到羅曼·法洛。他正悠哉悠哉地啜飲著一杯拿鐵，身旁還坐了一名模特兒模樣的女子——那小馬子骨瘦如柴，膝蓋骨和顴骨一樣突出，臉皮像直接貼在骨頭上似地繃得死緊，搞得眼睛都顯得有些凸了。她穿著一件米色細肩帶洋裝，骨瘦如柴卻又無比性感，這矛盾的組合著實叫西恩想不通；或許是拜她那完美的皮膚所散發出珍珠般的光澤之賜吧。

羅曼穿的絲質圓領衫，舒服地塞在一件亞麻老爺褲裏，看來活脫脫像是剛從雷電華電影公司以哈瓦那還是西濟群島為背景的攝影棚裡走出來的模樣。他一邊啜飲著拿鐵，一邊悠哉地翻閱著報紙：羅曼讀著金融版，小馬子則在一旁研究著她的時尚消費版。

懷迪拉來一張椅子，在他們身旁一屁股坐下了，開口說道：「嘿，羅曼，你買這件衣服的地方有賣男裝嗎？」

羅曼頭也不抬地繼續讀著他的報紙，順手還拿起牛角麵包往嘴裡一送。「嗯，包爾斯警官哪，最近怎麼樣啊？那輛韓國現代汽車開得還習慣吧？」

懷迪乾笑一聲，而西恩則在他身旁也坐下了。「欸，我說羅曼哪，看到你在這種地方，嘖嘖，我發誓，你看來活脫脫是個雅痞，早上剛起床已經準備好在你的蘋果電腦上做些股票買賣了。」

「我用的是桌上型電腦，警官。」羅曼終於合上他的報紙，定睛瞅著懷迪和西恩。「喔，嗨，」他對西恩說道，「我在哪裡見過你。」

「西恩・狄文，州警隊幹員。」

「欸，我就說嘛。」羅曼說道。「沒錯，我可想起來了。我們在法庭上見過嘛，有沒有，就你出庭作證指控我朋友那次。西裝不錯喔。看來席爾斯百貨也開始賣起高檔貨了喔。嗯，不錯不錯。」

懷迪將目光移到模特兒身上。「來塊牛排還是什麼的吧，蜜糖？」

模特兒說道：「什麼？」

「還是妳想吊葡萄糖點滴？我請客。」

羅曼出聲了：「別這樣。我們公事公辦。別把不相干的人扯進來。」

模特兒說道：「羅曼，我聽不懂你們在說什麼耶。」

羅曼微笑著安撫道：「沒關係，麥珂拉。別理我們。」

「麥珂拉。」懷迪學舌道。「挺夢幻的嘛。」

麥珂拉兩眼乖乖地盯著報紙，不為所動。

「什麼風把你吹來的啊，警官？」

「烤鬆餅啊，」懷迪說。「嘖嘖，我愛死這裡的烤鬆餅了。喔，對了，差點忘了——羅曼哪，你認識一個叫凱瑟琳・馬可斯的女人嗎？」

「當然。」羅曼啜了一小口拿鐵，好整以暇地拿起餐巾抹抹上唇，再放回膝上。「她死了不是嗎？聽說了，你們今天下午找到的屍體。」

「是這樣沒錯，」懷迪說道。

「發生這種事情實在有害社區的名聲。」

懷迪雙手交叉於胸前，定神瞅著羅曼。

羅曼又咬下一大口牛角麵包，嚼了幾下，然後喝了口拿鐵。他往後一坐，勾著腿，用餐巾按按嘴角，然後迎上懷迪的目光。又來了，西恩心想，這已經漸漸成為他工作中最令他覺得無聊的事情之一了——這種虛張聲勢的比大條比賽，你他媽瞪我我他媽瞪回去，比狠比硬，比誰先把誰瞪瞎瞪輸了。

「沒錯，警官，」羅曼終於再度開口：「我是認識凱薩琳．馬可斯沒錯。你跑這一趟就是要問這個嗎？」

懷迪聳聳肩。

「我是認識她，而且我昨晚還在家酒吧裡看到她。」

「而且你還跟她講過話。」懷迪說。

「是這樣沒錯。」羅曼說。

「你們講了什麼？」西恩問。

羅曼依然目不轉睛地盯著懷迪，彷彿西恩完全不值得他再多搭理一下似地。

「她是我一個朋友的馬子。她喝醉了，所以我就叫她別在那邊丟人現眼，要她趕緊跟她那兩個朋友回家去。」

「你朋友是誰？」懷迪問。

羅曼冷笑一聲。「少來了，警官。你知道是誰。」

「那你就講啊。」

「巴比．奧唐諾。」羅曼說。「高興了沒？凱蒂．馬可斯是巴比的馬子。」

「現任馬子嗎？」

「啊？」

「她是他現任的馬子嗎？」懷迪重複道。「她目前還是他的馬子？還是她曾經是他的馬子？」

「當然是現任。」羅曼回答。

懷迪低頭又寫了幾個字。「呃，這跟我們聽到的有點出入哪，羅曼。」

「是嗎？」

「是啊。我們聽說她七個月前就把巴比給甩了，是他還死纏著人家不放。」

「女人嘛，你也是知道的，警官。」

懷迪搖搖頭。「不，我不知道，羅曼，你不妨說來聽聽看。」

羅曼合上他正在看的報紙。「她和巴比分分合合了好幾次。她一下子宣稱他是她今生的最愛，一下又把他甩在一邊痴痴空等。」

「在一邊痴痴空等。」懷迪對西恩說。「哼，是喔，你覺得這聽起來像是你認識的那個巴比・奧唐諾嗎？」

「一點也不。」西恩說道。

「一點也不。」懷迪說道。

羅曼聳聳肩。「我只是把我所知道的都告訴你了，就這樣。」

「好吧。」懷迪再度低頭振筆。「羅曼，昨晚你離開雷斯酒吧後又去了哪裡？」

「我們去城裡參加一個朋友家的閣樓派對。」

「哇，閣樓派對耶，」懷迪說道，「我一直都很想參加這種派對，去開開眼界也好。特調毒品、模特兒辣妹，一群白種佬圍著聽饒舌歌，幻想自己有多酷、多『街頭』……等等，你說『我們』，這『我們』是指你和這邊這位來自異想世界的艾莉瘦乾巴小姐嗎？」

「麥珂拉。」羅曼說道。「是的。麥珂拉・黛芬波，如果你想寫下來的話。」

「喔，當然，這我當然得寫下。」懷迪說道。「這是妳的本名嗎，蜜糖？」

「啊？」

「妳的本名，」懷迪說，「是麥珂拉．黛芬波嗎？」

「嗯，」麥珂拉的眼睛一下更顯得凸了，「有什麼問題嗎？」

「妳媽生妳之前是不是看了很多肥皂劇？」

麥珂拉說道：「羅曼。」

羅曼舉起一手，看著懷迪。「我剛說了，你我之間的事不必把別人扯進來，你是沒聽懂嗎？」

「怎麼，不高興了啊？想跟我來克里斯多夫．華肯那套，耍狠耍屌是嗎？好啊，要就來啊。了不起把你銬回隊上，銬到我們把你的不在場證明弄清楚了再說。怎麼，你明天應該沒事吧？」

羅曼的表情動作一下子全凍結住了。這是西恩看過很多罪犯在條子一要起狠來時，都會出現的反應──完全的退化，幾乎像是連呼吸都停止了，可兩眼卻還死盯著你，黑暗、冰冷、遙不可及。

「我沒有什麼好不高興的，警官。」羅曼說道，無波無紋的聲調。「我很樂意提供你所有曾經在派對上看到我的人的名字。另外，雷斯的酒保陶德．連恩也可以為我作證，我離開雷斯酒吧絕對已經是兩點以後的事了。」

「對嘛，這才對嘛。」懷迪說道。「嗯，接著我們來聊聊有關你那好朋友巴比的事吧。他呢？哪裡可以找到他？」

羅曼的嘴緩緩地咧開了，眼底浮泛著盈盈笑意。「哦，你會愛死這個。」

「此話怎說，羅曼？」

「如果你們認定巴比跟凱瑟琳．馬可斯的死有關的話，嘿嘿，你真的會愛死這個了。」

羅曼用他深具侵略性的目光往西恩這邊一掃。西恩覺得自從聽到伊芙．皮金提到巴比和羅曼的名字以來的那股興奮感倏地一掃而空。

「巴比、巴比、巴比。」羅曼嘆了口氣，對他馬子眨眨眼，方才轉過頭去面對懷迪和西恩。「星期五晚上巴比因為酒醉駕車被條子攔了下來，」羅曼又啜了一口拿鐵，然後緩緩把沒說完的話繼續吐出來，「整個週末都被關在牢裡哪，警官。」他伸出一隻手指，在兩人面前來回晃過。「這種事你們不是都會先查過的嗎？」

才一天下來，西恩卻已經感覺到那種噬骨的倦怠，迅速地在他體內擴散開來；但就在這時候，他們卻收到州警隊的無線電通知：布蘭登・哈里斯和他母親回家了。西恩與懷迪趕到的時候約莫是近午夜的十一點，他倆同布蘭登以及他的母親愛絲特，對坐在小公寓的廚房桌邊。西恩環顧周遭，心裡暗忖著，好在沒有人再蓋這種公寓了，真是謝天謝地。小公寓看起來像是五〇年代電視影集——比如說《蜜月套房》——中的場景；彷彿只有用那種會隨電流通過劈啪作響、畫面時時如水波搖曳晃動的十三吋真空映像管黑白電視看，你才有辦法真正體會那種感覺。這是一間格局狹長的公寓：一開門進去就是客廳，客廳再往前的右手邊原本是間小小的餐廳，後來卻讓愛絲特拿來充作臥室，搖搖欲墜的食物儲藏櫃上頭堆滿了她的梳子、粉刷，還有幾樣簡單的化妝品。餐廳再過去便是布蘭登與弟弟雷伊共用的房間。

至於客廳左邊則是一條短短的走道，走道右手邊是一間浴室，盡頭則通往那個被塞在屋後一角、一天中只有近黃昏時才勉強曬得到四十五分鐘太陽的廚房。小廚房的牆壁與櫥櫃讓人漆成某種油膩膩的奶油黃與褪了色的青綠；西恩、懷迪、布蘭登與愛絲特圍坐在一張小桌前，鐵製桌腳與桌面銜接的地方掉了好幾個螺絲，搖搖晃晃的。小桌桌面貼著四角都已翻捲起來的黃綠相間碎花墊紙，中間則斑斑駁駁地龜裂成一塊塊指甲大小的碎片。

愛絲特看來倒挺適合這般場景的。她個子矮小，一身嶙峋瘦骨，叫人捉摸不到年紀，說四十成，說五十五也像。她渾身散發著廉價肥皂與陳年的菸味，一頭暗沉油膩的黑髮與猙獰獰爬滿她前臂與手背的藍色血管相互呼應。她穿了一件褪了色的粉紅色運動衫和牛仔褲，腳上則套了一雙毛絨絨的拖鞋。她坐在那裡，一根接一根地抽著她的百樂門香菸，了無生趣地看著西恩與懷迪跟她兒子說話，彷彿要不是因為也沒什麼別的地方好去，她才不會同這批無聊透頂的人們枯坐在這裡。

「你最後一次看到凱蒂．馬可斯是什麼時候的事？」懷迪問布蘭登。

「巴比殺了她，是不是？」布蘭登說道。

「巴比．奧唐諾？」懷迪說道。

「嗯。」布蘭登不住用指尖摳抓著桌面。他看來似乎相當震驚。他說話的聲音單調平板，但呼吸卻突然間急促了起來，右臉跟著一陣抽搐，彷彿眼睛猛地讓人戳了一刀似地。

「你為什麼會這麼說？」西恩問道。

「凱蒂很怕他。她和他交往過一陣。她常說，如果讓他發現我們在一起的話，他一定會殺了我們。」

西恩瞄了他母親一眼，以為這段話總會讓她有所反應，但她卻只是一逕抽著她的菸，一陣陣白煙不斷自她口鼻間溢出，灰雲似地籠罩著整個桌面。

「看來巴比的不在場證明應該是假不了。」懷迪說。「那你呢，布蘭登？」

「我沒有殺她，」布蘭登．哈里斯神情木然地說道，「我不可能傷害凱蒂。永遠不可能。」

「你還沒回答我剛剛的問題，」懷迪說道，「你最後一次看到她是什麼時候？」

「星期五晚上。」

「幾點？」

「呃，差不多是八點左右吧？」

「是『差不多八點左右』，布蘭登，還是八點？」

「我不知道。」布蘭登扭著一張臉，即使隔著桌子，西恩都還感受得到那股濃濃的焦慮。布蘭登十指交錯緊握，身子不住地前後搖晃。「嗯，八點，是八點沒有錯。我們在哈法艾吃了幾片披薩，然後……然後她就說她得走了。」

懷迪草草記下「哈法艾，八點，禮拜五」幾個字。「她說她得走了……走去哪裡？」

「我不知道。」布蘭登說。

他母親又往堆積如山的菸灰缸裡去弄熄手上的菸，卻意外點燃了一支菸屁股，菸蒂堆中倏然裊裊升起一縷白煙，直直地竄進西恩右邊的鼻孔。愛絲特．哈里斯滿不在乎地又點燃一根菸，而西恩腦裡則浮現出她肺葉的影像——一堆糾結的團塊，漆黑有如檀木。

「布蘭登，你今年幾歲了？」

「十九。」

「你高中什麼時候畢業的？」

「畢業，哼。」愛絲特說。

「我，呃，我去年剛拿到高中同等學力證明。」布蘭登說道。

「所以說，布蘭登，」懷迪說道，「你完全不知道星期五晚上凱蒂跟你在哈法艾分手後去了哪裡？」

「嗯。」布蘭登輕哼了一聲，尾音卻哽在喉中，眼睛開始腫脹泛紅。「她以前和巴比交往過一陣，他佔有慾很強，怎麼也不肯放過她；然後是她父親，他不知道為什麼就是不喜歡我，所以我們只能偷偷交往。有時候她也不肯跟我明說她要去哪裡，我猜那可能是因為她是要去找巴比，去告訴他他們之間已經結束了。我不知道。但星期五晚上她只說她要回家。」

「吉米．馬可斯不喜歡你？」西恩問道。「為什麼？」

布蘭登聳聳肩。「我不知道。總之他很早以前就警告過凱蒂，要她不准和我交往。」

他母親突然開口了：「什麼？那個該死的小偷以為他比我們高尚是嗎？」

「他不是小偷。」布蘭登說道。

「他以前是。」他母親頂了回去。「這你就不知道了吧，哼，同等學力有個屁用？他年輕的時候是個骯髒的臭賊，專搞闖空門的。他女兒搞不好也帶了一樣的基因。哼，沒死將來也是個禍害。小子，算你走運。」

西恩與懷迪交換過眼神。愛絲特．哈里斯恐怕是西恩見過最可悲的女人。邪惡，無比的邪惡。

布蘭登．哈里斯張嘴想對他母親說些什麼，隨而又頹然地閉上了。

懷迪說道：「我們在凱蒂的背包裡找到拉斯維加斯的旅遊簡介。我們聽說她打算去那裡，布蘭登，和你一起去。」

「我們……」布蘭登低著頭。「我們，嗯，我們本來是這樣計劃的沒錯。我們要去那裡結婚。就是今天。」他猛地抬頭，西恩看到他眼眶裡湧出淚水，卻在就要奪眶而出的那一瞬間，讓他用手背狠狠地抹去了。他吸了口氣，繼續說道，「是的，這就是我們的計劃。」

「你原本打算就這樣丟下我？」愛絲特．哈里斯說道。「就這樣不告而別？」

「媽，我——」

「跟你老子一樣？是這樣嗎？丟下我和你弟弟不告而別？這就是你的計劃嗎，布蘭登？」

「哈里斯太太。」西恩說道。「麻煩一下，現在先讓我們把手頭的事情問清楚。待會你們還有很多時間自己去把話說清楚。」

她驀然回頭瞪了西恩一眼，西恩曾經在無數職業罪犯和憤世嫉俗的瘋子身上看過相同的凶狠目光。那眼神清楚地告訴他，她一時還沒那功夫理他，但他最好是識相點，否則一切後果自己承擔。

她將目光移回布蘭登身上。「你說，你就是要這樣對待我是嗎？」

「聽我解釋，媽……」

「解釋什麼？哼，還有什麼好解釋的。我有做過什麼對不起你的事嗎？哼，你倒是說說看啊？我是怎麼把你養大的，啊？供你吃、供你住、供你穿，耶誕節還散盡老本給你買了那把你從來也沒學會吹過的薩克斯風——你說說看哪，布蘭登，說那把薩克斯風還讓你收在衣櫥裡啊。」

「媽——」

「不用再說了。你反正就去把它給我拿來。拿來讓這些人看看你有多行有多能。快去啊。」

懷迪望向西恩，一臉的不可置信。

「哈里斯太太，」他說道，「真的不用了。」

她又從菸盒裡抽出一根菸，兩手卻因驟然升起的怒火而顫抖得點不上菸。「我盡心盡力地拉拔他長大，」她說道。「供他吃，供他穿。」

「這我能了解，哈里斯太太。」懷迪說道。這時前門卻突然被推開了，兩個差不多十二、三歲模樣的男孩腋下夾著滑板，閃進門來。其中一個男孩的模樣像極了布蘭登——同樣英挺的五官與深色的頭髮，但這男孩眼中卻多了一抹他母親的影子，某種令人毛骨悚然的渙散與空洞。

「嘿。」他們走進廚房時，另一個孩子打了聲招呼。跟布蘭登的弟弟一樣，他的個頭比同齡的孩子小了些，還不幸地有張長而乾癟的瘦臉；十二歲男孩的身軀上頭卻頂了個惡毒老頭的臉，自一綹綹垂散在眼前的金髮底下眈眈地窺探著。

布蘭登．哈里斯舉起一隻手。「嘿，強尼。包爾斯警官、狄文州警，這是我弟弟雷伊，還有他的朋友，強尼．歐謝。」

「嘿，你們好。」懷迪招呼道。

「嘿。」強尼．歐謝應道。

雷伊對著兩人點點頭。

「他不會講話，」他母親說道。「他老子不知道要閉嘴，他兒子卻一輩子到現在還沒開過口。哼，是啊，上帝真是他媽的公平啊。」

雷伊對著布蘭登打手語，而布蘭登答道：「對，他們是為凱蒂的事而來的。」

強尼．歐謝說道：「我們想去公園溜滑板，可是他們把公園封起來了。」

「公園明天會重新開放。」懷迪說道。

「氣象報告說明天會下雨。」小鬼頭語帶埋怨，好像在這個非週末夜晚的十一點他們竟溜不成滑板都是條子的錯似地。西恩真想知道，這到底是從什麼時候開始的事，現在的父母竟會縱容自己的子女到這種無法無天的程度。

懷迪回過頭去，面對布蘭登。「就你所知，除了巴比．奧唐諾之外，凱蒂還跟什麼人有過節？有沒有什麼人看她不爽的？」

布蘭登搖搖頭。「她是個好人，警官。她真的是一個很好很好的人。所有人都喜歡她。我真的不知道還能跟你說些什麼。」

那個叫歐謝的小鬼突然插嘴道：「我們，呃，可以閃了嗎？」

懷迪對他揚起一邊眉毛。「有人說不行嗎？」

強尼．歐謝和雷伊．哈里斯於是晃出廚房，隨手把滑板往客廳地板一扔，然後走進雷伊和布蘭登的房間，在裡頭一陣乒乒乓乓的，就像所有其他十二歲的小孩一樣。

懷迪問布蘭登：「昨天半夜一點半到三點之間，你人在哪？」

「在我房裡睡覺。」

懷迪轉頭望向他母親。「妳可以證實他在那段時間內確實在家裡睡覺嗎？」

她聳聳肩。「我可說不準他進了房後有沒有又從窗口溜出去。我只能跟你確定，他昨晚十點就進了房，之後我再看到他就已經是今早九點的事了。」

懷迪伸了個懶腰。「好吧，布蘭登，大概就這樣了。不過我們可能要請你來隊上做個測謊，可以嗎？」

「你們要逮捕我嗎？」

「不。只是測個謊，就這樣。」

布蘭登聳聳肩。「好啊。隨便。」

「嗯，這是我的名片。」

布蘭登怔怔地望著手裡的名片。他目光不曾稍移，只是喃喃地說道：「我好愛她。我……我想我永遠不會再有這種感覺了。不是嗎？人一生中這樣的機會就只有一次，不是嗎？」他倏地抬起頭來，看著懷迪和西恩。他的眼睛是乾的，但裡頭承載的悲慟卻讓西恩幾乎不忍直視。

「相信我，大部分的人連一次機會也沒有。」懷迪說道。

在布蘭登一連通過四次測謊後，他們終於在一點左右把他送回家。接著，懷迪便把西恩也送回他的公寓，吩咐他好好睡一覺，明天還得早起咧。西恩走進他空蕩蕩的公寓，聆聽那一片沉寂，感覺過多的咖啡因和速食沉甸甸地凝結在他的血液裡，擠壓摧殘著他的脊柱。他打開冰箱，拿了一罐啤酒，坐在流理台上喝。一晚下來的噪音與光線，在他腦殼底下砰砰作響，要他不禁懷疑起來，自己是不是已經老得不適合幹這行了。他已經十分厭倦死亡，厭倦那些愚蠢的動機、愚蠢的罪犯，厭倦那種骯髒齷齪的感覺。

但他厭倦的又何止這些。近來他對一切事物都感到意興闌珊。厭倦人、厭倦書、厭倦電視和晚間新聞，厭倦收音機上那些千篇一律、每一首聽來都像幾年前另一首他從來也沒喜歡過的歌。他厭倦自己的衣著，厭倦自己的髮型，他也厭倦別人的衣著和別人的髮型。他厭倦期望事情有道理可循。厭倦辦公室裡的權謀文化，厭倦那些誰在搞誰、誰又跟誰睡的流言蜚語。他甚至覺得自己已經聽過所有人想要針對所有話題發表的所有意見，於是他的日子便成了某種反覆聆聽同一捲極度無趣的錄音帶的過程。

或許他純粹只是厭倦了人生，厭倦了每個該死的早晨都得花去那麼大的精力起床出門，為的卻只是要去面對那日復一日、月復一月、年復一年，一成不變的人生。他已經厭倦到甚至無法去在乎一個死去的女孩，關心又怎樣、在乎又怎麼，反正這一個之後總還會有下一個。然後再下一個。就算把兇手送進牢裡——就算他們被判了無期徒刑——也再不能為他帶來曾經有過的那種滿足感了；因為你不過是把他們送回家罷了，他們那愚蠢荒謬的一生自始就一直是朝著那裡前進的。然後呢？然後死了的還是死了。被搶的被強姦的人還是被搶了被強姦了。

他想知道所謂臨床憂鬱症是否就是這樣：完全的麻木、完全的絕望。

凱蒂．馬可斯死了，是的。一樁悲劇。他理智上可以理解，但卻無法感受。她只是一具屍體，就像一盞破掉的燈。

他那破碎的婚姻又何嘗不是如此？老天，他愛她，但是他倆的性格是如此地天差地遠南轅北轍。蘿倫喜歡舞台劇、喜歡書，喜歡那種不論有沒有字幕西恩都看不懂的電影。她很健談、很情緒化，她還喜歡把文字串成令人頭暈眼花的字串，再層層堆疊，往某座高聳入雲的語言高塔——某座西恩在第三層樓就迷失了方向的語言高塔——忘情攀去。

他第一次看到她是在大學時代的某次舞台劇公演上。她在一齣幼稚的鬧劇裡負責扮演一個慘遭情人拋棄的女孩；問題是觀眾群中沒人能信服世上怎麼有人會捨得下這樣一個神采煥發、對一切事物都充滿了無比豐沛的熱情與好奇的神奇女子。自始，他們就是他人眼中這樣萬般不搭軋的一對——西恩寡言、務實，只有和蘿倫一起的時候才能勉強拋開他慣常的含蓄與沉默；而蘿倫卻是一對自由派老嬉皮的獨生女，從小便跟著加入和平工作團的父母以地球為家、遊走四方，她的血液裡充滿了那種想要去看、去接觸、去探索人性光明面的渴求。

在劇場的世界裡她始終如魚得水：先是大學劇團裡的演員，然後是地方實驗劇場的導演，最後她更加入巡迴劇團擔任舞台經理的工作。然而，她經常性的出差並不是他倆漸行漸遠的主因。媽的，西恩甚至無法確定他們是怎麼走到今天這個局面的。但他猜想這一切應該與他的沉默、與那種所有條子幾乎都脫離不了的宿命有關——你免不了要對世界失去尊重、對人類失去信心，再無法相信這世上存有任何崇高動機與利他主義。

她那些朋友曾一度讓他頗為折服，但時間一久，他們在他眼中卻漸漸顯得無比幼稚，一逕陶醉在自己那些與現實嚴重脫節的藝術與哲學理論之中。西恩曾花去無數夜晚，在外頭那座水泥競技場中看著人們姦淫擄掠殺人放火，理由無他，不過因為他們就是想這麼做。然而到了週末，他卻得忍氣熬過一個又一個的雞尾酒會，聆聽一群紮馬尾的傢伙整晚為了人類罪行背後的真正動機進行冗長的辯論（參與者還包括他自己的太太）。他媽的動機。動機再簡單不過了——人類就是蠢。像猩猩又比猩猩還糟。猩猩不會為了一張刮刮樂彩券互相殘殺。

她說他的想法漸漸變得僵硬死板而退化。他無言以對，因為他覺得這並沒有什麼好爭辯的。問題不在於他是否真的變得如她所說的那樣，而是在於這樣的轉變究竟是好還是壞。

然而，他們依然深愛著彼此。他們以各自的方式不斷地嘗試著——西恩試著掙脫那層保護殼，而蘿倫則試著破殼而入。不論將兩個人維繫在一起的東西究竟是什麼，那種純然化學性的、非與對方在一起不可的渴望與需要他們始終不缺。那需要一直都在。

無論如何，他或許早該看出外遇是遲早的事。或許他是看出來了。或許真正困擾他的不是那場外遇，而是之後蘿倫懷孕的事。

媽的。他坐在廚房地板上，孑然一身；他兩手掌根緊貼著前額，再度試圖理清一切——過去這一年中他已經這麼試過無數次了——他試著想去看清楚，自己的婚姻究竟是怎麼走到這步田地的。但他看不到。他看得到的只是片片段段的畫面，散落在他腦海中，像一地的碎玻璃。

電話響了。他知道一定是她。甚至在他拿起流理台上的電話按下通話鍵之前，他就已經知道了。

「我是西恩。」

在電話的另一端，他可以聽到聯結車引擎空轉的低吼與汽車在高速公路上呼嘯而過的聲音。他腦海中立刻浮現一幅畫面——高速公路旁的休息站，再過去就是加油站，羅伊羅傑斯餐廳和麥當勞之間夾了一整排的公用電話，而蘿倫站在那裡，手握話筒，沉默不語，只是聆聽。

「蘿倫，」他說，「我知道是妳。」

什麼人把整串鑰匙弄得叮叮噹噹響的，從公用電話旁走過。

「蘿倫，拜託妳說說話。」

聯結車排進一檔，引擎的低吼聲也跟著變了，隨而緩緩駛過停車場。

「她好嗎？」他問。「我的女兒好嗎」，他幾乎脫口而出。但他不知道那是不是他的女兒。他只知道她是蘿倫的女兒。於是，他又問了一次：「她好嗎？」

聯結車換到二檔，駛出了休息區，朝公路而去，輪胎摩擦地上砂石的聲音也漸漸模糊了。

「這樣實在太痛苦了。」西恩說道。「求求妳，跟我說話真有那麼難嗎？」

他想起懷迪對布蘭登．哈里斯講的那句關於愛情的話。大部分的人一生連一次機會也沒有。然後他可以想像他的妻子站在那兒，目送著卡車離去，話筒緊貼著她的耳朵而不是她的嘴。她是個高而纖瘦的女人，有著一頭櫻桃木色的頭髮；她笑的時候總會不住地以手摀嘴。大學時代曾有一次，他們在大雨中跑過校園，衝進圖書館，在那座拱門下頭躲雨，然後她第一次吻了他。當她濕冷的手攀上他頸背的那一刻，他胸中有某種東西——某種自他有記憶以來便一直在那裡，緊揪著他、時時壓迫得使他喘不過氣來的東西——終於緩緩地鬆動了。她說他的聲音是她所聽過最美的，像威士忌，又像燃燒木頭的濃煙。

自從她離開後，這幾乎已經成了他們之間的慣例：她撥通電話，不說話只是聽他講，講到她決定掛掉為止。她從不曾開口，她離開後打來的每一通電話都是如此。那一通又一通的無聲電話——從路邊的休息站打來的、從汽車旅館打來的、從這裡到美墨邊界間某條荒蕪公路路邊的某個滿布灰塵的公用電話亭打來的。即便聽筒傳來的不過是嘶嘶的沉默，他卻總是知道那是她打來的。他可以透過電話感覺到她。有時他甚至可以聞到她的味道。

他們的對話——如果這也稱得上對話的話——可有時甚至可以持續十五分鐘之久，端看他講些什麼。可是今晚西恩已經精疲力竭，因為思念她，思念這個在懷孕七個月時的某個早晨突然不告而別的女人而身心俱疲，也因為他受夠了他對她的感覺竟成為他僅存的感覺。

「今晚不行。今晚我沒法再這樣對妳自言自語下去。」他說。「我很累，他媽的累。我很痛苦。而妳甚至不在乎，不能在乎到會想讓我聽聽妳的聲音。」

站在廚房裏，他絕望地給了她三十秒，絕望地等候著她的回應。他聽到話筒裡隱約傳來什麼人正給輪胎灌氣的叮噹聲響。

「再見，寶貝。」他終於說道，幾個字幾乎讓他喉頭的痰哽住了，然後他掛上了電話。

他動也不動地站了一會，輪胎打氣機發出的叮噹聲響依稀迴盪在廚房這片刺耳的寂靜中，在在撞擊著他的心臟。

這將會折磨他，他知道。這將會折磨他一整晚，直到天明。甚至一整個星期。他打破了慣例。他掛斷了她的電話。萬一他這麼做的時候，她正緩緩地開啟雙唇，開啟雙唇要喚出他的名字。萬一萬一。

老天。

這個影像迫使他不得不往浴室走去，扭開水龍頭，讓水柱沖去這個頑強的影像。蘿倫，站在公用電話旁的蘿倫，緩緩地張開了嘴，卡在喉頭的幾個字終於緩緩地湧上舌尖。

西恩，她或許正要這麼告訴他，我要回家了。

第三部

沉默天使

15 完美先生

星期一早晨，瑟萊絲在廚房中，陪伴著站在爐前、心無旁騖地為一屋子前來弔唁的親友煮食的表姐安娜貝絲。剛剛沖完澡的吉米特意探過頭來，詢問是否有需要幫助的地方。

小時候，瑟萊絲與安娜貝絲曾一度情同姊妹。安娜貝絲是夾在一堆兄弟中的獨生女，而瑟萊絲則是失和的夫妻膝下唯一的子女；自然而然地，兩個寂寞的小女孩一有機會便湊在一起，中學時代甚至曾每夜互通電話。然而，隨著瑟萊絲的母親與安娜貝絲的父親之間的關係由親暱而疏遠、乃至反目成仇，表姊妹間的感情竟也受到了波及。兩人之間從未曾發生過任何嚴重的衝突、口角，只是在無形中漸行漸遠，到後來，瑟萊絲與安娜貝絲甚至只有在較正式的家庭聚會——婚禮、受洗禮，以及偶爾幾次聖誕節與復活節——中，才有機會碰面了。最叫瑟萊絲難以接受的是，一段如此親暱、如此看似牢不可破的關係，竟也會如此輕易地無疾而終，勉強要找出個理由，竟也只能歸罪於諸如時間與上一代恩怨之類的無謂藉口。

但自從她母親過世之後，事情卻明顯出現了轉機。去年夏天，她與大衛曾和安娜貝絲與吉米兩家出去野餐過一次，接下來那個冬季裡也曾一起出去吃過兩次飯。表姊妹間相處的氣氛一次比一次輕鬆融洽，而瑟萊絲更感覺那凍結了十年的冰塊，不但漸漸開始融化了，並且也終於有了名字：蘿絲瑪麗。

蘿絲瑪麗過世的時候，安娜貝絲曾一連三天，從清晨到夜晚，忠誠地陪在瑟萊絲的身邊。她為前來弔唁的親友下廚烤派，協助瑟萊絲處理葬禮事宜，並在她為了她那生前始終吝於表達一絲親情愛意、怎麼說卻也還是當了她一輩子的母親黯然落淚時，默默地陪伴在她身側。

而這次輪到瑟萊絲來陪伴安娜貝絲了——雖然，像安娜貝絲這樣獨立堅毅得幾乎叫人望而生怯的一號人物，竟會需要他人的陪伴支持，實在是叫包括瑟萊絲在內的所有人難以想像。

但她還是在她身邊待下來了，陪著她，任她全神貫注地站在爐前，為她自冰箱取出需要的材料，為她接聽每一通慰問探詢的電話。

然後是吉米。不到二十四小時前才剛剛確認了女兒的死訊的他，此刻竟站在廚房門外，鎮定地詢問妻子是否需要任何幫忙。他頂著一頭濕淋淋的亂髮，潮濕的襯衫則緊貼著他的前胸；他赤著腳，喪女之慟與缺乏睡眠在他兩眼下方催化出兩片腫脹的陰影。他殷殷探問妻子是否需要協助，而瑟萊絲當下卻只能想到，老天，吉米，那你呢？你有沒有想過你自己？

此刻屋裡的其他人——這些將客廳、餐廳及短短的走道塞得水洩不通、脫下的外套在娜汀與莎拉床上堆成了一座小山的親友們——卻似乎全都不曾想到要為吉米分擔些什麼，只是一逕期待、一逕仰望著他，仰望他來為他們解釋這個殘酷的玩笑到底是怎麼回事，仰望他來為他們撫平內心的悲憤，仰望他在事發最初的震驚褪去後、強撐住他們那讓猛然來襲的悲慟沖刷得幾乎要癱倒在地的身子。吉米是那種天生的領袖，渾身散發著某種不費吹灰之力就能在人群中取得領導地位的氣質；瑟萊絲常不住納悶，吉米自己到底是否曾意識到這點，是否曾視其為某種不得不揹負的重擔，尤其是在這樣的時刻。

「你說什麼？」安娜貝絲頭也不抬地說道，兩眼依然緊盯著黑色平底鍋中正劈啪作響的培根。

「我問妳需不需要幫忙，」吉米說道。「煎個東西還難不倒我，妳知道的。」

安娜貝絲對著爐子露出一抹短暫而虛弱的微笑，然後輕輕地搖搖頭。「不用了。我還好。」

吉米望向瑟萊絲，臉上的表情彷彿在問著：她真的還好嗎？

瑟萊絲點點頭。「廚房裡有我們兩個就可以了，吉米。」

吉米回過頭去，繼續默默地瞅著他的妻子；瑟萊絲可以感覺得到他眼底那抹最最溫柔的哀慟。她感覺得到吉米那顆碎裂的心又有那麼一小塊淚滴大小的碎片，脫離了飄落在他胸口的空洞裡。他湊近身子，伸長了手，用食指輕輕為安娜貝絲抹去額上的汗珠，而安娜貝絲說道：「不要這樣。」

「看著我。」吉米低聲說道。

瑟萊絲感覺自己該要離開廚房，但又害怕自己驀然的移動會粉碎掉她表姐與丈夫間的某種東西，某種緊繃而脆弱的東西。

「我不能，」安娜貝絲說道。「如果我看著你，我就會崩潰了。屋裡這麼多人，我不能也不想就這樣倒下。你懂我的意思嗎，吉米？求求你。」

吉米縮回身子。「我懂，親愛的，我懂。」

安娜貝絲依然低著頭，喃喃說道：「我不能也不想就這樣倒下。」

「我懂。」

有那麼一瞬間，瑟萊絲感覺眼前的兩人彷彿赤裸著身子；她感覺自己目睹了一個男人與他的妻子間最最親暱的一刻，其親暱猶勝做愛。

長廊另一端的大門突然打開了：安娜貝絲的父親，希奧．薩維奇，一邊肩頭各扛著一箱啤酒走進了屋子。他是個彪形大漢，寬闊渾厚的肩膀各頂著一箱啤酒，穿過狹窄的走道往廚房這頭走來時，動作卻又帶著某種與他的體型不甚搭調的、舞者般的優雅俐落。每次想到這點，瑟萊絲總不禁感到有些不可思議；這座山一般的男人竟會製造出那一堆矮小猥瑣的男性後代——薩維奇兄弟中大約只有卡文與查克勉強繼承了一點他的高度與體型，至於他那種天生的優雅，則只能在安娜貝絲身上還看得到一絲影子了。

「嘿，吉米，借過一下。」希奧說道。吉米應聲讓出空間，而希奧則俐落地閃過他，走進了廚房。他在安娜貝絲頰上輕輕一啄，低聲問了句：「還好吧，寶貝？」然後便卸下肩頭的啤酒，將它們放在廚房的長桌上。之後，他湊到女兒身後，用雙臂環繞住她，下巴則緊緊地靠在她的肩上。

「還撐得住吧，寶貝？」

安娜貝絲說道：「應該吧，爹地。」

他輕吻她的頸側——「我的好女兒」——然後轉身向著吉米。「家裡有沒有冰桶？我們來把這啤酒裝一裝吧。」

他們將啤酒裝進儲藏櫃旁邊地板上的幾只冰桶，而瑟萊絲則回頭繼續整理那些自一早以來即不斷湧入的食物。那些由前來弔唁的親友帶來的食物五花八門，數量驚人——愛爾蘭蘇打麵包、派餅、牛角麵包、鬆糕、餡餅、三大盆馬鈴薯沙拉、好幾袋麵包捲、幾大盤超市買來的火腿肉拼盤、裝在一個特大號陶鍋裡的瑞典肉丸，以及一大隻包在錫箔紙裡的烤火雞。安娜貝絲根本無須親自下廚；這點所有人都知道，但所有人也都明白，她就是得這麼做。她站在爐前，煎出一盤盤培根香腸與炒蛋，再由瑟萊絲端到餐廳裡一張靠牆擺放的長桌上。瑟萊絲不住納悶，這些堆積如山的食物究竟是為了要安慰那些心碎的家屬親友呢，還是所有人潛意識裡都想藉由吃的動作，去咀嚼掉吞嚥掉那排山倒海般湧來的悲傷，再將所有感覺隨可樂隨酒精沖刷入肚，直到飽脹的肚腹終於能引發一絲絲的睡意。於是，在所有悲傷的聚會中——在那些守靈夜、葬禮、追悼會以及如眼前這般的場合中，你就是只管吃只管喝只管不停地聊，直到你終於再也吃不下喝不下聊不下去了為止。

穿過人群，她一眼瞥見了坐在客廳一角的大衛。他與卡文．薩維奇並肩坐在一張沙發上，有一搭沒一搭地聊著；他倆坐在椅墊邊緣，身子往前傾斜得厲害，幾乎像是在比賽誰會先從沙發上掉下來似的。

瑟萊絲心頭一抽，不覺為自己的丈夫感到有些不捨與同情——有時，尤其是身處在親友群中時，大衛總會顯得有些格格不入、有些孤立而無助。畢竟，這些都是自小就認識他的人；他們都知道他小時候發生過的事。而就算他們並不老惦記著那件事，也不會依此來評斷他（雖然他們或許有權這麼做），但只要有這些認識他一輩子的人在場，大衛就是怎麼也無法放鬆，無法自如談笑。但每當他們有機會和一些來自別區的同事或朋友出去吃飯聊天時，大衛卻總能充滿自信地和眾人打成一片，反應機敏且自在隨和得不得了。（她在歐姿瑪美髮沙龍的那些同事與她們的老公，就都愛死大衛了。）但在這裡，在這個他自小成長且紮根於此的地方，他的反應卻永遠慢半拍，永遠跟不上對話的速度與眾人的腳步，永遠是最後一個聽懂笑話的人。

她試著迎上他的目光，想給他一個微笑，讓他知道只要她也在這裡，他就永遠不算真的落單。但一小群人突然往隔開客廳與餐廳的拱道走來，瑟萊絲的視線一下被阻斷了。

往往就是在人群中，你才會猛然驚覺，原來自己對於自己所愛，甚至每天共處的人竟是如此吝嗇，如此吝於撥出多一點時間來與他們好好地相處，好好地說說話。除了週六半夜在廚房地板上那一幕外，她這一整個星期幾乎都不曾與大衛好好地說過話。從昨天傍晚到現在，她甚至只和他匆匆打過幾次照面——而就是在昨天傍晚六點左右，她接到希奧．薩維奇打來的電話：「嘿，親愛的，壞消息。凱蒂死了。」

瑟萊絲最初的反應是：「不，不會吧，希奧舅舅。」

「親愛的，妳可知道我要花上多少力氣才能把這幾個字說出口嗎……她真的死了。被人殺死的。」

「被人殺死的。」

「在州監公園裡頭。」

瑟萊絲望向流理檯上的小電視。六點新聞的頭條說的正是警方已在州監公園裡頭找到那名失蹤女性的屍體的事。螢幕上出現了直昇機鏡頭下的現場實況畫面，一群警方人員聚集在汽車電影院銀幕附近，而記者的旁白則說明警方尚未公布死者姓名，目前唯一能確定的是死者是一名年輕女性。

不，不會是凱蒂。不、不、不。

瑟萊絲在電話中告訴希奧，她會馬上趕到安娜貝絲身邊。掛上電話後不久，她確實就趕到了；除了翌日凌晨三點到六點間曾短暫地回到自己家小睡幾個小時外，她始終寸步不離地守在表姐身邊。

但她依然無法相信。即使在與安娜貝絲、娜汀與莎拉相擁大哭一場後，她依然無法真的相信凱蒂已經不在了。即使在她將不住劇烈抽搐顫抖的安娜貝絲緊壓在地上整整五分鐘後。即使在她撞見吉米一個人站在凱蒂房裡，燈也不開地，只是緊捧著凱蒂的枕頭，將臉深深地埋在裡頭。他沒有哭，沒有自言自語，只是一聲不響地站在那裡。他只是站在那裡，臉深深地埋在女兒睡過的枕頭裡，搜尋著枕上殘留的髮香體香；一遍又一遍，他的胸膛猛烈地起伏，吸氣、吐氣，吸氣、吐氣……

即使在發生過那一切後，凱蒂的死依然只是個遙遠的想像，怎麼也無法在她心底沉澱下來。她依然感覺凱蒂隨時都會推開門，蹦蹦跳跳地閃進廚房，從平底鍋裡拿走一片培根。不。凱蒂不可能死了。她不能。

或許這是因為那個毫無邏輯的念頭，那個自從中午在新聞畫面中看到凱蒂的車子後，便一直死守在她腦海中最偏遠的一個角落裡的念頭——那個毫無邏輯可言的念頭——血＝大衛。

她可以感覺得到坐在客廳一角的大衛。她感覺得到他的孤立，她還知道她的丈夫絕對是個好人。不無缺點，但絕對是個好人。她愛他，而如果她愛他，那麼他就絕對是個好人；而如果他是個好人，那麼凱蒂車上的血就絕對與她週六半夜從他衣服上洗掉的血毫無關聯。所以說，凱蒂無論如何一定還活著。因為除此之外的任何可能都不堪想像。

不堪想像而且不合邏輯。完完全全地不合邏輯。瑟萊絲感覺自己像吃下了定心丸，回頭再往廚房裡去端出更多的食物。

她差點與正合力要把一只裝滿啤酒的冰桶拖進餐廳的吉米與希奧．薩維奇撞個滿懷。希奧．薩維奇在最後一刻側身一閃，說道：「這丫頭。你可要小心這丫頭哪，吉米。她兩腳一直都像裝了輪子似的。」

瑟萊絲靦腆一笑，正如希奧舅舅期待女人該有的矜持那般，然後勉強嚥下那股每次讓希奧舅舅注視時，心頭總會不由自主湧起的感覺——某種她自十二歲以來便不時經歷過的感覺——感覺他的目光總是在她身上逗留得久了些。

岳婿倆拖著那只超大型冰桶，與她錯身而過。他倆一前一後，身形模樣形成一組強烈的對比——希奧紅光滿面，體型與嗓音同樣宏亮飽滿；而吉米則沉默而精瘦，渾身上下沒有一絲多餘的脂肪，一副剛從新兵魔鬼訓練營歸來的模樣。他們穿過三兩站立在走道中的客人，將冰桶拖到那張靠牆擺放的長桌旁；瑟萊絲注意到人群突然間都安靜了下來，默默地注視著他倆的動作，彷彿兩人四手合力推拉的重物不再是一只紅色塑膠大冰桶，而是吉米在一週內就必須親手下葬的女兒，也就是讓他們此刻聚集在這個小公寓裡的理由——他們聚在這裡，用力地吃喝，等著看自己是否有勇氣說出她的名字。

他倆接著又從廚房裡抬出另一個冰桶，同樣也把它在餐桌底下放妥了，然後一路招呼過餐廳與客廳裡的親友——吉米的姿態想當然爾含蓄而低調，只是時時停下腳步，以雙手合握住來客的手，默默地謝過他們；而希奧則不改本色，像陣狂風席捲過屋裡的客人。幾個親友把這幕看在眼裡，不住地評論道，瞧他們翁婿倆這些年下來變得多親哪，欸，你瞧瞧，幾乎像對親生父子似的。

當初吉米剛和安娜貝絲結婚的時候，沒人想像得到會有今天這幕。希奧年輕一些的時候不但貪杯，而且好狠鬥勇；他白天在計程車行擔任調度員，晚上則到酒吧圍事貼補家用——圍事的工作動不動就要見血，希奧簡直如魚得水。他表面上的個性稱得上爽朗海派，但他的握手中不無挑釁成分，笑聲中則隱含著威脅。

吉米，相對地，從鹿島回來後便愈發顯得沉默而嚴肅。他待人和善，卻往往止於淡如水的境地，在人多的聚會上也總會試圖隱身於角落裡。但他無論如何就是一號叫人怎麼也無法忽視的人物：當他開口說話時，你總得洗耳聆聽。問題是他甚少開口，於是你不禁要開始懷疑，他究竟何時——甚至到底會不會——才要開口說話。

希奧人好相處，卻未必讓人喜歡；吉米讓人喜歡，卻未必好相處。這兩號天差地別的人物說什麼也很難讓人想像到竟會成為朋友。但眼前就是這不相稱的一對：希奧一雙鷹眼看守著吉米背後，彷彿隨時都要伸出援手扶住他，不讓他就這麼倒下了；而吉米則不時湊到希奧那對肥厚的大耳旁，低聲說些什麼。好一對哥兒倆，有人這麼說。你瞧瞧，瞧他倆親的，就像對好哥兒倆哪。

因為時間已經接近中午——嗯，事實上是十一點，不過也差不多了——後頭陸續來訪的親友帶來的多半是些酒精與肉類的食物，而非早上的咖啡與各式派餅了。在冰箱終於讓這些源源不絕的食物塞滿之後，吉米與希奧於是只得上樓去尋找更多的冰桶與冰塊。三樓住的是威爾、查克、卡文，以及尼克的妻子伊蓮——伊蓮終年身著黑衣，這可能是因為她想要以此表明願為入獄服刑的尼克守活寡的志願，或者，一如部分親友指出的，不過是因為她就是喜歡黑色罷了。

希奧與吉米在烘乾機旁的儲藏櫃裡找到了兩個冰桶，又在冰箱裡挖出好幾袋冰塊。他們將冰塊倒入冰桶，再把塑膠袋往垃圾桶一扔，然而正當他們要往大門口去時，希奧卻突然開口了：「嘿，等等，吉米。」

吉米轉頭看著他的岳父。

希奧朝廚房裡的一把椅子挪挪下巴。「坐著歇會吧。」

吉米照著做了。他將冰桶放在椅子旁，坐定了，等著希奧再度開口。希奧・薩維奇當年就是在這間狹小無比、地板傾斜而各種管線不斷隆隆作響的三房公寓裡養大了七個兒女。希奧曾向吉米宣稱道，就衝著這點，他這輩子再也不必為任何事向任何人低頭道歉了。「七個小兔崽哪，」他這麼跟吉米說道，「每隻兔崽間還相差不過兩歲，成天就會在這間他媽的爛公寓裡活蹦亂跳嚷嚷叫叫。那些臭痞子不是都在那邊說什麼童年多美好又多美好嗎，哼，我呸！我他媽每天下班回家光讓這些兔崽吵都吵死了，肏他媽童年的美好咧！我怎麼就他媽的每天只有痛不完的頭！」

吉米早從安娜貝絲那邊聽來了，當年希奧每天一回到家，總是匆匆扒口飯，等不及就又出門去了。希奧也跟吉米說過，聽人說當父母的睡眠永遠不足，他可從來沒這問題。他七個小孩裡頭有六個是男孩，而男孩在希奧眼中，可容易了：你只管把他們餵飽，教會他們打架打球，你這當父親的就他媽的功德圓滿了。需要人親親抱抱是嗎？去去去，找你媽去。要錢買車還是要人去警察局把你保出來時再來找你老頭。女兒，他告訴吉米，女兒才是讓你捧在手掌心裡寵的。

「他是這麼說的嗎？」安娜貝絲聽到吉米的轉述後如此反應道。

其實，要不是希奧一逮到機會便要指著吉米與安娜貝絲的鼻子，說他們怎樣又怎樣有失為人父母的職責——他通常就是先微笑著說自己沒有惡意，不過，呃，換成是他才不會讓孩子這樣撒野咧——要不是因為這樣，吉米才不在乎希奧當年又是什麼樣的父親呢。

面對他那些不請自來的建議，吉米通常就是點點頭，道聲謝，然後將其置之腦後。

希奧順手也拉來一張椅子，與吉米面對面地坐定了；就在他故作姿態低下頭去看著地板之前，吉米在他眼中瞥見了那抹所謂智慧老人式的光彩。果然，他對著腳下公寓傳來的陣陣人聲腳步聲扔出一抹了然的微笑，說道：「欸，這人生哪……看來，你總是要在婚禮和葬禮上才看得到那麼多親朋好友了。你說是不，吉米？」

「嗯。」吉米說道，一邊試著抖落那股自昨天下午四點以來便一直纏繞他不放的感覺——他感覺自己一分為二，而真正的他漂浮在半空中，無助地看著自己的軀體，有些惶恐地踩踏著空氣，試著找出回到那具軀殼裡的方法，以免終於因為疲倦而緩下腳步，像塊石頭般地向幽暗的地心沉淪而去。

希奧兩手放在自己的膝蓋上，定睛瞅著吉米，直到吉米終於不得不抬起頭來，迎上他的目光。

「你還好吧？」

吉米聳聳肩。「總還感覺這一切不像是真的。」

「到你真的感覺過來時就有得你痛了，吉米。」

「想像得到。」

「痛到你求生不得求死不能。這我可以向你保證。」

吉米再度聳聳肩，卻隱約感覺到一股莫名的情緒——是憤怒嗎？——自他空蕩蕩的腹中緩緩往上竄起。是啊，他此刻需要的就是這個：來自希奧．薩維奇的一番以痛苦為題的打氣演說。去他媽的。

希奧身子微微往前傾去。「我的珍妮過世的時候有沒有？上帝保佑她的靈魂，吉米，我足足當了六個月的廢人。今天她還好端端的在這裡，我美麗的妻子，而第二天呢？就這樣沒啦。」他彈了一下他那肥壯的手指。「不過一天光景，上帝身邊多了一個天使，而我卻失去了一個聖人。還好那時我那些孩子都已經長大獨立了，感謝老天。呃，我的意思是說哪，吉米，我當時負擔得起那六個月的時間，只管傷我的心去。但你不能。眼前的情勢由不得你那樣放任自己。」

希奧的身子靠回椅背上，而吉米再度感到那股隱隱竄動的情緒。珍妮．薩維奇十年前過世後，希奧沉浸在酒精裡的日子何止六個月。少說也有兩年吧。他一輩子反正離不開酒瓶，珍妮過世後他只是更加肆無忌憚整個人就泡在酒精裡了。但當珍妮還在世的時候，希奧分給她的注意力約莫就和一條放了一整個星期的麵包一樣多吧。

吉米忍受希奧，純然只是因為他不得不這麼做，他畢竟是他妻子的父親。在外人眼裡，他倆看來或許就像一對老朋友。或許希奧也是這麼以為的。再者，歲月確實也漸漸軟化了希奧一身硬骨，讓他終於願意公開表示對女兒的親情、願意公開寵愛他的幾個孫女。但，不用一個人過去犯下的錯去評斷那人是一回事，接受來自那人的建議批評卻又是另一回事。

「嗯，我這麼說你聽懂了嗎？」希奧說道。「你得搞清楚，吉米，千萬不能放任自己沉浸在悲傷裡，搞得無可自拔，到頭來甚至忘了自己還有別的義務在身。」

「別的義務。」吉米說道。

「是啊。你知道的，你還得照顧我女兒和那兩個小女孩。你得搞清楚一切事情的優先順序。」

「嗯哼，」吉米說道。「你是覺得我會忘了這件事是吧，希奧？」

「我不是說你一定會，吉米。我只是說這可能會發生。就這樣。」

吉米死盯著希奧的左邊膝蓋，在腦裡幻想著它炸裂成無數腥紅碎片的影像。「希奧。」

「我在聽，吉米。」

吉米將目光移向他另一個膝蓋，繼續幻想那炸裂的畫面，然後再往他手肘前進。「你有什麼話可不可以等改天再說？不要今天。」

「有話要說就趁現在，你說是不？」希奧喉底釋放出一陣低沉的笑聲，裡頭卻隱含著一絲警告。

「明天吧，就明天再說。」吉米的目光再從手肘移到希奧的雙眼。「明天讓你說個痛快。你覺得如何呢，希奧？」

「我跟你說過了，趁現在就是趁現在，你聽不懂嗎，吉米？」希奧漸顯不耐。希奧體型碩壯龐大，脾氣更是出了名的火爆；吉米知道光這兩點就足以讓很多人對他退避三舍，也知道希奧恐怕早已習慣在路人臉上看到恐懼，多年下來更早已將那種恐懼誤解為尊敬了。「嘿，吉米，你知道我怎麼想嗎？我想，這些話既然不順耳，什麼時候說都不對，那不如就打鐵趁熱，既然讓我想到了就趕緊說出口吧。就這樣。」

「嗯，這我當然懂，」吉米說道。「嘿，就你說的嘛，要就趁現在。」

「沒錯。真是個善體人意的小子。」希奧拍拍吉米的膝蓋，站了起來。「你會熬過去的，吉米。你沒問題的。痛歸痛，日子總還是要過下去。你一定行的。因為你是條漢子。欸，你們婚禮那天晚上我就跟安娜貝絲說過啦，我說：『蜜糖啊，妳這會真是給自己找了個貨真價實的老式硬漢了。完美先生，可以這麼說。頂天立地的男子——』」

「好像他們就把她丟到那個袋子裡那樣。」吉米突然說道。

「什麼？」希奧低下頭來，看著他。

「我昨晚去法醫那裡認屍的時候，凱蒂看來就是像那樣，像讓什麼人丟進一個袋子裡，封了口，然後拿水管痛打了一頓那樣。」

「呃，你就別讓——」

「連她到底是黃是白還是黑都看不出來了，你知道嗎，希奧。可能是黑人，也可能像她媽一樣是波多黎各人。也可能是阿拉伯人。反正不像白人就是了。」吉米低頭注視著自己兩個膝蓋間那雙十指緊緊交錯的手。他突然注意到廚房地板上有不少油汙斑點。他左腳旁有一個不明棕斑，桌腳一側則沾了塊明顯的芥末漬。「珍妮是在睡夢中過世的，希奧。我無意冒犯也沒有惡意。但她走得確實平和，上了床，然後一睡不醒。」

「你不必把珍妮扯進來。」

「而我女兒呢？她是被人殺死的。同樣是死，死法卻可以差很多。」

片刻之間，小廚房裡一片靜默——某種嗡嗡作響的靜默，某種只會出現在那些樓下正在大開宴會的空屋裡的詭異靜默——吉米一時有些懷疑，無法確定希奧會不會真的蠢到還不知道要住嘴。來啊，希奧，你他媽不是有話要說嗎？說啊。我正好在興頭上呢，肚子裡不知道什麼東西在作祟，搞得我全身不對勁，正想找個人發洩發洩呢。

希奧終於說道：「聽好，這我能了解，」吉米緊閉著嘴，用鼻子釋放出了一口長長的氣。「我真的能了解。但，吉米，說真的，你實在不必——」

「不必怎樣？」吉米說道。「我實在不必怎樣，你說啊？有人拿槍在我女兒的後腦杓轟了個大洞，你卻還在這邊要我不要忘記——不要忘記什麼？——不要忘記我還有什麼他媽的鳥義務鳥責任要盡是吧？是吧？告訴我我沒說錯吧？你他媽的是想站在這裡跟我演起一家之長那套是吧？」

希奧低頭死盯著自己的鞋子，胸口起伏得厲害，雙手緊緊握拳。「我並不覺得我值得你這樣對待。」

吉米倏地起身，將椅子推回牆邊放好。他一把扛起冰桶，眼睛看向公寓大門，說道：「我們可以下樓去了嗎，希奧？」

「當然。」希奧說道。他將椅子留在原地，逕自扛起冰桶。他說道：「好吧好吧，算我不識相，偏偏要挑今天跟你說這些話。你還沒準備好。但是——」

「希奧？不要再說了。就這樣，不要再說話了。可以嗎？」

吉米扛著冰桶，開始往樓下走。他不知道自己這樣說會不會傷了希奧的感情，但終於決定自己才肏他媽的不在乎咧。管他去死。差不多就是現在吧，法醫那邊應該開始進行解剖了。吉米感覺自己還聞得到凱蒂嬰兒床的淡淡奶香，但在法醫的解剖室裡，他們正將一把把解剖刀手術刀與胸腔擴張器依序排好，骨鋸的插頭也插上了。

稍晚，客人走得差不多了後，吉米一個人踱到後陽台上，坐在那一排排自從星期六下午就曬在那裡、迎風飄搖的衣服下頭。他獨坐在那裡，在溫暖的陽光下，任由娜汀的一件連身牛仔褲隨風來回刷弄著他的頭髮。安娜貝絲與女孩兒們昨晚哭了一整晚，小公寓裡瀰漫著一片嗚咽抽泣聲，吉米一度以為自己隨時就要加入她們。但他終究沒有。在州監公園的斜坡上，當他看到西恩．狄文的眼神，告訴他他的女兒已經死了的時候，他曾經放聲尖叫。聲嘶力竭地尖叫。但除此之外，他卻什麼也感覺不到。於是他一個人坐在這裡，等待著眼淚的降臨。

他試著折磨自己，試著在腦中喚起一幕幕影像——嬰兒時期的凱蒂，坐在鹿島監獄那張飽經風霜的長桌彼端的凱蒂，讓出獄已滿半年的他摟在懷裡，哭得精疲力竭就要沉沉睡去前，卻還喃喃地問著媽咪什麼時候才要回來的凱蒂。他看到小凱蒂坐在浴缸裡扯開嗓門尖叫，看到八歲的凱蒂騎著腳踏車放學回家。他看到凱蒂微笑、看到凱蒂噘嘴、看到凱蒂憤憤不平地皺著眉頭，他看到與他並肩坐在餐桌上、讓他跟她殷殷講解長除法的原理時，那個一臉迷惑的凱蒂。他看到長大些的凱蒂同伊芙與黛安一起坐在後院的鞦韆上，懶洋洋地打發掉某個夏日午后；他看到那三個十一、二歲的小女孩，戴著牙套，前青春期女孩特有的清瘦身子下頭是一雙成長速度比全身其他部位都要快上許多的長腿。他看到凱蒂趴在床上，任由莎拉與娜汀在她身上打滾嘻鬧。他看到盛裝打扮正要出發參加高中期末舞會的凱蒂。他看到與他並肩坐在他那輛福特水星侯爵大車裡，手扶方向盤、下巴卻仍不住微微打顫的凱蒂；他看到那個惶惶恐恐、第一次親手發動引擎、第一次親手將車駛離街邊的凱蒂。他看到那個在她青春期的幾年間，常常對著他的臉吼回去，叛逆而任性的凱蒂——他常常覺得這時期的凱蒂尤其讓他覺得惹人憐愛，更甚小時候那個甜美可人的小凱蒂。

他不停地看到她再看到她再看到她，但眼淚卻始終不來。

會來的，他體內一個輕柔冷靜的聲音耳語道。你現在還處於最初的震驚之中。

但這最初的震驚已經開始漸漸褪去了啊，他在腦中對著那聲音說道。從剛剛在樓下和希奧交過那手後，那震驚就已經開始漸漸褪去了啊。

那很好啊，震驚一旦褪去，你的感覺就會回來了。

我現在就已經有一些感覺了。

那是悲慟，聲音說道。是哀傷。

那不是悲慟也不是哀傷。那是憤怒。

你確實也會感到憤怒。但憤怒終究也會褪去的。

我不想要它就這樣褪去。

16 也很高興看到你

大衛接麥可放學走路回家，一過了最後一個轉角，卻看到西恩．狄文和另一個傢伙斜倚在一輛停放在波以爾家大門外的黑色轎車的後車箱上。黑色轎車後頭掛著州政府車牌，車箱上則裝了密密麻麻、足以發射訊號到金星上去的天線。大衛從十五碼外就已經一眼看出西恩那同伴和他一樣，也是個條子。他有那種條子特有的歪下巴的方式，微微地向上翹又往外突出，連站姿都是標準的條子姿勢——重心故作輕鬆地放在腳後跟，事實上又全身戒備，看似隨時都可以往前衝去。如果這樣還沒洩露他條子的身分的話，一個四十五歲左右的男人頂個海軍式平頭，臉上還戴了副飛行員式的金邊墨鏡，也絕對洩了他的底。

大衛緊緊牽著麥可的手，胸口卻彷彿被人拿了一把浸過冰水的刀子緊貼著他的心肺。他幾乎要停下腳步，雙腳彷彿就要在人行道上生根，但一股莫名的力量卻硬推著他往前走；他勉強定下心神，試圖讓自己的動作看來一派正常流暢。就在這個時候，西恩的頭朝他這邊轉了過來，眼神一開始有些空洞而漫不經心，但隨即又一亮，定睛迎上了大衛的目光。

他倆臉上同時綻開一抹微笑，大衛咧著嘴笑得誇張，西恩也不惶多讓。大衛很驚訝地發現，西恩似乎真的很高興看到他。

「大衛．波以爾，」西恩一邊說道、一邊站直了身子朝大衛伸出手去，「多久沒見了？」

大衛握住西恩的手，讓西恩另一隻重重地搭上他肩頭的手再次嚇了一跳。

「上次在瓦倫酒吧。」大衛說。「大概有六年了吧？」

「沒錯，差不多有那麼久了。你的氣色看起來很不錯喔。」

「你呢，西恩？近來好嗎？」大衛可以感覺到一股暖流在他體內緩緩蔓延開來，某種他的理智再三警告必須抗拒的感覺。

可是，為什麼要抗拒呢？跟他一起長大的同輩當中，已經沒有幾個人還留在這裡了。他們離開這裡，並不光是那些老掉牙的因素──坐牢的坐牢、販毒的販毒、當警察的當警察，也有不少人舉家遷往郊區，更有不少人移居外州。那種想要融入郊區中產階級風情畫的欲望──沒事打打高爾夫球、逛逛購物中心，經營點小生意，回到家則有個金髮老婆可以抱、有台大螢幕電視可以看──也拉走了不少人。

沒錯，從小一起長大的人還留在這社區的已經所剩無幾了。當大衛緊握住西恩的手時，他心頭不禁湧出了一陣驕傲、快樂與莫名的哀傷。他想起了站在地鐵月台上看著吉米跳下軌道的那一天，他想起了那些星期六，那些什麼事情都可能發生的星期六。

「我很好。」西恩說道。他或許回答得真心，但大衛卻在他的笑容中看到了些許缺憾。「這位是誰？」

西恩彎下腰來看著麥可。

「這是我兒子，」大衛說道，「麥可。」

「嘿，麥可。很高興認識你。」

「嗨。」

「我叫西恩，是你爸爸一個很老、很老的朋友。」

大衛看著西恩的聲音讓麥可的眼神一下亮了起來。西恩的聲音絕對有種特殊的魔力，就像那個專門替所有電影的預告片配旁白的傢伙一樣。麥可兩眼晶晶亮亮的，彷彿看到了一則傳奇——他的父親和眼前這個高大、充滿自信的陌生人也曾經是兩個小男孩，就和他與他的那些朋友玩伴一樣；他們也曾經在同一條街上玩耍、曾經有過相同的幻想與夢。

「很高興認識你。」麥可說道。

「這是我的榮幸，麥可。」西恩和麥可握握手，然後抬頭看著大衛。「小帥哥一個，大衛。瑟萊絲好嗎？」

「很好，很好。」大衛試著回想西恩的太太的名字，卻只依稀記得他倆是在大學時代認識的。蘿拉？還是愛倫？

「嘿，代我跟瑟萊絲問聲好。」

「當然。你還是在州警隊嗎？」雲層後方突然綻露一線陽光，映射在黑色公務車的後車箱蓋上。大衛不禁讓反射的強光照瞇了眼睛。

「沒錯。」西恩應道。「呃，事實上，大衛，這位就是州警隊凶殺組的包爾斯警官，我的上司。」

「你好嗎？」

「我很好，波以爾先生。你呢？」

「還過得去。」

「大衛，」西恩說道，「我們可能要耽擱你幾分鐘的時間。就幾個簡單的問題，要麻煩你回答一下。」

「嗯，當然。什麼事？」

「波以爾先生，我們可以進去裡面談嗎？」包爾斯警官朝大衛家的大門口點了點頭。

「嗯，當然。」大衛牽起麥可的手。「跟我來。」

在樓梯間裡，一行人正好經過房東麥卡利家的大門時，西恩說道：「我聽說連這裡的房租都在漲。」

「沒錯，連這裡都在漲，」大衛說道。「我看這裡再不久也會變得跟尖頂區一樣，每五條街口就有一家天殺的雅痞古董店。」

「尖頂區，是啊，」西恩乾笑了一聲。「還記得我老爸那幢房子吧？早被拆掉改建成公寓了。」

「不會吧？」大衛說。「那是一幢很漂亮的房子呢。」

「更別說他是在房價飆漲之前就把房子賣掉了。」

「已經被改建成公寓了？」大衛說道，話聲讓狹窄的樓梯間放大了不少。大衛搖搖頭。「你老爸賣掉整幢房子的價錢，大概只夠那些雅痞們買一個小單位吧。」

「差不多，」西恩說。「但我們又能怎麼樣呢，對不對？」

「欸，也是啦。不過我有時又會覺得辦法是人想出來的；我在想，一定有什麼辦法可以把那群雅痞和他們該死的行動電話一起送回他們的老家去。我一個朋友就跟我說過，他說：『咱們這裡真正需要的不過就是一波他媽的犯罪潮。』」大衛自顧自地笑了笑。「我的意思是說，這樣一來，這裡的房價一定馬上就會降回合理的數字，房租也是。你懂我的意思吧？」

包爾斯警官說道：「州監公園裡面要是再多出現幾具少女的屍體，波以爾先生，你的願望可能就可以實現了。」

「嘿，我可沒說那是我的願望還是什麼的。」大衛說道。

包爾斯警官說道：「那當然。」

「你說髒話咧，爹地。」麥可說。

「對不起，麥可。爹地一下說溜了嘴，以後不會了。」大衛回頭對著西恩眨了一下眼睛，然後掏出鑰匙開了門。

「你太太在家嗎，波以爾先生？」包爾斯警官跟著進了門，一邊說道。

「啊？不、不、她不在。嘿，麥可，你先上樓去做功課，可以嗎？我們待會還得去一下吉米姨丈和安娜貝絲阿姨家。」

「可是，我——」

「麥可，」大衛低頭看著兒子，「上樓去。我和這兩位客人還有話要說。」

麥可臉上出現了那種所有被趕出大人談話場合的小孩子臉上都會出現的表情。他雙肩頹然下垂，腳踝像給綁上了兩大塊冰磚似地，拖著腳步往樓梯走去。他嘆了口氣，神情模樣與他母親如出一轍，然後開始不情不願地往樓上走。

「所有小孩都是這樣。」包爾斯警官說道，然後一屁股在客廳的長沙發上坐定了。

「都是怎樣？」

「那種肩膀往下一垮的動作。我兒子在他這年紀的時候也常會有這個動作；每晚趕他上床睡覺時，他都得來上這麼一記。」

大衛說道：「是嗎？」一邊往矮桌另一端的雙人沙發走去，也坐下了。

大約有一分鐘之久，他們三人就這樣面面相覷，挑著眉，等著看誰要先開口。

「你聽說凱蒂．馬可斯的事了吧？」西恩說道。

「當然，」大衛說道。「我今天早上在吉米家待了好一會兒，瑟萊絲現在還在那裡。老天，該怎麼說呢？欸，這真是個天殺的罪行啊。」

「沒錯。」包爾斯警官說道。

「兇手抓到了嗎？」大衛問道，一邊用左手搓揉著腫脹的右手，隨即才又驚覺自己這無意識的動作。他住了手，往沙發椅背一靠，盡可能自然輕鬆地將雙手插進了褲袋。

「我們正在調查這個案子。相信我，波以爾先生。」

「吉米還挺得住吧？」西恩問道。

「很難說。」大衛看向西恩，很高興找到機會可以將目光自包爾斯警官臉上移開。那傢伙臉上有著某種神情，攪得他心裡直發毛。也許是他盯著人看的方式吧；總讓人覺得他好像看得穿自己撒過的每一個謊，一路甚至可以追溯到你這該死的一生中撒過的第一個謊。

「你知道吉米的。」大衛說道。

「欸，我現在已經不敢這麼說了。」

「嗯，他還是悶葫蘆一個，什麼事都往心裡放。」大衛說道。「沒人猜得透他腦子裡到底在想些什麼。」

西恩點點頭。「我們今天來的目的，大衛……」

「我那晚有看到凱蒂，」大衛突然說道，「不曉得你們知不知道這件事。」

他看著西恩，而西恩兩手一攤，打算讓他繼續說下去。

「那天晚上，」大衛繼續說道，「我想應該就是她遇害當晚吧，我曾經在麥基酒吧看到她。」

西恩與條子交換過眼神，然後身子往前一傾，友善而堅決地擒住了大衛的目光。「事實上，大衛，這正是我們想要找你談談的原因。你的名字出現在麥基酒吧當晚的客人名單上。我們聽說凱蒂當晚在那裡還鬧了好一陣。」

大衛點點頭。「她和一個朋友跳上吧台跳了段舞。」

條子說道：「她們當時已經喝得很醉了吧？」

「應該是吧，不過……」

「不過什麼？」

「不過也還不到爛醉如泥的地步啦。她們只是跳舞，並沒有脫衣服還是什麼的。欸，怎麼說呢，不過就是十九歲的女孩子嘛，你懂我的意思吧？」

「十九歲的女孩子能在酒吧裡喝到酒，就表示這家酒吧恐怕會有好一陣子不能賣酒了。」包爾斯警官說。

「難道你沒有過嗎？」

「沒有什麼？」

「難道你二十一歲之前真的從來沒到酒吧裡喝過酒？」

包爾斯警官笑了笑，這微笑給大衛的感覺卻如同他的眼神一般，再次讓他覺得這傢伙身上的每一個細胞都正在窺探評估著他的一舉一動。

「你記得你是幾點離開麥基酒吧的嗎，波以爾先生？」

大衛聳聳肩。「大概一點左右吧。」

包爾斯警官將筆記本放在大腿上，低頭簡單寫了幾個字。

大衛望了望西恩。

西恩說道：「嘿，不要誤會了，我們只是不想遺漏任何一個細節罷了，大衛。對了，那天晚上你是和史丹利・坎普一起，是吧？巨人史丹利？」

「嗯。」

「順便問一下，他還好嗎？聽說他的小孩得了癌症。」

「血癌，」大衛說道。「已經是好幾年前的事了。他兒子後來還是死了。死的時候才四歲而已。」

「老天，」西恩說道，「什麼世界啊。媽的。世事難料。就好像這一刻你還正開車兜風兜得正得意正爽，下一刻你不過轉了個彎，胸腔裡竟然就冒出了什麼怪瘤，五個月後還乾脆就買單了。媽的，這是什麼世界啊。」

「什麼世界，沒錯，」大衛應和道。「不過史丹利倒還好，沒讓這事給擊垮了。他在愛迪生那邊找到一份不錯的差事。每個星期二和星期四晚上的公園聯盟籃球賽也還照打。」

「還是籃板下的恐怖份子嗎？」西恩顧自笑開了。

大衛也笑了。「他的確很愛幹人拐子。」

「你記得凱蒂和她那兩個朋友是幾點離開酒吧的嗎？」西恩問道，笑聲仍未歇。

「這我就不太清楚了，」大衛說道。「可能差不多是紅襪隊的比賽快要結束的時候吧。」

西恩這是在搞什麼鬼？他有問題大可直截了當地問了，幹什麼還要先跟他拉關係、假意問了堆巨人史丹利的事？或者這真的只是他自己多心了？也許他真的只是想到什麼就問什麼——大衛一下子也拿不定主意。他們在懷疑他嗎？他們真的把他當成凱蒂命案的嫌疑犯了嗎？

「我記得那是場晚場球賽，」西恩說道，「而且還是在加州的球場。」

「嗄？十點三十五分開始，對了。那幾個女孩子大概比我早十五分鐘離開吧。」

「所以說應該是十二點四十五分左右。」條子說道。

「應該是吧。」

「你知道那幾個女孩子之後去了哪裡嗎？」

大衛搖搖頭。「那是我最後一次看到她們。」

「是嗎？」包爾斯警官低頭又是一陣振筆疾書。

大衛點點頭。「是的。」

包爾斯警官又在本子裡寫了一陣，筆尖像隻小爪子似的、窸窸窣窣地搔刮著紙面。

「大衛，你記得有個傢伙拿鑰匙丟他的朋友嗎？」

「啊？」

「有個喝得爛醉的傢伙，」西恩說道，一邊迅速地翻過他的記事簿，「一個叫做，嗯，喬伊．寇斯比的傢伙。他的朋友擔心他開車，想拿走他的車鑰匙，他抄起鑰匙就往其中一人的頭上一丟。鬧了好一陣。你當時在場嗎？」

「應該是我離開以後發生的事吧。怎麼了？」

「也沒什麼啦，」西恩說道。「就挺好笑的一件事。那傢伙不肯讓人拿走鑰匙，結果這樣一鬧，鑰匙還不就從他手中飛出去了。醉鬼的邏輯，是吧？」

「大概吧。」

「那天晚上你還有注意到任何不尋常的事嗎？」

「比如說？」

「比如說是不是有什麼人看那幾個女孩子跳舞的時候眼神不懷好意的？你知道我在說哪種人吧——那種高中畢業舞會之夜一個人留在家裡，胡亂過了十五年的鳥日子後卻還在為當年的事生氣，一看到年輕女孩子就恨得牙癢癢的，好像他們一輩子的失敗全都是她們的錯似的。你知道那種人吧？」

「當然。還見過幾個。」

「那天晚上麥基酒吧裡有那種人嗎？」

「倒沒注意到。嗯，我是說，大部分時間我都在看球賽。事實上，西恩，在那幾個女孩跳上吧檯之前，我甚至連她們都沒注意到呢。」

西恩點點頭。

「那場比賽還不錯吧。」包爾斯警官說道。

「嗯，」大衛說，「那天是佩卓主投。原本是無安打的，都是讓第八局那支德州安打破了局。」

「沒錯。咱們佩卓確實有兩下子，不是嗎？」

「他是當今最好的投手。」

包爾斯警官轉頭望向西恩，然後兩人便同時站了起來。

「就這樣？」大衛說道。

「是的，波以爾先生。」他和大衛握握手。「謝謝你的合作。」

「沒什麼。應該的。」

「喔，媽的，」包爾斯警官說道。「還有個問題忘了問你：你離開麥基酒吧後去了哪裡？」

大衛脫口而出：「這裡。」

「你是說你就直接回家了？」

「是的。」大衛直視著他，聲音沉著平穩。

包爾斯警官再度翻開筆記簿。「一點十五分到家，」他邊寫邊抬頭看了看大衛。「這樣寫對嗎？」

「差不多吧。」

「好的，就這樣了。波以爾先生，再次謝謝你。」

包爾斯警官轉身出門下樓，但西恩卻在門口停下了腳步。「真的很高興再看到你，大衛。」

「我也是。」大衛說，同時努力回想自己當年到底討厭西恩哪一點。但他怎麼也想不起來。

「我們應該找個時間去喝一杯，」西恩說道，「就最近。」

「沒問題。」

「那就先這樣了。保重了，大衛。」

他們握了握手。腫脹的傷手被這一握更是痛不可當，但大衛克制住了縮手的衝動。

「你也是，西恩。」

西恩走下樓，大衛站在樓梯口目送他離開。西恩背對著他，再度舉手一揮，大衛也對他揮了揮手，雖然他知道西恩不可能看得到。

大衛決定在去吉米和安娜貝絲家前，先在廚房裡來瓶啤酒。他希望麥可不要一聽到西恩和那個條子走了就馬上跑下樓來。他需要幾分鐘的時間獨處，一個人靜一靜，花點時間整理一下腦子裡混亂的思緒。他不是很確定剛才在客廳裡到底發生了什麼事。他不知道西恩和那個條子究竟是把他當作證人還是嫌疑犯；他們問話的口氣始終模稜兩可，搞得他始終無法確定他們真正的來意。這種不確定的感覺總是會給他帶來一陣老老實實侖他媽的頭痛。每當大衛對眼前情勢感到無所適從、每當地面又開始搖晃滑動的時候，他的腦子就像讓人拿了菜刀對準中央一劈那樣，裂成了兩半。這種感覺通常會繼之以一陣頭暈目眩的頭痛，有時甚至更糟。

因為有的時候大衛不是大衛。他是那個男孩。那個從狼口逃生的男孩。不光是這樣。他是那個從狼口逃生後長大了的男孩。那是個迥異於大衛．波以爾的生物。

那個從狼口逃生後長大了的男孩，是屬於黑暗的動物，在森林中穿梭潛行，無聲無息而難以捉摸。他活在一個外人看不到、摸不到，甚至從不曾知道它的存在、也從來不想去知道它的存在的世界裡。這個世界就像一股幽黑的暗潮，與我們身處的世界並肩齊流。這是一個由蟋蟀和螢火蟲組成的世界，外人無從窺視；它偶爾或許會在電光火石的一瞬間自你的眼角一閃而過，當你轉過頭想看個清楚時，它卻早已消失得無影無蹤。

很多時候，大衛就活在這個世界裡。在這個世界裡，大衛不再是大衛，而是那個男孩。而這個男孩卻不曾好好地長大。他變得更憤怒更偏執，敢做許多現實生活中的大衛連想都不敢想的事。男孩通常只活在大衛的夢裡，像隻未馴服的野獸，在濃密的樹林間狂奔，身影稍縱即逝。但，只要他留在大衛夢中的森林裡，他便無法真的傷害到任何人。

然而，打從孩提時代起，大衛就飽嘗失眠之苦。失眠會在好幾個月的恬靜好眠後悄悄找上他，於是突然間他就又回到了那個睡睡醒醒、始終無法真的入睡的狂躁世界。幾天下來，大衛的視角便會開始出現東西——多半是老鼠，飛快地竄過牆角與桌面，有時候則是黑蒼蠅，在角落亂飛一陣後又飛進另一個房間。他面前的空氣中會突如其來地閃過一陣流星雨般的點點電光。他眼中的每一個人都變成了橡皮人。然後男孩會一腳跨過夢幻森林的邊界，進入清醒的世界。大衛通常有辦法控制他，但有時男孩卻會嚇到大衛。男孩會在他耳畔厲聲尖叫。男孩總是會在不該笑的時候放聲狂笑。男孩在大衛體內虎視眈眈，威脅著要撕下大衛始終掛在臉上的面具，讓這個世界的人知道他的存在。

大衛已經三天沒有好好睡覺了。夜復一夜，他睜大了眼睛躺在床上，看著身旁熟睡的瑟萊絲，感覺男孩在他大腦裡頭那些海綿狀的組織上起舞作樂，眼前則不斷閃過陣陣流星電光。

「我只是需要讓我的腦袋清醒一下，」大衛喃喃自語道，然後又啜了一口啤酒。我只是需要讓我的腦袋清醒一下，然後一切就都不會有問題了。他一邊側耳聆聽著麥可下樓的聲音，一邊這麼告訴自己。我只要再撐一會，讓一切緩和下來，然後我就終於可以好好地睡上一覺，然後男孩就會回到他的森林裡，然後人們看來就不再會像是橡皮人，然後黑蒼蠅便會跟著老鼠回到牠們的洞穴裡去。

當大衛帶著麥可再度回到吉米和安娜貝絲的家時，已經是下午四點以後的事了。當時一屋子的人已經走了大半，屋內瀰漫著某種走味的蕭條冷清——只剩半盒的蛋糕與甜甜圈、客廳裡揮之不去的濃濃菸味，凱蒂的死。原本從一早到下午籠罩著屋內、那種肅穆寧靜的悲傷與愛已然消散了大半，當大衛再度回到這裡時，公寓裡只剩下某種人群散去後的冷清寂靜，那些椅腳搔刮地板的聲響，那些自門廊盡頭傳來、刻意壓低音量的道別聲都足以叫人心頭一震，渾身血液都幾乎要跟著一陣騷動。

根據瑟萊絲的說法，吉米整個下午大部分時間都待在後陽台上。他不時會回到屋裡，查看安娜貝絲或是接受新到親友的弔唁，但不久也總是會再踱開，回到後陽台上，坐在那排早因久曬而變得又乾又硬的衣服下頭。大衛詢問安娜貝絲是否有什麼需要他幫忙的地方，但安娜貝絲卻甚至沒等他把句子說完便一個勁地搖頭。大衛知道他這麼問其實是多餘的。如果安娜貝絲真的需要幫忙，在找上大衛之前，她至少還有十個、甚至十五個人可以找。大衛試著提醒自己來這裡的目的，不要被安娜貝絲的態度搞得心煩意亂。大衛知道自己從來也不是那種讓人求助的對象；有時候他甚至會覺得自己彷彿不存在這星球上。雖然心底不無遺憾——某種深刻卻認命的遺憾，事實上——但他卻也早有覺悟，自己這輩子恐怕就這樣過了吧；他就是這樣一個無足輕重，沒人真的需要、真的願意倚重的小人物。

大衛就帶著這種渾渾噩噩的感覺來到了後陽台。吉米背對著他，坐在一張舊涼椅上，頭頂有衣服隨風翻飛。他聽到大衛接近的腳步聲，微微揚高了下巴。

「我打擾到你了嗎，吉姆？」

「大衛。」吉米對著繞過椅子往他面前走來的大衛友善地一笑。「沒的事。找個地方坐下吧。」

大衛在吉米面前的一個塑膠牛奶箱上坐下了。他可以聽到吉米身後的公寓傳來陣陣若有似無的嗡嗡聲，偶爾再伴隨一兩記鏗鏗鏘鏘的刀叉碗盤碰撞聲。那些來自日常生活的細碎聲響。

「我這一整天都還沒有機會跟你講到話，」吉米說道。「你還好嗎？」

「你還好嗎？」大衛說道。「媽的。」

吉米雙手高舉過頭伸了個懶腰，再打了個哈欠。「你知道嗎，所有人看到我就一直問我好不好——或許吧，或許此時此刻除了這個之外，他們也不知道還能對我說些什麼。」他放下雙手，聳聳肩。「怎麼說呢，就時好時壞吧。我現在還好。不過隨時可能又要不好了。」他再度聳聳肩然後定睛看著大衛的手。「你的手怎麼了？」

大衛低頭瞄了一眼自己腫脹的傷手。他有一整天的時間可以編出一套說詞，而他卻一直忘了要去想這件事。「這個？嗯，我去幫一個朋友搬沙發，結果在樓梯間裡不小心撞到了門框。」

吉米歪著頭，看了看大衛指關節間的那片淤青。「是這樣喔。」

大衛看得出來吉米並不真的相信他的說法。他決定自己得再編個更有說服力的故事好應付下一個問他的人。

「蠢事一件。」大衛說道。「欸，人就是有辦法做些蠢事把自己搞受傷。你懂我的意思吧？」

吉米將目光移到大衛臉上，似乎已經決定將這件無關緊要的事拋到腦後。他靜靜地瞅著大衛，臉上僵硬的線條一下軟化了不少。「嘿，真的很高興看到你。」

大衛幾乎要脫口而出，真的嗎？

在他認識吉米的二十五年裡，大衛不記得自己曾有哪一次真心覺得吉米很高興看到他。至多就是不介意看到他吧，但不介意畢竟不是樂意。即使在他倆的生活因為他們各自娶了安娜貝絲和瑟萊絲這對表姊妹而再度有了交集後，就他記憶所及，吉米從未表示過他倆有一點除了點頭之交以外的情誼。一陣子之後，大衛於是也就接受吉米只把他當作點頭之交的事實。

是啊，他們從來不曾是朋友。他們從來不曾一起在瑞斯特街上玩過棍球、不曾一起踢過空罐子。在那一整年的時間裡，他們不曾每個星期六都和西恩．狄文混在一起，不曾在哈維街旁的砂石坑裡玩過戰爭遊戲，或是在波普公園附近那排工廠廠房上跳過屋頂；他們從來不曾一起去查爾斯戲院看過《大白鯊》、從來不曾一起被電影嚇得抱頭放聲尖叫。他們從來不曾一起騎腳踏車練習壓車甩尾，從來不曾為了誰要扮演《警網雙雄》裡的史塔斯基還是哈奇、或者誰老是被分配到《夜襲者》裡的柯查一角而爭執不休。他們從來不曾在七五年那場暴風雪過後的第一天一起帶著雪橇溜上了桑莫塞丘、不曾三人一起以神風特攻隊之姿俯衝直下、不曾一起撞壞了雪橇。是的。那輛飄散著濃濃蘋果味的車子從來不曾沿著加農街朝他們駛來。

然而此刻，在他女兒猝死的隔日，吉米．馬可斯坐在他的面前，告訴他他真的很高興看到他，而大衛——一如兩個小時前在西恩面前一樣——竟真的能感受得到那份發自內心的誠意。

「我也很高興看到你，吉米。」

「我們的老婆還好吧？」吉米問道，嘴角那彎笑意幾乎就要攀上了他的眼底。

「還好吧，我想。娜汀和莎拉呢？怎麼沒看到人？」

「應該是跟希奧在一起吧。嘿，大衛，記得幫我謝謝瑟萊絲。她今天真的幫了很大的忙。」

「吉米，你不必謝任何人。只要是我們還能幫得上忙的地方，我和瑟萊絲都很樂意去做。」

「我知道。」吉米探出一隻手，重重地捏了大衛的上臂幾下。「謝謝你。」

在那一刻，大衛甚至願意為吉米抬起整幢房子；他願意捧著它，緊緊抵在胸前，直到吉米告訴他要把房子放在哪裡。

他幾乎要忘了他來後陽台的目的：他必須告訴吉米星期六晚上他曾在麥基酒吧看到凱蒂的事。他必須趕緊把這件事情講出來，否則他恐怕就會這麼一拖再拖，等到他終於決定要開口的時候，吉米恐怕會覺得奇怪為什麼他不早點告訴他。他得在吉米從別人那裡聽到這件事前先跟他開口了。

「你猜我今天見到誰了？」

吉米說道：「誰？」

「西恩．狄文，」大衛說道。「還記得他嗎？」

「當然，」吉米說道。「我還留著他的棒球手套。」

「什麼？」

吉米大手一揮，不願再多做解釋。「他後來當了條子。事實上，他正在調查凱蒂的……呃，凱蒂的案子。這案子現在是他負責的就對了。」

「嗯，這我知道，」大衛說道。「他剛剛才去過我那裡。」

「是嗎？」吉米說道。「嗯。他找你做什麼，大衛？」

大衛試著以最自然隨意的口氣，一口氣說出他事先準備好的答案。「我星期六晚上去過麥基酒吧。跟凱蒂差不多時候去的。我的名字出現在當晚的客人名單上。」

「凱蒂在那裡，」吉米說道，他凝望著前方的街道，兩眼漸漸地瞇了起來。「大衛，你說你星期六晚上曾經看到凱蒂？我的凱蒂？」

「嗯，沒錯，吉米，我在那裡，凱蒂也在那裡。然後她就跟她兩個朋友走了，然後——」

「黛安和伊芙？」

「應該是吧，就是那兩個常常跟她在一起的女孩子。她們後來就一起離開了。就這樣。」

「就這樣，」吉米重複道，目光再度飄開了。

「呃，我的意思是說，那是我最後一次看到她了。可是，你知道的，我也在那張名單上。」

「你也在名單上，沒錯。」吉米淺淺地笑了，卻不是對著大衛，而是對著遠方某個只有他才看得到的影像。「那天晚上你有跟她講到話嗎？」

「凱蒂？沒有，吉姆。我整晚都跟巨人史丹利在看球賽。我只跟凱蒂點過頭打過招呼而已。等我再度想到她的時候，她就已經離開了。」

吉米靜靜地坐了一會，用力的吸了幾口氣，頻頻對著自己輕輕地點頭。最後，他的目光終於再度落定在大衛臉上，對著他露出了一抹慘淡的微笑。

「真好。」

「什麼？」大衛說道。

「坐在這裡。什麼也不做，只是坐在這裡。真好。」

「是嗎？」

「只是坐在這裡，看著這個地方，」吉米說道。「你的一生就是忙，整天馬不停蹄地到處忙，忙工作、忙小孩，媽的，除了睡覺時間以外，你幾乎沒有時間停下來休息一下。即使是今天。即使是在像今天這樣不尋常的日子裡，我卻仍得留心去關照每一個細節。我得打電話給彼德和薩爾，確定店裡沒事。我得確定我兩個女兒早上起來都刷過牙洗過臉換過衣服。然後我還得不時注意我的老婆，確定她還挺得住，你知道嗎？」吉米對著大衛茫然一笑，身子微微搖晃了幾下，愈發往前傾，他的十指緊緊交錯。「我得跟人握手、接受人家的慰問弔唁，我得在冰箱裡找位子放那些食物和啤酒，我得忍受我的岳父，然後我還得打電話給法醫辦公室，問他們我到底什麼時候才可以領回女兒的遺體，因為我得跟瑞德葬儀社和聖西西莉亞教堂的維拉神父約時間，然後我還得為守靈會張羅場地安排外燴，還有——」

「吉米，」大衛說道，「這些事不一定都要你去辦。有的你真的可以交給我們辦。」

但吉米只是一逕往前數去，彷彿完全不曾注意到大衛的存在。

「——我不能把這事搞砸了，我絕對不能搞砸任何一個他媽的細節。不然她等於得再死一次，不然十年後當大家想起她的一生卻只會記得她的葬禮是一場他媽的災難，所以我絕對不能搞砸了，我絕對不能讓它變成大家想起她對凱蒂僅有的回憶——你懂我的意思嗎？——因為凱蒂，老天，因為凱蒂從小，從她六歲開始，你就很難不去注意到她是一個多麼愛乾淨、做事多麼有條不紊的女孩子。她的衣服永遠都是自己整理得好好的。所以沒關係，這樣真的是很好，沒錯，來這裡只是坐著，只是坐著看著這個地方，試著想出一件關於凱蒂的事，一件終於能讓我的眼淚流出來的事。因為，大衛，我發誓，我㑚他媽的快火了——那是我的女兒哪，死的是我的女兒哪，而我竟然㑚他媽的哭不出來。」

「吉米。」

「什麼事？」

「你哭了。」

「真的嗎？」

「摸摸你的臉。」

吉米伸手一探，感覺到雙頰上的一片潮濕。他將沾了淚水的手指舉在眼前，靜靜地端詳了好一會兒。

「媽的。」吉米說道。

「你要我離開讓你一個人靜一靜嗎？」

「不，大衛。不用了。再陪我多坐一會兒，如果可以的話。」

「沒問題，吉姆。當然沒問題。」

17 多看一眼

預定要與馬汀．傅列爾開會前一小時，西恩陪著懷迪跑了一趟懷迪的公寓，好讓他換下剛才不小心讓午餐濺到的襯衫。

懷迪與兒子泰瑞共住在城南的一幢白磚公寓裡。小公寓裡鋪著最常見的那種米白色地毯，牆壁則漆成毫無個性的白色，屋裡還瀰漫著通常只見於汽車旅館與醫院走廊那種積年累月不曾開窗通風的空間才會有的味道。他們開門進去的時候，客廳裡的電視竟然還開著，ESPN運動頻道低聲地對著空蕩蕩的公寓，不斷放送一波又一波某場球賽的最新戰況；而一堆Sega遊戲機的各式組件則散落在偌大的電視螢幕前的地毯上。電視對面是一張顯然實用舒適遠勝於外觀考量的兩用沙發；至於廚房呢，西恩不用看也知道，不外乎就是一個塞滿各式冷凍微波速食的冰箱，以及一只裝滿麥當勞漢堡包裝紙的垃圾桶。

「泰瑞呢？」西恩問道。

「玩曲棍球去了吧，我猜。」懷迪說道。「嗯，也可能是棒球就是了。現在畢竟是棒球季。不過曲棍球再怎麼說都是他的最愛，全年無休不分季的。」

西恩見過泰瑞一次。當年，十四歲的泰瑞身形就已經龐大得嚇人了，西恩簡直不敢想像再過兩年他的個頭又會竄高到什麼地步，還有他一旦穿上裝備、拿著球棍在冰上全速衝撞時，他可憐的對手又會有多害怕。

懷迪擁有泰瑞的監護權，因為離婚時妻子根本無意爭取。幾年前，她拋下懷迪父子倆，跟了一個專打民事賠償官司的律師；那傢伙毒癮不淺，後來甚至搞得不但被取消了律師資格，還惹來侵占官司纏身。但她倒是對那傢伙不離不棄，至少西恩是這麼聽說的，多年來也還和懷迪常有聯絡。有時，聽懷迪在那邊講些有關他前妻的事時，你不時還得提醒自己一下，他們其實早已離婚多年了。

比如說現在。懷迪一邊解開襯衫鈕扣，一邊走進客廳，看著散落一地的Sega卡帶，隨口感嘆道：「蘇珊說我和泰瑞的這個狗窩簡直是所有男人夢想中的快樂天堂……呃，你知道的，就邊說還邊翻白眼那樣。哼！我倒覺得她其實忌妒得很。對了，要來罐啤酒嗎？」

西恩想起了傅列爾說的那段有關懷迪酗酒問題的話，然後想像一小時後他要是帶著一身薄荷糖也遮不去的酒味走進會議室時，那些大頭臉上又會出現什麼表情。或者，根據他對懷迪的了解，他這麼問說不定只是要試試他罷了。畢竟剛停職復職的人是他，不是懷迪。

「水就可以了，」他說道。「可樂也不錯。」

「不錯不錯，」懷迪微笑著說道，一副剛剛果然是在測驗西恩的模樣——但西恩注意到他懶洋洋的目光裡隱約透露著一絲渴望，他那緩緩劃過兩側嘴角的舌尖似乎也正在呼喊著同樣的需求。「兩瓶可樂馬上來。」

懷迪再度從廚房裡鑽出來時，手裡拿著兩罐可樂。他遞過一罐給西恩。接著他便踱進客廳走道旁的一間小浴室裡，西恩聽到他窸窸窣窣脫下襯衫、然後扭開水龍頭的聲音。

「這案子愈看愈不像是有預謀的了，」懷迪在浴室裡提高嗓門大聲說道。「你有沒有這種感覺？」

「是有一點。」西恩承認道。

「法洛與奧唐諾的不在場證明看來應該是假不了的。」

「但這並不代表人不是他們買凶殺死的。」西恩說道。

「這點我同意。不過你真的這麼覺得嗎？」

「嗯，這很難說。職業殺手的手法應該會更俐落些。」

「總之我們暫時還不能排除這個可能就是了。」

「同意。」

「我們還得再查查那個哈里斯小子，他畢竟沒有不在場證明……欸，不過說真的，我實在不覺得他下得了這種手。那小子一看就是一副連蟑螂螞蟻都不敢殺的模樣，你知道我在說什麼吧？」

「但你別忘了，他可能會有下手的動機，」西恩說道。「呃，比如說吧，他終於受不了凱蒂·馬可斯和奧唐諾還一直藕斷絲連、牽扯不清之類的。」

懷迪走出浴室，手裡還邊拿著一條毛巾擦臉；他蒼白的肚皮上嵌著一條勳章似的刀疤，像微笑的大嘴似地，從胸腔一側邊緣劃到另一側的邊緣。

「是沒錯，不過那小子怎麼看就不像是那種料。」懷迪轉身向著屋後的臥房走去。

西恩站到走道上。「我也不希望是他。但我們說了不算，總要有證據證明。」

「嗯，還有，照慣例，死者父親和她那幾個瘋狗舅舅也得查過。不過我已經派人問過附近鄰居了，看來應該不是家裡的問題。」

西恩倚在牆上，啜飲著他的可樂。「如果這真是臨時起意的兇殺案，嗯，媽的，這下可就有得玩了……」

「嗯，是就有得玩了沒錯。」懷迪走出臥房，肩上披著一件乾淨的襯衫。「那個老太太派爾，」他邊說邊扣上鈕扣，「她倒沒提過聽到尖叫聲。」

「只聽到槍聲。」

「槍聲是我們說的。嗯，不過應該也錯不了。但我要說的是，她沒有聽到尖叫聲。」

「說不定死者當時光忙著用車門攻擊歹徒，想把他撞倒了好趁機逃跑。」

「這倒說得通。但當她剛剛看到他，看到他朝著她的車子走來的時候呢？她那時多的是機會尖叫求救啊？」懷迪說著又往廚房走去。

西恩跟在後頭也進了廚房。「嗯，這表示她可能認識他。所以她才會說了那聲嗨。」

「嗯。」懷迪點點頭。「好，那另外一個問題是，她當初又為什麼要把車停下來呢？」

「不對。」西恩說道。

「不對？」懷迪身子半倚在流理檯上，定睛瞅著西恩。

「不對，」西恩重複道。「那車子是撞上人行道邊緣才停下來的。」

「可是我們在現場並沒有看到煞車痕。」

西恩點點頭。「或許她當時車速只有十五哩左右，或許她是看到路上有什麼東西，才會突然把車頭往路邊一調。」

「看到什麼？」

「媽的我怎麼知道？這裡你才是老闆耶。」

懷迪微笑著一口喝光了手裡的可樂，接著又打開冰箱拿出另一罐。「什麼原因會讓她煞車也不踩地撞上人行道？」

「路上有什麼東西。」西恩說道。

懷迪微微舉高他的第二罐可樂，做致敬狀。「但我們趕到現場的時候，並沒有發現路上有任何東西。」

「因為我們趕到現場已經是第二天早上的事了。」

「好，那會是什麼東西呢？磚塊？還是什麼？」

「磚塊未免太小了吧，當時天色那麼暗。」

「磚塊太小，那就空心磚吧。」

「嗯。」

「總之就是路上的某樣東西就是了。」懷迪說道。

「某樣東西。」西恩同意道。

「她方向盤一打，前輪撞上人行道，她離合器再一放，然後車子就熄火了。」

「就在那個時候，歹徒現身了。」

「某個她認識的人。然後呢，怎麼，他就向前先跟她打過招呼是吧？」

「然後她就用車門撞他，然後——」

「你被車門撞過嗎？」懷迪邊說邊將衣領立了起來，再將領帶繞了上去。

「嗯，目前為止還沒那種經驗。」

「那力道感覺起來就跟挨了一拳差不多。假設你站得離車門很近好了；一個體重一百一十磅上下的女人用她那輛豐田老爺車的車門用力往你這邊一撞——老實說，你要是站得夠近的話，恐怕根本不會覺得痛，只是被撞得有些不爽罷了。凱倫．休斯說歹徒開第一槍的時候大約離車子只有六吋遠。六吋。」

西恩默默地點點頭。「好吧。但如果她是先擺橫了身子，然後才朝車門用力一踢呢？這力道總夠大了吧？」

「但那也要車門原本就是開的才成。車門要是關上了，她就算躺在那邊踢一整天也沒用。當然，她必須先用手打開車門，然後再猛力把車門往外一推。所以說，歹徒很可能就是剛好往後退了一步、又根本沒想到她會來這招，再不然……」

「再不然就是他體重也很輕。」

懷迪將衣領重新摺下來，蓋在剛打好的領帶上。「這就讓我想起腳印的問題了。」

「他媽的腳印問題。」西恩說道。

「沒錯！」懷迪吼道。「肏他媽的腳印。」他扣上襯衫的第一顆鈕扣，將領帶繫緊了。「西恩，那傢伙追她追過了整個公園。她死命往前跑，跑得愈快他就被惹得愈毛，像頭狂怒的猩猩一樣死咬著女孩的屁股猛追。我的重點是，他跑過了整個公園耶。你倒說說看，他到底是怎麼辦到的，竟然會連一個深一點的腳印也沒留下？」

「那晚下了一整夜的雨。」

「但我們還是找到三枚她的腳印了啊。少來了，這其中必定他媽的大有文章。」

西恩頭往後一傾，靠在儲藏櫃的門上，試著想像那個畫面——凱蒂．馬可斯，兩隻手臂瘋狂地擺動，自舊銀幕前的那片斜坡俯衝直下；她的皮膚讓樹叢刮傷了，頭髮讓汗水與雨水浸濕了，而她的前胸與手臂上則是一大片迅速擴散中的殷紅血漬。至於緊追在後的兇手，在西恩的想像中，則是一抹沒有面孔的暗影；女孩衝下斜坡幾秒後，暗影緊接著也出現在斜坡頂端，然後迅速地跟上了前方獵物的腳步，汩汩鮮血加快了速度，流經他耳畔的血管，如嗜血的暗夜鼓聲般砰砰催促著他。一抹高大黝黑的暗影，西恩是這麼想像的，龐大而駭人。並且聰明。是的，聰明。至少聰明得會想到要在路中間放個什麼東西，讓凱蒂．馬可斯的車子失控地撞上人行道。至少聰明到會挑選在雪梨街上這樣一個入夜後人跡罕至的地點下手。老太太派爾會聽到街上的動靜，純粹只是個意外，一個兇手事前無法預料到的意外；因為，就連西恩當初乍聽到那排幾乎全讓大火燒光了的房子附近竟然還住了人時，也感到相當的意外。除了這個意外之外，兇手的一切安排確實都很聰明。

「聰明到會回頭去處理掉一切痕跡線索嗎？你以為呢？」西恩突然開口道。

了。」

「啊？」

「我說兇手。你以為呢？也許他殺了她之後，又回頭循著原來的路線，把自己的腳印都處理掉了。」

「是有這個可能，但他又怎麼記得自己到底踩過了哪片土地呢？別忘了，當時公園裡一片漆黑。即使，呃，這麼說好了，即使他有手電筒又怎樣？公園這麼大，他哪有那能耐去找出每一個腳印，然後再一一處理掉呢？」

「所以我才說是那場大雨呀。」

「嗯。」懷迪嘆了一口氣。「雨再大，只要腳印夠深，一樣還是會留下痕跡啊……除非，除非兇手體重很輕。如果兇手體重沒超過一百五十磅的話，那你說腳印全讓雨水沖刷掉了我就信。」

「布蘭登．哈里斯看來並不會比一百五十磅重多少。」

懷迪呻吟了一聲。「你真的相信那小子做得出這種事？」

「不。」

「我也一樣。你那個老朋友如何？他看來也差不多就這體重。」

「我哪個老朋友？」

「波以爾啊。」

西恩站直了身子。「我們怎麼會扯到他那裡去了？」

「我們正要往那裡扯。」

「不對不對。等等——」

懷迪舉起一隻手。「他說他差不多是一點左右離開酒吧的？聽他在放屁。那個讓鑰匙砸爛的時鐘就停在差十分一點的地方。而凱瑟琳．馬可斯則是在十二點四十五分左右離開的。這幾個時間我們都已經確定過了。你這老朋友週六晚上的行蹤有十五分鐘的漏洞，至少就我們目前所知。何況，天知道他後來是幾點到家的。我的意思是，真正回到家裡？」

西恩笑了。「懷迪，你搞清楚，他不過就是剛好出現在酒吧客人名單上的一個名字罷了啊。」

「那酒吧正好是死者最後去過的地方。最後一個地方，西恩。話也是你自己說的。」

「什麼話？」

「你說兇手說不定是那種畢業舞會之夜一個人躲在家裡的可憐蟲。」

「我只是——」

「我並沒打算一口咬定是他幹的。我甚至根本沒打算要往那裡想。至少現在還沒。但我就是覺得那傢伙哪裡怪怪的。你聽他在那邊講什麼他媽的犯罪潮有沒有？媽的，你看他一臉認真的樣子。」

西恩將喝完的可樂空罐放在流理檯上。「你垃圾有分類嗎？」

懷迪的眉頭堆了起來。「沒。」

「空罐回收一個五分錢耶。」

「西恩。」

西恩將空罐丟進垃圾桶裡。「你現在是在跟我說，你真的認為像大衛．波以爾這樣一個傢伙，竟會為了不滿雅痞進占社區、憤而殺死他老婆的——的什麼？——她老婆表姐的女兒是吧？媽的懷迪，你可以再他媽的好笑一點。」

「我就逮過一個傢伙，他親手幹掉自己老婆，只因為她嫌他做的菜不好吃。」

「但那是婚姻，那是夫妻之間累積了多年的不滿與怨恨。你現在說的是一個平凡無奇的傢伙，一早醒來突然決定說，『媽的，這房租實在是漲得太不像話了。嗯，看來我得出去殺幾個人，直到房租降到原來的水準為止。』」

懷迪被逗笑了。

「怎樣？」西恩問道。

「你一定要把話講成那樣是吧？」懷迪說道。「好吧，我承認是有點可笑。但無可否認的是，那傢伙確實有問題。如果他的行蹤沒有漏洞，那我就放過他了。如果他沒有在她死前一小時見過她，那我也會放過他。問題就出在他的行蹤確實交代不清楚，也確實曾在那時候見過她；而且，無論如何我就是覺得他哪裡不太對勁。他說他離開酒吧後就直接回家了是吧？那好，我要他老婆親口證實這件事。我要他樓下鄰居證實曾在一點零五分聽到他上樓的腳步聲。然後我就會把他抛到腦後。對了，你有注意到他的手嗎？」

西恩沒有說話。

「他的右手腫得起碼有他左手的兩倍大。那傢伙這幾天一定和人幹過架之類的，這我要一個交代。等我證實他的手是因為在酒吧跟人幹架受的傷，那我才要放過他。」

懷迪仰頭把第二罐可樂也一飲而盡，然後將空罐往垃圾桶一丟。

「大衛．波以爾，」西恩說道。「看來你是真的卯上大衛．波以爾了。」

「也不盡然。」懷迪說道。「只是打算多看他一眼，如此而已。」

會議舉行的地點是一間位於地檢處三樓，由重案與兇殺兩組共用的會議室。傅列爾向來喜歡在這裡召開會議，因為這裡冰冷而嚴肅，沒有任何多餘的裝飾，椅子是硬的，桌子是黑的，而牆壁則漆成了空心磚般的淺灰色。這不是一個讓人聊天談笑說廢話的地方。除非必要，平常根本沒有人會在這裡逗留；會議在這裡召開，結束後人人分頭散去，去做自己該做的事。

這個下午，會議室裡的九張椅子全都坐滿了。坐在桌首的是傅列爾。他的右手邊坐著蘇福克郡地檢處凶殺組副組長瑪姬・梅森，左手邊的則是凶殺組另一個小組的小組長羅伯・波克。懷迪與西恩分坐在長桌兩側，接下來則依序是喬伊・掃薩與克里斯・康納利，以及州警隊凶殺組的另外兩名警探潘恩・布萊克與席拉・羅森索。每個人面前的桌上都堆了整疊原版或影本的調查報告、現場照片、驗屍報告、化驗小組報告，以及各人的報告夾與筆記本，有的其中甚至還夾雜了幾張上頭記了名字地點的餐巾紙，及隨手畫下的現場草圖。

懷迪與西恩是第一組上場報告的人馬。他們扼要說明了與幾名證人間的訪談：伊芙・皮金與黛安・塞斯卓、派爾太太、布蘭登・哈里斯、吉米與安娜貝絲・馬可斯、羅曼・法洛，以及大衛・波以爾——懷迪只是輕描淡寫地將他描述成「其中一位酒吧客人」，西恩對此頗為感激。

接著上場的是布萊克與羅森索。布萊克負責主要的報告，但西恩心知肚明，根據經驗，說得多的人做得少；羅森索八成才是跑最多腿的人。

「死者父親開設的超商裡頭的其他雇員，都有相當明確的不在場證明，並且也都沒有明顯動機。另外，據死者親友指出，就他們所知，死者生前未曾與人結怨、無大筆欠款，亦無使用毒品的習慣。我們在死者房間沒有發現任何違禁藥品，也沒有發現任何日記手札，只找到了七百元現款。我們業已比對死者銀行往來資料與薪資收入，其中並無任何異常之處。死者於星期五，也就是五號上午，曾將她個人帳戶裡的存金提領一空；這是她的帳戶唯一一次較為大筆的提款。我們後來在她臥房的抽屜裡找到了這筆錢；而根據包爾斯警官的調查，死者原本計劃於週日離家前往拉斯維加斯，這筆錢研判即為旅費所需。此外，經我們訪談鄰居所得結論，死者與家人相處和睦，據判本案應與家庭糾紛無關。」

布萊克兜攏手中資料，再抵著桌面抖一抖，暗示發言已告一段落。傅列爾轉而看向掃薩與康納利。

「我們已經派員分頭訪談過自幾名酒保處取得的死者遇害當晚的酒吧客人名單。除了包爾斯警官與狄文州警已經訪談過的，呃，羅曼．法洛與大衛．波以爾外，名單上的七十五名客人中，康納利警探與我親自訪談了二十八名；剩餘的四十五名業已由休雷、達頓、伍茲、切奇、墨瑞及伊斯曼州警取得初次訪談紀錄。這批證人的供詞，我們都已經明列在剛才發給各位的報告中了。」

「法洛和奧唐諾那邊情況如何？」傅列爾轉向懷迪問道。

「兩人的不在場證明都相當明確。不過我們尚未排除買凶殺人的可能。」

傅列爾往椅背一靠。「我這幾年來經手過不少買凶殺人的案子，這案子在我看來並不像職業殺手的手法。」

「如果真是殺手下的手，」瑪姬．梅森說道，「為什麼不乾脆就在車內把人給轟了呢？」

「嗯，死者在車內確實挨了一槍。」懷迪說道。

「我想梅森副組長的意思是說，為什麼不在那裡就把事情一次解決乾淨呢？」

「說不定是槍卡膛了，」西恩說道。他對著一雙雙瞇起的眼睛繼續說道：「這點我們之前從沒考慮過。槍卡膛了，凱瑟琳．馬可斯於是有了反應的機會。她設法把歹徒撞倒了，然後逃跑。」

這段話讓會議室裡安靜了好一會兒；傅列爾目不轉睛地凝視著自己用兩手食指與拇指頂出的菱形，陷入了沉思。「這不無可能，」他終於說道。「不無可能。但歹徒後來為什麼會改用棍棒攻擊她呢？這一點也不像是職業殺手會有的手法。」

「法洛與奧唐諾的集團組織裡頭，應該還沒有這樣職業級的狠角色，至少就我所知，」懷迪說道。「他們說不定只是用一袋高純度古柯鹼和一管打火機為代價，隨便找來個毒蟲下的手。」

「但你說那個老女人有聽到凱蒂．馬可斯跟兇手打招呼。如果迎面朝著她車子走來的是個毒蟲，一個正爽得步履蹣跚目露紅光的毒蟲，她還會鎮定地跟他打招呼嗎？」

懷迪的頭若有似無地點了一下。「這倒是。」

瑪姬・梅森往前傾過身子。「我們目前是打算假設死者認識兇手，是這樣沒錯吧？」

西恩與懷迪互瞄了一眼，又一起看向桌首，然後點點頭。

「那好。是沒錯，東白金漢多得是毒蟲，平頂區尤其不缺——問題是，像凱瑟琳・馬可斯這樣一個女孩子，怎麼會認識這些人呢？」

「這倒也是。」懷迪說道。「沒錯。」

傅列爾說道：「我想在座各位都一樣，都希望這確實是樁買凶殺人案，這樣事情確實會簡單許多。但死者身上那些鈍器毆打傷又該怎麼解釋？對我而言，這代表了憤怒，代表了失控，這不該是與死者無冤無仇的殺手會有的行為。」

懷迪點點頭。「但我們也還無法完全排除這個可能，我想說的只是這個。」

「這我完全同意，包爾斯警官。」

傅列爾終於再度轉頭望向掃薩。掃薩看來對報告被打斷一事感到有些不爽。

他清清喉嚨，好整以暇地低頭看了一會兒手上的筆記。「總之，我們訪談到一個傢伙——一個叫做湯馬士・莫達那度的傢伙——他是雷斯酒吧週六晚的客人。雷斯酒吧是凱瑟琳・馬可斯遇害當晚去過的最後一家酒吧。看來那家酒吧裡就一間廁所；莫達那度宣稱差不多就是在三個女孩要離開酒吧的同時，他正好也起身打算去解放一下，卻看到廁所門外大排長龍。他於是走到酒吧後門外的停車場，打算在那就地解決；然而，就在那裡，他看到一個傢伙，坐在一輛車燈全熄的車子裡。莫達那度宣稱當時時間是一點半整，分秒不差——他說他那天戴的是隻剛買來的新錶，他剛好趁四下一片漆黑檢查過新錶有沒有夜光裝置。」

「結果呢？」

「顯然是有吧。」

「不過，坐在車裡的那傢伙，」羅伯．波克說道，「有可能只是一個喝醉了、在車裡昏睡過去的酒客罷了。」

「這也是我們最初的反應。但莫達那度宣稱，他起初也是這樣想，但不，不是，他說那傢伙在車裡坐得直挺挺的，兩眼睜得老大。他還說他本來有在考慮那傢伙會不會是條子，但也不對，因為那傢伙開的是輛本田還是速霸路之類的日本小車。」

「還有點破爛，」康納利補充道。「車頭靠乘客座那邊被撞凹了一塊。」

「沒錯，」掃薩說道。「於是呢，莫達那度便以為那傢伙是哪裡來的嫖客。那地區入夜後有不少妓女站壁倒是真的。但如果真是嫖客的話，他沒事又怎麼會跑到停車場裡枯坐呢？要就去街上繞著挑貨啊！」

懷迪說道：「嗯，所以說——」

掃薩舉起一隻手。「等等，警官，先讓我說完。」他看了康納利一眼，兩眼晶亮晶亮的，有些迫不及待。「我們聽他這麼說後，又到酒吧停車場尋過一遭。血跡。我們在那裡發現不少血跡。」

「血跡。」

掃薩點點頭。「不仔細看的話，你還會以為是什麼人在那裡換過機油。沒錯，那灘血就有那麼濃、那麼集中。我們又在附近仔細找過，果然又找到不少不甚明顯的血滴，這裡一滴、那裡一滴的，應該是從那一大灘血延伸出去的。後來，我們又在圍牆以及酒吧後頭的暗巷裡找到更多血滴的痕跡。」

「掃薩州警，」傅列爾說道，「你這他媽的到底是想告訴我們什麼？」

「同一晚，在雷斯酒吧外頭另外還有人受了傷。」

「你怎麼知道是同一晚？」懷迪說道。

「化驗小組證實過了。當晚稍後有一名夜間巡邏員把車停在那裡，剛好遮住了那灘血，血跡因此也才沒讓大雨沖刷得一乾二淨。總之，不管傷者是誰，傷勢必定不輕。動手的人應該也負了傷。初步化驗已經證實，那些血跡是兩個不同血型的人留下的。我們已經聯絡過附近醫院，也查過幾家計程車公司了——傷者說不定是搭車離開現場的。除了血跡，現場還找到部分沾了血的毛髮、皮膚組織以及頭蓋骨碎片。我們還在等候六家醫院急診室的回音，其餘醫院則已經給了我們否定的答案。但我個人很有信心，遲早會有某家醫院回報說，在週六深夜週日凌晨曾有人因為腦部外傷而進了他們急診室求救。」

西恩舉起一隻手。「你現在是要告訴我們說，凱瑟琳・馬可斯走出雷斯酒吧的同一晚，有人就在同一家酒吧的停車場裡，在某人的腦袋瓜上砸了個大洞是吧？」

掃薩微笑道：「正是。」

康納利把話接了過去。「化驗結果顯示，現場留有兩種血型的血跡：大量的A型血與少量的B型陰性血。我們判斷受害人的血型應該是A型。」

「而凱瑟琳・馬可斯的血型卻是O型。」懷迪說道。

康納利點點頭。「毛髮纖維另外還證實了受害人應為男性。」

傅列爾說道：「推論呢？你們目前有任何推論了嗎？」

「沒有，還沒有。我們只知道，在凱瑟琳・馬可斯遇害的同一晚，另外有人在她去過的最後一家酒吧外的停車場裡，被人砸破了腦袋。」

瑪姬・梅森說道：「所以說，那晚有人在酒吧外頭幹過一架。那又怎樣？這是常有的事。」

「當晚的客人沒人記得有人幹過架。不論是在酒吧裡還是酒吧外。在一點半與一點五十分之間，離開酒吧的客人總共就只有凱瑟琳・馬可斯和她的兩個朋友，以及咱們這位證人莫達那度——他老兄解放完後又回酒吧裡待了一會兒。此外也再沒人走進酒吧了。莫達那度一點半的時候，在停車場裡看到那個據他形容為『一般長相，約莫三十幾歲，深色頭髮』的怪客，莫達那度一點五十分離開酒吧的時候，那傢伙連人帶車子都已經不在了。」

「而約莫就在那同時，凱瑟琳．馬可斯正狂奔穿過州監公園。」掃薩點點頭。「我們無意指出這兩起事件間必然有關聯。兩者間或許毫無關聯也說不定。只是它們發生的時間地點未免巧合得過火了點。」

「但我還是得問過，」傅列爾說道，「你們的推論呢？」掃薩聳聳肩。「報告副隊長，這我就暫時還沒把握了。這麼說吧，就說這真是一起買凶殺人案好了。停車場裡那個傢伙是負責盯哨的，凱瑟琳．馬可斯一離開酒吧，那傢伙就打電話通知負責行兇的殺手。殺手就從那裡開始接手任務。」

「然後呢？」西恩說道。

「然後他就殺了她。」

「不。我是問停車場裡那個傢伙，那個負責盯哨的人，他後來又幹了什麼事？怎麼，他後來臨時起意，決定拿塊石頭還是什麼的把某個倒楣經過的傢伙砸得腦袋開花是吧？反正他就是爽，想要這麼做是吧？」

「也許是有人先挑釁他的。」

「幹什麼挑釁他？」懷迪說道。「看他在車裡講大哥大看得不爽嗎？媽的。我們連這傢伙到底和馬可斯命案有沒有關聯都還搞不清楚咧。」

「包爾斯警官，」掃薩說道。「不然你覺得呢？我們反正就算了是嗎？欸，去他媽的，這根本沒啥好查的……你就是要我們這樣嗎？」

「我有那樣說嗎？」

「呃——」

「說啊，我有那樣說嗎？」懷迪逼問道。

「沒有。」

「沒有，我沒有那樣說。你對前輩講話最好要再留心一點哪，我說喬伊啊。不然，你哪天突然被扔回史普林菲爾掃那條安非他命大街，整天就負責和那些又髒又臭、直接從罐頭裡扒豬油吃的飛車黨的安哥安姊們廝混，可就別還到處問人為什麼了。」

掃薩緩緩地吐出一口氣，重整陣腳。「我只是覺得兩起事件間或許會有所關聯罷了。就這樣，沒別的意思。」

「我並沒反對你這點，掃薩州警。我只是想告訴你，你不能光把事實端到我們面前就兩手一攤。總不好等我們調派人力下去追查了，最後才赫然發現這根本是兩起毫不相干的獨立事件吧？再者，容我提醒你：雷斯酒吧位於波士頓警局的轄區內。」

「我們已經聯絡過他們了。」掃薩說道。

「他們有告訴你這案子歸他們管吧？」

他點點頭。

懷迪這才兩手一攤。「你瞧你瞧，我就說吧。你反正只管和負責本案的市警局幹員保持聯繫，有最新發展就隨時往隊上報；除此之外，本案暫時不關我們的事。」

傅列爾說道：「既然我們都講到案情推論上了，喏，包爾斯警官，你又有何高見呢？」

懷迪聳聳肩。「我是有一些想法，不過也僅止於想法罷了。凱瑟琳·馬可斯死於後腦杓的一記槍傷。至於其他的毆打傷，以及她上臂受的槍傷都不至於致命。據化驗小組指出，她身上那些傷痕應為某種木製鈍器所致——可能是木棍或木板之類的東西，他們也說不準。此外，法醫還已經明確排除了性侵害一項。而根據我們的查訪，我們知道她原本計劃要和布蘭登．哈里斯私奔去拉斯維加斯；我們還知道巴比．奧唐諾是她的前任男友，問題是奧唐諾本人還不太能接受『前任』二字。而不論是布蘭登．哈里斯還是巴比．奧唐諾，死者父親反正都看不順眼就是了。」

「他又為什麼不喜歡哈里斯那小子？」

「我們也不知道。」懷迪看了西恩一眼。「這點我們正在了解中。總之，就目前已掌握的證據來推論，她原本計劃要在週日早上離家私奔。前一晚，她和兩個好友外出，算是她的告別單身宴會，結果卻在酒吧裡讓羅曼．法洛遇上了，於是她便開車載她那兩個好友回家。雨差不多也是在這個時候開始愈下愈大，而她的雨刷卻早就爛得差不多了，擋風玻璃更是奇髒無比。她要不就是因為視線不清而錯估了人行道邊緣的位置，要不就是喝多了一時閃神，或者是為了避開路上的什麼東西——不論是為了什麼原因，她的車子就是撞上了人行道。車子熄了火，什麼人朝她走來。根據我們那位老太太證人的說法，凱瑟琳．馬可斯還跟來人說了一聲『嗨』。我們研判歹徒就是在這時候開了第一槍。接下來，她設法用車門撞倒歹徒——或者是歹徒的槍真的卡膛了，這我就不知道了——然後趁隙逃脫，往公園奔去。她是那附近長大的，或許她覺得往公園去比較有機會可以甩掉追兵。無論如何，我們總之還無法證實她究竟是為了什麼理由選擇了這條路線。雪梨街筆直地往兩頭延伸，但最近的四條街口內卻杳無人煙，叫她求助無門。如果她就沿著雪梨街往下跑，一路空蕩蕩的根本沒有掩體，歹徒恐怕可以輕易地開槍射殺她，或是開她的車來衝撞她。最後，她選擇了公園。進了公園後，她前進的方向倒相當一致，始終是朝著西南方推進；她穿過市民花園，之後曾經試圖躲藏在人行木橋下方，後來還是抄了捷徑、直直衝下斜坡往舊銀幕去。她——」

「她逃亡的方向始終是朝公園深處而去。」瑪姬．梅森說道。

「是的。」

「為什麼？」

「為什麼？」

「是的，為什麼，這就是我的問題，包爾斯警官。」她一把摘下眼鏡，放在她面前的桌上。「如果換成是我讓人追進了一個地形路線我都很熟悉的公園裡，一開始我或許會試圖引導對方深入公園，希望對方會因此追丟了方向甚或放棄。但一有機會，我絕對會掉頭往公園外跑。她為什麼不改往北跑，從羅斯克萊街穿出公園，或是掉頭再往雪梨街的出口跑呢？她為什麼始終堅持往公園深處去呢？」

「也許是因為驚嚇過度。或者是因為恐懼。恐懼會讓人忘了如何思考。大家不要忘了，她當時的血液酒精濃度高達零點零九，她喝醉了。」

瑪姬．梅森搖搖頭。「這還不足以說服我。另外還有一點——馬可斯小姐顯然跑得比歹徒還快——這是我根據你的報告所做的結論。是這樣嗎？這可能嗎？」

懷迪張口欲言，一下卻又像是忘了自己到底想說什麼似地閉上了。

「這是你自己在報告裡說的，包爾斯警官。你在報告中指出，至少有兩次，馬可斯小姐曾試圖藏身於某處。一次是在市民花園裡，一次則是在人行木橋下方。這告訴我兩件事——第一，她的腳程確實比歹徒快，稍微拉開距離後她才會有時間停下腳步、找地方試圖藏身。第二，她雖然跑得比歹徒快，卻顯然覺得光是這樣還不夠，所以才會試圖躲藏。把這兩點和她未曾企圖往公園外跑的事實加在一起，我們可以得到什麼樣的結論？」

會議室內一片沉默。

終於，傅列爾開口了：「還是妳來告訴我們吧，瑪姬。」

「在我看來，這幾項事實加在一起只代表了一個可能，那就是她覺得自己被包圍住了。」

有一分鐘之久，西恩感到小房間裡的空氣彷彿通上了嘶嘶作響的電流。

「所以說，兇手是一群幫派成員或之類的了？」懷迪終於說道。

「或之類的，」她說道，「這我就不知道了，包爾斯警官。我只是照著你的報告說話而已。我只是怎麼也想不通，這位腳程顯然要比歹徒快的馬可斯小姐，到底為了什麼原因竟然不願選擇往公園外跑——而我唯一想得到的答案是：她感覺腹背受敵，因此才不敢輕舉妄動。」

懷迪低著頭。「很抱歉，梅森副組長，但我不得不指出一點——如果歹徒真的是一整群人的話，那我們早該在現場採得更多證據了。」

「你自己在報告中就曾數度歸咎於那場大雨。」

「是這樣沒錯，」懷迪說道。「但如果在公園裡追著凱瑟琳．馬可斯跑的，真的是一整群幫派幫眾——甚至就只是兩個人好了，現場總該會出現更多證據才對。別的不說，就說腳印好了。我們總該會再多找到一些腳印才對。」

瑪姬．梅森再度戴上眼鏡，低頭翻讀手中的報告。終於，她開口說道：「這只是其中一條推論罷了。根據你的報告導出來的推論。我認為這或許是值得調查的方向，如此而已。」

懷迪依然不願抬頭，但西恩卻依然感受得到他心裡漸生的不滿與不屑。

「你怎麼說呢，包爾斯警官？」傅列爾問道。

懷迪終於抬起頭來，對著兩名長官露出一臉疲倦至極的微笑。「這點我會放在心上的。我會的。但本區的幫派活動早已降至新低；而如果排除幫派犯罪的話，那們我們就必須考慮兩人聯手犯案的可能——而這，就又將我們帶回買兇殺人的假設上了。」

「嗯哼……」

「但如果這真是一樁買兇殺人案的話——我在此不得不指出，會議剛開始的時候大家就已經同意這個可能性並不高了——那麼，當凱瑟琳．馬可斯用門車門將第一名歹徒撞倒的時候，第二名歹徒早該開槍了。總之，這一切的一切在我看來只有在一個情況下才能說得通：兇手就只有一個，而被害的則是一個喝醉酒又受到嚴重驚嚇的年輕女孩子，而持續地失血更讓她漸漸無法清楚思考。」

「但你還是會將我剛剛提出的想法放在心上是吧，包爾斯警官？」瑪姬．梅森臉上泛著一抹苦澀的微笑、眼睛死盯著桌面說道。

「我會的。」懷迪說道。「在這關頭，我什麼都願意考慮。真的，我以上帝之名發誓。她認識兇手。好。問題是截至目前為止還算合乎邏輯的行兇動機的人全部都已經被排除掉了。我們多看這案子一眼，這案子看來就愈發像是臨時起意的突發攻擊事件。大雨毀掉了我們三分之二的直接證據，而被害人已經沒有任何還可能有一丁點行兇動機的敵人、沒有財務上的祕密、沒有毒癮，更不是任何犯罪案件的祕密證人。至少就我們所知，沒有人能受惠於她的死亡。」

「除了奧唐諾，」波克說道，「他不想要她離開他。」

「除了他。」懷迪同意道。「但他有滴水不漏的不在場證明，而整起事件看來又不像是出自職業手法。一旦排除他就沒有別人了。沒有。」

「但她還是死了。」傅列爾說道。

「但她還是死了，」懷迪說道。「所以我愈來愈傾向臨時起意這一條線。排除掉金錢、感情以及仇恨的可能動機後，你手中就幾乎沒有牌了。所以說還能是誰？是什麼樣的人？就是某個夻他媽的瘋子，愛她所以要殺她的那種夻他媽的瘋子，殺了她之後說不定還搞了個網站來紀念她的那種瘋子。」

傅列爾揚起兩道眉毛。

席拉．羅森索即時補充道：「這點我們已經上網搜查過了。沒有。什麼也沒有。」

「所以說，你的意思是，你不知道自己在找什麼樣的人？」傅列爾終於說道。

「喔，我當然知道。」懷迪說道。「我在找某個帶槍的傢伙。帶槍，喔，對了，還有一根木棍。」

18 他曾經知道的

在他的眼睛臉頰終於再度乾了後，吉米留下大衛一個人，回到屋內，進浴室沖了他今天的第二次澡。他感覺得到他體內的那股需要，那股流淚的需要，像隻不停鼓脹的汽球，堵塞在他胸口，逼得他幾乎要喘不過氣來。

他進到浴室，因為他需要獨處；現在那股流淚的需要終於全面潰堤，不只像剛才在大衛面前沿著臉頰緩緩流下幾滴，他只想一個人面對。他害怕自己將要被那股需要衝擊得潰不成軍，化成地上一灘顫抖的軟泥，只是哭泣，像他小時候一個人躲在漆黑的房裡那樣，只是哭泣，確信他的出生曾差點殺死他的母親，而他的父親也將因此永遠恨他。

站在浴室的蓮蓬頭下，他再度感覺到那股古老的悲傷，那股自他有記憶以來便一直縈繞在他心頭的古老的悲傷。他知道無論他選擇了什麼樣的人生道路，悲劇總是虎視眈眈地等在前頭，像花崗石磚般沉重而確定的悲劇，無論如何地等在他前頭。彷彿當他還在母親子宮裡的時候，就曾有天使翩然飛來，告訴他他悲劇性的未來；於是，在他終於掙脫娘胎呱呱墜地後，那些字眼便牢牢地鐫在他腦中深處，深得他只能感覺得到，卻無法化為言語。

吉米仰著頭，迎向嘩嘩噴濺的水滴。他在心裡對自己說道：我知道，我無論如何知道我女兒的死與我有關。我不過暫時還不知道我究竟如何促成了女兒的死亡罷了。

那輕柔冷靜的聲音再度響起了：你會知道的。

告訴我。現在就告訴我。

不。

肏你媽。

讓我把話說完。

哦。

你終究會知道的。

然後呢？

然後就是你的選擇了。

吉米低下頭去，黯然想起了大衛曾在凱蒂死前不久見過她的事實。喝醉酒的凱蒂，跳舞的凱蒂。無憂無慮開開心心地跳著舞的凱蒂。

就是這個事實——有人的腦海裡存有比吉米已有的還新、還近的凱蒂的影像——在剛剛終於第一次逼出了吉米的眼淚。

吉米最後一次看到凱蒂，是在星期六下午，凱蒂結束值班正要離開店裡的時候。當時約莫是四點過五分，吉米正忙著打電話補貨，而凱蒂湊近身子，在他頰上輕輕一啄，說了聲：「晚點見啦，爹地。」

「晚點見啦！」他說道，然後抬頭看著她走出了店後的庫房。

等等，不。他天殺的沒有。他根本沒有看著她走。他聽到她走，但他的眼睛卻始終盯著桌上眼前的訂貨單。

所以說，他真正最後一次看到她是當她在他頰上輕輕一啄，然後丟下那一句「晚點見啦，爹地」的時候。那時，他曾匆匆瞥見她的側臉。

晚點見啦，爹地。

吉米明白就是那「晚點」二字——當晚再晚一點、她生命中再晚一點的幾小時幾分幾秒——終於會像把匕首，直直刺進他的心臟。如果他能在那裡，在那裡多和他女兒分享再晚一點的幾時幾分幾秒，那麼他也許就能擁有她更新更近的影像。

但他沒有。大衛有，伊芙與黛安有，殺死她的兇手也有。

如果妳一定得死，吉米想，如果這死亡是無論如何早已注定好、無論如何也避不開的，那麼我希望妳能直視我的臉，在我的懷中死去。眼睜睜看著妳死去將傷我至深，這我知道，凱蒂；但至少看著我的眼睛，或許能讓妳感到少一點點的孤單。

我愛妳。我好愛好愛妳。我愛妳，老天為證，我愛妳甚於妳母親，我愛妳甚於妳兩個妹妹，我愛妳甚於安娜貝絲。我深愛她們，但我愛妳甚於一切。記得我剛出獄那天嗎？我和妳，坐在那個小廚房裡，就我和妳，地球上最後兩個人。多餘而遭到遺忘的兩個人。妳我一樣害怕，一樣迷惑而不知何去何從，一樣地悲慘而絕望。但我們終究站起來了，不是嗎？我們親手建立了我們的生活，美好得足以讓我們能不再害怕、不再感到悲慘而絕望的新生活。那是因為我和妳一起。沒有妳，我絕對辦不到這一切。絕不！我沒有那麼堅強。

妳原本可以長成一個美麗的女人的，甚至是一個美麗的妻子，甚至能享受到為人母的神奇滋味。妳是我最堅強的盟友，凱蒂。妳看到我的恐懼，卻不曾因此離我而去。我愛妳甚於生命。對妳的想念將如癌細胞在我體內擴散，終於也將置我於死地。

有那麼一瞬間，站在水柱底下的吉米突然感覺得到一隻溫熱的手掌，緊貼在他背後。他終於想起來了，最後那天在店裡，當凱蒂在他頰上留下一吻時，她的一隻手掌曾輕輕地貼在他背後，在他兩塊肩胛骨中間。她的掌心溫溫熱熱。

他站在那裡，任由水柱沖刷，背後那溫熱的觸覺卻始終都在。他感覺那股哭泣的衝動已經過去了，他悲慟依舊，卻終於再度擁有力量。因為他感覺得到女兒，感覺得到女兒對他的愛。

懷迪與西恩在吉米公寓附近的街角找到一個停車位，停好車後兩人便沿著白金漢大道走去。向晚的空氣中涼意漸深，天色也逐步趨近深藍；西恩不覺想起了蘿倫，想她正在做什麼，想她是否正坐在某扇窗邊，仰望著同一片天空，想她是否也感受得到這漸漸聚攏的寒意。

就在離吉米那間樓上樓下分別住著幾個薩維奇兄弟與他們的妻子或女朋友的三層樓公寓不到幾步之遙處，西恩與懷迪看見大衛·波以爾彎著腰，整個上半身都沒入了一輛停在路邊的本田汽車的前座裡。他打開乘客座前方的置物箱，隨即又關上了，然後便退出來，手裡則捏著一個皮夾。正準備重新鎖上車門時，他終於注意到西恩與懷迪，於是轉過頭來對著他們微笑。

「嗨，又是你們。」

「是啊，我們兩個就像流行性感冒一樣，」懷迪說道，「動不動就會冒出來。」

西恩說道：「一切還好吧，大衛？」

「離上次看到你們也才四小時而已哪，沒什麼好提的。喏，你們是來找吉米的嗎？」

兩人點點頭。

「嗯，怎麼，案情有突破了嗎？」

西恩搖搖頭。「只是想來致個意，看看是不是一切還好。」

「目前一切大致還算平靜。我想他們也實在是累壞了。就我所知，吉米從昨天到現在都還沒闔過眼。安娜貝絲突然想抽菸，我自告奮勇跑這個腿，才想起我的皮夾還留在車裡。」他用他那隻腫脹不已的手揮了揮皮夾，然後把它塞進了褲袋裡。

懷迪也將兩手插進了褲袋，身子微微往後傾去，重心全落在腳跟上。他不甚自然地揚了揚嘴角。

西恩說道：「你手上那傷一定很痛吧。」

「你說這個喔？」大衛再度揚高傷手，顧自端詳了一陣。「還好啦，其實沒那麼痛。」

西恩點點頭，勉強撐出一臉緊繃的微笑。他與懷迪就這樣站著，注視著大衛，等著。

「這傷是我前幾天晚上打撞球的時候弄到的。」大衛說道。「你知道麥基酒吧裡頭那張撞球桌吧，西恩？有一大半簡直是緊挨著牆，非要人改用那幾支超難用的短球杆不可。」

西恩說道：「嗯，這我知道。」

「好，那母球離檯邊還不到一根頭髮寬，而目標球則遠在球檯的另一端。我右手往後用力一抽，壓根忘了後面就是牆壁了……就這樣，砰一聲，我可憐的手差點就撞穿那堵該死的牆了。」

「哎喲。」西恩說道。

「結果呢？」懷迪說道。

「啊？」

「結果那球有中嗎？」

大衛皺了皺眉頭。「擦過去而已，沒中。手被那一撞後，那局也沒啥好打的了。」

「不難想像。」懷迪說道。

「沒錯，」大衛說道。「真幹。撞到手之前手氣本來正順呢。」

懷迪點點頭，轉頭看向大衛的車子。

「嘿，你的車子有沒有跟我那輛雅哥一樣的毛病？」

大衛順著他的目光看過去。「我這輛車挺不錯的，從來不鬧毛病。」

「媽的。我那輛雅哥不多不少，才跑了六萬五千哩，正時皮帶就掛了。我另外一個朋友的日本車也是這樣。如果要修，那修理的錢不會比二手車價格指南上頭列的價錢少多少。把車賣了的錢恐怕還不夠拿去換條正時皮帶哪，你知道我的意思吧？」

大衛說道：「還好，我這車乖得很。」他又回頭看了一眼，然後再轉過頭來看著兩人。「我得去買菸了。待會樓上見囉？」

「嗯，待會見了，」西恩說道，然後對著大衛揮揮手，目送他過街。

懷迪若有所思地凝望著那輛本田小車。「車頭撞凹了好大一塊哪。」

西恩說道：「唉呀，老大，沒想到你也注意到了。」

「還有那什麼撞球桿的故事？」懷迪吹了聲口哨。「媽的，聽他在唬爛——他打撞球是用掌心去頂球杆的是嗎？」

「但這還是有一個大問題。」西恩邊看著大衛走進對街的鷹記酒類專賣店，一邊說道。

「是喔？說來聽聽吧，超級戰警。」

「如果你真的把大衛當成了掃薩那個證人在雷斯酒吧停車場裡看到的傢伙，那麼，凱蒂．馬可斯正讓人追過公園的時候，你的大衛可正在那停車場裡忙著砸什麼人的腦袋哪。」

懷迪扮了個故作失望狀的鬼臉。「是喔？可是其實我不是這樣想的耶。我只是把他當成某個半小時之後就要讓人殺死的女孩離開酒吧時，正好就坐在同一家酒吧停車場裡的傢伙。我只是把他當成某個不如他自己所宣稱的，在一點十五分時就回到家裡的傢伙。」

透過商店的玻璃櫥窗，他倆看到大衛站在櫃檯前，正在跟店員說話。

懷迪正了正神色，說道：「蒐證小組在停車場地上找到的那些血跡，說不定早就在那裡好幾天了。說不定就是有酒客在那裡幹過架罷了，目前根本還沒有任何證據顯示其他任何可能。好，週六晚上的客人宣稱他們當晚不曾看到有人打架是吧？那前一晚呢？還是當天下午呢？停車場地上的血跡和大衛．波以爾在一點半整的時候坐在車子裡的事實之間並沒有絕對的關聯。但，凱蒂．馬可斯離開酒吧的時候，他人就在酒吧外頭的停車場，這兩件事情之間的關聯倒是顯而易見。」他說完拍拍西恩的肩膀。「走吧，咱們上樓去吧。」

西恩最後又回頭看了一眼，正好看到大衛掏出現金，遞過給鷹記的店員。他突然感到一陣油然而生的同情。不論他是做了什麼事，大衛總能在旁觀者心底激發出這種感覺——憐憫，某種粗糙、模糊，甚至有些醜陋，然而卻無比銳利清晰、叫人無從錯認的憐憫之情。

瑟萊絲坐在凱蒂的床上，清清楚楚地聽到一牆之隔的老舊樓梯間裡傳來的腳步聲，兩個條子上樓的沉重腳步聲。幾分鐘前，安娜貝絲派她進來凱蒂的房間找件洋裝，讓吉米待會送去葬儀社。安娜貝絲為自己不夠堅強、不敢跨進凱蒂的房間而語帶歉意。那是一件露肩剪裁的藍色洋裝，瑟萊絲還記得凱蒂穿著它出席卡拉．艾金的婚禮時，在攏高了一頭長髮而露出的耳畔別了一朵藍黃相間的小花。那天，凱蒂美得令人屏息；瑟萊絲知道自己一生從不曾如此美麗過，但凱蒂卻對自己這般耀眼的美麗似乎毫不知情。所以，剛才當安娜貝絲一提起藍洋裝時，瑟萊絲立刻就明白她說的是哪一件了。

於是她進到這房裡，這間昨晚她曾看到吉米站在裡頭、手捧著凱蒂的枕頭努力搜尋殘餘的一絲氣息的小房間裡；她打開窗戶，讓新鮮空氣進來，順便帶走那濃稠陳腐的失落的氣味。她一下便在衣櫥後方找到那件封在塑膠保護套裡的洋裝，她將它拿了出來，然後靜靜地在床上坐了一會。她聽得到樓下那如常運作的繁忙大街——關車門的聲音，過往行人斷續隱約的談話聲，公車在彎月街角停下來、油壓車門打開時的嘶嘶聲——她看著床頭小桌上一張裝了框的凱蒂與她父親的合照，那是好幾年前的照片了：凱蒂坐在父親的肩膀上，咧開的小嘴讓底下的牙套繃得緊緊的；而吉米則緊握著女兒的腳踝，對著鏡頭，露出了一抹燦爛而罕見的微笑。這樣的吉米不但罕見，而且叫人很難不感到驚訝——

畢竟吉米是這樣一個內斂而含蓄的人，他咧開的嘴角就像是他繃緊的外殼上一道不及封起的裂痕；雖然罕見，卻燦爛而迷人。

就在她捧起照片的剎那，她聽到剛下樓的大衛的聲音自打開的窗戶傳來：「嗨，又是你們。」她坐在那裡，動彈不得地聽著三人的對話，然後是大衛過街買香菸後，西恩．狄文與另一個條子之間的對話。她感覺自己一吋吋地死去了。

有十秒或許是十二秒之久，她幾乎要嘔吐在凱蒂的藍洋裝上。她感覺自己的喉頭一陣陣緊縮，強要鎮壓住那股不停翻湧上來的苦澀酸液。她感覺自己胃裡一陣陣激烈的翻攪。她彎著腰，緊擁住自己的肚腹，某種沙啞的乾嘔聲不住地自她脣間溢出，但她沒有吐。終於，這陣翻攪還是過去了。

但那種頭暈想吐的感覺依然還在。頭暈想吐而冷汗淋漓，而她的腦裡則像是著了火似的。什麼東西在她腦裡猛烈地燃燒著，濃煙充塞在她鼻腔與腦殼底下兩眼之間的空間裡，腫脹抽痛，漸漸模糊了她的視線。

她往後一倒，躺平在床上，隔牆則傳來西恩與另一個條子上樓的腳步聲。她希望自己能被雷打中，希望天花板驟然坍塌，希望能有某種未知的力量將她舉起來、拋出窗外——她寧願如此，也不願意面對她此刻不得不面對的一切。但也許他只是在保護某人，也許他是看到了什麼不該看的東西因而受到威脅。也許警方找他問話這個事實，只是意味著他們認為他有嫌疑罷了，而不是，絕對不是因為她的丈夫殺死了凱蒂．馬可斯。

他說的有關停車場遇襲的事一直都是謊言。她一直都知道。過去幾天以來，她好幾次試著躲避這個認知，在腦中試著遮去它、阻斷它，就像密密的雲朵阻斷了陽光那般。但她還是知道，從他告訴她這個故事的那一夜起，她便一直都知道。她知道攔路搶匪不會在一手握刀的情況下用另一手出拳攻擊人，她知道他們說不出像『要錢要命自己選，我他媽的隨便你』這種花俏的台詞。她還知道，他們不可能被像大衛這種人——這種自小學畢業後就沒再打過架的人——奪下手中的刀子，然後再痛毆一頓。

如果沾了一身血、帶著同一段故事深夜返家的人換成是吉米，那就是另一回事了。吉米，精瘦而肌肉並不特別發達的吉米，無論如何卻總是令人望而生畏。你知道他殺得死你。你知道他擁有這樣的能力，只是他早已成熟得超脫了那種以拳頭、暴力為解決問題必要手段的階段。但你依然嗅得到危險，嗅得到吉米散發出來的那種毀滅的潛力。

大衛散發出來的則是另一種迥然不同的氛圍。那是某種來自一個充滿祕密的男人的詭異氛圍，一個腦中時有某種晦暗汙穢的巨輪在那邊轉動著，一個雙眼平靜無波叫人無以穿透無以猜測、始終活在自己祕密幻想世界裡的男人。嫁給大衛的八年來，她一直在等待他最後能對她敞開胸懷，但他沒有。大衛活在他腦中那個祕密世界的時間，遠超過他活在現實世界的時間。但也許，這兩個世界終於也彼此滲透了，而大衛腦中的那片黑暗終於也潑灑了出來，浸延到東白金漢的街道上去。

殺死凱蒂的人有可能是大衛嗎？

他一直都還滿喜歡她的。不是嗎？

還有，追根究柢，大衛——她的丈夫——真的有能力下手殺人嗎？他真的能一路緊追他老友的女兒、一路穿梭過雨中的黑暗公園嗎？他真的能在盈耳的尖叫與哀求聲中，任棍棒無情地舉起再落下舉起再落下嗎？他真的有能力拿槍抵住她後腦杓、然後扣下扳機嗎？

為什麼？人為什麼會做得出這種事？而如果她願意接受這個事實、願意相信有人確實做得出這種事，那麼，假設大衛也可以是那種人或就是那個人，會是太不合乎邏輯的推測嗎？

是的，她告訴自己，他始終活在自己的祕密世界裡。是的，因為他小時候發生的那件事，他或許永遠也不會是個完整的人。是的，關於停車場遇襲那件事，他是說謊了，但這一切或許終究還是會有個合理的解釋。

解釋？什麼樣的解釋？

凱蒂離開雷斯酒吧後，不久便被人殺死在州監公園裡。大衛宣稱自己曾在同一家酒吧的停車場裡擊退搶匪，他說他離開的時候，那搶匪正不醒人事地躺在原地。但理應身受重傷的搶匪，卻離奇地自停車場裡消失了。西恩．狄文和他的夥伴曾提到在停車場裡發現血跡的事。所以說，大衛說的或許一直都是實話。或許。

然而，她卻不住再三想起一切時間上的巧合。大衛告訴她他那晚去過雷斯酒吧。但顯然，他對條子說的卻不是這麼回事。凱蒂遇害時間大約是在凌晨兩點到三點之間。大衛在三點十分左右走進家門，渾身上下沾滿了別人的血，提出的解釋卻叫她怎麼也難以信服。

而一切巧合中就以此為最——凱蒂被謀殺了，而大衛返家時渾身浴血。

如果她不是他的妻子，她還會懷疑這個結論嗎？

瑟萊絲再度彎下腰，試著嚥下那股嘔吐的衝動，試著忽略那聲在她腦中響個不停的沙啞耳語：

大衛殺了凱蒂。老天。大衛殺了凱蒂。

喔，老天。大衛殺了凱蒂，而我只想馬上死掉。

「所以說，你們已經將巴比與羅曼排除在嫌犯名單之外囉？」吉米問道。

西恩搖搖頭。「不盡然。我們尚未排除他們出面買凶的可能。」

安娜貝絲說道：「但你的表情卻已經告訴我，你並不這麼認為。」

「是的，馬可斯太太。我確實不這麼認為。」

吉米說道：「所以呢？目前嫌犯名單上還有其他人嗎？」

懷迪與西恩對看了一眼，然後大衛便邊走邊拆掉香菸的透明外包，走進了廚房。「嗯，妳的香菸在這裡，安娜。」

「謝謝你。」她有些難為情地看向吉米。「菸癮突然犯了。」

吉米溫柔地微笑，拍拍她的手。「此時此刻，親愛的，妳想怎麼樣都是應該的，都沒有問題。」

她一邊點菸，一邊轉頭向著懷迪與西恩。「我其實十年前就戒菸了。」

「我也是。」西恩說道。「我可以也來一支嗎？」

安娜貝絲笑了，叼在嘴裡的香菸跟著一陣亂顫。吉米覺得這是他過去二十四小時內聽到的最美麗的聲音。西恩伸手拿菸時，吉米看到他也不住地露齒而笑；他想要為了安娜貝絲那一笑謝謝他。

「真是個不聽話的壞孩子啊，狄文州警。」安娜貝絲為他點了菸。

西恩深深一吸，然後仰頭吐出一陣白煙。「這話我不是第一次聽到了。」

「是啊，上星期才從隊上大頭那邊聽來過，」懷迪說道，「如果我沒記錯的話。」

安娜貝絲說道：「哦？真的嗎？」她對著西恩真心地露出了一臉願聞其詳的表情。安娜貝絲是那種很罕見的、能以與自己發言時同等真心的熱情去聆聽別人說話的人。

西恩臉上的微笑加深了。大衛趁機找了張椅子坐了下來，而吉米感覺小廚房裡凝重的空氣一下變輕了不少。

「我讓州警隊勒令停職了一星期，剛剛才復職。」西恩承認道。「呃，事實上，昨天還是我復職的第一天。」

「你幹了什麼好事？」吉米說道，一邊向前傾過身子。

西恩說道：「這是機密。」

「包爾斯警官？」安娜貝絲轉而求助於懷迪。

「呃，我們這位狄文州警呢——」

西恩瞅了懷迪一眼。「我也聽說過你不少故事哪，包爾斯警官。」

懷迪說道：「呃，好，算你狠。抱歉啦，馬可斯太太，在下愛莫能助。」

「喔，別這樣小氣嘛。」

「真的不行。很抱歉。」

「西恩。」吉米出聲了，而當西恩應聲轉過頭來時，吉米試著用眼神告訴他，拜託他繼續把故事說下去。此刻他們就需要這個。一段與謀殺與死亡與葬禮或失落通通都無關的對話。

西恩的臉漸漸軟化了，直到有那麼一瞬間，他臉上的表情幾乎就回到了他十一歲時的模樣。他默默地點點頭。

他轉過頭去，面朝著安娜貝絲，說道：「我假造交通違規紀錄，把一個傢伙搞慘了。」

「你什麼？」安娜貝絲身子往前一傾，夾在兩指間的香菸舉高在耳際，睜大的雙眼晶亮晶亮的。

西恩仰高了頭，對著天花板徐徐吐出又一陣白色煙霧。「有這麼一個傢伙，呃，先不要追究原因，但我反正就是看他不爽。總之，大約每隔一個月左右吧，我就會把他的車牌資料輸入監理處的電腦資料庫裡，假造違規停車紀錄。我通常會用各種不同的名目，這個月如果是計時收費車位逾時未歸，下個月就換成違規停放商用車輛專用車位之類的。總之，這傢伙有一堆違規紀錄進了電腦，他自己卻毫不知情。」

「因為他從來也沒收到罰單。」安娜貝絲說道。

「沒錯。於是，每隔二十一天，他的欠款戶頭裡就會被追加每張罰單五元的滯納金；就這樣，罰金總額如雪球般愈滾愈大，直到有一天，他終於收到了法院的傳票。」

懷迪插嘴道：「然後他才終於發現自己總共積欠麻州政府一千兩百塊大洋。」

「一千一百塊。」西恩糾正道。「也沒差啦。總之，那傢伙辯稱自己根本從來沒有收到罰單，但法官才不鳥他咧。這藉口早讓人用爛啦。所以說，他除了花錢消災還能怎麼辦？他的名字明明就在電腦裡，而電腦可是絕對不會說謊的。」

大衛說道：「這實在太酷了。你常這麼做嗎？」

「沒啦！」西恩說道，安娜貝絲與吉米忍不住都笑開了。「沒有啦，大衛，我真的沒有。」

「在叫你大衛了喔，」吉米說道。「你要小心啦。」

「我就對這麼一個傢伙做過這麼一次。」

「嗯，那你後來又是怎麼被抓到的？」

「那傢伙有嬸嬸還是阿姨的，竟然就在監理處做事。」懷迪說道。「你能相信世上真有這麼巧的事嗎？」

「喔，不會吧。」安娜貝絲說道。

西恩點點頭。「誰會料得到啊？那傢伙乖乖繳了錢，但暗中又叫他阿姨去追蹤資料來源，一追果然就追到我們隊上來了。而由於我過往就已經有過與這位先生鬧得不甚愉快的紀錄，隊上長官把動機和下手機會加在一起，馬上就有了答案，就這樣，我就被逮個正著啦。」

「為了這個小玩笑，」吉米說道，「你到底得吃多少屎啊？」

「好幾大桶。」西恩承認道。這次，在場其他四人都笑了。「不多不少，足足好幾大桶。」西恩瞥見吉米眼底那抹頑皮的笑意，終於也笑開了。

懷迪說道：「可憐的老狄文今年可是流年不利哪。」

「你這算好運了，至少沒讓那些媒體記者發現。」安娜貝絲說道。

「喔，這妳就別擔心了，對外我們可是很護自己人的。」懷迪說道。「打小孩前我們可還懂得要先關門。監理處那位阿姨總共只知道那些紀錄是從我們隊上的電腦傳過去的，至於再進一步的細節她可就沒那神通了。最後我們對外是怎麼宣稱的——什麼文書錯誤是吧？」

「電腦系統的問題。」西恩說道。「大頭要我出足全額賠償對方，嘮嘮叨叨訓了我滿頭包，停職停薪一個星期後，還得再捱三個月的留職查看期。不過老實說，這樣的處罰實在不算重的了。」

「沒錯，捅這種漏子原本總該降個職的。」懷迪說道。

「為什麼他們沒有這麼做？」吉米問道。

西恩熄了菸，兩手一揮。「因為我是戰功彪炳的超級戰警啊。你都沒在看報紙嗎，吉米？」

懷迪說道：「還是讓我來為各位說明一下好了。我們這位狄文州警的意思是說呢，過去這幾個月以來，他親手結掉了不少頗受各方注目的大案，是我組裡破案率最高的一位當紅炸子雞。我們得等到他破案率稍微往下掉了才能甩得掉他。」

「上回那個爭道殺人事件，」大衛說道。「我曾經在報上看到你的名字。」

「瞧，人家大衛可有閱讀的好習慣呢。」西恩對著吉米說道。

「可惜就漏讀了講撞球技術類的好書倒是。」懷迪微笑著說道。「你的手還好吧？」

吉米的目光一下移轉到大衛身上，在大衛低下頭去之前短暫地捕捉到他的眼神。吉米突然強烈地感覺到眼前這個大條子卯上了大衛，存心就是要搞他。吉米從過往經驗中早已學會辨認出條子的這種口氣，也觀察到他就是打算用大衛的傷手作文章。可是這撞球什麼的又是怎麼回事？

大衛張口欲言，卻突然讓西恩背後的什麼東西堵住了嘴巴。吉米順著他的目光看過去——他全身血液霎時降到了冰點。

西恩跟著也轉過頭去。他看到瑟萊絲·波以爾手裡拿著一件深藍色的洋裝站在廚房入口；她拎著衣架，舉高在齊肩處，長長的洋裝於是顯得格外空蕩飄搖，彷彿撐在布料底下的是一副隱形的軀體似地。

瑟萊絲看到吉米臉上的表情，開口說道：「我可以跑一趟葬儀社，吉米。我真的可以。」吉米依然僵在那裡，動也不動。

安娜貝絲說道：「這樣太麻煩妳了。」

「沒關係，我也想跑這一趟。」瑟萊絲緊張地一笑，詭異而熱切的一笑。「真的。我沒問題的，我正好想出去透透氣。我真的很樂意跑這一趟，安娜。」

「妳確定嗎？」吉米終於說道，嗓音卻沙啞低沉，甚至有些支離破碎。

「我確定。」瑟萊絲說道。

西恩從來不曾看過有人如此近乎絕望地渴望離開一地。他站起身，一手向前探去。

「妳好，我們見過幾次。我是西恩・狄文。」

「嗯，我記得。」瑟萊絲伸出一隻手，迎上西恩。她的掌心一片冰冷的濕滑。

「妳幫我剪過一次頭髮。」西恩說道。

「我知道，我記得。」

「嗯……」西恩說道。

「嗯。」

「那我就不耽擱妳了。」

瑟萊絲的喉底再度溢出了一陣緊張的笑聲。「不不，別這麼說。嗯，很高興見到你。不過我真的得走了。」

「那就改天見啦。」

「嗯，改天見。」

大衛說道：「小心開車哪，親愛的。」但瑟萊絲卻早已像是聞到瓦斯漏氣的味道似的，形色匆匆地穿過走道，往大門那邊去了。

西恩突然詛咒出聲：「媽的。」然後回頭瞅了懷迪一眼。

懷迪說道：「又怎麼了？」

「我把記事本忘在車子裡了。」

懷迪說道：「喔，那就趕快去拿回來啊。」

西恩一邊往大門走去，一邊還聽到身後傳來大衛的聲音：「呃，他就不能先跟你借一頁來用嗎？」他還來不及聽到懷迪扯出什麼狗屁來堵掉大衛的嘴，便急急衝出門，往樓下去了。他走到一樓大門口外的前廊上時，瑟萊絲也正好走到她停在路邊的車子旁；她掏出鑰匙，開了前座車門，接著一手又往後座探去，拉開鎖，再打開後座車門，小心翼翼地將藍洋裝放了進去。她甩上車門，一抬頭卻越過車頂看到西恩跨下前廊台階，朝著她走來。西恩看得到她臉上那種純粹的恐懼，那種只見於即將要讓公車迎面撞上的人臉上最純粹的恐懼。就是現在。

他可以選擇迂迴而行，也可以直截了當，但她臉上的表情卻已經告訴他，開門見山是他還能問出任何有用答案的唯一希望。不管她此刻的恐懼所為何來，但這確實是一道可以讓他趁隙而入的情緒裂縫。

「瑟萊絲，」他說道，「我只是想問妳一個很簡單的問題。」

「問我？」

他點點頭，又往車子湊近了些，然後將兩手放在車頂上。「大衛星期六晚上是幾點到家的？」

「啊？」

他重複一遍問題，兩眼直視著她，緊緊鎖住了她的目光。

「你為什麼會對大衛星期六晚上的行蹤有興趣？」

「這其實真的沒什麼大不了的，瑟萊絲。我們今天早一點的時候曾經找過大衛問話，因為我們知道凱蒂在麥基酒吧的時候大衛剛好也在。大衛提供的回答裡頭有幾件小事彼此有些矛盾，而我那夥伴，包爾斯警官，就是堅持要把事情搞清楚。至於我，我根本就覺得大衛那晚不過是喝多了，所以才會搞混其中一些細節。但我那夥伴固執起來偏偏就像條該死的牛一樣。所以說呢，我只是想問清楚大衛那晚到底是幾點回到家的，幾點幾分都弄清楚了，我才好跟我夥伴交代；愈早把這些不相干的枝節處理掉，我們也好趕緊回頭專心辦案，找出殺死凱蒂的兇手。」

「你認為是大衛幹的嗎？」

西恩身子往後一傾，微微揚高了下巴，目光卻依然鎖定在瑟萊絲臉上。「我可沒這麼說，瑟萊絲。老天，我為什麼要這麼想？」

「但話卻是妳說的。」

「嗯，我也不知道。」

瑟萊絲說道：「啊？我們說到哪裡去了？我不知道，我什麼都不知道了。」

西恩極力露出了一抹安慰的微笑。「總之，我愈早弄清楚大衛週六晚到家的時間，我就愈早能打發我那夥伴回到命案的調查上，不要再在這邊鑽牛角尖、硬要往大衛說辭的漏洞裡鑽。」

有那麼一瞬間，瑟萊絲看來似乎隨時就要往路上一跳、任來往車輛輾壓過她。她看來是如此地徬徨無助而困惑；西恩看著她，心裡突然湧出一股粗糙而本能的同情，就像他常常會同情她丈夫的感覺。

「瑟萊絲，」他下定了決心——雖然懷迪要是聽到他下定決心要說出來的這番話，恐怕會在他的留職查看成績單上狠狠地寫下一個不及格的分數。他說道：「妳聽好，我真的不認為大衛做了任何事。我以上帝之名發誓。但我的夥伴卻不這麼想，而他不但是我的夥伴，更是我的頂頭上司。他有權決定整個偵辦的方向。妳告訴我大衛到家的時間，把誤會澄清了，一切就到此為止，然後大衛和妳就永遠不必再被我們騷擾了。」

瑟萊絲說道：「但你們看到他的車了。」

「什麼？」

「我聽到你們在樓下的對話。凱蒂遇害那晚有人在雷斯酒吧的停車場裡看到一輛車。你的夥伴認為大衛殺了凱蒂。」

媽的。西恩他媽的不敢相信自己剛剛聽到的話。

「我的夥伴只是說他想再仔細查清楚大衛當晚的行蹤，如此而已，這和指控他是兇手絕對是兩回事。我們目前還沒有任何嫌犯名單，瑟萊絲，妳要相信我。我們真的沒有。我們唯一有的就是大衛說辭的漏洞。我們趕緊把這些洞補好，把事情澄清了，然後就沒事了。」

他差點被搶了，瑟萊絲很想告訴西恩。他到家的時候一身都是血，但那只是因為他差點被搶了。人不是他殺的。即使我認為是他，另一部分的我卻總還是清楚地知道，大衛絕對不是那種人。我和他做愛。我嫁給了他。而我絕對不會嫁給一個殺人兇手，肏你媽的臭條子。

她試著想起當初她計劃當條子找上門來的時候，要拿出來應對的那種冷靜姿態。那晚，當她一邊清洗著他的血衣血褲的時候，他曾經如此確信自己把一切都計劃好了，確信自己有能力處理、面對這一刻。但她當時並不知道凱蒂死了，不知道找上門來的條子想要知道的竟是大衛與凱蒂的死之間的種種牽涉。她根本不可能料得到這樣的局面。還有，她眼前這個條子，他是如此地溫文、如此地自信而迷人。他全然不是她料想中那種頭髮花白、挺了個啤酒肚外加宿醉未醒的典型。他是大衛的老朋友。大衛曾經告訴她，這個男人，西恩．狄文，曾和吉米．馬可斯一起站在路邊，看著他讓那輛車帶走。而如今，他卻已經長成這樣一個高大自信的男人，有著可以讓人聽上一整夜也不會膩的迷人嗓音，以及足以一層層穿透人心的犀利目光。

老天。她到底要如何面對這一切？她需要時間。她需要時間思考，需要時間一個人慢慢地理清這一切。她不需要一個死去的女孩的洋裝在後座怔怔地盯著她看，不需要一個條子隔著車子用他那惡毒而慵懶的目光定定地瞅著她瞧。

她說道：「我睡著了。」

「嗯？」

「星期六晚上，」她說道，「大衛回到家的時候，我已經睡著了。」

條子點點頭。他的身子再度往前傾，兩手放在車頂上。他似乎對這個答案很滿意，彷彿他所有的疑問終於都獲得解答了。她記得他的頭髮，很濃很密，一頭的淺棕色在頭頂附近還隱約夾雜有一綹綹太妃糖色的髮束。她記得自己曾經想著他大概永遠也不必擔心頭髮會隨年歲日漸稀薄的問題。

「瑟萊絲，」他用他那低沉而迷人的聲音說道，「我覺得妳很害怕。」

瑟萊絲感覺自己的心臟像被某隻骯髒的大手一把揪住了。

「我覺得你很害怕。我覺得妳還知道些別的事。我要妳知道，我站在妳這邊。我也站在大衛這邊。但我更站在妳這邊，因為，正如我剛剛說的，妳很害怕。」

「我沒有在害怕什麼啊。」她掙扎著擠出這句話，再掙扎著打開了駕駛座車門。

「妳很害怕，」西恩說道，然後往後退一步，目送她上了車，目送她發動引擎，駕車沿白金漢大道加速離去。

19 他們的計畫

西恩回到吉米的住處，看到吉米在走廊上拿著無線電話在談話。

吉米說道：「好，我會記得帶照片。謝謝你。」然後便掛上了電話。他轉頭看著西恩。「瑞德葬儀社，」他說。「他們從法醫辦公室那邊領走了凱蒂的遺體，說我可以帶一些凱蒂的東西過去。」他聳聳肩。「你知道的，就是敲定喪禮細節之類的事。」

西恩點點頭。

「你拿到你的筆記本了嗎？」

西恩拍拍他的口袋。「拿到了。」

吉米用無線電話在大腿上輕輕敲了幾下。「所以，我看我最好趕快去瑞德葬儀社一趟。」

「你看起來需要好好地睡上一覺，吉米。」

「不，我還好。」

「好吧。」

正當西恩要走過吉米身邊時，吉米開口道，「呃，不知道可不可以請你幫個忙。」

西恩停下腳步。「當然。」

「大衛可能很快就要帶麥可回家。我不知道你的行程是怎樣，但是我想拜託你留下來陪安娜貝絲一下。我就是不想留她單獨一個人，你知道我的意思吧？瑟萊絲可能等一下就回來了，所以應該不會佔用你太多的時間。我是說，威爾和他的兄弟們帶我那兩個小女兒去看電影了，所以家裡沒有別人，而且我知道安娜貝絲還不想跟我去葬儀社，所以我只是，我不知道，我想……」

西恩說，「我想我留下來是沒問題，不過我得先知會我老闆一聲，嗯，其實我們的執勤時段兩個小時前就結束了。不過我還是得去跟他講一聲。這樣可以嗎？」

「先謝了。」

「哪裡。」西恩往廚房走了幾步又停下來，轉過身來看著吉米。「其實，吉米，有件事情我想問你。」

「請說。」吉米說，臉上露出坐過牢的人特有的那種小心翼翼的神情。

西恩退回門廊。「我聽說你對你今天早上提到的那個小子很有意見，那個布蘭登．哈里斯。」

吉米聳聳肩。「我對他沒什麼意見，真的。我只是不喜歡那個小子。」

「為什麼？」

「我不知道。」吉米把無線電話放進口袋。「有些人就是跟你不對盤。你懂我的意思吧？」

西恩走近吉米，一隻手搭上了吉米的肩膀。「他是凱蒂的男朋友，吉米。他們兩個原本正打算私奔。」

「放屁！」吉米說道，眼睛直瞪著地板。

「我們在凱蒂的背包裡找到拉斯維加斯的旅遊手冊，吉米。我們也打了幾通電話去查。他們兩個確實已經訂了環球航空飛拉斯維加斯的機位。布蘭登．哈里斯也已經親口證實了這件事。」

「不。」

吉米肩膀一抖，甩掉了西恩的手。「他殺了我的女兒嗎？」

「你百分之百確定。」

「差不多。他很大氣不喘地通過了測謊，吉米。再說，那個男孩子在我看來也不像是下得了這種手的人。他看來是真的很愛你的女兒。」

「幹！」吉米說。

西恩背靠著牆，打算給吉米一點時間消化他剛才聽到的事。

一會後，吉米終於再度開口：「你說他們要私奔？」

「嗯，吉米。根據布蘭登．哈里斯還有凱蒂那兩個姊妹淘的說法，你堅決反對他們兩個交往。但我不懂你為什麼要反對。那小子在我看來不像個問題少年。他或許軟弱了點，我不知道，但看起來總還是個不錯的小夥子。我真的被搞糊塗了。」

「你被搞糊塗了？」吉米冷笑了一下。「我剛剛才知道我的女兒——你知道的，我那個死去的女兒——原本打算跟人私奔，西恩。」

「我知道。」西恩說道，一邊將聲音壓低到近乎耳語，心裡暗暗祈禱吉米也會壓低音量，他眼看就要抓狂了，程度甚至可能與昨天在公園銀幕前不相上下。「我只是好奇而已，呃——為什麼你會這麼堅決反對你女兒和那小子交往？」

吉米靠著牆站在西恩旁邊，深深地吸了幾口氣，再緩緩地吐出來。「我認識他老爸。他們管他叫『就是雷伊』。」

「怎麼，他是法官？」

吉米搖搖頭。「那陣子有好幾個傢伙都叫雷伊——你知道的，『瘋狂雷伊．布察克』和『神經雷伊．多瑞恩』，還有『伍德查克街的雷伊』——雷伊．哈里斯別無選擇，只能叫做『就是雷伊』，因為所有酷的綽號都有人叫了。」他聳聳肩。「我反正從來就不喜歡那傢伙，結果他竟然又在他老婆懷那個啞巴孩子的時候拋家棄子跑掉了，當時布蘭登才六歲。嗯，我也不知道啦，我可能只是覺得『有其父必有其子』吧，總之我就是不想讓他跟我女兒交往。」

西恩點點頭，雖然他並不相信吉米的說法，從吉米說他向來就不喜歡雷伊．哈里斯的方式——那些出現在不該出現的地方的停頓種種，西恩知道事情並沒有這麼單純。瞎扯的鬼話西恩聽多了，所以說，無論那些故事聽來有多麼合乎邏輯，他總還是可以一眼看穿。

「就這樣嗎？」西恩問。「這就是唯一的理由？」

「就這樣。」吉米回答，然後身子一挺，開始往門廊另一頭走去。

「我倒覺得這是個好主意，」兩人並肩站在吉米家外頭的人行道上時，懷迪這麼對西恩說道，「跟被害者家人搞熟一點，看能不能多打聽出一些有用的線索。對了，你剛剛跟波以爾的老婆說了什麼？」

「我跟她說她看起來好像很害怕。」

「她替他老公的不在場證明背書了嗎？」

西恩搖搖頭。「她說她那時已經睡了。」

「那你覺得她是在怕什麼？」

西恩抬頭看了看吉米家面對街道的那排窗戶。他對懷迪比了個手勢，下巴往街的另一頭挪了挪，示意懷迪跟著他走。懷迪跟著他走到街角。

「她聽到我們在講車子的事。」

「媽的。」懷迪說道。「如果她跑去跟她先生講，他說不定就乾脆落跑了。」

「他能落跑去哪？他是獨子，母親已經過世，沒錢沒朋友的。我怎麼看也不覺得他是那種有本事亡命海外、跑到烏拉圭去定居之類的人物。」

「但這也不表示他一定不會跑掉。」

「老大，」西恩說道，「我們沒有掌握任何足以用來起訴他的證據。」

懷迪往後退了一步，看著籠罩在街燈光線下的西恩。「你現在是在跟我耍老鳥嗎，超級戰警？」

「我只是不認為事情是他幹的，老大。至少，他根本沒有動機。」

「他的不在場證明根本是個屁，狄文。他的故事還全是漏洞——媽的，如果他的故事是一艘船，那船恐早就沉到海底去了。你說他老婆很害怕。不是覺得被我們騷擾得很煩。而是害怕。」

「好吧，沒錯。她或許真的是有所隱瞞。」

「所以啦，你想，波以爾回家時她真的已經睡了嗎？」

西恩腦海裡浮現他們小時候那一次，大衛抽抽噎噎地坐進了那輛車。他看著大衛坐在後座，那張怔怔往後凝望的臉孔隨距離漸漸模糊遠去。他想猛力往後一撞，看能不能就這樣把那個他媽的影像撞出他的腦海。

「不，我想瑟萊絲知道大衛幾點回到家。她聽到我們的對話，知道大衛那天晚上也去過雷斯酒吧。所以說，或許她原本就已經知道當天晚上所發生的一些事，只是一直沒辦法把所有事情拼湊起來——說不定大衛去過雷斯酒吧的事實就是那塊失落的拼圖。」

「而拼出來的圖卻把她嚇個半死？」

「也許吧，我不知道。」西恩踢弄著牆腳的一顆小石子。「我覺得……」

「什麼？」

「我覺得我們掌握了這些線索，卻怎麼也沒法把它們兜在一起。我覺得我們一定是遺漏了什麼。」

「你真的不覺得是波以爾幹的？」

「我並沒有排除這個可能性。我真的沒有。問題是動機。」

懷迪往後站了幾步，把腳跟靠在電線桿上，定定地瞅著西恩。西恩看過懷迪這種眼神。那種他專門用來打量一號可能會在法庭上讓對方律師一攻就破的證人的眼神。

「好吧，」懷迪說道，「動機這檔事確實也讓我覺得很煩，但是程度有限，西恩。程度有限。我相信一定有什麼線索可以把波以爾和整件事連在一起。否則，肏他媽的，他幹什麼跟我們扯謊？」

「拜託，」西恩說道。「他幹什麼跟我們扯謊？嘿，我們是條子哪，多的是人跟我們扯謊，為的卻只是想感受一下對條子扯謊的滋味如何罷了。雷斯酒吧那一帶你清楚得很，一入夜就熱鬧非凡，妓女、人妖、童妓，沿街一字排開，活生生是個天殺的馬戲團。搞不好大衛當時只是正好釣了個妓女在車裡幫他吹喇叭什麼的，總之就是一些不好讓他老婆知道的勾當。誰知道？無論如何，到目前為止就是沒有任何跡象顯示他和凱薩琳·馬可斯的死有關。」

「沒有任何跡象，除了他那一堆謊話，還有我的直覺。」

「你的直覺。」西恩說道。

「西恩，」懷迪說道，一邊無意識地摳弄著自己的指甲，「那個傢伙唬爛我們他離開麥基酒吧的時間。唬爛我們他到家的時間。被害人離開雷斯酒吧時，他的車子就停在酒吧外頭。他去過兩家凱蒂當晚也去過的酒吧，而且約莫也都在同時，然後他卻想隱瞞這件事。他的手給搞成那樣，而他卻跟我們扯了堆屁。還有，別忘了，他確實認識被害人——嫌犯認識被害人這點是我們先前就已經達成的共識。媽的，他從頭到腳完完全全符合那種純為追求快感的殺人兇手的特徵典型——白種男人，三十四五六歲上下，工作只能勉強糊口，甚至，你昨天還告訴我他小時候曾經遭到性侵害。你在開什麼玩笑，光是把這些條件一字列開就已經足以直接定了他的罪了。」

「好，話可是你說的。他曾是兒童性侵害案的被害人，但凱瑟琳·馬可斯卻沒有遭到性侵害的跡象？這樣說不通吧，老大。」

「說不定他只有對著屍體自慰。」

「現場沒有發現精液殘留。」

「別忘了，那天晚上下雨。」

「凱蒂陳屍處是室內。在這類臨時起意、追求快感型的殺人事件中，現場百分之九十九點九可以找到精液殘留。」

懷迪低著頭，以手掌輕輕地敲擊著路燈柱。「你和本案被害人的父親，還有可能的嫌疑犯小時候曾是——」

「喔，拜託。」

「——朋友。這一定會影響到你的判斷力。你不必再跟我否認了。你現在根本是顆脔他媽礙手礙腳的絆腳石。」

「我是顆——？」西恩壓低了聲音，把已經舉到胸口的手放下去。「聽著，」他說，「我只是不同意你對兇手背景特徵的看法罷了。如果我們能揪出更多大衛．波以爾的重大破綻，而不要只是目前這幾條小辮子的話，我他媽一定衝第一去把他逮回來。問題是如果你現在就拿這幾條少得可憐的線索跑去找地方檢察官，你覺得他們還能怎麼做？」

懷迪加重了手掌敲擊燈柱的力量。

「講真的，」西恩追問。「他們能怎麼做？」

懷迪舉起手來伸了個懶腰，打了個哈欠。他直視西恩的眼睛，一臉疲憊地皺了皺眉頭。「我懂你的意思。可是，」——他豎起一根手指——「可是，你，你這個天才大律師給我聽好了，我他媽一定會找到那根棍子或是那把槍或是血衣血褲。我不知道我到底會找到什麼，但是我一定會的。而證據一旦讓我找到了，我會立刻逮捕你朋友。」

「他不是我朋友。」西恩說。「而且，如果事實證明你是對的，我他媽掏手銬一定掏得比你快。」

懷迪挺身一站，走到西恩面前。「不要讓你自己的判斷力受到影響，狄文。你這樣會連累到我。

而如果你真的連累到我了，我他媽的一定埋了你。我他媽一定設法讓你被調去伯克夏之類的鬼地方，叫你成天冒著風雪坐在他媽的摩托雪橇上拿雷達槍抓超速。」

西恩用掌根揉了揉臉，再一路往頭髮扒去，企圖揉去那份深深的倦怠。「彈道分析的結果應該出來了。」他說。

懷迪往後退了一步。「應該吧，我正要回局裡看分析結果。指紋檔案也應該進去電腦裡了。我這就回去跑跑看，試試運氣。你有帶手機嗎？」

西恩拍拍他的口袋。「有。」

「我晚一點會打電話給你。」懷迪轉過身往彎月街走，他們的警車就停在那邊。西恩感覺自己讓懷迪對他的失望與不滿壓迫得疲倦不堪，突然清楚地意識到自己還在留隊查看期的事實。

西恩舉步往白金漢街吉米的住處走去，正好碰到大衛帶著麥可沿著門前的台階走了下來。

「要回去了？」

大衛停下來。「嗯。我真不敢相信瑟萊絲竟然還沒把車開回來。」

「我相信她不會有事的。」西恩說。

「喔，是啊，」大衛說道。「我不過就是得走路回去罷了。」

西恩笑了。「說得那麼嚴重。不過五條街口罷了，不是？」

大衛也笑了。「幾乎有六條街之遠哪，如果真要算個清楚的話。」

「趕快回去吧，」西恩說道，「趁天色還沒全暗下來之前。再見了，麥可。」

「再見。」麥可說道。

「你保重啦！」大衛對西恩說道，然後轉身帶著麥可離去，留下西恩獨自站在台階旁。大衛的腳步踏得有些不穩，應該是在吉米家灌下的那堆酒精的作用吧，西恩暗忖。如果這案子真是你幹的，大衛，你最好趕緊想辦法讓自己清醒起來。因為，等我和懷迪找上你的時候，你絕對會需要用到你腦袋裡的每一個細胞。每一個該死的腦細胞。

入夜後的州監大溝宛若一條銀色的帶子。太陽雖已西沉，天際卻仍殘留幾抹餘暉。公園裡的樹木倒已經讓夜幕染黑了，露天戲院的銀幕則已然化成遠方的一個暗影。瑟萊絲把車停在州監大溝靠修穆區的一岸，坐在車裡俯視著下方的河道和公園，以及像座垃圾山般聳立在其後的東白金漢區。從這裡望去，平頂區幾乎完全被公園遮住了，就幾座零星的尖塔和屋頂還依稀可見。再過去就是位於起伏小丘上的尖頂區，一幢幢房屋整齊地矗立在一條條平整的柏油路旁，居高臨下地俯瞰著平頂區。

瑟萊絲甚至不記得自己開車來這裡。她將凱蒂的洋裝交給了布魯斯．瑞德的兒子。小夥子穿著一套參加葬禮專用的黑色西裝，可是他那刮得乾乾淨淨的臉頰與那一雙晶晶亮亮的眼睛，看來更像是正要出發去參加中學期末舞會的模樣。瑟萊絲離開葬儀社後，便不知不覺地把車開到這片位於早已歇業的艾塞克鐵工廠後方的空地上。她開車經過一幢幢約有機棚大小、卻已經荒廢得只剩下空殼的廠房，把車子停在這片空地的邊緣，車子的保險桿旁就堆著一堆廢鐵。她的目光一路隨著起起伏伏、汩汩朝著外港閘口緩緩流去的河水向前望。

自從她無意間聽到那兩個警察在談論大衛的車子——他們的車子，她現在正坐在裡頭的這輛車子——之後，她一直覺得昏昏沉沉的，像喝醉了酒。但不是那種渾身放鬆的醺醺然的快感。不，她覺得自己像是剛喝了一整夜的廉價爛酒，回到家裡醉得不醒人事，醒來後卻覺得頭昏腦脹、口乾舌燥，血液中的酒精依然揮之不去，叫她整個人只覺得麻木而遲鈍，精神渙散。

「我覺得妳很害怕。」那條子說道，幾個字就這樣切中了她的要害，她於是只能反射性地自衛，只能一路否認到底。「沒有，我沒有在害怕什麼。」她回答得像個孩子似地。沒有，我沒有害怕什麼。

有，妳有。不，沒有。有，妳有。我知道妳有，但，我又是什麼？啦——啦——啦——啦——啦——

她很害怕。她嚇壞了。她覺得自己已經被恐懼化成了一灘爛泥。

她得跟大衛好好的談一談，她告訴自己。畢竟，他還是大衛。他是個好父親。她認識他這麼多年，他從不曾打她，從不曾顯露出任何的暴力傾向。他甚至不曾踹過門、捶過牆壁。她很確定自己還是可以跟他談談。

她會問，大衛，我那天晚上從你衣服上洗掉的到底是誰的血？

大衛，她會問，星期六晚上到底發生了什麼事？

你可以跟我說。我是你的妻子。任何事情你都可以跟我說。

她會這麼做。她會去跟大衛談談。她沒有理由怕他。他是大衛。她愛他而他也愛她，所以說沒有什麼事情是解決不了的。她很確定。

然而，她還是坐在那裡，遠遠地看著州監大溝，廢棄鐵工廠巨大的暗影使她愈發感到自己的渺小無依。這塊地最近才剛被建商買下來，如果河對岸的球場興建計畫最後通過了的話，他們就打算把這裡改建成停車場。她的目光緩緩掃過視線下方的公園：州監公園，凱蒂·馬可斯遇害的地方。她文風不動地坐在這裡，等著誰來教她如何再次移動她的身體。

吉米和布魯斯·瑞德的兒子安布羅斯·瑞德，面對面坐在老瑞德的辦公室裡，仔細核對喪禮的細節，心裡卻希望他面對的是布魯斯本人，而不是這個看起來才剛從大學畢業的小夥子。想像他玩飛盤倒比想像他抬棺材要容易多了，而吉米甚至更無法想像那雙光光滑滑、毫無皺紋的手在樓下的屍體保存室裡，清理觸摸過那些屍體。

他把凱蒂的生日和社會安全號碼交給安布羅斯。安布羅斯拿著金筆填寫一張夾在寫字板上的表格，然後用那跟他父親一樣低沉穩重的聲音對著吉米說道：「很好，很好。這樣就可以了，馬可斯先生。嗯，您應該是打算舉行傳統的天主教喪禮吧？包括守靈會和彌撒？」

「是的。」

「那麼我建議我們在星期三舉行守靈會。」

吉米點點頭。「教堂那邊已經保留星期四早上九點的時段給我們用。」

「九點鐘，」那個男孩說著，並把它寫下來。「你已經決定好守靈會的時間了嗎？」

吉米回答：「我們要辦兩個守靈會。一次是下午三點到五點。另一次是晚上七點到九點。」

「七點到九點，」男孩一邊覆誦，一邊抄下時間。「我看你帶了一些照片來。很好，很好。」

吉米看著自己腿上那一疊裝在相框裡的照片：凱蒂在她的畢業典禮上。凱蒂和她兩個妹妹在海灘。凱蒂八歲時和他在木屋超商開幕當天的合照。凱蒂和伊芙以及黛安。凱蒂、安娜貝絲、吉米、娜汀和莎拉在六旗樂園。凱蒂的十六歲生日。

吉米把那一疊照片放到他身旁的椅子上，覺得喉嚨裡有微微的灼熱感，他強迫自己嚥下一口口水，驅散那股感覺。

「你想到要用什麼樣的花布置禮堂了嗎？」安布羅斯說道。

「我今天下午已經跟納佛勒花店訂好花了。」吉米說道。

「那訃聞呢？」

吉米首度正眼看著安布羅斯。「訃聞？」

「是的，」那小子一邊說，一邊低頭看他的寫字板。「訃聞登報的內容要寫些什麼。我們可以代筆，只要你給我一些基本的資料，讓我知道你想在訃聞裡寫些什麼，比方說你們希望大家把弔唁的花圈花籃轉捐給慈善機構之類的資料。」

吉米別過臉去，避開年輕人那充滿遺憾與同情的眼神，直直地盯著地板。在他們的腳底下，在這棟白色維多利亞式建築的地下室某處，凱蒂正躺在遺體保存室裡。她赤裸裸地躺在布魯斯・瑞德和眼前的這個男孩、以及他的兩名兄弟的面前，讓他們為她淨身，修補她，保存她。那幾雙冰冷的、修得乾乾淨淨的手將撫遍她的全身。他們會抬起她身體的某些部分以方便工作。他們將她的下巴夾在大拇指和食指間，輕輕地轉動它。他們將會拿梳子梳理她的頭髮。

他腦海裡想著他的孩子赤裸裸的光著毫無血色的身子躺在那裡，等著最後一次被這些陌生人碰觸她的身體，他們也許會小心翼翼地照料她的遺體，但是那是一種不帶情感、職業式的碰觸與照料。然後，他們會在棺材中放進一只絲緞製的枕頭好支撐她的頭。她會被推進儀容瞻仰室裡，帶著她如洋娃娃般僵硬的臉，身上穿著她生前最喜歡的藍色洋裝。人們會瞻仰她的遺容，為她禱告，談論她、哀悼她，最後，終於，安葬她。她的棺木會緩緩地降入由陌生人為她掘好的洞穴裡。吉米幾乎聽得到那種泥土灑落在棺木上的聲音，悶悶的，彷彿他也正躺在棺材裡，同凱蒂一起。

之後，她就得躺在黑暗中，在六呎深的泥土之下，直到她的棺木化為草地與空氣，她再也看不到摸不到聞不到感覺不到的草地和空氣。她會在那裡躺上一千年，聽不到來她墳前憑弔她的人的腳步聲，聽不到她所離開的這個世界裡的任何聲音，因為那堆泥土，那堆埋葬了一切可能的泥土。

我會殺了他，凱蒂。我會比警察還先找到他的。然後我會殺了他。我會讓他埋進一個洞穴，一個遠比妳就要被埋進去的洞穴還糟的黑暗洞穴。我會讓他們沒有屍體可以保存、沒有遺體可供哀悼。我會讓他完完全全地消失，彷彿他從不曾存在過。他的名字他的人就會像一場夢，短暫的出現在某些人的腦海裡，卻又在醒來前便讓人遺忘殆盡。

我會找到害妳躺在樓下桌子上的那個傢伙，我會幹掉他。他所愛的人——如果他還有所愛的人的話——會比摯愛妳的人更傷心更痛苦，凱蒂。因為他們永遠無法確切知道他到底發生了什麼事。

妳不用擔心我要怎麼辦到這一切，寶貝。爹地辦得到。妳從來不知道，爹地殺過人。爹地會處理好該處理好的事。爹地會再做一次。

他轉回來看著布魯斯的兒子。小夥子在這行待得確實還不夠久，這麼長的沉默讓他慌了手腳。

吉米開口說道：「我要訃聞上寫著『馬可斯，凱瑟琳．璜妮塔，詹姆士與亡母瑪莉塔摯愛的女兒，安娜貝絲之繼女，莎拉和娜汀之姊……。』」

西恩和安娜貝絲．馬可斯一起坐在後陽台上。安娜貝絲小口小口的啜飲著一杯白酒。她接二連三的抽了幾根菸，每一根菸卻又抽不了幾口就捏熄了。她的臉被他們頭頂上黃澄澄的燈泡照得發亮。這是一張堅毅的臉，或許稱不上漂亮，卻相當的引人注目。她一定很習慣被人盯著看，西恩猜想，不過她恐怕不知道人家為什麼會想要盯著她看。她有點讓西恩想起吉米的母親，可是她不像她婆婆那樣聽天由命和畏縮；她也有點像西恩的母親，具備了那種天生的泰然自若；事實上她在某些方面也讓他想到吉米。他看得出來安娜貝絲．馬可斯是個有趣的女人，但絕不輕浮愚蠢。

「所以，」安娜貝絲對著正在替她點菸的西恩問道，「今天晚上在你完成陪伴我的任務之後，接下來要做什麼？」

「我不是——」

安娜貝絲揮揮手打斷他的話。「我很感激你留下來陪我。所以說，接下來你要幹嘛？」

「去看我母親。」

「哦？」

他點點頭。「今天是她的生日。我跟我老爸要為她慶祝一下。」

「嗯，」她說道。「你離婚多久了？」

「有這麼明顯嗎？」

「昭然若揭。」

「嗯。分居，事實上。差不多有一年多了。」

「她還住在這附近嗎？」

「不。她現在到處旅行。」

「你的口氣有點酸。『旅行』。」

「是嗎？」他聳聳肩。

安娜貝絲舉起一隻手。「我很不喜歡自己一直對你這樣——利用你來轉移自己的注意。所以如果你不想回答的話，大可不必理會我的問題。我只是愛管閒事，而你偏偏又是個有趣的傢伙。」

西恩臉上泛開一抹微笑。「不，我不是。我事實上是個很無趣的人，馬可斯太太。去掉我的工作我就什麼也不是了。」

「安娜貝絲，」她說，「叫我安娜貝絲就可以了。」

「好。」

「狄文州警，我很難相信你是個無趣的人。可是你知道嗎，有件事我一直想不通。」

「什麼事？」

她調整坐姿，轉過身來正視著他。「我覺得你不像是那種會假造罰單來搞人的人。」

「哦？」

「因為這種行為很幼稚，」她說。「你看起來不像是個幼稚的人。」

西恩不置可否地聳聳肩。在他的經驗裡，每個人或多或少都有行為幼稚的時候。壓力一大，狗屎愈堆愈多，任性幼稚的行為就會成為當下最容易的一條出路。

他已經有一年多不曾跟任何人提起蘿倫了——不論是跟他的父母，還是他寥寥可數的幾個朋友，甚至是隊上終於風聞他跟老婆分居的消息後指派給他的心理醫生。但是此時此刻的安娜貝絲，這個才剛遭逢喪女之慟的陌生人，西恩可以感覺到她的需要——她需要知道、需要分享他的失落，她需要知道自己並不是唯一得面對這種生命中必然的失落的人。

「我太太是劇團的舞台經理，」西恩淡淡地說道。「巡迴劇團，妳知道吧？去年《舞王》在全國巡迴公演，我太太也跟著全國跑了一圈。反正就是那一類的事。今年的劇碼我倒不太清楚了，《飛燕金槍》吧，也許。老實跟妳說，我真的已經不知道了。反正就看他們今年打算把哪一齣搬出來重演。這組合夠奇怪了吧？我的意思是說，光講工作就夠了，有哪一對夫妻的工作性質比我和我老婆還要南轅北轍的？」

「可是你曾經愛過她。」安娜貝絲說道。

西恩點點頭。「我現在也還愛著她。」他喘了口氣，身子緩緩往後靠回椅背上。「那個被我惡搞的傢伙，他是……」西恩頓時覺得口乾舌燥，他甩甩頭，突然有股想要逃出這個該死的陽台、逃出這幢屋子的強烈衝動。

「他是你的情敵？」安娜貝絲輕聲說道。

西恩從菸盒裡抽出一根菸，點上了，再默然地點點頭。「說得夠委婉。也好，我們就這麼叫他吧。情敵。當時我和我太太之間早已累積了不少理不清的狗屎，然後我們兩人又長時間碰不到面，就算碰到面也說不到幾句話之類的。而這個，呃，情敵——就是在那時候趁虛而入了。」

「然後你就抓狂了。」安娜貝絲說道。甚至不是問句，只是一個簡單的陳述。

西恩瞅了她一眼。「有誰碰到這種事還能保持風度的嗎？」

安娜貝絲堅定地回瞪了他一眼，那眼神似乎在暗示著，語帶諷刺實在有損他的格調，或者她根本就不吃這一套。

「但是你還是愛著她。」

「當然。媽的，我想她也還愛我。」西恩熄了菸。「她常打電話給我。打來然後不講半句話。」

「等等，她——」

「我知道是她。」西恩說道。

「——打電話給你卻不講話？」

「沒錯。這個情形已經差不多持續了有八個月之久了吧。」

安娜貝絲朗聲笑開了。「恕我冒犯，不過這真是我近來聽過最奇怪的事了。」

「我同意。」西恩看著一隻蒼蠅撲向那顆赤條條的燈泡，隨即卻又飛走了。「我想，總有一天，她總會開口的。這就是讓我一直撐下去的理由。」

他乾笑了幾聲，然後聽著自己那尷尬的笑聲漸漸隱沒入漆黑的夜色中。他們就這樣靜靜地坐在那裡，各自抽著菸，聆聽著蒼蠅瘋狂地撲向燈泡時的嗡嗡振翅聲。

「她叫什麼名字？」安娜貝絲問道。「你一直不曾提到她的名字。沒有，一次也沒有。」

「蘿倫，」他說道，「她叫做蘿倫。」

她的名字像一條從蛛網上鬆脫的銀絲，在空氣中飄飄盪盪。

「你們還是孩子的時候就愛上對方了？」

「大一那年。」西恩說道。「是吧，那時候我們都還算是孩子吧。」

他還記得那場十一月的風雨，他們兩個在校園一處拱門下第一次接吻，他記得她皮膚上的雞皮疙瘩，記得那兩具顫抖不已的年輕軀體。

「或許問題就出在這裡。」安娜貝絲說道。

西恩看著她。「因為我們都不再是小孩子了？」

「至少其中一個已經不是了。」她說道。

西恩沒有問是哪一個。

「吉米告訴我，你說凱蒂打算和布蘭登．哈里斯私奔。」

西恩點點頭。

「你看，這就是了，不是嗎？」

西恩挪了挪身子。「什麼？」

安娜貝絲朝空盪盪的曬衣繩噴了一口長長的菸。「那些年輕時代的愚蠢夢想。我的意思是說，怎麼，凱蒂和布蘭登．哈里斯當真可以在拉斯維加斯把他們的日子過下去？他們的小伊甸園可以維持多久？也許他們得在一間比一間還要破爛的拖車屋之間搬過兩次家、又已經生了兩個小鬼後才終於覺悟過來，但這覺悟總是遲早要來的——人生不是像童話故事寫的那樣，從此幸福快樂的生活在一起；不，人生不是永遠的花前月下鳥語花香。不，不是的。人生是永無休止的工作。你會愛上根本不值得愛的人。因為沒有人值得那樣的愛，甚至，根本就沒有人活該得承受那樣沉重的負擔。你會失望，你會沮喪，你會失去對人的信任，你會有一堆過不完的爛日子。你失去的永遠會比你得到的多。你愛他恨他，卻還是愛他。但，去他的，你總之還是得捲起袖子，把該做的事情做下去、把該過的日子過下去——因為這就是長大，因為這就是你長大後的世界。」

「安娜貝絲，」西恩說道，「有沒有人告訴過妳，妳是個意志堅強的女人？」

安娜貝絲轉頭面向西恩，雙眼緊閉著，臉上幽幽地泛開了一抹微笑。「大家都這麼說。」

那天晚上，布蘭登．哈里斯回到他的房間裡，面對著他床底下的那只行李箱。他將行李打包得整整齊齊的，裡面簡單裝了幾條短褲，幾件夏威夷衫，一件運動外套和兩條牛仔褲，卻沒有任何一件長袖運動衣或羊毛長褲。他只打包了他覺得在拉斯維加斯會穿得到的衣服，沒有任何的冬衣，因為他和凱蒂都一致同意，他們再也不想面對冬天刺骨的寒風、廉價商場的保暖襪大特賣，或是汽車擋風玻璃上那一層層化了再結結了又化的薄霜。所以，當他打開那只行李箱的時候，映入眼簾的盡是活潑輕快的粉嫩色調與花卉圖案，那些只屬於夏日的一切美好。

這就是他們的計劃。古銅色的皮膚與無盡的悠閒。他們的身體不會再被厚重的靴子與大衣與人們的期望壓得挺不直腰。他們會從高腳杯裡啜飲各式各樣有著傻兮兮的怪名字的雞尾酒飲料。他們會在旅館的游泳池畔度過整個下午，他們的皮膚會聞起來全是防曬油和氯氣的味道。他們會在讓冷氣空調吹得冰冰涼涼的旅館床單上頭做愛，而房間裡將只有讓穿透窗簾的陽光曬到的地方還會有一絲暖意。當夜晚降臨，整個城市的溫度都降下來後，他們會換上體面一些的衣服，在拉斯維加斯大道上散步。他感覺自己彷彿站在好幾層樓高的地方，遠遠地俯瞰著這兩個人，這兩個沉浸在愛河裡的人，漫步在那片讓霓虹燈染得奼紫嫣紅的柏油大道上。他們就在那裡——布蘭登和凱蒂——悠悠閒閒地走在寬敞的拉斯維加斯大道上，夾道林立的盡是那些無比宏偉、無比巨大的豪華旅館建築，而空氣中瀰漫著從賭場裡流洩出來的叮叮噹噹的吃角子老虎的清脆聲響。

親愛的，今晚妳想去哪一家？

你選。

不，妳選。

不，不要嘛，你選。

好吧。這家如何？

看起來不錯喔。

那就這家吧。

我愛你，布蘭登。

我也愛妳，凱蒂。

然後他們會爬上白色的羅馬柱間、那道鋪了厚厚的地毯的台階，走進那人聲鼎沸、煙霧瀰漫的宮殿般的豪華賭場。他們會以夫妻的身分走在那條大道上，在這裡開始他們的新生活，雖然其實他們都還只是小孩子。東白金漢將會被他們拋在一百萬哩以外的地方，然後再隨著他倆往前踏去的每一步而愈發往後飛快地退去。

事情原本應該是這樣的。

布蘭登坐在地板上。他只需要在那裡坐一下。只需要一兩秒鐘。他坐在那裡，雙膝曲起，腳上那雙高筒球鞋的鞋底緊緊地併攏了，兩手像個小男孩似地緊握著自己的腳踝。他以這個姿勢前後搖晃了一會兒，下巴埋在胸前，閉上了眼睛。他感覺痛苦減輕了一些。黑暗與這反覆搖晃的動作終究為他帶來了些許的慰藉。

然而，這平靜的感覺終究還是過去了，然後凱蒂已經從這個地球上消失——完完全全的消失了——的事實便再度回到了他血液中，徹徹底底地擊垮了他。

家裡有一把槍。他父親的槍。他母親一直把它留在食物儲藏櫃上方那塊活動的天花板裡面。那是他父親向來藏槍的地方。你可以坐在食物儲藏櫃的檯面上，伸手往上探，試試那附近的三塊天花板，一直到你能感覺到那把槍的重量為止；然後你只要稍稍使些力，抬高那塊板子，手指往裡頭一探一勾，槍就在那裡。打從布蘭登有記憶以來，那把槍就一直在那裡，他自己很小的時候曾有一晚，他半夜上完廁所，跌跌撞撞地從浴室裡走出來，卻剛好撞見父親把手從天花板裡頭抽出來。十三歲那年，他曾經把那把槍拿出來給他的朋友傑瑞．迪芬塔看，傑瑞看得瞠目結舌，只是不停地說道：「把它放回去，把它放回去。」槍上頭積了一層厚厚的灰塵，而且很有可能從來不曾發射過任何一顆子彈。但布蘭登知道，他只需把它清乾淨。只需把它清乾淨就可以用了。

他今晚就可以帶那把槍出去。他可以去咖啡共合國，羅曼．法洛成天出沒的地方，或是去亞特蘭大汽車玻璃廠——那是巴比．奧唐諾的地方，根據凱蒂的說法，他大部分時間都待在店後的辦公室裡處理他的生意。他可以去其中一處——或者更好的是，兩個地方都去——然後用他父親的槍指著他們的臉，扣下那該死的扳機，一次又一次，直到彈匣都清空了為止，然後羅曼和巴比就再也不能殺死任何一個女人。

他可以這麼做，不是嗎？電影上都是這麼演的。布魯斯．威利，老天，如果有人殺了他心愛的女人，他絕對不會坐在地板上，握著自己的腳踝，像個自閉症的小孩似地搖晃個不停。他的槍早就上膛了，不是嗎？

布蘭登想像著巴比那張腦滿腸肥的臉，聲聲哀求著他。不，求求你，布蘭登！不要，求求你！然後布蘭登會說幾句很酷的話，像是，「求這把槍吧，㑚你媽的王八蛋，邊求邊滾下地獄去吧。」

他開始哭泣，身體依然不停地前後搖晃著，雙手依然緊握著腳踝，因為他知道自己不是布魯斯．威利，而且巴比．奧唐諾是個活生生的人，不是電影裡的角色，而且這把槍還得要清乾淨，徹徹底底地清乾淨。他甚至不知道槍裡面是否還有子彈，因為他根本不知道要怎樣打開那把槍。說穿了，難道他的手不會顫抖個不停？難道他的手不會像他小時候明白自己逃不掉了、一場架已經不得不打時，卻總是會恐慌得連拳頭都握不緊了嗎？人生不是一部該死的電影，人生是……他媽的人生。人生不是電影劇本，兩個小時內分曉立見，好人一定會打贏壞人。布蘭登不知道自己能不能扮演那樣的英雄角色。他只有十九歲，也從來不曾面對過那樣的挑戰。他不確定自己是否有辦法就這樣走進敵人的地盤——如果門沒上鎖而附近又沒其他人的話——然後對著一張活生生的臉開槍。他就是不確定。

可是，他想念凱蒂。他是如此如此地思念她，而她不在身邊的痛苦——而且是永遠再也不會在他身邊了——已經竄上了他的牙根，讓他坐立難安，讓他覺得自己該要做些什麼，什麼都好，只要能夠暫時停止這份痛苦，哪怕只是短短的一秒鐘也好，他這段剛剛開始的悲慘人生中短短的一秒鐘。

好吧，他決定了。好吧。我明天會清理那把槍。我只要把它清乾淨，確定裡面有子彈。我至少可以做到這件事。我會把槍清乾淨。

就在這個時候，雷伊突然溜進房間，腳上仍穿著直排輪鞋，兩手握著他新買的曲棍球杆當拐杖走，搖搖晃晃地溜近床邊。布蘭登倏地站起身，迅速地抹去了臉上的淚水。

雷伊脫掉他的直排輪鞋，看著他的哥哥，然後用手語比劃道：「你還好吧？」

布蘭登說道：「不好。」

雷伊比道：「我可以為你做什麼嗎？」

布蘭登說道：「沒關係，雷伊。不，你幫不上忙的。不過你不用擔心。」

「媽說這樣對你比較好。」

布蘭登說道：「什麼？」

雷伊重複了一次手勢。

「是嗎？」布蘭登說道。「她怎麼會這樣想？」

雷伊飛快地打著手語。「如果你走了，媽會很傷心。」

「過一陣子就不會了。」

「也許會，也許不會。」

布蘭登看著弟弟坐在床上，抬頭瞅著他瞧。

「現在不要惹我，雷伊。可以嗎？」他傾身湊近雷伊，心裡想著那把槍。「我愛她。」

雷伊瞠眼直視著布蘭登，毫無表情的一張臉幾乎像是一張橡皮面具。

「你知道愛一個人是什麼樣的感覺嗎？」

雷伊搖搖頭。

「那就好像考試的時候，你一坐進了座位就知道所有的答案。那就好像你知道你接下來的人生都不再會有問題了。你不會有問題的，你就是屌就是行，你可以鬆了一口氣，因為你贏了。」他別過臉去。「這就是愛情。」

雷伊敲敲床柱要布蘭登轉回頭來看他，然後對他打出了手語：「你會再戀愛一次的。」

布蘭登跪了下來，狠狠地把臉湊到雷伊眼前。「不，我不會。你他媽的聽懂了沒？不會。」

雷伊把腳縮到床上，退到床角，而布蘭登一時只感覺羞憤交加。啞巴就是有這個本事——他們就是會讓你覺得講話是件無比愚蠢的事。雷伊比出來的每一個字每一句都是如此地簡明扼要。那動作是如此地乾脆、迅速而果斷。他從來不知道什麼叫做結巴、什麼叫做詞窮，因為他的手勢永遠比他的腦子動得要快。

布蘭登有好多好多話想說，他想要讓那些熱情洋溢卻毫無章法頭緒、甚至不盡合理的話語源源不絕地自他口中傾吐出來，他想說她對他有多重要，想說當他們並肩躺在這張床上、當他的鼻子抵在她的頸窩裡是什麼樣的感覺，他想說當他倆勾著指頭當他幫她抹去沾在下巴上的冰淇淋當他與她一起坐在車裡通過路口時看著她兩眼飛快地來回張望時當她說話當她睡覺當她輕輕地打鼾時……

他想要一直講下去，一小時一小時地講下去。他想找人傾聽他說話，他想要人了解到，說話並不只是溝通意見與想法。有時候，說話是為了試著傳達生命，傳達生命中的一切。雖然這嘗試注定要失敗，但重要的是你至少試過了。嘗試是你唯一能擁有、唯一能做到的。

然而，雷伊是絕無可能理解這些的。文字對他來說只是一連串手指的動作。雷伊不會浪費文字。

溝通對他來說絕無可能打折、絕無可能失敗。幾個動作說完你要說的話，簡單明瞭，如此而已。對著他這面無表情的弟弟面前，慷慨激昂地抒發他最深的悲傷與熱情，只會讓他感到羞愧。這麼做一點幫助也沒有。

布蘭登低頭看著他那受到驚嚇的弟弟縮在床角，目瞪口呆地瞅著他。他對雷伊伸出一隻手。

「對不起，」布蘭登說道，他聽到自己的聲音破碎不堪。「對不起，雷伊。好嗎？我不是有意要對你發飆。」

雷伊拉著布蘭登的手站了起來。

「所以說，沒事了？」他比道，兩眼直直地瞪著布蘭登，彷彿他已經下定了決心，再發作一次他就要從窗口跳出去。

「沒事了，」布蘭登比道，「我想是沒事了。」

20 等她回來後

西恩的雙親住在溫蓋園，這是一個大門有警衛駐守的兩房連棟式住宅社區，位於市區南邊三十哩處。這裡每二十個單位為一區，每一區有專屬的游泳池和育樂中心，每個星期六晚上，育樂中心都會舉辦聯誼舞會。住宅區的外圍有一個高爾夫球場，像一彎新月似地包圍著這片住宅區。從每年的晚春到早秋這段時間，空氣中總隨時充斥著陣陣高爾夫球車引擎的嗡嗡聲響。

西恩的父親不打高爾夫球。他老早就打定了主意，認定高爾夫是有錢人的玩意兒，一旦下海便是背叛了他的藍領出身。西恩的母親倒是打了一陣子，不過後來也不打了，因為她老是覺得她的球友們會在背地裡嘲笑她的體型動作、她那輕微的愛爾蘭土腔，還有她的衣著。

於是他們只是靜靜地住在這裡，鮮少有什麼社交活動；就西恩所知，他父親在這裡只有一個還稱不上朋友的點頭之交，一個同樣是愛爾蘭裔、身材矮小、名叫萊利的傢伙。他在搬來溫蓋園之前，也是住在城裡的某個愛爾蘭社區裡。此外，萊利也從來不打高爾夫，只是偶爾會跟西恩的父親到位於二十八號公路另一邊的圓地酒吧喝上一杯。西恩的母親天生就愛照顧人，這是她的天性，也是她的習慣；搬到溫蓋園不久後，她便將照顧那些老弱的鄰居的工作攬為己任。她會開車帶他們去藥房拿藥，或是去看醫生，好拿回更多更新的處方箋。她自己其實也年近七十了，開車出門辦事卻總能讓她覺得自己還算年輕，依然活力充沛。此外，接受她這種接送服務的多半是些喪偶的獨居老人，這事實更讓她覺得自己與先生能健健康康地相守到這年紀絕對是上天的恩賜。

「他們就孤伶伶的一個人，」她有一次曾跟西恩談到她那些病弱的朋友們，「即便醫生不曾跟他們

明說，但孤單確實才是不停地吞噬著他們生命的元兇。」

過了社區大門的警衛室，便是社區的主要道路。這條路上每隔十碼的地上就有一條漆成黃色的緩速脊，這些緩速脊總是把西恩的車軸弄得嘎嘎作響。每次他開到這裡，浮現在他眼前的卻是溫蓋園這些居民以前在城裡住過的街道與社區；那些沒有熱水、外型如同監獄般無趣冰冷的老舊公寓，那些鐵製的防火梯，那些不絕於耳的街童嘻鬧尖叫聲——這些聲音和影像以溫蓋園白色的建築外牆與翠綠的茂盛草坪為背景，像清晨薄霧般飄浮在西恩的眼前。西恩內心始終藏有一份不理性的罪惡感，他始終為了自己竟然讓父母搬進養老院這件事感到愧疚不已。說是不理性，因為溫蓋園理論上畢竟不是專為六十歲以上的退休老人而設計的社區（雖然，老實說，西恩從來也沒在這裡看過任何一個六十歲以下的居民），更何況他的父母當初搬來這裡完全是出自於他們自己的意願；他們決心將幾十年來對城市生活的種種埋怨與不滿——那些噪音、居高不下的犯罪率與愈發惡化的交通惡夢——一併拋到腦後，搬到這個據西恩父親形容為「深夜走在路上也不用提心吊膽」的市郊社區。

但無論如何，西恩卻始終對父母這個決定感到耿耿於懷，彷彿自己讓他們失望了，彷彿他們曾期望他該會更努力地嘗試把他們留在身邊。對西恩來說，溫蓋園多少代表著死亡，或者至少是邁向死亡途中的一個轉運站。此外，他不只是不願去想到他父母住在這裡的事實——在這裡等著有一天，換成他們需要別人帶他們去拿藥看醫生——讓他更不願去面對的另一個事實是，有朝一日他自己或許也得住進溫蓋園，或是其他類似的地方。他知道自己幾乎不可能有其他選擇。就拿現在來說好了，他沒有小孩，老婆也跑了。他已經三十六歲，距離六十歲已經過了半，而剩下這一半時間顯然會比前面那一半過得還要快上許多。

西恩的母親吹熄了蛋糕上的蠟燭。他們的小餐桌就放在狹小的廚房和寬敞的客廳之間一個凹進去

的地方。他們圍坐在小餐桌旁，靜靜地吃著蛋糕，然後配合著牆上時鐘的滴答聲和空調系統出風口的嗡嗡聲的節拍，靜靜地啜飲著熱茶。

等他們都吃完了，西恩的父親站起來說道：「我來洗碗盤。」

「不，我來洗。」

「妳坐下。」

「不，我來洗。」

「壽星，妳坐下。」

西恩的母親嘴角泛開一抹淺淺的微笑，坐下了，而他父親則把碗盤疊起來，拿進廚房。

「小心那些蛋糕屑。」他母親說道。

「我一直都很小心。」

「如果你不把它們全部都沖下排水管去，家裡就又要招螞蟻了。」

「家裡也不過出現過一隻螞蟻。就那麼一隻。」

「不只一隻。」她對著西恩說道。

「而且那還是六個月以前的事了。」他父親隔著嘩嘩的水聲說道。

「還有老鼠。」

「家裡從來沒有老鼠。」

「范古德太太家有。有過兩隻。她後來還去買了捕鼠器。」

「我們家裡沒有老鼠。」

「那是因為我每次都會盯著你，不讓你把蛋糕屑留在水槽裡。」

西恩的母親喝了一口茶，然後從杯緣悄悄地瞅著西恩。

「我從報上剪了篇文章要給蘿倫。」她說道，一邊把茶杯放回小碟上。「嗯，不知道讓我收到哪裡去了。」

西恩的母親老愛從報上剪文章，收好了就等他來探望他們時好拿給他；有時她也會在集了九篇十篇後再一次郵寄給他。西恩每次打開信封，看到那疊摺得整整齊齊的剪報，就會覺得它們彷彿在提醒他距離上一次去探望兩老已經是很久以前的事了。這些剪報的標題包羅萬象，但內容卻不脫家事小偏方與健康自助這兩大主題——如何預防棉絮在乾衣機裡著火、如何避免食物在冰箱裡被凍壞；預立遺囑的優缺點、出門旅行如何提防扒手、高壓力工作族的健康秘訣（〈走出健康心臟迎向新世紀〉）。這是他母親表達愛的方式，西恩知道，就跟他小時候在一月的早晨出門上學前，他母親總會幫他扣上外套的鈕扣、再次調整過他的圍巾是一樣的意思。西恩只要想到蘿倫離家前兩天他母親寄來的那份剪報，還是會忍俊不住——〈來管試管嬰兒吧！〉——他們從來就無法了解，沒有小孩是他和蘿倫共同的選擇。如果還有別的理由的話，就是他們共有的那份恐懼（雖然他們從來不曾討論過這件事），那份害怕他們會是一對糟糕透頂的父母的恐懼。

蘿倫終於還是懷孕後，他倆又因舉棋不定、不知道該不該留下這孩子而瞞了西恩的父母好一陣子。畢竟當時他們的婚姻已然搖搖欲墜，而西恩又剛發現蘿倫和那個演員有外遇。更糟的是，西恩竟開始問蘿倫：「孩子到底是誰的？」而蘿倫也總是會回他一句：「那就去做親緣鑑定啊，如果你真的那麼擔心的話。」

他們取消了好幾次和他父母的晚餐聚會，而當他們老遠開車進城來時，他們也總是託辭說忙、沒辦法趕回家和他們見面。西恩覺得自己已經快要被緊緊壓迫在心頭的那份恐懼逼瘋了——他不但害怕孩子不是他的，更害怕萬一孩子真的是他的，而他卻並不想要。

蘿倫離家出走後，西恩的母親總是將她的出走輕描淡寫地名之為「需要一點時間把事情想清楚」，而也是從那個時候開始，他母親所有的剪報就總都是為蘿倫剪的，不再是為他了。她彷彿覺得只要自己一直這樣剪下去，直到剪報終於把抽屜塞滿了、甚至已經關不起來的時候，他和蘿倫就不得不復合，好合力把抽屜推回去。

「你最近跟她講過話嗎？」西恩的父親站在廚房裡問，他的臉讓那道漆成薄荷綠的牆擋在後頭了。

「你是說蘿倫嗎？」

「嗯哼。」

「欸，不然還會有誰？」他母親朗聲說道，一邊還埋頭在矮櫃的抽屜裡翻翻找找的。

「她打過電話，只是什麼都不說。」

「這不難了解啊，總不能一開口就說那些那麼嚴肅的話題，她總——」

「不。爸，我剛剛的意思是說，她在電話裡從來不開口。一句話都不講。」

「一句話都不講？」

「一句話都不講。」

「那你怎麼知道那是她？」

「我就是知道。」

「可是，你是怎麼知道的呢？」

「老天，」西恩說道，「我聽得到她的呼吸聲，這樣可以了嗎？」

「那多奇怪啊。」西恩的母親說道。「那你有講話嗎，西恩？」

「有時吧。不過愈講愈少了。」

「欸，至少你還有試著要跟她溝通。」他母親說道，一邊將最新的剪報推到他面前。「你跟她說我認為她會覺得這篇文章很有意思。」她坐下來，用兩手的手刀撫平桌布上的一條皺紋。「等她回來以後。」她說道，雙眼凝視著那條漸漸消失在她手下的縐紋。

「等她回來後。」她低聲重複，輕盈而堅定的語調卻有如修女，堅信世間萬物亂中自有序。

一個小時後，西恩和父親坐在圓地酒吧的高腳吧檯桌喝酒，他對著父親說道：「大衛．波以爾。還記得那次他在我們家門口被帶走的事嗎？」

西恩的父親皺了皺眉頭，然後繼續專注地將剩下的奇利恩啤酒倒進先在冰箱裡冰鎮過的啤酒杯。當白色泡沫緩緩逼近杯緣，最後幾滴酒液也入了杯後，他方才開口說道：「怎麼——舊報紙裡找不到相關的報導嗎？」

「呃——」

「為什麼問我呢？媽的。當時電視上不是一直在報？」

「可是抓到綁架他的人的新聞卻不曾出現在電視上。」西恩說道，心裡希望這句話足以讓他父親停止追問為什麼西恩要問他這件事，因為西恩自己也沒有完整的答案。

他只知道自己需要父親幫他把自己放入整起事件的脈絡裡，幫助他看到事件發生當時的自己，而這是舊報紙與警局檔案絕對無法做到的。也或許，他之所以提起這件事，其實只是為了想起個頭，想讓自己跟父親再多聊點，而不光只是談談每天發生的新聞，或是紅襪隊的救援投手群裡需要一名左投這類無關痛癢的話題。

有時，西恩相信他和父親很可能確實曾經聊過一些話（就如同他和蘿倫似乎也曾這樣過）。但西恩畢竟不記得那些話究竟可以是哪些話。他只是模模糊糊地記得自己似乎曾經年輕過，而那記憶畢竟如此模糊，他害怕記憶中那些與父親間的親密體己、那些開誠布公的時刻畢竟只是出於想像，畢竟只是一段讓歲月鍍上了層層想像的虛構回憶。

他父親是個沉默寡言的人，經常話講到一半就不了了之。西恩這輩子花了不少時間詮釋那些沉默、填補那些未完的句子，試著揣摩出父親的原意。而最近他卻開始懷疑，自己是否也同他父親一樣，是否也曾在不知不覺中讓沉默取代了話語。他後來也在蘿倫身上看到了那種沉默，但他的努力卻從來不夠，終於，到現在他唯一還擁有的蘿倫就只是她的沉默。就只有沉默，還有電話中那些嘶嘶的白色聲響。

半晌，他父親終於再度開口：「你為什麼又提起這件事？」

「你知道吉米．馬可斯的女兒被人謀殺了嗎？」

他父親看著他。「就是州監公園裡發現的那個女孩？」

西恩點點頭。

「我看到名字，」他父親說道，「想過可能是他的親戚，沒想到竟然是他女兒。」

「嗯。」

「他跟你同年，卻有個十九歲的女兒？」

「吉米好像——我不確定，十七、八歲左右就生了那個女兒了，差不多就是在他被關進鹿島監獄的前兩年吧。」

「噢，天哪，」他的父親說道。「可憐的傢伙。他老子還在監獄裡嗎？」

西恩說道：「他死了。」

西恩看得出來這個答案傷了他父親的心，一下將他的思緒拉回到加農街老家的廚房裡，他與吉米的父親把他和吉米丟在後院玩，自己則悠悠哉哉地讓一罐罐啤酒陪伴他們度過這清閒的週六午後，空氣中還會不時爆出兩個中年男人的大笑聲。

「媽的，」他父親說道，「他至少是出獄後才死的吧？」

西恩曾考慮說謊，但已經開始搖晃的頭卻讓他毫無選擇。「死在牢裡。沃爾波監獄。肝硬化。」

「這是什麼時候的事？」

「就在你們搬家後不久。大概六七年前吧。」

他的父親張嘴無聲地說了「七年」二字。他啜了一口啤酒，手背上的老人斑在黃色燈光的映照下愈發明顯了起來。「失去消息是如此容易。失去光陰也是。」

「對不起，爸。」

他父親皺了皺眉頭。這是他對別人對他表示憐憫或者是讚美時的一貫反應。「為什麼對不起？又不是你做的。見鬼了，漏子是提姆自己捅的，誰叫他要殺了桑尼．陶德。」

「是為了場撞球賽，我沒記錯吧？」

他父親聳聳肩。「當時他們兩個都喝醉了。誰還知道？兩個人都喝得醉醺醺的，何況那兩個傢伙嘴巴都大，脾氣也都火爆。就是提姆的脾氣可能比桑尼．陶德又再火爆了點。」他父親又啜了口啤酒。「所以說，大衛．波以爾被綁架的事跟那個女孩有什麼關聯──嗯，叫什麼名字來著，凱瑟琳嗎？凱瑟琳．馬可斯？」

「沒錯。」

「所以這兩者之間有什麼關聯？」

「我沒說兩者之間有關聯。」

「你也沒說沒關聯。」

西恩臉上不住泛開一抹微笑。儘管把那些見多識廣、一進到偵訊室就開口要求律師在場的老資格幫派份子丟給他對付吧，他隨時樂意奉陪，也總有辦法叫他們乖乖招供。可是碰上他父親這一輩這種脾氣又硬又拗得像根鐵釘似的老式硬漢──一個個全都飽經風霜，驕傲而頑固，而且從來就不曾把公權力放在眼裡——你大可以拷問他們一整晚，但他們一旦封了口就是封了口，任你威脅利誘逼問到天亮，所有的問題卻依然還是無解。

「嘿，就先別管這兩件事之間有沒有關聯吧。」

「為什麼？」

西恩舉起一隻手。「可以嗎？就還就我一次吧。」

「欸，那當然，我活了一輩子就等這一天哪，等著有機會來還就我兒子一下。」

西恩感覺自己握著啤酒杯的手僵硬了一下。「我查閱過當年那宗綁架案的檔案。負責調查這個案子的警官已經過世了。沒有其他的人記得這個案子，而上頭還列明本案尚未偵破。」

「所以呢？」

「所以我記得大衛遇劫歸來後差不多一年吧，有一天你曾經來我的房間跟我說『事情結束了。他們抓到了那兩個傢伙。』」

他父親聳聳肩。「他們逮到其中一個。」

「所以他們為什麼沒——？」

「在阿爾巴尼。」他父親說道。「我在報紙上看到照片。那個傢伙承認了他在紐約州犯的兩起性侵害案，並且宣稱他在麻塞諸塞州和佛蒙特州也幹過幾件。那傢伙後來還沒來得及把事情交代清楚就在牢裡上吊自殺了。不過我記得條子在我們家廚房畫的素描，我認得出來那傢伙的臉。」

「你確定？」

他父親點點頭。「百分之百確定。調查這個案子的警探——他的名字是，呃——」

「佛林。」西恩說道。

他父親點點頭。「麥克・佛林。沒錯。我一直有跟他保持聯繫，你知道的，就那段時間。我一在報上看到照片就立刻打了電話給他。他說，沒錯，是同一個傢伙。大衛也指認出來了。」

「哪一個？」

「啊？」

「哪一個傢伙？」

「噢。那個，呃，你是怎麼描述他的？『看起來油油髒髒的，還一副想睡覺的樣子。』」

西恩小時候講的話如今從他父親嘴裡說出來，聽起來總是怪。「坐在乘客座的那個。」

「嗯。」

「他的同黨呢？」西恩說道。

他父親搖搖頭。「車禍掛了。至少落網的那個傢伙是這麼說的。我知道的就這些了，呃，不過你也不必太相信我知道的事。媽的，還得你來告訴我提姆．馬可斯已經死了。」

西恩把杯裡剩下的啤酒一飲而盡，用手指了指他父親的空杯子。「再來一杯？」

他父親看著空杯子想了一下。「管他的。好啊。再來一杯。」

西恩到吧檯又要了兩瓶啤酒，回來卻看到他父親盯著吧檯上方的無聲電視正在播放中的《益智大挑戰》。西恩坐下的時候，他父親正巧對著電視說了聲：「羅伯．歐本海默！」

「電視又沒有聲音，」西恩說道，「你要怎麼知道你答對了沒有？」

「我就是知道。」他父親說道，一邊把啤酒倒進啤酒杯裡，眉頭卻不住讓西恩這蠢問題逼皺了。

「哪些人又老是怎樣？」

「你們這些人老是這麼。我真是搞不懂你們。」

他父親用啤酒杯朝他指了指。「你們這個年紀的人。你們問問題之前都不先想過，答案可能非常明顯。不過就是先停下來想一下嘛，有那麼難嗎？」

「噢，」西恩說道。「好吧。」

「就像大衛．波以爾這件事。」他父親說道。「二十五年前大衛到底出了什麼事又怎樣？到底發生了什麼事你心裡清楚得很。他讓兩個有戀童癖的傢伙帶走，失蹤了四天。到底發生了什麼事？就是你想得到的那回事。可是現在你偏偏又要舊事重提，因為……」他父親喝了一口啤酒。「媽的。我怎麼知道是因為什麼。」

他父親扔給他一抹困惑的微笑，西恩也對他報以困惑的一笑。

「嘿，老爸。」

「嗯。」

「你敢說你過去從來沒有發生過任何事是你不願去想，卻偏偏老是在你腦海裡翻騰不已的？」

他父親嘆了口氣。「這不是重點。」

「這當然是。」

「不，這不是重點。每個人都會碰到壞事鳥事，西恩，無人能倖免。問題是你們這一代的年輕人，你們就是愛扒糞、愛揭人瘡疤。你們就是不知道要適可而止。你有證據可以把大衛和凱蒂．馬可斯的死扯上關係嗎？」

西恩一下子笑開了。這老頭振振有詞，連「你們這一代的年輕人」這套都搬出來了，兜了一大圈卻只是想知道大衛和凱蒂的死是否有所關聯。

「這樣說好了，是有一些間接證據讓我們覺得有必要特別留意大衛。」

「這樣也算是回答我的問題嗎？」

「這樣也算是個問題嗎？」

他父親臉上泛開了一抹燦爛的笑容，讓他看起來足足年輕了十五歲。西恩記得小時候他父親的這種笑容總是能感染家裡的每一個人，讓家裡的氣氛霎時輕鬆了起來。

「所以說，你拿大衛當年那件事來煩了我老半天，就是因為你想知道，當年那兩個傢伙對大衛做的事是否會讓他變成一塊殺人犯的料？」

西恩不置可否地聳聳肩。「差不多就是這樣吧。」

他父親一邊用手指攪動著桌上那盤花生，再啜了口啤酒，一邊思考著這個問題。「我不這麼認為。」

西恩乾笑了一聲。「你很了解他嘛。」

「不。我只記得他小時候的樣子。他不像是下得了這種手的人。」

「很多好孩子長大後做過很多你根本無法相信的事。」

他父親對他揚起一邊眉毛。「你是想來跟我講人性嗎？」

西恩搖搖頭。「只是條子當久了，看得自然也多了。」

他父親往椅背一靠，嘴角似笑非笑地牽動了一下，眼睛不住打量著西恩。「來吧。我願聞其詳。」

西恩感覺兩頰微微熱了起來。「嘿，不是啦，我只是——」

「拜託嘛。」

西恩覺得自己很蠢。他父親就是擁有這般不可思議的能力。這些話聽在西恩認識的大部分人耳裡，不過是一段再尋常不過的觀察心得；但在他父親眼裡，西恩卻只是個裝腔作勢、一心想要裝大人的小男孩——西恩不知道這到底是不是事實，但他父親就是有辦法讓他這麼覺得。

「嘿，對我有點信心嘛。我想我對人性和犯罪多少也有些了解。這畢竟，欸，畢竟是我的工作哪。」

「所以你真的認為大衛殺死了一個十九歲的女孩子嗎，西恩？大衛哪，你小時候一起在後院玩的玩伴哪。可能嗎？」

「我認為任何人都有可能做出任何事。」

「所以啦，有可能是我幹的。」他父親將一隻手放到胸前。「也有可能是你媽幹的。」

「不可能。」

「你最好查查我們的不在場證明喔。」

「我可沒這麼說。拜託。」

「你當然有這麼說。你剛才才說過的，任何人都有可能做出任何事。」

「在合理的情況下。」

「喔，」他父親大聲說道，「好吧，這句話我剛才沒聽到。」

他又來了——這種以子之矛攻子之盾的攻勢，就和西恩在偵訊室裡和嫌犯玩的遊戲如出一轍。難怪西恩擅長審問犯人。名師出高徒哪。

父子倆一下陷入了沉默，一會後，他父親終於開口說道：「嘿，或許你是對的。」

西恩瞅著他的父親，等著他再補上一句來逆轉話鋒。

「或許大衛真的做了那件事。我不知道。我只記得小時候的他。我不認識長大後的大衛。」

西恩試著想要看到他父親眼中看到的究竟是什麼樣的自己。他想知道，他看到的究竟是個男孩，還是男人。他畢竟是他的兒子。這情況或許永遠也不可能改變吧。

他還記得他的伯伯們以前是怎樣談論他的父親的。他父親是這個在他五歲那年自愛爾蘭移民來美國的家庭中的老么，是十一個兄姊下頭最小的么弟；西恩的伯伯們幾乎比他父親整整大上十二歲到十五歲不等。他父親五歲的時候，全家從愛爾蘭移民來美國。「老比利」，他們常會這麼稱呼那個西恩出生前的比利．狄文。「狠小子」比利。但一直到現在，西恩才聽出他們話裡的含義，感覺到老一輩的對下一輩的人那種褒中帶貶的態度。

他們現在全部都不在了。他父親的十一個哥哥姐姐早已全都蒙主寵召。站在西恩面前的這位，是他父親家裡最小的一個孩子，已經年近七十又五，蟄居在市郊一個自己永遠用不著的高爾夫球場邊。他是家裡十二個孩子中剩下來的最後一個，不但是最後一個，而且永遠也是最小的一個。因此，只要他在空氣中嗅到一絲一毫任何人——尤其是他的兒子——屈尊俯就、企圖施惠予他的氣息，他便會全副武裝，在那人甚至有機會察覺到自己的企圖、甚至有機會開口之前便完完全全地阻擋掉一切。因為有權用那種態度這樣對待他的人，都早已離開這個世界了。

他父親看了西恩的啤酒一眼，然後丟了幾張一塊錢紙鈔留在桌上當作小費。

「走了嗎？」他說道。

他們父子倆散步穿過二十八號公路，回到西恩父母的住處，走進社區大門的主要道路上，沿路有好幾個黃色的緩速脊，路的兩側有被草坪的灑水系統噴濕的痕跡。

「你知道你媽喜歡什麼嗎？」他父親問道。

「什麼？」

「你寫信給她。你知道的，偶爾沒啥特別理由地寄張卡片來。她常說你寄來的卡片都很有趣，而且她喜歡你寫東西的調調。你媽把你寄給她的卡片都收在我們臥室的抽屜裡。那裡頭有些卡片甚至是你大學時代寫來的。」

「喔，好吧。」

「沒事就寫封信來，懂我的意思嗎？」

「當然。」

他們走到西恩的車旁，西恩的父親抬頭看了一眼他的公寓，所有的燈都已經熄了。

「她睡了嗎？」西恩問道。

他父親點點頭。「她明天早上還要載寇福林太太去做復健。」他父親突然伸出手來，握了握西恩的手。「很高興看到你。」

「我也很高興看到你。」

「她會回來嗎？」

西恩不用問也知道那個「她」是誰。

「我不知道。我真的不知道。」

他父親靜靜地凝視著籠罩在淡黃色街燈下的西恩。有那麼一瞬間，西恩可以看出來他父親對他心疼不已，他知道他的兒子正在受苦、知道他的兒子遭到遺棄，彷彿讓人拿湯匙一點一點地掏空了心，那種傷害永遠也無以平復。

「嗯，」他父親說道，「你的氣色不錯。看來你有在照顧你自己。有什麼酒喝太多還是之類的壞習慣嗎？」

西恩搖搖頭。「我只有做不完的工作。」

「工作是好事。」他父親回答。

「是啊。」西恩說道，感覺自己喉頭湧出了某種苦澀而失落的東西。

「所以啦……」

「所以啦。」

他父親拍了拍西恩的肩頭。「所以，就這樣啦。別忘了星期天打電話給你媽。」他說完便轉身大步地朝前門走去，健步如飛有如五十來歲的壯年人。

「您多保重。」西恩對著父親的背影說道，他父親舉起一隻手來示意他聽到了。

西恩用遙控器打開車子的鎖，正當他伸手要拉開車門時，他突然聽到他父親的聲音自黑暗中傳來。「嘿。」

「什麼事？」他回頭過頭去，看到他父親站在門前，上半身沒入了柔和的夜色中。

「那天你沒有坐上那輛車是對的。記住這點。」

西恩身子斜倚在車旁，手掌撐在車頂上，試圖在黑暗中辨清他父親的臉。

「可是我們當初應該要保護大衛的。」

「你們當時都還是小孩子。」他父親說道。「你們不知道事情會變成那樣。就算你們當時知道，西恩……」

西恩安靜了片刻，玩味著父親剛剛那句話。他的雙手在車頂上輕輕地敲打著，兩眼直視著黑暗中他父親的眼睛。「我就是跟自己這麼說的。」

「所以呢？」

西恩聳聳肩。「我還是覺得我們當初應該要知道，無論如何都應該要知道的。你不覺得嗎？」有整整一分鐘的時間，父子倆都沒有講話，西恩幾乎可以聽到嘶嘶灑水聲底下隱約的蟋蟀振翅聲。

「晚安，西恩。」他父親的聲音自水聲中傳來。

「晚安。」西恩說道。他就這樣站在車旁，一直等到他父親進了屋，才坐進車裡，往家的方向駛去。

21 地精

瑟萊絲回到家的時候，大衛正坐在客廳裡；他坐在那張裂痕斑斑的皮沙發的一端，扶手上則矗立著兩座由啤酒空罐堆成的高塔。他一手拿著又一罐啤酒，遙控器則放在大腿上，目不轉睛地看著一部尖叫聲似乎多過一切台詞的電影。

瑟萊絲站在門後，一邊脫下外套，一邊看著自螢幕迸射出來的青光一陣陣映照在大衛臉上，而那尖叫聲則愈發高亢刺耳而駭人，中間還夾雜著桌椅顫搖以及應該是人體內臟遭到擠壓輾碎的好萊塢特殊音效。

「你在看什麼？」她問道。

「某部吸血鬼片，」大衛說著又啜飲了一口百威啤酒，死盯著電視螢幕的目光卻不曾稍移。「大吸血鬼闖進吸血鬼獵人正在舉行的一場宴會，殺光了一整屋子的人。那些人都是梵蒂岡專門派來獵殺吸血鬼的。」

「什麼人？」

「吸血鬼獵人。嘖嘖，媽的，」大衛說道，「他剛剛又把一個人的頭活活扭下來了。」

瑟萊絲走進客廳，正好看到螢幕上出現一個穿得一身黑的傢伙，唰一聲飛過房間，五指大張地揪住一個早已嚇得魂飛魄散的女人的臉，再啪一聲扭斷了她的脖子。

「天哪，大衛。」

「不不，這其實蠻酷的。妳等著看吧，這下詹姆斯．伍德真的生氣了。」

「詹姆斯．伍德演誰？」

「他演吸血鬼獵人的頭頭。狠角色一個。」

她認出來了──詹姆斯．伍德穿了件皮夾克和緊身牛仔褲，隨手抄起一把十字弓之類的武器，瞄準了吸血鬼。但吸血鬼動作更快，詹姆斯．伍德一下像隻飛蛾似地，讓出手更快的吸血鬼打得滿房間跑；這時，突然又有一個傢伙加入戰局，他拿了把自動手槍對著吸血鬼連發數槍，但吸血鬼卻似乎完全不為所動。接下來，劇情卻突然逆轉，吸血鬼竟眼睜睜地任由兩名獵人逃走了，彷彿忘了這兩個人的存在似的。

「那個演員是叫什麼鮑德溫的是嗎？」瑟萊絲說道。她坐在沙發扶手上，緊挨著椅背，頭則往後靠在牆上。

「應該是吧。」

「是哪個鮑德溫？」

「我哪知道。他們兄弟那麼多個，我早就搞不清楚誰是誰了。」

她看著螢幕上兩名獵人匆匆跑過一個汽車旅館房間，小房間裡七零八落地也是躺了一地的屍體，數目之多，瑟萊絲以為根本不可能裝得進這樣一個狹小的空間裡。大衛一邊注視著螢幕，一邊感嘆道：「這下梵蒂岡那邊可又得重新訓練一批獵人了。」

「梵蒂岡幹什麼又管起吸血鬼來了？」

大衛揚起一張孩子氣的臉，抬頭用他那雙晶亮美麗的眼睛微笑地看著他的妻子。「吸血鬼問題可大了，親愛的。他們是一群惡名昭彰的聖杯賊。」

「聖杯賊？」她一邊應道、一邊突然感到一股衝動；她想要把手埋在丈夫細細柔柔的髮間，輕輕地搓揉，讓這可怕的一天就自然然地在這段傻氣的對話中消磨殆盡。「這我倒沒聽說過。」

「是嗎，他們可惹了不少麻煩哪。」大衛說完，仰頭把罐裡剩餘的啤酒一飲而盡。這時，詹姆斯．伍德和鮑德溫兄弟正和一個看來顯然讓人下了不少藥的女孩一起開了輛小卡車，沿一條空曠無人的道路呼嘯前進，而吸血鬼則飛在後頭，緊追不捨。「妳去哪裡了？」

「我送洋裝去瑞德葬儀社啊。」

「那是好幾個小時以前的事了。」

「嗯，我只是覺得需要一個人靜一靜、坐下來好好想一想，你懂我的意思吧？」

「想一想，」大衛說道，「當然。」他猛地起身，往廚房走去，一把拉開了冰箱門。「要來一罐嗎？」

瑟萊絲其實不想，但她還是說道：「嗯，好啊。」

大衛回到客廳裡，把啤酒遞過給她。她通常可以用他是否曾先為她把拉環拉開來判斷他的心情好壞。他確實先幫她把啤酒開了。但她卻看不出他心情是好是壞。她讀不出他的表情。

「喏，所以說，妳想了些什麼？」他砰一聲拉開了自己手上那罐啤酒的拉環，那聲響竟比螢幕上小卡車翻車前的緊急煞車聲還要響亮、還要刺耳。

「喔，你知道的嘛，就是那些事。」

「不，瑟萊絲，我不知道。」

「就是一些事嘛，」她說完低頭啜飲了一口啤酒。「想今天這一天下來，想凱蒂、想可憐的吉米與安娜貝絲，就是這些事。」

「就那些事是嗎。」大衛說道。「那你知道我帶著麥可走路回家時，一路又是怎麼想的嗎，瑟萊絲？我在想，麥可發現他母親就這樣把車開走了，一去不回，也沒跟任何人交代過要去哪裡或者什麼時候才會回來時，他心裡又會有多難受，有多難為情。嗯，我一路都在想這件事。」

「我剛剛已經跟你解釋過了，大衛。」

「跟我解釋過什麼？」他再度微笑地抬頭看著她，但剛才的那抹孩子氣卻已經不在了。「妳跟我解釋過什麼，瑟萊絲？」

「我說我需要獨處，需要時間整理一下思緒。我很抱歉沒有先打過電話。但這幾天發生了這麼多事，我一下也被沖昏頭了。這真的不是我平常的作風。」

「誰又還是原來的自己呢。」

「啊？」

「比如說這部電影好了，」他說道。「裡頭誰也不知道誰才是人、誰又是吸血鬼。這部電影我以前瞄過幾段，呃，那個妳說是鮑德溫兄弟的傢伙有沒有？他待會兒會愛上那個金髮女孩，雖然他知道她已經被吸血鬼咬過了。被咬過就表示她不久後也會變成吸血鬼，不過他不在乎。因為他愛她。但她確實是個他媽的吸血鬼。她將來也會咬他、吸他的血，把他也變成一個人不人鬼不鬼的行屍走肉。妳懂我的意思吧，吸血鬼不就是這麼回事罷了，瑟萊絲——既不神奇也不特別吸引人，不過就是如此。即使你知道這會殺死你、會讓你的靈魂受苦受難永世不得超生，而且你還將得花去你所有時間咬人脖子吸血、躲避陽光還有那個，呃，梵蒂岡派來的霹靂特搜小組。也許，有一天，你醒來卻發現自己已經忘記當一個有血有肉的人是什麼滋味了。也許你會這麼發現，那麼一切就都沒有問題了。你被下了毒，而如果你終於學會怎麼帶著一身毒把日子過下去，那麼中毒這檔事或許也就沒那麼糟了。」他將腳翹在沙發前面的矮桌上，好整以暇灌下一大口啤酒。「總之，這就是我個人的想法。」

瑟萊絲動也不動、挺直了腰桿坐在沙發扶手上，低頭看著她的丈夫。「大衛，你在胡說八道些什麼啊？」

「吸血鬼啊，親愛的。吸血鬼，還有狼人。」

「狼人？你愈說愈離譜了。」

「離譜？妳認為我殺了凱蒂，瑟萊絲。這樣說就不離譜了吧？是吧？」

「我才不……老天，你怎麼會有這種想法？」

他將啤酒拉環套在手指上把玩著。「在吉米家的廚房裡，妳正要離開的時候，妳連看都不敢看我一眼。妳把凱蒂的洋裝拿得高高的，好像她人還在衣服裡面一樣，而妳連看都不敢看我一眼。於是我就開始想了。我在想，為什麼我自己的老婆會突然變得這樣怕我？然後我就想通了——西恩。西恩跟妳說了什麼，對不對？他和他那個肏他媽一副屌樣的夥伴找妳問過話了。」

「你想錯了。」

「我想錯了？放屁。」

她不喜歡這樣鎮定平靜得出奇詭異的他。部份或許是因為酒精的作用。大衛喝多的時候向來不吵不鬧。但此刻他的平靜中卻帶著某種醜陋邪惡的成分。

「大衛——」

「哦，叫起我的名字來了。」

「——我真的什麼也沒以為。我只是搞糊塗了。」

他抬頭定定地看著她。「那好，那我們就趁著機會把話好好說開吧，親愛的。夫妻間沒什麼比開誠布公的溝通還來得重要的事情了。」

她銀行帳戶裡有一百四十七元；她另外還有張最高額度五百元的信用卡，但大約也只剩一半的額度可用。即使她能設法帶著麥可離開這裡，母子倆大概也走不了多遠。最多就是在哪裡的汽車旅館待上兩三夜，然後大衛就一定會找到他們了。他從來也不是個笨蛋。他一定有辦法追蹤到他們，這點她很確定。

那袋證據。她可以帶著那袋證據去找西恩．狄文，她相信他們一定還可以在大衛的衣服上驗出血跡反應。她在媒體上看過很多這類有關DNA檢驗技術日新月異的報導。他們一定能在那堆衣服上驗出凱蒂的血，然後逮捕大衛。

「來嘛，」大衛說道，「我們來溝通一下嘛，親愛的。有什麼話就一次說清楚好了。我是跟妳說真的。我真的很想──呃，他們是怎麼說的──喔對了，就是解放妳的恐懼。」

「我並不害怕。」

「可妳看起來卻不是這麼回事。」

「我真的沒有。」

「好吧。」他將兩腳從矮桌上移開了。「那麼親愛的，告訴我，到底妳在煩惱些什麼？」

「你喝醉了。」

他點點頭。「我是喝醉了沒錯。但這並不表示我就不能好好地跟妳溝通談心。」

螢幕上的吸血鬼又扭斷了一個人的頭。這次是一個神父。

瑟萊絲說道：「西恩不曾找過我問話。你去幫安娜貝絲買香菸的時候，我碰巧偷聽到他們的對話。我不知道你當初是怎麼跟他們說的，大衛，但他們並不相信你的說辭。他們知道你週六深夜曾出現在雷斯酒吧附近。」

「還有呢？」

「還有就是凱蒂離開雷斯酒吧前後，有人在酒吧外頭的停車場裡看到我們的車子。另外，他們也不相信你的手是打撞球時弄傷的。」

大衛把傷手舉到面前，一鬆一緊地握拳。「就這樣？」

「我就聽到這樣。」

「而這段話讓妳想到什麼？」

她再度幾乎伸手碰碰他。有幾秒鐘的時間，充斥在他體內的那種騰騰惡意似乎全都洩光了，只剩下破滅與挫敗。這她從他的肩膀與背後都看得出來；她想要伸手去碰碰他，但她嚇下了這股衝動。

「大衛，我覺得你該把遇到搶匪的事跟他們說清楚。」

「遇到搶匪的事。」

「沒錯。你之後或許得為這件事上法院，但那又怎麼？總比被當成是謀殺嫌疑犯好吧？」

就是現在，她想。告訴我不是你。告訴我你從來沒有看到凱蒂離開雷斯酒吧。說吧，就趁現在把話說出口吧，大衛。

但他沒有。「哼，我知道妳心裡是怎麼想的。我再清楚不過了。凱蒂被謀殺當晚我卻沾了一身血回家。人一定就是我殺的沒錯。」

瑟萊絲脫口而出：「那到底是不是？」

大衛放下手中的啤酒，開始大笑。他捧著肚子、兩腳離地，往後翻倒在椅背上。他歇斯底里地大笑不止，笑得上氣不接下氣，笑得眼淚都飆出來了，笑得他全身不住地激烈顫動。「我……我……我……我……」他沒辦法把話說完。大笑的衝動占據了他整個身子。他放棄了。他只是任由笑聲自他體內某處源源不斷地湧出溢出，任由眼淚沿著他兩頰蓄積在他唇上，然後再滴進他合不攏的嘴裡。

喔是的。他終於承認了。瑟萊絲一生中從來沒有這樣害怕過。

「哈哈哈哈哈……亨利。」他說道，大笑終於緩下來了，只剩陣陣咯咯的輕笑聲還在他喉底徘徊不去。

「啊？」

「亨利。」他說道。「亨利與喬治，瑟萊絲。他們的名字叫做亨利與喬治。真是他媽的好笑吧？那個喬治啊，嘖嘖，真是個好奇心無比旺盛的傢伙。至於亨利呢，他倒還好，他就是單純的壞，壞進了骨子裡。」

「你到底在胡說些什麼啊？」

「亨利與喬治，」他朗聲說道。「就是亨利與喬治啊，那兩個開車帶我去兜風，一兜就是四天的傢伙。他們把我丟在一個什麼也沒有的地窖裡，什麼也沒有喔，就一片石頭地板和一條爛巴巴的睡袋。嘖嘖，可我說瑟萊絲啊，妳知道嗎，那四天裡他倆玩得可他媽的開心了。可憐的老大衛，無依無靠的。整整四天都沒有人衝進來解救他。沒有就是沒有。於是可憐的老大衛就只能假裝一切事情不是發生在他身上。他必須用力地武裝自己，脊他媽用力地武裝自己，直到他整個人能一分為二。沒錯，大衛就是這樣活下來的——喔不，不對，我說錯了。大衛早就死了。那個從地窖裡逃出來的男孩，呃，我脊他媽的根本不知道他是誰——嗯，好吧，其實他就是我——但他總之絕對不是大衛。大衛早就死了。」

瑟萊絲說不出話來。八年來，大衛從不曾說到這些所有人都知道曾經發生在他身上的事。無論她怎麼問怎麼暗示，他永遠只是輕描淡寫，說他有一天和西恩與吉米在路邊玩，然後一輛車就把他載走了，接著四天後他就逃出來了。他從來不曾提過這兩個名字。他從來不曾提到那只睡袋。他從來不曾提過這一切。而就在眼前這一刻，他們彷彿終於從一場長達八年的沉睡中醒來了，他們那彷彿只存在於睡夢中的婚姻生活。他們終於醒來了，終於被迫面對那些一廂情願的合理化、那些半真不假的謊言、那些隱藏的自我與壓抑的想望；他們清醒地看著他們那長達八年的婚姻生活，就這樣讓拋轉鐵球般的事實無情地擊碎了——而事實竟是如此不堪：他們從來也不曾真的認識彼此。只是希望，但從來也不曾真的了解。

「簡單說呢，」大衛說道，「整件事情簡單說就是像我剛剛說的有關吸血鬼的事一樣，瑟萊絲。同一回事。㑚他媽的就是同一回事。」

「同一回事？」她低聲說道。

「那東西一旦進到你身體裡，就永遠不會再出來了。」他目光直挺挺地對準了他眼前的矮桌。她感覺得到，他的心緒已經又漸漸飄遠了。

她碰碰他的手臂。「大衛，那東西是什麼東西？你說的同一回事又是什麼事？」

大衛惡狠狠地看著她的手，彷彿隨時就要發出一聲嗥叫，用他一嘴利齒用力地咬下去，把它從手腕上狠狠地扯下來。「我不能再信任我自己了，瑟萊絲。我警告妳。我已經沒有辦法再信任我自己了。」

她移開她的手，感覺曾經碰觸到他皮膚的部分微微地刺痛著。

大衛猛地站起來，身子搖搖欲墜地。他揚高下巴，垂眼打量著她，彷彿眼前是一個完全陌生的人，更不知道她怎麼會坐在他的沙發扶手上。他轉頭瞅了一眼電視：螢幕上的詹姆斯．伍德終於舉起他的十字弓，一箭射中了某人的心臟。大衛喃喃說道：「殺死他們吧，獵人。把他們全都殺光光吧。」

然後，他回過頭來，對著瑟萊絲扔出一抹酒醉的微笑。「我要出去一下。」

「嗯。」她說道。

「我要出去一下，一個人好好想一想。」

「嗯，」瑟萊絲說道。「當然。」

「如果我能把事情想清楚一點，我想一切就會沒問題了。我只是得去把事情想清楚一點。」

瑟萊絲沒有問他那究竟是什麼事情。

「嗯，好吧，就這樣。」他說道，然後搖搖晃晃地往前門走去。他開了門，跨出門檻，一個轉彎消失了身影——然而，下一秒，瑟萊絲卻看到他的手驀地又抓住了門框，然後是他的頭。

他的頭再度探進門來，目光緊盯著瑟萊絲的臉。「喔，對了，差點忘記告訴妳。我已經處理好那袋垃圾了。」

「啊？」

「那袋垃圾啊，」他說道，「就那袋裝了我的衣服什麼的垃圾啊，我剛剛已經把它拿出去丟掉了。」

「哦。」她說道，突然感到一陣酸液湧上喉頭。

「嗯，好啦。待會見啦。」

「嗯，」她應道，然後他的頭便再度消失在門外。「待會見。」

她屏息聆聽著他愈往樓下去的腳步聲，她聽到樓下大門嘰嘰嘎嘎地打開了，接著是大衛走出前廊，又下了幾級台階的模糊聲響。她急急往麥可房間走去，隔著門聽到裡頭傳來淺淺的鼾聲。然後她便再也忍不住了：她衝進浴室，嘔心掏肺地吐了出來。

他找不到車子。瑟萊絲不知道把車停到哪裡去了。有時候，尤其是在下大雪的日子裡，你常得老老實實再開上八條街口才找得到一個停車位。這附近車子愈來愈難停了。所以說，就算瑟萊絲不得不把車停到尖頂區去他都不會覺得意外。不過，他倒是在離家不遠的地方就看到了好幾個空的停車位。隨便啦。反正他也實在是喝多了點，腦子裡一團漿糊。好好走上一段路說不定能讓他清醒一點。

他沿著彎月街走，然後在街角左轉進了白金漢大道。他邊走邊想，不明白自己剛才腦袋裡到底是他媽的怎麼想的，怎麼會試圖想跟瑟萊絲解釋這一切。老天，他甚至還說出了那兩個名字——亨利與喬治。他甚至還提到狼人。老天！

他的懷疑終於獲得證實了——警方確實在懷疑他。他們確實一直在注意著他的一舉一動。他也不必再把西恩想成是什麼失而復得的童年好友了。大衛憶起小時候他就一直不喜歡西恩的幾件事：他那種對自己擁有的一切感到理所當然的氣勢，那種天生的自信，就像所有那些運氣好——沒錯，純然只是因為運氣——能擁有父母、擁有漂亮的家、擁有最新最酷的衣服與運動配備的孩子一樣。

　　肏他媽的西恩。肏他那雙眼睛和那嗓音。肏他那種一走進一個地方就能搞得裡頭所有女人都等不及想為他脫下內褲的屌樣。肏他的道德優越感和他那些又風趣又酷的故事，以及他那副條子特有的屌樣。肏他的名字登在報紙上。

　　大衛也不蠢。一等他把腦子理清楚了，他就要昂首接下這個挑戰。他只是需要把腦子裡的東西再理清楚一點。即使這意味著他必須把頭摘下來，重新裝回去再栓緊了，他無論如何也會設法辦到的。

　　現在最大的問題是那個狼口逃生後又長大了的男孩實在是太常露臉了。大衛原本希望星期六晚上那件事終於能一次滿足他、要他乖乖閉上嘴，滾回大衛腦中那片黑暗叢林的深處。他想要看到血，那男孩，他想要引起騷亂、想要看到最最他媽的純粹的痛苦，於是大衛也只得照辦了。

　　最初他不過是出了幾拳、踢了幾腳，但事情終究失去了控制。男孩漸漸取得了主導權，而大衛也感到那陣盲目的狂怒自他心中某個角落一發不可收拾地泉湧而出。但男孩並不容易滿足。在看到溢出的腦漿之前他就是無法感到滿足。

　　但事情一旦結束了，男孩卻又迅速地褪去，只留下大衛一人在原地收拾殘局。於是大衛也照做了。而且他做得乾淨俐落漂漂亮亮的。（或許離他的期望還有點距離，當然，但絕對也已經稱得上乾淨俐落了。）他這麼做全都只是為了一個原因——他希望男孩能就此滿足，好一陣子都不要再出來了。

　　但男孩哪這麼善罷甘休。此刻他正瘋狂地敲著大衛腦中的某一扇門，告訴他，不論他準備好了沒有他都要出來了。咱們還有活要幹哪，大衛。

　　眼前的白金漢大道顯得有些模糊，地面感覺起來甚至有些歪斜，但大衛還是知道雷斯酒吧就在前方不遠處了。前方就是那個延伸了兩個街口的大屎坑：那裡盤據了無數毒蟲、妓女與一堆天殺的變態，當初大衛讓人自身上強剝奪走的東西，他們卻無比樂意地在那裡等人拿鈔票來換。

你走吧，男孩說道。你已經長大了。不要再死纏著我不放了。

最糟的是那些孩子。他們像一群猙獰的地精小鬼。他們會突然自轉角自廢棄車輛的後方跳出來，問你要不要讓他們吹喇叭爽一爽。二十元，只要加到二十元就讓你肏。他們什麼都願意做。

大衛週六晚上看到最年輕的一個這樣的孩子最多也不會超過十一歲吧。他眼眶發黑，但皮膚卻無比蒼白，那一頭濃密雜亂的紅髮讓他看來更能讓人聯想到地精。這年紀的孩子，總該待在家裡看電視的，但他卻流落街頭，等著為那些變態口交換取鈔票。

大衛星期六深夜一從雷斯酒吧走出來，便看到那個紅髮男孩嘴裡叼著菸，站在對街的路燈下。兩人的目光終於對上了的那一剎那，大衛便感覺到了。那股騷動。那股想要放手的慾望。去吧，拉著那紅髮男孩的手，找個安靜的角落去吧。放棄吧。放棄一點也不難，放棄了就不必再掙扎再受煎熬了。向這股你已經壓抑了十多年的慾望投降吧。

是的，男孩說道。去吧。

但（這正是大衛的腦子總會一分為二的典型時刻）在他靈魂最深處，他清清楚楚地知道這將會是最最無可饒恕的罪。他知道他一旦跨過這條線——哪怕那有多誘人——就永遠回不來了。他知道他一旦跨過這線，他就再也無法感覺完整，而與其如此，當初他或許就該留在那個陰暗汙穢的地窖裡，同亨利與喬治一起過完這一輩子。每當遭逢誘惑，每當他經過校車候車處、經過公園遊樂場、經過夏日的公共游泳池時，他總會再次這麼告訴自己。他會告訴自己，他絕對不要變成亨利與喬治。他比他們好，比他們強。他深愛他的妻子、深愛他的兒子。他必須堅強。這些年來，他愈來愈常必須這麼告訴自己。

但週六深夜裡，這些話卻再也幫不了他了。週六深夜裡，那股猛然竄上他心頭的欲望是如此的強烈，空前的強烈。那倚在路燈下的紅髮男孩似乎也感覺到這點了。他舉著菸，對著大衛淺淺地微笑。大衛感覺到一股無形的力量不斷地拉扯著他，要他往對街走去。他感覺自己彷彿是赤腳站在一道鋪著綢緞的斜坡上。

然後，一輛車突然在路燈前停下來，交談片刻後，紅髮男孩便爬進了那輛車。大衛看著那輛深藍與乳白的雙色凱迪拉克調了頭，往街這邊來，隨而開進雷斯酒吧的停車場。大衛進了自己的車，而凱迪拉克則在停車場後方那排半倒的圍牆邊找到一個草木叢生的陰暗角落，也停妥了。接著，那駕駛關掉了車燈，只留引擎兀自轉動著，而男孩在大衛腦裡不斷不斷地耳語著：亨利與喬治、亨利與喬治、亨利與喬治、亨利與喬治……

而今夜，就在離雷斯酒吧幾步之遙處，大衛止住腳步，毅然回頭往來時路走，任由男孩在他腦中淒聲尖叫著：我是你、我是你、我是你。

而大衛只想哭。他想扶在最近一幢建築物的牆上，放聲哭泣：因為他知道，男孩說得沒錯。狼口逃生後又長大了的男孩自己也變成了狼。他變成了大衛。

大衛就是狼。

這一定是最近發生的事，因為大衛一點也不記得任何五臟翻騰掏心剮肺、讓他感覺自己的靈魂被趕出軀體好讓位給新來的實體的時刻。但這確實發生了。也許是在他睡夢中發生的吧。

但他不能停下腳步。他不能哭。這段街道太危險了；無數毒蟲虎視眈眈盤據在此，等待著像大衛這般讓酒精麻痺了身軀腦袋的下手目標。此刻對街就有一輛車，沿街緩緩地前進著，而駕駛的一雙鷹眼緊盯著大衛，只等他洩漏一絲酒醉的模樣。

他深深吸進一口氣，調整過腳步，專心讓自己看來自信而冷漠。他抬頭挺肩，試著用兩眼釋放出

「肏你媽的」信號，大步朝著家的方向前進——雖然他的頭腦並沒有變得比較清楚。男孩依然在他腦中不斷地尖叫著，但大衛已經決定不去理睬他。這他辦得到。他夠堅強的。他是大衛狼。

男孩的聲音終於轉弱了。大衛一路穿過平頂區時，男孩的聲音也漸漸降為一般對話的音量。

我是你，男孩像個朋友般地說道。我就是你。

瑟萊絲抱著半夢半醒的麥可匆匆走出家門，卻發現車子已經讓大衛開走了。她在離家半個街口的路邊找到那個車位時，還簡直不敢相信非週末的深夜竟然也有這種好事。但此刻停在同一個車位上的卻是一輛藍色的吉普車。

這完全攪亂了她的計劃。她原本想像自己將麥可放在前座，將簡單幾袋行李扔進後座，然後沿著高架道，前往三哩外的那家伊克諾汽車旅館。

「媽的。」她脫口而出，一邊試著嚥下那股尖叫的衝動。

「媽咪？」麥可喃喃說道。

「沒事，麥可，你繼續睡吧。」

或許真的會沒事了，因為當她再度抬起頭來時，正好看到一輛空計程車從伯斯夏街轉進了白金漢大道。瑟萊絲舉起那隻還拎著麥可的換洗衣物的手，計程車隨而迅速地停靠在她眼前的街邊。她願意多花這六塊錢的車資。只要能讓她離開這裡，就算一百元她也願意花。只要能讓她離這裡遠遠的，一個人好好冷靜地把事情想清楚，而不必一邊心驚膽跳地注視著門把，擔心大衛隨時都會走進來，心意已堅地認定她就是個吸血鬼，必須讓人拿木樁刺過心臟、再唰一聲把頭砍下來。

「去哪？」瑟萊絲一邊先把行李推進後座，再抱著麥可坐進去時，司機一邊問道。

哪裡都好，她想這麼說。只要能離開這裡，到哪裡都好。

第四部

老社區的消失

22 獵魚

「你拖了他的車？」西恩問道。

「是他的車被拖了。」懷迪說道。「這是不一樣的兩件事。」

當他倆終於自高架道上的上班車潮中脫身，將車子駛下東白金漢大道出口時，西恩說道：「你用什麼理由讓他的車被拖了？」

「我們接獲通報那輛車被棄置在路邊。」懷迪說道，隨而吹了聲口哨，將方向盤一打，轉進了羅斯克萊街。

「哪裡的路邊？」西恩說道。「他家門口的路邊嗎？」

「喔，不，」懷迪說道。「有人發現那輛車被棄置在羅馬盆地的公園大道旁。嘿，還真是老天有眼啊，不是嗎？那裡正好還是州警隊的轄區。看來，應該是有人一時開心幹了那輛車，開去兜了幾圈，然後就把它丟在路邊不管了。常有的事嘛，你又不是不知道。」

西恩今早是從睡夢中突然驚醒的。他夢見自己抱著女兒，還叫了她的名字，雖然現實中的他並不知道女兒的名字，醒來後也已經不記得自己在夢中又是怎麼叫她的了。這場怪夢搞得他一早到現在還昏昏沉沉的。

「我們找到血跡。」懷迪說道。

「在哪裡找到血跡？」

「在大衛．波以爾車子的前座。」

「很多嗎？」

懷迪用他的拇指與食指捏出約莫一根頭髮的厚度。「就一點點。後車箱裡也有。」

「後車箱裡。」西恩說道。

「那裡可就不只一點點了。」

「所以呢？」

「所以我們就把血跡樣本送去化驗啦。」

「不，」西恩說道。「我的意思是說，你在他後車箱裡找到血跡又怎樣？凱蒂．馬可斯又沒進過任何人的後車箱。」

「這點倒是挺掃興的，沒錯。」

「老大，你無憑無據搜他的車，非法搜查弄來的證據到時照樣上不了法庭。」

「誰說無憑無據。」

「哦？」

「那輛車被偷走後又被棄置在州警隊的轄區內。為了保障車主權益，也為免將來與保險公司牽扯不清，我們自然得——」

「自然得搜查該棄置車輛並製作報告歸檔。」

「啊，不錯不錯，你果然一點就通。」

車子在大衛．波以爾家門口靠了邊，懷迪將車子排進停車檔，熄了火。「我搞來足夠的理由好請他到隊上聊一聊。就這樣，我暫時也還沒有別的想法。」

西恩點點頭，明白此刻多說無益。懷迪在州警隊一路平步青雲靠的就是他這種對於自己的直覺窮追不捨，不到水落石出絕不肯罷休的牛脾氣。至於旁人，除了依著他外也別無選擇。

「彈道分析結果回來了沒？」西恩問道。

「這也是怪事一樁，」懷迪坐在駕駛座上，一逕盯著大衛．波以爾的房子瞧，一時顯然還不打算下車。「殺死凱瑟琳．馬可斯的凶槍一如我們先前所想，是一把點三八史密斯手槍。根據彈道紀錄，這槍原是八一年新罕布夏州一件彈藥商遭竊案中失蹤的槍枝之一，後來又曾出現在八二年一樁就發生在白金漢的酒商搶案中。」

「在平頂區嗎？」

懷迪搖搖頭。「在北邊的羅馬盆地，一家叫魯尼的酒類專賣店。搶匪據報有兩人，當時都戴著橡膠面具。酒店老闆拉下前門正打算打烊，搶匪就從後門闖了進去，走在前面那傢伙一進去就開了一槍示警，子彈穿過一瓶威士忌後就卡在牆壁上。之後的案情就沒什麼出奇之處了，但卡在牆上的彈頭倒從此進了資料庫。而彈道比對結果顯示，這把槍就是殺死馬可斯女孩的凶槍。」

「嗯，照這樣說，我們目前的偵辦方向可能就得再調整了，你覺得呢？」西恩說道。「一九八二年，大衛那年，呃，應該是十七歲，才開始在雷神做事吧。我想他不至於會跑去搶酒店吧。」

「說不定那把槍轉了幾手後，最後就轉到了他手上。媽的，你知道手槍這東西嘛，常常就是一手轉過一手的。」懷迪的語調聽來倒已經沒他昨晚那麼自信滿滿了，但他說道，「走吧，咱們去看看那傢伙還有什麼話要說。」然後猛然推開了車門。

西恩從乘客座那邊也下了車，同懷迪一起往大衛家的大門走去，而懷迪一路不住扳弄著配在腰後的手銬，似乎正希望能找到一個使用它的理由。

吉米停好車，然後捧著幾杯裝在外帶紙盤裡的咖啡和一袋甜甜圈，穿過地面鋪設的瀝青都早已龜裂的停車場，往神祕河走去。橫跨他頭頂上空的托賓橋不斷傳來隆隆的車輪輾壓聲，而凱蒂則和老雷伊．哈里斯蹲在河邊，目不轉睛地盯著河水。大衛．波以爾也在，他的傷手已經腫得像只拳擊手套般大了。大衛和瑟萊絲與安娜貝絲並排坐在三張沙灘椅上。瑟萊絲嘴上戴著某種有拉鍊的口罩般的詭異裝置，而安娜貝絲則同時抽著兩根菸。沙灘椅上的三人全都戴著太陽眼鏡，一逕仰頭看著橋底，全然沒有理會吉米；那姿態清清楚楚地說明了他們不想被打擾，你帶來那些東西就留著自己用吧，我們敬謝不敏。

吉米放下手中的咖啡與甜甜圈，在凱蒂與老雷伊中間蹲了下來。他低頭看著水中的倒影。他看到自己，再看到凱蒂與老雷伊轉頭向著他，默默地盯著他瞧。他這時才看到老雷伊嘴裡叼了一條還兀自掙扎個不停的大紅魚。

凱蒂說道：「我的洋裝掉到河裡去了。」

吉米說道：「我看不到。」

大魚終於掙脫了老雷伊的牙齒，掉進河裡，扭曲掙扎著浮在水面上，順流愈漂愈遠。

凱蒂說道：「他會把它抓回來的。他是一條獵魚。」

「味道好像雞肉喔。」老雷伊說道。

吉米感到凱蒂溫暖的手掌貼在他的背上，然後又感覺到雷伊的手掌湊近了他的頸背，而凱蒂說道：「你幫我把它抓回來好不好，爹地？」

凱蒂與雷伊聯手把他推進河裡，吉米眼睜睜看著黑色的河水與那條死命掙扎的大魚向他湧來，他知道自己就要淹死了。他張開嘴巴想要喊叫，而大魚卻趁隙跳進他嘴裡，堵住他的氣管，阻斷了氧氣的來源；然後河水就湧上來了，濃濃稠稠的，像黑色的油漆。

他睜開眼睛，轉頭看見鬧鐘正指著七點十六分，而他甚至不記得自己是怎麼跑到床上來的。但此刻他正躺在床上，在安娜貝絲身邊，睜眼醒來面對又是全新的一天。他跟人約好了，一個多小時後就要去為凱蒂挑選墓碑，然而老雷伊·哈里斯——「就是」雷伊——與神祕河卻也還在這個時候，再度叩上了他的心門。

成功審訊的祕訣無他，就是要盡量爭取嫌犯終於開口要求律師到場之前的時間。那些偵訊室的常客——毒販、街頭幫派、飛車黨以及犯罪組織成員——開口第一句話通常就是要求律師到場。你當然還是可以盡量利用律師趕到前的寶貴時機，耍狠扮黑臉，盡量試著多套些話，但這類棘手的案子最後通常還是得靠直接證據才定得了罪。西恩就很少在這類職業罪犯的身上套出太多有用的資訊來。

但如果是一般老百姓或是第一次捅下大漏子的嘍囉，你通常在偵訊室裡就能備足上法庭定罪所需的大部分證詞。西恩到目前為止的個人事業高峰——「爭道殺人事件」一案，也就是這樣破的案。一晚，在中塞克斯郡，一個傢伙在開車回家的路上，他那輛休旅車的右前輪竟在每小時八十哩的高速下突然脫落，掉落在高速公路路肩。休旅車連續翻滾九次十次後終於停了下來，而車內的駕駛，艾德溫·赫卡則早已氣絕身亡。

調查小組後來發現，休旅車兩個前輪的輪轂螺母都沒有拴緊。原本整個調查行動一直是朝過失殺人的方向去偵辦，因為當時幾名承辦幹員都認為整起事件或許只是某個宿醉未醒的修車廠技工一時疏忽闖的大禍，而西恩與他的夥伴亞道夫也發現死者出事數週前確實曾更換過輪胎。但西恩同時卻也對他在休旅車前座置物箱裡找到的一張紙條始終感到耿耿於懷。紙條上頭以潦草的字跡寫著一組車牌號碼，西恩透過監理處的電腦系統找到了那組車牌車主的姓名：艾倫·巴恩斯。他按照登記的地址找上門去，一個男人應了門，西恩問他是不是艾倫·巴恩斯本人。那傢伙緊張得像什麼一樣，回答說是啊，有什麼事嗎？西恩霎時感到一股直覺沖刷過他全身血管，劈頭說道：「我想找你談談有關幾顆輪轂螺母的事情。」

巴恩斯當場就崩潰了。他站在自家大門口，告訴西恩他在那人車上動的小手腳原意只是想嚇嚇他；他說他倆一週前在通往機場的隧道口前因為搶道起了衝突，吵到後來他實在氣不過，乾脆連會也不去開了，直接跟蹤艾德溫．赫卡回家，在他家外頭一直等到屋裡的燈全熄了，方才拿出他的輪胎扳手動起手腳。

人就是蠢。為了一些微不足道的理由彼此殘殺，然後在現場附近徘徊等著束手就擒，之後又在給了警方足足四頁長、還簽過名畫過押的口供筆錄後，大大方方走進法庭宣稱自己無罪。徹底了解人們能蠢到什麼地步，就是條子最好的武器。讓他們說話。永遠先讓他們說話。讓他們解釋。讓他們盡情卸下心頭重擔，而你只管在一旁給他們送來一杯又一杯的咖啡、只管讓錄音帶不停地轉動。

而當他們要求律師到場時——一般人遲早總是會提出這個要求的——你就皺著眉頭，問他們真的確定要這麼做嗎，然後讓整個小房間裡瀰漫開一股不甚友善的氣氛，直到他們終於決定他們真正想要的是你們三個人能好好當朋友，於是在律師終於出現、破壞一切心情氣氛前，他們或許還會再多說一些好彌補你。

但大衛卻始終不曾要求律師到場。他坐在一張搖搖欲墜、人重心一往後移就會一陣吱嘎哀叫的舊椅子上，一臉宿醉未醒，既不耐又不爽——尤其是衝著西恩而來的不爽——的表情。但除此之外，他看來既不害怕也不緊張，而西恩感覺得到這點已經漸漸成了懷迪的痛處了。

「聽好，波以爾先生，」懷迪說道，「我們知道你離開麥基酒吧的時間比你自己宣稱的要早。我們還知道半小時後你曾出現在雷斯酒吧的停車場裡，當時凱瑟琳．馬可斯也正要離開那裡。我們更他媽的確定你的手絕對不是打撞球弄傷的。」

大衛低低地呻吟了一聲，說道：「嘿，我口好渴啊，來罐雪碧還是什麼的吧？」

「馬上，」懷迪說道。這已經是他們進到偵訊室半小時來他第四次這麼說了。「告訴我們那晚到底發生了什麼事，波以爾先生。」

「我已經跟你們說過了。」

「你並沒有說實話。」

大衛聳聳肩。「你要這樣想我也沒辦法。」

「不，」懷迪說道，「這是事實。你對於你離開麥基酒吧的時間沒有說實話。酒吧裡頭那個他媽的蠢鐘給人砸爛了，這你總沒料到吧，波以爾先生，就在你宣稱你離開前的五分鐘。」

「整整五分鐘？」

「你當我是在說笑話是吧？」

大衛身子愈往後靠在椅背上，西恩等著聽到椅子發出下陷前的哀鳴，但大衛只是將它逼到極限，然後便停在那裡。

「不，包爾斯警官，我沒當你是在說笑話。我很累。我宿醉頭痛。我的車還讓人偷走了，而現在你竟又告訴我你還不打算把車子還給我。你說我離開麥基酒吧的時間，比我原本說的還早了五分鐘？」

「至少五分鐘。」

「那好。你說了就算。也許是我記錯了。我畢竟不像你們有那種常常看錶對時的好習慣。所以說，如果你說我離開麥基酒吧的時間是一點十分而非一點零五分，那好，沒問題，一點十分就一點十分吧。那又怎樣？之後我就直接回家去了。我沒再去過其他地方。」

「有目擊證人看到你後來又出現在——」

「不對不對。」大衛說道。「目擊證人看到的是一輛車頭被撞凹一塊的本田轎車。這我沒說錯吧？你們知道整個波士頓地區有多少輛本田轎車嗎？拜託喔。」

「問題是其中又有多少輛車頭被撞凹了一塊，波以爾先生，就在和你的車一模一樣的位置上？」

大衛聳聳肩。「不少吧，我猜。」

懷迪看了西恩一眼，而西恩感覺得到在這場審訊中他們漸漸占了下風。大衛說得沒錯——他們或許可以找到二十輛同樣也是乘客座那側的車頭被撞凹了一塊的本田轎車。少說二十輛。而如果連大衛都想得到這點，那他的律師就更不用說了。

懷迪踱到大衛的椅子後方，說道：「告訴我們，你的車子的血又是從哪裡來的。」

「什麼血？」

「你車子前座的血。就先從這裡說起好了。」

大衛說道：「我要的雪碧呢，西恩？」

西恩說道：「馬上來。」

大衛露出微笑。「我懂了。這裡你負責扮白臉是吧？那好，你去拿雪碧的時候就順便幫我張羅個肉丸三明治吧，如何？」

原本已經離座的西恩一下又坐下了。「我他媽不是供你使喚的傭人，大衛。看來你得再等上一會了。」

「不供我使喚供別人使喚是吧，西恩？」大衛從牙縫間吐出這段話的時候眼底還閃爍著一抹猙獰的紅光，某種睥睨一切的瘋狂，而西恩不禁開始懷疑懷迪或許一直都是對的。他懷疑如果他父親看到此刻的大衛．波以爾，是否還會堅持他昨晚對他的看法。

西恩說道：「你前座的血跡，大衛。你還沒回答包爾斯警官的問題。」

大衛轉過頭去面對著懷迪。「我家後院有一道鋼絲網圍牆。你知道那種籬笆式圍牆吧，就是那種菱形鋼絲網、頂上還有些鋼絲會突出來的，有沒有？有一天我在後院處理一些雜活。我房東年紀大，做不動粗活，一些事我就幫他做了，他房租也就不跟我算得太離譜。他在圍籬旁邊種了一堆像竹子一樣的東西，那天我就是在幫他——」

懷迪嘆了一口氣，但大衛卻似乎不以為意。

「——修剪那叢東西，結果我滑了一跤。當時我手裡還拿著一把電動鐵剪，要掉在地上就不得了了，所以我腳一滑，整個人就撞到那鋼絲網牆上去了，劃得我一身是傷。」他拍拍自己胸口。「就這裡。傷口其實都不深，只是流血流得跟什麼似的。差不多十分鐘後吧，我就得去棒球場接我兒子回家。我猜那時血可能還沒止住，於是就滴了一些在車子坐椅上。就這樣，我只能想到這個可能。」

懷迪說道：「所以你的意思是說，前座上沾到的是你的血？」

「我剛剛說過了——我就只想到這個可能。」

「你什麼血型？」

「B型陰性。」

懷迪一邊慢慢踱開，繞到桌前一躍坐定在桌上，一邊給了他一個大大的露齒微笑。「挺巧的，我們在前座找到的就是那個血型的血。」

大衛兩手一攤。「你瞧，這不就對了嗎。」

懷迪模仿大衛的動作。「也不盡然啦。你能不能順便也解釋一下那後車箱裡的血又是怎麼來的？那可就不是B型陰性血囉。」

「我完全不知道我後車箱裡怎麼會出現血跡。」懷迪乾笑了一聲。「你完全不知道足足半品脫的血怎麼會跑到你後車箱裡去？是這樣嗎？」

「是的，我完全不知道。」大衛說道。

懷迪身子往前一傾，拍了拍大衛的肩膀。「我是不介意提醒你一下啦，波以爾先生，這個說法對你實在有害無益喔。你覺得呢，上法庭宣稱你完全不知道那一大堆血——等等，還是別人的血喔——怎麼會跑到自己的車子裡，你覺得這聽起來像話嗎？」

「我覺得這聽起來沒什麼不對的啊。」

「喔？是嗎？」

大衛再度往後一靠，懷迪的手於是自他肩頭滑落了。「那報告還是你自己填的呢，包爾斯警官。」

「什麼報告？」懷迪說道。

西恩一下子突然想通了，卻也只能在心裡暗自詛咒：喔，媽的，這下難看了。

「車輛遭竊的報告啊。」大衛說道。

「所以呢？」

「所以呢，」大衛說道，「車子既然昨晚就讓人偷走了，那我怎麼知道那些偷車賊又把我的車子開去幹了什麼好事呢？嗯，我覺得你最好要好好追查一下喔，這事看來實在不太妙呢。」

足足有三十秒之久，懷迪就僵在那裡，動也不動，而西恩感覺得到，他終於漸漸領悟到一個事實了——他聰明反被聰明誤，這下卻被大衛反過來將了一軍。他們在他車上找到的一切證物到時根本進不了法庭，因為他的律師一定會宣稱那些東西是偷車賊的傑作，根本與大衛無關。

「那些血跡看來在那裡也有些時間了，波以爾先生。至少不是幾個小時前才弄上去的。」

「是嗎？」大衛說道。「這你能證實嗎？我是說，完全確定、毫無疑問地證實嗎，包爾斯警官？你確定那不是只是因為乾得快嗎？嗯，昨晚天氣感覺起來還蠻乾爽的喔。」

「這我們會想辦法證實的。」懷迪說道，但西恩聽得出他聲音裡頭的懷疑。他相信大衛應該也聽出來了。

懷迪從桌上跳下來，背對著大衛。他用一隻手半捂著嘴，幾根指頭不住頻頻輕敲著上唇，一邊沿著長桌往西恩那頭走去，目光卻始終落在地板上。

「怎麼，我的雪碧有著落了沒？」大衛說道。

「我已經派人去把掃薩那個證人帶回來了，那個在停車場裡看到那輛本田轎車的證人，叫什麼湯米，呃——」

「莫達那度。」西恩說道。

「沒錯，就他。」懷迪點點頭；他的聲音有些單薄，一臉心緒無法集中的模樣。他看來就像一個突然被人抽走椅子，結果一屁股跌在地上的人，一臉茫然地坐在那裡，想不通剛剛到底是發生了什麼事。「我們，呃，我們待會就讓那個莫達那度去指認一下，看他認不認得出大衛．波以爾的臉來。」

「嗯，這也是個辦法。」西恩說道。

懷迪倚著走道的牆站著，一個祕書剛巧走過去，她身上擦的香水和蘿倫以前常用的是同一個牌子，西恩突然開始考慮或許自己該撥通電話給她，她的行動電話號碼應該還是同一個；他想問問她今天好不好，想知道自己既然主動撥了電話，是否她就會終於願意開口了。

懷迪說：「他實在冷靜得有些過火了。第一次被關進偵訊室，他竟然連眉頭都沒多皺一下？」

西恩說道：「老大，眼前這情勢看來實在不太妙哪。」

「我他媽的當然知道。」

「呃，我的意思是說，就算沒讓他抓到我們拖了他車的小辮子好了，他車裡的血也不是凱蒂．馬可斯留下的。我們根本沒有任何直接證據把他和這案子扯在一起。」

懷迪回頭看了眼偵訊室的門。「我他媽一定有辦法叫他說。」

「剛才那一回合我們可算是全軍覆沒哪。」西恩說道。

「我剛才連暖身都還稱不上呢，哼。」

但懷迪的臉上卻已經透露著懷疑，西恩看得出來，他對於自己最初的直覺的信心已經開始有些動搖了。懷迪是那種一旦確認自己直覺無誤，就絕對會窮追猛打緊追不捨的人；但在另一方面，他也還不至於固執到讓直覺頻頻牽著他的鼻子去撞牆，還死不肯改變方向。

「我看就這樣吧，」西恩說道，「我們就讓他一個人在裡面多待一會，看他到底還能撐多久。」

「他可老神在在得很呢。」

「再過一會可就說不定了。反正我們就讓他在裡頭一個人好好想想吧。」

懷迪再度回頭狠狠地望了木門一眼，一副恨不得燒了它的模樣。「也許吧。」

「我看還是手槍這條線吧，」西恩說道，「從這條線切入或許會更快。」

懷迪輕咬了一陣兩頰內側的皮膚，終於點點頭。「這條線總之也該去追一下。你可以吧？」

「酒店老闆換過人了嗎？」

懷迪說：「這就不知道了。我手上的是八二年的舊檔案，當時的老闆是個叫羅爾．魯尼的傢伙。」

西恩不住被這名字逗笑了。「這名字還真是好記啊。」

懷迪說：「你就趁現在跑一趟吧。我打算留在這裡，隔著玻璃跟這王八蛋好好地耗一耗了。看看他待會兒會不會終於忍不住寂寞，來跟我說個有關公園裡的死女孩的故事。」

羅爾．魯尼算來也該有八十高齡了，但看他一副身手矯捷的模樣，西恩甚至不確定自己能不能在百米賽跑中跑贏他。他穿著一件印有「波特健身房」字樣的橘色T恤，下身則是一件藍色滾白條的運動褲和一雙嶄新的Reeboks球鞋。他動作俐落地在店裡穿梭，西恩確定如果真有需要，他恐怕會親自跳起來為客人抓下放在櫃子最上排的酒。

「喏，就在那邊。」他對西恩說道，手指著櫃檯後方一排半品脫裝的烈酒。「子彈穿過一只酒瓶，然後就卡在那面牆上。」

西恩說道：「當時場面一定很驚險吧？」

老人聳聳肩。「還好吧，跟其他幾次比起來，那次實在稱不上驚險。十年前有一次，我讓個瘋子拿把霰彈槍抵在我臉上，那不要命的小子根本是條瘋狗，目露紅光、滿頭大汗，眼睛還眨巴眨巴眨個不停的。要說驚險是嗎，那次才叫做驚險哪。至於那兩個把子彈射進牆裡的傢伙呢，他們可就是職業級的搶匪了。職業搶匪就容易多了，我還應付得來。他們不過就是要錢罷了，既不瘋也不會覺得全世界都對不起他。」

「你說那兩個傢伙……？」

「那兩個傢伙是從後門進來的。」羅爾．魯尼說道，一邊健步如飛地走到櫃檯的另一端，手指著一塊充做門簾的黑布。「這後頭就是倉庫，倉庫後面還有一扇門，是平常上下貨進出的地方。我當時僱了個渾小子在店裡兼差，每次要他去丟個垃圾，他就非得順便在後頭的暗巷裡抽幾口大麻才要回來。問題是十次裡頭他總會有五次忘了把門帶上。依我看，要不就是他和那兩個搶匪是一夥的，要不就是搶匪靠自己觀察得知那小子根本是腦死。總之呢，那晚他們就從根本沒有上鎖的後門閃了進來，一進來就先開槍示警，要我不准去碰我那把藏在櫃檯下面的傢伙，他們錢到手後也沒多廢話，隨即閃人。」

「你那次損失了多少錢？」

「六千吧。」

西恩說道：「哇，當年你店裡沒事都會放那麼多現金嗎？」

「星期四，」羅爾說道，「我當年還兼做點讓人拿支票換現金的小生意，星期四是我營業的日子。

我早洗手不幹啦，可當年就是蠢嘛。因為，如果那兩個傢伙消息再靈通點的話，早上就該來搶了，到晚上現金早讓人換去了大半。」他聳聳肩。「我說他們是職業搶匪，可沒說他們是最靈光的職業搶匪。」

「當年在你店裡打工的小子。」西恩說道。

「馬文．埃里斯，」羅爾說道。「欸，誰知道，說不定他真的是跟搶匪一夥的。被搶的第二天我就把他開除了。事實就是呢，搶匪之所以一進門二話不說就先開槍，一定是因為他們知道我櫃檯下頭也放了傢伙。而這可不是什麼人盡皆知的馬路新聞。所以說，如果不是馬文跟他們說的，就是那兩個搶匪之中有人曾經在我店裡做過事。」

「你當時跟警方提過這些事嗎？」

「噢，當然。」老人揮了揮手。「他們跟我要了店裡歷年來的員工紀錄，把所有人都找去問過話了。至少他們是這麼跟我說的。不過最後也沒看到他們逮捕任何人。呃，你說這同一把槍又牽扯到別的案子了，是嗎？」

「是的，」西恩說道。「魯尼先生——」

「欸，拜託，叫我羅爾就可以了。」

「羅爾，」西恩說道，「你以前那些員工的資料還在嗎？」

大衛盯著偵訊室牆上的大鏡子。他知道西恩那個搭檔，或許也包括西恩，也在鏡子彼端盯著他看。很好。

怎麼？我一個人在這裡享受我的雪碧，正爽的呢。對了，他們加在雪碧裡頭那東西叫什麼來著？檸檬精。沒錯，就這東西。報告包爾斯警官，我正在享受我的檸檬精呢。嗯嗯嗯，好好喝哪。是的警官。等不及要再來一罐了呢。

大衛坐在長桌彼端，雙眼直視著那面大鏡子的正中央，感覺棒極了。沒錯，他不知道瑟萊絲把麥可帶到哪裡去了，而隨著這份無知而來的焦慮，比昨晚那十五六七八罐啤酒更嚴重地搗亂了他的腦子。但她會回來的，這是遲早的事。他依稀記得自己昨晚可能是嚇到她了，他知道自己八成語無倫次，胡亂說了些什麼吸血鬼啊、什麼有的東西一旦進到體內就永遠出不來了等等之類的，所以她八成是嚇壞了。

這真的不能怪她，這其實是他的錯，竟讓男孩完全占據了他的身體，讓那張無比醜陋猙獰的臉孔浮出了水面。

但除了瑟萊絲與麥可暫時失蹤了這件事之外，他覺得棒極了。他感覺自己無所不能。過去這幾天來那種有什麼事情懸而未決、那種無所適從的感覺全都一掃而空。媽的，他昨晚甚至還設法好好地睡了六小時呢。今早醒來的時候，他感覺自己一嘴苦澀的惡臭，感覺自己的後腦杓像給人壓了顆花崗石在上頭似的，但他的腦袋裡卻是前所未有的清晰透徹。

他知道他是誰了。他還知道自己做得一點也沒錯。一旦想清楚後，殺人（而大衛再也不能把這事歸到男孩頭上去了；是他——是大衛殺了人）便給了他他一直都需要的力量。他曾經聽說過，在某些古老的文化中，殺人者必須吃下被他們殺死的人的心臟。他們必須吃下他們的心臟，然後死者的力量便得以進入他們的體內。他們便能擁有雙倍的力量與雙倍的意志。大衛此刻正有此般的感覺。不，他沒有吃下任何人的心臟，他還沒瘋到那個程度。但他感覺得到那種專屬於勝利者的榮光。他殺了人了。而他做的一點都沒錯。他終於壓制住了他體內那頭怪獸，那頭渴望著年輕男孩的撫觸與軀體的變態野獸。

那頭該死的野獸終於走了，他媽的走得遠遠的了。和大衛殺死的那個人一起下地獄去了。在他殺人的同時，他也殺死了自己最脆弱的一部分，殺死了那頭自從他十一歲以來便一直潛伏在他體內的怪獸。那怪獸曾站在他的窗邊，看著樓下瑞斯特街上正在為他的安全歸來而舉行的狂歡宴會。在那個慶祝會上，他感覺自己是如此脆弱，如此地赤裸而不堪一擊。他感覺人們都在背地裡嘲笑他、感覺那些大人的微笑是如此無比的虛假，他甚至看得到那一張張笑臉後頭的光景——他們只是同情他、懼怕他、討厭他、恨他。所以他不得不匆匆逃離那裡，那恨意只會讓他感覺自己像路邊一灘汙黃的尿。

但現在來自他人的恨意卻只能讓他變得更強，因為現在他已經有了新的祕密，一個遠比他那個讓人交頭接耳了這麼多年的舊祕密還要好上很多很多倍的新祕密。舊祕密讓他渺小，而現在，新祕密卻只會讓他變得更強、更大。

來吧，再走近一點，他想對人這麼說，我有一個沒有人知道的祕密哪。來吧，再靠近一點，讓我在你耳畔偷偷告訴你：

我殺了人了。

大衛的目光鎖定在鏡子背後那個該死的臭條子身上：

我殺了人了。而你沒有任何證據可以證實我確實殺了人了。

說呀，再說一遍不堪一擊的人是誰啊？

西恩在可以隔著雙向鏡監看第三偵訊室的小辦公室裡找到了懷迪。懷迪站在那裡，一腳踩在張破舊的皮椅椅墊上，一邊啜飲咖啡一邊監看著偵訊室裡的大衛。

「證人來指認過了嗎？」

「還沒。」懷迪說道。

西恩在懷迪身旁站定了，而偵訊室裡的大衛雙眼也正直視著鏡子，彷彿也看得到他們似地，與懷迪四目相交，緊緊鎖住了彼此的目光。然而，更詭異的是，大衛正在微笑。那微笑隱隱約約的，但確實在那裡。

西恩說道：「還是沒啥進展是吧？」

懷迪轉頭瞅了他一眼。「這不難看出來吧。」

西恩點點頭。

懷迪拿著咖啡杯在西恩鼻尖晃了兩下。「你這小子。你有話要說對吧？我他媽一眼就看出來了。有屁快放吧。」

西恩原本想多折磨懷迪一下，讓他再多等一下，但他終究沒那個心。

「我在魯尼酒店歷年員工名單上看到了一個你可能也會感興趣的名字。」

懷迪將咖啡杯放在身後的小桌上，踩在皮椅上的腳也放下來了。「誰？」

「雷伊．哈里斯。」

「雷伊……？」

西恩感覺自己不住咧嘴笑開了。「布蘭登．哈里斯的父親。他並且還有一長串精采無比的前科紀錄。」

23 小文斯

懷迪坐在西恩對面的空桌上頭，手裡拿著一本翻開的緩刑報告。

「雷伊．馬修．哈里斯——一九五五年九月六日生。老家地址是東白金漢平頂區的梅休街十二號。母親狄洛絲，家庭主婦；父親西馬斯，工人，一九六七年離家。接下來就是些老套了：父親西馬斯一九七三年於康乃狄克州橋港市因偷竊罪被捕，繼之以一連串酒醉駕車及擾亂安寧之類的狗屎，一九七九年因冠狀動脈栓塞死於橋港市。同年，雷伊娶了愛絲特．史坎諾——這死雜種走狗屎運啦——並進入麻省海灣運輸局擔任地鐵列車駕駛員的工作。一九八一年長子布蘭登．西馬斯出生。同年稍後，雷伊被控侵占價值兩萬元的地鐵代幣；運輸局開除雷伊後撤銷了告訴。雷伊後來陸續又做了幾樣短期的雜工：裝潢工人、魯尼酒店倉管員、酒保以及起重機操作員。在擔任起重機操作員期間，他再度被控侵占，但舊事重演，雇主亦開除雷伊後撤銷了告訴。一九八二年曾因魯尼酒店搶案遭警方帶回問話，後因證據不足而得以開釋。同年，中塞克斯郡的布蘭查酒商遭搶，雷伊再度被警方帶回，後來也是因為證據不足而遭到飭回。」

「不過到這裡他也該漸漸闖出名號了吧。」西恩說道。

「沒錯，」懷迪同意道。「他的一個同夥，一個叫埃德蒙．芮斯的傢伙，於一九八三年向警方指控雷伊曾參與當年一樁漫畫書收藏交易商的搶案——」

「漫畫書？」西恩忍不住笑了。「真他媽有你一套啊，老雷伊。」

「哪裡，那批漫畫書是他媽的稀有珍品，總市價在十五萬美元上下。」懷迪說道。

「哇咧，算我孤陋寡聞吧。」

「咱們老雷伊後來完璧歸趙，於是只讓人判了四個月有期徒刑外加一年暫緩處分，結果，他牢飯才吃了兩個月就被假釋出來了。問題是在那兩個月的進修期間，老雷伊不巧染上了一點點小毒癮。」

「唉呀。」

「還趕流行呢，吃的正是八〇年代當紅的古柯鹼；而老雷伊從此大鳴大放，前景一片看好。總之，他也算有辦法，古柯鹼可不是誰都養得起的昂貴嗜好哪，老小子竟然還相安無事地過了好一陣子；可惜，千不該萬不該，咱們老雷伊上街買藥時竟然讓緝毒組逮個正著，這下可違反了假釋規定，他只好乖乖回牢裡把那一年刑期給蹲滿啦。」

「他於是在牢裡好好地面壁思過了一整年。」

「呃，一年的時間顯然還沒夠他把事情想清楚。才出來沒多久呢，老小子就因為運輸贓物穿越州界而讓州警隊重案組和聯邦調查局聯手逮回來了。嘖嘖，你一定會愛死這個了。猜猜看，咱們老雷伊這回又偷了什麼好東西。提示：當時是一九八四年。」

「提示就這樣？」

「用你的直覺。」

「照相機。」

懷迪瞪了西恩一眼。「去他媽的還照相機咧。去去去，去幫我倒杯咖啡來，你已經沒有資格當條子了。」

「不然是什麼？」

「八〇年代家庭必備益智問答遊戲組，《打破沙鍋問到底》啦，」懷迪說道。「想不到吧？」

「漫畫書和益智問答遊戲組，咱們老雷伊果然品味超凡！」

「他有的何只是品味，他還有一籮筐狗屎等著他去吃呢。這老小子在羅德島州幹走那輛裝了一車《打破沙鍋問到底》的大卡車，然後一路越過州界，開進麻州。」

「於是才會惹上聯邦調查局。」

「於是，」懷迪又瞪了西恩一眼。「基本上，老雷伊這回本來注定要吃不完兜著走了。但奇蹟般地，他竟然連一天牢都沒蹲到。」

西恩稍微坐正了些，放下了原本高翹在桌上的二郎腿。「他跟警方交換條件？」

「交換條件出賣同夥，看來應該是這樣沒錯，」懷迪說道。「而這也是他前科清單上最後一條案子了。根據他假釋官在這上頭寫的，到他八六年底假釋期滿前，雷伊一直都會準時到假釋官辦公室報到。他的就業紀錄是怎麼寫的？」懷迪望向西恩手中的檔案夾。

西恩說道：「喔，我又可以說話了是嗎？」他打開檔案夾。「就業紀錄、國稅局紀錄、社會安全金繳納紀錄——通通都只到一九八七年八月。那之後就什麼都沒有了。就這樣，咱們的老雷伊就人間蒸發了。」

「聯邦那邊的紀錄呢？」

「報告長官，已經請人去查了。」

「你覺得呢？」

西恩再度把腳翹到桌上，整個人又往後靠在椅背上。「我覺得有三種可能：一，他死了。二，他進了證人保護計劃。三，他偷偷瞞過所有人過了這些年，突然又溜回來拿了他的槍，幹掉他兒子十九歲的小女朋友。」

懷迪把手中的檔案夾唰一聲扔在空無一物的桌上。「我們甚至還不能確定那真的是他的槍。我們肏他媽的什麼都不知道。我們到底在這裡幹什麼啊，狄文？」

「我們正在暖身等好戲上場啊，老大。不要這樣嘛，不要這麼早就對我失去信心嘛。這傢伙是十八年前一樁持械搶劫案的主嫌，搶匪用的槍正好也是十八年後馬可斯命案的凶槍。老傢伙的兒子是命案被害人的男朋友。老傢伙還有一長串洋洋灑灑的前科紀錄。我打算好好地查查他，好好地查查他的兒子。別忘了，老傢伙的兒子是本案唯一沒有不在場證明的相關涉案人。」

「你也別忘了他通過四次測謊，還有你我都同意他怎麼看都不像下得了這種手的貨色。」

「也許我們都看錯人了。」

懷迪用掌根用力地搓揉眼睛。「媽的，我已經錯得很膩、錯得很肏他媽的煩了。」

「呃，你是在說你終於承認你看錯大衛．波以爾了嗎？」

懷迪搖搖頭，兩手卻仍遮著眼睛。「我才沒那意思咧。我還是覺得那傢伙根本是坨屎，至於他到底是不是殺死凱瑟琳．馬可斯的兇手，那就是另一回事了。」他終於放下手，原本就浮腫的眼袋這下全讓他揉紅了。「但雷伊．哈里斯這個方向看來也一樣通不到哪裡去。好，我們再把兒子找來問過一遍話。好，我們想辦法追到老子的下落。然後呢？」

「然後我們就設法找出凶槍和其中一人的關聯。」西恩說道。

「那槍現在說不定已經躺在海底了。要我就會這麼做。」

西恩湊過頭去。「要真換成是你，十八年前幹了酒店那一票後就這麼做啦。」

「這倒是真的。」

「老傢伙顯然不這麼想。這意味著……」

「這意味著他沒我聰明。」懷迪說道。

「也沒我聰明。」

「難說哪。」

西恩坐在椅子上伸過懶腰，十指交纏、雙臂高舉過頭往天花板去，直到他覺得筋骨都讓他拉鬆了些為止。他打了個破碎的哈欠，終於才把手放下來。「懷迪。」他說道。這問題他放在心裡一整個早上了，明明知道遲早得問出口，卻又無論如何想盡可能拖延。

「怎麼？」

「你手上的資料裡有他以前合作過的同夥的名單嗎？」

懷迪拾起剛剛讓他丟在桌上的檔案夾，打開再匆匆翻過前頭幾頁。「『已知犯罪同夥，』」他唸道，「『雷吉諾．尼爾又名雷吉公爵，派崔克．摩拉罕，凱文．「神經病」．塞拉其，尼克拉斯．薩維奇』──嗯──『安東尼．瓦克斯曼……』」他悠悠抬頭看了西恩一眼，西恩一下明白接下來會出現哪個名字了。「『詹姆士．馬可斯，』」懷迪說道，「『又名平頂吉米，為犯罪集團瑞斯特街男孩幫首腦。』」懷迪合上檔案夾。

西恩說道：「巧合真是接二連三哪，你說是不是？」

吉米最後選定的是一塊式樣簡單的白色墓碑。賣墓碑的傢伙說話聲音低沉而莊重，一副萬分不願面對這樣不幸的場合的模樣，但言談間卻還是不斷試圖推銷那些價格更高、那些刻了天使小童和玫瑰花的精美大理石墓碑。「要不要刻個塞爾特十字呢，」賣墓碑的傢伙說道，「這款式向來很受……」

吉米等著他說出「你們這些愛爾蘭人的歡迎」，但那傢伙最終還是懸崖勒馬，愣了一下後只是簡單補上兩個字：「……歡迎。」

再多的錢吉米都願意花，甚至要蓋個豪華陵墓都行，只要他認為凱蒂會喜歡的，什麼樣的錢他都願意花。但他知道他的女兒從來也不喜歡那些過度裝飾、華而不實的玩意。她的穿著向來簡單，常戴的首飾就那幾樣，除非有特殊場合否則也很少化妝。凱蒂喜歡式樣簡單、風格含蓄的東西，所以吉米才會選擇白色，並指定上頭鐫刻的字體要用書寫體。賣墓碑的傢伙警告選擇這種字體雕刻費要多上一倍，而吉米只是轉過頭來，一言不發地看著這個猥瑣貪婪的傢伙，逼得他往後退了幾步，用顫巍巍的聲音說道：「請問付現還是開票？」

吉米是請威爾開車載他過來的。一切處理妥當後，他於是再度鑽進了威爾那輛三菱跑車的前乘客座。他不禁再次——嚴格算來應該至少是第十次了吧——懷疑起來，一個年紀都坐三望四的男人了，還開這種年輕人耍酷專用的跑車，難道真的不會覺得自己蠢得過分了點嗎？

「接下來去哪裡，吉米？」

「去買杯咖啡吧。」

威爾的車上放的通常是那些狗屁不通的饒舌音樂，幾對重低音喇叭把有色的車窗玻璃轟得嗚嗚共振，任由哪個中產階級家庭出身的黑小子或白種垃圾冒牌貨在那邊唱些什麼：婊子妓女亮出你的傢伙、再動不動就提到吉米以為指的應該是MTV台那些娘娘腔的名號——他還是因為曾經偷聽到凱蒂在電話中和朋友聊過，才會知道這些狗屁倒灶的東西的咧。但今早威爾倒是沒開音響，吉米對此感激不已。吉米痛恨饒舌音樂倒不是因為它來自黑人貧民區——拜託，一些超酷的P放克、靈魂還有藍調音樂也都來自黑人社區哪——而是因為他怎麼努力也聽不出來這其中有任何才氣可言。不過是把一堆油腔滑調、〈南塔克特來的男人〉式的接龍打油詩串成一長串，然後由DJ把幾張唱片轉過來刮回去，再惡狠狠地挺胸咬住麥克風鬼吼鬼叫一番罷了。喔，是啊，這夠原始夠赤裸夠街頭，這是原汁原味的街頭真相，肏你媽的屄。是啊，用你滾燙的熱尿在雪地上寫出你的名字和嘔吐也是啊。吉米一次曾在廣播上聽到一個智障音樂評論家頭頭是道地指稱取樣合成也是一種「藝術的形式」；吉米雖然不懂藝術，但他當場差點就想一拳打穿喇叭，掐住那個顯然是白人、顯然是讀書讀壞了腦袋、顯然是個沒雞巴的豬腦評論家的頸子，他媽的用力摔他幾下看能不能把他摔醒一點。好，如果取樣也是一種藝術的形式，那他認識了大半輩子的那群鼠竊狗盜不就全都成了藝術家了？哼，這倒是個連他們自己都不知道的新聞。

也許這只是因為他老了。他知道音樂是最好的指標；聽不懂年輕一輩的音樂，通常就是你這一輩人大勢已去的第一個徵兆。但，在內心深處，他卻又萬分確定不是這麼回事。饒舌音樂就是遜，這是個簡單明瞭的事實，如此而已；而威爾之所以愛聽饒舌音樂，就跟他開這輛跑車的原因一樣，不過就是想抓住一些從頭就不值得抓住的東西罷了。

他們在Dunkin甜甜圈店買了兩杯咖啡，走出店門時就順手把杯蓋往垃圾桶一扔，然後靠在威爾的三菱跑車後頭的擾流板上啜飲著熱騰騰的咖啡。

威爾說道：「我們昨晚照你吩咐的，到街上繞了一圈，打探消息。」

吉米輕輕碰了一下威爾的拳頭。「嘿，謝啦。」

威爾也輕輕地回敬了他一拳。「這不只是因為你當年代我蹲了兩年牢，吉米，也不是因為我懷念那段有你帶隊的日子。媽的，凱蒂是我的外甥女啊。」

「我知道。」

「也許不是親外甥女，但我真的很愛她。」

吉米點點頭。「你們一直是她最親愛的舅舅。」

「真的？」

「真的。」

威爾又啜飲了一口咖啡，然後悶不吭聲了好一會兒。「嗯，根據我們打聽來的消息，關於奧唐諾和法洛的事，條子這回應該沒搞錯。奧唐諾確實讓人在郡立看守所裡關了一晚。至於法洛呢，我們親自問過當晚和他在同一個宴會上的客人，呃，我們大概問了九個人吧，全都指證歷歷。」

「確定嗎？」

「至少其中一半都拍胸脯保證過了，」威爾說道。「我們也去打探過了，大家都說好一陣子沒聽過有人要買兇幹掉什麼人了。老實說，吉米，我上回聽到這種事都已經是一年半以前的事了。你知道我的意思吧？」

吉米點點頭，又喝了一口咖啡。

「條子這回看來也是玩真的了，」威爾說道。「我們找來的每個妓女、每個酒保、還有當晚去過麥基和雷斯兩家酒吧的每個阿貓阿狗，全都先讓條子找去問過話了。媽的，看來條子這回真他媽的打算玩起大執法那套了，吉米。所以說，話早就傳出去了，大家都在想破腦筋看能不能再想起些什麼。」

「有誰已經想到什麼了嗎？」

威爾一邊喝咖啡，一邊豎起了兩根手指頭。「有個叫湯米．莫達那度的傢伙，你聽過嗎？」

吉米搖搖頭。

「羅馬盆地那邊長大的。油漆工。總之，他宣稱差不多就在凱蒂要離開的時候，他在雷斯酒吧的停車場裡看到一個鬼鬼祟祟的傢伙。他說他很確定那傢伙不是正在跟哨的條子。開了輛乘客座那邊車頭被撞凹了一大塊的日本車。」

「嗯哼。」

「另外一件怪事則是，呃，我跟珊蒂．格林說過話了。你還記得她嗎？你以前在路易杜威好像還跟她同班過嘛。」

吉米一下子想起了珊蒂．格林坐在教室裡的模樣。棕色長髮胡亂紮了條細瘦的馬尾，滿口爛牙，老是坐在那裡悶不吭聲地啃鉛筆，常常還啃到鉛筆就在她嘴裡啪一聲斷成兩截，叫她不得不把筆芯吐出來。

「嗯，我記得她。她現在在做什麼？」

「做妓女啦，」威爾說道。「她看來真是他媽的一團糟。我記得她年紀跟我們差不多嘛，是不是？幹，我媽躺在棺材裡的氣色看來都比她好。總之，她的老巢就在雷斯酒吧附近，在那站壁站了很多年了。她說她認識一個小男孩，平常還挺罩他的。一個翹家的小男孩，也是在那附近街上賣的。」

「小男孩？」

「嗯，就十一二歲左右吧。」

「老天。」

「嘿，現實就是這樣啊。總之，那男孩，珊蒂說他的本名應該是文生，但除了珊蒂之外，街上的人都叫他『小文斯』。她說他本人比較喜歡文生這個名字。咱們這位文生可比十二歲老多啦，你知道我的意思吧？出來混很多年了，算是老鳥級的人物了。珊蒂說這孩子不好惹，說他在錶帶底下藏了片刮鬍刀片之類的，誰惹他誰就要倒大楣。她說他一個星期總有六天晚上會出來賣，一直到上星期六為止。」

「上星期六發生什麼事了？」

「細節沒人知道。但他就是不見了。珊蒂說他有時候會去她那邊睡沙發。她星期天早上回到家的時候，發現他留在她那邊的東西通通都不見了。小子顯然是捲鋪蓋閃人了。」

「嗯，所以他就是離開了。這好啊，也許他終於決心要脫離這種生活了。」

「我也是這麼跟珊蒂說的。珊蒂就說才怪，那小子在街上討生活還討得挺如魚得水的。她說她覺得他將來一定不得了，八成會是個人見人怕的瘟神，你知道我的意思吧？他現在年紀還小，所以也只能賣。她說他如果真的是閃人了，那原因就只有一個可能：恐懼。珊蒂覺得他應該是看到什麼了，什麼事情把他嚇壞了；她還說不管那是什麼事，一定是可怕到不能再可怕，因為小文斯見多識廣，沒那麼容易害怕。」

「你放話出去了吧？」

「嗯，當然。不過我看要找到小文斯恐怕不是件容易的事。你知道的，這些小男妓個個都是獨行俠，沒啥組織的。他們反正就是在街上討生活，有活就幹有錢就賺，爽就留不爽就走的。不過我還是放話出去了。如果我們真能找到這小子的話，我猜他很可能知道雷斯酒吧停車場裡那個傢伙的事，說不定他真的是看到了，呃，凱蒂被殺死的事。」

「如果凱蒂的死真的跟停車場裡那傢伙有關的話。」

「莫達那度說那傢伙鬼鬼祟祟的，讓他有很不好的預感。他說當時天色雖然很暗，他也看不清楚那傢伙的長相，不過他覺得那傢伙和那輛車就是給他一種很不好的預感。」

預感，吉米心想。是啊，這消息真的很有幫助。

「你說這是凱蒂正要離開的時候發生的事？」

「嗯，就在她離開前不久。喔，對了，條子星期一早上還封了那停車場，好像是在地上找到什麼東西的樣子。」

吉米點點頭。「所以說停車場裡真的發生過什麼事。」

「沒錯。不過這我就有點想不通了。凱蒂發生事情是在雪梨街上哪，離那裡少說也還有十條街口吧。」

吉米仰頭乾掉了那杯咖啡。「如果她後來又回去了呢？」

「啊？」

「回去雷斯酒吧那邊。我知道條子那邊目前的推論是，凱蒂先送伊芙和黛安回家，讓她們下車後她就轉進了雪梨街，然後就在那裡遇上歹徒。但如果她讓她們下車後又回頭去了雷斯酒吧呢？她回去那裡，在停車場裡遇上歹徒。他就在那裡連人帶車挾持了她，命令她把車子開往州監公園，然後事情才又照條子推測的那樣繼續發生下去了呢？」

威爾用兩手把玩著空咖啡杯。「這倒不無可能。但她為什麼又要回去雷斯酒吧呢？」

「這我就不知道了。」兩人起身往路邊的垃圾桶走去，扔掉手中的紙杯。吉米說道：「『就是雷伊』的兒子那邊呢？你們有探聽到什麼消息嗎？」

「我們問過一些人對他的印象。所有人的說法都差不多，那孩子根本像隻老鼠似的，安靜得很，從來也沒聽說惹過什麼麻煩。依我看，他要不是長了那張帥臉，很多人恐怕還不會記得看過他咧。伊芙和黛安都說他真的很愛她，吉米。很愛很愛，像一生只有一次的那種愛。不過，如果你堅持的話，我還是可以把他逮來問問話。」

「不用了，暫時就先這樣吧，」吉米說道。「我們就先按兵不動，看事情接下來會不會再扯到他身上去。先把那個叫做文生的小子找出來倒是真的。」

「嗯，知道了。」

吉米打開前乘客座的車門，卻瞥見威爾隔著車頂瞅著他瞧。他心裡顯然還有話，還正在拿捏要怎麼說出來。

「怎麼？」

威爾讓陽光曬瞇了眼，微笑著應了一聲：「啊？」

「你還有話要說。到底什麼事？」

威爾收了收下巴，閃過部分陽光，然後將兩手攤開在車頂上。「我今天早上剛聽說一件事。就我們出門前不久才聽說的。」

「哦？」

「嗯，」威爾說道，目光一時又飄回甜甜圈店門口。「我聽說那兩個條子又回去找大衛．波以爾了。你知道那兩個條子嘛，就尖頂區出身的那個西恩．狄文和他那個胖胖的夥伴。」

吉米說：「大衛那晚剛好也在麥基酒吧。他們說不定是漏了什麼問題，所以又回去找他。」

威爾收回漫遊的目光，定在吉米臉上。「不。不只這樣。他們把他帶走了，吉米。你知道我的意思吧？他們把他塞進車後座，帶走了。」

馬歇．波登在午餐時間走進了州警隊凶殺組的辦公室，一邊推開接待櫃檯旁的活動小門，一邊高聲叫喚著懷迪的名字。「就是你們在找我是吧？」

懷迪說道：「正是。來吧，這邊坐。」

馬歇．波登再過一年就在隊上服務滿三十年了，而他看來確實也像是個幹了二十九年的條子。他有著一雙只有不得不看過太多人世、看過太多自己的人才會有的疲倦而混濁的眼睛；他身形高大，雙肩卻頹然下垂，一步步跨得不情不願地，彷彿他的四肢正在和他的腦子爭辯著，而他的腦子什麼也不想，就想逃離這一切。過去七年來，他一直都是在證物室坐櫃檯；但在那之前，他卻曾經是整個州警隊最受矚目的明日之星之一，從緝毒組到凶殺組再轉調重案組，一路平步青雲，直到有一天——隊上是這麼傳說的——他突然怕了起來。這症狀在條子間並不算罕見，但通常只會發生在臥底警探或是公路警察身上——就是突然怕了起來，而且怕得要死，怎麼也不敢再攔下任何一輛車來，無論如何就是深信下一輛車的駕駛正拿著槍在等他，等他來拼命。但馬歇．波登總之就是染上了。他開始推託任務，開始臨陣退縮，開始會在眾人沿著樓梯埋頭往上衝的時候軟了腳，怎麼也動不了。

他在西恩桌旁的空位上坐定了，雙肩依然下垂，整個人就像一只已經開始腐爛的水果。他隨手抓來西恩桌上的一本《運動新聞》的桌上型日曆，低頭翻看。那日曆從三月起就沒再撕過一頁了。

「你就是狄文？」他頭也不抬地說道。

「沒錯，」西恩說道，「很高興見到你。我們在警校裡讀過不少你以前經手過的案例。」

馬歇聳聳肩，彷彿對過去的自己感到有些難為情似地。他又翻過了幾頁日曆。「怎麼，找我有什麼事？我只有半小時的午休時間。」

懷迪兩腳一划，連人帶椅溜到馬歇・波登的身邊。「你曾經在八〇年代初期和聯邦調查局合作辦過一個案子，對吧？」

波登點點頭。

「你那次親手逮捕了一個叫做雷伊・哈里斯的小賊。那傢伙從羅德島州克倫斯頓市附近的休息站，幹走了一輛滿載《打破沙鍋問到底》遊戲組的大卡車。」

波登對著日曆上一段尤基・貝拉的名言發出了會心的微笑。「是有這件事沒錯。那卡車司機下車撒尿，根本不知道自己早讓人盯上了。哈里斯一溜煙把車開走了，但卡車司機隨即報了案，消息馬上就上了警網，我們一下就在尼德罕附近把他攔了下來。」

「但哈里斯後來被無罪開釋了。」西恩說道。

波登終於首度抬頭看著他，西恩看到他那雙混濁的眼睛裡滿載著苦澀仇恨與恐懼。不管他是染上了什麼，西恩都希望自己永遠不會招惹到同樣的東西。

「那不算無罪開釋，」波登說道，「他跟警方交換條件。他給了我們僱他搶卡車的傢伙的名字，如果我沒記錯的話，應該是一個叫做史迪生的傢伙。嗯，沒錯，就是梅爾・史迪生。」

西恩之前就聽說過波登有著驚人的記憶力——過目不忘，傳言是這麼說的——但親眼看到他竟然能在瞬間穿越十八年的記憶迷霧，正確無誤地翻出一個名字，彷彿他昨天才剛說到這個人似地，卻依然能讓西恩震撼不已，既敬畏又微微感到有些酸楚。老天，這傢伙本該是一號能在警界呼風喚雨的人物哪。

「就這樣？他供出了一個名字，然後就拍拍屁股走人了？」懷迪說道。

波登皺了皺眉頭。「那哈里斯有一長串的前科哪。事情哪這麼簡單，隨便給了他老闆的名字就走人了？門都沒有。不，不。當時波士頓警局反幫派小組突然介入，把人要去問了另一個案子的事。哈里斯也招了。」

「這次他又招了誰？」

「瑞斯特街男孩幫的首腦人物，吉米．馬可斯。」

懷迪猛然轉頭看著西恩，一邊眉頭高高揚起。

「這是會計室搶案發生之後的事了，對吧？」西恩說道。

「什麼會計室搶案？」懷迪問道。

「吉米就是因為這個案子坐的牢。」西恩說道。

波登點點頭。「他帶了一個手下，趁一個星期五的晚上搶了運輸局的會計室。從闖進去到得手撤退不過兩分鐘光景。他們完全掌握了警衛換班以及現金裝袋的時間。他們另外還派了兩個人守在外面，藉故阻撓運鈔車進入。這班人不但手腳俐落，而且消息靈通得讓我們確定要不是運輸局裡有內賊，就是搶匪之中有人過去一兩年間在地鐵處上過班。」

「雷伊．哈里斯。」懷迪說道。

「正是。他跟我們招了史迪生，再跟波士頓警局招了瑞斯特街男孩幫。」

「他招了一整幫人？」

馬歇搖搖頭。「不，他就招了馬可斯一個人。但這也就夠了。首腦落網，下頭的人還能有什麼搞頭嗎？市警局的趁聖派崔克日大遊行的早上，在他倉庫的門口把他逮走了。那天原本是他們預定要分贓的日子，馬可斯被逮的時候手裡就拿著一個裝滿現金的皮箱。」

「等等，」西恩說道，「雷伊．哈里斯後來有上法庭公開做證嗎？」

「沒有。馬可斯到案後一下就跟檢察官談條件認罪了。他就一個人吃下所有罪名，其餘他就一個字也不肯多招了。至於其他那些人盡皆知也是他帶的這幫人幹下的案子，因為缺乏證據，市警局也拿他沒輒。他當時才幾歲？十九？最多二十？這馬可斯出道得可早了，十七歲就帶著一整幫人到處做案，在這之前卻連一次被逮的紀錄也沒有。檢察官就用兩年有期徒刑外加三年緩刑跟他談好了認罪條件，因為地檢處那邊也清楚得很，這案子若真搞上法庭恐怕也很難定罪。我聽說反幫派小組的人聽到這消息後個個暴跳如雷，但氣歸氣，他們又能拿他怎麼樣？」

「所以說，吉米．馬可斯始終不知道是雷伊．哈里斯出賣他的囉？」

波登的目光再度從日曆上移開，用他那雙迷濛的眼睛略帶輕蔑地盯著西恩看。「短短三年間，馬可斯至少幹下了十六件大型搶案。有一次，沒錯，他闖進華盛頓街上的珠寶交易中心，一次搶了十二個珠寶商。直到今天還沒有人想得出來他到底是怎麼辦到的。他總共必須避開將近二十個警報器——那些警報器有的是連接電話線、有的甚至是連上衛星，還有的是連上堪稱當時最新科技的行動電話哪。而馬可斯當時幾歲？十八。你能相信嗎？才十八歲他就能破了那些四十幾歲的慣竊都未必破得了的警報系統。凱達科技那案子你們還記得吧？他帶人從屋頂闖進去，先切斷消防連線，然後再故意觸動自動灑水系統。接下來呢，根據我們當時的猜測，他們應該就是設法把自己吊在天花板上，直到灑水系統廢了紅外線行動偵測器為止。這傢伙是個他媽的天才。如果他當初是進了太空總署做事，哼，我跟你們保證，他早就帶著妻兒上冥王星度假去了。所以說，你們覺得這樣一個絕頂聰明的傢伙會想不出來是誰出賣他的嗎？馬可斯出獄兩個月後，雷伊．哈里斯就人間蒸發了。你們覺得呢？」

西恩說道：「我覺得你認為吉米．馬可斯殺了雷伊．哈里斯。」

「或者他是讓那個侏儒威爾．薩維奇下的手。聽好，撥通電話給七分局的艾德．弗倫。他現在已經幹到分局長了，但當年也是反幫派小組的成員。你們想知道什麼有關吉米．馬可斯和雷伊．哈里斯的事情，他通通可以告訴你。事實上，任何一個八〇年代曾經在東白金漢待過的條子都可以告訴你同樣的事。如果吉米．馬可斯沒殺了雷伊．哈里斯的話，哼，我他媽就是下一個當教宗的猶太人！」他一把推開日曆，站起身，然後拉拉褲頭。「吃飯去了。就這樣。你們就自己看著辦吧。」

他穿過辦公室往大門走去，一路不住地留連張望：他或許是看到了那張他曾經坐過的辦公桌，或是那塊曾寫著他的名字與承辦案件的大白板，或許是看到了以前那個人，那個後來淪落到證物室、日復一日只是等待著自己終於能打下最後一次卡、終於能搬到某個再沒有人記得他原本可以成為什麼樣的人的地方的人。

懷迪轉頭向著西恩。「失落的教宗馬歇，嗯？」

每在這冰冷的房間裡那張晃碌碌的椅子上再多坐一分鐘，大衛就愈發了解到，他一直以為是宿醉的那種感覺，原來只是從昨晚延續下來的醉意。真正的宿醉在正午左右才終於像群密密麻麻的白蟻兵團般朝他襲來，竄入他的血管，隨血液循環爬遍他全身，擠壓著他的心臟，啃噬著他的大腦。他口乾舌燥，頭髮全讓冷汗浸濕了，他甚至還聞得到酒精不停自他渾身上下的毛細孔往外滲透的味道。他感覺自己四肢都化成了一灘爛泥。他胸口疼痛不已。一股深沉的沮喪感像瀑布般倏地沖刷過他的大腦，再沉澱在他眼窩底部。

他不再感覺勇敢了。他不再感覺堅強。兩個小時前曾經感覺如疤痕般堅定地鐫刻在他腦裡的那種明確清澈也不再了，某種他今生從未經驗過的恐慌與焦慮此時已占滿了那個空洞。他感覺自己即將死去，死得無比淒涼慘烈。也許他即將中風倒地，讓地板在他腦殼上敲出一個大洞，而他卻只能躺在那裡，任由全身猛烈抽搐，任由眼底滲血，任由自己咬斷舌頭吞下肚去。或者是心肌梗塞。他感覺自己的心臟正像一隻被關在鐵籠裡的老鼠，死命地撞擊著他的胸腔壁。或者，等他們終於願意放他走了，他一踏到街上，後頭的車子就將一路喇叭狂鳴地追撞上來，而他將躺在地上，感覺巴士那厚重的輪胎欺上他的臉，輾壓過他的顴骨，再一路向下。

瑟萊絲到底跑到哪裡去了？她知道他讓條子帶走了嗎？她會在乎嗎？而麥可呢？他會想念他的父親嗎？關於死亡最糟的一件事，就是瑟萊絲和麥可終於還是會把日子過下去。喔，當然，他們當然還是會難過上一陣子，短短一陣子，然後他們便把過去一切拋在腦後，重新開始一段新的人生，因為人世不過如此，每天每天都有人正在這麼做。至於哀慟逾恆、為親人愛人的死亡凍結了人生如一只壞掉的時鐘這回事，是只有在電影裡才會出現的情節。在現實生活中，你的死不過是世間常態，對於除了你自己以外的其他人而言，這不過是一件很快就會被淡忘掉的如煙往事。

大衛常會不禁納悶，不知道那些死去的人會不會站在雲端俯瞰人世，然後因為看到他們所愛之人竟如此輕易地把沒有他們的日子過了下去，而嚶嚶哭泣了起來。比如說巨人史丹利的兒子尤金好了，他是否曾經頂著那顆小光頭，穿著醫院的白袍，在天外某處俯瞰著他那在酒吧裡尋歡作樂的父親，心裡想著，嘿，爹地，那我呢？你還記得我嗎？我也曾經存在過啊。

麥可會有新的爹地。他後來也許會去上大學，也許他會突然想起來，然後告訴身邊的女孩有關那個教會他打棒球，然而他卻幾乎已經不記得了的父親的事。那是好久以前的事了，他也許會這麼說。好久好久以前。

而毫無疑問的，瑟萊絲絕對還夠年輕、夠有魅力足以再給自己找個男人。她不得不。寂寞哪，她會這麼告訴她的朋友。我不得不承認。而且他是個好人，對麥可也是好得沒話說。她的朋友更是會毫不考慮地就背叛了他。她們會說，唉呀，親愛的，這對妳來說是件好事呢。這才對嘛。就當是摔了一跤吧，妳總是要再爬起來把路走下去呀。

而大衛則會和小尤金一起站在雲端，怔怔地看著這一切，徒勞地以沒有人能聽得到的聲音，聲聲呼喚著他們心愛的人。

老天。大衛想要縮到角落裡，緊緊地抱住自己。他知道自己撐不下去了。他知道那些條子若在此刻走進來，他就再也撐不下去了。他什麼都願意說，他願意告訴他們所有他們想要知道的一切，只要他們能分給他一絲絲溫暖，只要他們能再遞給他一罐雪碧。

就在這個時候，偵訊室的門突然被推開了。大衛緊擁著一身的焦慮無助與對人性溫暖的渴望，看著那個穿著全套制服的州警隊員走了進來。他年輕而強壯，目光卻冰冷而傲慢，一如所有條子那般。

「波以爾先生，麻煩您跟我來一下。」

大衛從椅子上爬了起來，往門邊走去。殘存在他體內的酒精逼得他雙手不住微微地顫抖著。

「去哪？」他問道。

「去讓人指認，波以爾先生。有證人要來指認你了。」

湯米．莫達那度穿了件牛仔褲與綠T恤，上頭全沾了點點油漆。

他一頭棕色的髮髮和米黃色的工作靴上也都沾了油漆。油漆無所不在，甚至連他臉上那副厚重的眼鏡都難逃一劫。

西恩擔心的是那副眼鏡。對辯方律師來說，目擊證人戴著眼鏡走進法庭，還不如直接在胸前掛個箭靶算了。至於陪審團員就更不必說了，一個個都看多了如《虎父虎女》和《律師本色》之類的法庭影集，早已成了此類情況的專家。在他們眼中，戴眼鏡的目擊證人證詞的可靠性，約莫就和毒梟、沒打領帶的黑人，以及一心等著和檢察官談條件以換取減刑的慣竊差不了多少。

莫達那度鼻尖緊貼著指認室的玻璃，瞇眼掃視過隔壁房裡一字站開的五個男人。「從正面我實在認不太出來咧。可以請他們向左轉讓我看一下側面嗎？」

懷迪扳下他面前的控制台上的一個開關，對著麥克風說道：「全部人員向左轉。」

五個男人應聲照辦。

莫達那度這會連兩隻掌心都貼上了玻璃，眼睛則瞇得更厲害了。「二號。二號看來有點像。可以請他再往前站一點嗎？」

「二號？」西恩說道。

莫達那度回頭看了他一眼，點點頭。

二號是來自諾福克郡分隊緝毒組的一個名叫史考特·派斯拿的警探。

「二號，」懷迪無可奈何地再度對著麥克風說道。「往前走兩步。」

史考特·派斯拿體型矮胖，蓄鬍且禿頭。他的外型和大衛·波以爾相近的程度大約和懷迪差不多。他轉身以正面朝著他們，往前走了兩步，而莫達那度說道：「沒錯，沒錯。就是他。」

「你確定？」

「百分之九十五確定，」他說道。「當時是半夜，停車場裡又沒有燈，還有，嗯，我喝得也實在是有點醉了。但除此之外，我相當確定我看到的就是二號。」

「你上回給我們的描述裡面沒提到鬍子啊。」西恩說道。

「呃，是這樣沒錯啦，不過我現在仔細想想，應該可能是有鬍子才對。」

懷迪說道：「除了二號以外真的就沒有了嗎？」

「沒啦，」他說道。「其他就都差遠啦。那些人是哪裡叫來的——條子嗎？」

懷迪低著頭，對著控制台低聲詛咒道：「我當初一定是他媽的昏了頭才會選了這行。」

莫達那度望向西恩。「怎麼了？現在又怎麼了？」

西恩打開他們背後的門。「謝謝你跑這趟，莫達那度先生。有需要我們會再和你聯絡。」

「我表現得還好吧？是吧？呃，我是說，我沒指錯人吧？」

「當然當然，」懷迪說道。「我們會請快遞把榮譽感謝狀寄去給你。」

西恩對著莫達那度一逕微笑點頭，一等他跨出門檻就甩上了門。

「這下連目擊證人也沒有啦。」西恩說道。

「媽的。」

「車子裡化驗出來的血跡證據恐怕也上不了法庭。」

「還要你說。」

西恩看著大衛舉手半遮著額頭，讓燈光照瞇了眼睛。他看來一副已經一個月沒睡過覺的模樣。

「老大，別這樣嘛。」

懷迪轉過頭來，定睛看著西恩。他看來也是一臉疲憊，眼白的部分明顯泛著血絲。

「肏他媽的，」他說道。「把他放了吧。」

24 放逐的族群

瑟萊絲坐在隔著白金漢大道與馬可斯家相望的奈特南西咖啡廳的窗邊，看著威爾・薩維奇將他那輛跑車停妥在半條街外的路邊，然後和吉米一起下了車，回頭往這邊走來。

如果她要這麼做，真的要這麼做，那麼她此刻就該起身，離開這張椅子，迎上他們。她搖搖晃晃地站了起來，一隻手不小心撞上了桌底。她低頭看去。她的兩隻手也不住地顫抖著，一手的拇指讓桌底刮出了長長一道血痕。她本能地將手舉高至唇邊，然後邊往咖啡廳大門踱去。她不知道自己到底辦不辦得到，不知道那些她在旅館房間裡準備了一整個早上的話語是否說得出口。她決定只告訴吉米她所知道的一切事實——大衛自星期天凌晨以來的一切舉動反應——只有單純的描述，而沒有任何猜測或結論；她決定讓吉米自己去判斷。沒了大衛當晚穿回家的血衣，去報警恐怕也沒多大用處了。她這麼告訴自己。她這麼告訴自己，是因為她不確定警方是否能保護得了她。畢竟她就住在這裡，哪裡也去不了。發生在這裡的事只有這裡的人才解決得了、才保護得了她。事情一旦讓吉米知道了，那麼不止吉米，還包括薩維奇兄弟，便將在她周圍形成一道大衛絕對無法跨越的保護壕溝。

她在吉米與威爾離公寓台階只剩幾步之遙的時候走出店門。她舉高了那隻還在隱隱作痛的傷手，一邊高聲叫喚吉米的名字，一邊走下人行道；她知道自己看來就像個瘋女人——一頭亂髮，浮腫的雙眼下方還有兩片因恐懼而愈發加深了顏色的陰影。

「嘿，吉米！威爾！」

他倆就在台階前方停下了腳步，應聲轉過頭來。吉米給了她一抹含蓄而略帶困惑的微笑，而瑟萊絲再度注意到吉米的微笑永遠是如此地開朗而迷人，如此地自然真誠而溫暖人心。那微笑彷彿在說道：「嘿，我是妳朋友哪，瑟萊絲。有什麼事需要我幫忙的嗎？」

她一踏上對街的人行道，威爾便迎上來，在她頰上輕輕一吻。「嘿，小表妹。」

「嘿，威爾。」

吉米也在她頰上輕輕一啄，那溫熱的感覺穿透了她的皮膚，然後沉澱在她喉嚨底部，在那裡微微地顫動著。

他說道：「安娜貝絲找了妳一個早上了。可是妳既不在家也沒去上班。」

瑟萊絲點點頭。「我，呃，我……」她將目光從也正好奇地瞅著她瞧的威爾臉上移開了。「呃，吉米，我可以私下跟你談一下嗎？」

吉米說道：「當然，」他臉上再度出現了那抹困惑的微笑。他轉向威爾。「剛剛那件事我們待會再找時間談，可以嗎？」

「沒問題。待會見啦，小表妹。」

「不好意思了，威爾。」

威爾進了屋，而吉米在第三階台階上坐定了，並在身邊為瑟萊絲留了空位。她也坐下了，一邊撫弄著傷手，一邊試著開口。吉米靜靜地瞅了她一會，等著，然後才終於意會過來，她怕是哽住了，一時恐怕也說不出話來了。

他輕聲說道：「妳知道我前幾天剛好想到什麼事嗎？」

瑟萊絲搖搖頭。

「那時我正好站在雪梨街底那排舊階梯上——嗯，妳還記得那裡吧？以前我們常常會跑去那裡看電影、抽大麻的，有沒有？」

瑟萊絲笑了。「你那時的女朋友是——」

「喔，天哪，不要說出那個名字。」

「——大肉彈潔希卡．魯璔，而我正和達基．古柏打得火熱。」

「沒錯，」吉米說道。「老天，妳後來還聽說過他的事嗎？」

「我聽說他後來加入海軍陸戰隊，派駐海外的時候染上了什麼皮膚怪病，現在住在加州。」

「嗯哼。」吉米下巴一揚，目光飄飄渺渺地回到了半輩子之前。突然間，瑟萊絲彷彿可以看到十八年前那個髮色比現在還要淡了點的吉米，那個比現在還要瘋狂了點的吉米，那個會在暴風雨中爬上電線桿、任由女孩兒們在下頭瘋了似地為他祈禱的吉米。然而，即使在那些最瘋狂的年代裡，吉米臉上也常常會出現這樣的表情——下巴一揚，目光突然間都定住了，整個人似乎在瞬間陷入了某種深沉的思緒中，彷彿除了自己這一身皮肉外，他已經把一切都仔細地考慮算計過了。

他轉過頭來，用手背在瑟萊絲膝上輕輕一拍。「別說這些了。欸，妳看來實在有些，呃……」

「你就直說吧，沒關係。」

「啊？沒啦，我只是要說妳看來實在有點累哪。」他身子往後一靠，嘆了口氣。「媽的，還說妳。大家不都一樣。」

「我在汽車旅館裡住了一晚。麥可也和我一起。」

吉米兩眼定定地直視著前方。「嗯。」

「我不知道，吉米。我說不定就這樣離開大衛，不會再回去了。」

她注意到吉米臉上的表情出現了某種微妙的變化。也許是下巴繃緊了。她突然有種感覺，她感覺吉米似乎早就知道她接下來要說的話了。

「妳離開大衛。」他的聲音沒有任何起伏，他的目光鎖定在眼前的街道上。

「嗯。他最近的舉動，呃……他最近的舉動很怪，很詭異。像變了個人似的，一點也不像平日的他。他甚至開始嚇到我了。」

吉米轉頭向著她，他臉上那抹冰冷的微笑幾乎讓她想一掌摑過去。在他的眼底，她似乎又看到當年那個在風雨中爬上電線桿的瘋狂少年了。

「妳就從頭說起吧，」他說道。「從大衛舉動開始有異的時候開始說。」

「你知道些什麼，吉米？」

「知道？」

「你顯然已經知道一些事了。你對我的話並不感到驚訝。」

那抹醜陋的微笑自吉米臉上褪去了，他身子往前一傾，十指交纏擱在大腿上。「我知道他今天早上被條子帶走了。我知道他開了一輛車頭被撞凹一塊的日本車。我知道關於他怎麼弄傷手的事情他跟我說的是一套、跟條子說的又是另一套。我知道他當晚曾經見過凱蒂，但他卻一直等到條子都找上門來後才跟我提起。」他兩手一攤。「我不知道這一切到底是怎麼回事，但，沒錯，我確實已經開始覺得事情不太對勁了。」

瑟萊絲心頭突然湧過一陣同情。她想像她可憐的丈夫坐在偵訊室裡，兩手說不定還給銬在桌上了，明晃晃的燈光打在他原本就蒼白的臉上。然後她突然又想起昨晚，想起大衛的頭突然又出現在門邊，一臉猙獰與瘋狂、惡狠狠地瞅著她瞧；然後恐懼便取代了同情。

她深深地吸了一口氣，終於開了口。「大衛星期天凌晨三點回到家的時候，全身上下都是血，別人的血。」

就這樣，話讓她說出口了。簡單幾個字從她口中溢出，進入大氣之中，倏地在她與吉米前方形成一道牆，再往上、然後向下延伸；就這樣，簡單幾個句子將她與吉米與整個世界隔離開來，關入一個無形的牢籠裡。剎那間，街上的噪音淡出了，徐徐微風也暫停了；除了吉米淡淡的古龍水味和五月的艷陽曬在水泥階梯上的味道外，瑟萊絲什麼也聽不到、聞不到，感覺不到了。

吉米終於再度出聲時，他的聲音聽來就像讓一隻巨掌攫住了喉頭似地。「他是怎麼解釋自己身上的血的？」

她跟他說了。她什麼都跟他說了，從凌晨那幕一直說到昨晚的吸血鬼種種。她眼睜睜地看著他聽進自己說出的每一個字，眼睜睜地看著他掙扎著想閃躲。從她口中吐出的每一個字都像燃燒的箭頭，直直地射進他的身體，燒得他五臟俱焚。他雙唇扭曲、目光僵硬而退縮，臉上的皮膚褪去血色、愈發緊繃，她幾乎看得到那薄薄一層皮膚底下的骨骸。她腦中倏然閃進一個畫面——吉米化成了棺材裡的一具乾屍，十指枯瘦如鷹爪，顎骨啞然地撐著，光禿的頭蓋骨上只剩小蛇般蔓延的苔蘚。她的體溫霎時降到冰點。

當滾滾熱淚無聲地沿著他兩頰落下時，她強忍住那股擁他入懷、感覺他滾燙的淚水浸濕她的上衣再沿著她背脊往下竄流的衝動。

她無論如何沒有住嘴。因為她知道她一旦停下來，就永遠不會再開口了。所以她不能停。她必須把這些話說出來，說出來讓人知道，為什麼她會離開她的丈夫，那個她曾發誓要死生相守的男人，那個也是她兒子的父親、那個會說笑話逗她笑、會輕撫著她的手、會提供自己的胸膛讓她枕著安然入睡的男人。那個從不抱怨、從不曾對她拳腳相向，那個一直都是個好父親、好丈夫的男人。她必須把這一切說出來，讓人知道她有多麼困惑不解，為什麼她所熟悉的那個男人竟會消失了，彷彿她所熟悉的那張臉不過是個面具，而如今面具終於黯然落地，終於她眼前只剩一個惡意猙獰的畸形怪物，虎視眈眈地瞅著她瞧。

終於，她把話說完了。「我還是不知道他到底做了什麼事，吉米。我還是不知道那到底是誰的血。我不知道。我無法確定。我就是不知道。我只知道我好怕害怕好害怕。」

吉米微微地調整過坐姿，讓他的上半身倚著台階的鐵欄杆挺立著。他臉上的淚水已經乾了，而他的嘴巴卻仍因震驚而微張著。他半瞇著眼，注視著瑟萊絲，那專注而銳利的目光卻彷彿穿透了她的身體，鎖定在幾條街口外某個別人看不到的東西上頭。

瑟萊絲說道：「吉米。」但他只是揮揮手，頹然閉上了眼睛。他低著頭，張嘴微微地喘息著。

那幾堵無形的牆突然間又被蒸散得無影無蹤了。瑟萊絲對著路過的瓊安．漢彌頓點頭致意，她則以某種同情中卻又依稀帶著懷疑的目光匆匆瞥了兩人一眼，喀噠喀噠地走遠了。那些淡出的噪音一下子全都回來了：那些嗶嗶聲、那些門開開關關的吱嘎聲、那些遙遠的名字呼喚聲。

當瑟萊絲再度回頭看著吉米時，卻在剎那間讓他的眼神震懾住了。他兩眼明亮清澈，雙唇緊閉，兩邊膝蓋緊緊攏起，貼在胸前。他的兩條手臂看似輕鬆地擱在膝上，但她卻感覺得到他渾身散發出某種無比猛烈而激昂的智慧，他的腦子顯然正以大多數人窮盡一生精力都難以望其項背的專注，飛快地運轉著。

「他當晚穿的衣服都已經被他處理掉了。」他說道。

她點點頭。「我檢查過了。是這樣沒錯。」

他低著頭，一邊臉頰半貼在膝蓋上。「老實說，瑟萊絲，妳有多害怕？」

瑟萊絲清清喉嚨。「昨晚，吉米，我真以為他要撲上來咬我了。我感覺他一咬就不會再鬆口了。」

吉米偏過頭來，換成左邊的臉頰貼在膝頭。他閉上了眼睛。「瑟萊絲。」他低聲喚道。

「嗯？」

「妳覺得是大衛殺了凱蒂嗎？」

瑟萊絲霎時感覺那潛藏在她心底的答案，就這樣無以扼抑地翻湧了上來。她感覺那兩個字像兩隻滾燙的腳，狠狠地踐踏過她的心臟。

「是的。」她說道。

吉米的眼睛倏地又睜開了。

瑟萊絲說道：「吉米？喔，老天，吉米！」

西恩注視著坐在桌子另一邊的布蘭登．哈里斯。他看來困惑疲倦而恐懼不已。很好，他就是想要他這樣。他派了兩名州警去他家把他帶回隊上，然後便讓他枯坐在他辦公桌的另一邊，自己則好整以暇地研究著電腦裡他向各方調來的有關他父親的資料，完全把布蘭登丟在一邊，讓他在那邊枯坐著，愈發手足無措了起來。

他將目光移回電腦螢幕上，純為增強效果地以鉛筆噠噠地敲弄著鍵盤上的向下鍵。「跟我說說你的父親吧，布蘭登。」

「啊？」

「你的父親。老雷伊．哈里斯。你總還記得他吧？」

「只有一些很模糊的記憶。他拋下我們離家的時候，我大概才六歲吧。」

「所以說，你根本不記得這個人了。」

布蘭登聳聳肩。「就記得一些小事吧。他喝醉酒回家的時候都會邊唱歌。他帶我們去過一次坎諾比湖濱公園，還買了棉花糖給我吃；後來去遊樂園坐咖啡杯的時候，我就把吃下的半根棉花糖都吐了出來。他基本上很少在家，這我倒是還有印象。你為什麼會問起他？」

西恩的目光再度回到電腦螢幕上。「你還記得別的嗎？」

「差不多就這樣吧。我記得他身上常常會飄散著施里茲啤酒和丹提恩牌口香糖的味道。他……」西恩在布蘭登的聲音中察覺到一絲笑意，於是抬起頭來，恰好捕捉到那抹笑意緩緩地泛過他年輕的臉龐。

「他怎樣，布蘭登？」

布蘭登挪了挪身子，目光定定地落在某個根本不在眼前時空裡的東西上。「他常常會帶一大堆銅板回家。那些銅板就裝在他的褲袋裡，沉沉地一大袋，他一走起路來就會鏗鏗鏘鏘地響個不停。我小時候常常會趁下午跑去坐在客廳裡——我說的不是現在這間房子。以前我們住的那個房子要好多了。通常就是在五點左右吧，我會坐在客廳裡，閉上眼睛，專心地等著；一聽到街尾傳來叮叮噹噹的銅板聲，我就馬上衝出門去。他通常會讓我猜猜他一邊褲袋裡有多少銅板，如果我猜得還算接近的話——其實只要數字不要太離譜就行了——他就會把銅板通通都給我。」布蘭登的微笑泛得更開了，但他隨而搖搖頭。「他身上隨時都有好多銅板哪。」

「槍呢？」西恩說道。「你父親有槍嗎？」

布蘭登的笑容一下僵住了。他皺眉轉頭看著西恩，彷彿聽不懂他說的是哪一國語言。「什麼？」

「你父親有槍嗎？」

「沒有。」

西恩點點頭，說道：「他離家的時候你不是才六歲嗎？這會兒怎麼突然又記得這麼清楚了？」

就在這個時候，康納利突然抱著一整紙箱的檔案走進辦公室。他將箱子砰一聲放在懷迪的桌上。

「這是什麼？」西恩問道。

「就一堆報告，」康納利說道，又瞄了一眼紙箱。「蒐證小組報告、彈道化驗報告、指紋分析，還有九一一的報案錄音帶，就一堆報告。」

「這你說過了。指紋比對得怎麼樣了？」

「沒有結果。電腦檔案裡找不到相符的指紋紀錄。」

「全國資料庫裡頭的檔案也比對過了嗎？」

康納利說道：「我連國際刑警組織那邊的檔案都比對過了。什麼也沒有。我們在門把上採到一枚完美無缺的拇指指紋。如果真是兇手留下的，那這兇手個子還真是不高咧。」

「不高。」西恩說道。

「沒錯，那枚拇指指紋是個矮子留下的。不過也未必是兇手的就是了。我們在現場總共採到六枚還算完整的指紋，卻連一枚也沒比對出結果來。」

「九一一的錄音帶你聽過了嗎？」

「還沒。我應該聽嗎？」

「康納利，媽的，所有只要是和這案子有關的東西，你都得看過讀過聽過啊。這難道還要我教嗎？」

康納利點點頭。「你也要聽嗎？」

西恩說道：「事情都讓我做光了，那你做什麼？」他重新轉頭向著布蘭登．哈里斯。「你父親的槍的事我們還沒說完。」

布蘭登說道：「我父親沒有槍。」

「確定？」

「確定。」

「喔，」西恩說道，「那可能是我們這邊搞錯了吧。對了，順便問一下：你父親打過電話回家嗎？」

布蘭登搖搖頭。「從來沒有。我六歲的時候有一天，他說要出門和朋友喝一杯，然後就這樣一去不回，丟下我和我媽。我媽那時肚子裡還懷著我弟咧。」

西恩點點頭，一副心有戚戚焉的模樣。「但你母親從來不曾報警備案。」

「那是因為他沒有失蹤啊，」布蘭登說道，眼中浮起了一抹憤憤不平的神色。「他跟我媽說他根本不愛她，說她除了唸他嘮叨他之外什麼也不會。兩天之後，他就一去不回了。」

「她難道從來不曾試著把他找回來嗎？」

「沒有。反正他還知道要寄錢回來。這就夠了。其餘的管他去死。」

西恩終於放下了手中的鉛筆。他定睛瞅著布蘭登．哈里斯，試著讀出他的表情，但他臉上除了一絲沮喪不滿以及一點點殘存的憤怒外，就什麼也沒有了。

「他會寄錢給你們？」

布蘭登點點頭。「按月寄，準時得很。」

「從哪裡？」

「啊？」

「信封上的寄件人地址。錢是從哪裡寄出來的？」

「紐約。」

「一直都是紐約？」

「嗯。」

「都是現金嗎？」

「沒錯。一個月就五百塊。聖誕節的時候還會多寄些。」

西恩說道：「他信裡面有附過紙條之類的嗎？」

「沒有。」

「那你們怎麼知道是他寄的？」

「除了他還有誰會按月寄錢給我們？那是他的罪惡感在作祟。我媽說他以前就一直是那個樣子——他幹下一些偷雞摸狗的壞事，之後又會覺得良心不安，不過他卻又覺得這種不安的感覺本身就是一種懲罰，於是他就又覺得一切都沒問題了。你懂我的意思吧？」

西恩說道：「我想看看那些信封。」

「我媽早就把它們扔光了。」

西恩說道：「媽的。」然後順手將電腦螢幕一推，轉離了他的視線。這案子的一切在在困擾著他——大衛．波以爾為嫌疑犯、吉米．馬可斯為被害人的父親、兇槍為被害人男友父親所有。然後他又想起了另一件讓他百思不得其解的事——雖然這件事沒有和這案子有任何直接的關聯。

「布蘭登，」他說道，「既然你父親在你母親懷孕的時候就拋家棄子閃人了，她為什麼還會用他的名字為你剛出生的弟弟命名呢？」

布蘭登的目光一下子又飄遠了。「我媽的想法和一般人不太一樣。你知道我的意思吧？她也不是不曾試過，但……」

「這我懂……」

「她說她就是要把我弟的名字也取做雷伊，好提醒她自己。」

「提醒她自己什麼？」

「男人。」他聳聳肩。「男人就是這樣賤。只要妳傻到願意給他們半點機會，他們就會想盡辦法糟蹋妳，目的卻只是為了證明老子就是可以這樣做。」

「結果當她發現你弟弟不會說話時，她又有什麼感想？」

「生氣吧，」布蘭登說道，嘴角卻不禁微微上揚了。「不過這也算是證明了她的話吧。至少她是這麼想的。」他碰碰西恩桌子邊緣的一盤迴紋針，然後那抹若有似無的微笑便完全地消失了。

「你為什麼一直問我我父親有沒有槍？」

西恩突然間失去了耐性。他不想再玩遊戲兜圈子了。「這你自己心裡明白，小子。」

「不，」布蘭登說道。「我不明白。」

西恩身子猛然往前一傾，幾乎克制不了起身撲過去、一把掐住布蘭登．哈里斯的頸子的強烈衝動。「殺死你女朋友的兇槍，布蘭登，正是你父親十八年前犯下一樁酒店搶劫案時用的同一把槍。怎麼，改變主意了沒？現在你有話要和我說了嗎？」

「我父親沒有槍。」他堅持道，但西恩看得出來，這小子的腦袋裡已經開始發生某些變化了。

「沒有？聽你在放屁！」他用力拍了一下桌子，力道之大，幾乎把布蘭登震離了椅子。「你說你很愛凱蒂．馬可斯是吧？媽的，讓我來告訴你我愛什麼好了，布蘭登。我愛我的破案率。我愛我自己在案發七十二小時內破案的能力。結果你卻在這邊跟我肏他媽的漫天扯謊。」

「沒有，我沒有。」

「你有，我說你有你就是有。你知道你老子是個賊嗎？」

「他是地鐵——」

「他是個肏他媽的臭賊。他和吉米．馬可斯一夥的。沒錯，他以前也是個肏他媽的臭賊。結果現在呢？吉米的女兒讓你老子的槍給幹掉了！」

「我父親沒有槍。」

「肏你媽的屄沒有槍！」西恩咆哮道，而康納利被嚇得從椅子上跳了起來，怔怔地盯著兩人看。

「你就喜歡放屁是吧，小子？那好，我就讓你到牢籠裡盡情放個痛快吧！」

西恩從腰帶上掏出一串鑰匙，越過布蘭登的頭頂扔給了康納利。

「把這個小雜種給我帶去關起來。」

布蘭登站起身。「我什麼也沒做。」

西恩看著康納利從背後躡著腳，一步步接近布蘭登。

「你沒有不在場證明，布蘭登，而且你與死者熟識，凶器甚至還是你老子的手槍。除非有更好的人選出現，不然我也只好先屈就於你了。你進去好好休息一下，仔細想想你剛剛跟我說的話。」

「你沒有權力關我。」布蘭登轉頭看了康納利一眼。「你們沒有權力這麼做。」

康納利望向西恩，一臉的無助，因為布蘭登說得沒錯。嚴格來說，除非他們已經決定要逮捕他了，否則他們就無權拘留他。而他們此刻根本沒有理由逮捕他。根據麻州法律的規定，單純的懷疑並無法構成逮捕行動的要件。

但布蘭登並不知道這一切，西恩於是對康納利使了個眼色，試圖用眼神告訴他：歡迎來到凶殺組的世界，小菜鳥。

布蘭登張口欲言，西恩看到某種赫然覺醒的無知，像條電鰻般倏然竄過他的身體。他終於搖搖頭，閉上了嘴。

「一級謀殺嫌疑犯，」西恩對康納利說道，「把這小渾帳押下去關了。」

大衛在下午兩三點的時候回到空蕩蕩的家裡，一進門便毫不遲疑地往冰箱去拿啤酒。他很久不曾進食了，乾癟的胃裡只有不停翻騰的空氣在那裡作怪。這不是什麼喝酒的好時機，但大衛就是需要一點酒精來軟化他僵硬的腦子與緊繃的後頸。他需要一點酒精來安撫一下他那顆瘋狂跳動的心臟。

他一邊在無人的公寓裡隨意四處漫步，一邊便輕易地乾掉了回家後的第一罐啤酒。瑟萊絲說不定已經在他不在的時候回過家，然後又回去上班了。他考慮撥通電話去歐姿瑪髮廊，看看她人在不在那裡，一如往常地為客人剪頭髮，和女同事們聊天打屁，和她那個叫做保羅的同性戀同事有一搭沒一搭地打情罵俏。或者，他也可以直接去麥可的學校接他放學，遠遠地就對他揮手，再給他一個大大的擁抱，回家的路上父子倆還可以順道去喝杯巧克力牛奶。

但麥可不在學校，而瑟萊絲也不在髮廊。大衛不必親自去查看也知道。他知道他們正在躲他。他於是坐在廚房桌邊乾掉了第二罐啤酒，感覺酒精終於開始發生作用，開始鎮定每一條不安的神經，開始讓他眼前的空氣看來就像一團迷濛迴旋的銀色霧氣。

他早該告訴她的。打從最早開始，他就該把發生的一切源源本本地告訴他的妻子的。他早該信任她的。沒有幾個妻子會願意這樣忠誠地守著她那個小時候讓人綁架雞姦過、高中時代打棒球風光過一陣後就沒了下文、出社會後又三天兩頭在換工作的窩囊丈夫的。但瑟萊絲願意，也真的做到了。光想到她那晚站在水槽邊，奮力地搓揉著他沾了血的衣褲，告訴他她會把一切證據都處理掉——老天，她真是個不可多得的好女人。他怎麼會差點忘了這點呢？人為什麼可以盲目到這種地步，只因為日夜相處久了，便對身邊的人們漸漸視而不見了呢？

大衛從冰箱裡拿出第三罐，也是最後一罐啤酒，一邊啜飲一邊在小公寓裡隨意漫步。他感覺自己體內漲滿了對妻兒的愛意。他想要依偎在妻子的裸體旁，隨她身體的曲線弓著身子，讓她撫弄著他的頭髮、讓他對她娓娓說來，說他坐在那張破爛的椅子上，在那間冰冷的偵訊室裡的時候有多麼多麼地想念她。幾小時前他曾以為自己渴望人性的溫暖，但事實卻是，他渴望的只是瑟萊絲的溫暖。他想要依偎在她身邊，感覺兩人的身體纏繞在一起；他想要逗她笑，想要吻吻她的睫毛、她的眼皮，想要輕輕拍撫她的背脊，想要把自己深深地埋進她懷裡。

現在還不太遲，等她回家後，他就要把一切通通告訴她。我的腦袋最近不過是牽錯線了，全都堵住了，一時轉不過來。我手中這罐啤酒雖然無濟於事，這我知道，但在妳回到我身邊之前，我就是需要一點點酒精來讓自己好過些。然後我就會戒酒。我不但要戒酒，而且我還要去上電腦課、去學點東西，然後找份像樣的辦公室工作。國民警衛隊有提供在職免費進修的計劃，我可以去參加。為了妳和麥可，一個月抽出一個週末，夏天再利用假期去上個幾個星期的密集課程，這我沒什麼辦不到的。為了我的家人，我無論如何都要做到。這會幫助我重整生活，拋開那圈喝出來的啤酒肚，將腦袋理清楚。然後，一等我找到那份白領工作，我就要帶著你們搬離這裡，遠離這裡飆漲的房租，遠離那個什麼勞什子球場計劃，遠離這批入侵的雅痞大軍。何苦抵抗呢？再在這裡勉強苦撐又有什麼意思呢？這群金光閃閃的雅痞遲早都會把我們逼走的。他們總得先把我們逼走了，才好在這裡好整以暇地按照克萊與貝洛家飾精品的精美目錄，營造出一個完美無瑕的雅痞世界，才好在他們的雅痞咖啡屋和雅痞天然有機食品專賣店的走道裡，忘情討論他們的夏日別墅種種。

我們會搬去一個好地方，他要這麼告訴瑟萊絲。我會找到一個乾乾淨淨、適合孩子長大的好地方。我們會找到一個新地方，重新來過一遍。然後我就要告訴妳那晚究竟發生了什麼事，瑟萊絲。事情並不漂亮，但也沒妳想的那麼糟。我會把一切都告訴妳，告訴妳我的腦子裡確實有些黑暗而駭人的東西，但我會尋求幫助，我願意找人談。我心裡確實藏了一些連我自己都不住要作嘔的欲望，但我正在努力，親愛的瑟萊絲。我正在努力試著當一個好人。我正試著要埋葬那個狼口逃生的男孩。或者至少教會他什麼叫做悲憫，什麼叫做同情。

也許，坐在那輛凱迪拉克裡的男人真正想要的就是這個吧——一點點的了解與同情。但在那個星期六的深夜裡，狼口逃生的男孩才不管什麼鳥他媽的了解與同情咧。他手裡拿著槍，從打開的駕駛座窗戶伸手進去，用槍托一把敲得那傢伙頭破血流；乘客座上的紅髮男孩一下子嚇得跳起來，倉倉皇皇地打開車門衝下車，下車後卻又不肯離去，只是站在那裡，瞠目結舌地看著大衛的拳頭不停地揚起再落下、揚起再落下。大衛拉開車門，揪著男人的頭髮把他扯下車來，但那傢伙並不如他外表看來那般無助；大衛一直到胸前讓他猛一拳劃過去、倏地感到一陣刺痛時，才看清他手中原來還握著一把彈簧刀。他那一刀揮得虛軟無力，但卻已經足以在他胸前劃出一道長長的血痕。大衛隨即反應過來，膝蓋猛力往那傢伙的腕間一頂，將他的兩條手臂固定在車門上，然後將掉落在地上的小刀一腳踢到車子底下。

紅髮男孩面露懼色，卻又掩不住興奮，而此刻的大衛則已經讓憤怒蒙蔽了一切理性：他手握著槍，高高揮起再重重地落下，一拳劈在那傢伙的腦門上，力道大得連槍托都讓他敲裂了。男人不支，蜷曲著身子倒在地上；大衛順勢撲上去，騎在他背上——他感覺得到他體內那匹惡狼，他滿心只有仇恨，恨這個男人、這個禽獸、這個㑚他媽戀童癖的變態人渣。他抓住他的頭髮，緊緊地抓牢了，然後把他的頭往後一扳，再重重地撞在停車場的水泥地面上。他再也停不了手了，一次又一次地撞、再撞，去死吧，看我砸爛你的臉，去死吧亨利，去死吧喬治，去死吧——喔老天——大衛。

去死吧，你這㑚他媽的人渣。去死吧去死吧去死吧。

紅髮男孩終於轉身跑掉了。大衛轉頭一看，突然才發覺那猙獰的詛咒聲竟來自於自己的喉頭。「去死吧、去死吧、去死吧、去死吧、去死吧。」大衛看著男孩朝停車場另一頭狂奔而去，於是也不顧自己兩手沾滿了那傢伙的血，踉踉蹌蹌地追了上去。他想告訴那紅髮男孩，他這麼做都是為了他。他救了他。他還要告訴他，如果有需要，他願意一輩子保護他。

他喘吁吁地站在雷斯酒吧後方的暗巷裡，明白那孩子早已跑遠了。他仰頭看著夜空，問道：「為什麼？」

為什麼把我放在這裡？為什麼給我這樣的人生？為什麼讓我染上這種病，這種我厭惡它鄙視它甚於任何人的病？為什麼要讓我斷斷續續瞥見那種溫柔那種美好、讓我斷斷續續感受到那種對妻兒的愛——為什麼要讓我瞥見那個我原本可以擁有的人生、那個在那輛車開上加農街把我帶走前我原本該擁有的人生？為什麼？

回答我，求求你回答我。求求你求求你。

夜空當然無語。闃寂的暗巷裡只有排水溝裡隱約傳來潺潺水聲，此外唯有這場愈下愈大的雨。

幾分鐘後，他從暗巷裡走了出來，發現那男人就倒在他的車子旁。

啊，大衛心想。我殺死他了。

但，就在這個時候，男人突然蠕動了身子，像條離水的魚般痛苦地喘著氣。男人有著一頭金髮，單薄的骨架上卻頂著一圈不甚相稱的啤酒肚。大衛試著回想男人原來的臉孔。他只記得他的嘴唇看來似乎太紅太寬太厚了點。

那張臉總之已經不在了。剩下的只是一團看似給噴射引擎攪爛了的模糊血肉。大衛看著那團腥紅的爛肉在那邊嘶嘶地掙扎著喘氣，突然感到一陣噁心欲吐。

男人似乎不曾意識到大衛就站在他身邊。他掙扎著翻過身去，開始往前爬。他掙扎著往車子後方的樹叢爬去。他爬上小土墩，兩手甚至攀上了那道用來隔開停車場與另一頭的廢鐵處理廠的鋼絲網牆。大衛脫下自己身上那件原本套在T恤外頭的法蘭絨襯衫。他用襯衫層層裹住了手上的槍，然後舉步往那個沒有臉的怪物走去。

沒有臉的怪物兩手緊抓著鐵絲網，勉強又往上攀了一格，然後他就再也撐不下去了。他跌落在地面，身子往右一傾，整個人就這樣背抵著網牆，癱坐在那裡。他雙腿扭曲成某種古怪的角度，那張沒有臉的臉怔怔地看著大衛朝他走來。

「不，」他喃喃說道，「不。」

但大衛知道他不是這個意思。他知道他像他一樣，早已對這樣的自己感到無比厭倦，早已不想再掙扎下去了。

狼口逃生的男孩蹲下身去，將那團法蘭絨襯衫緊緊地抵住了男人的胸口，而大衛則漂浮在半空中，低頭看著下方的一切。

「求求你。」男人嘎聲說道。

「噓。」大衛說道，然後男孩便扣下了扳機。

沒有臉的怪物的身體猛然抽搐了一下，踢中了大衛的腋窩，接著便嚥下了最後一口氣。

男孩說道，很好。

大衛直到花了好一番功夫，把男人推進他的本田汽車的後車箱後，才突然想到自己根本不必這麼做。他該讓他躺回自己那輛凱迪拉克裡的。他已經用法蘭絨襯衫將凱迪拉克裡外他碰過的地方都擦拭過一遍，並且熄了引擎，也關上所有的車門車窗了。但載著屍體全市到處找地方棄屍根本是捨近求遠的做法。答案根本就在他的眼前。

於是，大衛將他的本田汽車倒進了停車場，停在凱迪拉克旁邊，眼睛則不時注意著雷斯酒吧的側門。好一陣子都沒人進出了。他打開本田與凱迪拉克的後車箱蓋，然後將屍體移了過去。他關上兩邊的後車箱蓋，把彈簧刀和手槍一起用法蘭絨襯衫包好，扔進本田車的前座裡，然後上了車，油門一踩，離開了現場。

經過羅斯克萊橋時，他將整包襯衫連同小刀與手槍一起扔進了橋下的州監大溝裡。事後回想起來，那差不多也就是凱蒂．馬可斯正在橋下的公園裡倉皇奔向死亡的時候吧。之後他就直接回了家，心裡萬般確定那輛後車箱裡藏了屍體的凱迪拉克隨時就要被人發現了。

星期天傍晚的時候，他曾經開車經過雷斯酒吧。當時停車場裡空蕩蕩的，但凱迪拉克旁邊倒是停了另一輛車。他認出那是雷吉．達蒙——雷斯酒吧的幾名酒保之一——的車子。同一天再晚一點的時候，他再度經過那裡，卻發現凱迪拉克不見了。他幾乎當場心臟病發。稍微鎮定下來後，他考慮了一下，決定自己不能就這樣跑進酒吧裡，即使只是故作輕鬆狀地丟下一句「嘿，雷吉啊，車子要是在你們停車場裡停太久，你們都會叫人來拖走嗎？」他又想了一下，終於決定自己應該不會有事了。不管那輛車現在在哪裡，總之所有證據都已經被他處理掉了，事情怎麼也扯不到他身上來。

唯一剩下的就是目擊證人。那個紅髮男孩。

但經過這幾天的平靜，大衛終於也明白了，雖然當時男孩臉上不無懼色，但他顯然也對那血腥的一幕感到很興奮很滿意。他是站在大衛這一邊的。他根本無須擔心他。

所以說現在條子手上已經沒有牌了。他們沒有證人，沒有任何進得了法庭的證據。所以大衛可以安心了。他可以向瑟萊絲坦承一切，把堆積在心頭的祕密全盤向她告解，只希望她還能接受他，接受他這樣一個有瑕疵有缺陷但正努力試著改變的人、他這樣一個為了好理由做了一件壞事的好人、他這樣一個寧願拼上性命也要殺死寄居在自己靈魂中的吸血鬼的人。

我不會再刻意開車經過公園遊樂場和公共游泳池了，大衛邊這樣告訴自己邊乾掉了第三罐啤酒。我甚至不會再喝酒了。

但不是今天。今天他已經喝下了三罐啤酒，而且，管他的，瑟萊絲看來一時也還不會回家了。也許明天吧。這樣也好。讓他們兩人都有多一點時間空間去療傷去復原。當她終於回家來的時候，她面對的將會是一個全新的男人。一個更好的、不再有任何祕密的大衛。

「因為祕密是毒藥。」他站在廚房裡，也就是他最後一次和他妻子做愛的地方，大聲說道。「祕密是牆壁。」最後，他咧嘴笑開了，「然後我沒有啤酒了。」

他一路往鷹記酒店走去時，感覺棒極了，幾乎忍不住要高聲笑了出來。下午的陽光溫暖耀眼，毫不吝嗇地灑了滿街金光。在他小時候，高架鐵路還沒讓人拆掉，直直地穿過整個平頂區，將彎月街截成兩半；鎮日不斷隆隆駛過的火車不但讓空氣裡滿是揮之不去的煤煙，也遮去了大半的天空。當時的平頂區在一般人的印象中，不過是一個讓濃煙織成的黑袍籠罩住了的陰暗角落，而住在裡頭的人們就像是某個遭世人放逐的族群，只要他們乖乖地待在自己的角落裡，世人也樂得讓他們在那裡自生自滅。

後來，高架鐵路終於還是拆掉了，而平頂區也終於再度出現在陽光底下。一開始他們也曾經覺得這是一件再好不過的事了：空氣變乾淨了，陽光變多了，人們的模樣也變好變健康了。但沒了黑袍的保護，任何人都可以走進來窺探他們，而他們那一排排模樣純樸的磚造老屋、州監大溝的水景以及鄰近市區的便利交通，終於也引來了一雙雙覬覦的眼睛。突然間，他們不再是遭到放逐的地下族群了。他們成了房地產商人最新發掘出來的搶手貨。

大衛在心裡盤算著。他可以抱著他的一打裝啤酒，回家坐在自己的沙發上把這事情好好想過一遍。或者，他也可以在這艷陽天裡走進一家陰暗的酒吧，點客漢堡，坐在吧台邊和酒保好好聊個痛快，說不定還能聊出個結論來，看看他們這平頂區，到底是從什麼時候開始淪陷在那些雅痞的手裡；看看到底是從什麼時候開始，外頭的世界竟然就在他們的眼前變了樣。

就這麼決定吧。有何不可呢？在桃花心木吧檯邊找張皮製高腳椅坐下了，悠悠哉哉地消磨掉一個下午。他已經計劃好他的未來了。他已經計劃好他一家人的未來了。他已經想好每一種可以彌補他們的方式。誰知道呢，經過了漫長而艱難的一天後，三罐啤酒竟然能有這麼神奇的效果。大衛沿著上坡走向白金漢大道的時候，那三罐啤酒就像他最親密的好朋友，一路拉著他的手往前走，對著他說道，嘿，你瞧，有我們不是很好嗎？我們沒騙你吧，這一點也不難嘛，不過就是翻過一頁新的人生，丟掉那些發酸發臭的祕密，準備好要重新對你所愛的人立誓、要成為你一直都知道你可以成為的那種人。嘖嘖，這感覺棒極了吧？

欸，瞧瞧前面是誰來了，坐在他那輛拉風的跑車裡，在街角那邊閒晃呢。他還正在對我們微笑呢。那是威爾．薩維奇，一個勁兒地在對我們揮手微笑呢。走吧，咱們就過去跟他打聲招呼吧。

「大衛．波以爾，好傢伙，」威爾對著朝跑車走來的大衛說道。「今天怎麼樣啊？還好吧？」

「好，好得很哪。」大衛說道，然後彎下腰去，將兩隻手肘架在跑車的車窗框上，低頭看著駕駛座上的威爾。「怎麼，有事嗎？」

威爾聳聳肩。「沒什麼事，閒得很哪。本來是想找人去喝兩杯，吃點東西。」

大衛簡直不敢相信。他剛剛才正在想同樣的事哪。「是喔？」

「是啊。你怎麼樣啊？有興致陪我去喝幾杯，說不定再打場撞球之類的嗎？」

「當然。」

大衛其實有些意外。他和吉米還有威爾的弟弟卡文，甚至是查克都還算處得來，但就他記憶所及，威爾似乎從來不曾主動找他講過話。他甚至很少注意到他的存在。一定是凱蒂，他想。她的死亡讓所有人都更親近了。一場共同的悲劇像條無形的鎖鏈，將所有得去承擔它的人們牢牢地凝聚在一起。

「上車吧。」威爾說道。「我打算帶你去的那家酒吧有點遠，不過地方很不錯，是我一個老朋友開的。」

「有點遠？」大衛回頭看了一眼他背後那條空曠的街道。「嗯，那我待會要怎麼回家？」

「我會帶你去當然就會送你回來呀，」威爾說道，「看你要去哪我都送你去。廢話少說，上車吧。咱們就趁下午去喝他幾杯，管他天還沒黑咧，哥兒們開心要緊！」

這主意讓大衛發出了會心的微笑。他就帶著這抹微笑，繞過車頭，往乘客座車門那邊去。哥兒們開心要緊。說得好。他想要的就是這個。就他和威爾，像兩個老哥兒們似地盡情喝酒聊天。像平頂區這樣的地方就是這點好——過往種種最終不過要讓人擺在一邊；或許是隨著時間過去，或許是隨著人的年齡增長，或許是因為你終於了解到世界不停在變，而唯一始終不曾改變的就是那些和你一起長大的人，還有你出身的地方。願這一切永存，大衛心想，一邊拉開了車門。哪怕只是在我們的心中。

25 後車箱小子

懷迪和西恩很晚才去派特餐廳補吃午餐。派特餐廳離州警隊不遠，就在高速公路的下一個出口。這家餐廳從二次世界大戰時就開始營業了，長久以來一直是州警隊員的據點之一。派特餐廳與州警隊的淵源之深，派特三世就常愛誇口說他的餐廳，恐怕是經營餐廳世家裡唯一連續三代不曾被搶過的奇葩。

懷迪吞下一大塊起司漢堡，接著又灌下一大口汽水。「你打從一開始就不認為是布蘭登那小子幹的，對不對？」

西恩咬了一口他的鮪魚三明治。「我知道他對我說謊。我認為他知道一些關於那把槍的事。而且我認為——我是現在才想到的——他老子可能還活著。」

懷迪拿了一個洋蔥圈去沾韃靼醬。「是因為那筆每個月從紐約寄來的五百塊錢嗎？」

「沒錯。你知道幾年下來那是多少錢嗎？將近八萬塊。除了他老子以外還有誰會幹這種事？」

懷迪拿起餐巾擦擦嘴，低頭又狠狠啃下一大口漢堡。西恩不禁懷疑這老傢伙到目前為止是用什麼辦法躲過心臟病的，以他這種吃喝的方式，遇上棘手的案子時還乾脆一個星期工作七十個小時。

「我們就先假設雷伊．哈里斯還活著好了。」懷迪說。

「好。」

「那這一切是怎麼回事——這老雷伊為了某個我們現在還看不太出來的原因，臥薪嚐膽、忍氣吞聲整整策劃了十三年，在十三年後突然冒出來，以幹掉他女兒的方式來報復吉米．馬可斯？怎麼？你當我們是在演電影嗎？」

西恩乾笑了一聲。「那你想，誰可以來演你？」

懷迪用吸管猛吸他的汽水，吸得杯子都見底了，就剩冰塊在那邊讓他玩得簌簌響的。「嘿，我常常在想喔，這是很有可能的事哪。這案子一破，馬上就被拿去拍成什麼超級戰警啦、紐約魅警之類的狗屁電影。我就不相信你從來沒這樣想過。到時候你就等著看吧，哼，布萊恩．丹尼希一定極力爭取演出我這個角色。」

西恩低頭沉思片刻。「他來演你應該不會太離譜，」西恩終於說道，一邊懷疑自己以前怎麼從來不曾這樣聯想過。「你沒有他那麼高，老大，不過你確實有那種屌樣。」

懷迪點點頭，推開了面前的餐盤。「我覺得《六人行》那群娘娘腔裡頭隨便一個都可以來演你。你知道的嘛，就是那種每天早上都要花上一個小時剪鼻毛和修眉毛、每星期還要去給人家修一次腳趾甲的娘娘腔？沒錯，那裡頭隨便哪一個都行。」

「你忌妒心作祟。」

「可是，問題就在這裡，」懷迪說。「雷伊．哈里斯這條線實在說不太通。至於它的可能性呢，嗯，我給它六分。」

「滿分十分？」

「滿分一千分。好，咱們從頭推過一遍。雷伊．哈里斯出賣吉米．馬可斯。這事被馬可斯發現了，出獄之後就想辦法要做掉雷伊。沒想到這雷伊福大命大，竟讓他逃過一劫，之後就趕緊夾著尾巴躲到紐約去了，之後還在那裡找了份夠穩定的工作，讓他有辦法在接下來的十三年裡，按月寄五百塊大洋回家。然後，十三年後的某天早上，他一覺醒來，突然就決定了——『好，報仇的時間到了。』——然後便跳上巴士，回到這裡，開槍幹掉了凱瑟琳．馬可斯。等等，他這兩槍開得還不是挺乾脆的喔。我們在公園裡看到的那一幕，清清楚楚，可是變態狂怒下的犧牲品。然後咱們這老雷伊——我強調是真的老喔，他少說也有四十五歲了吧，一路追著她跑過了整個公園——之後他還能從從容容地帶著他的槍，跳上巴士揚長而去？紐約那邊你查過了嗎？」

西恩點點頭。「沒找到和他的社會安全碼相符的人，名下沒有信用卡，社會局的就業紀錄也沒有找到年齡相符的雷伊．哈里斯。紐約市警局也從來沒有抓到任何和他的指紋相符的犯人。」

「可你還是認為人就是他殺的。」

西恩搖搖頭。「不。我的意思是，我還沒有排除這個可能。我甚至還不能確定他是不是真的還活著。我只是覺得這不無可能。何況凶器很可能就是他的槍。我認為布蘭登知道一些事，而且我們根本找不到人可以證明案發當時他確實正在家裡睡大覺。我現在正指望那間牢房能鬆了他的口風。」

懷迪打了個響徹雲霄的大嗝。

「您真是風度翩翩啊，老大。」

懷迪聳聳肩。「事實就是，我們什麼也不能確定。我們不能確定十八年前搶了那家酒店的是不是真的就是雷伊．哈里斯。我們不能確定那把槍到底是不是他的。這些全都只是我們的臆測；勉強說是間接證據好了，就算上了法庭也照樣站不住腳。媽的，基本上地檢處那邊根本不可能找得到人願意接下這個案子。」

「說得也是，可是感覺很對。」

「感覺。」這時候，西恩背後的餐廳大門突然被人推開了，懷迪順勢看過去。「噢，天啊，白痴二人組來了。」

掃薩與康納利一人在前、一人在後地往他們的桌子這邊走來。

「你還說那沒什麼咧，包爾斯警官。」

懷迪把一隻手擱在耳後，抬頭看著掃薩。「你說什麼，小子？老人家聽力不好，你也是知道的。」

「我們查了從雷斯酒吧的停車場拖走的車的拖吊紀錄。」掃薩說。

「那個是波士頓警局的轄區，」懷迪回答，「我不是跟你講過了嗎？」

「我們找到一輛還沒有人出面認領的車。」

「所以呢？」

「我們打電話請管理員去替我們確認一下。他去看過後回來跟我們說，那輛車的後車箱裡不知道裝了什麼，正在漏東西。」

「漏什麼？」

「不知道，不過他說那味道讓人聞了就想吐。」

這是一輛雙彩的凱迪拉克，白色的車頂，深藍色的車身。懷迪彎腰站在乘客座一側的車門旁，兩手遮在眉心，緊貼著車窗往裡頭瞧。「我說啊，駕駛座車門上那條棕色的汙漬看起來相當可疑。」站在後車箱旁的康納利說：「天啊，你們聞到了沒有？這簡直跟他媽的沃拉斯敦河退潮時的河岸一樣臭嘛。」

懷迪繞到後車廂那邊，正好拖吊場的管理員拿來一根開鎖撬，遞給西恩。

西恩站到康納利身旁，示意他最好先閃到一邊，隨口又交代了一句：「用你的領帶。」

「什麼？」

「用你的領帶遮住口鼻，老兄。用你的領帶。」

「那你怎麼不用？」

懷迪指了指自己嘴唇上方那一片油油亮亮。「我們來的路上就先抹過凡士林了。不好意思啦，兩位，凡士林剛好都用完了。」

西恩把開鎖撬的末端對準了凱迪拉克後車箱鎖的鋼圈，順勢一卡，再用力往內推，直到鐵撬緊緊地扣住了鎖心。

「進去了嗎？」懷迪問道。「一試就成了嗎？」

「進去了。」西恩奮力往後一扳，把整副鎖從後車箱蓋上抽了出來，他匆匆瞄了一眼鎖心拔出來後留下的空洞，接著車箱蓋的門閂就喀喳一聲地鬆開了，整個車箱蓋隨而緩緩地彈了開來，那股退潮的惡臭倏地就讓另一股更可怕的味道取代了——像沼氣，又像另外還混合了煮熟的肉加上一大堆炒蛋一起在高溫下腐爛多日的惡臭。

「老天。」康納利用領帶緊緊地掩住臉，一連往後退了幾步。

懷迪說道：「有人要來一客肉片夾瑞士起司三明治嗎？」康納利臉色一下翻得更綠了。

掃薩倒還挺鎮靜的。他走到後車箱前，一手捏著鼻子說道：「這傢伙的臉呢？」

「那就是他的臉。」西恩答道。

男人的身體蜷曲成胎兒姿勢，趴在那裡，就一張臉還仰著，歪倒在一邊，頸子看來像是折斷了。他身上穿的西裝和皮鞋質料樣式看來都是高級貨，西恩根據男人還算完好的手和髮線推測他的年齡大概在五十歲上下。他注意到男人西裝背後有個洞，於是用手上的筆把外套挑了起來。底下的白襯衫上有一大片黃色的汗漬，西恩在襯衫上也找到了一個洞，就在上背部，傷口邊緣的一圈襯衫布料微微地陷進了肉裡。

「找到子彈穿出口了，老大。這絕對是槍傷。」西恩的目光在後車箱裡搜尋了一陣。「問題是彈殼不在這裡。」

懷迪轉身面對腳步已經有些不穩的康納利。「你現在馬上趕去雷斯酒吧的停車場。記得，一到現場就先通知波士頓警局，我他媽的沒那時間精力為了地盤的事跟他們瞎耗。就從血跡最密集的地方開始往外找。子彈很有可能還留在那附近。康納利，你聽清楚我的話了嗎？」

康納利點點頭，一邊掙扎著調整呼吸。

西恩說道：「子彈自胸腔下緣射穿胸骨，幾乎是命中要害。」

懷迪對著康納利繼續說道：「把蒐證小組和所有你調得到的州警隊員全都找去雷斯酒吧的停車場，但罩子放亮點，別把波士頓警局的人惹毛了。找到子彈後，聽好，你就親自把它護送回隊上的化驗室。」

西恩把頭探進後車箱裡，仔細地研究了一下那張血肉糢糊的臉。「傷口上沾有大量的沙礫。照這看來，兇手應該曾經抓著他的臉對著水泥地面猛撞，一直撞到他手酸了為止。」

懷迪一隻手搭上了康納利的肩膀。「跟波士頓警局說，他們可能需要派一整個兇殺組的人員到現場——蒐證小組、攝影師、執勤助理地方檢察官，還有法醫。告訴他們包爾斯警官要求一名能在現場驗出血型的技術人員到場。就這樣。去吧。」

康納利求之不得。他小跑步衝上車，以迅雷不急掩耳的速度發動引擎、換檔、調頭再甩尾，不到一分鐘便飛車衝出了拖吊場。

懷迪用掉一整捲底片，將車子外面四周都仔細拍照存證，然後對掃薩點點頭。掃薩隨即戴上一副手術用手套，用一根開鎖用鐵絲勾開了乘客座的車門。

「你有找到任何身分證件嗎？」懷迪問西恩。

西恩說道：「皮夾在他褲子後面的口袋裡。你先拍幾張照片，給我一點時間戴手套。」

懷迪走到車後來，對著屍體拍了幾張照片，然後把相機掛在脖子上，拿著他的筆記本，迅速地畫了一張現場草圖。

西恩從死者褲袋裡抽出一只皮夾，正要翻開查看的時候，前座便傳來了掃薩的聲音：「行照上面登記的名字是奧古斯特．拉森，地址是衛斯頓市沙松街三百二十三號。」

西恩低頭看了一眼手上的駕照。「同一個人沒錯。」

懷迪回頭看西恩。「他皮夾裡有沒有器官捐贈卡之類的東西？」

西恩把皮夾裡面的卡全部拿出來翻了一遍——信用卡、錄影帶出租店會員卡、健身俱樂部會員證、美國汽車駕駛協會會員卡，最後終於找到一張健保卡。西恩拿著健保卡，朝懷迪揮了揮手。

「血型：A。」

「掃薩，」懷迪喊道。「聯絡勤務中心。要他們通知線上所有警力協助追緝大衛．波以爾，地址是東白金漢彎月街十五號。白種男性、棕髮、藍眼、五呎十吋、一百六十五磅。據判嫌犯可能攜械並具相當的危險性。」

「攜械並危險？」西恩說道。「有這麼嚴重嗎，老大？」

懷迪答道：「你去跟我們這位後車箱小子說啊。」

波士頓警局總部離拖吊場只有八條街口，所以在康納利離開五分鐘後，大批來自市警局的警車便開進了拖吊場，後面則緊跟著一輛法醫處的箱型車、以及一輛蒐證小組的卡車。一看到市警局的大軍開到後，西恩即刻脫下手套，往後退了幾步。接下來的事就由市警局接手了。他們有問題要問他，可以；但除此之外，他可打算要拍拍手走人了。

第一個從那輛米黃色的福特維多利亞皇冠下車的凶殺組幹員是伯特．柯瑞根。他是和懷迪同一輩的老戰馬了，同樣也有過幾次失敗的婚姻和糟得不能再糟的飲食習慣。他和懷迪握手，打過招呼。他倆都是佛利酒吧週四夜的固定常客，而且還同屬一個飛鏢競賽聯盟。

伯特對著西恩說道：「罰單開過了沒？還是你想等到葬禮之後再開？」

「這個笑話點子不錯，」西恩應道。「最近是誰在替你寫劇本啊，伯特？」

伯特拍拍西恩肩膀，往車後走去。他朝後車箱裡一瞄，嗅了嗅，丟下一句：「挺難聞的。」

懷迪走到後車箱旁。「我們認為本案的第一現場是東白金漢雷斯酒吧的停車場，時間則是星期日凌晨。」

伯特點點頭。「我們星期一下午不是派過一組鑑識人員去那裡和你們會合過？」

懷迪點點頭。「同一個案子。你今天有再派人過去嗎？」

「有，就在幾分鐘前。應該是要跟一個叫康納利的州警碰頭，說是要找一顆彈頭是吧？」

「沒錯。」

「我剛剛也收到無線電通知了。你要求協尋一個傢伙對吧？」

「大衛．波以爾。」懷迪答道。

伯特湊近看了一下死者的臉。「我們需要你這邊所有關於本案的紀錄，懷迪。」

「沒問題。我會再多留一會兒，看看有沒有什麼需要我幫忙的地方。」

「你今天洗過澡了嗎？」

「一早就洗過了。」

「好吧。」他轉頭看著西恩。「那你呢？」

西恩說道：「剛扣了一個傢伙，還在等我回去問話。這裡就交給你們了。我先帶掃薩回隊上了。」

懷迪點點頭，陪西恩往車子那邊走去。「我們先用這些證據讓波以爾招了這個案子，說不定他就連馬可斯命案也一起招了。來個一石二鳥大滿貫。」

西恩說道：「相隔十條街的雙屍命案？」

「或許她從酒吧出來時正好撞見波以爾做掉這傢伙。」

西恩搖搖頭。「時間根本連不上嘛。如果這傢伙真的是大衛・波以爾幹掉的，那他就是在一點三十分到一點五十五分之間幹的。之後他還得再開過十條街，趕在一點四十五分的時候在雪梨街上堵到凱蒂・馬可斯的車。這怎麼可能。」

懷迪身子半倚在車上。「也是。這怎麼可能。」

「再說，你看到那傢伙背上的彈孔沒？蠻小的，怎麼看也不像是點三八手槍幹的。所以說，如果你問我的話：不同的槍，不同的凶手。」

懷迪點點頭，低頭瞅著自己的鞋子。「你還要回去再和那哈里斯小子幹一回合？」

「所有線索最後總是又繞回他老子的槍上頭。」

「去弄張他老子的檔案相片來？找人用電腦加個幾歲，弄張圖發出去，看看有沒有人看過他。」

掃薩這時也走近了，一把拉開乘客座的車門。「我跟你走嗎，西恩？」

西恩點點頭，轉身面對懷迪。「一定是件小事。」

「什麼小事？」

「某件被我們遺漏掉的小事。一定是某個微不足道的細節。只要讓我想到了，案子就可以破了。」

懷迪臉上泛開一抹微笑。「上一個沒讓你破了的凶殺案是多久以前的事，小子？」

西恩脫口而出。「愛琳・菲爾德。八個月前。」

「世上哪有百發百中這回事，」懷迪說道，一邊起身往凱迪拉克那邊走去。「懂我的意思嗎？」

布蘭登被關在拘留所裡的時間並不好過。他的身子看來愈發單薄，年紀甚至更小了，但他的眼底卻出現了一抹隱約的凶光，彷彿他在那間小牢房裡看到了一些他寧可永遠不必知道的事。但西恩事前還曾經特別關照過，要他們派給他一間空牢房，省得讓那些人渣毒蟲騷擾；因此西恩不了解到底是什麼事讓布蘭登身上發生了這些轉變，除非他真的非常害怕獨處。

「你父親人在哪裡？」西恩問。

布蘭登一逕低頭啃著指甲，聳聳肩。「紐約吧。」

「你們一直都沒見過面嗎？」

布蘭登換過一隻手指，繼續啃咬。「我六歲之後就沒見過了。」

「你殺了凱瑟琳．馬可斯嗎？」

布蘭登終於放下手，定定地瞪著西恩。

「回答我的問題。」

「沒有。」

「你父親的槍在哪裡？」

「我根本不知道我父親有槍。」

這回布蘭登的眼睛連眨都沒有眨一下。他瞪目緊盯著西恩的眼睛，完全不曾閃躲。他的眼底流露著某種頹然的疲倦、冷漠與殘酷。西恩首度感覺到可能潛伏在這孩子體內的暴力傾向。

小牢房裡到底發生過什麼事？

西恩問道：「為什麼你父親會想要殺死凱蒂．馬可斯？」

「我父親，」布蘭登說道，「沒有殺死任何人。」

「你知道些什麼，布蘭登。而且你不肯告訴我。我看這樣吧，咱們去看看測謊機現在有沒有人在用。我還有幾個問題想要問你。」

布蘭登回答：「我要跟律師談。」

「再等一下。咱們先——」

布蘭登重複了一次。「我要跟律師談。現在就要。」

西恩試著保持語調平穩。「行。你有認識的律師嗎？」

「我媽認識一個。我知道我有權利打一通電話。」

西恩說道：「聽著，布蘭登——」

「我現在就要打。」布蘭登說道。

西恩嘆了一口氣，把電話推到布蘭登面前。「先撥九。」

布蘭登的律師是個愛爾蘭裔的老蓋仙。他是那種打從救護車還是用馬在拖的時代，就已經跟在救護車後頭追著找客戶的那種律師。不過他在這一行打滾得也算夠久了，至少還知道西恩光憑沒有不在場證明一點並無權拘留布蘭登。

西恩說道：「你說我關他？」

「你把我的客戶關在牢房裡。」老傢伙說道。

「那牢房又沒上鎖，」西恩說道。「是那小子自己說想看看牢房長什麼樣的。」

那個律師露出一副對西恩竟然只扯得出這般蹩腳的謊話感到很失望的模樣，然後便帶著布蘭登頭也不回地走了。他們走後，西恩只是隨手翻讀了幾個檔案，卻發現自己根本看不進去。他合上檔案夾，往椅背一靠，閉上眼睛，腦海中浮現他夢中的蘿倫，以及他那不曾謀面的孩子。他可以聞到她們身上散發出來的淡淡幽香。他真的可以聞到。

西恩翻開他的皮夾，從裡面抽出一張上頭寫著蘿倫行動電話號碼的紙條。他把紙條放到桌上，輕輕地撫平紙上的摺痕。他從來就不想要小孩。有小孩除了在機場可以優先登機這點好處外，他實在是看不出其他好處。小孩子只會占據你全部的生活，讓你活在永無止境的恐懼與疲憊之中。有的人把生養小孩看做是上天的恩賜，談起他們的小孩的時候口氣還無比恭敬虔誠，拜拜禱告也不過如此。問題是，說穿了，大家可別忘了，每一個在路上超你的車、大搖大擺在街上橫行霸道、在酒吧裡叫囂、把音樂開得太大聲、搶你的錢、剝削你、賣你爛車的混蛋——這些渾蛋一個個也都曾經是個小孩子。小孩子不是奇蹟，更不是什麼神聖不可褻瀆的東西。

更何況，他甚至不確定孩子是不是他的。他沒去做親緣鑑定。他的自尊不允許他這麼做。去他媽的咧，叫人來幫我鑑定一下我是不是我老婆孩子的父親？世上還有比這更尊嚴掃地的事嗎？呃，對不起，可不可以麻煩你幫我抽點血驗驗看，呃，因為我老婆跟別人上床還搞大了肚子。

去他媽的，沒什麼好不承認的。沒錯，他是想念她。沒錯，他還是愛她。而且，沒錯，他是夢到抱著他的孩子。那又怎樣？蘿倫背叛了他，丟下他，還在離家出走的期間裡生下那個孩子；而就算事已至此，她也從來沒有道過歉。她從來沒有說過一句，西恩，我錯了，我很抱歉傷了你的心。

那西恩有沒有傷了她的心呢？有，當然有。當他第一次發現蘿倫有外遇時，他幾乎就要動手了，只是在最後一刻終究還是克制住自己的拳頭，硬生生把它收回褲袋裡。可是蘿倫已經看到他臉上那種猙獰的惡意了。還有他脫口而出的那些難聽話。天啊。

但是，他的憤怒，他將她拒於千里之外都是正常反應。他才是受害最深的人。不是她。是嗎？他又用幾秒鐘的時間再次確定了一遍：是的。

他將紙條收回皮夾裡，再度閉上眼睛，坐在椅子上陷入了自己的思緒裡。走廊上的腳步聲猛地將他拉回現實中；他睜開眼睛，正好看到懷迪旋風似地走進了辦公室。西恩在聞到他身上的撲鼻酒氣前，就已經在他眼底看見濃濃的酒意了。懷迪跌坐進他的椅子裡，兩腳往桌上一放，正好踢到康納利下午拿過來的那箱零星證物。

「媽的，真是漫長的一天。」懷迪說。

「找到人了嗎？」

「波以爾？」懷迪搖搖頭。「沒有。房東說他大概是三點左右出的門，之後就沒回去過了。他還說他也好一陣子沒聽到他老婆小孩的動靜了。我們也打電話去他上班的地方問過了。他輪的是星期三到星期日的班，所以那邊也沒他的消息。」懷迪打了個嗝。「他遲早會出現的。」

「子彈的事有著落嗎？」

「我們在雷斯酒吧停車場裡找到一顆。問題是，子彈打穿過那傢伙後又打到一根鐵柱。彈道分析室的人說，他們還不能確定是不是比對得出來。」懷迪聳聳肩。「哈里斯那小子呢？」

「終於還是搬出律師牌啦。」

「是喔？」

西恩踱到懷迪桌旁，拿起證物箱裡的東西一樣一樣地看過。「沒有腳印，」西恩說道。「檔案裡也找不到指紋紀錄。凶槍上回出現是在十八年前的一樁搶案裡。媽的，這脅他媽的到底是怎麼回事啊？」他把彈道分析報告丟回紙箱裡。「唯一沒有不在場證明的人卻是我唯一不懷疑的人。」

「回家去吧，」懷迪說道。「我說真的。」

「好啦，好啦。」西恩從箱子裡拿起那捲九一一的報案電話錄音帶。

「那是什麼？」懷迪問。

「史努比狗狗的最新專輯。」

「我以為他死了。」

「死的是吐派克。」

「誰記得這些事啊。」

西恩把錄音帶放進他桌上的錄音機裡，然後按下「開始」鍵。

「九一一報案中心。」

懷迪拿了條橡皮筋往吊扇射過去。

「有一輛車，嗯，裡頭都是血，門還開開的，還有，嗯——」

「車子現在停在哪裡？」

「在平頂區。就在州監公園附近。我和我朋友一起看到的。」

「有沒有詳細地址？」

懷迪用拳頭半遮著嘴，打了一個哈欠，伸手又拿了另一條橡皮筋。西恩站起來伸了個懶腰，心裡一邊盤算著他冰箱裡還有什麼可以拿來當晚餐。

「雪梨街。裡頭都是血，門還開開的。」

「你叫什麼名字，小朋友？」

「他想知道她的名字。還叫我『小朋友』。」

「小朋友？我是問你的名字。你叫什麼名字？」

「媽的嚇死人了，我們要走了，你們趕快派人來就對了。」

然後電話就掛掉了。錄音機接著傳來接線生聯絡中央勤務中心的通話聲。西恩掉了錄音機。

「我還以為吐派克比較強調節奏咧。」懷迪說。

「那是史努比狗狗。剛剛才跟你講過的。」

懷迪又打了個哈欠。「回家去吧，小子。」

西恩點點頭，把錄音帶從錄音機裡抽了出來。他把卡帶放回盒子裡，然後把錄音帶丟越過懷迪頭頂，掉進那只證物箱裡。他從他桌子的第一個抽屜拿出他的葛拉克手槍與槍套，再把槍套扣在皮帶上。

「她的。」西恩說道。

「什麼？」懷迪轉頭看著他。

錄音帶裡那個小鬼。他說，『她的名字』，『他想知道她的名字』。」

「有什麼不對嗎，」懷迪說道。「死掉的是個女孩子，當然要用『她』啊。」

「問題是他怎麼知道？」

「誰？」

「打電話的那個小鬼。他怎麼知道車子裡的血是女人的血？」

懷迪把腳從桌上放下來，注視著那只箱子。他手一探，拿出那捲錄音帶，然後將錄音帶拋給西恩。西恩接住了。

「再放來聽一次。」懷迪說道。

26 消失

大衛和威爾開車穿越市區，過了神祕河，來到位於卻爾西區的一家小酒吧。這裡的啤酒便宜又冰涼夠勁，客人也不多，只有幾個看來已經在碼頭討了一輩子生活的酒吧常客，還有四個建築工人模樣的傢伙，在那邊熱切地討論著一個名叫貝蒂，顯然有著一副好奶子而脾氣卻不怎麼樣的小馬子。酒吧就偎在托賓橋下一個隱密的角落裡，屋後緊濱神祕河，看來彷彿已經在那裡好幾十年了。店裡所有客人都認識威爾，也都跟他打過了招呼。老闆名叫修伊，骨瘦如柴，頂著一頭黑得不能再黑的黑髮，膚色卻慘白如紙；他也是店裡的酒保，二話不說就請了他們兩輪的酒。

大衛和威爾玩了一會兒撞球，然後便捧著一壺啤酒和兩杯威士忌，找了張桌子坐下了。酒吧臨街一邊的牆上開了幾扇方形小窗，不久前的金黃這會卻已經讓愈發加深的靛藍給取代了；夜色以迅雷不及掩耳的速度悄然來襲，大衛甚至有點像是被欺負了的感覺。花點時間認識後，威爾其實還算是個滿好相處的人。他有一肚子關於監獄和作案失風的故事可以說，其中有些人物情節其實還挺嚇人的，但威爾總有辦法把它們說得輕鬆好笑。大衛不住納悶起來，像威爾這樣一個天不怕地不怕、自信滿滿的人，竟然配上了一副五短身材，不知道他自己對這樣矛盾的搭配又做何感想呢。

「有一次，嗯，那是好久以前的事了。那時吉米剛讓條子抓去關，而我們一夥人還沒搞清楚狀況，還想靠自己闖下去——媽的，我們那時根本還沒覺悟到，我們之所以還配稱賊，靠的就是吉米那顆腦袋。我們只管聽命行事，他反正都會幫我們把一切都計劃好。沒了他，我們根本只是一群白痴。

總之，我們那次是搶了個郵票收藏交易商。好啦，是輕鬆得手啦，於是我們就把那傢伙綁一綁，丟在他的辦公室裡，我和我弟弟尼克還有一個叫做卡森・拉佛瑞的白痴——那小子白痴得厲害，你要是不示範給他看，他就連他媽的鞋帶都不會綁——總之我們三個人就從從容容地搭了電梯下樓，想說一切還挺順利的嘛，我們全都穿著西裝，模樣都還挺稱頭的，應該不會被懷疑。結果呢，電梯門突然開了，一個女士一走進來就倒抽了一大口氣。動作超誇張的。我們根本不知道這到底是怎麼回事。我們看起來不都很稱頭、很像守法的優良公民嗎？我轉頭看著尼克，而尼克則睜大了眼睛看著那卡森・拉佛瑞——你猜怎樣？那個肏他媽的大智障竟然還戴著面具！」威爾用力拍了一下桌子，顧自笑得樂不可支。「你能相信嗎？他就這樣戴了個雷根面具一路走進電梯！你知道那種面具吧，以前流行過一陣的，就咱們雷根總統咧嘴笑得很開心的那種橡膠面具。那白痴竟然還戴著它！」

「你們難道都沒注意到嗎？」

「沒錯，這就講到重點啦，」威爾說道。「我們一得手，一走出那間辦公室，我和尼克就把面具摘下來了，誰會想到那白痴竟然連這個都要人教。這類鳥事簡直防不勝防。因為你又緊張又蠢，一心只想趕快得手閃人，於是你常常就會忽略掉一些很明顯的細節。事情就在你眼前瞪著你看，而你卻視而不見。」他咯咯乾笑幾聲，仰頭乾掉了自己那杯威士忌。「所以我們才會那麼想念吉米。他事先就會設想過一切情況、注意到一切細節。人家不是說，一個好的四分衛，要能掌握美式足球場上一切動靜嗎？沒錯，吉米就像那樣。他看得到所有細節、所有可能會出差錯的小地方。那傢伙是個肏他媽的天才！」

「但是他洗手不幹了。」

「沒錯，」威爾說著點燃了一根菸。「為了凱蒂。後來又為了安娜貝絲。欸，這事你聽著就好，不要再說出去了：我覺得他根本不是真的想這樣做。可是你又能怎麼樣呢？有時候人就是得長大。我第一任老婆就是這樣說我的——她說我的問題就在於我拒絕長大。可太陽總得下山真正的樂子才能開始嘛。白天原本就該用來睡覺啊。」

「我一直以為那感覺起來應該會很不一樣。」大衛說道。

「什麼？」

「長大。感覺起來應該會很不一樣吧？你感覺自己長大了，是個真正的男人了。」

「你沒有這種感覺嗎？」

大衛淺淺地笑了。「有時候吧。一陣一陣的。但老實說，大部分的時候，我真的覺得自己的感覺和十八歲的時候根本沒啥差別。我常常一早睜開眼睛，突然想到自己竟然已經是有老婆有小孩的人了，一下子還反應不過來，簡直不敢相信。媽的，這是什麼時候發生的事啊？」大衛感覺自己的舌頭因為酒精而變得有些不聽使喚，而他的頭則因為胃裡一片空而有些輕飄飄的。他感覺自己有必要解釋，好讓威爾多了解自己一點，多喜歡自己一點。「我想，我一直都以為，那種長大的感覺應該是一來就不會再走的才對。你知道我在說什麼嗎？嗯，就是呢，有一天你一早醒來後突然就感覺自己長大了。感覺自己就像那些五、六〇年代的電視影集裡頭那種父親一樣，那種一家之主的感覺。」

「比如說瓦德．克利佛嗎？」威爾說道。

「沒錯。或者甚至是那些電視上的警長，有沒有，就是詹姆士．阿尼斯之類的人物。他們是男人。永遠的男人。」

威爾點點頭，又喝了一口啤酒。「以前在監獄裡曾經有個傢伙跟我說過一句話。他說：『快樂總是一陣一陣的來，來了然後又走了。下回再來可能是好幾年後的事了。而悲傷呢』——威爾眨了眨眼睛——「『悲傷來了就不會走了。』」他熄掉手上的菸。「我還蠻喜歡那傢伙的。他常常會說一些這種還蠻有些道理的話。欸，我要再去弄杯威士忌來。你呢？」威爾站了起來。

大衛搖搖頭。「我等這杯喝完再說吧。」

「欸，爭氣點嘛，」威爾說道。「人生苦短哪。」

大衛看著威爾那張五官擠成一團的笑臉，說道：「呃，好吧。」

「這才像話嘛。」威爾拍拍他的肩膀，然後轉身往吧檯走去。

大衛看著他站在吧檯前，一邊等酒一邊和其中一個碼頭工人聊天。大衛暗自忖度著，這裡放眼望去的每個人都知道當一個男人是什麼滋味。真正的男人。沒有任何疑慮，從來不曾懷疑自己的所作所為、從來不曾對這世界感到困惑、從來不曾看不清自己角色任務的真正的男人。

應該是恐懼吧，他猜想。他和他們之間最大的差別應該就是恐懼造成的吧。恐懼在他還很小很小的時候就在他心裡生了根，就像威爾那個獄友形容的悲傷那樣，來了就永遠不會走了。恐懼在大衛心裡落了地、生了根，從此不曾離開；於是他害怕一切。他害怕犯錯、害怕搞砸一切、害怕自己不夠聰明、害怕自己不是好丈夫好父親、害怕自己不是個像樣的男人。這麼多年下來，恐懼幾乎已經成了他的一部分，他幾乎已經記不得沒有恐懼的日子是什麼滋味了。

酒吧的門突然被推開了。外頭正好有車經過，白晃晃的車燈倏地映在大衛臉上；他連眨了幾下眼睛，還是只能依稀辨出剛走進門來的那個男人逆光的身影。男人骨架粗大，看似穿了一件皮夾克。他的模樣有點像吉米，不過卻壯了些、肩膀也寬了些厚了些。

事實上那確實是吉米。門再度被關上，酒吧裡也再度恢復原先的幽暗後，大衛才終於看清楚了。那確實是吉米，穿著一件深色套頭毛衣和卡其褲，外頭還罩著一件黑色皮夾克的吉米；他朝著大衛點點頭，然後往吧檯前的威爾走去。他湊過身子，在威爾耳邊說了些什麼，而威爾則回頭瞄了大衛一眼，調過頭去又跟吉米說了些什麼。

大衛突然感到一陣頭暈。應該是他空蕩蕩的胃裡的酒精在作祟吧，他很確定。不過這突如其來的感覺卻似乎又跟吉米脫不了關係——他朝他點頭的模樣，還有他那張面無表情，底下卻彷彿又暗藏著某種斷然神情的臉。還有，他是怎麼回事？看來像是在一夜之間多了十磅體重似的？明天就是他女兒的守靈夜了，他還大老遠跑來卻爾西這邊做什麼？

吉米朝桌子這邊走了過來，坐進了威爾離座前的老位子，與大衛隔桌相望。他說道：「還好吧？」

「有點醉了，」大衛承認道。「你最近是不是長胖了？」

吉米丟給他一抹詭異的微笑。「沒的事。」

「你看起來變壯了。」

吉米聳聳肩。

「你怎麼會來這裡？」大衛問道。

「這裡我常來。我和威爾和修伊是很多年的老朋友了。你就把那杯威士忌給乾了吧，別一直放著。」

大衛舉起桌上的杯子。「我實在是已經有點不行了。」

「不行就讓他不行啊，」吉米說道，而大衛這時才注意到吉米手中也拿了一杯酒。他舉杯，輕輕碰了一下大衛的杯緣。「敬我們的孩子。」吉米說道。

「敬我們的孩子。」大衛掙扎著應和了一句。他這下真的感覺全身不太對勁了。他感覺自己彷彿在朦朧中讓人硬生生從白天拉進夜裡，再滑送進夢中，而夢中所有人的面孔都離他太近，聲音卻遙遠而模糊、像從地底的下水道傳上來的似的。

大衛將手中那杯威士忌一飲而盡，喉頭猛然湧上來的燒灼感讓他臉上不禁一陣扭曲。這時威爾也回來了，他滑進大衛身旁的座位，一手搭上他的肩膀，直接從壺緣啜飲了一口啤酒。「欸，我一直都很喜歡這個地方。」

「這是家好酒吧，」吉米說道。「沒人會來煩你。」

「這點倒是挺重要的，」威爾說道，「各人過各人的，誰也不要去煩誰。誰也不要去搞誰的家人愛人和朋友。你說我說得對不對啊，大衛？」

大衛說道：「千真萬確。」

「這傢伙果然上道，」威爾說道。「真是個他媽的好酒伴。」

吉米說道：「是喔？」

「是啊，當然是啊，」威爾說道，然後在大衛肩上狠狠捏了幾下。「好傢伙，大衛。」

瑟萊絲坐在汽車旅館的床緣，而麥可則在一旁看電視看得起勁。她動也不動地坐在那裡，腿上放著電話，一手緊緊地壓在話筒上。

她和麥可在旅館的小游泳池畔那幾張鏽痕斑斑的涼椅上坐了一整個黃昏。在那段期間，她漸漸感覺自己空洞、虛弱而渺小，她感覺自己彷彿可以從半空中俯視著下頭的自己，那個看來孤單愚蠢而——是的——不忠的她。

她的丈夫。她背叛了她的丈夫。

也許大衛真的殺了凱蒂。也許。但她怎麼會、她到底是怎麼想的，竟然會去找吉米，偏偏就是找上了吉米，把發生過的一切都告訴了他呢？為什麼她不再多等些時候、再多花點時間把事情想清楚呢？為什麼她沒考慮過其他的選擇呢？因為她害怕大衛？

但她過去幾天來看到的那個大衛並不是真的大衛。那是被巨大的壓力壓迫得變了形的大衛。也許凱蒂根本不是他殺的。也許。

重點是，她至少應該給他機會，讓時間去澄清或證明一切。她應該再給他、再給自己一點時間的。在這段等待的時間內，她或許暫時無法再跟大衛共處一室，她不能讓麥可也跟著冒這個險；但她現在知道了，她該去找警察的，她怎麼也不該找上了吉米．馬可斯。

難道她潛意識裡就是想傷害大衛嗎？難道當她看著吉米的眼睛、告訴他她的懷疑時，她心底其實還藏有別的期待嗎？如果是這樣，那又是什麼樣的期待？茫茫人海中，她為什麼偏偏挑上了吉米？

這問題有太多可能的答案，而她一個也無法面對。她終於下定決心，舉起話筒，撥通了吉米家的電話。她兩手不住猛烈地顫抖著。誰都好，求求你，求求你快接起電話吧。求求你。

吉米臉上的微笑愈發叫人捉摸不定了，一會上一會下，一會這邊一會又跑到那邊去了。大衛於是試著把焦點對準在他身後的吧檯上，但吧檯這會竟也搖晃了起來，彷彿這整間酒吧都讓人移到了船上，而下頭卻是風雨飄搖中的大海。

「記得我們把雷伊．哈里斯也帶來這裡那回嗎？」威爾說道。

「當然，」吉米說道。「咱們的好兄弟老雷伊。」

「這雷伊啊，」威爾說道，一邊猛然拍了一下大衛面前的桌子。「真是個屌他媽有意思的老傢伙。」

「沒錯，」吉米淡淡地說道。「雷伊說故事挺有一套的。老是能把人逗得哈哈大笑。」

「外頭的人都叫他『就是雷伊』，」威爾說道，而大衛還正掙扎著試圖想起他們說的到底是誰。

「但是我都叫他『叮噹雷伊』。」

吉米彈了一下手指，指著威爾說道：「沒錯沒錯。因為他口袋裡老是裝了一堆銅板。」

威爾朝著大衛傾過身子，在他耳邊說道：「這傢伙呀，褲子口袋裡隨時都裝了少說十塊的零錢。

沒人知道為什麼。總之他就是隨時隨地都帶了這麼一把零錢在身上，以免他臨時想要打電話去利比亞還是什麼鳥不生蛋的鬼地方吧，我猜。媽的，誰知道呢？反正他整天就是裝了那兩大褲袋的銅板到處跑，兩手還不時伸到裡頭攪和，一路叮叮噹噹響得可起勁了。拜託，這傢伙是個賊哪，搞了那堆銅板在口袋裡簡直是在說『嘿，小心囉，小毛賊雷伊來囉！』不過還好，真正有活要幹的時候，他倒還知道要把銅板留在家裡。」威爾嘆了口氣。「那傢伙真是有意思。」

威爾移開掛在大衛肩膀上的手，又點了一根菸。裊裊升起的白煙爬上了大衛的臉，他感覺白煙在他頰骨上爬竄，又鑽進了他的髮間。隔著霧濛濛的白煙，他看到吉米正以那種斷然而空白的眼神注視著他。他在吉米眼底看到了某種熟悉的神情，某種他從來就不曾喜歡過的神情。

那是條子的眼神，他突然了解到。包爾斯警官。他的眼神總是帶著那種窺探的意圖，企圖想看穿他，想看進他的腦海裡。那抹流竄的微笑突然又回到吉米的臉上了，像艘小艇似地，忽起忽伏，大衛感覺自己那個空晃晃的胃似乎也跟著彈跳晃動了起來，彷彿也在海上。

他連連嚥下好幾口口水，然後用嘴巴深深地吸進一大口氣。

「你還好吧？」威爾問道。

大衛舉起一隻手。只要所有人暫時都閉嘴不要說話我就沒事了。「嗯。」

「你確定嗎？」吉米說道。「你臉色都發青了哪。」

胃裡那股酸液倏地隨著一陣痙攣往上衝，他感覺自己的喉頭瞬間跟著鎖住，接著又驀然大張，無數汗珠霎時自他額上的毛細孔裡竄出來。「媽的。」

「大衛。」

「我不行了，」他說道，感覺又一股酸液正蓄勢待發。「真的。」

威爾說道：「好、好，」然後便溜下座位，讓路給大衛。「從後門出去。修伊不喜歡人家把馬桶吐得亂七八糟的。知道嗎？」

大衛跌跌撞撞地下了桌，威爾一把揪住他的肩膀，扭了個方向，引導他看清楚撞球桌後方的那扇門。

大衛往門那邊摸去，一路掙扎著踏穩腳步，左腳然後右腳，左腳然後右腳；但門卻依然像長了腳似地，忽而在左忽而在右的。那是一扇不起眼的深色木門，橡木上頭原本漆了黑色的油漆，卻早已讓歲月撞出了不少滄桑坑疤。大衛突然感覺室內躁熱不堪。他一路搖搖晃晃地往後門摸去，這一屋子濕黏濃濁的熱氣便一邊不停地朝他襲來；終於，他摸到了黃銅門把，冰涼的金屬為他帶來些許慰藉。他轉動門把，推開了門。

第一個映入他眼簾的東西是雜草，然後是河水。他勉強往前踏了幾步，一時無法適應眼前這片無盡的黑暗；然後，幾乎像是事先安排好的似地，門上的一盞小燈突然亮了，昏黃的燈光悠悠地照亮了他腳下一塊裂痕斑斑的瀝青地。他聽到從頭頂上空的托賓橋不斷傳來隆隆的車聲與喇叭聲，突然間，那陣噁心欲吐的感覺消失了。或許他沒有自己想得那麼不舒服吧。他深深吸進一口冰涼的夜間空氣，舉目四望。在他左手邊的空地上，有人在那裡堆了幾落已經腐爛得差不多了的木板和幾只生鏽的捕蝦籠；其中幾只籠上還有著好些猙獰的大洞，彷彿像曾遭到鯊魚攻擊過似的。大衛有些納悶，在離出海口這麼遠的河岸上怎麼會出現捕蝦籠，但他隨即決定憑自己這顆醉醺醺的腦袋根本不可能想出個所以然來。木板堆再過去不遠處則是一道鐵絲網牆，生鏽的程度幾乎和補蝦籠不相上下，一格格的鋼網倒成了野草攀爬蔓生的天堂。至於他的右手邊則是一大片長得比人還高的雜草，沿著那條破舊龜裂的礫石道足足蔓延了有二十碼之遠。

大衛的胃部再度傳來一陣痙攣，這最新一波上湧的酸液來勢洶洶，剎那間便翻湧上了他的喉頭。他跌跌撞撞地往河邊衝，還來不及站穩腳步，他胃裡那些積壓了一天的恐懼、雪碧與啤酒便一股腦地衝口而出，嘩嘩地潑進了油膩膩的河水裡。全都是液體。他胃裡除了這些液體便別無他物了。他甚至不記得自己上次進食是什麼時候的事。但在這些發酸的液體終於離開他的身體，落進水面後，他便感覺好多了。他感覺向晚漸深的涼意竄上了他的髮際。一陣輕柔的微風自河面升起，徐徐往岸邊飄拂過來。他跪在那裡，等著下一波痙攣來襲；但他其實知道大概就是這樣了。他感覺自己體內一切穢物都已然被他排出體外。

他抬頭看著漆黑的橋底。橋上一片車水馬龍，有人要出城，有人要進城，但所有人卻是一致的行色匆匆、一色的焦躁不耐。也許他們或多或少都明白，自己就算披荊斬棘趕回到家裡，家裡也未必能讓他們覺得好過些。他們其中半數的人回到家後注定還是得出門——或許是去超級市場買樣先前漏買了的東西，或許是去酒吧、去錄影帶出租店、去餐廳外頭再度加入人龍排那永遠也排不完的隊。而這一切究竟是為了什麼？排隊是為了什麼？我們到底在期待些什麼？期待要往哪裡去？為什麼我們到了目的地後，卻又總是無法如先前預期般地快樂滿足呢？

大衛注意到他右手的岸邊停放著一艘附有舷外馬達的小船。小船讓人綁在一塊狹小寒酸得實在沒有資格稱作碼頭的破舊木板上。應該是修伊的船吧，他想，突然又讓腦中浮起的畫面逗彎了嘴角——頂著一頭漆黑的亂髮，瘦得活像具骷髏似的修伊駕著這艘小船，在油膩膩的河水上載浮載沉。

他舉目四望，再度回頭觀察了一下那幾疊木板與叢生的雜草。難怪失態酒客會選擇出來這裡嘔吐。這是個完全與世隔絕的角落。除非拿著雙筒望遠鏡站在河對岸，否則從其他方向根本無從窺見這裡的動靜。這裡並且還靜得出奇。橋上隆隆的車聲遙遠而模糊，齊人高的雜草過濾掉一切多餘聲響，只剩海鷗的嘎嘎哀鳴與淙淙的水聲。如果修伊夠聰明的話，就該把握時機，把店後這片臨水的空地整理一下，找木匠蓋個露台，定叫近來紛紛入駐艾米羅丘的雅痞們趨之若鶩——雅痞大軍一旦攻陷東白金漢後，卻爾西區顯然將會是他們下一個目標。

大衛又連吐了幾口痰，然後用手背抹了抹嘴角。他挺腰站直了，決定待會要跟吉米與威爾說清楚，他一定得先吃點東西才能再繼續喝下去。他並不挑嘴，只要是能先墊墊肚子的東西都行。他一轉身，卻看到他們就站在那扇黑木門前，威爾在左、吉米在右，兩人身後的門倒緊緊關上了。他倆的表情看來實在有些好笑，大衛心想，像兩個按地址送來一車家具的工人，一下卻讓眼前這片蔓生的草叢搞糊塗了，不知道該把東西卸到哪裡去。

大衛說道：「嘿，你們兩個是怕我栽進河裡去了，特地出來看的是吧？」

吉米舉步朝他走來，門上那盞小燈突然間又熄掉了。吉米的身影一下消失在黑暗中，只剩從橋上拋下來的燈光偶爾還會映在他臉上。他緩緩前進的身影就這樣一路在光與影中進出穿梭。

「讓我來跟你說說雷伊．哈里斯的事吧。」吉米說道。他的聲音低沉柔緩，大衛不禁往前傾過身子。「雷伊．哈里斯是我的好兄弟，大衛。我坐牢的時候他不時會來探監。他甚至常常會去探望瑪麗塔、凱蒂和我的母親，看看她們有沒有什麼需要他幫忙的地方。他這麼做是想要讓我把他當作朋友，但真正的原因卻是罪惡感。他捅漏子讓條子逮去了，卻出賣我以求自保。所以他有罪惡感。他覺得很對不起我。但就在他不時來探監幾個月後，一件很奇怪的事情卻發生了。」吉米在大衛面前停下腳步，下巴微微揚起，定定地瞅著大衛的臉瞧。「我發現我喜歡雷伊。我發現自己真心喜歡他的陪伴。我們什麼都能聊，我們聊棒球、聊足球、聊上帝、聊書、聊我們的妻子家人、聊政治，只要你說得上來的我們都能聊。雷伊就是那種什麼都能聊的傢伙。他對什麼事情都有興趣，真正的興趣。這真的很少見。然後瑪麗塔就死了。你知道嗎，她死了，而他們不過就派了個獄卒進到我牢房裡，丟下一句：『嘿，某某號囚犯，很抱歉，你太太昨天晚上八點十五分的時候過世了。她死啦。』——可是你知道嗎，大衛，你知道關於她的死真正讓我痛不欲生的是哪一點嗎？那就是她不得不一個人孤伶伶地走。我知道你心裡一定在想：誰不是一個人孤伶伶地走啊。話說得沒錯。在你真正嚥氣的那一剎那，沒錯，你是一個人沒錯，那一程誰也陪不了你。但我的妻子得了皮膚癌。她花了六個月的時間慢慢地死去。而我原本該在她身邊陪著她的。這一程我還能陪著她走。陪著她慢慢死去。結果我卻不在她身邊。雷伊，一個我還滿喜歡的傢伙，從我和我妻子身上奪走了這一切。」

大衛在吉米的瞳仁中看到一彎讓橋上燈光映亮了的墨藍色河水。他說道：「你為什麼要跟我說這些事呢，吉米？」

吉米舉起一隻手臂，指著大衛左後方的河岸。「我讓雷伊跪在那裡，然後我對著他開了兩槍。一槍在胸部，一槍在喉嚨。」

威爾這時也緩緩踱離那扇門，朝大衛左側走來。大衛感覺自己喉頭一緊，全身血液霎時全都凍結住了。

大衛說道：「嘿，吉米，我不知道——」

吉米說道：「雷伊苦苦哀求。他說我們是朋友。他說他有兒子。他說他有妻子。他說他妻子還懷有身孕。他說他願意搬走。他說他永遠不會再來打擾我。他求我讓他活下去、求我讓他看到他第二個小孩出生。他說他認識我，他知道我是好人，他說他知道我並不想這麼做。」吉米抬頭仰望橋底。「我想回答他。我想告訴他我愛我的妻子，而她卻死了，而我認為他應該要負責。我還想告訴他，他早該知道，在道上混若還想長命百歲，就不該出賣自己的朋友。但我什麼也沒跟他說，大衛。我什麼也沒說。我當時淚流滿面，什麼話也說不出口。是的，當時的情況就是這麼的可悲可笑。他哭了，我也哭了。我哭得幾乎看不清他的臉。」

「那你為什麼還要殺他？」大衛說道。他的聲音中明顯帶著熱切的渴望與絕望。

「我剛剛已經說過了，」吉米說道，彷彿他正試著把道理解釋給一個四歲的幼童聽似地。「這是原則問題。我是一個二十二歲的鰥夫，還帶著一個五歲的女兒。我錯過了我妻子生命中最後兩年的歲月。而㑳他媽的雷伊，他㑳他媽的早該知道混我們這行的基本原則。你絕對不能出賣你的朋友。」

大衛說道：「你認為我做了什麼事，吉米？告訴我你認為我做了什麼事。」

「當我殺死雷伊的時候，」吉米說道，「我覺得，我不知道，我覺得我好像不是我自己。我覺得當我在他身上綁了水泥磚、然後再推進河裡去的時候，上帝也正在看著我。而祂也只是搖搖頭。祂只是無奈地搖著頭，並不真的感到生氣。祂只是很厭惡我所做的事，但卻不真的感到意外，我猜吧，大約就像是你看到小狗在你的地毯上撒了泡尿時的感覺。我當時就站在你背後這個位置，眼睜睜看著雷伊慢慢地沉到水底去。他的身體先沉下去，然後才是他的頭。然後我就想起我小的時候。我小時候曾經以為，如果你潛到水底，碰到了底後再繼續往下鑽，你的頭就會鑽進太空裡。你懂我的意思嗎？我小時候想像中的地球就是這個模樣的。所以說，我想像自己一頭栽進太空中，身旁盡是黑濛濛的天空和一堆星星，然後我整個身體就會不停地往下沉。我想像自己飄浮在太空中，在那片漆黑寒冷的空間中飄浮遊蕩了一百萬年。當雷伊的頭終於消失在水面上時，我心裡想的就是這件事。我想像他會這樣不停往下沉，直到他終於掉進地心，在地心的太空中流浪一百萬年。」

大衛說到：「我知道你是怎麼想的，吉米，但是你想錯了。你以為我殺了凱蒂，對不對？你是不是這樣想的？」

吉米說道：「不要講話，大衛。」

「不、不、不，」大衛說道，赫然注意到威爾手中拿著一把槍。「我跟凱蒂的死毫無關係。」

他們打算要殺我，大衛終於明白了。喔，老天，不要。這是一件你必須要有機會先做好心理準備的事。你不該只是走出一間酒吧，到河邊嘔吐，回過頭來卻發現這就是你生命的盡頭。不，我該有機會回家去的。我該要有機會去和瑟萊絲坦承一切，重新把日子好好過下去的。我該要有機會吃下我剛剛計劃要吃的那餐的。

吉米一手往外套裡伸去，摸出了一把刀。他的手微微地顫抖著，將刀鋒彈了開來。他的上唇和他的下巴也都不住地顫抖著，大衛了解到。所以說一切還有希望。不，不要讓你的腦子僵住了。一切還有希望。

「凱蒂被殺死的那個晚上，你半夜回到家裡的時候渾身是血，大衛。你編了兩套不同的故事解釋你手上的淤青。凱蒂離開雷斯酒吧前後，有人在那裡看到你的車。你跟條子撒謊了，你跟所有人都撒謊了。」

「看著我，吉米。求求你看著我。」

吉米的目光依然定定地落在地上。

「吉米，我那晚身上都是血，沒錯。但那是因為我痛扁了某人一頓，吉米。狠狠地痛扁了一頓。」

「你是說那個搶匪，是吧？」吉米說道。

「不。不是搶匪。是一個戀童癖的人渣。他正在車裡和一個孩子亂來。他是吸血鬼。他正在對那個孩子下毒。」

「喔，好，我懂了，不是搶匪，是一個，呃，一個戀童癖的人渣。當然了，大衛，當然。所以說，怎麼，你把那個人渣幹掉了嗎？」

「是的。嗯，我……我，還有男孩。」

大衛不知道自己為什麼要這麼說。他從來不曾跟任何人提過那個狼口逃生的男孩的事。你不該說的。說了也沒人能了解的。也許是因為恐懼吧。也許他只是想讓吉米看到他的內心，想讓他了解到，是的，他心裡頭是一團亂，但睜開眼看清楚我，吉米。你會看到的。你會明白我絕對不是那種能對無辜者下得了手的人。

「呃，好，所以說你和車子裡的男孩——」

「不。」大衛說道。

「不？剛剛是你自己說你和那男孩——」

「不，不是這樣的。算了。我的腦袋有時候就是會這樣亂得連話都說不清楚。我說——」

「好，」吉米說道。「所以說你幹掉了一個戀童癖的人渣。而這事你願意告訴我，卻不願意告訴你自己的老婆？我還以為你第一個一定就是找她說呢，大衛。尤其是昨晚，當她告訴你她根本不相信那套搶匪的故事之後。我的意思是說，你有什麼理由好不跟她說的呢？誰會在意一個有戀童癖的人渣被幹掉了呢，大衛？你老婆以為你殺了我的女兒哪。而你現在是想要我相信，你寧可讓她這樣想，也不願意讓她知道你幹掉了一個有戀童癖的人渣？這事你可得好好跟我解釋一下了，大衛。」

大衛很想告訴他，我殺了他是因為我害怕我會變成他。如果我吃掉他的心臟，我就能吞噬消滅掉他的靈魂。但我不能大聲說出來。我不能說出這個事實。我知道我今天才剛立誓不再隱藏任何祕密了。但，我能怎麼辦呢？這個祕密無論如何是不能說出來的啊——無論我又得為了它撒上多少謊。無論如何我就是不能說出來。

於是大衛脫口而出他所能提供的最好的答案：「我不知道。」

「你不知道。好，所以說在你這個神話故事裡，你和男孩——欸，該怎麼稱呼這男孩呢？童年的你？童年的大衛？——你和他一起——」

「只有我，」大衛說道。「我一個人殺死了那個沒有臉的怪物。」

「你殺了一個肏他媽的什麼？」威爾說道。

「那個男人。那個有戀童癖的人渣。我殺了他。我。就我一個人。在雷斯酒吧的停車場。」

吉米說道：「我沒聽說那附近有人發現什麼屍體，」然後轉頭看著威爾。

威爾說道：「你讓這個王八蛋解釋做什麼？吉米？你有沒有搞錯啊？」

「不不，這是真的，我說的都是實話，」大衛說道。「我用我兒子發誓。我把屍體塞到他自己的車後箱裡去了。我不知道那輛車後來又怎麼了，但是我發誓，我說的都是真的。我還想見到我老婆，吉米。我想要把我的日子過下去。」大衛抬頭看著一片漆黑的橋底。他聽到川流不息的車聲，一對對黃色的光束全都朝著回家的方向。「吉米？求求你。不要奪走這一切。」

吉米的目光終於落定在大衛臉上，而大衛卻在他眼底看到了自己的死亡。像狼，寄生在吉米的體內。大衛多麼希望自己能面對這一切。但他不能。他不能面對死亡。他站在這裡——此時此刻他站在這裡，雙腳踩在這河邊的土地上，他的心臟鼓鼓地跳動著，他的大腦不斷向他的神經他的肌肉他的五臟器官送出種種訊息，他的腎上腺全力地運作著——然而下一秒，很可能就是下一秒，銳利無比的刀鋒就將刺入他的胸膛。隨著那陣尖銳的刺痛而來的將是某種再無法逆轉的結果：他的生命，他的視覺聽覺，他的吃他的睡他的性愛他的哭笑他的觸覺嗅覺都將不再了。他不夠勇敢。他無法面對這樣的結果。他願意哀求。什麼都好，他什麼都願意做。只要他們能放過他，不要殺他。

「我認為你二十五年前上了那輛車，大衛，然而被送回來的卻已經不是原來的你了。我認為你的腦袋已經肏他媽的壞掉了。」吉米說道。「她只有十九歲哪，你知道嗎？她只有十九歲，而且她從來不曾對你做過任何事。她甚至還滿喜歡你的。而你卻對她做了什麼事？你肏他媽的殺了她。為什麼？因為你痛恨自己這一條爛命？因為你見不得任何美好的東西？因為我當年不曾跟你一起上了那輛車？告訴我，大衛。告訴我為什麼。告訴我你為什麼要殺她，」吉米說道，「然後我就讓你活下去。」

「肏他媽的才怪，」威爾說道。「吉米？你他媽的瘋了是不是？不要跟我說你竟然同情起這坨肏他媽的狗屎來了！聽好——」

「閉上你的嘴，威爾，」吉米說道，伸手指著他的鼻尖。「我入獄前把好好一組人馬交到你手中，結果你卻領著一夥人去撞牆。我什麼都給你都教你，結果呢？結果你肏他媽的還是只會在那邊耍狠鬥勇，還𠊎他媽的販毒？我不必聽你說教，威爾。你𠊎他媽的想都別想。」

威爾轉過頭去，踢弄著腳下的雜草，嘴裡唸唸有詞地自言自語著。

「告訴我，大衛。但那堆狗屁不通的謊話我一句都不想再聽了。可以嗎？我只想聽實話。跟我說實話。如果你再跟我扯一句謊，我就他媽的一刀捅穿你。」

吉米喘了幾口氣。他拿著刀子，刀尖直抵著大衛的臉，然後他終於鬆了手，將刀子插回他右後方的腰帶底下。他兩手一攤。「大衛，我願意把你的命還給你。只要你告訴我你為什麼要殺她。你會去坐牢。我𠊎他媽的不跟你囉唆。但你畢竟可以活著去坐牢。你可以活下去。」

大衛感激涕零得幾乎要雙膝落地，大聲大聲地感謝上帝。他想要擁抱吉米。短短三十秒之前，他還正深陷在最黑暗的絕望之中。他已經準備好要為自己的一條生路下跪哀求，他要告訴吉米他不想死。他還沒有準備好。他還沒準備好要走。他不知道死後是什麼樣的世界。他不認為自己有資格上天堂。他不認為那將是任何與美好光明有關的境地。他以為那會是一個黑暗寒冷而漫長的無底隧道。就像你想像中的地心一樣，吉米。我一點也不想身處在那片絕對的孤寂中，永無止盡的孤寂、永無止盡的寒冷。我不想只有我一顆孤寂的心飄浮在那片無盡的冰冷孤寂中。什麼也沒有，只有無盡的孤寂、孤寂，與孤寂。

他可以活下去了。只要他願意說謊。只要他能忍痛開口對吉米說出他想聽到的話。他將遭受他的憎恨與謾罵，他甚至可能遭到一頓痛打。但他將可以活下去。他在吉米眼底看到了希望。吉米不是那種會說謊的人。他體內的那匹狼消失了，他看得出來，此刻站在他眼前的不過是一個手裡拿著刀，迫切地想要得到一個答案的男人。一個讓心頭那份沉重的無知、那份因為再無法將女兒摟入懷中的悲慟壓迫得幾乎要沒頂的男人。

我將可以回家，回到妳身邊去了，瑟萊絲。我們將會擁有一個全新的生活。我們一定會的。在那之後，我保證，再不會有任何謊言與祕密了。但此刻我還有最後一個謊要撒——我生命中最後也是最醜陋的一個謊言，因為我怎麼也無法說出我生命中最醜陋的一個真相。我寧可讓他以為我殺死了他的女兒，也不願讓他知道我殺死那個人渣的真正原因。但這將是一個出於善意的謊言，瑟萊絲。它將為我們換來一段新的人生。

「告訴我。」吉米說道。

大衛盡可能照著事實說去。「那晚，我在麥基酒吧裡看到她，而她讓我想起了我曾經有過的一個夢。」

「什麼樣的夢？」吉米說道。他的表情搖搖欲墜，聲音支離破碎。

「青春。」大衛說道。

吉米倏然低下頭去。

「我不記得自己曾經享受過任何的青春歲月，」大衛說道，「而她卻活生生是一個夢，是那夢想的化身。於是我再也受不了了。我當下就崩潰了。」

大衛幾乎不忍說出這些話，看著這些話無情地撕裂了吉米的心肺。但大衛只想回家、只想把腦子理清楚、只想看到他親愛的家人；而如果這就是他必須付出的代價，那麼他也義無反顧。在這之後他就要開始一段新的人生。而一年後，當真正的兇手終於被繩之以法後，吉米也終將了解到他今日的犧牲。

「一部分的我，」他說道，「從那時起就一直留在那輛車上了，吉米。就像你說的那樣。另外一個大衛穿著我的衣服坐著警車回來了，但他不是大衛。大衛被留在那個地窖裡了。你懂我的意思嗎？」

吉米點點頭，而當他再度抬起頭來時，大衛看到他眼底蒙上了一層晶瑩的霧氣。他在那裡看到了悲憫與同情，甚至是愛。

「所以說一切就是因為那個夢？」吉米低語道。

「一切就是因為那個夢，是的。」大衛說道。然後他突然感覺到一陣冰冷，隨著這個謊言而來的冰冷，自他的下腹緩緩地蔓延開來。那冰冷的感覺愈發嚴酷尖銳，他甚至開始以為那或許還是來自飢餓吧，畢竟他幾分鐘前才將腹裡的東西全都清進了神祕河裡。不過這冰冷的感覺卻又有些不同，不同於他之前曾經經驗過的任何感覺。那是某種刺骨的冰寒。冰得幾乎像熱。等等，不，這確實是熱。某種炙人的灼熱，自下腹一路往鼠蹊部蔓延，一頭又往上竄進他的胸腔，壓迫得他幾乎喘不過氣來。

他從眼角瞄到威爾．薩維奇站在那裡跳上跳下的，頻頻大吼著：「沒錯！就是要這樣才對嘛！」

他看著吉米的臉。他的嘴唇以某種詭異的方式一開一闔著，既太快也太慢。「我們就在這裡埋葬了我們一切的罪，大衛。我們就在這裡洗淨一切罪惡。」

大衛趺坐在地上。他看著暗紅色的鮮血自他體內某處汩汩湧出，滴落在他的褲子上。他伸手往自己下腹探去，卻只摸到一道狹長的裂隙，自他身體的一側延伸到另一側。

他說，你騙我。

吉米彎腰湊近他。「什麼？」

你騙我。

「你看到沒有？他嘴唇還在動哪！」威爾說道。「他奇他媽的嘴唇還在動哪！」

「我不是沒有眼睛，威爾。」

大衛感覺事實如潮水搬沖刷過他全身，這是他面對過的最醜陋的一個事實。充滿惡意、漠然而無情的事實。一個無比簡單的事實：我要死了。

這是一個無法回頭的過程。我無法取巧作弊，無法逃脫。我無法藉著哀求脫身也無法躲藏在我的祕密後面。我無法期待基於同情的緩刑。來自何人的同情？沒有人在乎。沒有人在乎。除了我自己。

我在乎。我在乎極了。這一點也不公平。我沒有辦法一個人面對那條黑暗漫長的隧道。求求你不要讓我去那裡。求求你叫醒我。我想要醒來。我想要感覺妳，瑟萊絲。我想要感覺妳的雙臂。我還沒有準備好。

他強迫自己的眼睛集中焦點。他看到威爾交給吉米什麼東西，然後吉米便將那東西抵在他的額頭上。冰冰的。一圈冰冷的圓形，稍稍地舒緩了那陣延燒過他全身的灼熱。

等等！不。不，吉米。我知道這是什麼了。我看到扳機了。不要不要不要，不要。看著我，真正地看著我。不要。求求你不要。如果你現在就送我去醫院，我還有救。我會好起來的。喔老天吉米不要這麼做不要扣下扳機求求你不要我剛剛說的都不是真的我說謊了我說謊了求求你不要奪走這一切求求你我的腦袋挨不起一顆子彈。沒有人挨得起。沒有人挨得起。求求你不要。

吉米鬆開了他的手。

謝謝你，大衛說道。謝謝你，謝謝你。

大衛往後倒下，看到來自橋上的光束一道道劃破了墨黑的夜空，璀璨耀眼。謝謝你，吉米。我一定會變成一個好人的。你教會我好多東西。真的。等我這口氣喘過來我就要告訴你我從你那裡學到了什麼。我要當一個好父親。我要當一個好丈夫。我發誓。我發誓……

威爾說道：「好啦，就這樣。事情解決啦。」

吉米低頭看著大衛的屍體，他下腹那道深邃的峽谷，他額頭上的彈孔。他踢掉腳上的鞋子，再脫下外套。接著，他脫下沾染到大衛的血的套頭衫與卡其褲，然後是底下的那套尼龍慢跑裝。他把所有衣物全都堆在大衛屍體旁邊的地上。他聽到威爾將幾塊水泥空心磚和一段粗鐵鍊搬進了修伊的小船，然後又拎著一個綠色的大型塑膠垃圾袋往吉米這邊走來。在尼龍慢跑裝底下，吉米還穿了一件T恤與牛仔褲，而威爾自塑膠袋中翻出一雙鞋，扔過給吉米。吉米套上鞋子，再低頭檢查身上的T恤與牛仔褲是否曾沾上滲透進去的鮮血。沒有。連慢跑裝上都幾乎沒有任何血跡。

他跪在威爾腳邊，將所有脫下的衣物全都塞進了塑膠袋裡。然後他便拎著那把刀與槍，往碼頭一角走去，一次一樣地拋進了神祕河裡。他大可以把它們同衣服一起裝進塑膠袋裡，待會再和大衛的屍體一起用船載出去一次解決掉。但為了某些理由，他就是想這麼做，他想要感覺自己的手臂劃過半空，想要看著沾了血的武器隨著拋物線高高地升起再沉沉地下墜，然後隨著模糊的水花聲沒入水面。

然後他單膝落地，跪在水邊。大衛的嘔吐物早已隨水流漂遠了，而吉米兩手伸進那漆黑油膩的神祕河水裡，開始洗去手上沾到的大衛的血。好幾次，他曾經夢到自己跪在河邊做著同樣的事——用神祕河水洗去手上的鮮血——然後雷伊・哈里斯的頭便突然自水底冒出來，死盯著他看。

在他的夢中，雷伊總是會說出同樣的一句話。「你跑不過火車的。」

夢中的吉米也總是不解，總是會回問道：「沒有人跑得過火車啊，雷伊。」

雷伊臉上露出微笑，再度開始緩緩往下沉。「尤其是你哪。」

十三年了，這個夢反覆出現了十三年了，而吉米卻始終參不透他這句話到底是什麼意思。

27 你愛誰

布蘭登回到家裡的時候，他母親已經出門玩賓果去了。她留了張字條給他：「冰箱有雞肉。很高興你沒事了。以後不要再搞這種花招了。」

布蘭登到自己與雷伊的房裡巡過一遭，但雷伊也出門去了。他踱回廚房裡，從桌邊拖出一張椅子，再搬到食物儲藏櫃的前方。他站到椅子上，缺了一顆螺釘的椅腳隨而應聲往左邊微微下陷。他仰頭看著天花板，目光一下便鎖定了那塊灰塵上還隱約印有指印汙痕的角落。他眼前的空氣中漂浮著無數微小的黑色斑點與游絲。他用右手手掌輕輕地推了一下那塊天花板，將它稍微抬高了些。他放下手，在褲子上隨意抹了幾下，然後深深地吸了幾口氣。

有些事情是你怎麼也不想知道答案的。布蘭登懂事後就從來不希望在路上巧遇他的父親，因為他不想從他眼中看到，拋家棄子對他來說竟是一件這麼容易的事。又比如他從來也不曾跟凱蒂問過她以前男朋友的事，甚至連巴比．奧唐諾也不例外。因為他不願想像她趴在其他男人的身上，以親吻他時同樣的溫柔去親吻別的男人。

布蘭登還知道所謂事實是什麼樣的一回事。在大部分的情況裡，那只是一個決定——你要不就挺身面對，要不就掩耳遮眼，繼續活在無知或是謊言的慰藉中。人們常常低估了無知與謊言的力量。布蘭登認識的人中，絕大多數都得倚賴一點點無知與謊言的佐味，才得以勉強將日子吞嚥下肚。

但這個事實他卻無從閃躲。早在他還被關在州警隊拘留室裡的時候就已經太遲了。這個事實像一顆子彈，射進他體內，然後便牢牢地卡在他的肚腹中。於是他再沒有機會閃躲，再不能告訴自己它並不存在。無知已無可能，謊言早非可得的選擇。

「媽的。」布蘭登說道，然後將那塊天花板往旁邊一推，探手進去在黑暗的夾層中摸索了一陣；他摸到灰塵，幾片碎木塊，再來就是更多的灰塵。沒有槍。他又繼續摸索了整整一分鐘，雖然他早已明白槍已經不在那裡了。他父親的槍不在它原本應該在的地方。它離開了塵封多年的地方，並且殺死了凱蒂。

他將天花板推回原位，拿來掃帚畚箕將掉落在地板上的灰塵清理乾淨，最後又將椅子搬回廚房桌邊。他不急不徐地計算著自己每一個動作。他覺得自己必須這麼做。他必須保持完全的冷靜。他打開冰箱，給自己倒了杯柳橙汁。他將柳橙汁放在小餐桌上，然後坐在那張少了顆螺釘的椅子上；他調整過椅子的方向與自己的坐姿，好讓自己恰好面對著長型公寓位於正中的大門。他舉起杯子，啜飲了一小口柳橙汁，靜靜地等待著雷伊歸來。

「你看，」西恩說道，一邊從紙箱中抽出那份指紋檔案，打開後再遞到懷迪面前。「這是他們在門把上採到的最完整的一枚指紋。很小，因為它根本是小孩子的指紋。」

懷迪說道：「老太太派爾說她聽到兩個小孩子在街上玩，之後不久凱蒂．馬可斯就撞車了。拿著曲棍球棒在街上追著玩，她是這麼說的。」

「她說她聽到凱蒂說『嗨』。也許那根本不是凱蒂。也許那根本是小男孩的聲音。還有，我們當然找不到兇手的腳印。那兩個小鬼能有多重──一百磅頂多？」

「你認得出來報案錄音帶裡頭那小鬼的聲音嗎？」

「聽起來很像是強尼．歐謝的聲音。」

懷迪點點頭。「錄音帶裡頭完全沒有另外一個小鬼的聲音。」

「因為他㑚他媽的根本不會說話。」西恩說道。

「嘿，雷伊。」布蘭登說道。兩個男孩剛剛推開門走了進來。

雷伊點點頭。強尼．歐謝則揮了一下手。他倆隨即轉身直接要往臥房走去。

「你過來一下，雷伊。」

雷伊看了強尼一眼。

「一下就好了，雷伊。我有幾個問題要問你。」

雷伊停住腳步轉過身來，而強尼．歐謝則將手裡的運動袋往地上一扔，一屁股坐定在哈里斯太太的床上。雷伊穿過短短的走道，走向廚房；他兩手一攤，蹙眉看著哥哥，彷彿在問，「又怎麼了？」

布蘭登用腳從桌底勾出一張椅子，然後朝椅子挪挪下巴。

雷伊歪著頭，彷彿已經在空氣中嗅到些什麼，某種他並不特別喜歡的氣味。他瞄了椅子一眼，然後將目光移到布蘭登臉上。

他比道：「我做了什麼事嗎？」

「這要你自己來告訴我。」布蘭登說道。

「我什麼也沒做啊。」

「那你就坐下啊。」

「我不想坐下。」

「為什麼不想？」

雷伊聳聳肩。

布蘭登說道：「你恨誰，雷伊？」

雷伊瞪大眼睛看著他的哥哥。彷彿覺得他已經瘋了。

「說啊，」布蘭登說道。「你恨誰？」

雷伊比了一個簡短的手勢。「誰也不恨。」

布蘭登點點頭。「好。那你愛誰？」

雷伊再度瞪大了眼睛。

布蘭登身子往前一傾，兩手撐在膝蓋上。「你愛誰？」

雷伊低頭看著自己的鞋子，然後再度抬頭直視著布蘭登。他舉起手臂，指著他的哥哥。

「你愛我？」

雷伊點點頭，開始有些不知所措。

「那媽呢？」

雷伊搖搖頭。

「你不愛媽？」

雷伊比道：「不愛也不恨。」

「所以說，我是你唯一愛的人？」

雷伊下巴一揚，皺著眉頭，兩手飛快地比劃著。「沒錯。我可以走了吧？」

「還不行，」布蘭登說道。「你坐下。」

雷伊看著那張椅子，因憤怒而脹紅了臉。他再度揚起下巴，斜睨著布蘭登。他對著他舉起一隻手，緩緩地比出中指，然後轉身離去。

在布蘭登意識到自己已經出手之前，他整個人就撲了過去，一把揪住雷伊的頭髮，扯得他幾乎兩腳都離了地。然後，他手臂猛地往後一抽，彷彿他正在對付的是一部老舊的割草機那冥頑不靈的電線似地。之後，他突然手一鬆，而雷伊則順勢往廚房桌上飛撲而去。他整個人先是撞上牆壁，然後又給彈了開來，而反彈力道之猛烈，當他終於跌坐下來的時候，整張桌子也跟著一起翻倒在地上了。

「你愛我？」布蘭登說道，他甚至不曾低頭看過他跌坐在地上的弟弟一眼。「你愛我，所以你他媽的殺了我的女朋友？是這樣的嗎，雷伊？是嗎？」

這句話一出口，強尼．歐謝隨即有了反應，一如布蘭登預料的那般。他抄起地上的運動袋，轉頭就要往門外衝，但布蘭登早有準備。他一把掐住他的喉嚨，推著他用力往門上一摔。

「我弟弟做什麼事還少得了你嗎，歐謝？不，從來沒有！」

他掄起拳頭，而強尼厲聲尖叫道：「不，布蘭登，不要！」

布蘭登對準他的臉，一拳打下去，他的鼻骨應聲斷裂。然後又是一拳。強尼終於讓第二拳掃倒在地上，他的身子蜷曲成一團，不住地咳血。布蘭登冷冷地丟下一句：「我還會回來。我還會回來跟你把帳算清楚，我肏他媽的可能會把你活活打死，我肏他媽就打算這麼做。」

雷伊勉強撐起一雙腿，顫巍巍地站了起來；他的球鞋才剛踩上散了一地的碗盤碎片時，布蘭登便回到了廚房裡，一巴掌甩得他跌跌撞撞地衝向水槽，動彈不得地趴在哪裡。布蘭登大步往前一跨，一把揪住雷伊的襯衫，硬把他扯了起來；雷伊嘴角淌著血，豆大的淚珠不斷自盛滿恨意的眼底滾了出來。他狠狠地直視著布蘭登的臉。布蘭登兩手一推，將雷伊推倒在地，然後他整個人也跟著撲上去，他扯開雷伊的兩條手臂，各用自己一邊的膝頭壓制在地上。

「說話，」布蘭登說道。「我知道你會說話。說啊，你這個天殺的怪胎，你說話啊，雷伊，不然我發誓我肏他媽的宰了你。說！」布蘭登嘶吼道，一掌又一掌地摔向雷伊的兩頰。「說！說她的名字！說啊！說『凱蒂』，雷伊。說『凱蒂』！」

雷伊的目光漸漸渙散開來，他的眼底漸漸癱成一片模糊的空白。他斷斷續續地咳著血，和著血的唾液不斷灑落在自己的臉上。

「說！」布蘭登嘶吼道。「不然我肏他媽的宰了你！」

他抓住雷伊兩鬢的頭髮，往上一扯，死命地一陣搖晃，強逼他回過神來；然後布蘭登便停止了動作，只是牢牢地捧著雷伊的頭，定定地望進那一雙灰色的瞳孔底層。他在那裡看到了這麼多的愛與這麼多的恨，這麼多他無以負載的愛與恨。布蘭登只想將弟弟的頭扭下來，拋出窗外。

他再度開口了。「說，」但這回他的嗓音卻已支離破碎得難以辨認。「說。」

他聽到背後傳來一陣咳嗽聲，於是猛然轉過頭去。他看到強尼．歐謝站在那裡，嘴角不住地淌著血，而手裡則握著一把槍。老雷伊．哈里斯的槍。

西恩與懷迪在樓梯間就已經聽到樓上傳來的騷動——怒吼聲以及無疑的肉搏聲。門內傳來那句「不然我肏他媽的宰了你！」時，西恩一手按在腰間的葛拉克手槍上，另一手則本能地往門把探去。

懷迪說道：「等等，」但西恩卻已然轉動門把。他一腳踏進公寓裡，赫然映入眼簾的卻是一把離他胸口只有六吋遠，槍口還正對著他的手槍。

「等一下！不要扣扳機！」

西恩定睛望向強尼．歐謝那張鮮血淋漓的小臉，雙眼所見卻讓他嚇得幾乎要屁滾尿流。男孩臉上什麼也沒有。或許從來就是這樣。他開槍不是因為憤怒，不是因為恐懼。他開槍只是因為西恩不過是一個六呎二吋高的電玩影像，而他手中的槍不過是根搖桿。

「強尼，聽我說，把槍口指向地上。」

西恩聽得到懷迪濃濁的呼吸聲不斷自門後傳來。

「強尼。」

強尼．歐謝說道：「他㑚他媽的扁我。兩下。我的鼻子被他打斷了。」

「誰扁你？」

「布蘭登。」

西恩頭一轉，看到布蘭登就站在他左邊的廚房門口，兩手垂放在身側，僵住了。他剛剛衝進來的時候，西恩了解到強尼．歐謝正打算要射殺布蘭登。他聽得到布蘭登的呼吸聲，微弱而緩慢。

「如果你要的話，我們可以逮捕他。」

「我不要他被逮捕。我㑚他媽要他死。」

「死不是件小事，強尼。死了就再也回不來了，你懂嗎？」

「我當然懂，」男孩說道。「我㑚他媽的當然知道。你打算用它嗎？」男孩一臉狼狽，暗紅色的鮮血不斷自他的鼻孔裡冒出來，沿著下巴滴落在地板上。

西恩說道：「用什麼？」

強尼．歐謝朝著西恩的腰間挪挪下巴。「那把槍。那是把葛拉克手槍，對不對？」

「葛拉克，沒錯。」

「葛拉克火力媽的超強的。我一直都想弄一把來玩玩。所以說，你打算要用它嗎？」

「現在？」

「沒錯。你打算用它來對付我嗎？」

西恩微笑道：「沒這回事，強尼。」

強尼說道：「你他媽笑屁啊？來啊，你他媽葛拉克掏出來啊！跟我對幹一場看看嘛！」他猛地往前踏了一步，單手平舉，槍口這會兒離西恩的胸部只剩不到一吋的距離了。

西恩說道：「嘿，好小子，殺我個措手不及啊？這下你贏定啦。」

「嘿，雷伊，」強尼叫喚道。「看我把這死條子殺了個措手不及。酷吧？我咧！快看！」

西恩說道：「嘿，強尼，咱們不要把場面搞——」

「我看過一部電影，就一個死條子在屋頂上追一個黑人有沒有？那黑鬼有夠超媽酷，死條子就那樣讓他推下樓去了。條子跟條死豬一樣，啊啊啊一路鬼叫，摔得腦漿噴了一地。黑鬼酷的咧，管那侖他媽死條子有老婆有小孩。侖！那黑鬼夠酷！」

西恩對這一幕並不陌生。剛進州警隊的時候，有一次，他曾被派去一個銀行搶案現場維持秩序。搶匪挾持人質，和包圍在銀行外的重重警力對峙了足足有兩小時之久。在那兩小時期間，搶匪的態度卻漸趨強硬，愈發感受到自己手中那把槍的威力，那種隨之而來的權力與操控感；西恩從監視器的畫面中眼睜睜地看著那傢伙揮槍叫囂，態度愈發猖獗狂妄。這場對峙剛開始的時候，搶匪一度看來也像是讓眼前這般失控的場面嚇壞了，但他隨即克服恐懼，愛上了那種一槍在握的感覺。

有那麼一瞬間，西恩腦海裡浮現了蘿倫的臉，一手枕在臉頰與枕頭之間，偏著頭溫柔地注視著他。他看到他那個未曾謀面的女兒，還聞到了暖暖的嬰兒奶香；然後他才猛然想起來，還沒能親眼見過她們母女倆一面，就這樣掛了，會是一件多麼幹的事。

他將注意力集中在眼前這張空洞的小臉上。他說道：「你看到你左邊那傢伙了沒，強尼？那個站在門外的條子？」

強尼迅速地往左邊瞥了一眼。「嗯。」

「他也不希望開槍射你。他真的不想。」

「我才不在乎咧，」強尼說道，但西恩看得出來自己剛剛那句話已經奏效了。男孩的眼神開始有些飄忽，有些閃爍不定。

「可是如果你對我開了槍，那麼他也就別無選擇了。」

「死就死，有什麼好怕的。」

「我知道你不怕死。問題是，你知道嗎？他不會對著你的頭開槍。我們不殺小孩子的。他如果從他現在站的位置開槍，你知道他會射中你哪裡嗎？」

西恩兩眼鎖定了強尼的臉，雖然他的目光彷彿像受到磁鐵吸引般，直要往他手上的槍飄去；他想看清楚扳機的位置，想看清楚男孩手指的動向。西恩心裡不住地想著，我不想死，我尤其不想讓一個小孩子開槍射死。世上還有比這更可悲的死法嗎？他感覺得到布蘭登，動也不動地站在他左手邊十呎之遙處，心裡大約也在盤算著同樣的事。

強尼舔了舔自己的嘴唇。

「子彈八成會從你腋窩那邊射進去，然後卡在你的脊椎裡。這下你不但死不了，還會落得全身癱瘓的下場。你會變成像吉米基金會的公益廣告裡頭那些小孩子一樣。你知道我在說什麼吧？坐在輪椅上，全身動彈不得，一顆頭歪嘴斜眼地掛在那裡。你會變成眾人取笑的對象，強尼。到時候，你連喝口水都要人拿杯子捧在你嘴邊，拿吸管餵你。」

強尼下定決心了。西恩看得出來，男孩黑暗的腦袋裡彷彿有一盞燈突然熄滅。強烈的恐懼霎時席捲過他的全身。他知道男孩無論如何已經決定要扣下扳機，哪怕只為了想聽到子彈出膛的聲響。

「你他媽打爛了我的鼻子！」強尼吼道，接著又一個轉身，將槍口對準了布蘭登。

西恩聽到自己口中溢出一聲驚呼，目光往下一掉，眼睜睜看著強尼手中的槍彷彿像給架在一個三腳架上似地轉了九十度，自他的胸口移開了。在他自己意會過來之前，他的手就已經往前攀去，一把截住那管移動中的手槍，而就在同一刻，懷迪也奪門而入，手中的葛拉克瞄準了男孩的胸口。男孩倒抽了一口氣——口氣中帶著濃濃的失望意味，彷彿他剛剛打開他的聖誕禮物，卻赫然發現裡頭只有一隻髒兮兮的臭襪子——西恩趁機用另一手對準男孩額頭往牆上猛力一推，順勢奪下了他手中的槍。

西恩詛咒道：「肏他媽的屄。」然後對著懷迪眨了眨幾乎讓汗水蒙蔽了的眼睛。

強尼開始嚶嚶啜泣了起來，完完全全就像個十三歲的孩子，一個覺得全世界都對不起他的孩子。

西恩將他的身子壓在牆上，再把他兩條手臂往後一扳。他看到布蘭登終於深深地吸了一口氣，嘴唇與臂膀都不住地顫抖著，而雷伊．哈里斯則站在他的身後，在那個彷彿剛剛遭到颶風襲擊的小廚房裡。

懷迪又往前踏了一步，一手搭上西恩的肩膀。「你還好吧？」

「這小子剛剛已經要開槍了。」西恩說道。他感覺自己全身的衣服，甚至包括他的襪子，都讓汗水浸得濕透了。

「才沒有，我才沒有要開槍咧，」強尼一把鼻涕一把眼淚地抗議道。「我只是想嚇嚇你們而已。」

「肏你媽，」懷迪說道，然後把臉湊到男孩面前。「你的眼淚只有你親愛的媽咪會在乎而已，你這沒種的娘娘腔。聽懂了沒？還哭？你就省省吧。」

西恩掏出手銬，將強尼．歐謝兩手銬在一起，然後拎著他的襯衫把他揪進廚房裡，再往張椅子上一推。

懷迪說道：「雷伊，你看起來像剛讓人從卡車上推下來哪。」

雷伊看著他的哥哥。

布蘭登倚著爐台勉強站著，依然不住搖晃著的身子卻看似隨時都會讓隨便一陣微風吹倒了。

「我們知道了。」西恩說道。

「你們知道什麼？」布蘭登低聲應道。

西恩掃視過眼前這兩個男孩：一個坐在椅子上抽抽噎噎的，另一個則一語不發站在那裡，挑釁的目光說明了他希望這夥人能趕快滾出去，他好回到他的房間裡去打他的毀滅戰士電玩。西恩幾乎能夠確定，一旦他們找來手語翻譯師和社工員到場協助問話，這兩個男孩大概也只會說他們那麼做只是因為「因為」。因為他們手裡剛好有槍。因為他們剛好也在那條街上。也許因為雷伊從來就不喜歡凱蒂。因為這主意聽來滿酷的。因為他們之前從沒殺過人。因為如果你的手指都已經放在扳機上了卻又沒機會扣下去的話，之後你的手指可能會癢上好幾個星期。

「你們知道什麼？」布蘭登重複道，嗓音卻已然沙啞不堪。西恩聳聳肩。他希望他能給布蘭登一個答案。但他看著眼前這兩個男孩，腦中卻一片空白。什麼也沒有，只是一片沉默的空白。

吉米懷裡揣著一瓶酒，往加農街走去。加農街底有一個退休老人公寓社區，一整區六〇年代風格的兩層樓石灰石與花崗石建築，從加農街底一直延伸到連接的海勒巷。吉米坐在公寓前方的白色石階上，將整條加農街盡收眼底。他聽說這地方不久也要改建了倒是。尖頂區的房地產現在已經成了搶手貨，他聽說公寓主人已經決定將整塊地賣給某家建築公司，要將這裡改建成以年輕夫妻為主要銷售目標的小坪數公寓。尖頂區已經消失了，其實。它以前一直是平頂區的勢利眼姊妹，如今卻根本已經不像同一家族的人了。照這樣下去，很快地，這些新來的雅痞居民就會提議改名，斬草除根地改寫了整個白金漢區的地圖。

吉米從外套裡層掏出一瓶一品脫裝的波旁威士忌，啜飲了一口，定睛遙望著當年他們看著大衛·波以爾讓那輛車帶走的地方。他彷彿還看得到大衛的臉，隔著後車窗玻璃怔怔地看著他們，隨著距離愈發模糊了形影。

我希望不是你，大衛。我真的希望。

他微微舉起酒瓶，遙敬凱蒂。爹地幫妳報仇了，親愛的。爹地幫妳報仇了。

「自言自語啊？」

吉米應聲轉過頭去，正好看到西恩下了車。他手裡也拿著一罐啤酒。他對著吉米手中的威士忌酒瓶彎了彎嘴角，說道：「你的藉口又是什麼？」

「一晚上下來，」吉米說道。

西恩點點頭。「我也是。差點吃了顆子彈。」

吉米挪了挪身子，西恩順勢在他身旁坐下了。「你怎麼知道要來這裡找我？」

「你太太說你可能會在這裡。」

「我太太？」吉米根本沒跟她提過自己打算去哪裡。老天，這女人果然不簡單。

「嗯。吉米，我們逮到人了。」

吉米仰頭連灌下幾口酒。「逮到人了。」

「嗯。我們逮到殺死你女兒的兇手了。兩人都已經招了。」

「兩人？」吉米說道。「兇手有兩個人？」

西恩點點頭。「兩個小鬼，事實上。十三歲的小鬼。雷伊．哈里斯的兒子，小雷伊，還有他一個叫做強尼．歐謝的朋友。他倆半小時前把事情全都招了。」

吉米感覺彷彿有把刀從他一邊耳朵狠狠地刺進了他腦袋裡。一把滾燙的刀，將他的腦殼一切兩半。

「毫無疑問就是他們幹的？」他說道。

「毫無疑問。」西恩說道。

「為什麼？」

「他們為什麼要殺死凱蒂？理由連他們自己都不知道。他們帶了把槍在街上玩。他們看到一輛車來了，其中一人跑到路中間躺著。車子一個急轉彎，撞上街邊，熄了火，歐謝就拿著槍跑過去，說他原本只是想嚇嚇她。結果槍卻走火了。凱蒂於是用車門撞他，兩個小鬼宣稱他們被凱蒂一撞就抓狂了。後來他們又怕她去跟別人說他們有槍，於是——」

「於是他們就一定要痛揍她一頓嗎？」吉米說完又灌下一大口酒。

「手裡拿著曲棍球棍的是小雷伊．哈里斯。他拒絕回答任何問題。他是個啞巴，這你知道吧？他就那樣坐在那裡。歐謝說他們打她是因為她一直跑，他說他們被她氣到了。」他聳聳肩，彷彿這樣無謂至極的糟蹋生命的理由連他聽了都會感到驚訝。「兩個小王八蛋，」他說道。「因為害怕會被禁足還是什麼的，於是就殺了她。」

吉米站了起來。他張開嘴，大口大口地吸氣，然而他的雙腳卻背叛了他。他跌坐回台階上。西恩拍拍他的肘子。

「慢慢來，吉米。先喘口氣再說。」

吉米看到大衛跪坐在地上，低頭用手摸索著吉米在他下腹劃出的那一道長而深的峽谷。他聽見他的聲音：看著我，吉米。看著我。

然後西恩說道：「我接到瑟萊絲．波以爾的電話。她說大衛失蹤了。她說她過去幾天有點反應過度。她說你可能會知道大衛的下落。」

吉米試著開口說話。他張開嘴，但他的氣管卻突然像被幾團濕棉花球堵死了似的。

西恩說道：「沒有其他人知道大衛可能會在哪裡。我們一定得找到他，吉米。前幾天晚上有個傢伙在雷斯酒吧的停車場被人幹掉了，而我們認為大衛可能知道一些內情。」

「有傢伙被幹掉了？」吉米設法在他的氣管再度封鎖起來之前勉強擠出了幾個字。

「沒錯，」西恩說道，聲音中透露著一絲寒意。「一個有三次前科的戀童癖人渣。隊上目前的推論是，那人渣他媽的老毛病又犯了，這回卻讓人逮個正著，當場讓他買了單。總之，」西恩說道，「我們想找大衛來談談這件事。你知道他人在哪裡嗎，吉米？」

吉米搖搖頭，他的目光僵硬，眼前彷彿突然出現了一條隧道，令他再看不清兩旁的東西。

「不知道？」西恩說道。「瑟萊絲說她告訴你，她認為大衛殺死了凱蒂。她似乎認為你也有同樣的結論。她說她覺得你打算採取行動。」

吉米瞇眼凝視著眼前的隧道。

「你接下來也打算每個月寄五百塊錢給瑟萊絲嗎，吉米？」

吉米終於抬起頭來，在那一瞬間，台階上的兩人同時在彼此臉上看到了答案——西恩看到了吉米做過的事，而吉米則在西恩眼中看到這份領悟的倒影。

「你他媽的真的下手了，是不是？」西恩說道。「你殺了他。」

吉米再度起身，一手扶著欄杆。「我不知道你在說什麼。」

「你殺了他們兩個——雷伊．哈里斯和大衛．波以爾。老天，吉米，我找來這裡的一路上心裡一直在想著，我想我一定是瘋了才會有這個念頭。但現在我卻在你臉上看到了答案。你這個脅他媽的喪心病狂的王八蛋。你殺了他。你殺了大衛。你殺了大衛．波以爾，我們的朋友，吉米。」

吉米嗤之以鼻。「我們的朋友。是啊，是這樣沒錯，尖頂男孩，他是你的好朋友好兄弟。你以前成天跟他混在一起嘛，對不對？」

西恩唰一聲也站了起來，直視著吉米的臉。「他是我們的朋友，吉米。記得嗎？」

吉米看著西恩的眼睛，懷疑他是否真要一拳揮過來了。

「我上一次看到大衛，」他說道，「是昨晚在我家裡。」他推開西恩，逕自過了街，站在加農街上。「那是我最後一次看到大衛。」

「你這個滿口謊言的王八蛋。」

他轉過身去，兩手一攤，又回過頭來看著西恩。「那就逮捕我啊，如果你這麼確定的話。」

「我會找到證據的，」西恩說道。「你知道我會的。」

「你會找到個屁，」吉米說道。「謝謝你逮到殺死我女兒的兇手，西恩。真的。但如果你當初動作再快一點的話呢……欸，誰知道呢？」吉米聳聳肩，轉過頭，開始沿著加農街走去。

西恩目不轉睛地注視著他，直到他的身影終於在西恩老家前方一盞壞掉的路燈下沒入了黑暗之中。

你殺了大衛，西恩心想。你真的下手了，你這個冷血的禽獸。可恨的是我太清楚你有多聰明了。你不會留下任何證據的。這不是你的天性，你做事向來不放過任何細節，吉米。你這個天殺的王八蛋。

「你殺了他，」西恩大聲說道。「就是你，對不對？」

他將空啤酒罐往路邊一丟，開始朝車子走去。他掏出行動電話，按下蘿倫的號碼。

她接了電話。西恩說道：「是我，西恩。」

電話彼端依然只有沉默。

他現在知道他始終不願說出口的那句話，也是她必須聽到的那句話了。他已經逃避了一年多了。什麼都可以，他一直這麼告訴自己，我什麼都願意說，除了那句話之外。

但他現在說出口了。他在看到那個面無表情的男孩拿槍對準他胸口的那一刻就已經說出口了。他在看到大衛那張因為聽到他提議改天一起去喝杯啤酒而為之一亮的臉孔時就已經說出口了——可憐的大衛，他或許從來就沒相信過，真心相信過，世上竟有人會想和他一起去喝杯啤酒。他說了，因為他在他脊髓深處感覺到一股需要，一股必須把這句話說出來的深沉的需要，為了蘿倫，也為了他自己。

他說道：「對不起。」

而蘿倫終於開口了。「為什麼對不起？」

「為了把一切都歸罪在妳身上。」

「嗯……」

「嘿——」

「嘿——」

妳先說。」他說道。

「我……」

「怎麼了？」

「我……欸，西恩，我也對不起你。我不是有意要——」

「沒事的，」他說道。「真的。」他深深地吸了一口氣，吸進了一大口警車內特有的那種陳年汗臭。「我想看看妳。我想看看我的女兒。」

而蘿倫說道：「你怎麼知道她是你的女兒？」

「她就是我的女兒。」

「但是血液檢驗——」

「她是我的女兒，」他說道。「我不需要檢驗報告來告訴我這個事實。妳願意回家嗎，蘿倫？妳願意嗎？」

在眼前這條寂靜的街道的某個角落裡，有一台發電機正在那裡嗡嗡作響。

「諾拉。」她說道。

「什麼？」

「那是你女兒的名字，西恩。」

「諾拉。」他說道，兩個字卡在他的喉頭，還未出口就已經淚濕一片。

吉米回到家的時候，安娜貝絲正坐在廚房桌邊，為他等門。他拉開另一張椅子，與安娜貝絲隔桌相望，也坐下了。她丟給他一抹若有似無的神祕的微笑。他愛極了她這種微笑；那微笑彷彿說明著，她什麼都知道、都了解，即便他這一生都不再開口了，她也依然能聽懂他心底那些不曾說出口的話。吉米握住她放在桌上的手，用自己的拇指摩挲著她的拇指，試著在她臉上浮映著的自己的形象中找到力量。

他倆中間的桌面上放著一個嬰兒監聽器。上個月娜汀喉嚨嚴重發炎的時候，他們就從餐廳櫃子裡把這套塵封多年的監聽器搬了出來，用來監聽娜汀睡著後喉底不住發出的呼嚕嚕的聲響。吉米曾徹夜守在監聽器旁，想像他的寶貝就要溺死了；他繃緊全身神經，一等機器彼端傳來一陣稍微劇烈些的咳嗽聲，他即刻要從床上跳起來，穿著這一身T恤與四角內褲直接抱著娜汀衝進急診室裡。娜汀後來倒是復原得很快，但安娜貝絲並沒有隨即將監聽器收回盒子裡。她常常趁夜裡打開它，靜靜地聆聽著小姊妹倆輕柔的酣聲。

娜汀與莎拉還沒有睡。吉米聽到監聽器裡不斷傳來她倆的耳語與咯咯的輕笑聲；他心頭一震，無法相信自己竟然一邊想像著小女兒的模樣，一邊卻又想起了自己犯下的罪行。

我殺人了。我錯殺了人了。

這個醜陋的事實像團焰火，在他體內熊熊地燃燒著，啃噬著他。

我殺了大衛．波以爾。

火團向下延燒，沉澱在他的肚腹裡。炙人的火星與煙灰流竄過他全身的血管。

我殺人了。我殺了一個無辜的人。

「喔，親愛的，」安娜貝絲說道，兩手攀上了他的臉頰。「親愛的，怎麼了？是凱蒂嗎？親愛的，你看起來好糟哪。」

她起身，繞到桌子這一邊來，眼底盛滿熊熊的焦慮與愛意。她跨坐在吉米大腿上，用兩手緊緊地捧住他的臉，強迫他看著她。

「告訴我。告訴我是什麼事。」

吉米只想逃。此刻的他負擔不起她的愛。他只想消失在她溫暖的掌間，找一個黑暗的洞穴一個人躲起來；他只想找到一個沒有愛、沒有光的地方，一個人靜靜地將一切悲慟、懊悔與對自己的憎恨，緩緩化作聲聲嗚咽，拋向無盡的黑暗。

「吉米，」她低聲喚道。她親吻他的眼皮。「吉米，告訴我。求求你告訴我。」

她的掌根緊貼著他兩邊的太陽穴，十指插入他的髮間，再牢牢地攫住他的顱骨。她低下頭來，用雙唇蓋上了他的嘴。她探舌在他嘴內急急地搜索著，搜索著他痛苦的根源，企圖將它吸出他的體外；如果有必要的話，她的舌頭甚至可以化成小刀，為他割去蓄積一切苦痛的毒瘤。

「告訴我。求求你，吉米。告訴我。」

他明白了，面對她這樣強烈忠誠的愛，他終於明白了。他必須告訴她，否則他便將陷入萬劫不復的境地。他不知道自己是否能因此得救，但他千真萬確地知道，如果他此刻再不對她坦承一切的話，他下一秒定就要死去了。

於是他告訴她了。

他將一切都告訴她了。他告訴她雷伊・哈里斯，告訴她那份在他十一歲那年便已在他心底生了根的悲傷；他告訴她愛凱蒂是他這無謂的一生中唯一一件值得驕傲的事，那個五歲的凱蒂——那個需要他，同時卻又無法信任他的陌生的女兒——她是他一生中面對過最叫他恐懼、卻又從不曾轉身逃避的責任。他告訴他的妻子，愛凱蒂、保護凱蒂是他生命的核心，失去了她，他便也無以為繼了。「所以，」他告訴他的妻子，感覺小廚房的四壁正朝著他倆節節逼近。「我殺了大衛。」「我殺了他，然後把他的屍體沉入了神祕河底。而現在我卻發現，彷彿我手上沾染的罪孽還不夠深重似的，原來我錯殺了無辜。」

「我做了這些事，安娜，通通是我親手做的。而我無力回天。我認為我該要為此付出代價。我該去坐牢。我該向條子招了大衛的死，我該回到牢裡，那裡才是我歸屬的地方。不，親愛的，這就是事實。我不屬於外頭的世界。我不值得任何人的信任。」

他的嗓音已經完全變了調了。他聽到自己口中源源吐出這個全然陌生的聲音，不禁懷疑安娜貝絲是否也覺得自己眼前正坐著一個陌生人，一個拷貝的吉米，一個正漸漸沒入大氣中的吉米。她的臉上沒有淚，沒有一絲恐慌；她只是動也不動，彷彿是畫架前的模特兒。她的下巴微揚，眼神清明卻深不可測。

吉米再度聽到監聽器裡傳來的耳語聲，輕輕柔柔、窸窸窣窣的，像風聲。

安娜貝絲兩手攀上他的胸前，開始為他解開襯衫的鈕釦；吉米注視著她手指靈巧的動作，身子卻動彈不得。她將襯衫推落他的肩頭，然後蹲下身去，傾著頭，用一邊的耳朵緊貼在他的胸前。

他說道：「我只是——」

「噓，」她低聲說道。「我想聽聽你的心跳。」

她的手滑過他的胸膛，再往他的背後攀去。她的臉頰微微施壓，愈發緊貼在他的胸前。她閉上眼睛，嘴角緩緩泛開一抹微笑。

他們就這樣動也不動地坐著，任由時間緩緩流逝。監聽器裡的耳語聲漸漸褪去，繼之以同樣甜蜜輕柔的酣聲。

當她終於鬆開時，吉米卻依然感覺得到她的臉頰，暖暖地印在他的胸膛上，像一個永恆的印記。她翻下身去，坐在他膝前的地板上，仰頭注視著他。她偏著頭，聆聽著監聽器裡傳來的微弱酣聲。

「你知道今晚送她倆上床睡覺的時候，我是怎麼跟她們說的嗎？」

吉米搖搖頭。

安娜貝絲說道：「我告訴她們，最近她們必須對你特別特別的好。因為不管我們有多愛凱蒂，你卻愛她更多。你那麼那麼地愛她，因為你創造了她、將她帶來這世界上，因為你曾經親手擁抱小嬰兒的她入懷。而有時候，你對她的愛是那麼那麼的多，多得你的心膨脹得像顆氣球似的，幾乎都要因為那麼多的愛而爆炸了。」

「老天。」吉米說道。

「我還告訴她們，爹地對她們的愛也有這麼多。我告訴她們爹地有四顆心，每一顆心也都像裝滿了愛的氣球，裝得好滿好滿，滿得有時候爹地幾乎都要心痛起來了。而爹地對她們的愛，也表示她們永遠都不需要擔心害怕了。娜汀問我：『永遠都不？』」

「求求妳。」吉米感覺自己的心臟彷彿被一顆花崗巨石擠壓得潰不成形了。「不要再說了。」

她堅決地搖了一下頭，用目光緊緊鎖住了他。「我告訴娜汀，『沒錯。永遠都不。因為爹地是一個國王，不是王子。而國王永遠都知道什麼是該做、什麼是必須做的事——不管那件事情有多麼多麼的困難。爹地是國王，所以他會——」

「安娜——」

「——他會為所愛的人做一切事情。無論什麼事。所有人都會犯錯。所有人。偉大的人會試著把事情做好做對。這才是真正的重點。這才是真正偉大的愛。這也是為什麼爹地是一個偉大的人。」

吉米感覺眼前一片模糊。他說道：「不。」

「瑟萊絲打過電話，」安娜貝絲說道，一個個字眼像一支支飛鏢箭頭。

「不要——」

「她想知道你人在哪裡。她告訴我，她把自己對大衛的懷疑全都告訴你了。」

吉米用手背擦過眼睛，定睛注視著眼前這個陌生的妻子。

「她這麼告訴我，吉米，而我當下心裡想的卻是什麼樣的妻子竟然會這樣說自己的丈夫？一個人究竟要沒種到什麼地步才會把這些話放在心裡，留在背地裡跟別人搬弄？還有，她為什麼要告訴你？她為什麼偏偏挑上你？」

吉米隱約知道——他一直都隱約知道瑟萊絲有一些什麼，她有時看他的眼神——但他什麼也沒說。

安娜貝絲冷冷地笑了，彷彿她已經在他臉上看到了答案。「我其實可以打行動電話給你的。我大可以這麼做。她一告訴我她跟你說了什麼，我立刻就想起了你和威爾一起出門時的神情。我猜得到你們的計劃，吉米。我並不蠢。」

她從來也不。

「但我沒有打電話給你。我沒有阻止你。」

吉米的聲音粗嘎而破碎：「為什麼不？」

安娜貝絲下巴一揚，目光迥迥地看著他，彷彿他早該知道答案的。她起身站定在他跟前，昂然注視著他，然後她踢掉了腳上的鞋子。她解開自己牛仔褲的拉鍊，將褲子褪至大腿處，然後彎腰一推。她兩腳依序從地上那堆牛仔布料中踩了出來，同時動手解開她的襯衫與胸罩。她一把將吉米從椅子上拉起來。她拉著他，緊緊貼住自己赤裸的身體，然後她踮腳親吻他潮濕的臉頰。

「他們，」她說道，「是弱者。」

「他們是誰？」

「所有人，」她說道。「除了我們之外的所有人。」

她將吉米的襯衫推落肩頭，而吉米卻彷彿看到了十多年前那晚在州監大溝旁的那個安娜貝絲的臉。她曾經問他他的血液裡是否流竄著犯罪的因子，而吉米當場選擇了否認，因為他以為那才是她想要聽到的答案。直到此刻，十二年半後的此刻，他才終於了解到，她那晚想要從他嘴裡聽到的只是實話。她只想聽到他心底的實話。而無論他的答案是什麼，她總是會設法接受的。她無論如何都會支持他。她會按照那樣的答案為他倆打造出那樣的生活。

「我們不是弱者，」她說道，而吉米感到自己體內湧出了一股無比深沉、無比強烈而古老的慾望。如果他能夠在不造成她的痛苦的情況下將她吞嚥下肚，他會的。他會吞下她的五臟六腑，會一口擒住她的喉頭，感覺自己的牙齒深陷在她的皮肉裡。

「我們永遠也不會是弱者。」她跳上餐桌，兩腿垂在桌邊，隨意地晃盪著。

吉米注視著自己的妻子，自褪在地上的衣料堆中一腳踩了出來。他知道這將只是暫時的解脫，他知道自己只是在妻子的血肉與力量中，暫時躲掉了隨著大衛的死而來的痛苦。但這已經足以讓他度過今晚。也許明天，也許再過幾天，那痛苦會再度找上他。但他至少過得了今晚了。至少。而所有的復原過程不都是這樣開始的嗎？一次一小步？

安娜貝絲兩手攫住了他的腿臀，指甲深深地陷進了他脊椎兩側的皮肉裡。

「待會，吉米？」

「待會怎樣？」吉米感覺自己像喝醉了。

「待會不要忘了去和女孩兒們說聲晚安。」

終聲

平頂吉米　星期天

28 我們會留位子給你

吉米星期日早上是在陣陣遙遠的鼓聲中醒來的。

不是酒吧舞廳裡頭穿鼻環的搖滾樂團那種刺耳的鏗鏗鏘鏘，而是某種更低沉、更穩重，來自紮營在遠方軍營的隆隆鼓聲。然後他突然聽到一記法國號走調的哀鳴；依然來自遠方，隨著晨間的空氣傳送過十條十二條街口，倏然出現，隨即縹然消逝無蹤。在接下來的沉默中，他靜靜地躺在床上，聆聽著窗外傳來，週日早晨特有的那種宜人的窸窣聲響。他瞅了一眼那扇拉上了窗簾，卻幾乎抵擋不住外頭那燦爛耀眼的金光的小窗，明白這該是一個萬里無雲的美好週日早晨。他聽到屋簷下傳來鴿子的咕咕聲以及幾記來自街上的零星狗吠。一輛車的車門唰一聲讓人拉開了，再砰一聲地關上了；他等著聽到接下來的引擎啟動聲，但那聲響卻遲遲不來。然後窗外便再度傳來一陣鼕鼕鼓聲，依然低沉依然遙遠，卻比剛才更堅定、更有自信了些。

他轉頭瞄了一眼床畔小桌上的鬧鐘：十一點。他上回睡到這麼晚是什麼時候的事了？不，他甚至不記得了。好多年了吧，說不定十年都有了。然後他想起了過去幾天的忙亂，那種椎心刺骨的疲倦感。他想起了那種感覺。他感覺凱蒂的棺材像電梯似地，在他體內上上下下、上上下下。然後是昨晚，當他手裡握著一把槍，醉倒在客廳沙發上的時候，老雷伊．哈里斯與大衛．波以爾竟也悄然來訪。他倆坐在那輛飄散著濃濃的蘋果味的車子裡，回頭隔著後窗玻璃頻頻對他揮手。就在那輛車沿著加農街往前加速離去時，凱蒂的後腦杓卻突然出現在兩人中間；凱蒂始終不曾回頭，而老雷伊與大衛則興高采烈地拼命揮手，咧嘴笑得像兩個傻子似的。他只是怔怔地看著他們，感覺掌心傳來手槍沉甸甸的重量，感覺那重量不住搔弄著他。他聞到了機油的味道，腦中突然浮現要將槍管往嘴裡一塞的念頭。

守靈會是場惡夢。晚上八點，前來弔唁的親友差不多全都到齊了的時候，瑟萊絲突然衝進會場，往吉米身上一撲，頻頻以拳頭捶打他、嘴裡不停地尖叫著凶手二字。「你至少還有她的屍體！」她厲聲叫道。「而我呢？我有什麼？他在哪裡，吉米？他在哪裡？」布魯斯・瑞德和他幾個兒子趕緊上前抓住她，七手八腳地把她抬出會場，然而瑟萊絲卻仍拼盡全身氣力，死命高喊著：「凶手！他是凶手！他謀殺了我的丈夫！凶手！」

凶手。

然後是正式葬禮。然後是墓園裡的下葬儀式。吉米站在那裡，眼睜睜地看著工人把凱蒂的棺材緩緩地降進墓穴裡，然後一鏟一鏟地灑下漸漸成堆的砂土與礫石。就這樣，他的寶貝離他愈來愈遠，漸漸消失在那堆砂土礫石底下，彷彿她從不曾活過似地。

這一切一切的重量，終於在昨晚襲上他的心頭，深深地吃進了他的骨髓裡，凱蒂的棺材一上一下一上一下一上一下；到了他把槍扔進抽屜裡，拖著腳步把自己沉重的身軀往床上摔去時，他感覺自己已然動彈不得，彷彿死亡已然將他的骨髓吞噬殆盡，彷彿他全身的血液都已然凝結成塊。

老天，他想，我從來不曾感到如此疲倦過。他好累，好累好累，他感到無盡的悲傷、感到自己一無是處、感到徹骨的孤單。那些錯誤那些憤怒那些苦澀無比的哀傷。那些甩不掉、拋不開的沉重罪孽。他好累。老天，求你不要再插手，求你就讓我靜靜地死去吧。然後我就不會再犯錯、不會再感到如此疲倦，然後我就不必再背負我的天性、我的愛恨。拿去吧，通通都拿去吧，因為我已經疲倦得無以為繼了。

安娜貝絲曾經試圖了解這份沉沉壓在他心頭的罪惡感與自我憎恨。但她不可能懂的。因為她不曾親手扣下扳機。

而現在，他一覺睡到了十一點。足足十二小時的沉睡。他甚至不曾聽到安娜貝絲起床的聲音。他曾經在哪裡讀過，重度憂鬱症最明顯的病徵就是那種持續的倦怠感，那種強迫性的嗜睡。但此刻，當他起身坐定在床上，聆聽那愈發成形的鼓號合鳴的樂聲時，他卻只感到煥然一新。他感覺精力充沛，感覺頭腦無比清醒，清醒得彷彿他這一生都不再需要任何睡眠了。

遊行，他想到了。那些鼓聲樂聲來自正準備要在正午出發，沿白金漢大道遊行而下的鼓號樂隊。他跳下床，走到窗邊，拉開了窗簾。剛剛那輛車之所以不曾發動，是因為整條白金漢大道從平頂區到羅馬盆地都已經被封鎖住，不准車輛進出了。整整三十六條街口。他隔著玻璃，眺望著窗外的街道。在金燦燦的陽光浸潤下，整條白金漢大道藍灰色的柏油路面，看來是如此地清新無瑕；吉米甚至不記得比眼前還要乾淨亮眼的白金漢大道了。他放眼往兩邊看去，視線所及的每一條路口、每一段街邊都已經擺放了成排的藍色拒馬。

由於時間已經近午，附近的居民們紛紛出門，在人行道上站定了位子。吉米看著他們搬出了飲料冰桶、收音機以及野餐籃，然後朝正忙著在翰尼西自助洗衣店前的路邊架開摺疊涼椅的丹恩與莫琳．戈登夫妻揮揮手。當他們綻開一臉笑，也朝他揮揮手時，吉米感覺自己讓他倆臉上那種真心的關切撼動到了。莫琳兩手拱在嘴邊，朝吉米大叫。吉米推開窗子，探頭抵在紗窗上，沾染了一頭溫暖的陽光、清爽的空氣與紗窗上積了一整個春天的花粉塵。

「妳剛剛說什麼，莫琳？」

「我說：『你還好吧，親愛的？』」莫琳大叫。「你還好嗎？」

「我還好，」吉米說道——話一出口，他才赫然發現自己說的竟是實話。他真的覺得還好。他依然感覺得到凱蒂沉沉地壓在他胸口，像他胸中第二顆瘋狂而憤怒地鼓動著的心臟；他甚至知道它永遠都會在那裡了。這是無庸置疑的。但這份哀慟畢竟已漸漸化為他體內的一部份，而非只是體外的一條傷肢。或許，就在這場漫長的沉睡中，他已經學會了接受。接受這份深沉的傷慟，接受它進入他的體內，讓它緩緩沉澱下來，成為他身體的一部分。一旦學會了接受，他知道自己也終將學會如何去面對。所以說，他確實還好，比他任何的預期與想像都還要好。「我……我還好，」他對著丹恩與莫琳大聲說道。「我還好。」

莫琳點點頭，而丹恩問道：「有什麼我們幫得上忙的地方嗎，吉米？」

「我們是說真的。真的。你儘管開口。」莫琳說道。

吉米感覺心頭湧上一陣暖意，他突然對這對夫婦、這個他自小成長的地方感到無比的驕傲與熱愛。他說道：「不了，我真的還好。不過，嘿，謝啦。真的。真的很高興聽到你們這麼說。」

「你待會也要下來看遊行嗎？」莫琳問道。

「嗯，應該會吧，」吉米說道，決定卻是話出口後才做下的。「那待會就樓下見囉？」

「我們會留個位子給你。」丹恩說道。

他們再度揮揮手，吉米也朝他們揮揮手，然後才緩緩踱離了窗邊，胸口卻仍滿溢著那種驕傲與愛。他們是他的鄰居，是永遠與他站在同一邊的人。這是他的人，他的地方，他的家。他們永遠會為他留個位子。永遠。他是來自平頂區的吉米。

他們以前就是這樣叫他的，在他被送進鹿島之前。他們會帶他走進北端王子街上那些著名的據點，說道：「嘿，卡諾，他就是我一直在跟你說的那個朋友。他叫吉米，來自平頂區的吉米。」

然後卡諾、吉諾還是其中哪一個諾就會睜大了眼睛，說道：「媽的，真的？他就是平頂吉米本人？嘿，久仰久仰，吉米。你那些傳奇故事我們可聽多了，今天可終於見到你的廬山真面目啦。」

然後就是一堆衝著他年紀來的玩笑——「怎麼，聽說你當年還包尿布的時候就已經用尿布別針幹開這輩子第一個保險箱啦？」——但玩笑歸玩笑，吉米卻依然可以在這些道上人物的言談間感受到那種敬意，甚至是某種程度的敬畏。

他就是平頂吉米。十七歲就出道帶人的平頂吉米。十七歲哪——你他媽能相信嗎？好傢伙一個。沒人敢跟他亂來。帶種、夠屌，口風緊，腦筋快，上道又懂規矩。一個懂得有福同享的好傢伙。

他曾經是平頂吉米，他現在依然也還是平頂吉米。而樓下那些聚集在人行道上等著看遊行的人們——他們都愛他。他們為他擔心，儘可能想為他多分擔一點傷慟。這樣的愛，他何以回報？他不禁低頭思量了起來。到底，他能為他們做什麼以為回報呢？

自從聯邦調查局以組織犯罪法一舉把路易．傑洛一幫人逮走後，這些年來，平頂區如果勉強還要說有所謂主要的角頭勢力的話，那大概就會是——是誰？——巴比．奧唐諾嗎？巴比．奧唐諾和羅曼．法洛。兩個羽量級的小毒販，近來甚至還幹起了收保護費和放高利貸的勾當。吉米曾聽到風聲——他聽說這兩個傢伙有模有樣地跑去和羅馬盆地那邊的越南幫交涉，談好條件，說好井水不犯河水；之後為了慶祝結盟還乾脆放了把火，把康妮花店燒成平地，以示殺雞儆猴，警告那些拒絕付他們保護費的人。

事情不該是這樣的。你不該在自己的地方幹這樣的勾當；手腳怎麼動也不該動在自己鄰居的頭上。生意要做就去外頭做，你的鄰居應該是你的人；你讓他們安心過日子、養孩子，他們自會心懷感激，多少幫著你看著、當你的耳目，任何風吹草動也才會有人自動跑來跟你稟報。偶爾，他們若真想用信封、用蛋糕還是用一輛新車來表示他們的感激，那也該是他們的選擇，是你保護地方應得的回報。

敦親睦鄰才是真正的經營地盤之道。你有飯吃，大家也不會餓著。你絕對不能讓巴比．奧唐諾還是那些斜眼歪嘴的黃種混混以為他們可以大搖大擺走進你的地盤，胬他媽胡作非為一番——要來可以，問題是這裡沒人保證你可以四肢健全地走出去。

吉米走出臥房，發現家中空無一人。走道另一頭的大門倒沒關，他可以聽到安娜貝絲的聲音從樓上傳來，而兩個小女兒追著威爾那隻貓跑的細碎腳步聲他也聽得一清二楚。他走進浴室，扭開水龍頭，等水變熱了才一腳踩進浴缸，仰著臉、迎向嘩嘩潑灑的水柱。

奧唐諾和法洛之所以至今不敢找上吉米的店，是因為他們知道吉米和薩維奇兄弟的關係。就像任何一個大腦功能還算正常的人一樣，奧唐諾絕對不敢招惹薩維奇兄弟。所以說，如果奧唐諾和法洛還懂得要怕薩維奇兄弟的話，那麼，理論上來講，他們也就會怕吉米。

他們怕他。平頂吉米。因為，光說他一個人好了，老天為證，他絕對有那個頭腦。而如果再加上薩維奇兄弟，那不啻如虎添翼，辦什麼事、需要什麼樣凶狠帶種不知恐懼為何物的角色，他絕對都不虞匱乏。把吉米．馬可斯和薩維奇兄弟湊在一起，那麼……

那麼怎樣？

那麼他們就可以讓他們的鄰居安居樂業，享受他們應得的一切。

那麼拿下全城的地盤對他們來說不過是探囊取物。

囊中物甕中鱉。

「求求你，吉米。老天。我想見到我的妻子。我想把我的日子過下去。吉米？求求你，不要奪走這一切。看著我！」

吉米閉上眼睛，任由溫熱猛烈的水柱沖刷著他的頭頂。

「看著我！」

我看著你，大衛。我正在看著你。

吉米看著大衛苦苦哀求的臉，他唇上的唾液與十三年前雷伊．哈里斯下唇與下巴上的唾液並無二致。

「看著我！」

我在看哪，大衛。我一直都在看哪。你既然上了那輛車就不該再回來的。你知道嗎？你去了就不該再回來了。你回到這裡，回到我們的地方，整個人卻已經變了樣。你走了、變了，就不再屬於這裡了，大衛，因為他們已經在你腦裡下了毒，而那毒就留在你的腦裡，隨時等著再被吐出來。

「我沒有殺你的女兒，吉米。凱蒂不是我殺死的。不是我，真的不是我。」

也許真的不是你，大衛。我現在知道了。照現在的情況看來，你或許真的與凱蒂的死沒有任何關係。沒錯，條子還是有那麼一點可能逮錯人了，但我承認，總地看來，你很可能確實與凱蒂的死毫無關聯。

「所以呢？」

所以你還是殺了人哪，大衛。你確實殺了人了。這點瑟萊絲並沒有說錯。此外，你該知道那些受過性侵害的小孩的。

「不，吉米。我不知道。」

他們遲早會從被害人變成加害人。遲早罷了。你們全都被下了毒，遲早也要去對別人下毒。我只是在保護你將來的那些被害人罷了，大衛，保護他們——很可能就是你的兒子——免受你的毒害。

「你不必把我的兒子扯進來。」

好。不是他也可能是他的同學朋友。總之，大衛，這真的只是遲早的事，你遲早要露出你的真面目的。

「你就是用這來合理化你所對我做的事嗎？」

你一旦上了那輛車，大衛，就不該再回來了。我就是這樣告訴自己的，沒錯。你已經不屬於這裡了。你懂嗎？這裡，這個地方，這個由彼此互屬的人們組成的地方。肏他媽的外人就省了吧。

大衛的聲音穿透淙淙水聲，一字一字敲進了吉米的腦門裡：「我現在就住在你的心裡了，吉米。你永遠也躲不開逃不掉了。」

你錯了，大衛。我可以。我辦得到的。

然後吉米便扭緊了水龍頭，踏出浴缸。他一邊用毛巾拭乾身體，一邊深深地吸進了幾口飽滿的水氣。他感覺自己的頭腦愈發澄澈清明了起來。他用手抹去浴室一角的小窗上的水氣，低頭凝視著窗外的屋後小巷。老天，外頭的天氣何其美好。完美的星期日。完美的遊行天。他待會就要帶著他的老婆女兒下樓去，一家人攜手站在金澄澄的陽光下，欣賞那些魚貫通過的遊行隊伍，那些樂隊花車和坐在敞篷車裡的政客。他們還要吃熱狗和棉花糖，然後他還要為女孩兒們買來上頭印有「白金漢之光」字樣的小旗與T恤。然後，就在一陣陣鼓號齊鳴與喝采聲中，他們心底的那個傷口即將開始慢慢地癒合。他們會的，他萬分確定，就在他們站在人行道上、慶祝著這個他們生於斯長於斯的地方的誕生的當兒。稍後，或許在夜色漸漸聚攏後，凱蒂的死會再度襲上他們的心頭，他們的背脊、肩頭將會因不堪重荷而頹然下垂，但至少他們還會有這一下午的愉快回憶來稍稍平衡一下那份沉重的傷慟。這將會是一個開始。他們至少將享有這幾小時的歡樂時光。至少。

他離開窗邊，走到洗手台前，往臉上潑灑些許溫水，然後在頰上喉嚨上塗抹一層厚厚的刮鬍膏。就在這一刻，他突然領悟到自己的邪惡。我是一個邪惡的人——好，這或許是事實。那又怎樣呢？這領悟來得突然，卻不曾有過任何風雲變色、天搖地動的時刻。不過是一個突然浮現在他心頭的想法，一個瞬間的領悟，充其量不過像隻小手，輕輕地揪住了他的心臟。

邪惡就邪惡。

他注視著鏡中的自己，心頭一片坦蕩。他深愛他的妻女。他的妻女也深愛著他。這樣確切的情愛便是他生命中的磐石。任誰也撼動不了的磐石。很少人——男人女人皆然——能擁有這樣這樣的幸運。

他殺了一個很可能是無辜的人。而他甚至並不真感到後悔。更久以前，他還曾殺了另一個人。他將兩人的屍體都沉進了神祕河底。這兩個人甚至都曾是他還算喜歡的人——他或許喜歡雷伊更勝於大衛一點，但他確實喜歡過他們。但他還是殺了他們。這是原則問題。他曾站在神祕河岸，看著雷伊那張慘白的臉緩緩消失在水面下，那一雙生氣盡失的眼睛始終啞然地大張著。這些年來，他從不曾真正為此感到內疚，雖然他曾試圖這麼說服自己。但這份他自以為的內疚說穿了不過是恐懼，對因果報應的恐懼；他害怕自己的所作所為終究要招致報應，不論是報應在他自己、還是他所愛的人的身上。而凱蒂的死，他想，或許就是這般天理循環的終極結果——雷伊．哈里斯藉由他妻子的子宮重回人世，毫無理由地殺死了凱蒂。毫無理由，除了因果。

那麼大衛呢？他和威爾用鐵鍊穿過空心磚，緊緊地綑綁在大衛身上，然後，他倆合力將綁了鐵鍊與空心磚的沉重屍體推過九吋高的船身，任由它翻滾入水。在屍體消失在漆黑的河水裡的那一瞬間，吉米彷彿看到了童年的大衛。天知道他的屍身終將沉於何處呢？但他將會永遠在那裡，在神祕河底的某處，幽幽地往上窺視。留在那裡吧，大衛。就留在那裡吧。

事實就是，吉米從不曾為自己做過的事感到內疚。沒錯，過去十三年來，他是安排了一個住在紐約的兄弟按月寄出五百元現金到哈里斯家；但與其說是罪惡感作祟，還不如說這是某種權衡損益後的安排——只要他們以為雷伊還活著，自然就不會找人四處探聽他的下落。事實上，既然現在雷伊的兒子已經給關進了牢裡，去他媽的，他乾脆也可以省下這筆錢了。他大可以把這筆錢用在更值得的地方。

用在這裡，用在他這些鄰居的身上；他決定了。他決定把這筆錢用在這裡。他凝視著鏡中的自己，下定了決心：是的，這裡，他的地方。他的。從今天開始，平頂區就是他的了。他已經在謊言中活了十三年了。他花了整整十三年的時間企圖說服自己，假裝自己可以活得像個善良的市井小民，然而他卻無法假裝自己看不到那些硬生生被浪費掉了的大好機會。打算在這裡大興土木蓋球場是嗎？也行。咱們來談談我旗下那幫工人弟兄的事吧。不要？喔，好吧。不過我勸你們可要多留心工地那些昂貴的機器哪。嘖嘖，這麼貴重的大傢伙讓火燒掉了可就可惜了哪。

他得找機會坐下來和威爾與卡文好好地計劃一下他們的未來。眼前有這麼多大好機會等著他們去開發。至於巴比．奧唐諾的未來呢？去他的巴比．奧唐諾。如果他真的就打算繼續在東白金漢混下去的話，他的未來，吉米決定了，恐怕就沒那麼樂觀了。

他刮完鬍子，臨去前再度瞥了鏡中的影像一眼。他是個邪惡的人？那好，他認了。他沒有問題的。他可以帶著這份領悟活下去。因為他心中有他妻女那份穩如磐石的愛。這代價並沒有想像中的大。

他穿上衣服。他大步穿過廚房，感覺過去這些年來他執意假裝的那個自己，已經隨著洗澡水被沖下了浴室的水管。他聽到他女兒的尖叫笑聲陣陣自樓上傳來；或許是威爾那隻貓吧，把兩個小女孩舔得尖叫連連卻又樂不可支。他心想，老天，這聲音多麼美妙啊。

西恩與蘿倫在奈特南西咖啡廳前方的人行道上找到一個位子；他們把嬰兒推車停放在帆布篷的陰影下，諾拉躺在裡頭睡得正香甜。他倆斜倚在牆上，一口一口地舔著手中的冰淇淋甜筒，而西恩看著他的妻子，心裡想著，不知道他們是否真能破鏡重圓，還是這一年的分離已經在他倆之間挖出一道無從填補的鴻溝，一筆勾消了這段婚姻在最後那兩年之前的美好時光。蘿倫握著他的手，微微地施力、輕輕地擠壓著他。西恩低頭看著他的女兒：諾拉睡得正甜，小小的臉龐看來是如此地無辜，惹人愛憐。她或許真是個小天使，他想，喉頭突然讓某種暖暖的東西堵住了。

他的目光穿過前方魚貫通過的遊行隊伍，落定在對街。吉米與安娜貝絲．馬可斯站在街邊，他們那兩個漂亮甜美的小女兒則各自坐在威爾與卡文．薩維奇的肩上，對著所有經過的花車與敞篷車隊興奮地揮著手。

兩百一十六年前，西恩知道，他們在今日的州監大溝旁興建了本區的第一座監獄。白金漢區的第一批居民是那些攜家帶眷前來述職的獄卒與獄中囚犯的妻兒家人。而那些終於刑滿出獄的囚犯通常也已經衰老得無力再攜帶家眷遷離此地，於是白金漢區不久也就成了人人口中的敗類人渣的聚居地。隨之而來的是一間又一間的沙龍酒吧，沿著今日的白金漢大道和兩旁的泥沙小路如雨後春筍般地冒了出來；獄卒與家人於是紛紛遷居位於山丘上的尖頂區，居高臨下地俯瞰著那些原本就曾活在他們眼睛底下的人們。到了十九世紀，白金漢區曾一度成為鄰近地區的肉牛屠宰集散中心。在屠宰業方興未艾的那幾十年間，今日的高架快速道兩旁，舉目盡是待宰牛隻的臨時圍養場，而運送牛隻的貨運鐵路則沿雪梨街而建，在那裡讓牛隻下了車，再驅趕到位於今日遊行路線正中央的屠宰場區。經過了幾個世代後，這些囚犯與屠宰場工人的後代子孫一步步拓展了平頂區的範圍，直到貨運鐵軌終於成為本區的南界。之後，在某次改革運動風潮中，政府下令關閉監獄，不久屠宰業熱潮也告終，只剩沙龍酒吧的盛況依舊不減當年。繼義大利裔移民潮後，愛爾蘭裔的新移民以兩倍以上的人數蜂湧而至，而高架鐵路也就約莫興建於同一時期。這批新來的居民於是搭乘地鐵蜂湧進城工作，但一日終了卻也總是會再回到這裡來。因為這裡才是他們親手建造的家園，他們知道這裡的危險潛伏於何處，也知道該如何享受這裡所能提供的一切；更重要的是，這裡發生的一切從不會令他們感到驚訝。這裡的貪汙腐敗、這裡的街頭血戰酒吧鬥毆，這裡的棍球賽、星球六早上的做愛——這裡的一切，背後其實都有邏輯可循，某種外人無從得知的邏輯。但這也正是重點：這裡並不歡迎外人。

蘿倫身子微微地往後斜倚在他身上，她的頭頂著他的下巴，而西恩感覺得到她的懷疑，同時卻也感覺得到她的決心、她那必須重新建立起來的對他的信心。她說道：「那個孩子拿槍指著你的時候，你到底有多害怕？」

「妳要聽實話？」

「嗯。」

「當時我的膀胱幾乎已在失控邊緣。」

她從他下巴底下鑽了出來，仰頭看著他。「真的？」

「真的。」他說道。

「那你有想到我嗎？」

「有，」他說道。「妳們母女倆我都想到了。」

「你想到什麼？」

「我想到這個，」他說道。「我想到現在。」

「你想到我們一起來看遊行？」

他點點頭。

她在他頸子上輕輕一啄。「你根本在胡扯，親愛的。可是我真的很高興聽你這樣說。」

「我沒有胡扯，」他說道。「我是說真的。」

她低頭靜靜地凝望著推車裡的諾拉。「她的眼睛像你。」

「鼻子像妳。」

她再度開口說話的時候，目光依然落定在小女兒的臉上。「我希望我們真的能再回到從前。」

「我也是。」他低頭吻了她。

他倆再度一起倚回牆邊，一波波人潮不斷自他們眼前的人行道穿流而過，突然間，瑟萊絲就站定在他們面前。她的臉色慘白，一頭亂髮上滿是斑斑點點的頭皮屑；她站在那裡，不斷扯弄著自己的手指，彷彿正試圖要把它們一根根全都扯到脫臼似地。

她巴巴地望著西恩。她說道：「嗨，狄文州警。」

西恩探出手去，因為他感覺自己如果再不出手扶著她，她看似隨時都會隨人群漂走了。「嗨，瑟萊絲。叫我西恩就可以了。」

她迎向他的手。她的掌心一片濕冷，手指卻熱呼呼的。她輕輕地握過西恩的手，隨即又放開了。

西恩說道：「這是蘿倫，我太太。」

「嗨。」蘿倫說道。

「嗨。」

有那麼幾秒鐘的時間，三人只是面面相覷地站在那裡，沒有人開口說話。然後瑟萊絲的目光突然朝對街移去，西恩順勢也轉過頭去。他看到吉米摟著安娜貝絲的肩膀，讓團團親友簇擁著，站在耀眼的陽光底下，一派的意氣風發。他們看來就像他們今生絕不可能再失去任何東西了。

吉米的目光掠過瑟萊絲，落定在西恩臉上。他朝他點頭示意，而西恩也輕點過下巴。

瑟萊絲說道：「他殺了我的丈夫。」

西恩感覺蘿倫的身體一下僵住了。

「我知道，」他說。「我還沒有任何證據可以證實這件事。但是我知道。」

「你會嗎？」

「什麼？」

「你會找到證據嗎？」她說道。

「我會盡我所能的，瑟萊絲。我發誓我會。」

瑟萊絲終於移開目光，她舉高一隻手，緩慢而激烈地搔弄著自己的頭皮。「我最近腦袋真的不太靈光。」她笑了。「聽起來怪怪的，對不對？可是我沒有辦法。我就是沒有辦法。」

西恩再度伸出手去，輕輕地拍拍她的手腕。她瞠眼瞅著他，一雙棕眼看來無比狂亂而蒼老。在那一瞬間，她似乎確定西恩就要出手賞她一巴掌了。

他說道：「我知道一個醫生，瑟萊絲。我可以給妳他的名字。他治療過很多暴力犯罪被害人的親友。」

她點點頭，雖然他的話似乎不曾為她帶來任何慰藉。她抽回手，繼續使勁地扯弄著每一根手指。她注意到蘿倫正在注視著她，於是低頭看著自己的手。她放開手，隨即又再度舉起兩條手臂交叉在胸前，手掌則各自壓在兩邊的手肘底下，彷彿不這麼做的話她的兩隻手就要飛走了。西恩注意到蘿倫對著瑟萊絲露出了一抹淺淺的、甚至還帶些遲疑的微笑，眼底卻流露著某種至深至沉的同情與了解。然後，他意外地發現瑟萊絲臉上竟也綻開了一抹若有似無的微笑；她一眨眼，含蓄地傳達出她的感激之情。

此刻的他深愛他的妻子更勝以往。他深深地為她這種無需言語便能即時讓這些受傷的靈魂感受到些許暖意的能力所懾服了。也就在這一刻，他確信自己才是造成他們婚姻破裂的元兇。是他任意讓條子那部分的自我佔領了自己，是他任由自己對人性的缺陷與弱點產生了那樣深沉的輕蔑與憎恨。

他不住伸出手去，碰了碰蘿倫的臉頰。但這個動作終究逼得瑟萊絲移開了目光。

她望向遊行隊伍。一輛棒球手套造型的花車緩緩駛過，上頭載著一車小聯盟棒球隊的小選手們，一個個全都笑顏逐開，興奮地對著街邊喝采的人群猛揮著手。

但花車的某種東西卻讓西恩背脊一涼。也許是手套的模樣，那五指不像是輕擁著那些孩子，卻像某種猙獰的怪物，即將要將那些毫不知情，只是一個勁地微笑揮手的孩子們吞噬掉。

除了一個弱小的身影。小男孩低著頭，只是一逕瞅著腳上的球鞋。西恩一下便認出來了。那是麥可，大衛的兒子。

「麥可！」瑟萊絲使勁地揮手，但男孩卻依然不為所動。他始終低垂著頭，即使瑟萊絲再三高聲叫喚著他的名字。「麥可，親愛的！寶貝，看這邊！麥可！」

花車繼續緩緩向前駛去，而瑟萊絲也不斷地叫喚著兒子的名字，但她的兒子卻始終拒絕抬頭看她一眼。西恩在小男孩頹然下垂的肩膀與下巴上清楚地看到了大衛的影子，他那精巧細緻的俊美臉龐。

「麥可！」瑟萊絲喚道。她再度開始拉扯自己的手指，一步步追下了人行道。

花車已經通過他們眼前了，但瑟萊絲卻追了上去，她在人群間穿梭前行，不斷地揮著手，不斷地叫喚著兒子的名字。

西恩感覺蘿倫木然地來回輕撫著他的手臂，而他的目光卻緊緊地鎖定在對街的吉米身上。即使得花去一生的時間，他也一定要找出足夠的證據讓他不得不俯首認罪。看著我啊，吉米。來啊，再轉過頭來看著我啊。

吉米的頭慢慢地轉過來了。他直視著西恩，臉上緩緩泛開一抹微笑。

西恩舉起一隻手，食指正確無誤地指向吉米的臉，拇指則往上翹起仿作手槍擊鐵，然後他倏然扳下拇指，開了槍。

吉米的嘴角笑得更彎了。

「那女人是誰？」蘿倫問道。

西恩看著瑟萊絲踩著細碎的腳步，急急沿著人群往前跌跌撞撞地追去，隨著距離漸漸模糊了身影，她的外套迎風向後翻飛著。

「一個失去丈夫的女人。」西恩說道。

然後他想起了大衛．波以爾，他希望自己曾有機會請他喝到那杯啤酒，那杯他在調查行動的第二天便承諾過他的啤酒。他希望自己當年曾對他再好一些，他希望大衛的父親不曾離家、希望他的母親不是那樣一個瘋瘋傻傻的女人，他希望那麼多不好不美的事都不曾發生在他身上過。帶著妻女置身觀看遊行的洶湧人群之中的他，心中有好多希望，希望大衛．波以爾能再多擁有些什麼。他希望他的心最後能平靜下來。一點點的祥和，一點點的平靜。更勝一切，他希望大衛，無論他此刻置身何處，終於能夠擁有了一點點的祥和與平靜。

臉譜小說選 FR6587

神祕河流

Mystic River

原著作者　丹尼斯・勒翰 DENNIS LEHANE
譯　　者　王娟娟
書封設計　許晉維
責任編輯　廖培穎
行銷企畫　陳彩玉、楊凱雯
業　　務　陳紫晴、林佩瑜、葉晉源

出　　版　臉譜出版
發 行 人　涂玉雲
總 經 理　陳逸瑛
編輯總監　劉麗真
城邦文化事業股份有限公司
台北市中山區民生東路二段141號5樓
電話：886-2-25007696　傳真：886-2-25001952

城邦讀書花園
www.cite.com.tw

發　　行　英屬蓋曼群島商家庭傳媒股份有限公司城邦分公司
台北市中山區民生東路二段141號11樓
客服專線：02-25007718；25007719
24小時傳真專線：02-25001990；25001991
服務時間：週一至週五上午09:30-12:00；下午13:30-17:00
劃撥帳號：19863813　戶名：書虫股份有限公司
讀者服務信箱：service@readingclub.com.tw
城邦網址：http://www.cite.com.tw

香港發行所　城邦（香港）出版集團有限公司
香港灣仔駱克道193號東超商業中心1樓
電話：852-25086231　傳真：852-25789337

馬新發行所　城邦（馬新）出版集團Cite（M）Sdn. Bhd.
41-3, Jalan Radin Anum, Bandar Baru Sri Petaling,
57000 Kuala Lumpur, Malaysia.
電話：603-90563833　傳真：603-90576622
電子信箱：services@cite.my

四版一刷　2022年5月
I S B N　978-626-315-095-9

定價：460元
（本書如有缺頁、破損、倒裝，請寄回更換）

國家圖書館出版品預行編目資料

神祕河流／丹尼斯・勒翰（Dennis Lehane）著；王娟娟譯. -- 二版. -- 臺北市：臉譜出版：英屬蓋曼群島商家庭傳媒股份有限公司城邦分公司發行, 2022.05
面；　公分. --（臉譜小說選；FR6587）
譯自：Mystic River
ISBN 978-626-315-095-9（平裝）

874.57　　111003516